月庵酔醒記（中）

服部幸造
美濃部重克　編
弓削繁

中世の文学
三弥井書店刊

奈良絵本『若衆物語』　東京大学国文学研究室所蔵
本文は「児教訓」の内容で、挿絵は勉学に励まず遊びほうけている若者達の様子を示す。本文〔082-03〕44～45頁参照。

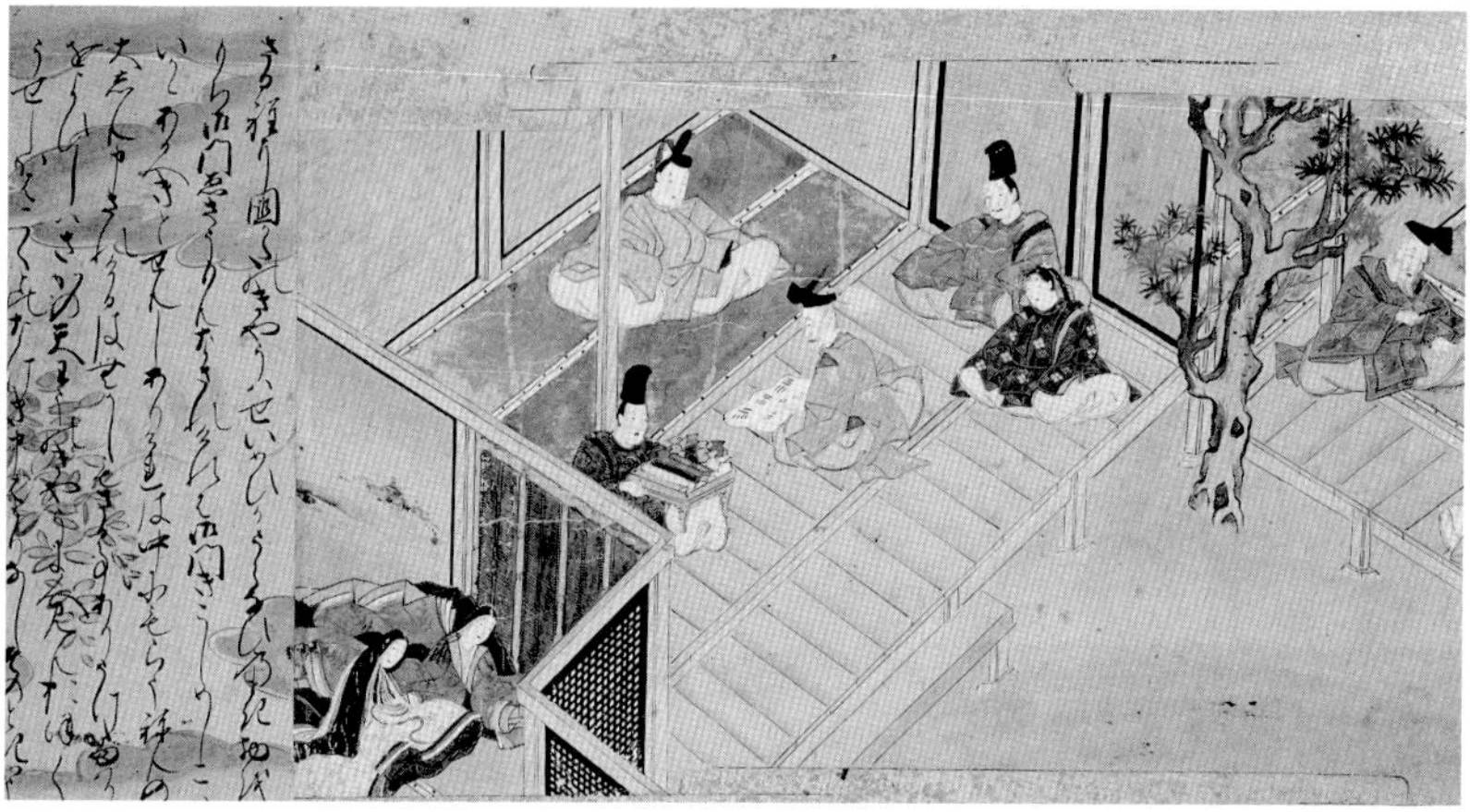

伊吹山酒顛童子絵巻（上巻第一図）白百合女子大学所蔵
安倍晴明が池田中納言国方の娘の消息を中納言邸で算木で占う場面。本文〔097〕89頁参照。

白鷹図　栃木県立博物館所蔵
左上部に「月庵作」の落款と、壺形印および「直朝」の方印が押されている。本文〔100–15〜35〕107〜114頁参照。

目次

凡　例

一、本書の底本は、京都大学文学部蔵写本（昭和一四年、頴原謙三写）である。

一、本文について

1、本文を翻刻するに当たっては、ふり仮名、ふり漢字、傍書、および本文の誤・脱・衍と認められる箇所も底本通りとした。

2、読解の便をはかり、次のような加工を行った。

イ、異体字を含めて漢字は原則として通行字体に改めた。

ロ、句読点、濁点、返り点を施した。ただし、返り点は底本に打たれているものと我々の施したものとを区別していない。

ハ、見せ消ちのある箇所は、訂正後のものを本文とした。

ニ、古典文庫本と比較して明らかに底本の脱字と思われる場合は〈　〉に入れて補った。

3、右のニ以外に、古典文庫本と異なる場合は、すべて頭注において指摘した。また底本に欠けている箇所は古典文庫本によって補った。

4、『月庵酔醒記（上）』の「略解題　七」に記したように、底本の中巻の終りには上巻と下巻の目録が書かれており、下巻の終りには上巻と中巻の目録が書かれているが、本書においてはこれを省略した。

5、本巻には、078・079の一部、085-06に、「寅」を「刁」（京大本・古典文庫本では「刀」）と表記し、また「丑」を「刄」と表記するものがある。078・079では「寅」と「刁」、「丑」と「刄」が混在している。本書においてはこれらはすべて

「寅」、「丑」と表記した。

一、各巻冒頭の目録に従って説話番号を施した。巻頭目録と本文とは、時に合致しないことがあるが、本文における配置の順に従った。

一、注について

1、頭注は、本文の内容と大筋を理解するためのものとし、簡略を旨とした。

2、補注は、頭注において触れることができなかった資料・参考文献・類話等を示し、また担当者による考察を記した。

一、文責

1、各話の注釈は分担執筆としたが、各人の担当箇所は「担当箇所一覧」に記した。

2、各担当者が執筆した原稿は編集者等による点検と討議を経て、担当者による修正を行ったが、最終的な文責は各話の担当者が負う。

『月庵酔醒記』研究会の月例会に徳竹由明があらたに加わり、一部注釈を担当した。また月例会には参加していないが、小池淳一・二本松泰子の二氏に依頼して注釈を担当していただいた。お二人ともその分野においてもっとも適切な方と判断したからである。お忙しいところを執筆してくださったお二人に感謝申し上げる。

本書は、平成二〇年度科学研究費補助金、基盤研究（C）二〇五二〇一五九「戦国末期における東国武将の文化継承に関する研究」による研究成果の一部である。

なお、榊原千鶴は、平成一九年度～二一年度科学研究費補助金、基盤研究（C）一般　一九五二〇一四八「中世女訓書と〈知〉の継承に関する研究」を受け、その成果の一部を本研究に生かすことができた。

中巻目録

088一　なにぞ
089一　巷歌
090一　猿楽禁裏江不レ召事
091一　十二月番之鍛冶、同御太刀磨、鍛冶御師徳、鍛冶名字
092一　金物之類
093一　彫物類
094一　硯石之類
095一　土器類
096一　造物之類
097一　算面木次第、同頌ノ詞
098一　諸符
099一　諸天狗之名
100一　禽獣之類

中巻目録終　以上二十九箇

〔072〕（月庵酔醒記　中）

[一]歳始雷鳴吉凶事

[二]東方ニ鳴レバ吉。　[三]辰巳ニ鳴レバ風吹。

[四]南方ニ鳴レバ天下旱魃。　[五]未申ニ鳴レバ天下洪水、五穀不熟。

[六]西方ニ鳴レバ吉。　[七]乾ニ鳴レバ鬼病起、人民死ス。

[八]北方ニ鳴レバ洪水。　[九]艮ニ鳴レバ鬼病起。

〔073〕

[一]（甲子之雨之事）

春ノ甲子、[二]石途千里。　夏ノ甲子、[三]入船千里。

秋ノ甲子、[四]外生萌稲。　冬ノ甲子、[五]雪千里。

〔074〕

[一]尽大地、驚動之文章

正月　[二]火神動　天下大乱、合戦。飢渇愁。

二月　[三]竜神動　病人死。雨フリ十二分。

三月　火神々[四]　世間病。不㆓終日照㆒テ田ニ虫付。

〔072〕年頭に轟いた雷鳴の方角により吉凶を占う。『拾芥抄』・『簠簋内伝』・『事林広記』等に類例が認められる。本条の八方位の表記は、四方・八卦・干支の三種類に別れるが、その意図は未詳である。↓補注1

一　元旦あるいは正月。↓補注2　二　震(卯)。↓補注3　三　巽(南東)。↓補注4　四　離(午)。↓補注5　五　坤(南西)。↓補注6　六　兌(酉)。↓補注7　七　乾(戌亥)。↓補注8　八　坎(子)。↓補注9　九　北東(丑寅)。↓補注10

〔073〕甲子の日の降雨から気象を占う。本条にも『事林広記』の影響が認められる。↓補注1

一　底本・古典文庫本、欠題。目録より補う。

二　旱魃・蝗害等による荒地化。↓補注2

三　豪雨による洪水。↓補注3

四　秋霖による凶作。↓補注4

五　広域におよぶ積雪。↓補注5

〔074〕地震の発生する月により、地震を「火神動」・「竜神動」・「金翅鳥動」・「帝釈動」の四種類に分類し、天候や世相の予兆とする。「火神動」以下の地震の四分類は、仏典『大智度論』に由来するが、同書では地震の発生時の月と二十八宿との位置関係により比定するため、本条の内容とは根本的に異質である。↓補注1

一　「全世界」。二　『大智度論』によれば、降

四月　[五]大《帝》尺々　天下乱起、取分秋乱。[六]田畠半分。
五月　[七]金神々　雨降バ耕作可レ違。病ナシ。人喜。
六月　金翅鳥々　人大ニ病。ヨクツ、シメ。
七月　火神々　人サハギ、大水出。世間吉。雨フルベシ。
八月　帝釈々　世間サハギ、大風吹。
九月　火神々　世中病アリ、人死。剣ヲ[九]凶。
十月　金翅鳥々[一〇]　男死。牛馬ナヤムベシ。
十一月　帝釈動[一一]　大乱在レ春。女ノ上、悪シ。雨降、世上吉。
十二月　帝釈々　雨フリ、世中吉。又雪フラバ悪シ。

〔075〕
[一]東方朔　毎年其季吉凶知事

正月十四日ノ夜半ニ月出、午時計ニ木ヲ一丈二寸ニ切、其影〈一尺〉在バ天下旱魃、二尺在バ井水カハク、三尺在バ河カハク、四尺在バ六月人民飢渇ス、五尺八尺在バ大水ト可レ知。
正月一日雨在バ七月水、二日ニ在バ六月水、三日ニ在バ五月水、四日ニ在バ四月水、五日ニ在バ三月水ト可レ知云々。

雨がなく、河川が枯渇し、麦が不作で、帝王や大臣に凶事が起こるとする。三　『大智度論』によれば、「火神動」同じく、降雨がなく、河川が枯渇し、麦が不作で、帝王や大臣に凶事が起こるとする。四　「動」。以下同じ。五　『大智度論』によれば「天王動」。安穏で降雨に恵まれ五穀が豊穣し、帝王・大臣には吉事が訪れるとする。六　田畠の収穫が半減する意か。
七　「金神」は陰陽道で悪神とされる神格。あるいは「金翅鳥動」とあるべきか。「金翅鳥動」は、「火神動」同じく、降雨がなく、河川が枯渇し、麦が不作で、帝王や大臣に凶事が起こるとされる。→補注2　八　意に反して凶作となる意か。
九　観智院本『類聚名義抄』、「凶」に「ウレウ」と付訓。闘諍が勃発する意か。一〇　古典文庫本「動」。古典文庫本。本行より丁の裏面に移る。
一一　底本、本行より丁の裏面に移る。

〔075〕
一　中国古代の人物、東方朔に託し、正月の天候やその年の干支によって年間の天候や天変地異、作物の出来具合などを予測する知識がまとめられている。→補注1

正月一日、東ニ黒雲在バ春旱魃、赤雲在バ夏旱魃、白雲ハ秋旱、黒雲ハ冬旱ト可レ知。

（一）甲乙年ハ、七十日旱魃。正月四月雨降、麦粟吉。秋節ニ入テ水多、兵乱・盗人多、蚕食吉、民病在、六十日食物ナシ。

一 丙丁年ハ、正月少シ雨、三・四月先雨在、後旱。五六月尺水、入二七月一風吹、人民病在、高田吉、下田悪也。蠶食吉、兵乱起。三分一悪、食物吉。

一 戊己年ハ、六十日旱魃、後大水、三・四月水在、六・八・九・十大風吹、大水、六畜[二]共、人民疫病起。正月雨降、七月風吹、九月人民憂在。高田・下田忌、麦・粟・大豆・小豆吉。食物ナシ。

（一）庚辛年ハ、正月水在、三・四月先旱魃、後水在。五月四尺水、七月風吹水、八九月風吹。高田半、下田忌。蠶食吉。五穀四月一在、九十日食物ナシ。兵乱起、人民死。

一 壬癸年ハ、風水雨、高田忌。先旱魃、後大水。五穀吉。牛馬凶。男ハ兵乱、相女多。麦・粟・大豆吉。三月先旱魃、後水。蠶食半吉。人民歎在。病在。盗人多也。

一 正月一日甲乙年ハ、三・五・六風吹、洪水、人民死、六月旱魃。

二 鶏、狗、猪、羊、牛、馬（『天正一七年本運歩色葉集』）。中世において、比較的広く用いられる動物をとらえる表現。

一　丙丁年ハ、二・三・五洪水、六月疫病、九月・十月旱魃、八月風吹。
一　戊己年ハ、正・二・三洪水、人民死、風吹、六月・七月疫病、旱魃。
一　庚辛年ハ、三・四旱魃、九月洪水、風吹、兵乱。
一　壬癸年ハ、五月洪水、二・三風吹、三・七旱魃、洪水、三・四・五疫病、人死。
（一）正月東風ハ兵乱、疫病起。南風ハ大旱魃、五穀不熟。西風ハ兵乱起、国土不レ定。北風五穀豊饒ニシテ万事有喜。

〔076〕
[一]一行禅師出行吉凶日

	正・四・七・十					
[二]当方日	一日	七日	十三日	十九日	廿五日	此日行ハ大吉。
[三]蒼庫日	二日	八日	十四日	廿日	廿六日	大凶ベシ。
[四]金日	三日	九日	十五日	廿一日	廿七日	此日出レバ宝得。
[五]順陽日	四日	十日	十六日	廿二日	廿八日	此日千里ノ内心ニマカス。
[六]大虚日	五日	十一日	十七日	廿三日	廿九日	此日ハツヽシムベシ。

〔076〕
一　中国唐の高僧である一行（六七三〜七二七）に託して日の吉凶に関する知識がまとめられている。→補注1
二　未詳。
三　未詳。
四　未詳。金神と関連があるか。
五　未詳。
六　未詳。

実蒼日[七]　六日　十二日　十八日　廿四日　晦日　酒飯ニアウ、万事吉。

二・五・八・十一

天道日[八]　一日　九日　十七日　廿五日　万事凶、人ニ恨ラル、。

天門日[九]　二日　十日　十八日　廿六日　福来、貴人ニ迎、万吉。

天賊日[一〇]　三日　十一日　十九日　廿七日　大凶、ウレイアリ。

天陽日[一一]　五日　十三日　廿一日　廿九日　万事飯、売買利有、酒飯ニアフ。

天蒼日[一二]　六日　十四日　廿二日　晦日　遠ハ凶、近ハ吉。

天嗔日[一三]　七日　十五日　廿三日　口舌アリ、凶ベシ。

天堂日[一四]　八日　十六日　廿四日　万事酒飯ニアフ。

三・六・九・十二

朱雀日[一五]　一日　九日　十七日　廿五日　此日大凶ベシ。

白虎頭日[一六]　二日　十日　十八日　廿六日　四方吉、悦アリ、賊ヲウル。

白虎脇日　三日　十一　十九　廿七　一切大吉。

白虎足日　四日　十二　廿日　廿八　盗人ニアフ、凶ベシ。

玄武日[一七]　五日　十三　廿一　廿九　万事吉。

青龍日[一八]　六日　十四　廿二　晦日　酒飯ニアフ、売買利アリ。

七　未詳。

八　『簠簋』序に「天道神者牛頭天王也」。また同巻二の「七箇善日」の項に黄帝黄龍王に関わる暦注として出る。

九　天門日　『暦林問答集』の「釈往亡第四二」に「一日往亡、二曰天文…」と出る。『簠簋』巻二の「七箇善日」の項にもあり。

一〇　未詳。

一一　未詳。

一二　未詳。

一三　未詳だが、「塡星土之精」(『暦林問答集』「釈星第五」)と関わりがあるか。

一四　未詳。

一五　以下の四神を冠した日の吉凶については『陰陽雑書』「第十犯土造作吉日」と通じる記述で同記事の不完全な写しともとれる。同じ日取りを『陰陽雑書』では「作屋、有口舌懸官、家長死、失火、凶。」とする。なお、この類の知識はかなり広く伝播したらしく、鹿児島の盲僧寺院に伝来した「維新公御出日取之図説」にも同趣の記事が見られる。村田熙「薩摩盲僧資料序説」(『鹿児島民俗』一一〇号)参照。

青龍脇日　七日　十五　廿三　　酒飯ニアフ、貴人アガメラル、
青龍足日　八日　十六　廿四　　心愁アリ、女人口舌アリ

〔077〕
一　毎月日待日

正月三日　当八千日
二月七日　当五千日
三月四日　当五万三千日
四月五日　当五万三千日
五月二日　当五千日
六月十一日　当万三千日
七月廿四日　当七千日
八月十日　当三万三千日
九月八日　当三万五千日
十月十五日　当三万六千日
十一月十二日　当四千日

〔077〕一　日待は、日の出を待って礼拝、祈願を行うことであるが、本条のごとく特定の日に行えば、ふだんのそれを上回る価値があるとされた。観音の縁日にまつわる四万六千日が有名。

十二月廿三日　当五千日

以上

右此日、奉レ待二者百万魔一、命長久ニシテ而福徳来。

〔078〕

一枚雑書[一]

正　子五貧[二]　丑凶／六合[三]　寅天福／九種[四][五]　卯凶　辰九カン／好日[六]

巳吉　午万吉　未下食[七]　申吉　酉凶　戌九種　亥大火

二　子滅門[八]　丑九カン／好日　寅天福　卯五貧／滅門　辰上

巳九種／師旦[九]　午六合／大過　未天徳／四干[一〇]　申大利／天福

酉八貧／師旦[一一]　戌福徳／下食　亥地蔵

三　子吉　丑八貧／大火　寅万吉　卯　辰下食／四干

巳福徳／師旦　午師旦　未九種／滅門　申滅門／願亡

酉吉　戌好日　亥上／六合

四　子八貧／師旦　丑吉　寅下食／滅門　卯万吉　辰

巳上　午凶　未好日／天福　申凶　酉地福／八貧

〔078〕

一　暦、陰陽道の知識を記す書物を雑書と称することがあり、さらにそれを簡便にまとめたの意か。なお、目録には「弘法之一枚雑書」とあることにも注意が必要。↓補注1

二　五貧　『簠簋』には五貧日として「子卯午酉子卯午酉子卯午酉」と載り、別に七箇善日の項にも見える(巻二)。

三　六合　「萬事用之大吉也」(『吉日考秘伝』)

四　天福　天地福徳日の略か。「萬事必有大福徳」とされる(『陰陽雑書』第四六)。

五　九種　未詳

六　九カン　九坎か。「洗泥等厭之、同裁衣凶之」(『簠簋』巻二)。

七　下食　未詳。

八　滅門　大禍日、狼藉日とともに三箇悪日で「萬事不用日也」(『簠簋』巻二)。

九　師旦　未詳。

一〇　四干　未詳。

一一　八貧　『簠簋』に八貧日として「巳酉丑申子辰亥卯未寅午戌」と載る(巻二)。

戌六合／天福　亥師旦／天福

五　子凶上　丑凶　寅天徳　卯好日九カン／大火　辰
巳万吉　午下食　未四于／吉　申六合　酉師旦
戌大火　亥吉

六　子下食／好日　丑吉　寅天徳　卯滅門／師旦　辰
巳大利　午上　未四于　申六合　酉師旦
戌大過　亥

七　子吉　丑上　寅吉　卯大利　辰／凶巳地福　午吉五貧
未六食　申下食／滅門　酉凶　戌凶／師旦　亥吉

八　子六合　丑　寅大利吉　卯師旦貧　辰福徳
巳凶　午九種／滅門　未吉／上　申吉　酉下食凶
戌四于　亥吉

九　子凶　丑万凶　寅上好日　卯凶　辰
巳下食吉　午　未八貧　申万吉　酉九種
戌師旦　亥吉

十　子五貧　丑凶　寅八貧　卯凶　辰大吉／六合
巳吉　午　未四于吉　申上　酉万吉

〔079〕一　義経が幼児期、鞍馬で修行したとする伝説に基づくか。→補注1

戌師旦　亥下食／好日
十一　子師旦　丑下食／吉　寅貧吉　卯上／滅門　辰大吉／四于
巳吉　午凶　未好日／上　中好日／滅門　酉
戌万吉　亥凶
十二　子吉　丑九種　寅六合／九種　卯下食／師旦　辰火
巳好日　午天福　未　申地福／願亡　酉凶
戌八貧／滅門　亥万吉／福徳

〔079〕（一　従鞍馬毘沙門義経相伝日記）

東

甲子　乙丑　丙寅　丁卯　戊辰　己巳　庚午　辛未　壬申　癸酉
甲戌　乙亥　丙子　丁丑　戊寅　己卯　庚辰　辛巳　壬午　癸未
北　甲申　乙酉　丙戌　丁亥　戊子　己丑　庚寅　辛卯　壬辰　癸巳　南
甲午　乙未　丙申　丁酉　戊戌　己亥　庚子　辛丑　壬寅　癸卯
甲辰　乙巳　丙午　丁未　戊申　己酉　庚戌　辛亥　壬子　癸丑
甲寅　乙卯　丙辰　丁巳　戊午　己未　庚申　辛酉　壬戌　癸亥

一枚雜書

月												
正	子 五貧	丑 山 六合	寅 大福 九種	卯 山	辰 九坎 好日	巳 吉	午 万吉	未 下食	申 吉	酉 山	戌 九種	亥 大火
二	子 滅門	丑 九坎 好日	寅 天福	卯 貴 滅門	辰 上	巳 九種 師旦	午 六合 大通	未 天德 四干	申 大利 天福	酉 八貧 師旦	戌 福德 下食	亥 地福
三	子 吉	丑 八貧 大火	寅 万吉	卯	辰 上食 四干	巳 福德 師旦	午 師旦	未 九種 滅門	申 滅門 頓七	酉 吉	戌 好日	亥 く 六合
四	子 八貧 師旦	丑 吉	寅 下食 滅門	卯 万吉	辰	巳 く	午 山	未 好日 天福	申 山	酉 地福 八貧	戌 六合 天福	亥 師旦 天福
五	子 吉	丑 山	寅 天德	卯 好日長 大火	辰	巳 万吉	午 下食	未 四干 吉	申 六合	酉 師旦	戌 大火	亥 吉
六	子 下食 好日	丑 吉	寅 天德	卯 滅門 師旦	辰	巳 大利	午 く	未 四干	申 六合	酉 師旦	戌 大通	亥
七	子 吉	丑 く	寅 吉	卯 大利	辰	巳 地福	午 五貧	未 六合	申 下食	酉 山	戌 山	亥 吉
八	子 六合	丑	寅 大利 吉	卯 師旦 貧	辰 福德	巳 山	午 大福 滅門	未 好日 く	申 好日	酉 九種	戌 五貧	亥 吉
九	子 山	丑 万凶	寅 く 好日	卯 山	辰	巳 下食 吉	午	未 八貧	申 万吉	酉 九種	戌 師旦	亥 吉
十	子 五貧	丑 山	寅 八貧	卯 山	辰 五貧 六合	巳 吉	午	未 下食	申 く	酉 万吉	戌 師旦	亥 下食 好日
十一	子 師旦	丑 下食 吉	寅 貧 吉	卯 く 滅門	辰 天德 四干	巳 吉	午 山	未 好日 く	申 好日 滅門	酉 大火 天福	戌 万吉	亥 山
十二	子 吉	丑 九種	寅 天德 九種	卯 上食 師旦	辰 大	巳 好日	午 天福	未	申 地福 頓七	酉 山	戌 八貧 滅門	亥 万吉 福德

西

二〈右、従二鞍馬毘沙門一、義経相伝日記。出陣用レ之。〉

〔080〕

一住吉衣たちの吉日

正・四・七・十　二日　四日　五日　十日　十四日　十五日　十八日　廿日　廿
三日　廿五日　廿六日　廿八日　晦日
二・五・八・十一　二日　四日　五日　十四日　十五日　十六日　廿日　廿一日
廿八日　廿九日
三・六・九・十二　三日　十五日　十六日　十八日　廿三日　廿六日　廿八日

〔081-01〕

誹諧　一天暦御門

さ夜ふけていまはねぶたくなりにけり
二滋野のないし、つけていはく
夢にあふべきひとやまつらむ

二　この部分、底本は綴じ目になっており判読できない。古典文庫本により補う。

〔080〕

一　住吉の神との関わりで衣料を裁つ日の吉凶が定められるという意か。→補注1

〔081-01〕

『拾遺和歌集』（一一八・雑賀・一一八三）所収。詞書は「宵に久しう御殿籠らでおほせられける／天暦御製」「御前にさぶらひて奏しける／滋野内侍」。その他『八雲御抄』『僻連抄』、『連理秘抄』、『菟玖波集』（一〇・恋連歌中）、『長六文』等にも収録される。→補注1

一　村上天皇（九二六～九六七）。

二　「滋野内侍」。生没年・伝未詳。→補注2

〔081-02〕

ゐたりける所の北の方に、こゑなまる人の、物いひけるをきゝて

[一]永成法師

[二]あづまことのこゑこそ[三]北にきこゆなれ

[四]権律師慶範

みちのくにより[五]こしにやあるらむ

〔081-03〕

[一]桃ぞのゝ桃のはなをみて

[二]頼慶法師

桃ぞのゝものはなこそさきにけれ

[三]公資朝臣

[四]梅津のむめはちりやしぬらん

〔081-04〕

[一]加茂社にて、[二]物つく音のしけるを聞て

〔081-02〕以下〔一20〕まで『金葉和歌集』(一〇・雑部下)の連歌部に、また大半が『俊頼髄脳』にも収録される。→補注1

一　源孝道の子又は孫。生没年未詳。『後拾遺和歌集』初出。姪に四条宮下野がいる。

二　「東琴」、或いは「東言」か。『金葉和歌集』では「あずまうど(東人)」とする伝本が多い。

三　東の人の声が北から聞こえてくるのは変だの意。四　『僧綱補任』では藤原安隆の男、『勅撰作者部類』では中原致行の男。九九七〜一〇六一。『後拾遺和歌集』初出。五　国名の「こし(越)」(北陸の越前・越中・越後)と「来し」とを掛けつつ、東の「みちのくに(陸奥国)」と対比する。

〔081-03〕

一　現在の上京区栄町一帯。『延喜式』に記載されている京北園(天皇供御の果実や蔬菜を栽培した菜園)があり桃の木を多く植えたので、この地域を桃園と呼ぶようになった。二　未詳。『俊頼髄脳』は「頼経」とする。三　大江公資(?〜一〇四〇)。『後拾遺和歌集』初出。四　太秦の南、桂川左岸一帯の地。地名と梅花から桃花への季節の移りを対比する。

〔081-04〕

一　古典文庫本「賀茂社」。

二　精米のために杵を搗く音。

[四]しめのうちに[五]きねの音こそ聞ゆなれ　[三]神主成助

いかなる神の[七]つくにやあるらん　[六]行重

〔081-05〕

宇治にて、田の中に老たる男の[一]臥たるをみて　[二]僧正深覚

[三]田の中に[四]すきいりぬべきおきなかな　[五]宇治入道前太政大臣

かの[六]みなくちに水をいればや

〔081-06〕

日の入をみて　[一]観暹法師

日のいるは[二]くれなゐにこそにたりけれ　[三]平為成

三　賀茂成助（一〇三四〜一〇八二）。『後拾遺和歌集』初出

四　注連縄。

五　「杵」と「巫覡（きね）」を掛ける。

六　未詳。あるいは『中右記』長治元年七月九日条に「左衛門志大江行重」とある人物か。

七　「搗く」と「憑く」を掛ける。

〔081-05〕

一　『俊頼髄脳』は「これは宇治殿にて、田中にあやしの翁立てりけるを見て、せさせまつるぞ」と翁を立っているものとする。　二　藤原師輔の男。九五五〜一〇四三。『後拾遺和歌集』初出。　三　『金葉和歌集』諸本「春の田」とする。

四　「鋤入る」と「死ぬ」意の「過ぎ入る」（『八代集抄』説）、あるいは「吸いこまれる」意の「食入る（すきいる）」（新日本古典文学大系『金葉和歌集・詞花和歌集』説）を掛けたものか。翁の衰弱して死にそうな様子を表したものであろう。

五　藤原頼通。　六　田の「水口」と水を飲ませるための翁の「口」を掛ける。

〔081-06〕

一　〔081-20〕にも名が見えるが未詳。

二　紅花で染め出した赤く鮮明な色。

三　未詳。

四　「日」にかかる枕詞。同時に茜草で染めた赤色「茜色」を掛けて、夕日が赤いのは茜色を差したからとする。

[四]あかねさすともおもひけるかな

〔081-07〕

田中に馬のたてたるをみて　[一]永源法師

田にはむ馬は[二]くろにぞありける
なはしろの水には[四]かげとみえつれど　[三]永成法師

〔081-08〕

[一]かはらやをみて　読人しらす

かはらやの板ふきにてもみゆるかな
[三]つちくれしてやつくりそめけん　[二]助俊

〔081-09〕

〔081-07〕→補注1

一　『勅撰作者部類』によれば藤原敦舒の男。『尊卑分脈』によれば藤原永相の男。生没年未詳。『後拾遺和歌集』初出。

二　「畔」と馬の「黒毛（くろ）」を掛ける。

三　→〔081-02〕注1

四　水面に映る「影」と馬の「鹿毛」を掛ける。

〔081-08〕

一　瓦を造る家のことであろう。

二　未詳。『俊頼髄脳』は「木工助助俊」とする。

三　瓦の材料である「土塊」と板葺屋根の用材「榑（くれ）」とを掛ける。

〔081-09〕→補注1

つくしし[一]かの嶋をみて[二]

[四]国忠

つれなくたてる[三]しかの嶋かな
ゆみはりの月の[五]いるにもおどろかで

〔081-10〕

[一]宇治へまかりける道に、日比雨ふりければ、水出て[二]加茂川を、おとこのはかまぬぎて、手にさゝげて、わたりけるをみて

[三]頼綱朝臣

[四]加茂川を[五]つるはぎにても渡る哉
[七]かりばかまをば[八]おしとおもひて

[六]信綱

〔081-11〕

あゆをみて

よみ人しらす

なにゝ[一]あゆるをあゆといふらん

一　筑紫志賀島。万葉集にも歌われた筑前国の歌枕。博多湾に浮かび、砂洲「海ノ中道」で地続きとなる。志賀海神社で有名。二　『金葉和歌集』諸本は前句を「為助」作とする。「為助」未詳。三　「志賀島」と「鹿」を掛ける。四　未詳。五　弓張り月が「沈む」意の「入る」と弓を「射る」とを掛ける。

〔081-10〕

一　現在の京都府宇治市。→補注1
二　古典文庫本「賀茂川」。
三　源頼光の孫。頼国の男。源三位頼政の祖父。一〇二四〜一〇九七。『後拾遺和歌集』初出。
四　「加茂川」と「鴨」を掛ける。
五　鶴の脛のように着物の丈が短くて脛を長く外に出している状態の「鶴脛」と「鶴」とを掛ける。
六　未詳。『金葉和歌集』三奏本は「行綱」とする。
七　「狩袴」或いは「借り袴」と「雁」とを掛ける。
八　「惜し」と「鴛鴦」とを掛ける。以上四種の鳥の名を詠み込む趣向。

〔081-11〕　→補注1

一　「鮎」と「落(あ)ゆ」、あるいは「似(あ)ゆ」を掛ける。

鵜舟にはとりいれしものをおぼつかな　　匡房卿姫

〔081-12〕

和泉式部、加茂に参けるに、わらふづにあしをくはれて、紙をまきてけるをみて　　神主忠頼

ちはやふるかみをばあしにまく物か
これをぞしものやしろとはいふ　　和泉式部

〔081-13〕

源頼光、但馬守にて有ける時、たちの前に、けたがはといふ川のあるより、舟の下けるを、しとみあくるさぶらひにとはせければ、「たでと申物をかりてまかるなり」といふを聞て、口すさびにいひける

源頼光朝臣

二　『金葉和歌集』諸本及び『俊頼髄脳』は「妹」とする。「匡房」は大江匡房。
三　「捕り」と「鳥」を掛けるか。

〔081-12〕→補注1
一　古典文庫本「賀茂」。
二　『金葉和歌集』諸本「わらうづ」。わらうづ（藁沓）で靴擦れができて。
三　未詳。恐らくは賀茂社の神主であろう。
四　「神」の枕詞。
五　「神」と「紙」を掛ける。
六　平安中期の女流歌人。生没年未詳。
七　賀茂社の「下社」、即ち下賀茂神社と体の「下」部、足とを掛け、上と下とで対にする。

〔081-13〕
一　清和源氏、満仲の男。?～一〇二一。酒呑童子退治の伝説で有名。
二　現在の兵庫県但馬地方の東部を流れ日本海に注ぐ円山川の、気多郡での旧別称。但馬国の国府は、『日本後紀』によれば八〇四年一月二六日以降、気多郡高田郷にあった。
三　蓼。山野に自生するたで科の一年草。辛味が強く香辛料として用いる。

たでかる舟のすぐるなりけり

是を連歌にきゝなして　　四相模母

朝まだき五からろの音のきこゆるは

〔081-14〕　　読人しらず

一はなくぎはちるてふことぞなかりける

二前摂政太政大臣家のゆふしで

三風のまに〳〵うてばなりけり

〔081-15〕

一すまひ草といふ草のおほかりけるを、引すてさせけるをみて

読人しらず

ひくにはつよきすまゐ草かな

二とるてにははかなくうつる花なれど

四　慶滋保章女。なお『勅撰作者部類』は平安時代の女流歌人相模の父を源頼光とするが確証はない。

五　中国風に作った櫓の「唐櫓」、或いは水中に浅く入れて漕ぐ意の「空櫓」か。前句に辛味を持った「蓼」があるので「辛し」を掛ける。

〔081-14〕

一　花釘。装飾用に釘の頭部を花形にしたもの。

二　未詳。古典文庫本、『金葉和歌集』は「摂政」なし。「ゆふしで（木綿四手）」は「前摂政太政大臣家」に仕えていた女房・侍女の呼び名であろう。

三　「まにまに」を「随に」として「風が吹くのに従って」と解すると、前句との繫がりが分かりにくい。あるいは「間に間に」と捉え「風の（止んでる）間々に」と解するべきか。

〔081-15〕

一　様々な説があり、現在の何れの草にあたるのか未詳。但し根が強く、花は弱く色が移りやすい草であることは確かであろう。

二　すまゐ草を抜く手には。「取る手」は「相撲」の縁語。

〔081-16〕

とりをのきにさしたりけるが、よる雨にぬれけるをみて

雨ふれば[一]きじも[二]しとゞになりにけり
[三]かさゝぎならばかゝらましやは

〔081-17〕

みのむしの、梅のはなの咲たる枝に有をみて

[一]律師慶暹

梅の[二]はながさきたるみのむし
前なるわらはのつけたる
[三]雨よりは風ふくなとやおもふらん

〔081-18〕

[一]よるをとすなる滝のしら糸
[二]くり返しひる[三]もわくとはみゆれ共

〔081-19〕

〔081-16〕 一 雉。 二 鳥の名の「鵐(しとど)」と、酷く濡れる意の「しとどに」を掛ける。 三 鳥の名の「鵲(かささぎ)」と「笠」を掛け、「笠を持つ鵲ならばこのようにならなかったろうに」。

〔081-17〕 →補注1

一 『勅撰作者部類』によると宇佐大宮司大中臣公宣の男。九九三〜一〇六四。『後拾遺和歌集』初出。

二 梅の花を笠に見立てている。

三 「雨」は「蓑」「笠」の縁語。「(蓑と笠を付けているので)雨は心配ないが、(花を散らす)風よ吹くなと思っているのであろう」。

〔081-18〕 →補注1

一 「夜」と「縒る」を掛ける。「縒る」は「糸」の縁語。 二 「繰り返す」の意と「(糸を)繰る」を掛ける。「繰る」は「糸」の縁語。 三 「湧く」と綛糸を巻く道具の「篗(わく)」を掛ける。「篗」は「糸」の縁語。

〔081-19〕

[一]鵜の水にうかべるをみて

[三]あらうとみればくろき鳥かな　　[二]頼算法師

さもこそは[四]すみの江ならぬよとゝもに　　よみ人しらず

〔081-20〕

はしらをみて

おくなるをもや[二]はしらと〈は〉いふ　　[一]成光

みわたせばうちにも[四]戸をばたてゝけり　　[三]観暹法師

〔081-21〕

秋のころ、[一]十王[二]堂に三人あそびゐて

十王のかほは地獄のもみぢかな　　[三]宗祇

[四]びらんじゆの木に[五]わめく秋風　　[六]宗長

一　古典文庫本は「鶚」をミセケチにして、その右に「鶚ィ」と異本注記を記す。
二　未詳。
三　飼い慣らされていない「荒鵜」と「洗う」を掛ける。「「洗う」という名なのに黒い鳥であるよ」。
四　摂津国の歌枕「住之江」に「墨」と「住み」を掛ける。「「墨」という名の付く「住之江」に「住んで」いるのであろう」。

〔081-20〕　→補注1
一　未詳。
二　「柱」と「端」を掛ける。「奥にあるのも「端」らというのか」。
三　未詳。
四　「戸」と「外(と)」を掛ける。

〔081-21〕　東大図書館蔵『新撰犬筑波集』(以後『新撰犬筑波集』と略記)に類句あり。→補注1
一　地獄の十人の冥官を祀る堂。「十王　冥途の官人也」(易林本節用集)。　二　閻魔王の朱ら顔を紅葉するとみなした。　三　飯尾宗祇(一四二一～一五〇二)。　四　毘蘭樹。→補注2　五　毘蘭樹に吹きつける風。→補注3　六　別

[七]三津河のむば玉の夜に月更て　　[八]牡丹花

〔081-22〕

宗長、[一]いろ〳〵しきいでたちにて、[二]兼載に途中にしてあひければ

あやしやさてもたれに[三]かりきぬ　　兼載

このこそで人のかたより[四]くれはとり　　宗長

〔081-23〕

「[一]候べく候に霞たなびく」といふ句に

[二]はる[三]たつと申させ給へたれにても　　[四]山崎宗閑

[五]近衛殿前関白、是をきこし召て、「「候べく候」に、「申させ給へ」とつけたる、中〳〵なる[六]よせぞや」と、わらはせけるとぞ。

〔081-24〕

[一]曽我きやうだいはほとけにぞなる　　よみ人しらず

[二]はちす[三]ばにかはづが子どもならびゐて

号柴屋軒(一四四八～一五三二)。七 三途の河。冥府の幽暗の景を付けた。八 牡丹花肖柏(一四四三～一五二七)。

〔081-22〕この付合は諸書に見える。→補注1

一 派手な、けばけばしい。二 猪苗代兼載(一四五二～一五一〇)。三 「借り衣」と「狩衣」を掛ける。四 呉国の機織りを伝えた渡来民。あるいは「綾」の織物。前句「あや」から「くれはとり」、「借り」から「呉れ」を付けた。

〔081-23〕

一 手紙の文末用語。「あるべし」の丁寧表現。草書体のくずし字を「霞」に見なしたか。二 春になる(立春)。「霞」に付ける。三 高位の人に取り次ぎを頼む言葉。「候べく候」に付く。四 山崎宗鑑。生没年不詳。五 近衛信尹(一五六五～一六一四)。寛永三筆の一人。六 「寄せ」。関連づける、通わせる。歌論用語。〔086-02〕参照。

〔081-24〕

一 曾我祐成(十郎)・時致(五郎)兄弟。二 蓮葉。「仏」から極楽の「蓮」を付ける。三 「蛙」に「河津」を掛ける。曾我兄弟は河津祐泰の子。四 比丘尼。尼から還俗して「女」となった。五 「比丘尼」から「尼」を付け、「蓮葉」から「雨

四びくにもいまはをんなにぞなる
五はちす葉のうへよりおつるあまがへる

〔081-25〕

一むかし連歌に

二いかにして三たでゆのからくなかるらん
四むめ水なれどすくもあらねば
五くちなしに六きばのみゆるはふしぎ哉
七きくといふにもみゝのあらばや

〔081-26〕

一後奈良院御製

「身には二つもれるつみもあらじな」と云句ニ
三黍粟もくはでおこなふ四すみの袖

〔081-27〕

蛙」を連想。「落つる」は「落堕」(僧侶が俗人に戻ること)を掛ける。『竹馬狂吟集』に類句あり。→補注1

〔081-25〕

一 『菟玖波集』のこと。 二 巻一九「雑体連歌・俳諧」にこの付合が見える。→補注1 三 「立て湯」に「蓼湯」を掛ける。「蓼」から「辛く」。 四 「湯」の縁で「うめ水」。「梅」に通わせて「酸く」とした。 五 「梔」のこと。「口無し」に掛ける。 六 「口無し」から「牙」を連想。口無しなのに牙があるのは奇妙。 七 「菊」に「聞く」を掛ける。 八 「口」に「耳」を付ける。「菊(聞く)」というなら「耳」のありそうなものを。→補注2

〔081-26〕

一 『後奈良院御なぞ』の作がある(一四九六～一五五七)。 二 積み重ねた罪。 三 いずれもイネ科の雑穀。 四 墨の袖。厳しい修行を重ねる修行僧の姿。前句「つみ」を「紡錘」とみなして「袖」を付けたか。

〔081-27〕 この句は『菟玖波集』(巻二・春下)に

あり。
一　上巻〔013-17〕頭注参照。二　「人丸」とあるべき所。三　「柿本」と「垣の下」を掛ける。
四　『古今集』仮名序「水に住む蛙」を踏まえる。

〔081-28〕一　叡山真如蔵旧蔵本『俳諧連歌』に同じ句あり。
二　前句の謎を「竹の子」の句で解く。
三　「ちちと」竹の葉が出るさまに、「父母」を掛けた。四　鳥の巣離れ。五　「巣離れ」から「山遠く」を付ける。六　「巣離れ」を親子にとりなす。ホトトギスは鶯の巣に卵を生み、鶯に育てさせる。『菟玖波集』（巻一九・雑体連歌、俳諧）に「鶯の子の子規かな」とある。→補注1

〔081-29〕一　夜が明けて
二　炭窯。前句を炭焼きと取りなした。

〔081-30〕『新撰犬筑波集』ほか諸書に同種の連歌話が見える。→補注1

[一]前中納言為相

「[二]ひとまつにゝて歌やよむらん」と云句ニ

[三]かきのもとながるゝ[四]水になくかはづ

〔081-28〕

[一]おやよりさきにむまれこそすれ　読人不知

[二]竹のこのそだてば[三]ちゝとはゝ出て

[四]すをはなれたる鳥の声々

[五]山とをく[六]うぐひほとゝぎなきつれて

〔081-29〕

[一]あくればやまをたちいづるなり　兼載法師

けぶりをもぬりこめてやく[二]炭がまに

〔081-30〕

三井寺にあるちご[一]の、梅の木にのぼりけるを、同宿[二]のほうし[三]走出
て

さる[四]ちごとみるにあはせず木にのぼる
ト云ければ、木ずゑ[五]なるちごの

いぬ[六]のやうなるほうしきたれば

〔081-31〕

「我よりもせい[一]たか若衆[二]待侘て」といふ句に[三]　宗長法師

不動[四]も恋にこがらかす[五]身ぞ
板びさしにもねたるおほちご[六]
関[七]の名のふはり[八]と物やにほふ[九]らん

〔081-32〕

山崎宗閑

後鳥羽の院[一]におそれこそすれ
さくらさくとを山もと[二]にかしこまり[三]

一 児。 二 同じ寺に起居して修行する者。
三 法師。時に児は法師の男色の対象となった。
四 「猿ちご」。小賢しい児。 五 木末。
六 「猿」から「犬」を付けた。

〔081-31〕
一 背高(身長の高いこと)。 二 元服前の男子。男色の対象となった。 三 叡山真如蔵旧蔵本『俳諧連歌』に類句あり。→補注1 四 不動明王。「背高」を「制吒迦」(不動明王の侍者)に取りなす。不動が念者(兄分)にあたる。 五 身を焦がす。 六 大児。小児に比べて愚鈍。 七 「板庇」から付ける。「関屋トアラバ、板びさし」(『連珠合璧集』)。箱根の関のこと。 八 「ふはり」と「不破(の関)」を掛ける。 九 「箱根」から「はこ」(大便を連想。→補注2。大児の脂粉から「にほふ」と付けた。「児　白粉」(『類船集』)。

〔081-32〕
一 後鳥羽院(一一八〇~一二三九)。 二 「後鳥羽院」から「山もと」を付ける(後鳥羽院「見渡せば山もと霞むみな瀬川夕べは秋と何思ひけん」『新古今集』一・春歌上)。 三 「おそれ」から「畏まり」とした。 四 『新撰犬筑波集』に類

四小町がはてはあ五まにこそなれ
六花の色はうつりにけりな七梅ぼうし
八天にもあがり地をもくゞりつ
九むぐらもちくろ焼となる夕けぶり

〔081-33〕
一天台山東谷にある坊より、宗閑に誹諧
二たなの三をよたえなば絶ね四なからあれば物置たびによはりもぞする

〔081-34〕
一あやしの賤のお三人、さきなるは二あしげの馬をおいゆく、中なる
三はかげの馬、後なるは四かはらげの馬也。都のあたり五久我《クガ》なはてとい
ふほそ道にて、さる物ゆきあひていふやう。「此なはてをばとをさ
じ。されども六歌をよみたらばやらん」といふけり。さきなるものが
よみける
雨ふれば道も七あしげのこがなはて八日かげてりなばやがて九かはらけ

句あり。→補注1　五 小野小町(生没年不詳)落魄の様。六「花の色は移りにけりないたづらにわが身世ぬふるながめせしまし」(『古今集』(春・下)。七「尼」から「梅法師」(梅干)を連想。「梅法師」は中国宋代の隠詩人・林和靖のこと。「花」は詩人の愛した梅。→補注2
八『新撰犬筑波集』に類句あり。→補注3
九「地をくぐる」から「むぐらもち」(もぐら)を出し、「天にもあがり」に「夕けぶり」を付けた。野火で黒焼きとなったもぐら。

〔081-33〕
一 比叡山延暦寺東谷。二 式子内親王「玉の緒よ絶えなば絶えねながらへば忍ぶることのよはりもぞする」(『新古今集』一一・恋歌一)。
三 棚をつる紐。四「半ら」。半分ほどの量、大きさ。

〔081-34〕『新撰狂歌集』などの諸書に類話あり。→注1
一 卑賤の男 二 葦毛。馬の毛色。三 鹿毛。四 川原毛。たてがみだけが白い馬。
五 久我縄手。山崎(京都府乙訓郡大山崎町)から久我(京都市南区)に通じる近道。六 歌の手柄を語る歌徳説話の体裁。七「悪し気」と「葦毛」。八「日影(日光)」と「鹿毛」。
九「河原毛」に「乾く」を通わせ、「瓦・土器」を掛ける。

〔081-35〕

[一]常徳院殿、[二]六角貞頼親御退治として[三]御動座《ドウザ》の時、[四]坂本にて日々に
[五]「たら」といふ魚の参けるを

[六]為広卿法名宗清

[七]みやうがなや我たつ杣の麓にてあのくたらじるけふも三盃

〔081-36〕

いまはの時、笑てよめる歌

みな人はしぬる〱と申せども宗清ひとりいきとまりけり

〔082-01〕

[一]少人をしへの詞

みるからに　[二]たれもこゝろを　なやますは　かたちはあまり
すぐれねど　身持やさしく　はなやかに　こゝろけだかく
おほやうに　[三]手足のはづれ　きよやかに　[四]常に空だき
たきしめて　身をもかみをも　にほやかに　ふりもこゝろも
人なれて　こゝろにあふも　あはぬをも　情をかけて

〔081-35〕
一　足利義尚(一四六五～一四八九)。足利九代将軍。二　六角定頼(上巻〔018-07〕頭注参照)の親、近江守護六角高頼。三　貴人の出陣。四　比叡山麓・坂本。義尚は高頼討伐のため坂本に出陣した。五　鱈　六　上巻〔013-13〕参照。七　伝教大師(最澄)作「阿耨多羅三藐三菩提の仏たちわが立つ杣に冥加あらせ給へ」(『新古今集』二〇・釈教歌)。「あのくたら」に「鱈」を掛ける。

〔081-36〕　諸書に類話あり。↓注1
一　「息止まり」に「行止まり」を掛ける。

〔082-01〕
一　以下の内容は、「若衆」「宗祇」「長歌」「短歌」といったことばを組み合わせた書名により世に広まった宗祇作とされる望ましき若衆の身持ちに関する教訓である。↓補注1
二　人の心を悩ますほどの魅力ある意。
三　衣服から露出した手先足先。「女ほうのたちゐに心つくへきはむねのほとりとあしのはつれと」(『教訓和歌西明寺百首』所載「女子教訓」)。
四　「空薫き」。どこからともなく薫るように香をたくこと。「少香なと焼しめたるは風流の様にも相見候」(『夢後記』)。↓補注2

にくげなく　[五]あひ〳〵として　おとなしく　[六]月をあはれみ
花をめで　たゞ何となく　いろふかく　おもひいりたる
人をこそ　しるも知らぬも　[七]あじきなく　おもひまどへる
こゝちすれ　なりもこゝろも　すさまじく　[八]しほれぬ人は
[九]いやでそろ　あまりしたしく　[一〇]ぬれ〳〵と　しみられたるも
きにあはず　あまりやさしき　ふりをして　[一一]心のおもき
人もうし　たゞをのづから　なにとなく　物のあはれを
しる人ぞ　一よなりとも　いひよりて　枕ならぶる
うたゝねの　[一二]後のあしたの　玉づさに　思ひもかけぬ
こゝろばへ　[一三]夢かうつゝか　とばかりに　おぼつかなげに
[一四]あさ〳〵と　かきとゞめたる　みづぐきの　[一五]をかれぬまゝに
とれば手に　[一六]くゆるばかりに　あらむこそ　残おほくも
あるべけれ　[一七]一夜ふたよの　ほどまでも　余に人の
うちとけて　なれ〳〵しきも　[一八]などやらん　心あさくて
わろくそろ　[一九]三夜ともなれば　また人の　心ふかくも
さのみたゞ　[二〇]心ををくも　けしからず　余にわかき
人などの　[二一]物をもかゝず　歌よまず　学文なども

五　「合合」は、その場の状況にそぐうように振る舞う意。六　「我こゝろやさしくあらはをのつから月よ花よと人のとひくる」（『若衆物語』所載「西明寺殿百首」）。七　その風情ある様に人は魅せられる。八　しっとりとした風情。「一方の花をきはめたらん人は、しほれたる所をもしる事あるべし」（『風姿花伝』三）。九　「そろ」は「さうらふ」の約。「Soro. ソロ（候） sǒrǒ に同じ」（『邦訳日葡辞書』）。ご免だよの意。一〇　じっとりと付きまとうように思いを掛けられるのも好きになれない。一一　鈍重な人も気が進まない。一二　通常は共寝をした男女が翌朝交わす手紙をさすが、ここでは〔089-01〕「巷歌」第一首に見られるような衆道の風情を思い浮かべるべきか。一三　『伊勢物語』（六九）「君やこし我やゆきけむ思ほえず夢かうつつか寝てかさめてか」（『古今和歌集』一三・恋三・六四五）をふまえる。一四　野暮な濃い墨色ではなく、あっさりと艶のある薄墨で書き留められた手紙。一五　差し置いたままにすることもできず手に取ると。一六　手紙を手にしたことを思わず後悔するほどの逢瀬は、心乱れ余韻を残すものであるに違いない。一七　仮初めの契りかもしれない一夜二夜の程度で。「たかくともなにゝかはせんなよ竹の一夜二夜のあだのふしをば」（『鳴門中将物語』）。一八　どうして良かろうか、いや良いはずがない。軽薄で、好ましくないものよ。一九　男性が三夜続けて通うと正式な婚姻と見なされ執り行われる露顕の儀をふまえ、晴れて夫婦となった間柄を表す。二〇　打ち解け

せぬ人は　ことのほかにぞ　おもほゆれ　又は酒宴の
おりふしは　二二一さしまふて　なにとなく　たちたるふりぞ
めにはつく　二三ことさら歌は　鬼神も　あはれをおもふ
みちなれば　おとこ女の　中だちも　これにすぎたる
事はなし　又ものゝふの　こゝろをも　なぐさめぬると
つらゆきも　かきとゞめたる　事なれば　などか心に
かけざらむ　かたのごとくも　しらざるは　余になさけ
なかるべし　二四十六七に　なる人は　春の花とも
身をおもひ　秋の月とも　なずらへて　二五心にかけぬ
人をこそ　ねたくも恨　はつべけれ　人ははたちに
なりぬれば　さかり過行　あさがほの　色もにほひも
日にそへて　おとろへゆけば　なに事も　おもふにかひは
よもあらじ　此ことはりを　おもへたゞ　あらあさましや
人の身の　二たびわかき　ことはなし　世にいつくしき
ひとなれど　あまり心の　まことなく　二六すまう太刀切
つぶてうち　二七小袖かたぎぬ　こばかまの　かなたこなたは
ほころびて　かみかたはらに　をしゆるめ　大むねあけて

ないのも甚だ好ましくない。二一「第一ニ手習学文ナリ。物ヲ書事、手半学ト申故也。人ト生レテ物ヲカ、ヌハ、誠ニアサマシキ事也」(『多胡辰敬家訓』)。「弓を射ならひ馬をのり、鉄砲なとに兵法や、太刀打鑓に物を書、読物すくれ理を極め、歌や連歌や詩を作り、乱舞も少、知りて吉」(『小笠原山城守長頼長歌』)。二二「御はやしなどの有けるには、一さし舞て一曲をうたひ、何となく戯たるは、若侍の嗜みと人々申給へるは、忝次第也」(『身自鏡』)。二三『古今和歌集』仮名序で紀貫之が和歌の効用を説いた「力をも入れずして天地を動かし、目に見えぬ鬼神をもあはれと思はせ、男女のなかをもやはらげ猛きもののふの心をもなぐさむるは歌なり」をふまえる。二四『身自鏡』は、一三歳で寺に入り学文修行した若者が下山し遊興にふけるのを一六歳とする。二五 自分のことを慕わしいと思わない人を、憎らしく恨めしく思うに違いない。二六 力比べの相撲や太刀振り小石投げ。二七 以下「事あらん」まで避けるべき風体の例。「腰ゆかめ袴ほころひ小袖にしはよせ、物きなからひるいねしたる姿なとのやうにして人前へ出候事、うつけ物にみるゆ也」、「髪をは先起〱にゆひ付候はねはくせに成てほうけかましく候」(『夢後記』)。〔082-02〕注二参照。二八 歯を黒染めにする鉄漿でお歯黒もせず身だしなみも行き届かぬ様。「人は身持きれいにさはく〱とたしなむへし。ことに若者はかね付歯に物を付す」(『夢後記』)。二九 楊枝を使って歯を磨くこともなく。「御堂より下向して朝食終

てあしには　土うちつけて　つめきらず　身をもきよめず
かねつけず[二八]　やうじつかはず[二九]　むさ〳〵と　物しりがほに
りこうして　そ歌うたひ[三〇]　うそをふき　いやしき子ども[三一]
ともなひて　それにならへば　いふ事も　なにかやさしき
事あらん　しのびかへさむ[三二]　あさましや　いまにとしより
こしかゞみ[三三]　しはうちよりて　まゆしろく　みゝもきこえず
めもくさり　はなうちたれて　なる事は　若《ワカ》衆もいかで
のがれまし　みめもかたちも[三四]　いつくしく　人の恋しと
おもふとき　世のおもひ出に　なさけあるべし

れば、楊枝を遣うがいして、髪を結ひ衣裳刷ひ」（『身自鏡』）。三〇　古典文庫本「そら歌」。あてもなく誤っていそうな歌。三一　品のない若い連中を引き連れて。三二　しみじみと思い起こすとしたらその時は、呆れるだろう。思い出す対象を明記せず舌足らず。『実暁記』所収本文は「かくてすこさハ何かさて、浮世の中のおもひてに、忍ひ帰さんあさましや」とする。「しのぶ」は「偲ぶ」が良いものの、文意はこの方が通りやすい。三三「黒き髪は白くかはり、赤きくちびるは色を失ひ、額には渭水の波をたゝみ、眉には商山の月をたれて、骨こはく腰くゞまり、眼くらく、耳朧也」（第二種七巻本『宝物集』一）。三四　見た目も容貌も美しく、人が恋しく思ってくれる時にこそ、この世の思い出に、人の心情や情趣を解する心がけに勤めるのが良い。

〔082-02〕

宗祇[一]百ケ条抜書

一　芸能[二]なにゝても心かくべき事。又不レ成して万にとりかゝる事。

一　詩歌の雑談の時、しらずとも、うけ候[三]はぬけしきあるべからず。并座をはやくたつもいかゞ。

一　髪のゆひ様にて、よきふり、悪さま、みゆべし。いかにも可レ執事。

一　さい〳〵[四]かねつけべき事。

〔082-02〕

一　実際に記されているのは四八ヶ条。前段「少人をしへの詞」と内容的に重なる条がある。〔082-01〕補注2参照。二　素養として身に付けるべき教養と技芸。「Gueinô. ゲイノゥ（芸能）**Gueiua Rei, gacu, xa, guio, xo, su.**（芸は礼、楽、射、御、書、数）すなわち、礼儀、音楽、弓射、乗馬、書道、算術、**Nôua Qin, gui, xo, gua.**（能は琴、棋、書、画）楽器、特に琴の弾奏法、碁(**go**)の打ち方、書道、絵の描き方」（『邦訳日葡辞書』）。「廿ばかりまでは、何事も人のするほどの芸能をたしなむべし」（『極楽寺殿御消息』）。

一　[五]小びたひ、きれゐにとるべき事。
一　はなの中、きよむべき事。并はなげ、ぬくべき事。
一　[六]手足のはづれ、可ㇾ嗜事。并爪、しげ〳〵きるべきこと。
一　[七]楊枝、ゆだんなくつかふべき事。殊、食事の後。
一　人にあふて、[八]侘言だての事、すべからず。
一　[九]誓文にもよきあしき有歟。大黒・弁財天・愛染・毘沙門。
一　人の上、よきあしき、批判すべからず。并[一〇]人のき〵を羨むこと。

禁べき事

一　[一一]かたぎぬ・はかま、ほころびがちなる事。
一　人中にて、はなをのごはむとする時、口をゆがめ、かほをにがむこと。
一　[一二]ばくち・双六、みたがる事。
一　たちながらきる物、とをしに身をかく事。
一　にあはぬ雑談の事。并人のいやしき雑談するとき、心にかけたるけしきみぐるしき也。
一　[一三]小ぐちき〵たる事。
一　[一四]まんじたる風情、ふくはんにもおとるなり。
一　[一五]こかしこげなる態《ワザ》、人のみる時分不ㇾ可ㇾ然。

三　了解しない様子であってはならない。
四　「Saisai.(細々)しばしば」(『邦訳日葡辞書』)。かねはお歯黒。〔082-01〕注三六参照。
五　額を狭く見せるような髪の結い方や剃り方。月代をきちんと施す意。「さかやき手足爪不長様に浴し身をきよめ」(『夢後記』)。
六　手先足先を見苦しくないよう整えること。
七　〔082-01〕注三九参照。
八　「Vabicoto.ワビコト(侘言)自分を卑下しながら或る人に対してする懇願、あるいは、嘆願」(『邦訳日葡辞書』)。
九　「Xeimon.セイモン(誓文)」(『邦訳日葡辞書』)。大黒・弁財・毘沙門は七福神、愛欲などの煩悩がそのまま悟道につながることを示す愛染明王とともに、誓うにふさわしい神仏として挙げるか。
一〇　人の良い評判を羨んではいけない。
一一　「肩衣」。袴と合わせて着用する武家や庶民の礼服。破れのある衣服を着ていることで愚か者とみなされる。
一二　未勘。
一三　口先で小才をひけらかすこと。
一四　自惚れた様子は、未熟で不器用なことより劣るものである。「Manji, uru, ita. マンジ、ズル、ジタ(慢じ、ずる、じた)高ぶり誇る」、「Fucan. フカン(不堪)ある事柄について無知であること」(『邦訳日葡辞書』)。
一五　「小賢げ」。利口ぶって上手く立ち回る様。

一　力わざの事、いきばる時、大切なる事もある歟。
一　[一六]ばんの上のあそびに、助言する事。
一　人のかたな、我こしにあてゝみる事。并[一七]かうがい・小刀、我がにさしてみること。
一　[一八]〈人〉のうたふ時、扇にても手にても拍子うつ事。
一　女雑談きゝて、えつぼに入たる事。
一　[一九]女にめをつけてみ送る事、しかも人のめなどに。
一　香炉を出時、[二〇]香をばきかずして、先手のひらに置て、かうろをみる事。
一　[二一]香をきく時、手をかゞめて烟をふたぎ、鼻をふくらめてかぐこと。
一　[二二]紙など懐より落して、いそぎとる事。并落したるを、ふりかへりてみるも如何、おしげにみゆる歟。
一　人前にて、[二三]はね火などのしたる時、驚かきおとす事。
一　[二四]狂言又は大くるひなどの時、袖引さかれなどしたるを、無興げなる事。

飲食の時、たしなみ禁べき事

一　[二五]膳をすゆる時、左右見合べからず。并身づくろひ有べからず。
一　はしのさき、まづ汁にてぬらすべからず。付[二六]さば、取べからず。

一六　将棋や囲碁や双六などをしている横であれこれ口出しすること。「碁将棊ノソバニテ助言スルモノハ貴人カチゴカサテハタクラダ」。（『多胡辰敬家訓』）。「盤の遊び明先にて見る事。同貴人に助言いふ事」（『男重宝記』五）。
一七　「笄」。刀剣の鞘に差し込んでおく髪上げの道具。
一八　底本「人」なし。古典文庫本にて補う。歌の邪魔になるからか。
一九　女性の後を目で追って見送ること、しかも人の妻にはもってのほか。「他の女房、けしからず見る事」（『男重宝記』五）。
二〇　香を聞くための香炉。「聞香炉」。
二一　「一、香炉取り上げてはないき荒く聞き、手にてかほりをまねきかけきく事さたのかぎり、有る間敷き子細候也」（『香道秘伝書』）。
二二　落とした紙を慌てて取り上げる動作や、物惜しげに振り返って見る動作が、洗練された身のこなしではなく野暮であることを言うか。
二三　注二二同様、火の粉が飛んだ際に慌てて振り払おうとする様に無風流さを見るか。
二四　「大狂」は無礼講のようなものか。「七月の大狂之末、其外端午之日、棒打近年起り候」（『結城氏新法度』）。その場の勢いで言う座興の言葉（興言）を掛けられたり、無礼講の場で、誘われているのに興ざめな応対をすること。
二五　自分の前に膳が据えられたときに左右を見て自分の膳と見比べたり、身繕いをするなど、落ち着かない振る舞いはしてはいけない。
二六　「Saba.サバ（生飯）仏に供えるために、食前

一　膳のうちの二七てうさい、あるべからず。
一　二八四め五ツ目のさい、ゆめ〳〵手をつくべからず。
一　さい、なにゝてもくい払べからず。同さいを一度に、三はし・四はし不ㇾ可ㇾ食。飯も同前。
一　二九ひやしる、かきたてゝすうべからず。并一口すひてあぢはへたる体、みぐるしく候。
一　三〇椀《ワン》のうちより外みべからず。目はたかる。
一　三一人のくいあぐるまで、箸をかで、せゝるべからず。
一　三二魚鳥のほね、かみならすべからず。第一のどにたつべき也。
一　酒の時、物くいはさみて呑べからず。
一　湯に三三かうの物入てのむべからず。
一　酒の時、三四こはしきたひの事。并三五さいしん、ひく時も。
一　大根・山椒くうべからず。惣じて、くさきもの・からきもの。
一　三六菓子くうに用捨あるべし。わりつけたるくるみ、かやのみ、むかざるかちぐり、いづれも不ㇾ可ㇾ然。
一　梅干、其外さねある物くひて、手をにぎり、其中へ実《サネ》《核》はくべからず。
一　さうめんの時、しる、人前の物、ひろひ入べからず。殊こせう・山椒。

に飯から取り分ける飯、取り置き」（『邦訳日葡辞書』）。「めしさばの取り様の事。（中略）惣じて俗人は大かたとらざるが能きなり。但し時宜によるべし」（『大諸礼集』六）。二七「Chôsai. チョウサイ（調菜）Saiuo totonoyuru coto.（菜を調ゆること）食物の調理、調味」（『邦訳日葡辞書』）。膳の中の品を味付けし直してはいけない。二八 四つ目五つ目の料理には決して手を付けてはいけない。食い意地を張るなの意か。二九「Fiyaxiru. ヒヤシル（冷汁）実として野菜を入れた、冷たい汁で、夏に食べるもの」（『邦訳日葡辞書』）を音を立てて吸ってはならない。また一口吸って、しみじみと味わっている様は見苦しい。三〇 お椀の中から視線を上げて外を見てはならない。目を大きく見開くのもいけない。古典文庫本「外をみべからず」。三一 他の人が食べきるまで、箸を置くことなく、食べ物をつつき回してはならない。いわゆる「挵り箸」を戒めるもの。三二 魚や鳥の骨を音を立てるほどに嚙んではいけない。そもそも喉に刺さる可能性がある。三三「香物」。「香」は味噌の意の女房詞であることから、大根、瓜、茄子などの味噌漬け。あるいは、「Cǒnomono. カウノモノ（香の物）日本で保存食として作られる大根の塩漬」（『邦訳日葡辞書』）。三四「強式体」。酒を勧められた際に、強硬に辞退すること。「何事も式体は二度三度まではよし。あまりにするは人をこつくに似てわろし」（『京極大草紙』）。三五「再進《サイシン》」（『文明本節用集』）。酒のおかわりを勧めるときも。

一　宿より出て、行〳〵楊枝つかふべからず。只今食事有とみゆ。

一　三七ぬる時、帯を袖へむすびつくる事。

〔082-03〕

一山崎宗閑

当世の　わろき若衆《ワカシュ》の　ふるまひを　大かたこゝに
かきつくる　筆のすさびも　おこがまし　まづ第一に
二かのみちの　そのたしなみは　きらひにて　人にはすねて
三いぶりにて　四人せゝりして　くちきゝて　おとなのごとく
茶をのみて　小刀かりて　五ちりばして　たゝみはしらに
すみつけて　あさおきはせで　ひるねして　六里ずきはして
七手はすかで　しれわらひして　ばかげにて　日にはいくだび
つかみあひ　八おやゝ坊主の　うへいひて　物しか〳〵と
をしへねば　九手のあがらぬも　ことはりよ　我とわがみに
りをつけて　親のあひみる　ときばかり　おとなしげなる
ふりをして　かげにてかはる　こゝろこそ　うそつらにくゝ
おもほゆれ　かくてもせめて　一〇四五年も　一一寺のすまひを

三六　菓子を食べるのに雑な食べ方は良くない。

三七　横になるときに、帯を袖に結ばないこと。

〔082-03〕　以下、小異はあるものの、悪少年に対する教訓長歌で宗祇作とされる「児教訓」（別名「いぬたんか」「若衆物語」）の前半部分に相当する。口絵表上段参照。→補注1

一　室町期の連歌俳諧師で『犬筑波集』の編者でもある山崎宗鑑。宗祇や宗長らと交流が深く、滑稽を主とする俳諧連歌を始めた俳諧の祖。この長歌を宗鑑作とするのは未勘。→補注2

二　人として世の秩序に従うための道、道徳。

三　性根の悪いこと。「Iburi. イブリ（異振）悪い癖、悪い性根」（『邦訳日葡辞書』）。

四　「挵る」。人をからかったり弄んだりして。

五　「散り刃」で、あちこちに傷を付けて刃を損じる意か。

六　学んだり修行をしたりする寺などではなく実家を好み。つまりは学文や技能を身に付けることに積極的ではないこと。

七　学芸面で特定の分野に心を寄せ、打ち込むことは好まず。

八　身近な親や指導してくれる僧侶のことをあれこれ言い。

九　文字を書くのが上達しないのも当然のことである。

一〇　『身自鏡』などによれば、学文修行はおよそ一三歳から一五歳位までとされた。三九頁〔082-01〕注二四参照。

一一　寺に入って学問修行すること。

一二　多少の美点、見所。

一三　通常の学問修行期間の三年程度でも耐えられず。

一四　「父母こめて」（『児教訓』）、「ちゝはゝこめ

するならば　一二すこしのかども　つくべきに　一三みとせをさへに
くらしかね　ほどなくさとへ　ひきこもり　一四母おやこめて
一五ずいがいに　一六あしにものはく　事もなし　一七ゑの子庭鳥
おいまはし　小鷹みゝづく　四十から　一八ぢゞめきすゞめ
さいとりを　さしもにあはぬ　おほかたな　つかをばながく
こしらへて　一九ひうちぶくろの　をゝみれば　二〇山鳥の尾の
しだりおの　ながく〳〵しくも　ふりさげて　二一さげを中より
折かへし　くりかたもとに　まきこめて　はかまの帯を
ゆるくして　まへにだらりと　さしこぼし　二二どうぶくうへに
さしはほり　二三こびんうしろへ　とりまはす　さらばさひ〳〵
ぬぎもせで　さかやきみれば　夏の野の　しばのごとくに
しげらせて　おりまげながく　かみゆひて　人のけんくわの
さやもちて　世にきゝなれぬ　二四えぼし名を　我とさひ〳〵
つきかへて　ゆさんしまはる　みちにては　手拍子打て
はだぬぎて　二五小歌くせまひ　あとさきの　二六とめはもあはぬ
うたひども　しどろもどろに　うたひなし　機嫌よげなる
高わらひ　件の人と　きこえけり

て」(『若衆物語』)。世間との交渉をもたない状態にしておく。一五　漢字を当てるとすれば「随我意」。不作法で放逸な様を言うか。一六　外出して世間と接することもない。一七　犬の子。「Yenocoエノコ。子犬」(『邦訳日葡辞書』)。
一八　「ぢぢめく」は騒々しい物音を立てて、あたりかまわず騒ぎ立てること。「さいとり」は「刺鳥竿」でさして鳥を生捕りにすること。刺鳥竿にはふさわしくない柄を長くした大刀を手に鳥を追い回す若衆の様子を表す。
一九　火打ちの道具一式を入れておく袋の紐。
二〇　『拾遺和歌集』(一三・恋・七七八・柿本人麻呂)「あしひきの山鳥の尾のしだり尾のながながし夜をひとりかも寝む」をふまえて「長い」を導く。二一　刀を帯にしっかりと結び留めるために刀の鞘の栗形に付けた紐「下げ緒」。「栗形」は栗の実に似た形状による称。刀の鞘近くに下げて緒を通すための半円状のもの。
二二　「胴服」。小袖、袴の上に着る腰丈の武家の衣服。
二三　「小鬢」。「小」は接頭語で、頭の左右側面の髪、鬢のこと。この鬢を整えずに伸ばして後ろに流している様。
二四　元服の際に付けられた社会的に通用する名ではない内輪のみに通じる聞き慣れない渾名的な通称を、自分でしばしば付け替えて遊び回るその道すがらでは。
二五　「曲舞」。いわゆる幸若舞の一節。
二六　「留端」。とりあえずひと区切りとする箇所も揃わない様。

〔083〕

一 弘法大師戒語

二 皛物

三 深泥長袴　四 無氏位立　五 人妻憑男　六 無力腕持

七 河立自讃　八 木登自讃　九 朝高読経　一〇 食時口立

一一 日暮遠路　老者出仕

一二 慎物

一三 大事異見　一四 愚者教化　一五 不習医道　一六 上下人短

一七 夜行多言　一八 下戸数盃　一九 隔心推参　二〇 高賎寄合

遠道財宝　二一 無心所望

二二 悪物

二三 上臈市立　二四 女性口人　二五 貧者見物　二六 衆中物語

出仕雑談　酒狂物語　二七 陣頭睡眠　二八 衆会大食

武士臆病　二九 法師腕立

〔084〕

〔083〕本条は『十烈集』第一〇〜一二項「皛物・慎物・悪物」とほぼ一致する。↓補注1
一 「弘法大師十五無益」の祖形か。↓補注2
二 極めて愚かなこと。↓補注3
三 泥濘を長袴で歩むこと。
四 卑賤の出自ながら高位に昇ること。
五 他人の妻に言い寄る男。↓補注4
六 非力な者の武辺立て。
七 水泳の熟練者が能力を過信すること。↓補注5
八 『徒然草』一〇九段「高名の木登り」を想起させる。
九 声高の読経は忌まれた。↓補注6
一〇 食べながら喋ること。↓補注7
一一 旅程を誤り、行程半ばに日没となること。
一二 慎むべきこと。↓補注8
一三 生命を賭するような諫言。↓補注9
一四 愚人に理非を説くこと。↓補注10
一五 中途半端な医術の知識に頼ること。↓補注11
一六 無差別に批難すること。↓補注12
一七 俚諺「昼に目あり、夜に耳あり」の原型か。↓補注13
一八 下戸が無理に酒を飲むこと。↓補注14
一九 疎遠な相手の許へ押し掛けること。
二〇 身分の別なく同席すること。↓補注15
二一 無遠慮に相手に要求すること。↓補注16
二二 感心しないこと。↓補注17
二三 高貴な女性が市に立ち入ること。
二四 「女性口入」の誤り。女性の政治や交渉への容喙。↓補注18
二五 貧者が生業を差し置き、遊山に出掛けること。
二六 寄り合いでの誹謗や中傷。↓補注19
二七 最前列での居眠り。↓補注20
二八 宴席で酒食に熱中すること。↓補注21
二九 僧侶の武辺立て。↓補注22
〔084〕01・02が古代歌人の墓、03〜06が同住居

雑話

〔084-01〕

一　人麿[一]の墓は、初瀬[二]へ参道也。それを「歌塚[三]」と人申となり。

〔084-02〕

一　猿丸太夫[一]の墓は、たなかみ[二]のしもと[三]に、そつか[四]と云所有、そこに有と云。

〔084-03〕

一　喜撰[一]が跡、むろと[二]のおくに、廿余町計山中へ入て、「宇治山[三]の喜撰がすみし跡」といふ石ずへ[四]などありといふも、むかしとなれば、今の世[五]にはそれもいかであるべきや。

〔084-04〕

一　業平[一]の家は、三条坊門より南、高倉より西に、高倉おもてに有しとなり。はしらなども、つねのやうにもなく、ちまきばしら[二]といふ物に、丸作

跡、07～17が『古今和歌集』の序に関する記述。01～06は『無名抄』に拠り、07～17は『毘沙門堂本古今集註』の類に拠る。→補注1

〔084-01〕→補注1。

一　月庵（直朝）の人麻呂への関心は、『酔醒記』011の記事や『桂林集注』一八・一七八にも投影する。二　長谷寺。奈良県桜井市初瀬にある新義真言宗豊山派の総本山。三　いま天理市櫟本町にある和爾下神社の境内の、柿本氏の氏寺跡と伝える場所に歌塚が残る。→補注2

〔084-02〕→補注1

一　伝未詳。『古今和歌集』真名序に「大友黒主之歌、古猿丸大夫之次也」とあるのが初見。三十六歌仙の一人。二　滋賀県大津市。田上川（大戸川）の南の山間地。三　「と」は衍字。古典文庫本「しもに」。四　曾東。大津市。瀬田川の東の山間地。帥大納言経信の別荘があり、帥家といったのが転じたものという。

〔084-03〕→補注1

一　伝未詳。平安初期の歌人。六歌仙の一人。→補注2　二　「みむろと」の「み」を脱する。京都府宇治市菟道の地名。天台宗寺門派の三室戸寺がある。三　宇治市東方の喜撰嶽。「わが庵は宮この辰巳しかぞ住む世をうぢ山と人はいふなり」（『古今和歌集』一八・雑歌下・九八三）。四　『無名抄』には「堂の石ずへなど定かにあり。此等必ず尋ねて見るべき事也」とある。五　月庵の時代。

〔084-04〕→補注1

一　天長二年（八二五）～元慶四年（八八〇）。平

にしけるが、[三]晴明がふ《封》[四]じたりけるとて、火にもやけずして、世久しく有つるが、世の末にはかひなく、[五]一とせの火にやけにきとぞ。

〔084-05〕

一 [一]貫之家のあとは、[二]かでのこうぢ、とみの小路よりは東の角など申候。

〔084-06〕

一 [一]周防内侍家、[二]「我さへ軒の忍草」と読が、[三]所はれんぜいほりかはの北と西とのすみなりといふ。

〔084-07〕

一 [一]王仁大臣は日本人にはあらず。[二]百済国の臣下也。我朝に文道をひろめむがために、[三]応神天皇よびこし給ふ人也。日本の文道の始也。[四]此人は漢高祖後胤、[五]王功力孫、王朗子也。[六]難波津宮、位につき給ふ。[七]「今ははるべ」とよみし人。

〔084-08〕

城天皇皇子阿保親王の五男。母は桓武天皇皇女伊都内親王。六歌仙の一人。二 唐様建築で、丸柱の上下端を急に細くしたもの。三 阿倍氏。益材―晴明(『尊卑分脈』)。寛弘二年(一〇〇五)没。伝説的な陰陽家。四 加持祈禱によって邪神の侵犯や災難などを封じ込めること。五 いつの火災か不明。安元三年(一一七七)の大火では延焼地域外(『清獬眼抄』)。

〔084-05〕→補注1

一 貞観一四年(八七二)~天慶八年(九四五)か。望行男。友則の従弟。『土佐日記』作者。『古今和歌集』『新撰和歌集』撰者。二 『無名抄』に「勘解由小路よりは北」とあるのがよいか。

〔084-06〕→補注1。

一 平仲子。長元末年(一〇三六)頃~天仁二年(一一〇九)頃。周防守棟仲の女。後冷泉・後三条・白河・堀河の四代に出仕。『周防内侍集』がある。二 「住みわびて我さへ軒の忍ぶ草しのぶかたがたしげき宿かな」(『金葉和歌集』九・雑部上・五九一)→補注2 三 冷泉小路と堀川小路とが交差する北西の地。

〔084-07〕以下、16まで『毘沙門堂本古今集註』の類に拠る。→補注1

一 大和時代の渡来系氏族西文氏の祖と伝える人物。→補注2 二 古典文庫本「百唐(済カ)国」。三 記紀伝承で、第一五代天皇。四 →補注3 五 「王功ガ孫」の誤り。六 仁徳天皇。→補注4 七 「大鷦鷯の帝を、そへ奉れる歌。難波津に咲くやこの花冬籠り今

一　[一]崇神天皇の御時、日本に金の山を造べき願おはします。叶べきにあらざれば、神にいのり給ふ処に、唐土の[二]五台山金山なり、彼山の[三]未申方かけて飛来、二にわれて、一は吉野山となる。一は[四]付葉山となる。されば『古今集』には、「[五]もろこしのよしの〻山」とよみ、『[六]拾遺集』には、「もろこしの[七]吉野つくば」とよめり。

〔084-09〕
一　[一]僧正遍正《昭》は、桓武孫。[二]大納言安世二男。

〔084-10〕
一　[一]宇治山喜撰は、[二]橘奈良丸二男也。

〔084-11〕
一　[一]小野小町は、桓武後胤、[二]出羽郡司小野義実が女也。

〔084-12〕
一　[一]大伴黒主、于時従五位下。[二]大伴旅人が子。

は春べと咲くやこの花」（『古今集』仮名序）。→補注5

【084-08】→補注1
一　記紀伝承で、第一〇代天皇。『古今和歌集序聞書三流抄』には「綏靖天皇ノ御時」とある。二　山西省北東部の五台県にある霊山。仏教三大霊場の一つ。三　南西部分。四　筑波山。五　「もろこしの」は「吉野」の枕詞。「もろこしの吉野の山にこもるともをくれむと思我ならなくに」（『古今和歌集』一九・雑体・一〇四九・左大臣時平）。六　『三流抄』は「後撰集ノ雑歌ニ」とする。『後撰集』『拾遺集』（『拾遺抄』）ともに該当歌なし。七　「吉野」は衍字か。「モロコシノ筑波ノ山」（『毘沙門堂本』）。「もろこしの」を「筑波山」の枕詞とするのは付会。

【084-09】→補注1
一　古典文庫本「僧正遍昭」。良岑宗貞。弘仁七年（八一六）～寛平二年（八九〇）。桓武天皇―良岑安世―宗貞―素性（『尊卑分脈』）。嘉祥三年（八五〇）、仁明天皇の崩御により出家。六歌仙の一人。『遍昭集』がある。二　天長五年（八二八）二月二〇日、任大納言（『公卿補任』）。

【084-10】→補注1
一　〔084-03〕参照。二　橘奈良麻呂。養老五年（七二一）～天平宝字元年（七五七）。諸兄男。喜撰との血縁関係は不審。

【084-11】→補注1
一　仁明・文徳朝（八三三～八五八）頃の人。系譜未詳。父については、出羽守とも出羽郡司とも、また常初とも良実（良真）とも伝える。六歌

〔084-13〕
一　一友則、二小納言紀時明が子也。

〔084-14〕
一　一貫之、于時木工頭。二隠岐守文睦二男。

〔084-15〕
一　一躬恒、二常陸介凡河内名次が子也。

〔084-16〕
一　一忠岑、是は二和泉右大将藤原実国随身也。

〔084-17〕
一　一枕言とは、「臣等」とかけり。二『日本記』には「臣等神奴」とかけり。
又三『毛詩』には、「臣等」とかきて、まくらとよめり。

仙の一人。『小町集』がある。　二　古典文庫本「お出羽郡司」。
【084-12】　→補注1
一　生没年、系譜とも未詳。近江国滋賀郡の豪族か。六歌仙の一人。『本朝皇胤紹運録』は「与多王―都堵牟麿―黒主」とする。〔上巻001-31〕参照。　二　天智天皇四年(六六五)～天平三年(七三一)。父は安麻呂、母は巨勢郎女。家持は嫡男。黒主との関係は付会。
【084-13】　→補注1。以下、友則・貫之・躬恒・忠岑とも『古今和歌集』の撰者。
一　生没年未詳。宮内少輔有朋(有友)の男。貫之の従兄。『友則集』がある。　二　時明は未詳。『毘沙門堂本古今集註』等は「有朋」とする。
【084-14】　→補注1
一　〔084-05〕参照。天慶八年(九四五)三月、木工権頭。貫之の最終官。
二　文睦は未詳。『毘沙門堂本古今集註』は「文幹〈モト〉」とする。文幹(幹)は淑光の子で天慶七年九月二日没。年代的に合わない。
【084-15】　→補注1
一　生没年、系譜とも未詳。寛平六年(八九四)、甲斐少目。三十六歌仙の一人。『躬恒集』がある。
二　名次は未詳。『勅撰作者部類』は「五位。先祖不詳。淡路権掾。凡河内諶利男」とする。
【084-16】　→補注1
一　生没年未詳。「六位。右衛門府生。散位壬生安綱男」(『勅撰作者部類』)。忠見の父。三十六歌仙の一人。『忠岑集』がある。　二　定国が正しい。貞観九年(八六七)～延喜六年(九〇六)。

〔084-18〕

[一]夢窓国師曰

[二]夏はあつかるべし、冬はさむかるべし。[三]人はぬす人、火は焼亡。[四]返す〳〵も油断申さじ〳〵。

是をば、かけ字にかきて、常に人の座敷にもかくるといへり。

〔084-19〕

一「[一]牡丹花といふ人は、[二]一とせ、公卿・殿上人三百余人、宇治川へ身をなげ給ふ事いできて侍るに、其中百人計はもれにける中にておはしけるとぞ。[三]中院とておはしゝが、[四]和泉のさかいに下り、[五]名をかへて連歌しに成てゐ給へり。後にはさる事の有て、[六]帰洛し[七]給へり。そうぞく色ごのみにて、十七八歳の女房を天女のごとくにいでたゝせて、左右に引そひて、手をひかれ、袖をひかへてつれ給ふ。道をば[八]牛に乗て行けるにも、此女房につなをひかせて、あとよりも[九]ぶちをうたせ、左右にとねりを召ぐせしと也。或時、嵐山の麓を行に、木陰より、いたづら物有て、[一〇]ひきめをいける。牡丹花、牛よりおちて死入けるを、水そゝぎなどして、いき出たりけり。其痛、朝夕物やみに成て、一年計ながらへて、[一一]終にむなしく成給ふ」と、[一二]道増[一三]聖護

内大臣高藤の男。昌泰四年(九〇一)、右大将。延喜二年、大納言。忠岑が定国の随人であったことは、補注1参照。

〔084-17〕→補注1

一　「臣等言〈マクラコトバ、臣下ノ言也〉」(『永禄二年本節用集』)。「臣等〈マクラ〉」(『温故知新書』)→補注2　二　もとは「臣等・神奴」とあったものか。『日本書紀』に「臣等」「神奴」の用例はあるが、「臣等神奴」の用例はない。　三　『詩経』(『毛詩』)注によるものであろうが、未審。

〔084-18〕

一　臨済宗の禅僧。建治元年(一二七五)～観応二年(一三五一)。　二　夢窓国師に仮託された教訓。日常身のまわりにあるものが時に病や災害を与えることがあるとする。類似のものが諸書に見える。→補注1。　三　「或は火にやかれ水にながされ、或は賊人にとられ官人にうばはる」(『夢中問答集』一　福を求むる心)。「ひとはぬす人火はぜうもう」(『長者教』)。他に『毛吹草』にもあり。　四　古典文庫本「返々も」。

〔084-19〕

一　連歌師、肖柏。嘉吉三年(一四四三)～大永七年(一五二七)。　二　語り手の道増は宇治五ヶ庄領主の近衛家の生まれであり、そのつながりでこの話が語られたものか。この時期の近衛家については、水野智之『室町時代公武関係の研究』に詳しい。但し、本話の宇治の事件、未詳。　三　村上源氏中院家出身。父は中院通淳。橋本政宣「肖柏と中院家」。　四　牡丹花は永正一五年(一五一八)より堺に永住するが、この時の堺

院門主、御物語有し。

又[一四]右大将と申は、うぢ川に身なげける時、そこの里に立より給て、茶[一五]をのまむと宣《ノタマ》ふに、けこの器《ウツハモノ》さへなくて、おそれたりとて、いものはに物してまいらせければ、うちわらひ給ひて、

[一六]「家にあればけにもるいひを草枕旅にしあればいもの葉にもる」と

のたまひ、しづみ給ふと。

〔084-20〕

一　あづまがたの沙門、百万返[一]に住しけるが、東《アツマ》の事につけて、京の人の常〳〵申事の有を、心にかゝりけれ共、申べきことの葉もなければ、たよりなし。さることにつけて、「京の人は「きね」と仰候へども、我らが方のあづまにては、「木々[二]」と申候。又「たきぎ[三]」と皆仰候をば、「たき物」と申。いかゞ候べき」といひければ、そこにおはしける公卿の御かた〳〵、[四]「おもしろき事を申されし」とぞいひ給ひける。

〔084-21〕

一　元亀二[一]年辛未十月三日、北条平氏康、遠行時、田上[二]藤左衛門といふも

下向のことは未詳。五　文明五年(一四七三)二月一日以前に出家して肖柏と名のる。文明七、八年頃、宗祇より連歌に関して教えをうけたか。木藤才蔵『連歌史論考　上』。六　帰洛のことは未詳。七　古典文庫本「給へりけり」。八　肖柏が牛に乗る話は『本朝遯史』下・肖柏や『扶桑隠逸伝』下・牡丹花、『西鶴名残の友』四に載る。牛に乗る話は『北条五代記』巻二の四にもあり、婆娑羅的な雰囲気を感じさせる行為であろう。小谷成子『『どうけゐつくし』と演劇』。九　馬などをうって走らせる鞭。一〇　古典文庫本「いけり」。一一　大永七年(一五二七)四月四日没(『実隆公記』大永七年四月一二日条)。一二　近衛尚通の子。元亀二年(一五七一)三月没。「道増誹諧百首」がある。井上宗雄「道増誹諧百首と由己狂歌百首」。北条氏康関係の文書(『小田原市史』)に聖護院殿としてその名が見える。月庵と氏康の関係については、〔084-21〕の注一を参照。一三　天台系修験の本寺。一四　久我通尚(寛正四年六月二日に右大将を辞し、文明一四年没)か。→補注1。一五　宇治の茶といえば、能『頼政』をもじって作られた茶の立て死にの話、狂言『通円』や茶方が宇治に籠るお伽草子『酒茶論』があり、死に際し、宇治で茶を飲む行為はこれらのもじりと同じく室町の風潮をふまえたものといえるだろう。一六　『万葉集』一・一四二・有間皇子の歌が本歌。本歌では「椎の葉にもる」。有間皇子が謀反を企て捕らえられて護送される時に詠んだ悲壮な和歌をもじり、自分の死を笑いに変えてしまう洒脱な歌。芋の葉は宇治の名

の、めいどまでも供せむとて、
深山木の下草[三]ほどもなき身をも君に命は露もおしまじ
とよみて、おなじ烟と成にけり。

〔085-01〕
一　男女のうはさ　[一]二条殿、[二]ゆかりの女君、[三]武家にくだり給ふとき〻給ひて、やらせ給ふ[四]御文十ケ条。
[五]ふとしてよそへこえ給ふべき由、めでたく覚候。[六]さゞれ石の巖と成て、苔のむすまで繁昌候て、孫・彦をやしなひ給ひ候へ、と打願ひ候て、筆に任て申参らせ候。
第一、慈悲の心をあつく、人をあはれみ、虫・けだもの〻うへまでも、露の情を、かけまくも忝も思ひ給ひて、おもてはたゞ、[七]楊柳の風になびき、春の雪の桜の枝につもるごとく、物やはらかにして、人のおもひをしり、ひがめる心をおしなをし、さて又、心のうちは、石やかねなどのごとくかたく、あだなるふるまひ、[八]はしぢかなることをきらひ、一すぢに心をむけ給ふべし。[九]賢人二君につかへず、貞女両夫にまみえずと候。呉々、此ことはりを朝夕心にかけ給はゞ、ほとけ・神なども、御まぼりもおはしまし候

物の鰻から連想されたものか。→補注2。
〔084-20〕
一　知恩寺(浄土宗)のこと。　二　『物類称呼』の「杵」の項に、「上総にて、きぎといふ。」とある。
三　『和訓栞』の「たきぎ」の項に「和名抄に薪をよめり。(略)海道諸国記に焼木と書けり」とあり、「たきもの」の項には「薫物の義」とある。
四　「たきもの」といえば京の公家たちにとっては「香」のことであり、「たきぎ」のことをそう言う、雅俗の転倒した田舎言葉に興味を示した。「きぎ」は「木々」(『源氏物語』夕霧に用例あり。)を連想させたものか。
〔084-21〕
一　元亀二年(一五七一)一〇月三日北条氏康、五七歳で没(『北条記』四)。氏康は、月庵の仕えた足利義氏(氏康の甥)を古河公方に据えた人物。佐藤博信「戦国期における東国国家論の一視点—古河公方足利氏と後北条氏を中心として」参照。本話は『北条記』、『北条五代記』などには見当たらない。『酔醒記』の成立時期に近い出来事であり、書承ではなく、口頭の話として関東武士達に知られていた話か。　二　未詳。　三　とるに足らない者。
〔085-01〕　以下の内容は、室町末期成立と考えられる『仮名教訓』所収の、婚家での女性の心得や処世訓を記した仮名文に類似する。
一　未詳。→補注1　二　未詳。→補注2
三　未詳。→補注3　四　『仮名教訓』では第七第八に分けて記す内容を本書は第七にまとめ、全体で一〇条とする。　五　→補注4　六　『古

べく候。

第二、まれ人などわたり候はん時は、うちに[一〇]無心むねんの事有とも、聊、其けしきをみえず、なにとなきやうに取なして、たかき・いやしきけじめもなく、[一一]にほ〳〵とうちむかひ、春は花・鶯、夏は卯花・ほとゝぎす、秋は[一二]ちくさのはな・月のうはさ、冬は時しらぬ時雨・霜雪などの事、折にふれたる物語などして、いかにも懇に、とりはやし給ふべきにや。され共、あまり年若人の、むつましげなるも、[一三]よそめいかゞ有べきや。只何となくなずらへて、[一四]かどしのぎなく、[一五]あひ〳〵と候はん事、あらまほしく候。

第三、めしつかひの人、そりやくにて、何事も思ふやうならず候はゞ、忍やかに、[一六]よまひ事、恨をもいひかはし給ふべし。それにもかひなきやうに候はゞ、せつかむも有べく候。それも男などのきゝ候やうには、口惜かるべし。いかにみめかたちいつくしき児・女房も、はらをたてたるかほばせは、見にくき物にて候。おさなき人のこゑだかに候ては、あさましき事にて候。さて〳〵、よまひ事をも恨事をも、聞まじき人と思ひ給ひ候はゞ、[一七]こなたへ返し候はゞ、さのみ苦労もあるまじく候。男も女も、あまり短慮に候へば、なん・むらもいでき、召つかひ候物、[一八]たいくつなれば、よそに[一九]てあしき名をかたり、後はにげうせ候。ある歌にいはく、

今和歌集』(七・賀・三四三・よみ人しらず)「わがきみは千代に八千代にさゞれ石の巌となりて苔のむすまで」、『和漢朗詠集』(下・祝・七七六)による。ここでは一家の末永き繁盛を寿祝する表現。七「その姿妙にして、楊柳の風に靡くが如し」(御伽草子「小式部」)。女性の容貌の美しさを表す。→補注5　八　言行に慎みがなく、人目に付きやすい様子。『源氏物語』若菜上が描く女三宮の軽率な行いなどを思わせるか。九　原拠は『史記』(田単伝)「忠臣は二君に事へず、貞女は二夫を更へず」。→補注6　一〇　人の心情を損ねるようなこと。「Muxin. ムシン(無心)。Fitoni muxin,l, muxinna cotouo yŭ.(人に無心、または、無心な事をいふ)人の心をそこねたり傷つけたりしないという点からすれば、言いたくないと思うこととか、気恥ずかしさを禁じ得ないようなこととかを、相手に対して言う」(『邦訳日葡辞書』)。一一　ほのぼのとした雰囲気。一二「Chicusa. チクサ(千草)」(『邦訳日葡辞書』)。いろいろの草。一三「Yosome. ヨソメ(余所目)自分のではない目、すなわち、ほかの人々の目」(『邦訳日葡辞書』)。客人への親しげな態度が他人にはどう映るか、邪推されることもあるはずだという教え。→補注7　一四　角鎬。「かどしのぎなし」の形で用い、人あしらいに格式張ったところがなく、穏やかである様子を表す。一五　合合。その場の条件に合うように物事を行う意。「こゝろにあふも、あはぬをも、情をかけて、にくげなく、あひくとして、おとなしく」(『少人をしへの詞』三八頁参

二〇 みよしのゝなつみの川の河よどにかもぞなくなる山かげにして

吉野の川は水はやく候。鴨は水のうへにすむ物なれ共、あまりにはやき所はかなはず、川よどとて、水すこしよどむ所にあそぶ也。いはんや人間、けはしき所には、ながらへがたく候。

第四、ふうふ間の事。たかきもいやしきも、むつまじきこそめでたく、よそのきこえもうらやみ、心にくさも有べく候。縦、万世を送給ふとも、聊もおとこにみおとされぬやうに、あけ暮たしなみ給ひ候はん事こそ、千秋万歳をたもち給ふべけれ。扨〳〵、無念の事ども、二一 さのみ思ひ給ふべからず。たゞうき世の中の有さまを、つく〴〵とみきゝ給ひ、心をもながくもち、みじかくなくうち過し給はゞ、ゆくすゑ、よき事のみあるべし。

二二 ことたらぬ世をな歎そ鴨のあしみじかくてこそうかぶ瀬もあれ

二三 つらけれどうらみむとまたおもほえずなをゆくすゑをたのむ心に

いづれも聞えたる歌也。二四 きのありつね女、

二五 風ふけば奥津白浪たつ田やまよはにや君がひとりこゆらむ

と、えひじけむも、今までのほめ事に候。又、二六『西明寺殿狂歌』に、

二七 人のめのあまりりんきのをはりこそふたりのはぢをあらはしにけれ

此、ことはりにもと思ひ候。二八 しかはあれども、男世になきあつかひ候はん

照)。一六 独り言に愚痴を言うこと。繰り言。一七 輿入れに際して連れてきた使用人を実家などに戻すことを言うか。一八 恐れおののき、ひいては主人に仕えることに嫌気が差す様を表す。一九 主人の悪い評判を言いふらすこと。二〇 吉野にあるなつみ川の淀みで、鴨が鳴いているよ、山陰にあたって、の意だが、ここでは陰で主人の噂を口にする意も含む。『万葉集』(三・三七八・湯原王)「吉野なる夏実の川の川淀に鴨ぞ鳴くなる山陰にして」、『新古今和歌集』(六・冬・六五四・湯原王)。この歌をめぐっては、東国に下った聖護院道澄と直朝(月庵)との間で交わされたやりとりが『桂林集注』に見える。→補注8 二一 古典文庫本「事をも」。二二 満足にいかない世を恨まないように。鴨の足のように短いからこそ浮かぶこともできるのと同様に、人生には苦しい境遇から抜け出す機会もあるのだから。→補注9 二三 辛いけれどそれでもやはりあなたを恨む気にはなれない。まだ将来に頼みを懸けているので。『新古今和歌集』(一二・恋一・一〇三八・謙徳公)「つらけれど恨みむとはた思ほえずなほゆくさきを頼む心に」。二四 有常は紀名虎の子。元慶元年(八七七)に従四位周防権守で没した。六三歳。有常の娘と在原業平との贈答は『古今和歌集』(一五・恋五・七八四・七八五)に見え、詞書に「業平朝臣、紀有常が女に住みけるを」とある。→補注10 二五 風が吹くと沖の白波が立つ、その立つの名の竜田山を夜中にあなたがひとり越えているのだろうか。『伊勢物語』(二三)。『古今

には、恨も述懐も、よその聞えもくるしからず。又、男、おほみき給ひ、或はうつたち、或は[二九]たかの遠道などのくたびれの時は、女ながらも夢もむすばず、用心を心にかけ、人をもいさめ給ふべし。余りこと〳〵しきやうに候はんは、又けはし[三〇]くみえ候べく候。只何事も[三一]あらたなること、いかゞあるべきや。

第五、我にしたしき人、すこし[三二]物どをのやうに候とて、こなたもなをざりに候はん事、[三三]あたらしきことにて候べく候。

[三四]つらしとて我さへ人を忘なばさりとて中の絶やはつべき

[三五]きどくの詠歌と覚候。ことさらむつましき人うちそひ、[三六]よまひ事いけんなど候はんには、いかにも貇にきゝ、おぼえよき事をば、げにもとおもひ、あしき事をば、うちすて給ふべし。はつかも[三七]むしんげ〈な〉る色みえ給ふ事候はゞ、ふたゝびよりそふものあるべからず。

第六、[三八]たかかんきん、口惜事に候べく候。そうじて、仏神をもけしからぬやうに、うやまひたつとみ給ふふりは、いかゞ有べく候。[三九]北野の御詠歌に、

[四〇]心だにまことの道にかなひなばいのらずとても神やまぼらん

第七、人なかにて、いかにも心をかろ〳〵と、はへ〳〵しく有べき事、

和歌集』（一八・雑下・九九四・よみ人しらず）。二六　西明寺殿（最明寺入道）北条時頼が子息教訓のために作ったとされる和歌。但し諸本により歌数は一定せず、後人による加筆があると考えられる。『西明寺殿教訓百首』『西明寺殿百首』などの名称で中世から近世に懸けて流布し、仮名草子などにしばしば引用された。　二七　人妻の過剰な嫉妬の最後は、夫婦二人の恥を世間に示すことであるなあ。『教訓和歌西明寺百首』三六「人のめのあまりに物をねたむこそふたりのはちをかくもとひなれ」。→補注11　二八　→補注12　二九　「Tacano.タカノ（鷹野）Ta-cagari（鷹狩）に同じ。鷹による狩」（『邦訳日葡辞書』）。三〇　「くみえ候べく候」は底本判読不能により古典文庫本にて補った。　三一　「灼たなり」で、顕著であるさま、明らかなさま。　三二　形容詞「ものどほし」の語幹。疎遠でよそよそしい感じを表す。　三三　もったいなく惜しい意の形容詞「惜し」。　三四　あなたがよそよそしいと言って私まであなたを忘れてしまったら。そうだからと言って、私たちの仲がすっかり終わってしまって良いものでしょうか、良いはずがありません。『詞花和歌集』（八・恋下・二五一・読人不知）。三五　「Qidocu.キドク（奇特）不思議、または奇蹟」（『邦訳日葡辞書』）。ここでは殊勝な詠歌の意。三六　五五頁注一六参照。　三七　五四頁注一〇参照。三八　「高看経」。大きな声で経を読むこと。「Canqin.カンキン（看経）」（『邦訳日葡辞書』）。後の女訓書『女要倭小学』は「高看経の禁止」という項を設ける。　三九　鎌倉・室町期には、『菅家

しかるべきにや。扨又、余に[四一]口をたち、たかわらひもみぐるしかるべし。只男も女も物を過し候事、あしく候。[四二]口はこれとがのかど、したは是わざはひのこんげんと申事、げにもとおもひ候。

[四三]物いはじちゝはながらの橋柱なかずはきじもいられざらまし

[四四]郭公人のことばのおほかるにしなすなすくなしと一こゑぞなく

かれこれおもひとり給ふべし。ことさら食事などの時、口をたち、[四五]よそめをあること、あしきやうに候べく候。[四六]又、からきものはむせる事に候。あまき物はさはがしきやうにて候。

第八、[四七]まひ・へいけ・うたひ、又は詩歌そのほか、み事・きゝごと、[四八]ほんそうのざしきにて、み・きゝたくなしとも、おもしろきさまにとりなし給ふべし。さて又、あまり[四九]そゞろぎたるけしきも、いかゞあるべし。

第九、人のあしきことばづかひ、又、連歌・歌など、[五〇]おかしげにえひじあげ、女のうへには[五一]はしん、そうじてみぐるしき事共うち出て、そしりわらふ事、あるまじく候。たゞ何事も色ふかきさまこそ、心にくくも侍らん。

第十、よそより[五二]いさゝのものきたり候共、はへ〳〵しく返事あるべし。ようなきものとて、つかひなどの聞候はん所にて、うちすて候はん事も、あまりむげにあるべきや。され共又、つよくうれしげなるも、あしかるべ

御詠集』『菅家御集』『天神御詠』などと称される菅原道真に仮託した家集があった。

四〇　心さえ真の教えに叶っているならば、実際に祈らなくても神様は見守って下さるでしょう。『菅家金玉抄』(一四・神祇歌・四〇三)。↓補注13

四一　響き渡る声で話すこと。

四二　『明文抄』四「古人の言有りて曰く、口は是、禍の門、舌は是、禍の根、信かな。朝野僉議」。

四三　物は言うまい。人柱を立てた長柄の橋柱よ。鳴かなければ雉も射られなかっただろうし、声を発しなければ人柱になることもないだろうから。古今注「大江広貞注」六三六「ものいへばながらのはしのはしばしらなかずはきじのいられましやは」、『蘆分船』六・大願寺「ものいはじ父はながらの橋ばしらなかずは雉鳥もいられざらまし」、『続狂言記』四・禁野・「物いへば父は長柄の人柱なかずば雉も射られまじきを」。

四四　古典文庫本「しなすくなしと」。口数が多いと情緒がないとばかりに郭公が味わい深く一声鳴いた。『正徹千首』(夏百首・郭公一声・二二三)「時鳥人もことばのおほかるはしなすくなしと一声ぞなく」。

四五　五四頁注三三参照。

四六　脱文がある。↓補注14

四七　「まひ」はここでは幸若の舞をさすか。「へいけ」は平家琵琶。戦国武将の日記『上井覚兼日記』にも、連歌、茶の湯などと並んで幸若舞、乱舞、平家琵琶などが武人の嗜みとして挙がる。↓補注15

四八　「Fonsô. ホンソゥ(奔走)歓待」(『邦訳日葡辞書』)。あれこれ苦労して用意万端整え、人をもてなすこと。

四九　落ち着かない様子。「Sozoro. ソゾロ(漫)考

し。ことさら人に、何にても所望ある事、つゝしみ給ふべし。但、さりがたき用の事は、所望もくるしからず。それほどあなたへも、ほどこし給ふべし。只、男をんなの身もちは、[五三]「宗祇ほうし長ことば」をみ給ひ、心がけ給はば、よくあるべし。いづれも[五四]こゝろ得のまへに候へども、よきうへにもよく、と思ひ候て申参らせ候。[五五]穴賢。

〔085-02〕

一　[一]たゝらのなにがし在京して、年ひさしかりし時、むつましくしける女に別て、くにゝ下りけるとて、[二]びんのかみを切て出したるに、ほどへて、そのかみにそへて、つかはしける歌、

　[三]みるたびにこゝろづくしのかみなればうさにぞかへすもとにやしろに

此歌をつくしなるつまのみて、[四]になくおもふ心ばへの哀なりとて、「こなたへよびて、かはらぬ心ざしこそあらまほしけれ。さてこそは、[五]たけきものゝふの心をも、なぐさめぬる道にてはあらめ」などいひて、京なるをんなに、かくよみて、つかはしける。

　[六]身をつみて人のいたさぞしられける恋しかるらむ恋しかるべし

えをめぐらすでもなく、何か目的があるでもなくてすること、あるいは、気軽にざっとすること」(『邦訳日葡辞書』)。五〇「げにえひじあげ、女」は底本判読不能により古典文庫本にて補った。五一「把針」。針仕事。→補注16　五二　ささやかな意を表す接頭語。ちょっとした贈答品。
五三　いわゆる「宗祇短歌」のこと。〔082-01〕参照。五四　心得の導入、さわり。
五五「Anacaxico.アナカシコ(穴賢)これは手紙の末尾にしるす語である」(『邦訳日葡辞書』)。

〔085-02〕

一　周防・長門などの守護で「多々良」を賜姓とした戦国大名大内義隆(一五〇七～一五五一)をさすか。〔089-02〕参照。→補注1　二　別離の形見に鬢の毛を切り、親しくしていた京の女性に手渡したところ。三　古典文庫本「もとのやしろに」。見るたびに物思いをする髪なので、その思いの辛さにお返しすることにします、宇佐の元の持ち主に。「つくし」に「尽くし・筑紫」、「かみ」に「髪・神」、「うさ」に「憂さ・宇佐(八幡)」を懸ける。本歌は能「清経」や、小異はあるものの『源平盛衰記』(三三・清経入海)、城方本『平家物語』(八・太宰府落)にも見える。四　この上なく夫を思う京の女の心のさまが気の毒だと思って。五　武士の心を和ませるものとして、情愛深く情趣を解し教養ある女性の存在をいう。「猛き武士の心をも慰むるは歌なり」(『古今和歌集』仮名序)。六　自分の身をつねって、あなたの募る心の痛みを思わずにはいられません。さぞかし夫を恋しく思っていることでしょうね、

恋しいに違いありません。→補注2
〔085-03〕　堤邦彦は本話に、二妻に惑う男の蛇難と高僧の善導、念仏による救済という蛇道心説話の素型を認め、類話として鈴木正三の片仮名本『因果物語』（上・五）や唯称知空編『念死念仏集』（上・一）などを挙げる。→補注1

一　妻のひとりがもうひとりの妻を。　二　「おもし」の誤写か。大変なことだ、罪の極みだと言って。　三　古典文庫本「まし」、傍注「まゝカ」。　四　このままでは死ぬことになるので、高野山に詣でてと思い。　五　中・近世期、高野山は女人禁制の霊山であり、女人結界の地には女人堂が置かれたことから、高野七口のひとつ、不動坂口から女人堂に至る不動坂をさすか。片仮名本『因果物語』は「不動坂」とする。　六　片仮名本『因果物語』「三年」、『念死念仏集』「程をへて」。　七　未勘。　八　片仮名本『因果物語』は、京の大原の道心者「如応」をめぐる発心譚とする。　九　高野山で雑役に従事しつつ一生を終えたことをいうか。この点、片仮名本『因果物語』が「報土寺権誉上人」による善導と念仏救済説話としてあることと異なる。堤（補注1）が指摘するように、女人教誡の目的のもと高野山の霊験のみを抄出した結構の『念死念仏集』に近く、妬婦の罪障に高野山を結びつける点で御伽草子『三人法師』『高野物語』を想起させる。
〔085-04〕

〔085-03〕
一　家とうじふたりもたるおとこの女に、つねには何事もなく、かたらひくらしけるが、[一]きはめてねたくや思ひけん、男の留守に独の女をころしけり。男かへりて、[二]「おもみ、つみのかぎり」とて、其女をも又ころしにけり。女たちまちにくちなはと成て、男のくびにとりつゐて、からまりぬるを、とりのけむとすれば、しめられていきたへぬるま[三]ゝ、やをらさはらずしけり。人のみる所おもなさに、くびにきぬをまき、かくしゐにけり。[四]「とてもしなむに、高野に参て」と思ひて、のぼりゆくに、坂中のあなたより、[五]女ののぼる事、大師のいましめ給ふ故にや、そこにていづちともなく、へびはうせにけり。かゝるありがたきまゝに、[六]多年高野に住けるが、あまり故郷の恋しさに、「かよひくだりぬべし」とて行に、坂中を過る時、ありしくちなは、いづちともしらず、男の方に落かゝりあへず、くびに巻つゐて、過にし有さまに成にけり。さてはと思て、たち帰のぼりけるが、坂中も過ぬれば、[七]又くれに失にけり。[八]修行の禅門とて、ひさしく高野に有て、[九]寺〳〵のかまのしりへにて、身を過しとぞ申つたへける。
〔085-04〕

一『婚姻秘術抄』云、夫婦の中おもはしからぬには、冠纓をくろやきにしてのまするとも也。

〔085-05〕

一ある女に、偽男のいひけるは、「本の男なく成たらば妻にせん」といひけり。女いしやのもとに行て、毒薬をこいけり。「あなおそろしの心かな」と思て、蘇香円を毒薬也とてつかはしければ、五日過て衣を持来て、礼に及べり。扨「いかゞしたりけん」と問ければ、「鯉の汁に入てくはせける」とかたる。

〔085-06〕

一『右文鏡』曰、不相応男女之事

甲寅　壬子　此年の女、おとこに不レ相也。

丙午　辛酉　此年の男、をんなに不レ相也。

〔086-01〕

世語

一　未勘。二　夫婦の仲を良くするために冠纓を黒焼きにして飲む療法については未勘。冠纓の形状が、精力増強剤として民間で親しまれてきたヘビ・マムシの類を連想させることによるか。

〔085-05〕一　ニセの夫で、間男の意。二「蘇合円〔薬名〕」（『文明本節用集』）。蘇合は薬草蘇合香の略。樹皮から採取した樹脂は香料の調合に用いられた。↓補注1　三　毒薬というのは偽りであるから、夫が亡くなり謝礼を持参したわけではないだろう。生命力が強く、滋養があるとされる鯉とともに与えたことで、夫にとっては強壮剤となり、結果的には夫婦仲が保たれたことへの感謝とも解しうる。

〔085-06〕一　未勘。二　結婚に向かない生まれ年の男女については、陰陽道に関する書や、重宝記などに記載が見える。↓補注1

〔086-01〕一　成語のこと。二　正論も行き過ぎては非理より悪い。「理も

高ずれば非の一倍」(『北条氏直時分諺留』、以下『諺留』と略記)。
三 「狂言」は嘘、たわごと。
四 わずかであろうと真心がこもっておればよい(「志は木の葉に包む」(『毛吹草』)。
五 「いそげばまわる」(『諺留』)→補注1
六 無駄な手数をかける。「居てする事を立ってする」(『諺苑』)
七 『諺留』、『毛吹草』にも見える。→補注2
八 「死ねば生くる」。捨て身のことか。
九 わずかな利益を得ようとして、大きな利を失う。『毛吹草』などに見える。
一〇 口先ばかりでは従うことにならない。「何事も敬はば順へと申す譬あり」(『嘉吉物語』)。
一一 あてがはずれて途方に暮れる。『毛吹草』に見える。
一二 『新古今集』とあるべき所。「一一・恋歌・一」→補注3
一三 「太きには飲まれよ長きには巻かれよ」(『毛吹草』)。
一四 「まがり木」は「曲木」。「くね」は「垣」か。「枯木も山のにぎはひ」に同じ。
一五 「高津内親王」とあるべき所。桓武天皇の皇女。
一六 『後撰和歌集』(一六・雑二)の歌。→補注4
一七 あら捜しをすることのたとえ。→補注5
一八 「利」のこと。
一九 時機に遅れることのたとえ。「諍い果てての棒乳切木」(『毛吹草』)。狂言『ちぎりき』に見える。乳切木は武器。両端を太く中央を少し細

一 [二]理もくうずれば非になる。
一 [三]狂言はいさかひのもとひ。
一 [四]心ざしをば松のはにつゝむ。
一 [五]いそがばまはれ。
一 [六]ゐてとらむ物、立てとる。
一 [七]勝て甲の緒をしめよ。
一 [八]しねばいくる。
一 [九]小利大ぞん。
一 [一〇]うやまへばしたがふ。
一 [一一]たのむ木のもとに雨のもる。
一 [一二]『詞花』の歌に、
雨こそはたのまばたのめたのまずは思はぬ人とみてをやみ南
一 [一三]大なる物にはのまるゝ、ながきものにはまかるゝ。
一 [一四]まがり木もくねのにぎはゐ。
一 [一五]大津親王御歌に、
[一六]なをき木にまされる枝も有物を[一七]毛をふき疵を求るはなぞ
一 [一八]りなきはひがむ。

く削った棒。
二〇　口数の多い者は軽々しくて品位がない（『毛吹草』）→補注6
二一　招（松）月庵。正徹（一三八一〜一四五九）。
二二　『草根集』「二十日　草庵の月次に　郭公一声」とあって「郭公人もこと葉のおほかるはしなすくなしと又や声せぬ」。
二三　未詳。
二四　害を加えれば報いが返る。「泥打てば顔にかかる」。
二五　血で血を洗う。→補注7
二六　人を叩いた夜は寝られぬ（『続故事ことわざ辞典』）。

〔086-02〕
一　「宗祇はじめて」という「寄せ句」の由来を説明する。
二　言い出して。
三　古典文庫「村上」。
四　信濃の国境か。
五　添えて。
六　遣る。
七　心配ない。
八　気遣いなさるな。
九　どんなものか。村上の言葉に対する疑義。
一〇　人を付けて送ること。
一一　「寄せ句」。「寄せ」は歌論用語。縁のあること、縁語。→補注8

一　[一九]いさかひ過てのちぎり木ぼう。
一　[二〇]こと葉おほければ、しなすくなし。
[二一]松月歌に、
[二二]ほとゝぎす人のことばのおほかるにしなすくなしと一声ぞなく
一　[二三]犬よりひと。
一　[二四]どろうてばかほにかゝる。
一　[二五]ちをもつてちをあらふ。
一　[二六]人をふみてはねいられず。

〔086-02〕
一　宗祇はじめて
[一]此ことば、一ころ信濃国より[二]申出て、あまねく人の申けるとなむ。宗祇法師、林《村カ》[三]上にいふ。「[四]此境、人を[五]そへて送せよ」といひしに、むらかみ答云、「金を車につみて、牛にまかせて[六]やるとも[七]あやうからじ。[八]うしろめたくおぼすな」といひし時、宗祇云、「宗祇はじめて[九]如何といひしを、皆人伝きゝて、物ごとに[一〇]此用心有べき事ぞとて、[一一]よせ句に申し」とぞ。

〔086-03〕

一 [一]鵜のまねする烏は水を喰。
一 [二]けら腹たてば、からすよろこぶ。
一 [三]木のぼり・川立、馬鹿がする。
一 雨降て地かたまる。
一 人のこといはむより柿の核《サネ》をかぶれ。　口を閉也との心なるべし。
一 [四]かせぐにびんぼうおいつかず。
一 [五]うやまへばうやまふ。
一 [六]よはき物おれず。
古歌に、
　[七]中〱によはきをおのが力にて柳の枝に雪おれはなし
一 [八]くらげもほねにあふ。
一 [九]餓鬼も人勢。
一 [一〇]地獄もすみか。
一 [一一]悪につよければ善にもつよし。
一 [一二]くせある馬に乗も有。
一 [一三]人くはぬ馬、耳すぶる。

〔086-03〕
一 「鵜の真似をする烏は大水を飲む」（『醒睡笑』（巻之一））→補注1
二 甲乙利害を異にすることのたとえ。「螻蛄腹立てば鶫喜ぶ」（『毛吹草』）。「螻蛄」はオケラ。
三 木登りや川泳ぎは危険が多い。「夜道川立ち馬鹿がする」（『諺留』）。
四 『諺留』にあり。「稼ぐに追い付く貧乏なし」（『毛吹草』）。
五 前述「敬へば順ふ」に同じ。
六 「弱きもの折れず」。
七 『可笑記』（巻一）に見える。→補注2
八 世にないもののたとえ。「水母骨に逢う」（『毛吹草』）。
九 つまらぬものでもおれば、多少の効果がある。「餓鬼も人数」（『毛吹草』）。
一〇 「住めば都」に同じ。
一一 大悪人がいったん改心すると、非常な善人になる。『毛吹草』にあり。
一二 癖のある馬も、取り扱い方によってはおとなしい。「癖ある馬に乗りあり」（『諺留』）
一三 未詳。「すぶる」は縮めて小さくする。

一 [一四]おんなはしうのめきゝら。

一 [一五]赤犬で狐おふ。

一 [一六]木に竹をつぐ。

一 [一七][出]おがらかいの入がらかい。

一 [一八]そんするはり事。

一 [一九]へたのものずき。

一 [二〇]やせものゝすごのみ。

一 [二一]よまずどち、かゝずどち。

一 [二二]こぢきの友やらゐ。

一 [二三]じゆんれのつれ歌。

一 [二四]れうしのふる物語。

一 [二五]ぬす人のとひつけ。

一 [二六]しぬものゝのどおす。

一 [二七]杉の木そだちのねこ心、松木そだちの猿心。

杉は[二八]ふしもなく、ゆらりと生ひたちて、しかも性つよくして、[二九]くつることかたし。ねこはつねにきて、ねう〳〵とうちなきて、いとらうたげに、かいねぶりて、しかも心のさとさ、是を[三〇]少人のすがた心にあらまほ

一四 未詳。「しう」は「主」か。

一五 ごちゃごちゃしてわかりにくいことのたとえ。

一六 前後不釣合いのたとえ。

一七 未詳。古典文庫「おがらかい」とあって「出」の傍記なし。

一八 「損する張言」。「張言」は意地を張って言う言葉。

一九 「下手の横好き」（『たとへ盡』）。

二〇 体に毒と知りつつ好む者が多いことのたとえ。「痩法師の酢好み」（『醒睡笑』巻之一）。↓補注3

二一 「読まぬどち書かぬどち」。どちらもちんぷんかんぷんなこと。「どち」は仲間。

二二 乞食でも付き合う友は選ぶこと。「乞食の友えらび」。

二三 未詳。「巡礼のつれ歌」は御詠歌。古典文庫「じゆんれい」。

二四 未詳。「猟師の古物語」「古物語」は昔話。

二五 未詳。

二六 未詳。「死ぬ者の喉押す」か。

二七 「杉」と「猫」、「松」と「猿」に託した若衆の評判。「杉」と「猫」の如きが良し。

二八 節。

二九 朽つる。

三〇 若衆。

しきとす。松はくねりまはりて、おもしろけなれ共、用木に自由ならず
して、しかもくちやすし。猿は[三一]つらもきらめいて、手も足も[三二]つかなけれ
共、さときわざはせざる、是をあしとす。

一 よはりめにたゝり。

一 [三三]うへみぬわし。

一 後悔さきにたゝず。

一 [三四]雪上の霜。

一 [三五]歌物語に歌を忘れた。

一 [三六]たからの山に入て空しくかへる。

一 [三七]好事もなきにはしかじ。

一 うてばひゞく。

一 [三八]天しる地しる我しる。

一 [三九]美女は悪女のかたき。

一 [四〇]ちるにはもれぬ山桜。

一 [四一]角なをすとて牛ころす。

一 [四二]鳥なき嶋の蝙蝠。

一 [四三]長居する鷺《サギ》はひきめにあふ。

三一 面。

三二 「つがなし」か。未詳。古典文庫「共」の右に「ドモ」とある。

三三 何者をも恐れぬところのない地位のたとえ。→補注4

三四 多すぎるほどあるうえに、また変わりばえのせぬものを加えることのたとえ。「雪上霜を加う」→補注5

三五 いちばん肝心なことが抜けていること。「歌物語の歌忘れ」(『毛吹草』)。

三六 願い望んでいた機会にあいながら、望みを達しえないで終わることのたとえ(『毛吹草』)。

三七 善悪にかかわらず、何事もないのがいちばんよい。「好事も無きに如かず」(『諺留』)。

三八 不正は必ずあらわれること。「天知る地知る我知る人知る」(『毛吹草』)。→補注6

三九 醜い女は美女を目の敵にする(『毛吹草』)。

四〇 移ろうことのたとえ。

四一 つまらぬことにかかずらわって肝心な根本を損なうことのたとえ(『毛吹草』)。

四二 強い者がおらぬところで、つまらぬ者が幅をきかすたとえ。「鳥なき里のかうふり」(『毛吹草』)。

四三 長居することは遠慮せねばならぬという戒め。「長居する鷺引目に逢ふ」(『諺留』)。

一 [四四]くじらの尾にならんより、いさゞのかしらになれ。

一 [四五]老ぬればひがむ。

一 色あるものはかならずかはる。

〔087〕

[一]二条殿《ドノ》御領[二]井戸庄[三]郡司[四]左近佐、仍㆓百姓㆒[五]訴状目安

[六]「井との庄みだりがはしくして、[七]くる使わくのごとし。[八]犬狗ほえざれば[九]三更の夜半にいねず。[一〇]鶏鳴声たえて[一一]五更の空をしらず。牛馬持たえて耕に事たらず。[一二]千草種たえて春のわかなをつまず。万木枝かれて秋の木のみをひろはず。[一三]月に村雲、花に風、二条殿の左近佐。」かくかきて庭上に立置ける折ふし、雨こまかにうちそゝぎ、いつもながら庭の砂もしめやかにして、花の色もこき[一四]かなりしに、[一五]立出給ふて[一六]是を御覧して、「いみじう申たり」とて、左近佐をば、[一七]人の国にぞ追やり給ひぬる。

〔088-01〕

なにぞ

四四 「鶏口となるも牛後となるなかれ」に同じ。

四五 「老いの繰言」に同じ。

〔087〕 訴状の風雅により、非道な荘官が更迭された逸話。狂言「近衛殿申状」・『かさぬ草紙』にも見られる。↓補注1 一 二条晴良(一五二六～七九)を意識するか。↓補注2 二 摂津国井門荘か。↓補注3 三 荘官の雅称か。 四 左近衛府の官人。↓補注4 五 本来は箇条書による訴状の書式。↓補注5 六 「糸」を掛詞とし、「乱《みだ》り」・「操《く》る」・「籰《わく》(糸を巻き取る道具)」が縁語。 七 「来る」と「繰る」が掛詞。 八 「鶏鳴」以下と対句。 九 真夜中。二三時あるいは零時からの二時間。 一〇 「犬狗」との対応から「鶏鳥」とあるべきか。 一一 三時あるいは四時からの二時間。「鶏鳴」。 一二 「万木」以下と対句。 一三 「世中は月に叢雲花に風想ふに別れ想わぬに添ふ」による。↓補注6 一四 「香」。視覚的な色彩。 一五 以下、二条殿が主語。 一六 「訴状目安」。 一七 二条殿が左近佐を井戸の庄の荘官から解任した。

〔088-01〕

一　天台山へ高野山より[一]かけける。
[二]嶺の猿。説云[三]、[四]とゝき。草の名也。

〔088-02〕

一　高野山へ天台山よりかけける。
谷の虎。説云、[一]たたうがみ。

〔088-03〕

一　一文字のおれ。
説云、[一]ひとつばし、又[二]かけ字。

〔088-04〕

一　[一]らぎ。
説云、[二]かいらぎの刀。

〔088-05〕

一　[一]蛇がすむぞ、舟留よ。

一　謎かけをして挑んだ、の意
二　大比叡、小比叡の峰。延暦寺の僧徒。
三　三段形式の謎の解答を指す。
四　桔梗科の多年草。「**Totoqi**.トトキ **Totoqi ninjin**に同じ。薬用人参の一品種」(『邦訳日葡辞書』)。嶺は「み(巳)ね(子)」で「にとき(二時)」。十二時からその二時を「猿(さる　去る)」と「とき(一〇時)」。

〔088-02〕
一　懐に入れるため畳んだ紙。「谷(たに)」は「た」が「二」で「たた」、「虎(寅)」は十二支で「う(卯)」の「かみ(上)」。

〔088-03〕
一　丸木橋。「一文字」は「一(ひとつ)」、「おれ(折れ)」は「一」の「端(はし)」の折れ。二　不完全なかたちの文字。折れ曲がった一文字で「欠け字」。

〔088-04〕
一　原文「らぎ」。「ら」(羅　うすもの)と「き」(綺あやぎぬ)。「かいらぎ」は鞘や柄を鮫皮で拵えた刀。「刀」は「かたな(片名)」で語の半分。「かいらぎ」の半分は「らき」。

〔088-05〕
一　「蛇(じゃ)が」が「すむ(清む)」と「しゃか(釈迦　「じゃが」の清音)」。舟を出すときは、帆を

説云、釈迦ほとけ。

解くので「ほ(帆)と(解)け」となるが、舟を止めるのに「ほとけ」は合わない。古版『なそのほん』では「ふねだせ」とする。

〔088-06〕
一 あさがほ。
説云、ひのくるま。

〔088-06〕
一 火車。地獄から死者を迎えににくる車。朝顔が咲くのは日が高くなるまでの間。「ひ(日)」の「くるま(来る間)」で「ひ(火)のくるま(車)」。

〔088-07〕
一 をんな。
説云、あまが崎。

〔088-07〕
一 難波の浦に面した土地の名の尼崎。尼になる前は「女」なので「あま(尼)がさき(前)」。

〔088-08〕
一 よめむかひの見物。
説云、ひめぐるみ。

〔088-08〕
一 胡桃の一種。嫁入りの見物で「ひめ(姫)くる(来る)み(見)」。

〔088-09〕
一 露。
説云、風ぐるま。

〔088-09〕
一 「露」は風が来るまでの命。「風くる(来る)ま(間)」。

〔088-10〕
一　正月は三日を赤舌日とする。「正月　三日申酉　九日丑未　十五日丑未　二十一日申酉　二十七日寅卯（二月以下略）」（「〇五方天文同時勘中赤有無事」『三国相伝宣明暦経註巻三』）とあり、「赤有無」の「赤」は「赤舌日　しやくぜつにち」。
二　「入」の文字の頂上部の「会（合わせ目）」が遠いと「八（はち）」。合せて「しゃくはち」。

〔088-11〕
一　「使（つかい）」が「かへる（反転する）」と「いかつ」。
二　「児（ちご）」の「かみ（上）」は「ち」。「いかつ」に「ち」を「ゆふ（結ぶ）」と「いかつち」。

〔088-12〕
一　「十里」は二×五里で「にごり」。
二　「けさ」が「かへる（反転する）」と「さけ」。
三　「Nigorisaqe. ニゴリサケ（濁り酒）」「Nigori-zaqe. にごりざけ（濁り酒）」（『邦訳日葡辞書』）。濁り酒。

〔088-13〕
一　「京の真ん中」は「五条」。
二　「夜があけた」ので「けさ（今朝）」。
三　袈裟には九条袈裟、七条袈裟、五条袈裟の三種類がある。

〔088-10〕
一　[一]正月三日[二]入会とをし。
　説云、しやくはち。

〔088-11〕
一　[一]使かへれば[二]児のかみゆふ。
　説云、いかづち。

〔088-12〕
一　[一]十里の道を[二]けさかへる。
　説云、[三]にごりさけ。

〔088-13〕
一　[一]京の真中で夜があけた。
　説云、[三]五条けさ。

〔088-14〕
一 「都」は「きやう(京)」。
二 「五々」は五と五で足すと「十(とを)」また「ごご(御々)」でお内議さん。
三 都のお内儀さんは偉いので「北の方」、それゆえ「北にすむ」。
四 「北」の方角は「子」。「子」に住むので「ねずみ(子住み　鼠)」。
五 「きゃうどうねずみ」は経堂に住んで経典を食い荒らす鼠。
〔088-15〕
一 「南無阿弥陀仏」は六字の名号。「むじ(六字)」の「な」で「むじな」。
二 貉(むじな)。狸のこと。
〔088-16〕
一 「文殊」は仏の智(ち)、「普賢」は仏の理(り)、定、行の徳を司る。
二 「にし(西)」は「酉(とり)」の方角。「ちり」と「とり」とで「ちりとり」。
三 「ちりとり」は、いわゆる塵取りのことか、あるいは一種の輿の呼称か、どちらか。「Chiritori.チリトリ(塵取)塵とか、これに類する物とかを拾い取るためのシャベル」「Chiritori チリトリ(塵取)ある型の輿であって、覆いはなくて、畚の格好に似たもの」(『邦訳日葡辞書』)
〔088-17〕
一 曲がっていないと「すぐ(直)」。二 「一期」は「いち(一)」と「ご(五)」で足すと「六」。
〔088-18〕

〔088-14〕
一 [一]都の[二]五々は[三]北にこそ[四]すめ。
説云、[五]きやうどうねずみ。

〔088-15〕
一 [一]南無阿弥陀仏。
云、[二]むじな。

〔088-16〕
一 [一]文殊普賢は[二]にしにこそあれ。
云、[三]ちりとり。智理。

〔088-17〕
一 [一]まがらで[二]一期。
云、すぐ六。

〔088-18〕

一　「くはら」は略式の袈裟、掛絡。「くはん」は袈裟につけた鐶。「僧のく、はらのく、はん」と分節する。「僧」「はら」が「のく(退く)」のでは「ん(わん)」が残る。椀。

〔088-19〕
一　狐が鳴かないで帰る。「きつね」が「なか(中間)」の「つ」から「かへる(反転する)」と「つき(月)」。

〔088-20〕
一　「めん」は木製の顔で、「きのつら」。「しろし」は雪(ゆき)で「きのつらゆき」。

〔088-21〕
一　「おどり」を踊り字(繰り返し)と解すると「うし」は「うう」と「しし」。「う」が二で「にう」。「し」「し」は足すと「はち」。
二　乳鉢。薬品を微塵にするのに用いる鉢。

〔088-22〕
一　「さ」の踊りは「ささ」。「が」の踊りは「が」が二で「がに」。

一　僧のくはらのくはん。
云、わん。

〔088-19〕
一　きつね、なかでかへる。
云、月。

〔088-20〕
一　めんしろし。
云、紀貫之。

〔088-21〕
一　うしのおどり。
云、にうばち。

〔088-22〕
一　嵯峨のおどり。

云、さ[二]ゝがに。

二　蜘蛛。「Sasagani.(篠蟹)詩歌語。蜘蛛」(『邦訳日葡辞書』)。

〔088-23〕
一　[一]山中の梅。
云、[二]さうめん。

〔088-23〕
一　「山中」は「さ」と「ん」の中間、そこに「うめ」があるので「さ・うめ・ん」。
二　素麵。ちなみに婦人語では「ぞろ」と言ったらしい(「Zoro」の項『邦訳日葡辞書』)。

〔088-24〕
一　[一]近江。
云、[二]かながくのあぶみ。

〔088-24〕
一　「近江」は仮名で書くと「あふみ」。
二　「かながく」は金属箔を象嵌する金具「かながい」か。「近江」は「かながく」つまり仮名書きにすれば「あぶみ」とも読める。

〔088-25〕
一　[一]とうしんといふもの。
云、[二]いなり。

〔088-25〕
一　灯心は藺草で作る。灯心というものは「い(藺)なり(也)」。
二　稲荷。

〔088-26〕
一　[一]にし[二]谷の菊[三]うら枯たり。
云、はちたゝき。

〔088-26〕
一　「にし」は二が四つで「はち(八)」。
二　「たに」は「た」が二つで「たた」。
三　「うら」は末。「きく」の末がかれ(離れ)て「き」で、「はちたたき(鉢叩き)」。

〔088-27〕
一 「みやま」は山が三つで「出山」。
二 「じゃが」が清むと「しゃか(釈迦)」。
三 雪山での修行を終えて山を出た肋骨の見えるほどに痩せた釈迦。画題となる。

〔088-28〕
一 「田(た)」を中にして。
二 「なが(眺)むる」を「長むる」ととりなす。「月(つき)」を長く伸ばして発音すると「つ(tsu)」は「う」、「き(ki)」は「い(ひ)」となる。
三 「た」を「う」と「ひ」の中間にいれると「うたひ」。謡。能の詞章を節をつけて謡うだけの座敷の遊び芸。『醒睡笑』に「謡」を部立てしている。当時、流行していた。

〔088-29〕
一 「う」は「う(有)」で、「う」は有り。
二 「む」は「む(無)」で、「む」は無し。
三 『無門関』の公案の第一則。狗子(犬)に仏となる本性があるかと、ある僧が問うた。大乗仏教では「山川草木悉皆成仏」と説くので、「有」と答えるのが普通である。ところが超州は「無」と答えた。その「無」とは何だとするのが第一則の公案。「超州のくし」は「超州」が「のく(退く)」ので「し」だけが残る。

〔088-30〕
一 象牙。中が空洞になっている。
二 「うとふ」は中が空洞の意。それを「う」が「と(飛)ぶ」ととりなす。「ざうげ」の「う」が飛ぶ

〔088-27〕
一 [一]みやまに[二]じやがすむ。
云、[三]出山の釈迦。

〔088-28〕
一 [一]田中で[二]月をながむる。
云、[三]うたひ。

〔088-29〕
一 [一]うはう、[二]無は無、[三]超州の狗子。
云、うし。

〔088-30〕
一 [一]象げ[二]うとふ也。
云、にごりさけ。

〔088-31〕
一　[一]春は花、夏はしげ山に、秋寒し。冬ふる雪に下くゞる水。
　[二]しきかは。

〔088-32〕
一　[一]ほのぐ＼と明石のうらの朝ぎりに嶋がくれ行舟をしぞ思ふ
[二]梅が枝にきゐる鶯春かけて鳴どもいまだ雪は降つゝ
此歌は何も[三]卅一字也。
云、[四]ほらがい。

〔088-33〕
一　[一]たきのひゞきに[二]夢ぞおどろく。
説云、[三]あいざめ。

〔088-34〕
一　[一]吉野の山はいづくなるらん。
　云、やまとだけ。

と「ざげ」。「ざげ」は「さけ」の濁音なので「にごりさけ」。濁酒。

〔088-31〕
一　「春」から「冬」で「四季(しき)」。花をうかべ雪の下をくぐるのは「かは」。宸翰本『なぞたて』に「春は花夏はうのはな秋もみじ冬はこほりの下くぐる水」とある。春夏秋に「花」「卯の花」「紅葉」を浮かべ、冬には「氷」の下をくぐるのは川で、こちらの本文のほうがよい(鈴木棠三『中世なぞなぞ集』)。
二　敷き皮。

〔088-32〕
一　『古今和歌集』(序)(九・羇旅・四〇九・よみ人しらず)。四〇九の左註には「このうたはある人のいはく、柿本人麻呂が歌なり」とする。古今伝授の世界でも有名な和歌。『和漢朗詠集』ほか諸書に見える。五句目が八字で字余り。
二　『古今和歌集』(一・春歌上・五・よみ人しらず)。
三　前の和歌は三二文字、後の和歌は三一文字。「いづれも三一字」とするのは嘘(うそ)。
四　ほら貝は「うそ(嘯)」を吹く。

〔088-33〕
一　「たta」「きki」のひびき(響、韻)は「あ」「い」。
二　夢おどろいて「覚め(さめ)」。
三　藍鮫。鮫鞘のこと。

〔088-34〕
一　吉野山は大和(やまと)にある岳(たけ)。

〔088-35〕
一 海月は柔らかいので「なん(軟、南)」。「つら」は「面」。
二 「百とう(十)」で「せん(千、泉)」。
三 「らん」は推定の助動詞で「すい」。
四 「Xensui.センスイ(泉水)水の流れている池」(『邦訳日葡辞書』)。
〔088-36〕
一 東方だけ風がなく凪(なぎ)。東は「卯(う)」。「う」が「なぎ」なので「うなぎ」。
〔088-37〕
一 「蛇(じや)」が「すむ(住む　澄む)」と「じや」の清音で「しや」。「池」は「すい(水)」。
二 「鬼」の「こゑ(音)」は「き」。漢字の音は「こゑ」、訓は「読み」。
三 瀉水器。密教の修法に使う香水を入れる金属製の器。
〔088-38〕
一 「みつ葉」は「は」が三つで「ははは」
二 古典文庫本「色々」。
三 「霜(しも)の」は「下(しも)の」で「色色」は下の字も「色」。
四 「下(しも)がれ」は「し」も「かれ(離れ)」で「色(しき)」の「し」も離れると「き」。

〔088-35〕
一 [一]くらげのつらは[二]百とうある[三]らん。
云、南面の[四]泉水。

〔088-36〕
一 [一]きたみなみにしまで風の吹あれて。
云、うなぎ。

〔088-37〕
一 [一]蛇のすむ池は[二]鬼のこゑする。
云、[三]しやすい器。

〔088-38〕
一 [一]みつ葉[二]色になる[三]霜の[四]下がれ。
云、[五]羽ばゝき。

五　羽箒（ははばき）。塵や埃を払い落とすのに使う鳥の羽で作った小さな箒。

〔088-39〕
一　「すみがたし」を「澄みがたし」の意ととると濁音。「かむきよ」の濁音で「がむぎよ」。
二　「かなしや」は「がむぎよ」の「が」がないので「むぎよ」。　三　「よをすつる」で「むぎよ」の「よ」を棄てると「むぎ（麦）」。

〔088-40〕
一　「ほとけ」の始め終わりの字が無いと「と」。
二　「ちり」の間に「と」が交じると「ちとり」。ちどり。

〔088-41〕
一　夏三ヵ月は「いちげ（一夏）」。
二　「さいしやう」から「いしやをやめよ」で「いしや」をとると「さう」。「さいしやう」は宰相。
三　「いちげ」と「さう」で「一げさう」。いちげさうは一輪草。

〔088-42〕
一　「ひしくい」はガンカモ科の大型の水鳥。
二　「ひしくい」から十三を追い立てる、つまり足して十三となる「し」と「く」を除くと「ひい」。
三　「たつ」を「ひい」の中間で反転させて入れると「ひつたい」。
四　筆台。

〔088-43〕

〔088-39〕
一　閑居[一]すみがたし。かなしや[二]、世[三]をすつる。
　云、むぎ。

〔088-40〕
一　無始無終の仏[一]、ちり[二]にまじはる。
　云、千鳥。

〔088-41〕
一　三月[一]、さいしやう[二]、いしやをやめよ。
　云、一げさう[三]。

〔088-42〕
一　ひしくい[一]十三おつたてゝ[二]、田鶴[三]なかでかへる。
　云、ひつだい[四]。

〔088-43〕

一　「馬」は午で南(みなみ)。「みみ」がないと「な」。
二　「うし」の尾を取ると「し」。
三　梨。「**Naxi.**ナシ(梨)梨」(『邦訳日葡辞書』)。

〔088-44〕
一　蜂に似るのは「あぶ(虻)」。
二　「水(みず)」の半分は「み」。
三　鐙。

〔088-45〕
一　「きり」を重ねると「きりきり」。
二　「なます」の「なま」を「なまとり」で取りのぞくと「す」。

〔088-46〕
一　「ちちの乳(ち)」は「ち」が三つで「みち」。
二　「はは〱」は「は」が四つで「しは」。

〔088-47〕
一　「もも(百)」を「百」で「万」。
二　「たまふれ」は、下さい、得よう、の意で「得

一　馬のみ[一]ゝのなきはうし[二]にはをとる。
　云、なし[三]。

〔088-44〕
一　はちのやうな物に、水半分。
　云、あぶみ[三]。

〔088-45〕
一　きり[一]かさねたるなます、なま鳥。
　云、きり〲す。

〔088-46〕
一　ち[一]ゝの乳をみて、はゝ[二]〱といふ。
　云、道しば。

〔088-47〕
一　もゝ[一]を百たまふれ[二]、牛[三]をかへし申さん。

む　えう」。
三　「うし」を反転して「しう」。まんえうしう。

〔088-48〕
一　「ゆき」の上に「うし」をつなぐと「うしゆき」。
二　「つの」の片方を除くと「つ」。
三　温州橘。「Vju.ウジュ（温州）　Micã（蜜柑）と呼ばれる柑橘類の一種」「Vjuqit.ウジュキッ（温州橘）　同上」（『邦訳日葡辞書』）。

〔088-49〕
一　近いうちにお伺いします、の意だが、謎では「ちかき」の中間に「か」ではなく、「ま」を入れる、の意ととる。中間の「か」にかえて「ま」を入れると「ちまき」。
二　粽。「Chimaqi.チマキ（粽）竹の葉その他草の葉などに包んだ、ある種の飯」（『邦訳日葡辞書』）

〔088-50〕
一　「さいしやう」は裸ゆえ、衣裳（いしやう）を剝ぐと「さ」。
二　「位（くらい）」は三番目の字まで下がらない、つまり二番目までなので「くら」。

〔088-51〕
一　薬師は八、九、四で二十一。
二　廿一の下に「日」を付けると「昔」。
三　挨拶を気にする有髪の世間の人は「おとこ（男）」

云、『万葉集』。

〔088-48〕
一雪の上に牛をつないで、二かた角をもぐ。
云、三うじゆきつ。

〔088-49〕
一ちかきあひだにかならずまいるべし。
云、二ちまき。

〔088-50〕
一さいしやうははだかなれ共、二位は三番迄はさがらず。
云、さくら。

〔088-51〕
一薬師の二日、三入道、かみそらで、時宜を案ずる。
云、四むかしおとこ。

四　『伊勢物語』各段の冒頭の言葉。

〔088―52〕
一　紫竹。「しちくのなか」は「しち(七)」と「く(九)」の中間で「八(はち)」。
二　「うぐいす」の尾、つまり末の字は「す」。
三　「はち」に「す」を合わせて「はちす(はす)」。蓮。

〔088―53〕
一　「三界の仏」は「釈迦(しやか)」。
二　「あまがまたにはさんだ」で「あ」と「ま」のなかに「しやか」を入れる。
三　茶湯の芦屋釜。

〔088―54〕
一　「ほう」は仏法の法、の意。
二　「ほう」の末がないと「ほ」。
三　釈迦仏と弥勒仏。「ほとけ」の中間は「と」、「ほ」が二つあるので「とと」。
四　「論義経」の始め終わり、「論」と「経」がないと「義(ぎ)」。
五　「数千巻(すせんがん)」のはじめは「す」。

〔088―55〕
一　「つぶり」は頭。「あなん」「かせう」「りばった」の頭の字を寄せると「あかり」。阿難、迦葉、離婆多は釈迦の弟子。　二　「死いくのさかい」は生死の世界の意で「しやうじ」。
三　「Acarixoji.アカリシャゥジ(明障子)明りが

〔088―52〕
一　[一]しちくの中の[二]鶯、尾ばかりみえたり。
云、[三]はちす。

〔088―53〕
一　[一]三界の仏を[二]あまがまたにはさんだ。
云、[三]あしやがま。

〔088―54〕
一　[一]ほうの[二]すゑたえたるは、[三]二仏の中間、[三]論義経の無始無終は、[四]数千巻のはじめ。
云、ほとゝぎす。

〔088―55〕
一　[一]あなん・かせう・りばつた、三人つぶりを押合て、[二]死いくのさかい。
云、[三]あかりしやうじ。

入るように、紙を張った格子戸〔障子〕」（『邦訳日葡辞書』）。

〔088-56〕
一 「かへり」は反切の意。「かつせむ(合戦)」の「カウ(合)」の子音と「セン(戦)」の母音を合せると「ケン」。 二 劉邦が漢王朝を起こしたときの功臣。「張良」の上の字をとると「ちやう」。 三 「こゑ」は漢字の音読み。「時」の音で「じ」。 四 建長寺。鎌倉五山の一。

〔088-57〕
一 「後生」の逆で「しやうご」。 二 聞くのは「みみ」。 三 「ちしや(智者)が」の「し」を取ると「ちやが」。 四 「天狗」は「魔(ま)」。 五 鉦鼓耳の茶釜。茶釜の耳は茶釜の鐶付のこと。いま用いられるところの鉦鼓鐶付の茶釜に近いかたちか。鉦鼓鐶付の茶釜は雅楽の楽器である釣り鉦鼓(木製の丸い枠の中に鉦鼓を釣り足台をつける)を半分に割ったかたちの鐶付をつけた茶釜。

〔088-58〕
一 「せんずい(泉水)」の「せん」は「千」で、除去すると「すい」。 二 「木かげ」の「こ」を去ると「かげ」。 三 「はねる」は撥音。「かげ」の「け」を撥音に替えると「ん」。 四 水干。

〔088-59〕
一 紙子を着た時宗の人が裾を絡げもって踊った、の意を、「じしうのかみ(上)、のき(除)ぬ」と読むと、「ぢしう(時宗)」の上(かみ)の字を除けて「しう」。 二 「しう」の裾の字を取ると

〔088-56〕
一 [一]かつせむのかへりに、[二]ちやうりやうがくびを取て、[三]時のこゑにあはする。
云、[四]けんちやうじ。

〔088-57〕
一 [一]後生をさかさに[二]きひて、[三]ちしやがしを去て、[四]天狗に成。
云、[五]しやうごみゝのちやがま。

〔088-58〕
一 [一]せんずいの千どり、[二]木かげのこ猿、[三]けにはねをかへる。
云、[四]すいかん。

〔088-59〕
一 [一]ぢしうのかみのきぬで[二]すそを取て[三]おどつた。
云、しし。

〔088-60〕

[一]ねうばうのむかひに、[二]かみもゆはで、[三]にほひ・たき物して、[四]ねりのすそみえたり。

云、まりの[五]かゝり。

〔088-61〕

[一]平家のちやく〳〵、[二]こつ川のはたにて、きられさせ給ふゆへいかん。

云、奈良火鉢。

〔088-62〕

[一]平家のたゝかひ、[二]能登守、[三]次信[四]りやうじなく[五]きこえ[六]しに。

云、源氏の[七]もくろく。

〔088-63〕

[一]なぎさの草、[二]露ちり、[三]月ものこらず。

云、さくら。

「し」。三　「おどつた」は踊り字。「し」に「々」を加えて「しし」。

〔088-60〕

一　女房の迎えに、の意。謎の解は「ね（子）う（卯）はう（方）のむかひ（対）に」と読んで、十二支の方位で、「子」の反対側は「うま（午）」、「卯」の反対側は「とり（酉）」となる。二　髪も結わないで、の意。「かみ（上）も結はで」と読んで、「うま」「とり」の上の字を取り去り、下の字だけを繋ぐと「まり」となる。三　匂いも香り、薫き物も香りで「か（香）」が二つで「かか」となる。四　練り絹の裾が見えている、の意。「ねり」の字の下が見えると解すると「り」となる。五　鞠の懸。四隅に四本の木を植えた蹴鞠の庭。

〔088-61〕

一　木津川の河畔で斬首されたのは平重衡。二　平重衡が斬られたのは奈良に火を付けたことへの罰。三　奈良の火の罰（ばち）で奈良火鉢。

〔088-62〕

一　平家の戦う相手は「源氏」。二　平教経。「能登守」は「のと」の「かみ（上）」で「の」。三　佐藤嗣信。四　聊爾なく、の意。謎としては「次信」の両字がなく、と解する。五　「きこえ」は「き（木）」の「こえ（音）」で「もく」。六　助動詞の「し」と助詞の「に」なのだが、それを「し（四）」「に（二）」ととって、足すと「ろく（六）」。七　『源氏物語』の巻名目録または登場人物系図（今井源衛「了悟『光源氏物語本事』について」）もしくは花山院長親『源氏小鏡』の別名。

〔088-63〕一「なぎさの草」は「なぎさのく（退く）さ」と解すると「なぎさ」を除いて「さ」が残る。二「露」が散ると、「つ」も「ゆ」もなし。三「月も残らず」で月のない夜は闇夜で「くら」。

〔089〕小歌四首を収める。一「小歌」の宛字か。↓補注1

〔089-01〕足利義教と東福寺喝食・春把の艶事は「昔今詩歌物語」〔013-11〕にも見られる。一「普広院殿」。足利義教の法名。↓補注1　二喝食。三伝不詳。四海棠花。春雨を帯びた海棠の花は、楊貴妃の艶姿の形容とされた。↓補注2

〔089-02〕一周防・筑前・豊前などの守護をつとめた戦国大名で、「多々良」を賜姓とした大内義隆（一五〇七～一五五一）をさすか。〔085-02〕参照。↓補注1　二辛いのは京での独り侘び住まい。妻がいながら、故郷と京に離れ離れで、ふたりそれぞれ独り寝をすることよ。三互いに浮気をすることなく、独り寝を守り通したら良いのになあ。

〔089-03〕『伊勢物語』九をふまえた詠歌。一伊勢宗瑞（北条早雲）の息で氏綱の弟にあたる初代玉縄城城主北条氏時（～一五三一）をさすか。↓補注1　二中古中世期、隅田川（現東京都東部を流れる荒川の下流部）は武蔵・下総

〔089〕

巷歌

〔089-01〕

[一]普光院殿、[二]かつしきをほめ給ふて

[三]春把のあしたのねがほの色は雨を帯たるかい[四]だう花

〔089-02〕

[一]九州多々羅のなにがし、在京の時作、

[二]うきは在京つまもちながらふたりひとりねをする

此歌を、つくしの妻のきゝて、[三]「ふたり　ひとりねもがな」と吟かへ

たりとなん。

〔089-03〕

[一]平氏時、むさしの国と、[二]しもつふさのくにとの境に[三]張陣して、

とをきむさしや下つさの　さかゐに今はすみ田川　浪までおさまる御代な

りと　都にもつげよ都鳥

（「下の総」「しもつさ」とも）の国境とされた。三　戦の陣を張ること。

〔089-04〕　明月の雲隠れを厭う小歌。↓補注1　一　世阿弥元清。二　「月夜のうさよ」。

〔090-01〕　能（観世）の起源と世阿弥の佐渡配流による宮中での能役者の忌避についての冷泉明融の「早物語」。↓補注1　一　観世の能を示す。二　観阿弥の出自は、伊賀の服部氏と伝えられてきた。↓補注2　三　漢詩文。四　宗教儀礼に由来する終夜あるいは夜半におよぶ遊興。↓補注3　五　正しくは「手の舞ひ足の踏む所を知らず」。詩歌の吟詠が昂じて舞踏に及ぶこと。↓補注4　六　「かえって」。七　世阿弥の諸芸能への熟達は、二条良基の書簡等に詳述されている。↓補注5　八　「あらゆる楽器を省略して」。↓補注6　九　所謂「大和猿楽」は「ものまね」を基本とした。↓補注7　一〇　あでやかな装束。儒教の礼装に由来する語。一一　いわゆる「夢幻能」を想起させる。↓補注8　一二　祭儀として夜半に奉じる神楽を遊興のため日中に行うことと、秘儀とされる歌舞を公然と興行することか。↓補注9　一三　世阿弥の能。一四　世間で好評を

〔089-04〕

観世々阿作[一]

月夜のうさよ〳〵[二]やみなるべくはくもらじ物をくもらじものを

〔090-01〕

猿楽[一]、禁裡江不ㇾ召事

一　猿楽の根元は、近江侍[二]に福部式部少輔といひし者、まづしからずして、遊興を好也。文[三]をも学、歌道も有ものなれば、世上の風景を詞に作吟じて、おもしろくうたひけり。日待[四]・月待に、友を求、酒宴、酔興のあまりに、手[五]の足のふみ所を不ㇾ知ぞ有ける。中々[六]世を避て、猶たのしめり。かれを観阿弥と言。其子、世阿弥、父にもまさりて諸芸[七]に達しけり。後には万[八]の楽器をうせて、拍子を調て、たくみ出すまゝ、種々の物[九]のまねをするとて、それ〴〵の采衣[一〇]を着して、仏[一一]となり神と成、鬼となり、道俗男女の霊魂を姿《スガタ》を現じて、夜半[一二]の遊を昼になし、内の遊を外になして、みる人の心をなやまし、おどろかす。此事[一三]、世[一四]にとなへければ、諸官領[一五]、此[一六]よしを聞て近づけて、まうけ[一七]の物、そのたか[一八]をおしまずたはぶれける。大将軍[一九]きこしめして「御覧[二〇]ずべし」とて、めされけり。「さりとては、か[二一]ゝる事をば[二二]主上[二三]

の御めにかけばや」と奏門[二四]ありければ、「余にことのほかなる由」[二五]きこしめして、「百官・雲客、[二六]宣議[二七]あるべし」とて、各参内有しに、[二八]巧者[二九]の申曰、「[三〇]かやうの不思議の事は、吉凶難㆑計[三一]。其故は、或仏神の御かたちをあらはして、下界におとし奉り、又仏道・神道の秘密をあからさまに[三二]詞に述、道の[三三]秘諸[三四]をもわかず、いひ出せば、住吉・玉津嶋[三五]の冥慮もおそろし。或鬼神・竜神・人の霊魂等、則禁中に乱入て[三六]主上の御心をおどろかし奉らむは、よきにはあらじ[三七]」と申人のみあり。「今は此もの[三八]世にひろまりて、はや公家の中にもこれをまなぶ[三九]。まして武家の事は、心をとられて国をわすれ、よろしからざる由」口々申あへりけり。「此もの[四〇]あらば、あしかりなむ」とて、観[四一]は過て世阿が時なりしに、佐渡[四二]の嶋にぞながされける。以㆓此例㆒[四三]、禁裏[四四]にまいらざるもの也。

猿楽[四五]といひしは、主上、御覧有がたくおぼしける夜、猿共参りてまねて[四六]、御夢《ユメ》にみえしより申といへり。

父子[四七]の名を合て「観世」とはいふなり。


（090-02）

一　佐渡にて世阿[一]が作し十番のうたひ物[二]の中に、「山優婆[三]」と云は、ゆへ

博したこと。一五「管領」。所領のある有力武士の意か。一六　世阿弥の妙技。一七　饗応や褒美。一八　莫大な費用を厭わず熱中し狂奔すること。一九　足利義満か。↓補注10　二〇「大将軍」による自尊敬語。二一　世阿弥の演能。二二　闕字。↓補注11　二三　後小松天皇(在位・一三八二~一四一二)か。↓補注12　二四　古典文庫本「奏問」。「奏聞」とあるべき。二五　天皇が能の天覧を常軌から逸脱したことであると思し召したこと。二六　殿上人。二七「僉議」。二八「百官・雲客」が。二九　理非を弁え、先例・故実に通脱した人物。↓補注13　三〇　能の天覧という自体が、尋常の沙汰ではないほどけしからぬことであること。三一　論ずるまでもなく不吉であること。三二　露骨に。三三　文脈上「歌道」の意。三四　諸々の秘事や口伝を無分別に。三五　ともに和歌の守護神として崇敬された。↓補注14　三六　闕字。三七「よい道理がない」の意。三八　能。以下では能を「亡国の音」とする。三九　能。四〇　能。四一　観阿弥の没後、息子の世阿弥の時代に。四二　世阿弥の佐渡配流は、永享六年(一四三四)五月。↓補注15　四三　世阿弥の佐渡配流。四四　実際には内裏でも演能自体は行われた。↓補注16　四五　以下、「猿楽」の名称起源譚。↓補注17　四六　古典文庫本「まね《テ》〳〵」。四七「観世」の名称由来。↓補注18

〔090―02〕 能「山姥」の成立に関する冷泉明融の「早物語」。越後の「弥三郎婆」に言及する現存最古の記載か。
一 世阿弥。
二 謡曲。→補注1
三 能「山姥」。→補注2
四 新潟県西蒲原郡の弥彦山。→補注3
五 昔話「弥三郎婆」の祖形か。→補注4
六 以下は昔話「山伏狐」の話型。→補注5
七 能「山姥」でも、山姥の出現に際し、時ならず日が暮れる。→補注6
八 「小堂」。葬礼用の三昧堂か。
九 「他人」。火葬に関与した人達。
一〇 密教法具の三鈷柄剣の類か。
一一 古典文庫本「射」（訓「ウチ」・左注「討」）。
一二 昔話「千匹狼」の常套文句→補注7
一三 「我が手成とて」または「我がもの成とて」とあるべき。あるいは筆写時の誤脱か。以下、渡辺綱の鬼退治譚と同工。→補注8
一四 屋根を支える木組みか。
一五 「蹴分けて」か。
一六 「忩《にはか》」を「窓」と誤記したか。→補注9
一七 「懈慢（けまん）・慳貪」か。以下、故意に悪人を悩乱させることで、善心を促すとする。
一八 山姥の慈悲深い性質。→補注10
一九 能「山姥」。 二〇 能「山姥」の詞章。「柳は緑、花は紅」と続く。→補注11 二一 「鬼の付け句」の類型。→補注12 二二 「猿楽、禁裡江不レ召事」〔090〕全体を示す。 二三 永正一〇年（一五一三）頃〜天文一八年（一五四九）。古典の筆写や歌会

ある事にこそ侍れ。海のむかひに[四]阿彦山と云山あり。其麓に[五]弥三郎といふ賤のお、老たる母をもたりけり。[六]ある時、す行者、山路を過るに、[七]俄に日くれぬ。そこに[八]少堂のありけるに入てふせりければ、死人を送てやきすてゝ、[九]侘人は皆いにけり。かくれゐてみれば、火中より一の鬼おき出て、修行者をくはむとする。心中に祈念し[一〇]宝剣をもてはらひければ、鬼の手を[一一]討おとしたり。力およばずとて、鬼云、[一二]「阿彦山の弥三郎が母をたのまむ」とて、うせければ、只今、片時の間にて、昼にぞ成にける。むくづけき手を取て、袂に入て、彼山の弥三郎がもとに行て、此由をひそかに語ければ、彼母うちより飛出て、「其手は[一三]我が成」とて、奪取て、[一四]やぼねを[一五]けわけて出るとみれば、大風吹落て黒雲、[一六]窓にくらまり、則飛うせにけり。
[一七]「きまん・けんどんの者の家に入て、人をなやます。還而慈悲の物」と人々いひけり。[一八]是を世阿が物になずらへて、[一九]作レ之とぞ。然るに、[二〇]「仏あれば衆生あり、衆生あれば山うばもあり」と作りつめて、いはんことの葉もなかりければ、世阿、案じはてしに、[二一]虚空より「柳は緑、花は紅」といひ続けるとなん。それよりして、末の詞も出来たりとぞ。
[二二]此物語、[二三]冷泉明融かたり給ひし。

(091)
[一]後鳥羽院御宇十二月番鍛冶次第并御太刀磨鍛冶、御師徳鍛冶

正二月　[二]備前国住人号備前大夫
　　　　[三]備中国住人貞次

[四]奉行　大宮中納言二位僧都尊長[五]　則宗
　　　　[六]右衛門尉俊当

三四月　[七]備前中原権守信房日本国中鍛冶長者給
　　　　[八]栗田口藤三郎国安　水尾剣作

奉行　[九]大政大臣二位宰相
　　　[一〇]新中納言範義

五六月　[一一]備中国住人恒次
　　　　[一二]国友栗田口藤林　剣乙丸作者

奉行　[一三]中納言康業
　　　[一四]三位中将実康

七八月　[一五]宗吉備前吉岡新太郎　剣桜丸作者
　　　　[一六]次家　備中住人

奉行　[一七]新中納言重房

への参加などの文化活動のほか、時衆としても廻国した。↓補注13

【091】

一　後鳥羽上皇が諸国から優秀な刀工を呼び寄せ、月当番を定めて刀を打たせたとする伝説に基づくもの。『永禄二年本節用集』(以下『永禄本節用集』)にも見られる。↓補注1

二　『観智院本銘尽』『鍛冶名字考』『永禄本節用集』『鍛冶系図』などすべて「則宗」とする。↓補注1・2　なお、「二位僧都尊長」の下にある「則宗」は本来この後に来るべきもの。

三　備中青江派の代表工。↓補注3

四　鍛冶奉行。二名の者が二ヶ月間担当する。正月・二月の奉行は大宮中納言と二位僧都尊長。以下三月以降も同様の形式。　五　↓補注4

六　↓補注5　七　「備前信房、備前左近権大夫ト受領給」(『鍛冶名字考』)。↓補注6

八　↓補注7　水尾剣は未勘。　九　藤原頼実のことか。↓補注8　一〇　↓補注9

一一　備中国古青江派の鍛冶。日蓮の護持刀「数珠丸」の作者として有名。↓補注10

一二　八の国安の兄。藤林左衛門を名乗る(『系図』)。剣乙丸は未勘。↓補注11

一三　未勘。↓補注12

一四　未勘。『永禄二年本節用集』などは単に「中将実康」とする。↓補注13

一五　備前福岡一文字派の鍛冶。安則(則宗嫡子)の子で、吉田新太郎と号したという(『名字考』)。↓補注14

一六　備中青江一家の鍛冶。康次(貞次嫡子)の子

光親朝臣

九十月　助宗[一八]　備前　剣菊丸作者

奉行　[二〇]二条中納言雅経朝臣　行国[一九]　河内住人

宰相中将資兼[二一]

十一十二月　助成[二二]　備前住人

助延[二三]　同国

奉行　[二四]二条中納言有雅朝臣

[二五]大炊御門三位忠従

[二六]御太刀磨鍛冶

国弘・為貞、各従一人中以上三人可㆓具足㆒

[二七]御師徳鍛冶各名字

久国、粟田口大隈守、備前行吉、備中次家、備中貞次、備中真次、忠国、備中為次、備前真則

(092)

一　金物類[一]

(『名字考』)。→補注16　一七　→補注15

一八　備前福岡一文字派の鍛冶。則宗の次男という。菊丸は未勘→補注16

一九　『永禄本節用集』には「行国　備前」とする。備前福岡一文字派の鍛冶(『系図』)。→補注17

二〇　飛鳥井雅経のことか。→補注18

二一　未勘。→補注19

二二　備前福岡一文字派の鍛冶(『系図』)。

二三　備前福岡一文字派(『系図』)。→補注20

二四　→補注21

二五　未勘。『永禄本節用集』には「大炊御門三位」とのみで「忠従」(あるいは忠綱)の名はない。

二六　研師のこと。「一人中」の「中」は衍字か。→補注22

二七　師徳は侍読に同じ。この場合、後鳥羽院に仕えて刀鍛冶の指導をした者ということか。→補注23

〔092〕

一　花瓶・香炉などに用いられる金物類を挙げる。以下、「土器類」まで三徳庵2本『君台観左

[二]胡銅、[三]紫銅、[四]宣旨、象眼、七宝、瑠璃、?物、
右何モ此類華瓶・香炉有リ。

（093）
一　[一]彫物類
[二]剔紅、[三]堆紅、[四]堆朱、[五]黒金糸、[六]堆鳥、[七]金糸、[八]堆漆、[九]堆薬、[一〇]九蓮糸、
[一一]紅花、緑薬、[一二]桂将水、[一三]犀皮

（094）
一　[一]硯石類
石眼石、[二]端渓石、涵星石、[三]瓦硯石、枇杷色石、金珍石、珠原石、
青緑石、紫石、緑金石、馬兼石
[四]松陰ト云硯モ石眼石也。大ナル硯也。古物ニ七星ト云硯モ石眼石也。
石ノ極上也。

（095）
一　[一]土器類

右帳記』の内容とほぼ一致する。↓補注1
二　「コトウ」（日葡辞書）。　三　「シトウ」（日葡辞書）。　四　宣旨銅（センジトウ）のこと。

〔093〕
一　香箱・茶器等に用いられる彫漆の類を挙げる。彫漆は百回以上塗り重ねた漆の層に刃物で文様を彫る技法のこと。↓補注1
二　「チツコウ」（永禄本節用集）。↓補注2
三　↓補注3　四　↓補注4　五　↓補注5
六　堆黒のこと。↓補注6　七　↓補注7
八　↓補注8　九　未勘。　一〇　↓補注10
一一　紅花緑葉の誤り。↓補注11　一二　桂漿のこと。↓補注12　一三　↓補注13

〔094〕
一　『君台観左右帳記』（三徳庵2本）にほぼ同文が載る。↓補注1
二　中国広東省中部の端渓産の硯財。最高級の硯石として有名。
三　相州の魏の銅雀台から出るという。（宋唐詢撰『硯録』）
四　平重衡が法然に献じたという硯。↓補注2

〔095〕
一　天目茶碗の類。↓補注1
二　曜変天目。『君台観左右帳記』では、建盞の中でも極上とする。　三　油滴天目。「雨滴」（『永禄本節用集』）とも。　四　宋代、福建省の建窯で焼かれた天目茶碗。　五　「胡盞」（『永禄本節用集』）とも。建盞の一つ。　六　鼈盞（ベッサン）か。　七　玳玻盞。玳瑁（タイマイ）すなわ

ち鼈甲文様がある天目茶碗。八　宋代定州窯の白磁　九　官窯の意。

〔096〕

一　以下、事物の創始者を列挙するが、『文明本節用集』に一致するところが多い。↓補注1

二　堯の臣。境は鏡か。↓補注2　三　黄帝の史官。↓補注3　四　黄帝の臣大撓か。↓補注4　五　鬼臾区のことか。↓補注5　六　黄帝の臣。↓補注6　七　黄帝の臣。↓補注7

八　夏の禹の臣。↓補注8　九　維文は雍父のことか。旧は臼のこと。↓補注9　一〇　夙沙氏か。↓補注10　一一　鐘を鋳造する工匠のこと。鏡は鐘か。↓補注11　一二　「杜康造酒」(『蒙求』)↓補注12　一三　羊琇か。↓補注13　一四　↓補注14　一五　孫炎か。↓補注15　一六　梁の武康の人。↓補注16　一七　「蒙恬製筆」(『蒙求』)。↓補注17

一八　未勘↓補注18　一九　謝霊運。↓補注19　二〇　↓未勘。　二一　後漢第二代劉荘のこと。↓補注20　二二　魏武か。↓補注21　二三　中国古代の神女。↓補注22　二四　陸羽か。↓補注23

二五　↓補注24　二六　↓補注25

〔097〕　陰陽道の占術で用いる算木の組み合わせと、「九図」を詠み込んだ和歌九首を添える。『天理図書館本・鼠の草紙』・『サントリー美術館本・藤袋』に置算の様子が描かれ、『多聞院日記』天正一四年(一五八六)三月二〇日・一二月三日条には、算木による占いの記事が認められる。なお置算の様子については口絵表下段参照。↓補注1

[二]曜変、[三]油滴、[四]建盞、[五]鳥盞、[六]敝⿰月亀盞、[七]能皮盞、茶垸、[八]饒州垸、[九]瑄瑤、

染付、白磁器、青磁

〔096〕

[一]造物始

[二]尹寿 作境、　[三]容成 作暦、　[四]天橈 作甲子、

[五]鬼史 作日、　[六]岐伯 作医、　[七]貨狄 作舟、

[八]奚仲 作車、　[九]維文 作旧杵、　[一〇]風沙氏 焼塩、

[一一]皀氏 鋳鏡、　[一二]杜康 作酒、　[一三]半琇 焼炭、

[一四]伏犠 作楽并作八卦、　[一五]孫火 作音、　[一六]沈約 撰韵、

[一七]蒙恬 作筆、　[一八]那突 作墨、　[一九]霊運 作履、

[二〇]葛僊 制斧、　[二一]明帝 作宮寺仏、　[二二]嶷武 造琵琶、

[二三]素女 作琴、　[二四]陸 作茶、　[二五]神農 作五穀、

[二六]黄帝 作弓箭

〔097〕

算ノ面木之次第同頌ノ詞歌

〔097-01〕占術での算木の組み合わせを一年一二ヶ月により体系的に図式化し、各組み合わせに九図(一徳・二義・三生・四殺・五鬼・六害・七陽・八難・九厄)他の意味を付記する。↓補注1

一 「竈神」。古来、多様な言説が語られてきたが、一例として『天正狂言本』「栗焼」では、三四人の子供を持つ老夫婦の神で、富貴や長寿を司るとされる。 二 正しくは「三生」。 三 未勘。あるいは「眷属」・「氏神」か。 四 正しくは「二義」。 五 未勘。 六 未勘。 七 『簠簋伝』「九図之名義」によれば、算木を六本以上用いる場合には、算木一本を横に置くことで、縦に五本並べる意とするらしい。 八 四季各三ヶ月の末一八日間の名称。三月・六月・九月・一二月に宛てられる。土用の起源説話は、院政期成立の『注好選』に遡り、『簠簋内伝』のみならず『八帖花伝書』や神楽祭文にも採り上げられ芸能とも密接な関係にあった。なお「土用」に付記される「下」は、半年を基準とした場合の二度目の土用を示すか。 九 未勘。 一〇 未勘。
一一 未勘。また「十一月」の記載を誤脱するか。
一二 未勘。
一三 未勘。
一四 未勘。
一五 未勘。

〔097-01〕

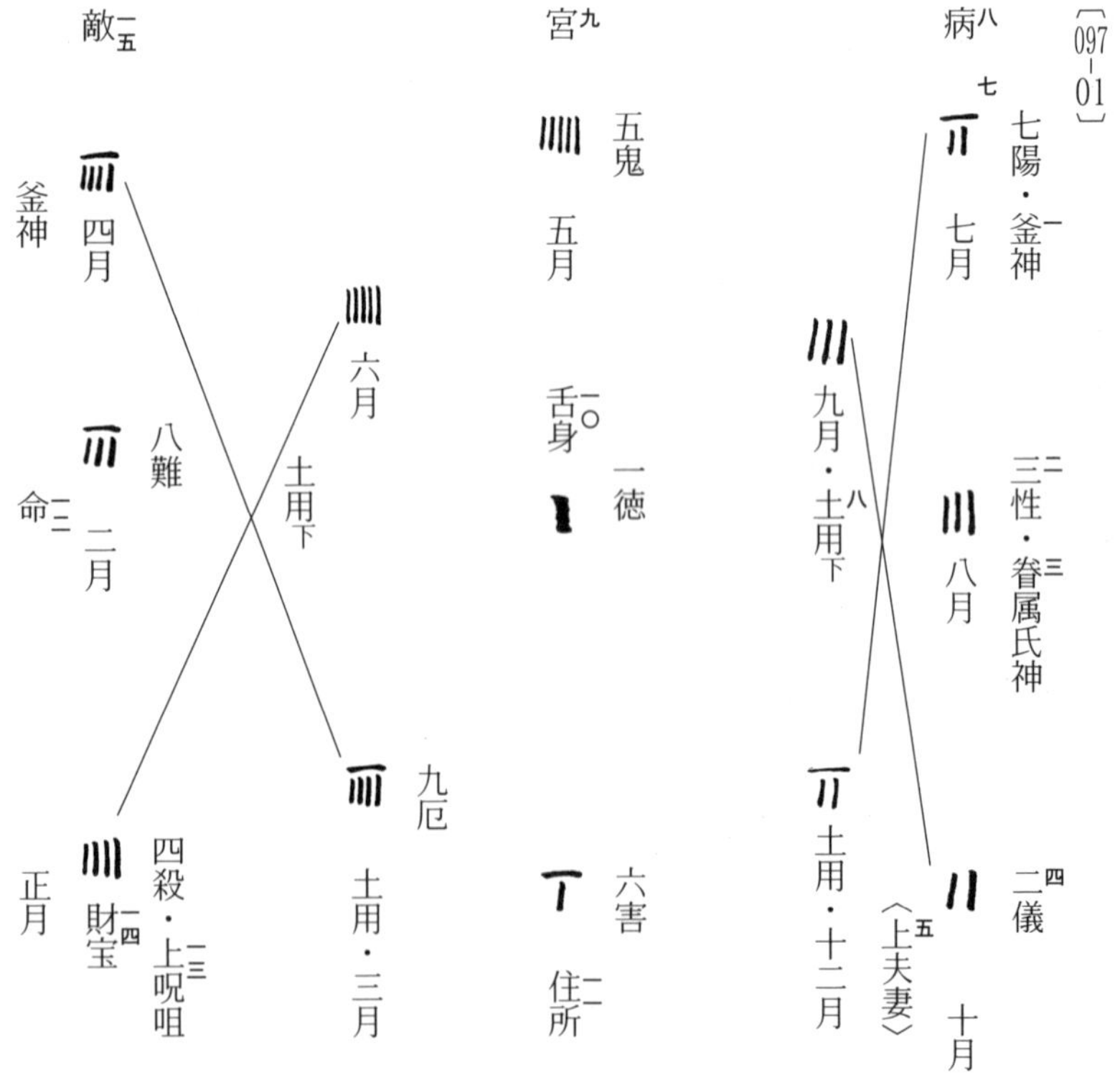

〔097-02〕
一、[一]徳《一徳水》[二]ヘキタンヨリイデ、山ヲ超タルタメシナシ。歌云、
[三]イチ人ノ大悲ノ誓真ニテグゼイノ舟ニ乗ゾウレシキ
一、二儀[四]ノ火ハ鬼神[五]ノ面ヲヤク。雲晴テ、日月明也。歌々、
[六]二宮ノ神ノ誓ノフカケレバナドヤ願ノ叶ハザルラン
一、三性[七]ノ木ハ三度[八]生ジテ物タネヲ不レ失。歌々、
三宝ニイノル祈ノ叶コソツモレバ行ノシルシナリケレ
一、四殺[九]ノ鐘ハ大山ヲ廻テ道ニ迷ガ如シ。歌々、
[一〇]思ヤレ問人モナキ山里ニカケヒノ水ノ心ボソサヲ
一、五ド[一一]ノ土ハ点々ストイヘドモ、本土ヲ不レ去　歌々、
日月ノ影ヲアマタニ照スコソサナガラ五木[一二]ノ光成ケレ
一、六害[一三]ノ水ハ面ハアレテ濁也。ナヲキ事ヲ不レ得。歌々、
[一四]クリ舟ノカナタコナタノ縄キレテ何トモカトモセラレザリケリ
一、七陽[一五]ノ火ハ底クユル。煙ムセンデモユル事ヲ不レ得。歌云、
聞モウシ思フモツラシイカヾセン身ヨリケブリノタヽヌ日ゾ無[一六]キ
一、八難[一七]ノ木ハカブロ[一八]ナル木ヒトリ居テ、月ヲ詠ジテ昔ヲ思フ。歌曰、
[一九]ヤソヂヨリ重ナル年ノツモリ来テ俄ニ枝ヲ折トコソキケ

〔097-02〕　算木による占術の九種類の解釈と、これらを詠み込んだ歌占を添えるか。「一徳ノ水」以下の語句は、『簠簋内伝』二「九図之名義」などに収める「一徳天上水」・「二義虚空火」以下を詠み込む。→補注1

一　底本・古典文庫「徳《一徳水》」。当該本文は「一徳天上水」によることから、傍注の「一徳(の)水」を採る。　二　「碧潭」。『和漢朗詠集』(山水・五〇六)に見られるような山奥の深淵を意図するか。　三　未勘。『宝物集』・『撰集抄』以下の説話集・聖教類に散見される「一人不成二世願云々」の観世音菩薩の偈文を指すか。→補注2　四　「二義虚空火」による。「二義」は「陰陽」・「月日」などの二元論的対立概念。　五　未勘。帝釈天と阿修羅との闘諍で、日月両天子が光明により羅睺阿修羅王を眩惑させたことの含意か。→補注3　六　未勘。「二義」を敷衍するならば、伊勢神宮の内外両宮を含意するか。→補注4　七　「三生造作木」による。　八　過去・現在・未来の三世の意か。　九　「四殺剣鉄金」による。　一〇　『後拾遺和歌集』・雑三・一〇四〇・上東門院中将。→補注5　一一　「五鬼欲界土」によるため、「五キノ土ハ」とあるべき。本文言は、室町物語「天理図書館本・鼠の草子」に引用される。→補注6　一二　未勘。「玉木(環)」の誤写か。→補注7　一三　「六害江河水」による。　一四　「繰り舟」。　一五　「七陽国土火」による。　一六　古典文庫本「無」。　一七　「八難森林木」による。　一八　葉が落ち尽くした樹木。　一九　「八十路」。「八難」を含意するか。

二〇「九厄土中金」によるため「九厄」とあるべき。
二一　古典文庫本「ツカネナラヌ」。
二二「ツカテナルコソ(撞かで鳴るこそ)」とあるべき。現存本文は、「テ」を「ラ」と誤認したか。『今昔物語集』三一・一九、『古事談』五に見られる梵鐘説話を想起させる。↓補注8
〔098-01〕出産・傷病・怪異等に対処する多彩な呪符・呪歌などを一括して掲載する。本条の直接の典拠は未詳であるが、江戸期の重宝記類に、意匠や効能が極めて類似する呪符・まじないが散見する。なお、本条所見の呪歌の出典などについては、花部英雄の論考を参照した(花部英雄『呪歌と説話(歌・呪《まじな》い・憑き物の世界)』(三弥井書店・一九九八)。
一「喼《急》急如律令」は、道教の呪符に由来する常套文句で、我が朝でも上代より癖邪の呪文として用いられてきた。↓補注1　二　未詳。「ケ」は「気」あるいは「穢れ」の意か。いずれにせよ出産を忌避する習俗を反映する。↓補注2
三　出産直後に母胎から排出される老廃物、「後産(悪露)」のこと。『徒然草』六一段では、宮中での御産で後産が滞った時に、甑を落とすと伝える。　四　自分を呪詛した相手に対して、その呪詛の効能を、そのまま相手に跳ね返す呪詛。なお、「呪詛」の「詛」は、「咀」が通用された。　五「頭風」。定期的に発症する慢性的な頭痛の総称。　六　総じて呪符は、呪符そのもの、あるいは呪符を焼いた灰を、水や茶や酒で服用する事例が知られている。なお、本条で服用が指示

一、九[二〇]役ノ鐘、死シテ不ㇾ生、アヤブミ多。歌曰、
　ツケバナルツカ[二一]ネバナラヌ此鐘ノツ[二二]カラナルコソ不思議成ケレ

〔098-01〕
諸符事

[二]サンゴノケカヽリタルニ吉符也。

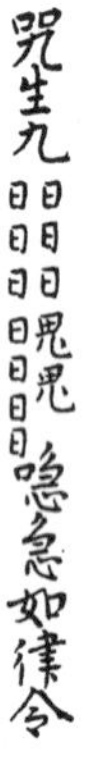
[三]後物ヲリカヌルニ吉也。

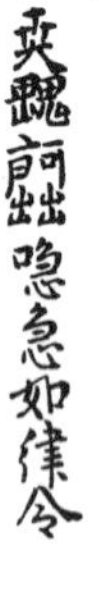
[四]呪咀返符也。

[五]頭フウニ[六]ノムナリ。

目ノ見ヘヌニノムナリ。

耳ノキ[七]カヌニノム也。

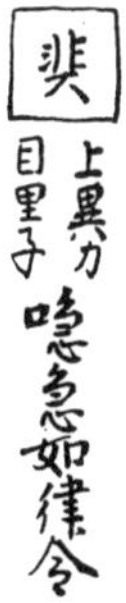

ノドノ病ニノムナリ。

人ノ八不食ニノムベキ也。

馬ノ物クハヌニノマセ九ベシ。

一〇

一一日起（瘧カ）リノ符也。一二吉茶ニテノム也。

子ノヲソク生ル、ニノム。

一三カミノアカヲチザルニ吉。一四モトイニスベシ。

子ノ乳ノマザルニ、母ニ呑セヨ。

小児夜鳴。男左ニ、女ハ右ニカケ一五ベキ也。

一六夜鳴ナキストㇵモリ立ヨ末ノ世ニキヨクサカユル事モアルベシ

されない呪符は、患部や家屋の柱などに貼り付けるか、携帯することを意図したか。

七　「聞かぬ」あるいは「利かぬ」。

八　食欲不振。

九　「呑ませべし」。動詞命令形に、命令の助詞「べし」を接続させる中世の用法。

一〇　不動明王の種字(唅《カーン》)を据える。本呪符と意匠と効能が類似する事例が知られる。↓補注3　一一　「起こり(瘧)」は、間歇熱の一種。毎日一定の時期に発熱や悪寒を繰り返すものを「日瘧」と称した。↓補注4　一二　良質の抹茶。茶には五味の「苦」が含まれることと、五臓の「心」には「苦」が相応するとされたことと関連するか。↓補注5　一三　髪に染み付いた垢を洗い落とすための呪符。類例が『邪凶呪禁法則』などに認められる。↓補注6　一四　髪を束ねる「元結」のこと。　一五　動詞命令形に命令の助詞「べし」を接続させる中世の用法。「書けべき」あるいは「掛けべき」か。

一六　古典文庫本・初句「夜鳴スト」。『平家物語』諸本の清盛出生譚に見られる、平忠盛(ㇵモリ)・清盛(キヨクサカユル)父子の名を詠み込んだ和歌による。前掲の呪符と併用するか。↓補注7

一七 婦人病の一種で、長期かつ不定期に子宮から出血する症状。
一八 肌守などに「掛けよ」あるいは「書け」の意。
一九 効能を同じくする、類似の呪符が知られる↓補注8
二〇 「長血」とともに忌避された婦人病の一種で、白いおりものが異常に下る症状。
二一 睾丸。根岸鎮衛(一七三七〜一八一五)の随筆『耳嚢』に類似のまじないが見られる。↓補注9
二二 本呪歌は鼻血止め意外の多様な止血に用いられたらしい。↓補注10
二三 「應」一字を「呪符」と解するべきか。あるいは、現存本文に乱れを認め、「ハレモノ、符也」に続け「まさに薬師呪を唱へ墨を磨るべし」と読むべきか。少なくとも、底本・古典文庫本では、本文言そのものを呪符と解したと想定される。なお「薬師呪」は、薬師如来の真言「唵《オン》呼《コ》嚧《ロ》呼《コ》嚧《ロ》戦《セン》駄《ダ》利《リ》摩《マ》橙《トウ》祇《ギ》莎《ソワ》苛《カ》」(小呪)を示す。
二四 底本・古典文庫本とも本文に未載。あるいは「應」一字を「符」と解するか。↓補注11
二五 金輪仏頂尊の種字(勃嚕唵《ボロン》)。たとえば「菌《くきひら》」・「梟」などの山伏物の狂言で、祈禱の常套文句として唱えられる。
二六 「日交」。間歇熱の一種で、一日おきに発熱や悪寒を繰り返す。↓補注12

一七 長血トムル符也。又ハ守ニモカク一八ベシ。

一九

二〇 白血トムル符也。

鼻血ノ出ルニハ、ヲノレガキン二一ヲ取ツカンデ、三反読。歌曰、
二二 チノ道ハ父ト母トノチノ道ヨ血ノ道トメヨチノ道ノ神

財宝来ル符ナリ。

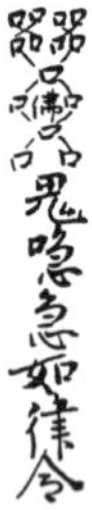

仏神利生ノ符也。

ハレモノ、符也。

二三

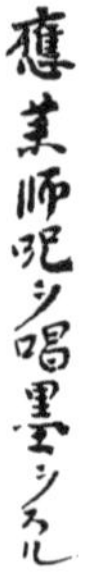

目ハレ物符。出タル方、大指ノツメニ書テ、ナメサスル。其病人ニ不レ見、三返書、ナム。大秘符也。

二五

二六 日マゼノ符ナリ。

二七

是ハ[二八]二日ヲキノ符ナリ。

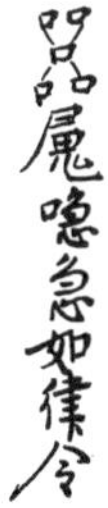

[二九]ハアリノイヅル時[三〇]ニタテヨ。

三一
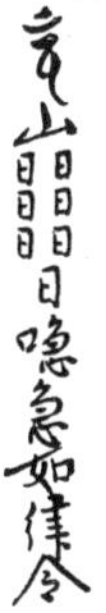

[三二]イタチノ道切タル人[三三]ニカケヨ。

三四

女ノチ[三五]ノハレタルニカクベキ也。

三六
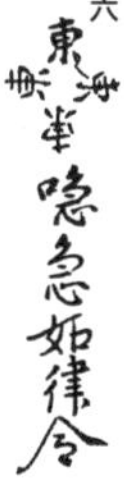

[三七]アカイハラニノムベキ也。

三八

疫病ノアセタリ[三九]ノ符。吉茶ニテ呑。

口ノカサ[四〇]ニノムベキ也。

四一
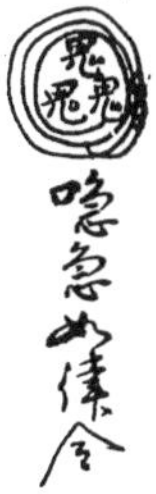

男ノハレモノマジナフヤウ也。

四二

女ノハレモノマジナウニヨシ。

二七　不動明王の種字(哏《カーン》)・愛染明王の種字(吽《ウーン》)と晴明桔梗印(セーマン)二個を据える。不動明王は胎蔵の大日如来、愛染明王は金剛界の大日如来の化身とも考えられた。

二八　二日おきに発症する間歇熱の意。

二九　「羽蟻」。中世においては、家屋での羽蟻の出現は、住居の損壊よりも、むしろ凶兆として忌避された。↓補注13

三〇　板などに墨書して立て掛けたか。

三一　金剛界大日如来の種字(鑁《バン》)を据える。本呪符に類似した意匠で、同様の効能が期待された事例が認められる　↓補注14

三二　路次で鼬に行く手を横切られることは凶兆とされた。↓補注15

三三　「鼬の道切り」に遭った当事者本人ではなく、当事者以外の人物が、当事者に本呪符を授けるとすることが興味深い。

三四　類似した意匠で、同様の効能が期待された事例が認められる　↓補注16

三五　乳房。

三六　薬師如来が東方瑠璃光浄土の教主とされることによる意匠か。

三七　「赤腹」。通常は「赤痢」の古称とされるが、例えば『古今夷曲集』所収のト養歌(雑〈付〉哀傷・七四八)では、真瓜(真桑瓜)の過食から「赤き腹煩ひ」をしたことあり、激しい下痢を発症する疾患の総称と解するべきであろう。

三八　晴明桔梗印(セーマン)に金輪仏頂尊の種字(勃嚕唵《ボロン》)五個を配する意匠。

[四三]アサヒサス春日ノ山ノウツムクサ根モハモタヘテカレウセニケリ
男女共、腫物ノ[四四]マジナイ歌云。三返唱レ之。

[四五]山水ニ石コ、ノツニ鬼一イカナル[四六]ツニヤハレアカルベキ

[四七]如レ此[四八]口ト歯ヲ書テ、[四九]虫ノクウハヲ[五〇]楊枝ノサキニテセヽリテ、[五一]其歯ニアタリタル絵ノハヲ[五二]指透シテ、[五三]キ、神ノ方ニ向テ垣ノ根ニサシテ、コノ[五四]歌ヲ三返唱。楊枝ハ[五五]東ヘサシタル桑歟桃ノ枝歟。[五六]歌曰。

阿修羅王ガ垣根ニ[五七]ビヤヤラント云虫アリ。其虫ガ死ナラバ、歯クラウ虫モ死ベシ。

三九　「汗垂り」、異常な発汗のことか。　四〇　「瘡」。　四一　類似した意匠で、同様の効能が期待された事例が認められる　↓補注17　四二　底本・古典文庫本の本文の配置によれば、本呪符は、次行「アサヒサス」の呪歌と併用されるか。なお、類似した意匠で、同様の効能が期待された事例が認められる　↓補注18　四三　腫物の治癒を祈る呪歌。「あさひさす」は「春日」の枕詞であることから「春日山」を導き、さらに「春日山」の別称「三笠山」の「笠」と「瘡」を掛ける。また「埋む草」に「覆い尽くす瘡」の意、「根」に植物の「根」と腫物の基底部の「根」を掛ける。腫物治癒の呪歌に類歌が散見する。↓補注19。　四四　底本・古典文庫本の本文の配置によれば、次行「山水ニ」の呪歌を示す。↓補注20　四五　本呪歌の上の句に上記の呪符の文字を詠み込むとすれば、初句の「山水ニ」は「山三ツニ」とあるべき。　四六　「つはる」を掛けるか。「つはる」には、果実が熟しきったことを形容する俗語的な意味があるが、転じて腫物が腫れあがる意に用いたか。　四七　虫歯治癒のまじない。類例が認められる。↓補注21　四八　左上に示す口と歯の図。　四九　「虫の喰う歯」。↓補注22　五〇　房楊枝。今日の「爪楊枝」とは異なる。↓補注23　五一　虫歯に罹っている歯。　五二　「刺し通して」。　五三　「聞神・利神」。陰陽道の方位神の一種。↓補注24　五四　底本・古典文庫本ともに該当呪歌を脱する。　五五　東に伸びた桃や桑の枝には呪力が認められていた。↓補注23

三日メニ楊枝ヲ抜ベシ。
五八右諸符、五九『心経』・六〇『観音経』・六一「不動慈救呪」、六二符ニ随而可ニ祈念一。

〔098-02〕
一　蛇クイノ事
一ワセワラノアクヲタレテ、アライテ唱レ云。
五ダイ殿二〳〵タヽリモウサジ。三返可レ唱。

〔098-03〕
一　焼一メノマジナイ
足ノ大指ニテ六字二ノ名号ヲ三返書レ之也。

〔098-04〕
一　船中ノ大事
川河ノ流ヲ渡一テ、二神社大王ノ守護ヲアヲギ奉ル也。
三ヲンアフルアフルソラ〳〵ソハカ

五六　底本・古典文庫本ともに該当する呪歌なし。当該呪歌の初句に「阿修羅王」とあり、呪歌の注釈部分との間に目移りが生じたか。
五七　未勘。→補注26　五八　本条〔098-01〕所収の諸呪符。　五九　『般若心経』。　六〇　『妙法蓮華経』「観世音菩薩普門品」。　六一　不動明王の真言。→補注27　六二　呪符に応じ唱えるよう指示する。→補注28

〔098-02〕　蛇に嚙まれたときのまじない。藁の灰汁を肌に垂らして洗うとする。なお『徒然草』九六段では、「くちはみ（まむし）」に咬まれた場合、「めなもみ」と称する草を患部に揉み付ける処方が言及される。
一　「早稲藁」か。古典文庫本「ワセハ《ワ》ラ」。
二　「五ダイ殿」。

〔098-03〕　火傷の時のまじない。→補注1
一　火傷。
二　「南無阿弥陀仏」。

〔098-04〕　渡船の安全を祈るまじない。
一　「渡らんとて」か。
二　「深沙大将」。→補注1
三　深沙大将の真言「阿怖留阿怖留娑羅娑羅娑婆賀《あふるあふるそらそらばか》」による「淳祐（八九〇～九五三）『要尊道場観』下「深沙大将次第」」。なお「ヲン（唵）」には「南無」と同じく「帰命」の意があり、陀羅尼の冒頭に据えられることが多い。→補注2

〔098-05〕

一　鳥鳴、物怪ノ時

[二]天鼓[三]三通シテ唱テ云。

[四]乾元亨利貞

又唱云。

南無[五]王皇大天尊・元窮高上帝

又歌云。

[六]よくきけば鳥の声は微妙[七]也ア[八]字本不生カ[九]字ハ不可得

[一〇]七福を[一一]即生ならば其まゝに七難ならばそこに滅せよ

〔098-06〕

一　魂[一]の飛をみて読歌

衣の[二]下のつまを結ながら三返唱て

玉はみつ主はたれともしらねどもむすびとゞめむ[三]したがいのつま

〔098-07〕

一　世間、[一]風気はやる時、暁唱云。

〔098-05〕　鳥の啼き声に怪異を認めたときの呪文二種類と呪歌二首を掲出する。

一　典拠・類例。→補注1　二　歯を咬み合わせるまじない。「叩歯」。→補注2　三　「三遍」の誤記。

四　『易』の「乾」の卦とその四徳。→補注3

五　道教の最高神「玉皇大天尊玄穹高上帝（天帝）」の訛転。現存本『酔醒記』本文では二神格と解する。→補注4　六　類例。→補注5

七　「みめう」。こまやかで霊妙なさま。→補注6

八　「阿字本不生」。「阿」に「鴉」の字音を掛ける。→補注7　九　「訶字不可得（空海撰『吽字義』他）」。鳥の啼き声の擬音「カ」に梵字𑖮（訶）を掛ける。→補注8　一〇　類例。→補注9

一一　『仁王般若経』の「七難即滅、七福即生」による。→補注10

〔098-06〕　人魂を見たときに誦える「魂結びの呪歌」と、これに伴う所作。→補注1

一　人魂。→補注2　二　着物を着たとき内側となる褄。「褄」は、着物の衽の衿先から下の部分の縁、あるいは着物の裾の左右の両端部分のこと。　三　「下交の褄」。「下の褄」に同じ。

〔098-07〕　四海の海神の名を称えることで疾病を予防する呪法。→補注1

一　「風邪」。→補注2　二　隋・巣元方撰『諸病候論』などを示すか。→補注3

又病人ノ許へ行トテモ唱レ之。医家、[二]秘レ之。

南無東海神阿明　南無南海神祝融

南無西海神[三]巨京　南無北海神禺強

〔098-08〕

[一]馬五臓病之事　并、符・薬・針・灸

一　[二]肝臓の病は、[三]眼くろくして物をみる。されば驚やすくして、足たゝず。[四]酒にえひたる犬のごとし。肝に[五]風あれば、[六]目の色青ひかる。[七]熱なれば色あかし。[八]熱ならば眼脈をとれ。寒ならば[九]骨をかずへて四め、背より五寸さげて灸すべし。

一　[一〇]心臓の病は、[一一]笑て、[一二]ゑり二の間をかむべし。是は寒也。[一三]胸骨を灸すべし。熱なれば常に[一四]眠、物をくはず。[一五]脇だうより血を出すべし。[一六]苦薬を用よ。

一　[一七]脾病は、[一八]尾骨をすりてうしろの[一九]肢そろ〳〵とふみおとし有べし。寒なれば、腹骨をかぞへて[二〇]背より五寸さげて、灸すべし。又熱ならば、黄色の尿をすべし。[二一]尾本の血を取べし。

一　[二二]肺病は、はなより吹をしげくして、後は[二三]ないら出る、寒なり。[二四]腹骨をかぞへ八九めを、せより一尺五寸さげて、灸すべし。熱せば、[二五]しはぶきを

三　古典文庫本「巨示」。「巨乗」とあるべき。

〔098-08〕

本項は内閣文庫蔵『馬伝秘抄』所収「馬書白岩シウ金伝書」と一致する点が多い。

一　五臓は肝、心、脾、肺、腎を指し、各々眼、舌、唇、鼻、耳を支配する。→補注1

二　『馬伝秘抄』と概ね一致→補注2　三　黒目が大きくなり、物が見えにくい状態。→補注3

四　『馬伝秘抄』『百種弁解集』に同表現。→補注4　五　万物の氣。風は五行により季節と方角が決まっており、合わないと病を引き起こす因となる。　六　肝寒の症状。→補注5　七　肝熱の症状→補注6　八　眼脈は耳の根から張った血筋。一切の眼病を治す。→補注7

九　『馬伝秘抄』は「アハラホネ」。経穴は肝兪。→補注8　一〇　『馬伝秘抄』と概ね一致→補注9

一一　未詳。「患いて」とあるべきか。『馬伝秘抄』は「ワツライテ」。　一二　前足の腿を指すか。『馬伝秘抄』は「エリフタツカ間」→補注10

一三　経穴は心兪。→補注11　一四　『馬伝秘抄』は「ムネヲネフリテ」。『医馬秘抄』には心熱の症状として「頭ヲ低クシテ呵欠ス。」とある。→補注12　一五　九道か胸堂か。『馬伝秘抄』は「キウタウ」。→補注13　一六　『医馬秘抄』に「大黄苦寒無

毒、草龍膽苦寒大寒、苦黍苦寒無毒及梨蘆」が挙げられている。**一七**『馬伝秘抄』と概ね一致→補注14 **一八** 尾股骨を指すか。→補注15 **一九** 腰を下げ、尾を地にする状態、さらには仰向けの状態をいうか。→補注15 **二〇**「背より」の後に脱あるか。『馬伝秘抄』は「ウシロヨリ二ハンメヲ五寸サケテ」。経穴は脾兪。→補注16 **二一** 尾本は、尾の本脇にある血筋。脾臓、胃、膀胱、腎臓の悪熱の針治療に使う。→補注17 **二二**『馬伝秘抄』と概ね一致→補注18 **二三** 痰。→補注19 **二四** 経穴は八九か。→補注20 **二五** 咳。**二六** 脈は帯脈、胎脈とも。腹中横にある血筋。→補注21 **二七**『馬伝秘抄』と概ね一致→補注22 **二八** 耳を萎やし、倒した状態。**二九** 白尿。→補注23 **三〇** 陰囊。**三一** 経穴は百会と腎兪。→補注24 **三二** 塩辛い薬。→補注25 **三三** 食べさせよ。**三四** 陰筒。**三五** 腎道（腎堂、腎当とも）。内股の竪の血筋、腎病や四足の痛みを治す。→補注26 **三六**『馬伝秘抄』『馬医調法記』に治療法あり。→補注27 **三七** 足掻。前足で地を蹴ること。**三八**『馬伝秘抄』に類似。→補注28 **三九** 未詳。『馬伝秘抄』は「ヒヤクフクへ」、『馬医調法記』は「ひしやくふくへ」「さ□□す」（□は判読不可）。**四〇** 椿油。**四一** 爪の裏を硬くする薬。→補注29 **四二** 猪の油。猪の脂肉からとった油。**四三** キハダの樹皮を用いた生薬。消炎、健胃、収斂、殺菌効果がある。**四四** 患部を焼烙するために鉄灸を加熱したものを「やきがね」といい、比較的低温で使用する時は「ぬるかね」という。**四五** 静脈が

して、鼻より黄なるうみ出べし。[二六]大脈を取、血を可レ出。

一 [二七]腎病は、[二八]耳をなやして、[二九]しろくきうを出して、[三〇]ふぐりはれてかたし。寒、[三一]腎の左右を灸すべし。[三二]塩はやき薬をかへ、[三三]熱ならば、[三四]さやをしげく出して、腰をふる。[三五]腎たうより血を出すべし。

一 [三六]恋をする馬みるやう、清水へ引入て、水影をみて立さり、[三七]あしがきをするなり。

一 [三八]馬疵薬に、[三九]がひしやくといふ物を黒焼にして、[四〇]かみのあぶらにてかふべし。

一 爪《ツメ》あしきに、[四一]うらかたむる薬、田にしをすりてぬる。又[四二]いの油を[四三]黄蘗をぬり付て、[四四]ぬるがねをあてよ。

一 馬の眼のうはめぶちに、[四五]あをき水ひきをふせたるやうに筋あるは、馬主を（ふ）みころす必然也。

一 [四六]虫やむ馬のまじなひ歌云、

馬よく〳〵　おきて草はめねてしぬな　如是ちくしやうほつ菩提心

此歌を耳へ三返唱きかせて、東へさしたる[四七]桃の枝をもつて、[四八]ひやくゐを打、けおこす也。お馬・め馬に依て左右可二分一弁。

又云、

[四九]はくらくのみかげをうつす此敷井出てはらへや此敷井

此歌をよみ聞せて、ちりをよこに置て、三返引こすなり。三度ながらちりをおきなをす也。

[五〇]馬の身に矢たちて、ぬけずして煩時の符

天天天日日日日鬼鬼界界鬼鬼鬼鬼
天天天日日日日鬼鬼鬼界鬼鬼鬼鬼
天天天日日日日鬼鬼鬼鬼鬼鬼鬼鬼
天天天日日日日　喼急如律令

右如行認。[五一]千馬の守護にも好。是は[五二]荘の油にてかふ符也。驢而ぬくる也。其後の養生は、[五三]あしげの馬のきもを[五四]ゆにて用べし。馬屋に[五五]をしてもをく物也。

〔098-09〕

一　馬諸病祈禱之守護

〓日日日日日日日日日日喼急如律令

〔099-01〕

出る。人食い馬の相。→補注30　四六　身体や感情などに様々な影響を与えると考えられたもの。　四七　桃の枝で払う例は『癘瘧千金宝』にあり。→補注31　四八　背の後方の高い位置。→補注32　四九　伯楽は、馬相見や牛馬の治療者。　五〇　『馬伝秘抄』『馬医調法記』とほぼ一致。→補注33

五一　騸馬(去勢した馬)か。『馬伝秘抄』『馬医調法記』は「馬」。　五二　「荘」は「荏」。呪符を荏の油で飲ませる意。『馬伝秘抄』『馬医調法記』は「江の油」。　五三　白に黒や茶色の毛が混じった馬で、その肝は貴重であったと推察される。　五四　『馬伝秘抄』は「ヌルユ」、『馬医調法記』は「ぬる油」。　五五　貼って。

〔098-09〕

一　『馬医調法記』の呪符と一致。→補注1

〔099-01〕　天狗の名が八つあがり、八天狗を意

識したものと思われるが、後世の所謂八天狗の類とは一致しない↓補注。

〔099-02〕天狗の住処として知られる山を根本中堂を始めとして三六あげ、鎮火除災の呪とする。修験との関係が深く、天狗祭文、山渡り祭文などとの共通性が見られる。また、謡曲や御伽草子に天狗や山々の名を並べ立てるものが見られ、一般に知られていたものと思われる↓補注。

一　古典文庫本「受岩山」。右傍書に「愛宕カ」。

二　古典文庫本「阿蘇カ」と左傍書。

三　古典文庫本「温泉カ」と右傍書。

〔100〕以下、鳥獣に関する話題が並ぶ。直接の出典は明らかにしがたいが、関連する記述を持つ書物を注する。

〔100-01〕仏国土にいる好音鳥「迦陵頻伽」について。

一　『法華経』第七品・化城喩品に見える偈の一

天狗名

高林坊、火乱坊、大量坊、長嶺坊、普厳坊、太郎坊、金比良坊、朱徳院坊。

〔099-02〕

天狗住山之名所

根本中堂ヨリハジメ、僧正嶽、愛宕山[一]、平野山、石山、山上善、小吹嶽、富士前上、浅間嶽、日光山、羽黒山、木古山、白山、浅上前、万城ニ大千町嶽、吉野、熊野山、足ズリ、伊散山、宝塔、屋《ヤ》嶽ガ嶽、伊与ニ石渕、大峯、葛城、筑紫ニ彦山、白雲山、冠ガ嶽、高呂山、冨万ガ嶽、安楚嶽[二]、タカクナル、雲善嶽[三]、切嶋、阿楚山、本是、无理嶽。

以上右読誦スレバ火難ヲ除。

〔100〕

鳥獣

〔100-01〕

一　かれうびんがは、人面鳥翼也。此を曰二好音鳥一。仏之池辺の鳥也。鳴部。化城喩品は『法華経』第三巻に入る。↓補注1　二　古典文庫本「右此文」　三　この偈が火伏になることは『法華経鷲林拾葉鈔』に見える。↓補注2

〔100-02〕　怪を避ける霊獣、白沢について。↓補注1

一　モッケ。不吉で不可思議なこと。　二　北宋に成立の禅宗の祖師列伝『景徳伝灯録』を指す。『景徳伝灯録』では「白沢」の実在を否定する文脈で出てくる。↓補注2　三　未勘

〔100-03〕

一　「葵」は「蔡」の誤で、宋の蔡沈撰『書経集伝』を指すか。↓補注1

〔100-04〕

一　『祖庭事苑』所収『懐禅師前録』に同文あり。↓補注1。　二　以下の句の出典未勘↓補注2。

声世界にきこゆる事遠近なし。『法花』三巻化城喩品曰、

　[一]聖主天中天迦陵頻伽声　哀愍衆生者我等今敬礼

[二]右ノ文此[三]火ぶせに書とぞ。かれうびんがは、三万里ノ間ニ水火難を除也。

〔100-02〕

一　白沢は、人面身獣にして如レ牛。世人は悪夢を食様にいへども、一切物[一]怪を避ると云。七声を念ずれば災禍悉消滅云々。[二]『伝燈録』在レ之。[三]七声は、弥陀名号七反唱事也。

〔100-03〕

一　[一]葵氏注ニ、鳳凰ハ羽族ノ霊ナル者ノ、雄ヲ鳳トス。其雌ヲ凰トス。

〔100-04〕

一　天上金鶏、[一]本金鶏ノ名ナシ。以テ応ニ天上ノ金鶏星一故也。天上金鶏、鳴ときんば、人間亦啼。又曰、[二]扶桑木上有ニ鳳凰一。九色日昇、其鳳一鳴スレバ、即天下群鶏皆応レ之、日即出矣。

〔100−05〕鶯の鳴き声が「人来人来」と聞こえるという話。『顕注密勘』によるか。→補注1
一　『古今和歌集』一九・誹諧歌・一〇一一・題しらず・よみ人しらず。通行の古今集、冷泉家に伝わる古今集では第五句「いとひしもをる」。但し一部の古今集の写本では第五句は『酔醒記』と同じく「いとひしもする」で、『顕注密勘』の引用も『酔醒記』に同じ。→補注2

〔100−06〕沓縫であったホトトギスは、モズから沓の代を取ったまま隠れてしまったので、モズはホトトギスの名を呼びながら捜し回った。それ故モズはホトトギスという名前だと思われるようになり、名前が入れ替わってしまった、という話。『酔醒記』は『顕注密勘』に極めて近い。諸書に類話→補注1
一　ホトトギスが「過時不熟」と鳴くことは『袖中抄』他にも見える。→補注2　二　「元の名」の意　三　元のホトトギスで今のモズ　四　元のモズで今のホトトギス　五　『顕注密勘』では「くつで」　六　元のモズで今のホトトギス　七　元のホトトギスで今のモズ　八　『新撰万葉集』五九、『寛平御時后宮歌合』六九　九　この沓手の話を知りながら、元の名ではなく、今の名で、元のモズ、今のホトトギスを「ホトトギス」と呼んでいる。一〇　古典文庫本「よびありく」　一一　元のモズで今のホトトギス　一二　元のホトトギスで今のモズ　一三　「こずゑ」の誤か。

〔100−05〕

一　鶯は鳴はてに「ひとく〳〵」と鳴やうにきこゆ。『古今』歌、

　[一]梅花みにこそきつれうぐひすのひとく〳〵といとひしもする

ふるき物語にも、かくぞみえたる。その声をば「きり〳〵、きりてう〳〵」となくと申人もありと云々。

〔100−06〕

一　郭公ハ「[一]過時不熟」となくが「郭公」ときこゆる也。抑、時鳥は鵙と云[二]鳥の本名也といへる事あり。[三]彼もずは、昔くつぬいにて有けるが、[四]時鳥の[五]沓を取て、今四五月のほどに奉らんとて、すかしかくれにければ、それを尋ぬとて、よびあるくによりて、時鳥の名を得たる也。此よびあるく[六]時鳥は、もとの鵙也。彼かくれあるく[七]もずは、郭公也。

　[八]郭公鳴つる夏の山べには沓手いださぬ人やあるらん

此心をよめり。此歌は、[九]沓手の事をば知ながら、後の名に付て、「郭公」とは[一〇]このよびあるく[一一]鳥をよみ、「沓手出さぬ人」とは、かくれてあはぬ[一二]沓ぬひをよめり。[一四]鵙丸は、秋は[一三]こゐにてほこりなけど、四五月には藪にかくれて、こと〳〵しと、しのびになくとぞ申。鵙のはやにえとて、もろ〳〵

の小鳥・かへるなどを取て、むばらの枝などにさして置たるは、時鳥につ[一五]いせむと申めり。此事『顕註密勘』に被二書載一也。

〔100-07〕

一　[一]鶺鴒百様の鳴をする。鵙モ同。[二]梨花鶺鴒之図賛、[三]霅川銭選舜挙、[四]「淡粧帯レ雨ヲ[五]一枝ノ春、鶺鴒飛来百[六]枯鳴、囑二付東風一[七]長作ノ主、休レ教二百舌一[八]俟二無声一。」

〔100-08〕

一　鴫の神と成事、『日本記』曰、大国ニ鴫王と云人有。彼孫に鴫大臣といふ人の子、応神天皇の御時、日本に来る。彼家には鴫を氏神としけり。すゑざまに成ては、鴫の羽を守としてもたせけり。彼鴫大臣の[一]孫、鴫姫といふ人あり。[二]光仁天皇ちぎりて百夜かよひける。もゝ夜みちける時、来ずして、暁彼皇子の来ておはしける時、彼姫、鴫の羽にてかずをかきて、

[三]暁の鴫の羽《ハネ》がき百羽書《モヽハガキ》君がこぬ夜は我ぞかずかく

とよめり。[四]鴫のはねがきとは、ちぎりのたがふにいふなるべし。

〔100-09〕

『顕注密勘』は「木ずゑ」　一四　以下四字、古典文庫本は汚れにより判読困難。↓補注3　一五　「ついせう(追従)せむ」が元々の形か。↓補注4

〔100-07〕　出典未勘↓補注1

一　咧咧鳥(ははっちょう)。八哥鳥(はっかちょう)とも。ムクドリ科の鳥で様々な鳥の声を真似る。　二　「梨花鶺鴒之図」の画題は見出せるがここの出典は未勘。　三　銭選は南宋末元初の画家。字は舜挙、霅川翁とも号した。↓補注2　四　「淡妝」(薄化粧)の誤か。　五　「梨花一枝春」(『長恨歌』)　六　「枯」は崩し字の形が似る「様」の誤か。　七　底本並びに古典文庫本では以下の翻刻の如く「作」の下に送り仮名「ノ」が入り「長作ノ主」と読んでいるが、本来は「長ク主ト作(な)ランコトヲ」などと読むべきか。　八　仮に「俟」と翻刻しておくが、底本及び古典文庫本の字体は「俟」の草体とは若干違うように見える。

〔100-08〕　『毘沙門堂本古今集注』、『古今和歌集頓阿序注』に同話(『毘沙門堂本古今集注』の方がより『酔醒記』に近い)。『古今和歌集序聞書三流抄』に類話。↓補注1

一　『頓和序注』では「子孫」、毘沙門堂本では『酔醒記』と同じく「孫」。「孫」だと時代は合わない。　二　第四九代天皇。七〇九～七八一。在位七七〇～七八一。毘沙門堂本では「光仁天皇ノ皇子」　三　『古今和歌集』(一五・恋五・七六一・題しらず・よみ人しらず)。同集仮名序にも「あかつきのしぎのはねがきをかぞへ」とある。

一　鶏八声　『勢至経』曰、「今日已過、明日已近、今生已過、後生已近。身如石火、随風易消、命如朝露、向日易滅。」

〔100－10〕

一　鶏犬雲のうへにほえ、雲の上にて鳴といふ事は、淮南王は仙薬を服して仙に成てのぼれる、仙薬の残の器に付たるを食したるゆへなり。忠峯短歌ニ、

これをおもへばけだものゝ　空にほえけん心ちして　ちゞのなさけもおもほえず　ひとつ心ぞほこらしき　始終略レ之。

〔100－11〕

一　麒麟　『前漢注』ニ、「雄ヲ麒ト云、雌ヲ麟ト云。狼ノ鳴如ク、角ハ一ツアリ」。『郭璞』云、「角ハ鼻ノ上ニ有」。『京房』曰、「有二五采一、腹黄也。高丈二尺。金獣之瑞也」。

〔100－12〕

一　書二檀越家五字一云、「潙山ノ僧某牛」

第二句が「しぢのはしがき」となった歌も広まる。
四　約束を破ることを「しぎの羽がき」という。
〔100－09〕　未勘。暁に鳴く鶏のことを和歌などで「八声のとり」という。その八声が、引用される『勢至経』の八句に当たるというか。
一　現存せず。日蓮の『出家功徳御書』に「大勢至経」としてその名が見える。
〔100－10〕　『神仙伝』巻四・劉安。登仙した淮南王劉安が下界に残していった器に残っていた仙薬を、鶏や犬が舐めて天上に昇り天上で鳴いたり吠えたりしたという話。この話は、頭注三の古今集長歌の注として『顕注密勘』に引かれる。↓補注1
一　「鶏と犬が」の意。
二　『古今和歌集』(一九・雑体・一〇〇三・壬生忠岑)。「短歌」は現在「長歌」と呼ぶ形式のことをいう。↓補注2
三　長歌を一部引用し、始めと終わりは省いた。
〔100－11〕　直接の出典は未勘だが、元の出典の一つは『漢書　顔師古注』か。↓補注1
一　『漢書　顔師古注』所引の張揖注
二　『漢書　顔師古注』所引の郭璞注
三　京房は前漢の人。易学の一派を開く。↓補注2
〔100－12〕　出典未勘↓補注1
一　「つかはる」の誤か。

旦那のしんぜを蒙僧、牛に生て、其旦那につは[一]はる。板敷に涎を垂に、
此五字有りト云。

〔100-13〕
一 千鳥の跡《アト》と云事、[一]『史記』に、「蒼頡観二鳥跡一作二文字一」云々。「浜千鳥の跡」と歌によめるは、[二]いづれの鳥も同事なれど、[三]千鳥にて読初つれば、歌のならひなりとしるせり。

〔100-14〕
一 梟、鳩にあふていふやう。「我南方にあれば人皆にくむ。西方へ移らんと思ふ」といふ。鳩が云、「汝、鳴声をあらためばよからん。不レ改ハ西方へ行たりとも、又人皆にくまむ」と云。[一]『説演詩』といふ物に書載たり。人の心かくのごとくなるべし。[二]比倫せる事也。

〔100-15〕
一 我国に鷹の渡けるは、[一]むかし[二]こまより鶻を渡しけり。こま人《コマウド》をば[三]和泉の鳴呂館に置て、「こゝより都へは百日有余の道なり」と申聞せけり。此由

〔100-13〕『桂林集注』に関連の記載あり。文字は「鳥の跡」であって、「千鳥の跡」というのは和歌の世界での慣習である、という内容。『酔醒記』は、表現が簡略でわかりにくいが、同様の注意を読者に促そうとするか。→補注1
一 現在通行の『史記』には蒼頡が文字を作ったという話は載っていないが、『古注蒙求』の「蒼頡制字」に『史記』としてこれに近い文を引用している。また、『河海抄』には、『酔醒記』と同文を『史記』として引く。→補注2
二 どの鳥の足跡でも文字の意味になるが
三 和歌では文字を「千鳥の跡」と詠み始めたので
〔100-14〕『説苑』（一六・説叢）。ただし、『説苑』と『酔醒記』では梟の移り住もうとする方角などが違っている。→補注1
一 『説苑』が正しいか。古典文庫本は「説[言+寅]」とし、「[言+寅]」の右に「演カ」と傍書。
二 「比論」に同じ。「同じ類の事である」の意。あるいは「比倫(ひゆ)」の誤か。
〔100-15〕鷹の伝来説話。『酔醒記』〔100-19〕にも類話が見える。本朝に鷹が渡来した経緯を伝える説話は諸書に見えるが、その内容については類話ごとに異同が激しい。→補注1
一 類話の多くは、『日本書紀』仁徳天皇四三年

を奏問[四]申けるに、群臣議シテ曰、「鷹請取事知人なければ、先美人の女房をつかはして、もしめでまよひぬる事もやあらむ」と有ければ、「是おもしろし」とて、[五]やごとなききはにはあらぬが、ときめきたる女有けり。名は小竹[六]といひける。[七]かねことの仰をうけたまはりて、ゆいて、なれけるに、やをらめで丶、[八]とけにけり。月日かさなれば、[九]子出来て後、心ゆるしぬるに、「人の命はしられぬ事を、もし我よりさきに、[一〇]あこのならせ給はゞ、此子のをしへに、鷹のみちをかたり給へかし」と、たはぶれければ、夜もすがらかたりけり。こま人、かたりはて丶、歌をよむ。

[一一]こちくして事かたらひの笛竹の[一二]一夜のふしを人にかたるな

「かく契けれども、やすからぬ天命をむなしくやは申さん」と思ひて、書しるして奉けり。こま・もろこしの鷹の儀式、あからさまにして、うけとらせけると申伝し也。

〔100－16〕

[一]いづれの御世にか、[二]出羽のひらがの里より、御鷹まいりぬ。その鷹、血のなみだをながし、餌もくはずしけるを、御門御らんじて、あやしくおぼし召て、やがて放給ひけり。此鷹、嬉しげにかけりゆく。すこし日数を

九月条の記事になぞらえて鷹の伝来を仁徳天皇の時代としている(『酔醒記』〔100－19〕注一参照)。**二**　朝鮮の異称。「高麗　コマ　曰朝鮮国」(『運歩色葉集』)。**三**　未詳。和泉国と隣接する摂津国の難波津(現・大阪港)には、六世紀ころから承和一一年(八四四)まで、外国使節を接待する鴻臚館(難波館・高麗館)があった。↓補注2　**四**　「奏聞」が正しい。**五**　『源氏物語』「桐壺」の「いとやむごとなき際にはあらぬが、すぐれて時めきたまふありけり」という桐壺の更衣の叙述を意識したものか。**六**　系譜未詳。鷹の伝来説話にしばしば登場する女性の名前。↓補注3　**七**　「兼言」もしくは「予言」とも。前もって言っておいた言葉。または、約束の言葉。**八**　「解けにけり」。なれ親しんだ、の意。**九**　↓補注4　**一〇**　子供の意味ではなく、対称の人代名詞と見るべきか。とすれば「もし自分より先にあなたが死ぬことがあれば」という文意になる。**一一**　鷹の伝来に際して小竹に関わる和歌が詠まれるのは多くの鷹術書に見られる。↓補注5　**一二**　「ふし」は「臥」と「節」の掛詞。「一夜の節(ひとよのふし)」とは「一節水(ひとよみず)」とも称し、竹の根元の一節に溜まる水のことで、鷹の薬とされる。『定家問答』(続群書類従第一九輯中所収、補注1の②参照)『鷹聞書』(続群書類従第一九輯中所収、補注1の④参照)によると、本和歌はこの秘薬の伝授を伝えたものという。↓補注6

〔100－16〕　鷹の仇討ち説話。↓補注1

一　『石清水文書』「田中家文書」(『宮寺縁事抄』)

へて、禁裏に帰参りて、もとの[三]ほこに居《スハリ》けり。鷹飼の此由を[四]奏問申ければ、帝かぎりなくめでたく思召給ふ。其よの御夢に、此鷹おまへに参りて、[五]うちはぶきて申やう。「我が親は鷲にとられて候。かたきをとらむと歎申折ふし、すゞろに大内へ参ぬれば、かたきをもとらでやみぬべきもくやしくおもひて、血の涙をながし申て候に、君命忝、[六]結をとかれ申て候。我は是[七]諏訪明神、八幡大菩薩の白鳩を頼て、つれてまかりて、おやのとられし巣のうへに、枝を重こしらへて、鳩を置て、下巣の中に、我[八]一類の鷹かくれあつまりて居てまちければ、案のごとく、親を取し鷲来て、鳩をとらんとしけるに、鳩、下巣の中へ落入ぬ。猶とらんとて、鷲手を入けるを、あまたの鷹、わしの手をとらへて、責ころし申て候。君恩おそろしさに、かへり参て候」由申と御覧ずれば、御夢覚にけり。世にかゝる事もやあるかなと、哀に思召て、金鈴を尾にむすび付て、御いとまをたびければ、此[九]信濃の八幡宮にまいりて、[一〇]すゞをくいとひて、宝殿におさめ奉りぬ。其鈴、今の世までもありやなしや。人其沙汰に不ㇾ及。此鷹の心をよませける歌、

西園寺太政大臣

[一一]出羽なるひらがの御鷹立帰り親の為には鷲をとる也

では村上天皇の時代とされ、『八幡愚童訓』下、『塵荊抄』巻一一、『西園寺家鷹口伝』(立命館大学図書館西園寺文庫蔵)第三八条、『西園寺家鷹秘傳』(立命館大学図書館西園寺文庫蔵)第一条、『鷹経弁疑論』(続群書類従第一九輯中所収)上、『放鷹記』(宮内庁書陵部蔵)、有注本『定家卿鷹三百首和歌(「あらたまの」類)』(宮内庁書陵部蔵)、有注本『後普光院殿鷹百韻連歌』(立命館大学図書館西園寺文庫蔵)などでは一条院の時代とする。二 秋田県平鹿郡とされる(『出羽旧記』など)。隣接する雄勝郡とともに、この周辺は鷹の産地・狩場として著名である。三 架。鷹を繋いでおくための止まり木。四 正しくは「奏聞」。五 「打羽振く」。鳥類が羽ばたくこと。六 「緒」とするべきか。七 諏訪明神は信濃国一宮である諏訪大社の祭神。鷹の仇討ち説話に諏訪についての記述が見えるのは本話のみである。→補注2 八 同一の種族、または一族。九 長野県佐久市浅科にある八幡神社か。当社は中世において望月氏の庇護を受けた。望月氏は諏訪流の鷹術を伝えた禰津氏と同じ滋野一族。→補注3 一〇 『石清水文書』の「建武回禄之記」「石清水八幡宮注進案」によると、この鈴は建武五年(一三三八)七月五日の火事によって焼失したらしい。(益田勝美「鳩屋の鈴—ひとつの伝説の滅びかた—」『論纂説話と説話文学』)。→補注4 一一 『新撰六帖題和歌』に葉室光俊の和歌として「いではなるひらがのみたかたちかへりおやのためにはわしもとるなり」と見える。→補注5

〔100-17〕
一　[一]楚ノ文王、[二]唐太宗、[三]玄宗等諸王、養レ鷹玩レ之。

〔100-18〕
一　[一]日本国ノ王維鷹愛レ之、[二]天河原ノ留狩、『伊勢物語』ニ在リ。

〔100-19〕
一　[一]仁徳天皇四十六季、百済国ヨリ発二使者一献二鷹犬一。其使越州到二[二]敦賀津一。養レ鷹者ヲ曰二[三]米光一、養レ犬者ヲ曰二[四]袖光一。[五]其犬黒駮《マダラ》ナリ。[六]政頼ト云人奉レ勅赴二敦賀一。迎二使者一。[七]時、尚未レ精二指呼之術一。政頼就二米光一習レ之。臂ニシレ鷹牽レ犬以帰二帝都一。天皇賞レ之以賜二采邑一。

〔100-20〕
一　[一]桓武天皇専ラ愛レ鷹玉フ。於二南殿之帳中一、自親《ミツカラ》臂レ之。

〔100-21〕
一　[一]嵯峨天皇弘仁二年、以二[二]『新修鷹経』一施二行海内一ニ、伝フ二[三]寛平一ニ。盛ナリ二[四]延

〔100-17〕　本条から〔100-24〕までの記事は月舟寿桂著の『養鷹記』（群書類従第一九輯所収）の記述を抄出したものと見られる（中田徹「養鷹記の遠近」『むろまち』二号）。↓補注1
一　楚の第一八代君主（在位紀元前六八九年～紀元前六七五年）。↓補注2　二　太宗は唐朝二代目の皇帝（在位六二六年～六四九年）。
三　玄宗は唐朝六代目の皇帝（在位七一二年～七五六年）。

〔100-18〕
一　日本国の王は鷹を愛する、の意。「維」は助字。　二　『伊勢物語』第八二段に見える惟喬親王の交野の狩のこと。「天河原」は大阪府交野市の中央を南北に流れる天野川のほとり。↓補注1

〔100-19〕　鷹の伝来説話。『酔醒記』〔100-15〕とは話型を異にする。↓補注1
一　『日本書紀』仁徳四三年九月条には、依網屯倉阿弭古が天皇に献上した異鳥を百済の王族である酒君が養馴した経緯を本朝鷹飼の起源とする記事が見える。↓補注2　二　福井県敦賀市の敦賀湾にある港。九世紀初頭～一〇世紀初頭には渤海使を迎える松原客館が設置されていた。↓〔100-15〕補注2　三　系譜未詳。諏訪流の鷹書が伝える鷹の伝来説話にしばしば登場する。↓補注3　四　未詳。↓補注4　五　↓補注5
六　鷹匠の「政頼」なる人物としては『古事談』巻四の一三や狂言「せいらい」などに見える「出羽守源斉頼」がよく知られているが年代が合わない。↓補注6　七　この部分、文意がとりにく

いが、出典とされる『養鷹記』の該当部に「時吾国尚未精于指呼之術」と見えるのを参照すると「わたしたちはいまだに指呼の術が詳しくない」と解釈するべきであろう。指呼の術は放鷹術のこと。

〔100-20〕鷹狩りを好んだ桓武天皇が自ら鷹の世話をしたという逸話。→補注1

一　第五〇代天皇。天応元年(七八一)~大同元年(八〇六)在位。

〔100-21〕代々の天皇が鷹を好んだことを記す。→〔100-20〕補注1

一　第五二代天皇。大同四年(八〇九)~弘仁一四年(八二三)在位。二　『新修鷹経』(群書類従第一九輯所収)の巻末には弘仁九年(八一八)五月二二日の日付が見える。三　宇多天皇の時代を指す。同天皇は第五九代天皇で、在位は仁和三年(八八七)~寛平九年(八九七)。四　醍醐天皇の時代を指す。同天皇は第六〇代天皇で、在位は寛平九年(八九七)~延長八年(九三〇)。五　村上天皇の時代を指す。同天皇は第六二代天皇で、在位は天慶九年(九四六)~康保四年(九六七)。六　第六六代天皇。在位は寛和二年(九八六)~寛弘八年(一〇一一)。七　第七二代天皇。在位は延久四年(一〇七二)~応徳三年(一〇八六)。

〔100-22〕中国南北朝時代の僧侶・宝誌の逸話。→補注1

一　現在の紫金山。中国南京の北東に位置する。南麓には、宝誌を葬った開善寺(現・霊谷寺)がある。二　宝志、保誌とも。中国南北朝時代

喜・天暦ニ。一条・白河院モ愛レ之玉フ。

〔100-22〕

一　鐘山ノ宝公、産二シテ鷹巣ノ中一ニ、手足皆鳥ノ爪ナリ。

〔100-23〕

一　吾朝ノ行基、亦孩時、人得二タリ之於鷹巣一。天下不二名呼一曰二菩薩一ト。建レ寺刻レ仏削二平険路一。其功不レ在二宝公下一。

〔100-24〕

一　後奈良院御宇、万松院殿ヘ鎌倉殿ヨリ号二「冬木」一鷹ヲ参せらる。其御返書ニハ「大鷹」ト書リ。『月舟鷹ノ記』ニハ「投子青乃チ青鷹成」ト書リ。

〔100-25〕

めづらしきふ

一　同御宇、奥州忍里より室町殿へ参ける鷹は、胸白くして、八幡の文字

黒くあり。則[四]八幡山へはなちまいらせらる。其年将軍家、[五]さる事有て都を落給ひ、[六]くつ木と云七谷ニ入給ひて、帰洛ならずして、かくれ給ひぬ。

〔100―26〕

一　[一]あか鷹、[二]しぼ、[三]ひとつふ也。大なるを赤鷹といひ、小なるをしぼと云也。[四]「桃花鷹」とかきて「あか鷹」とも「しぼ」ともよむなれ共、桜の花のごとくなるを本とする。古歌に、

[五]とまり狩木の根につなぐ箸鷹の桜色なる花のあか鷹

〔100―27〕

一　[一]あを白　古歌ニ、

[二]常葉なる梢にふれるうす雪の色をうつすや鷹の青白

〔100―28〕

一　[一]藤ふと云は、藤花のごとく、前後のは[二]に有しが、[三]鳥屋になりて散うせてなし。いづれの御代にか、ひとたびみえて世ニなしとぞ。古歌ニ、

[四]春ならぬ花の藤ふの初小鷹[五]鳥屋がへりしてたゞ[六]け成けり

の元興一四年(四一八)生まれ、天監一三年(五一四)没。奇行や神異的な行状が多く、梁の初代皇帝である武帝の崇敬を受けた。

〔100―23〕　行基の逸話。宝誌と同様に、行基が鷹の巣から拾われた子であると伝える。↓補注1

一　天智天皇七年(六六八)に河内国(後に和泉国)大鳥郡蜂田郷家原(大阪府堺市家原)に生まれたとされる。天平二一年(七四九)没。

二　おさな子、嬰児。

〔100―24〕　足利晴氏が足利義晴に大鷹の「冬木」を進呈したことを記載する。↓補注1

一　第一〇五代天皇。在位は大永六年(一五二六)～弘治三年(一五五七)。　二　足利義晴。室町幕府の第一二代将軍。将軍在位は大永元年(一五二一)～天文一五年(一五四六)。

三　足利晴氏。一色直朝が仕えた四代目古河公方。　四　月舟寿桂の著した『養鷹記』。↓補注2　五　『養鷹記』では、行基の記事の直後に「又投子青乃青鷹也」と記される。〔100―17〕補注1の線部参照。

〔100―25〕　胸に八幡の文字がある鷹と足利義晴の最期。

一　珍しき符。「符」は「斑」とも書く。「符(斑)」とは鷹の羽・毛・尾の色や模様の種類のこと。〔100―25〕～〔100―28〕はいろいろな鷹の符(斑)の種類について叙述する。　二　陸奥国信夫郡。現在の福島県福島市辺り。鷹の名産地。　三　足利義晴。〔100―24〕注二参照。　四　京都府八幡市にある男山。　五　天文一八年(一五四九)、和

睦していた細川晴元が重臣・三好長慶に敗れたため、義晴は近江国東坂本に逃れた。翌年の天文一九年(一五五〇)五月四日、近江国穴太(現在の滋賀県大津市穴太)にて死去。↓補注1
六 近江国高島郡朽木谷。現在の滋賀県高島市朽木。義晴は逝去前の天文一八〜一九年にはこの地を訪れていない。↓補注1

〔100-26〕
一 一般には赤みがかった羽の鷹をいう。↓補注1 二 一般には赤い符のある鷂をいう。↓補注1 三 同じひとつの符である、という意。↓補注2 四 「桃花鷹《アカタカ》」(『伊京集』)。「しぼ」とよむ例は未見。↓補注3 五 「とまり狩」は「泊狩」。夜明け前に鷹を放つため、前夜、山中に宿泊して行う鷹狩り。春の季節に行われる。木に繋いだ桜色の箸鷹を花に見立てた。

〔100-27〕
一 一般には黒符に白が混じっているものをいう。 二 ↓補注1

〔100-28〕
一 一般には若鷹のときにある符をいう。↓補注1 二 「羽」。 三 羽が生えかわること。↓補注2 四 ↓補注3 五 「鳥屋帰」。何回羽が生え変わっても(つまり何年経っても)鳥を獲らない鷹をいう。 六 「毛」。

〔100-30〕 ↓補注1
一 未詳。「鷂の小《お》緒《お》」か。「小緒」は鷂の大緒をいう。 二 足緒(鷹の足に取り付ける紐。主に革で作る)の部位。 三 未詳。「大緒」か。「大緒」は鷹の足緒《あしお》につなぐ紐のこと。 四 地を藍

〔100-29〕
一 鷹のさうぞく、尺寸分の事

〔100-30〕
一 鶏[一]の小結は、目の間一寸、よこ[二]八分、長さ六寸。大結[三]、五尺、菖蒲皮[四]五寸、ねず緒[五]一寸五分。惣而、小鷹帯[六]之可レ計。

〔100-31〕
一 兄鷹[一]の小緒、目の間一寸二分、横一寸。大緒、五尺五寸、菖蒲皮六寸、ねず緒同前、こつち[二]同前。

〔100-32〕
一 大鷹小緒は、目の間一寸八分、横二寸五分、長さ七寸五分。一寸にも吉。大緒七尺五寸、菖蒲皮七寸、ねず緒二寸、こつち三寸余。

〔100-33〕

ほこの事

一 ほこ、長さ七尺五寸、高さ五尺、左右の立木本八寸計、四角ニシテ上より八角に出る。ほこたれは上古なし。

〔100―34〕

一 フト口鳥ノ頭ノ中ヘ粉花ヲ入、一人参、一甘艸少、一黄芩少、一薬師草大、一車前草、一フナ原草也、一はこべ、一クコ、一ふるせ麻

右十種、各土器ニ入て、黒焼ニシテ諸病ニ用レ之。灸針ノ後ハ必可レ用レ之。

鷹惣薬の事

気ノヲモクキタル時、猶吉餌ニフリ懸テ用ベシ。

〔100―35〕

一 鷹屋、又ハ諸飼鳥の籠ニ貼付守。

儀方　此二字、サカサマニ張ニ付之一。蛇・臘不レ障也。

〔100―36〕

一 野州仁田山といふ所の奥に、山佑といふ翁有けるが、おほかみの子を

色に染めた上に、草花の文様を白く抜いた鹿の革のこと。↓補注2　五　鈴や鈴板を鷹に固着するための紐。六　小型種の鷹のこと。鶻、ハヤブサ、ツミ、サシバ、長元坊など。

〔100―31〕一　大鷹の雄。二　小槌《こづち》。旋子《もとおし》に取り付ける紐。

〔100―33〕　架の寸法について。↓補注1　一　〔100―16〕の注三参照。二　架垂《ほこたれ》。架に掛ける布。

〔100―34〕　鷹に処方する薬について。↓補注1　一　未詳。二　高麗人参。滋養強壮などの効能があるとされる。三　甘草。マメ科の多年草。緩和・止渇作用などの薬効があるとされる。四　黄芩《おうごん》。シソ科のコガネバナの根。消炎・解熱作用などの薬効があるとされる。五　キク科の二年草。消腫作用などの薬効があるとされる。人参・甘草と併用する処方が鷹書に多く散見する。六　オオバコのこと。オオバコ科の多年草。消炎・利尿・止瀉作用などの薬効があるとされる。七　舟腹草《ふなばらそう》。ガガイモ科の多年草。根の部分に解熱・利尿作用などの薬効があるとされる。八　ナデシコ科の越年草。春の七草の一とされる。利尿・浄血作用などの薬効があるとされる。九　ナス科の落葉低木。果実、根皮、葉がそれぞれ生薬となる。一〇　「古《ふる》背《せ》麻」か。古背は新鮮でないもの、季節外れのものをいう。麻はアサ科の一年草。草や花はヒトが摂取すると陶酔するが、果実は麻子仁《ましにん》とい

う生薬として用いられて便秘などに薬効があるとされる他、鳥の餌としても利用される。

二 →補注2

【100－35】 鷹の小屋や鳥籠に貼る呪札。

一 →補注1

【100－36】 昔話（あるいは伝説）の「千匹狼」「狼塚」の文献上もっとも古いものか。→補注1

一 上野国山田郡仁田山郷（現、群馬県桐生市）か。→補注2

二 未勘。→補注3

三 狼を猟犬として育てると、やがて人を襲う。

四 「薄を」の誤りか。

【100－37】 昔話「猿の生き肝」の中で「くらげ骨なし」の形をとる文献上もっとも古いものか。→補注1

一 竜宮の乙姫の病気とするのは、『酔醒記』を除けば近世の諸作品に引かれるもののみ。古くは妻の病とする。→補注2

飼たてける。二年過て、八月末つかた、佑がもすそをくはへて、門外にさそふけしきしけるに、それにまかせてゆく。弓持、うつほ付て、出にけり。山の奥はるかにつれていにけり。おほかみ、くれにうせにけり。三さる事のあらんとさとりて、四薄て苅て人形をゆいて、翁が笠をきせ、物をもきせて、うつほつけさせ、木の枝にて弓はり、もたせ、立てをく。翁は木にのぼりてかくれゐてみる。おほかみ、いくらともなくむれきて、其人がたをくいふせて、引つれゆく所を、木の上より射ほどに、二三疋いころしけり。おほかみ、皆うちちりて、佑、家にかへり来て、すさましきふるまひを語居けるに、おほかみ、常のごとく来けるを、佑、則そこにて射ころしけるとぞ。

〔100－37〕

一竜宮の乙姫、なやみ給ふに、猿の生肝を薬なりとて、亀に仰ければ、山かけたる汀に浮出て、対レ猿申やう、「竜宮浄土みたくは、我が甲にのりてみよ」といひければ、悦てのる。則竜池に行ければ、海月が告て曰、「汝がいけぎもをとらむとのたばかりなり」といふ。猿は是を聞て、対レ亀、なやむこゝちしていふやう。「樹上にきもを引てをきたりしを忘て、爰にきたりて、しぬべく成ぬ。あなかなしや」といひければ、亀おもふやう、「生肝の用なりしを、いかゞせむ」と思ひ、「さらば又我甲に乗て、帰りて、肝を取てこよ」といふ。則かへりて、高岸に飛上て、亀を大笑す。海月はほねをぬかるゝ。[二]古句云、

猿駄乗レ鼇北　心肝掛二樹上一

〔100-38〕

一　天竺しゝ国の王、遠国より后をむかへ給ふ。[一]深山強政を過給ふに、獅子いくらともなく走向て、供奉の人々三百万余、[二]岩石所せきなるに、古松老樹そびへ臥たる深山にて、よくべきかげなきに、心のまゝにくいころしけるを、[三]官軍爰をせむと射けれ共、矢をも物ともせず、皆くいころして後、后ひとり[四]いきとまり給ふに、獅子の王、后をくはへ奉りて、をのれがほらへぞ入にける。驪而獅子は帝王の姿と成、古洞は楼金殿と成て、芝蘭、宝と成かはり、月卿雲客なみ居たり。ほどなく后たゞならぬ身と成て、玉のおのこうみ給へり。年月かさなるまゝ、十五に成けるが、母君をいさめ申けるは、「やすからざる御身として、畜生の妻に成給ひ、我身も子とはちぎりたれ共、玉さかに人界を請て、ちくしやうにまじはりがたし。此山を忍

二　典拠未勘。「北」は「逃」に同じ。

〔100-38〕『太平記』(三二・獅子国の事)(巻数は本により異なり、これを巻三二におくものが多いが、巻三三におくものもある。ここでは天正本に従っておく。)の要約。『太平記』の話の原拠は『大唐西域記』(一一・僧伽羅国)である。

一　未勘。『太平記』諸本にはこの言葉なし。

二　「岩石…かげなきに」まで、『太平記』諸本になし。　三　「せむと」は「先途と」の意。『太平記』は「官軍矢尽きて防げども叶はず」(小学館版、底本は天正本系の彰考館本)。

四　「生き止まる」で、死なないで生き残った、の意か。これも『太平記』諸本にはない。

びうせ給ひて、し丶こくの王宮へ御参候て、后にそなはらせ給へ。吾も官位の身とも成候はん」と申ければ、母君うれしく思召て、にげ給ふ。此子[五]大力人にて、おいまいらせて、王宮へさうなく参ぬ。君よろこびおはしまして、則后にそなへ給ふ。父の獅子、是をしたひて、王宮にちかづきて、人をとり、天地になきさけぶ声、きくほどの禽獣も死、心よはきものはぜつじゆす。さるによつて、都の外十万里のうちには、人一人もゐず、しらぬ国へぞにげゆきける。御門、「この獅子をころしたるものに、大国を一国くだしたぶべし」と高札〈を〉立給へば、此獅子の子、くろがねの弓、千人張共いふべきを押張、くろがねの矢に毒薬をぬつて、獅子射て、国の主にならんとおもひて、まち居けり。此獅子来て、[六]都北面を過けるが、我子の体をみて、涙をながし、頭をうなだれて申やう、「かくかなしみの身となる事も、汝を恋しく思ひし故也。高札の面をみるに、我をころして参たるものには、国をおこなふべしとあれば、命はおしまじ。汝一国の主と成て、子々孫々栄花をつたへば、是に過じ。急ぎわれを射ころし、[七]ほうこうのしやうにあづかれ」とて、口をあひていころされけり。子、し丶のくびを取て、帝王に奉る。すでに其しやうをさだめられし間、さうなく一国を下さるべかりしを、公卿みなせんぎして、[八]父をうつ罪かろからず。仮令、たぶ

五　『太平記』諸本になし。ただし、徴古館本・玄玖本・西源院本や天正本などには、「后この子に負はれて百余里の山川を半時ばかりに逃げ去つて」（小学館版）（流布本や梵舜本などには傍線部なし）とあり、意味的には「大力人」になる。

六　未勘。徴古館本・玄玖本・西源院本や天正本などは「竜尾道の前」とあり、梵舜本は「禁門ノ前」とあり右に「竜尾道」、流布本は「禁門の前」とある。竜尾道は、「平安京大極殿の南庭（竜尾壇）にのぼる通路。」（『日本国語大辞典　第二版』）。

七　「奉公の賞」の字をあてるのであろうが、『太平記』は諸本ともに「報国の賞」。高札の文面に従えば「報国の賞」とあるべきところ。

八　僉議の内容を引用した言葉とすると、結び

べき一国の官物、百年が間の分をはからひて、海底にしづめ、獅子の子をば遠流に所せらるれけるとぞ。又ある説[九]曰、獅子国の王、此后を聞伝て、あこがれける、其胸の思、さきに行て、しゝ国の王、后に又成給ふも、一体分身のすくせのかたき成とぞ申つたへける。

酔醒記中巻終

[一〇]上巻目録（略）

下巻目録（略）

昭和十四年七月十四日　頴原謙三写

時年七十六

月庵酔醒記　星[一一]

が消えて地の文になっている。『太平記』の本文を省筆してしまったゆえか。↓補注1　「仮令」（けりょう）は、たとえば、かりに、の意。

九　未勘。『太平記』諸本にはない。『太平記』は、足利直冬（尊氏の実子、直義の養子）を南朝方の大将として京都を攻めさせるという策に対して、遊和軒亭叟なる人物がこれを批判し、「親のために道なき者は、忠ありと雖も辜《つみ》せらる」（巻三一・虞舜至高の事）という天竺の例として出されたものであり、「ある説」のように、恋の思いの強さのゆえに、獅子国の王が獅子の王となって女を后とし、また獅子国の王として女を后としたというように、一身にして二度の契りを結ぶという話ではない。↓補注2

一〇　底本にはここに上巻と下巻の目録が連ねられているが、本書においては省略した。

一一　底本の上巻末には「月庵酔醒記　月」とあり、下巻末には何もない。「月・星・日」の意か。

補注

〔072〕

1　雷鳴の方向により吉凶の予兆とする占い自体は、以下に示す『拾芥抄』「諸頌部第十九・雷鳴時頌」・『簠簋内伝』二「雷電鳴始吉凶之事」にも認められる。

左記に示す『拾芥抄』の当該記事は、『酔醒記』と同じく四方四維で発生した雷鳴を対象とするが、必ずしも「歳始」の雷鳴に限定したものではないことが大きく異なる。

「月令図云。雷起二東方一、主来貢。雷起二西方一、火熱兵起。雷起二南方一、主有二火災一。雷起二北方一、人民多レ患。雷起二東北方一、大レ熟。雷起二東南一、多レ寒損レ蚕。雷起二西北方一、多レ瘧小レ熟。雷起二西南方一、大レ熟兵起。

艮〈丑寅、東北方、謂二之鬼門一。〉巽〈辰巳、東南方、謂二之風門一。〉乾〈戌亥、西北方、謂二之天門一。〉坤〈未申、西南方、謂二之人門一。〉」

また、以下に示す『簠簋内伝』の記載は、標題に「雷電鳴始吉凶之事」とあるように、『酔醒記』と同じく「歳始」の雷鳴を対象としたものと解し得よう。

「甲乙、其年安楽。丙丁、其年日照。戊己、其年五穀不熟。庚辛、其年兵乱。壬癸、其年大水出也。」

ただし、雷鳴により占う対象につき、八方向で示す『酔醒記』の事例とは異なり、十干を順に二つずつ組み合わせた合計五組で示すことから原理的な相違が認められる。また、十干の意味するところも不明瞭であり、『簠簋内伝』の伝本のなかには十干のあとに「日」を付けるものが見られる。故に『簠簋内伝』の事例では、雷鳴が発生した日を対象とするものであり、『酔醒記』の事例とは、ここでも根本的に異なることが窺われよう。

現段階では『酔醒記』と一致する記載は未検であるが、少なくとも中世後期には雷鳴の方向による多様な占いが伝えられていたようである。これらの占いの起源については不明とせざるをえないが、唐土に目を向けるならば、室町期に受容された宋代原撰の日用類書『事林広記』に同工の占いが収められるほか、日常的な知識の百科事典として、明清代に陸続と刊行され続けた『玉匣記』類にも必須項目とされていたことが確認される。あるいは我が国に、唐土成立の日常類書や『玉匣記』類の内容が伝播してきたなかに、雷鳴による占いも含まれ、多様な種類のものが成立したと見るべきか。参考として、元禄一二年（一六九九）、中野五郎左衛門・山岡市兵衛刊記をもつ元・至元庚辰（一三四〇か）刊『新編群書類要事林広記』和刻本の壬集巻五「讖徴玄機・四時雷震」を示す。

「凡ソ雷声初発、和雅ナルハ、歳善シ。声撃烈シク驚異ナル者、有リレ災。
起ルハレ艮ヨリ、糴（注・買い入れた米）賤シ。
起ルハレ震（東）ヨリ、棺木貴ク、歳豊ナリ。
起ルハレ巽（南）ヨリ、霜早ク降リ、蝗害ス。
起ルハレ離ヨリ、主ルレ旱ヲ。
起ルハレ坤ヨリ、有リレ蝗。
起ルハレ兌（西）ヨリ、金鉄貴シ。
起ルハレ乾ヨリ、民多シレ疾フコト。
起ルハレ坎ヨリ、歳ニ多シレ雨。

二月。

雷起リテレ艮ヨリ一鳴スルハ、米賤シ。

起ルハレ震ヨリ、歳稔。
起ルハ二巽及坤一ヨリ、有リレ蝗。
起ルハレ離ヨリ、主ルレ旱ヲ。
起ルハレ兌ヨリ、金銅貴シ。
起ルハレ乾ヨリ、民多シレ疾フコト。
起ルハレ坎ヨリ、多シ二雨水一。
元旦、有ルハ二雷鳴一、主ル二禾黍麦大吉ヲ一。
正月、有ルハレ雷、人民不レ炊ガ。
春甲子日、雷鳴スルハ、主ル二五谷（穀）豊稔ヲ一。
三月一日、雷スルハ、五谷（穀）熟ス。
夏甲子・庚辰・辛巳、雷スルハ、皇虫死ス。
三月四日、雷鳴スルハ、大ニ熟ス。
秋甲子、雷スルニ、是ノ雷ニ不ルレ蔵レ民ハ暴死ス。
九月、雷鳴スルハ、米谷（穀）大ニ貴シ。
冬庚戌・辛亥、雷スルハ、主ル二正月ニ米貴キヲ一。
十一月、雷スルハ、主ル二春ニ米貴キヲ一。」

2　『酔醒記』では、占いの対象を「歳始」の雷鳴と明記するが、『拾芥抄』では、ただ雷鳴の響く方向を示すばかりで、時期・季節などについての言及は見られない。他方『事林広記』では、『酔醒記』と同じく、四方四維の雷鳴が轟く方向につき吉凶を示すが、「雷声初発（「歳始」とは限定しない）」、あるいは「二月」とするなど、占いの対象となる時期が相違するほか、他説として、元旦の雷鳴を豊作の予兆とする説、正月（元旦を除く意か）の雷鳴を凶作とする説など、諸説が併記されている。

3　本条では、漠然と「吉」とするばかりであるが、『拾芥抄』所引「月令図」では、「雷、東方に起これば、来貢主《あまた》なり」とする。『事林広記』では、「棺木、貴く、歳豊かなり」あるいは「歳稔る」とする。もっとも「棺木、貴」しは、死者が多く棺桶の用材が高騰するという意味ではあるが、豊作の吉兆としている。以上、『酔醒記』・『拾芥抄』・『事林広記』の記載は、基本的に吉兆とすることで一致している。

そもそも「東」の位置は、八卦の「震」卦にあたり「雷」の意があるほか、六四卦の「震」には、万物が発生し生長する意が含まれる。東方に雷鳴が轟くことは、東方と雷を示す「震」の卦に相応することから、吉兆とされたのであろう。

4　本条では「風吹く」とするが、『拾芥抄』所引「月令図」では、「寒きこと多《まさ》り、蚕を損ふ」とあり、『事林広記』では、「霜早く降り、蝗害す」あるいは「蝗有り」とする。『酔醒記』の記載は、極めて漠然としており、『拾芥抄』・『事林広記』両書の記載との関連も認め難い。

ただし、八卦の「巽」は「風」を象徴し、また『拾芥抄』にも「巽。〈辰巳、東南方、之を風門と謂ふ。〉」とすることから、「巽」の卦の意味と混同した可能性が指摘できよう。

5　本条では「天下旱魃す」とあり、『拾芥抄』では「火災有ること主し」とあるが、『事林広記』の「旱ること主し」とする記載と一致する。なお「南」は易の八卦の「離」に当たり、「離」の卦には「火」の意が見られることによるか。

6　本条では「天下洪水、五穀熟せず」とある。『拾芥抄』には、「大いに熟すも、兵起こる」とするほか、（『拾芥抄』では、「坤」を「西南」と表記する。）『事林広記』では「蝗有り」とし、『酔醒記』の記載とは一致しない。なお「坤」は、八卦・六四卦で、万物を生成させる卦にあたることから、本条の記載とは正反対の意となる。

7 本条では「吉」とあり、『拾芥抄』に「火熱（あるいは「大いに熱す」の誤記か。）兵起こる」とするほか、『事林広記』に「金鉄貴し（金銅貴し）」とする。なお西方は、八卦・六四卦の「兌」にあたり、万物が成就する意となる。『酔醒記』の記載は、補注4に示したように、「兌」の卦の意味を誤記した可能性も認められよう。

8 本条では「鬼病起こり、人民死す」。『拾芥抄』に「瘧多く、熟すこと小し」とするほか、（『拾芥抄』では、「乾」を「西北」と表記する。）『事林広記』には「民、疾ふこと多し」とあり、『酔醒記』の記載と近接した凶兆となっている。

9 本条では「洪水す」とあり、『拾芥抄』に「人民、患ふこと多し」。『事林広記』では、「（歳に）雨多し」とすることから、『酔醒記』の記載は、『事林広記』と近接した凶兆となっている。

10 本条では「鬼病起こる」とある。他方、『拾芥抄』に「熟すること大し」とあるほか、『事林広記』には、「糴《テキ》（注・買い入れた米）賤《やす》し」・「米賤し」とあり、『拾芥抄』と同様に、豊作の予兆とする。『酔醒記』の記載のみが唐突であるが、『拾芥抄』には「艮、東北、之を鬼門と謂ふ」とあるように、現在と同様に、所謂「鬼門」としている。

〔073〕

1 本条の記載の原型は、以下に示す『朝野僉載』一に認められる（傍線部参照）。

「長安二年九月一日、太陽蝕尽、黙啜賊到二并州一。至二十五日夜一、月蝕尽、賊并退尽。俗諺曰、『棗子塞鼻孔、懸楼閣却種』。又云『蟬鳴蛁蟟喚、黍種餻糜断』。又諺云『春雨甲子、赤地千里。夏雨甲子、垂（乗）船入市。秋雨甲子、禾頭生耳。冬雨甲子、鵲巣下地、其年大水』」。武則天（六二三〜七〇五）治世の長安二年（七〇二）九月一日に皆既日食が発生した時、中央アジアのトルコ系遊牧民族・突厥の王であった黙啜可汗の軍勢が并州（現在の山西省・陝西省北部）を襲撃した。黙啜の軍勢は、同月十五日の皆既月食と共に撤退したとある。これに続き、「春雨甲子」云々（以下「甲子占雨」と略称）を含む三条の俚諺が挙げられるが、各俚諺と黙啜可汗の侵攻との関連については未勘である。

本来、『朝野僉載』二〇巻は唐代の張鷟《さく》（張文成・六六〇〜七三二）の著述であったが、現存本は明代の陳継儒編の叢書「亦政堂鐫陳眉公普秘笈」所収の六巻の輯佚本が定本とされ、張鷟の原撰とされる二〇巻本『朝野僉載』は、南宋の晁公武の『郡斎読書志』で伝存が確認されるのを最後に、元代以降に散逸したとされる。現存の六巻本『朝野僉載』は、基本的に『太平広記』からの輯佚とされ、当該箇所については、宋代成立の類書・随筆に少なからざる引用が認められる。これら宋代の類書・随筆に見られる『朝野僉載』の佚文は、福田俊明・山田英雄により博捜され、この「甲子占雨」は、以下の諸文献での引用が指摘されている（福田俊明『朝野僉載の本文研究』・山田英雄「『孔氏六帖』所引の『朝野僉載』について」）。

【一】『太平広記』（九八一成立）一三九「徴応五〈邦国咎徴〉」

長安二年九月一日、太陽蝕尽、黙啜賊到并州。至十五日夜、月蝕尽、賊并退尽。俗諺曰、「棗子塞鼻孔、懸楼閣却種」。人云「蟬鳴蛁蟟喚、黍種餻糜断」。又諺云「春雨甲子、赤地千里。夏雨甲子、乗船入市。秋雨甲子、禾頭生耳。鵲巣下地、其年大水」。


【二】孔伝（一〇世紀）『孔氏六帖』二「雨・雨甲子」

朝野僉載、俚諺云「春雨甲子、赤地千里。夏雨甲子、乗船入市。秋雨甲子、禾頭生耳。冬雨甲子、牛羊凍死。鵲巣下地、其年大水」。
　＊この他、同書八一「禾」条には「諺云。秋雨甲子、禾頭生耳」とある。

【三】孔平仲（一一世紀）『談苑』二
江南民言「正日晴、万物皆不成。元豊四年正旦、九江郡天無片雲、風日明快、是年果旱」。又曰「芒種雨、百姓苦。蓋芒種須晴明也。春雨甲子、赤地千里。夏雨甲子、乗船入市。乗船入市者、雨多也」。
［下略］

【四】曾慥（一二世紀）『類説』四〇「朝野僉載・甲子雨」

俚諺云「春雨甲子、赤地千里。夏雨甲子、乗船入市。秋雨甲子、禾頭生耳。冬雨甲子、飛雪千里」。


【五】葉廷珪（一二世紀）『海録砕事』一「天部上・雨門・禾生耳」

諺曰「春雨甲子、赤地千里。夏雨甲子、乗船入市。秋雨甲子、禾頭生耳」。


【六】宋代・逸名『五色線』下「雨甲子」

朝野僉載。唐・長安二年九月一日、太陽蝕尽、黙啜賊至并州。至十五夜、月蝕尽、賊並退。俗諺曰、棗子塞鼻孔、懸梅閣却種」。又云「蟬鳴蛁喚、禾鐮糜断」。又諺曰「春雨甲子、赤地千里。夏雨甲子、乗船入市。秋雨甲子、禾頭生耳。鵲巣下地、其年大水」。


【七】陳元靚（一三世紀）『歳時広記』末「甲子占雨」

春雨甲子、赤地千里。夏甲子、乗船入市。秋雨甲子、禾頭生耳。冬雨甲子、飛雪万里。一云「雙日甲子、□□少応」。唐俚語云「禾頭生耳。蓋禾粟無生耳者、禾頭□□□□是也。


　これら七例のほか、『歳時広記』と同じく陳元靚の原撰による日常類書『事林広記』「甲子雑占」・宋代の祝穆撰『事文類聚（新編古今事文類聚）』前集五「雨・群書要語」・唐代の韓鄂原撰『四時纂要』（原存本は、北宋・至道丙申（九九六）九月一五日の原刻本を、万暦一八年（一五九〇）仲春の李氏朝鮮での復刻本（朝鮮慶尚左兵営刊）で、誤刻や後代の増補が多い。近代に発見されたため四庫全書等の叢書類には未入。）などにも「甲子占雨」の引用が認められる。このほか、明代以降に成立した文献で、「甲子占雨」に言及する代表的なものとして以下の事例が挙げられよう。


【一】明・謝肇淛『五雑組』二「田家四時占候諺語、有不可不知者、今録之。」

春甲子雨、赤地千里。夏甲子雨、撐船入市。

秋甲子雨、禾頭生耳。冬甲子雨、牛羊凍死

【二】清・『全唐詩』巻八八〇巻「占四時甲子雨」
春雨甲子　赤地千里　夏雨甲子　乗船入市
秋雨甲子　禾頭生耳　冬雨甲子　牛羊凍死
鵲巣下地、其年大雨

【三】清・『増補万全玉匣記』（伝東晋・許真人撰）「占四季甲子日雨」

春甲子雨、牛羊凍死。夏甲子雨、撐船入市。

秋甲子雨、禾頭生耳。冬甲子雨、雪飛千里。

これらの唐土成立の諸文献に見られる「甲子占雨」は、成立順に　以下のように表示できる。

		春	夏	秋	冬	
	月庵酔醒記	春甲子　石途千里	夏甲子　入船千里	秋甲子　外生萌稲	冬甲子　雪千里	
（唐）	朝野僉載	春雨甲子　赤地千里	夏雨甲子　垂《乗》船入市	秋雨甲子　禾頭生耳	冬雨甲子	鵲巣下地　其年大水
宋	太平広記	春雨甲子　赤地千里	夏雨甲子　乗船入市	秋雨甲子　禾頭生耳		鵲巣下地　其年大水
	孔氏六帖	春雨甲子　赤地千里	夏雨甲子　乗船入市	秋雨甲子　禾頭生耳	＊冬雨甲子　牛羊凍死	鵲巣下地　其年大水
	談苑	春雨甲子　赤地千里	夏雨甲子　乗船入市	秋雨甲子　禾頭生耳		
	海録砕事	春雨甲子　赤地千里	夏雨甲子　乗船入市	秋雨甲子　禾頭生耳		
	五色線	春雨甲子　赤地千里	夏雨甲子　乗船入市	秋雨甲子　禾頭生耳		鵲巣下地　其年大水
	類説	春雨甲子　赤地千里	夏雨甲子　乗船入市	秋雨甲子　禾頭生耳	冬雨甲子　飛雪千里	
	歳時広記	春雨甲子　赤地千里	夏雨甲子　乗船入市	秋雨甲子　禾頭生耳	冬雨甲子　飛雪万里	
	事林広記	春雨甲子　赤地千里	夏雨甲子　乗船入市	秋雨甲子　禾頭生耳	冬雨甲子　飛雪千里	
	事文類集	春雨甲子　赤地千里	夏雨甲子　乗船入市	秋雨甲子　禾頭生耳	冬雨甲子　牛羊凍死	
明	四時纂要	春雨甲子　赤地千里		秋雨甲子　禾頭生耳	冬雨甲子　飛雪千里	
	五雑組	春甲子雨　赤地千里	夏甲子雨　撑船入市	秋甲子雨　禾頭生耳	冬甲子雨　牛羊凍死	
清	全唐詩	春雨甲子　赤地千里	夏雨甲子　乗船入市	秋雨甲子　禾頭生耳	冬雨甲子　牛羊凍死	鵲巣下地　其年大水
	玉匣記	春甲子雨　牛羊凍死	夏甲子雨　撑船入市	秋甲子雨　禾頭生耳	冬雨甲子　飛雪千里	

（＊『白孔六帖』本文による。単行本『孔氏六帖』本文には見られない。）

各資料を比較したところ、この「甲子占雨」は、「冬雨甲子」以下の異同が顕著であり、『酔醒記』本文の「雪千里」との共通性が指摘可能なのは、『事林広記』と『類説』の「飛雪千里」である。無論、各文献の厳密な本文校訂を期すべきであるが、少なくとも現時点では『酔醒記』「甲子之雨之事」は、『事林広記』「甲子雑占」との関連性の指摘が可能であろう。

張鷟による二〇巻本『朝野僉載』は、一〇世紀には成立していたとされる『日本国見在書目録』に著録されているため、「甲子占雨」の知識が、我が朝でも受容されたことは明らかである。しかし、この「甲子占雨」についての言及は、『口遊』（一〇世紀成立）・『簾中抄』（十二世紀成立）をはじめとする幼学書や類書、および『三宝吉日』・『吉日考秘伝』・『簠簋内伝』に代表される陰陽道書には見られないことから、少なくとも中世の早い段階では定着に至らなかったようである。

しかし、天文五～九年（一五三六～四〇）に成立した『守武千句』「墨何第十」の第三一・二句には、次のような記載が認められる。

「甲子にふりつることよ雨の暮
　うつ手こそげにさやかなりけれ」

沢井耐三は、この『守武千句』「墨何第十」三一・二句と『朝野僉載』との関連が、北静廬（一七六五～一八四八）の随筆『梅園日記』五に指摘されていることを挙げ、この句意につき、「甲子の日に雨が降ると、その後の天候が不順になるといわれているのに、運悪く、今年は甲子に雨が降ったことだ。人々が神に祈って打つ柏手の音が、はっきりと聞こえてくる」と説く（沢井耐三『守武千句考証』）。

なお『梅園日記』には、貞享二年（一六八五）刊行の黒川道祐（一六九一没）による『日次紀事』の記事のほか、『守武千句』当該箇所とともに、『多聞院日記』天正三年（一五七五）三月二五日条の「天気快然。春ノ甲子ニ雨下レバ、大災干ト百性(姓)申。先以雨不ㇾ下、珍重々々」とする記載が引用されることから、『酔醒記』が成立したとされる天正年間には、「甲子占雨」の知識が畿内での農耕作業の実践的な知識として定着していたことが確認されよう。

「甲子占雨」は、『梅園日記』が挙げるほかにも、正徳五年（一七一五）の跋文を持つ寺島良安による『和漢三才図会』三「月次ノ風雨、吉凶（並ニ八節ノ雲気）」にも認められるが、これらの本朝撰述文献に見られる「甲子占雨」は、以下のように表示されよう。

月庵酔醒記	春甲子　石途千里	夏甲子　入船千里	秋甲子　外生萌稲	冬甲子　雪千里	
日次記事	甲子雨　赤地千里	夏甲子雨　撐船入市	秋甲子雨　禾頭生耳	甲子雨　牛羊凍死	
和漢三才図会	春甲子雨　乗舟入市	夏甲子雨　赤地千里	秋甲子雨　禾頭生耳	冬甲子雨　牛羊凍死	
梅園日記	春雨甲子　赤地千里	夏雨甲子　乗船入市	秋雨甲子　禾頭生耳	冬雨甲子	鵲巣下地　其年大水

現時点では、「甲子占雨」が一括して記載される例は、『酔醒記』が最古と想定されるが、『酔醒記』以外は『事林広記』に依拠していない蓋然性が高い。「甲子占雨」の知識は、近世以降にも受け継がれたことが窺われるが、『酔醒記』に見られる『事林広記』からの影響とは断絶した印象が濃厚である。

2　補注1の表に示すように、『事林広記』「甲子雑占」に「春雨甲子、赤地千里」とあり、他の関連資料にも例外なく「赤地」とする。「赤地」は「赤土」とも称し、蝗害や旱魃により、地上の草木が死滅した土地を意であり、補注1に挙げた『多聞院日記』天正三年（一五七五）三月二五日条で、「百姓」が春の甲子に「大災干」を危惧したこととも符合する。

『酔醒記』に見られる「石途」は、我が朝の古辞書類・『佩文韻府』ほかに未勘であるが、内容的に「赤地」・「赤土」の意と解さざるを得ない。ただし、生産に適さない農地を「石田」と称し、「途」には「泥」などの意があることから、「石途」を「荒廃地」の意と解することは可能ではある。また、「赤土」と「石途」は、少なくとも日本語では同じ発音となり得ることから、我が朝での何らかの文飾を意図した造語であった可能性も否定できない。

3　『事林広記』をはじめとする他の資料では「乗船入市」とし、『酔醒記』に見られる「乗船千里」とする例は未検。おそらく前句の「石途千里」との混乱による誤記あるいは誤写であろう。なお、北宋の孔平仲（一一世紀）の随筆である『談苑』の第二巻では、「春雨甲子、赤地千里。夏雨甲子、乗船入市。」を挙げ、「乗船入市者、雨多也」とする。おそらく、豪雨のため洪水が発生することで、乗船して市街地を移動する意味であろう。

4　当該箇所は、『梅園日記』五で、晩唐の韓愈（字・昌黎）の別集『昌黎文集五百家注』に『朝野僉載』を典拠として「木頭垂レ耳」とする異文があったことを指摘するが、『事林広記』をはじめとする各資料では「禾頭生耳」とする。『昌黎文集五百家注』所引の本文は、まさに「魯魚章草の誤り」と思われるが、いずれにせよ『酔醒記』本条の「外生萌稲」は、特異な本文といわざるを得ない。

もとより「耳」の字義には、「穀物の芽」の義も認めれることから、「禾頭生レ耳」に禾（稲科の植物）が芽吹くとする意に解することも可能ではある。たとえば、この四季の甲子の日の降雨による占いは、現在の台湾の俚諺としても継承され、そこでは「秋甲子秋、稲生両耳」とされる。つまり、秋季の甲子の日に雨が降ると、晩稲の発芽が促されることで、二期作の収穫が期待できるとする、豊作の予兆と解されている。『酔醒記』本文の「外生萌稲」も、あるいはに二期作による収穫を期待する意に解することが可能であろうか。

古来、「禾頭生レ耳」の具体的な用例としては、以下に示す杜甫の七言古詩「秋雨歎」三首の第二首が著名である。

闌風伏雨秋紛紛　四海八荒同二一雲一　去馬来牛不二復辨一
濁涇清渭何當レ分　禾頭生レ耳黍穂黒　農夫田父無二消息一
城中斗米換二衾裯一　相許寧論両相直

当該詩は、秋霖による凶作のため都市部での米価が高騰し、一斗の米が薄絹の高価な寝具と交換される様子を詠じた詩である。同詩の傍線部に「禾頭生レ耳黍穂黒」とあるが、内容的にも「禾頭生レ耳」は「黍穂黒」と同様に、穀物の生長を阻害する病理的な状態を示し、また「耳」に「芽」の意が含まれることを勘案するならば、稲穂が発芽したかのような状態に黴が発生することを形容したものであろう。たとえば明代の楊慎の『升庵詩話』「諺語有㆓文理㆒」条にも『秋甲子雨、禾頭生㆑耳』、則杜工部所謂『禾頭生㆑耳黍穂黒』」とあるほか、永享一一年（一四三九）頃に成立した江西竜派（一三七五～一四四六）による杜詩の抄物である『杜詩続翠抄』にも、「禾頭ー〈以下、因㆑雨之害也。〉」とする。張騫と杜甫の存命時期が一部重複することをも勘案するならば、少なくとも『朝野僉載』以下に見られる「禾頭生㆑耳」は、明らかに凶作の以外に解することは不可能であり、『和漢三才図会』の当該箇所では、「耳」に「クサビラ（注・「茸」や「黴」の総称）」と付訓する。

　無論、中世における「甲子占雨」と杜詩の享受を、同次元に論ずることは憚られるが、『守武千句』の事例に見られるように、中世後期では甲子の日の降雨は基本的に凶兆と解されたとするのが穏当であろう。『酔醒記』本文の「外生萌稲」を、現在の台湾の俚諺と同様に、二期作による豊作と解することも不可能ではないが、やはり台湾での事例は、台湾独自の風土による「新義」とするべきであり、『酔醒記』の事例と同日に論ずることは極めて困難であろう。おそらく現存本『酔醒記』本文には、なんらかの誤写を認めるべきか、あるいは「禾頭生㆑耳」の文義が必ずしも明瞭ではないことから、実りを付けた稲穂が、そのまま芽吹いたかのような黴が生じた様子ということで、「外生萌稲（外に稲の萌しを生ず）」と改められたと解するべきであろう。

5　補注1で言及したように『酔醒記』「甲子之雨之事」は、七言絶句の体裁を意識したことが想定されるため、「雪千里」は本来、四字句であった可能性が高い。現存本『酔醒記』「甲子之雨之事」は、『事林広記』「甲子雑占」本文を忠実に継承しているわけではないが、当該箇所は「飛雪千里」であった可能性が高い。

〔074〕

1　地震を「火神動」・「竜神動」・「金翅鳥動」・「帝釈動（天王動）」の四種類に分類する説は、以下に示す後秦の鳩摩羅什訳『大智度論』（四〇五年成立）の第八巻に由来する言説である。つまり、月が二八宿をめぐりゆくなかで、昴宿・張宿・氐宿・婁宿・室宿・胃宿の六宿にある時に発生した地震が「火神動」であり、この時には雨が降らず、河川は枯渇し、麦は稔らず、天子や大臣は凶運に遭うとされる。同様に月が、柳宿・尾宿・箕宿・壁宿・奎宿・危宿の六宿にある時に発生した地震が「竜神動」であり、参宿・鬼宿・星宿・軫宿・亢宿・翼宿の六宿にある時に発生した地震が「金翅鳥」である。この「竜神動」と「金翅鳥動」は、「火神動」と同じ予兆を示し、全て凶兆と解されている。そして、月が残る九宿つまり、心宿・角宿・房宿・女宿・虚宿・井宿・畢宿・觜宿・斗宿にある時に発生する地震が、「天王動」であるが、「火神動」以下の三種類の地震とは好対照に、この「天王動」は、天下静謐、降雨時節を得、五穀豊穣にして君臣万民安穏の吉兆とされる。

　もっとも、これら四種の地震の比定については、本来は天竺の暦法により月の位置を算出するべきなのであろうが、小坂眞二が『御堂関白記』寛弘四年（一〇〇七）一二月二一・二二日条を例示するように、宣明暦の暦注による月の位置を用いた所説もあり、実用面では少なからぬ混乱も生じていたようである(小坂眞二「古代・中世の占い」)。今井湊によれば、地震を「四種地動」のいずれかで解した現存最古の資料は『安倍泰親朝臣記』所収の永万二年(一一六六)二月四日に発生した地震についての記載とされる(今井湊「宿曜地震占考」)。

『安倍泰親朝臣記』所収の地震勘文からは、『大智度論』を始め『天文録』・『天地瑞祥志』などの外典が引用され、極めて該博かつ専門的な知識が駆使された様子が窺われる。しかし、このような地震について専門的な知識は、『拾芥抄』上「地動部第十四」に見られるように、時代を経るにつれ一般的な知識として簡便化され普及したことが認められかつ、このような簡便化は更なる新解釈を派生したらしい。例えば、『塵添壒嚢鈔』一四・五「地震動ノ事」・天正五年(一五七七)識語の『三宝吉日』「四種動吉凶知事」・古典文庫本『古事因縁集』下・三八条「地震ノ震井知ニル吉凶ニ法之事」などでは、四種の地震が発生した刻限により分類されるとする説を提示している。一例として、以下に『三宝吉日』「四種動吉凶知事」の事例を挙げる。

「丑時、金翅鳥動・未時、竜神動・辰時、火神動・戌時亥時、帝釈動・寅卯時、金神鳥動・申酉時、竜神動・巳午時、火神動

帝釈動　天下安穏国土豊穣也。
金翅鳥動　天下不吉。
竜神動　旱魃、洪水飢渇也。
火神動　天下兵乱、疫病人民多死也。」

中世後期の公家・寺社の日記には、地震についても少なからざる記載が認められるが、一例として『康富記』応永三〇年(一四二三)九月一・二日条には、以下のように『三宝吉日』「四種動吉凶知事」に添う記載が見られる。

「一日己卯　晴。午刻地震、火神動也。詣高倉、荘子御談義承了。
二日庚辰　晴。卯刻又地震、帝釈動也。」

『酔醒記』「尽大地、驚動之文章」〔074〕も、このような「四種震動」の新解釈のひとつであり、「四種震動」のいずれかであるかを、地震が発生した刻限ではなく、一年一二ヶ月のうちの何月であるかにより比定するものである。今井は、このような「地震占」が成立した時期は未詳としながら、恐らく室町末期に遡る比較的早い例として、以下に示す京都大学附属図書館蔵・清家文庫本『月令抄』(登録番号・九一三二四〇)第二冊末尾に記載された、北宋の蘇軾に擬託された七言絶句「地震ノ詩」を挙げる。

「　地震ノ詩〈地震ノ吉凶ノト也。十二月ノ分也。東坡ガ作ト云。〉
春、火《火神動》、民衰ウ大旱至ル　四・五・八、竜《リウ》《竜神動》、高賤死ス
六・九・一《十一月》、金《金神動》、穀米来ル　七・十・二《十二月》、帝《タイ》《帝釈動》、兵《ヒヤウ》病起ル」

この「地震詩」の意味するところは、以下のごとくであろう。

一・二・三月に起こる地震は「火神動」で、
民衆は衰え、大干魃に見舞われる。
四・五・八月に起こる地震は「竜神動」で、
貴賤を問わず死者が出る。
六・九・一一月に起こる地震は「金神動(金翅鳥動)」で、
五穀が豊穣となる。
七・十・一二月に起こる地震は「帝釈動」で、

兵乱が起こり、疫病が流行する。

さらに今井湊は、この「地震ノ詩」の関連資料として、寛永元年（一六二四）五月吉日の刊記を持つ「大日本国地震之図」及び、これを参照したとも思われる、延宝六年（一六七八）暦本「伝建久九年・伊勢暦」の二例に見られる「地震占」を提示している。

○「大日本国地震之図」

正　月・火神どう　・大風天下のわづらい。下十五日、あめしげし。
二　月・りう神どう　・上十五日、あめ。下十五日、大かぜ、かつせんあり。
三　月・たいしやくどう・田畠吉。やまいはやる、人しす。
四　月・こん神どう　・大ひやうらん、おとこなやむ。
五　月・火神どう　・上十五日、あめかぜ、はんみ□。わづらい。世の中吉。水いづる。
六　月・こん神どう　・やまい事。日でり。むま・うししす。よろこび有。世の中、半吉。
七　月・りう神どう　・やまいをゝし。世の中うりかいたかし。上十五日、ゆみや。下十五日、日でり。
八　月・火神どう　・けんくわ、人おほくしす。同子どもしするなり。
九　月・りう神どう　・天下ものいひ事。大あめ。おこりはやる。
十　月・火神どう　・世の中十ふん。かせしげし。人なやむ。
十一月・火神どう　・天下あんをん。上十五日、火事。下十五日、あめかぜ。世の中又なん。
十二月・火神どう　・むぎ吉。世の中、三ぶん。かぜのわづらい。くにうごくなり。

○延宝六年（一六七八）暦本「伝建久九年・伊勢暦」

正　月・火神動・十五日、多（注・「雨多し」か、以下同。）。
二　月・竜神動・上十五日、多。
三　月・帝釈動・田畠吉。
四　月・金神動・大兵乱。
五　月・火神動・上十五日、多風。
六　月・金神動・牛馬死。
七　月・竜神動・病多し。下十五日、日旱。
八　月・火神動・喧嘩多し。
九　月・竜神動・大雨。瘧はやる。
十　月・火神動・世の中よし。
十一月・帝釈動・雨風。喧嘩。
十二月・火神動・麦よし。世の中二分。

『酔醒記』「尽大地、驚動之文章」〔074〕は、中世末期の伝蘇軾作の七言絶句「地震ノ詩」と、近世初期の「大日本国地震之図」・「伝建久九年・伊勢暦」との中間に位置付けられよう。このような「地震占」が、中世末期から近世にかけて、どのように享受されたかについては、不明な点が多いが、一例として、以下に示す興福寺多聞院の院主、英俊による『多聞院日記』の六条の記事が注目されよう。

［一］元亀二年（一五七一）三月一日条

今暁、地震。大(火)神動。病・ひでりに立と云々。

［二］元亀三年（一五七二）六月一日条

一、巳刻終に大地震両度在之。当月地震ハ天下人民多死、五穀不熟云々。咲止々々。

［三］天正七年（一五七九）二月二九日条

二十九日、雨、夜中より下了。去二十七日、大地震午ノ剋前に在之。帝尺動云々。

［四］天正一一年（一五八三）一月一九日条

十九日、昨夜、子刻歟、大地震了。戌亥より至辰巳。火神動〈火才・旱抜〉、沈思々々。

［五］天正一三年（一五八五）七月五日条

一、今日未刻、大地震、超常篇了。先づ火神動と見たり。七月の地震は大兵乱也。

火神動は中央の怪異にて、天子死、臣下亡、天下人民多死と云々。大物怪也。

［六］天正一三年（一五八五）一一月晦日条

晦日、昨夜亥刻下刻、大地震了。［中略］何も昨夜の程、ことごとしくは無之。帝尺動云々。天下之物怪云々。

これらの記事のうちで特筆すべきことは、元亀三年六月一日条・天正一三年七月五日条で、多聞院英俊は、「当月」・「七月」という、地震が発生した月により凶兆と解していることである。つまり、『多聞院日記』に見られる地震の種類の比定の方法は、『酔醒記』「尽大地、驚動之文章」と完全に一致しているのである。参考として、『多聞院日記』に見られる、四種類の地震とその予兆につき、一月から順に以下のように表示できる。

月	地震の種類	予兆
一月	火神動	火才(災)・旱抜(魃)
二月	帝尺動	
三月	大(火)神動	
六月		天下人民多死、五穀不熟云々。
七月	火神動	大兵乱。天子死、臣下亡、天下人民多死。
一一月	帝尺動	

なお、参考として『酔醒記』「尽大地、驚動之文章」・『多聞院日記』・伝蘇軾作「地震ノ詩」・「大日本国地震之図」・「伝建久九年・伊勢暦」に見られる四種類の地震を月別に左表に表示する。

	酔醒記	多聞院	地震詩	地震図	伊勢暦
一月	火神動	火神動	火神動	火神動	火神動
二月	竜神動	帝釈動	火神動	竜神動	竜神動
三月	火神動	火神動	火神動	帝釈動	帝釈動
四月	帝釈動		竜神動	金神動	金神動
五月	金神動		竜神動	火神動	火神動
六月	金翅鳥動	［不明］	金神動	金神動	金神動

七月	火神動	火神動	帝釈動	竜神動	竜神動
八月	帝釈動		竜神動	金神動	火神動
九月	火神動		金神動	竜神動	竜神動
一〇月	金翅鳥動		帝釈動	火神動	火神動
一一月	帝釈動	帝釈動	金神動	火神動	帝釈動
一二月	帝釈動		帝釈動	火神動	火神動

『多聞院日記』の地震関連記事では、一二ヶ月の半分弱の五ヶ月分が知られるに過ぎないが、二月を除く四例が『酔醒記』と一致し、他の三例よりも高い確率で『酔醒記』と一致している。もっとも『酔醒記』と『多聞院日記』に見られる、各地震が示す予兆の具体的な内容については、必ずしも一致を見ないのではあるが、いずれにせよ『多聞院日記』の地震記事は、『酔醒記』「尽大地、驚動之文章」が享受された実態を想起される同時代資料として極めて興味深い。

2　「金神」の性格については、『簠簋内伝』一に「金神者、巨旦大王の精魂なり。七魂遊行して閻浮提の諸の衆生を殺戮す。故に尤も可レ厭ふべき者なり」と伝え、民衆に危害を及ぼす「悪神」ではあるが、少なくとも地震との直接的な関連性は認められない。ゆえに『酔醒記』の記載は、単に「火神動」と「金翅鳥動」とを混乱し、「金神動」と誤記した可能性が否定できないが、注目すべきことは、伝蘇軾作「地震ノ詩」、寛永元年（一六二四）五月吉日・刊記「大日本国地震之図」、延宝六年（一六七八）暦本所載「伝建久九年・伊勢暦」の三者では、本来「金翅鳥動」とあるべき箇所が、全て「金神動」とされることである。ゆえに『酔醒記』の「金神動」とする記載は、安易な誤記や誤写ではなく、「金翅鳥動」が「金神動」へと移行する過程を反映したものと解することが可能である。このように考えるならば、『多聞院日記』元亀三年（一五七二）六月一日条に、当日発生した地震が、四種類のいずれに属するかが明記されていないことも、関連を認めるべきであろうか。

六月の地震は、『酔醒記』のみならず、「地震詩」・「大日本国地震之図」・「伝建久九年・伊勢暦」で奇しくも「金神動」とすることで一致してる。恐らく、元亀三年六月頃の段階では、「金神動」なる言葉は存在していたが、本来『大智度論』をはじめとする内典の所説では、「金翅鳥動」ならぬ「金神動」なるものは存在しない。故に、『多聞院日記』の記主の英俊は、この元亀三年六月一日の地震につき、「金神動」・「金翅鳥動」のいずれの名称をとるべきかを保留し、敢えて地震の名称を記さなかったと解することも可能である。（ちなみに、元亀三年六月一日条の地震が、「金神動（金翅鳥動）」であるならば、『多聞院日記』の地震関連記事と『酔醒記』「尽大地、驚動之文章」の記載が一致することとなる。）なお、「金翅鳥動」の名称そのものは、天正五年（一五七七）の識語が認められる陰陽道書『三宝吉日』にも確認されるため、「金翅鳥動」から「金神動」へと移行した時期を明確化することは困難である。しかし、『多聞院日記』が筆録された戦国期の南都では、賀茂家の庶流であった幸徳井家が、事実上「陰陽頭」として朝野に強い影響を及ぼしていたことを考慮するならば、「金翅鳥動」を

「金神動」と称した背景に幸徳井家の存在を認めることも、あるいは可能であろうか。

〔075〕

1　本条は東方朔の名を冠した占いの知識としては比較的古いもので、近世期（貞享三年・一六八六以降）になると板本となって流通する『東方朔秘傳置文』との関連が注目される（小池淳一「東方朔溯源」『文経論叢』二八―三、参照）。

この記事以前に、東方朔の名を冠した知識がどのようなかたちで、どういった階層に受け入れられていたのかについては以下の点が注目される。第一は『令集解』巻三職員令の陰陽寮に「東方朔書云。正旦膽雲気。知當年豊倹災祥也。」とあることで、律令の注釈をする階層に、こうした知識―中国伝来の書物と思われる―があったことをうかがわせる。第二にそうした知識が中国において既に書物の形式をとっていたらしいが、具体的には伝わらず散逸したものと思われる。それらの逸文が『天文要録』、『天地瑞祥志』等に収載されていて（新美寛編・鈴木隆一補『本邦残存典籍による輯佚資料集成　続』三六〇～三六三頁、参照）、もとの姿を僅かにうかがうことができる。第三には東方朔の名あるいはその知識は平安の貴族には知られていたらしく、大江匡衡の「賀雨詩序」（『江吏部集』巻上天・寛弘七年（一〇一〇））のなかの一文に「今年四月一日陰雨、八日大雨。信東方朔之前言、心恐大旱。」とあり、『口遊』（乾象門）の占雨の諺と同一の部分があるのではないか、と推測されている。こうした資料から、一一世紀のはじめまでに、貴族層に東方朔の名を冠した気象に関する占いの知識が知られており、幼学のための類書にこうした知識が収録されていたことが判明する。（参考、三木雅博「『口遊』所引の中国の占雨諺句と大江匡衡の賀雨詩序の「東方朔之前言」―〈平安貴族の生活と中国文化〉素描・その一―」『梅花女子大学大学部紀要』三四（比較文化編四）

〔076〕

1　唐の高僧、一行は暦の知識に長じ、九曜曼陀羅を感得したとされる。さらに占いに優れており、玄宗皇帝の寵妃、楊貴妃の肌に痣があることを見通したために疑われて配流されたという説話がある。この挿話は『三国伝記』「一行あさり、るさいの事」、同抜書「一行阿舎梨事」などに収録されており、中世の説話世界において、流罪をめぐる故実によく登場する存在であった。『宝物集』巻第六には「唐の玄宗の帝は、楊貴妃にちかづけりとうたがひをもて、一行阿闍梨を果羅国とて、七日空も見えぬ所へ流し給ふ。星宿、無実によりて罪をかうぶる事をあはれみて、九曜の形を現じてまもり給ふ。九曜の曼陀羅は、其度一行のうつしひろめ給ふところなり。」と記され、『平家物語』巻二、『太平記』巻第二、謡曲「弱法師」などにもそうした知識を下敷きにした表現がみられる。さらに法然伝等にも一行の説話があるという。もともと一行禅師は「陰陽道の上計」であるとされ、暦日に関する知識を管理していた人々によく知られていたことに加え、配流＝長旅の説話の印象が加わって、こうした旅立ちの日の吉凶に関する知識にも一行の名が冠されるようになったものであろう。また『簠簋』巻二の「一行禅師出行之吉凶」や『天正一七年本運歩色葉集』の

「一行阿闍梨出行勘文」といった記事から中世末までにはこうした知識が広がっていたことがうかがえる。さらに『天保新選永代大雑書萬暦大成』の「八十二　病人馬禄のうらなひ」は唐土の一行法師が作ったものとされている。一行と暦、占いの関係は近世にも継承され展開したことが明らかである。

〔078〕

1　雑書に類に弘法大師の名を冠することは、それほど多くはないが注意しなければならない。近世末から近代にかけての写本ではあるが、『東方朔秘伝置文』に類した知識を「弘法之置文」と題してまとめることがあった（小池淳一「弘法の置文―解題と翻刻―」『青森県史研究』四号）。東方朔が陰陽道、道教系の知識を示すのに対して、弘法大師の名を用いることは修験道、密教系の知識であることを主張することにもなったかと推測される、この点については近世期の本山派修験と陰陽師との占考をめぐる争論の経過が参考になる。林淳『近世陰陽道の研究』参照。

〔079〕

1　義経が秘密の巻物を披見したという説話は『義経記』巻二における鬼一法眼との因縁などをはじめ、広く知られていたらしい。さらに後世、そうした認識に沿って「張良一巻書」「兵法秘術一巻書」「義経虎之巻」などと称される文書が作成された。大谷節子「「張良一巻書」伝授譚考―謡曲「鞍馬天狗」の背景―」（徳江元正編『室町藝文論攷』）参照。なお『天文雑説』（古典文庫六二八冊）巻第八の「赤松律師兵書事」にも類似の記事がある。

〔080〕

1　本条は、衣裁に用いる吉日の知識であるが、住吉の名を冠した点が注目される。『天正一七年本運歩色葉集』の「應神天王」の項には「…百廿歳にして崩御此時文字衣織博士始ル也…」とあって住吉の神と関係の深い応神天皇の説話に衣裁ちに関する知識が付会されていたことをうかがわせる。「住吉縁起」下には住吉明神の作として「こけ衣、きたる岩ほは、さもなくて、きぬ〳〵山の、をひをするかな」という歌を記す（『室町時代物語大成　第八』、六七頁）。縁起のストーリーとは別にこうした歌が衣に関する説話や知識と結びついた可能性もあろう。

　福島県会津只見の修験、吉祥院の蔵本『簠簋内伝』（元亀三年・一五七二以前の写）巻二の表紙裏には「住吉裁衣」と題して、

「正四七十　　吉日　二日四日十五日十八日廿三日廿四日廿六日廿八日卅日
二五八十一　吉日　一日二日五日八日十日十六日十八日廿一日廿六日廿七日廿八日
三六九十二　　吉日　三日十四日十五日十六日十八日廿三日廿八日　大吉也
又云裁衣　男　吉日　乙丑丁丑乙未乙卯
　　　　　女　吉日　辛丑辛未辛己辛卯　大凶也」

と記され、さらに「件裁衣四巻簠簋内伝ノ内ニハアラズ」とあって、『簠簋』にはないものの、類似同趣の知識としてとらえられていたことがうかがえる。

　後世の寛永九年（一六三二）板の『大ざつしよ』にも巻上六九

に「物たちに吉日をえらふ事但すみよしざつしよと名付也」という見出しがある（ただし内容に「住吉」にふれる箇所はない）。続けて七十「萬衣装をたつに善悪をきらはぬ事」、七一「いそきの物をたつ時此歌よみてたつへし」、七二「物をたちきさる日の事」、七三「あたらしき物をきてむかふかたの事」、七四「せいめいりうの物たちにあく日の事」など、衣服に関する関心は引き継がれる。さらに同書の七〇には「ちはやふる神のをしへをわれそするこのやとよりもとみそふりぬる」「あさひめのをしへはしめしから衣たつたひことによろこひそます」「あさひさすあひしのみやのをしへにておとこのうはきいまそたつなる」、七一には「つのくにのあしきゐひすのきぬたちて入日も時もきらはさりけり」「からこくのあられゐひすのきぬなれは時をも日をもきらはさりけり」といった呪い歌が挙げられ、これらの歌の中には広く民間にも伝承され用いられた（中島恵子「女の暮らしとまじないの歌」『女性と経験』五）。こうした知識が呪歌として継承され、民俗化する点にも住吉神が歌神とされたことと関わりがあるように思われる。なお住吉神については新間水緒「住吉明神説話について」（『説語論集（第一六集）』）を参照。

〔081-01〕

1 『拾遺和歌集』（一八・雑賀）には一一七九から一一八四まで六首の連歌が載るが、『酔醒記』にこの連歌のみが収載されたのは、勿論村上天皇御製ということもあろうが、『僻連抄』の序に『万葉集』（八・秋相聞）一六三五の尼と大伴家持との連歌に続けて、「かやうの事、古き勅撰にも多く見ゆ。／天暦の御門／さ夜ふけて今はねぶたく成りにけり／夢にあふべき人や待つらむ／滋野内侍」（『連理秘抄』の序もほぼ同文）とある如く勅撰集中の代表的な連歌という意識が存在したからか（なお『八雲御抄』（一）、『長六文』（序）は同歌集の六首中、この連歌と一一八四の女と良岑宗貞との連歌とを続けて収載）。あるいは〔081-02〕以降と異なり詞書がきちんと記されていないことを鑑みるに、『拾遺和歌集』からではなく連歌集・連歌論書の類から引用したものかもしれない。参考までに月庵の『桂林集注』に本歌・参考歌として引用される『拾遺和歌集』所収歌を挙げる。「行やらで山地暮らしつ郭公今一声の聞かまほしきに」（二・夏・一〇六・源公忠）と「葦引の山鳥の尾のしだり尾のながながし夜をひとりかも寝む」（一三・恋三・七七八・柿本人麿）の二首であるが、『桂林集注』には出典が明記されていない上に、前者は『大鏡』（公季伝）等に、後者は『万葉集』や『小倉百人一首』等に載る著名な歌であり、月庵が日頃『拾遺和歌集』に親近していたかどうかは定かではない。また同書に名の見える連歌関連書は『新菟《（ママ）》玖波集』、『愚問賢注』であるが、両書とも〔081-01〕を収載しない。

2 『八雲御抄』割注に「小弐命婦也云々」とあり、『拾遺和歌集』の諸注釈書も滋野内侍と小弐命婦とを同一視するものが多い。またしばしば小弐乳母や小弐とも同一視されるが、確証は無い。和歌文学大系三二『拾遺和歌集』の「作者名・詞書中人名一覧」は「朱雀、村上朝の人。『日本紀略』・天暦元年六月二五日条などに見える「典侍滋野幸子」か。幸子は承平三年（九三三）には典侍であった（『小右記』・寛弘二年三月二七日）。」とする。

【081-02】

1 〔081-01〕の場合と異なり、以下〔-20〕まで『金葉和歌集』（一〇・雑下）の連歌が一括して収載されたのは、『金葉和歌集』が初めて「連歌」の小部立を設けた勅撰集であることによるか。なお『金葉和歌集』諸本の内連歌を一九首載せるのは二度本の初撰二度本系と、再撰二度本の中間本系、流布本系である。『酔醒記』とこれら『金葉和歌集』諸本間に連歌本文・詞書・配列に異同があり、『酔醒記』と完全に一致するものがないため、『酔醒記』がどの系統の本に依ったのかは不明。なお参考までに月庵の『桂林集注』に本歌・参考歌として引用される『金葉和歌集』所収歌を挙げる。「さみだれに沼の岩垣みづこえて真菰かるべきかたもしられず」（二・夏・初奏本一九八、二度本精選本系一三五、二度本他本一七五、三奏本所収せず・源師頼）の一首のみ。『桂林集注』には出典が明記されておらず、この歌は『堀川百首』を初出とし『古来風躰抄』にも見える著名な歌であり、『拾遺和歌集』同様に月庵が日頃『金葉和歌集』に親近していたかは不明。また、〔-02〕から〔-20〕までのうち、『俊頼髄脳』に収載されていないものは〔-14〕〔-15〕〔-16〕〔-18〕〔-19〕の五首。

【081-07】

1 この連歌を『俊頼髄脳』は「田には畔と申す所のあるに、馬にも、黒毛と申す馬のあるに、苗代水に、かげと見えつるは、くろにぞありけると、いへることば、まことにたくみなり」と賞賛する。

【081-09】

1 『俊頼髄脳』は「しげまさの帥の時に、博多といへる所にて、酒などたべけるついでに、しけるとぞ」と、藤原重尹の大宰府在任中の連歌とする。

【081-10】

1 『俊頼髄脳』に「二人、車にのりて、宇治殿に参りけるに」とあることから、元来は地名の宇治ではなく宇治殿藤原頼通の京内の邸を指していたものか。

【081-11】

1 『俊頼髄脳』に「人の、鮎といへるものを、おこせたりけるを見て、前にありける人の、いひけるとぞ」との説明がある。

【081-12】

1 『和泉式部集』諸本のうち、宸翰本系・松井本系の末尾に当該連歌とさらにもう一対の連歌の贈答を載せる。参考までに以下に松井本系の本文を引用する。「賀茂にまいりたりしに、わらうつに足をくはれて紙をまきたりしを、なにちかやらむ／ちはやふるかみをはあしにまくものか／と申したりしを／これをそしものやしろとはいふ／又おなしやしろにて／千はやふるかみのいかきもこえぬへし／と申たりしを／みてくらともにいかてなるらん」。

【081-17】

1 『俊頼髄脳』に、この連歌に関して「これは慶暹律師の房に、人々まかりてあそびけるに、十歳ばかりありける稚児の、みの虫の梅の枝につきたりけるを見て、したりけるを、人々、え付けざりけるに、薬犬丸といひけるが付けたりけるとぞ。さてその童をば、心ありける童なればとて、法師になして、よろしきものになむ、つかひける」との説明がある。

〔081-18〕

1 『金葉和歌集』の詞書は以下の通り。「滝の音の夜まさりけるを聞きて／読人知らず」。

〔081-20〕

1 『俊頼髄脳』に、「くわうりやう寺に参りける道にて、かはらやを見て、しけるとぞ」との説明がある。「くわうりやう寺」未詳。

〔081-21〕

1 『新撰犬筑波集』（秋部）には「 十王堂に秋風ぞふく／浄玻璃の鏡に似たる月いでゝ」の付合がある。

2 説経『釈迦の御本地』に釈尊の法を説く言葉のうちに毘蘭樹が出る。「たとへばびらんじゆと申木は、とをさ四十り四方においば（ママ）ゝかる大木也、此木のくさき事、かをかぐものはゑいふし、死せずといふ事なし、其木のもとに、しやくせんだんと申木は、やう〳〵二葉成が、此香なつかしく薫じわたり、びらんじゆの毒の香をけし、ゑいふしたる物のかへらずといふ事なし」。

3 『正章千句』（第九）に「天衣はがれて月もまる裸／秋吹きくるや毘蘭樹の風」とあるのを見れば、秋に吹く強風であった。おそらくは世界の成立時（劫初）あるいは壊滅時（劫末）に起こるとされる大暴風雨「毘嵐婆風」（『仏教大辞典』）が念頭にあると思われる。

〔081-22〕

1 『竹馬狂吟集』は、「あやしや誰に借りてきつらん／この小袖人のかたよりくれはとり」、『新撰犬筑波集』は、「あやしやさてもたれにかりぎぬ／この小袖人のかたよりくれはどり」とあって、いずれも作者を特定しない。次の三本は連歌話の体裁になっている。

『新撰狂歌集』は、「さる人」と「般若坊」の問答となる。

「又さる人、此法師に
　あやしや御僧たれにかりぎぬ
といひければ、般若坊
　此小袖人のもとより呉服」。

叡山真如蔵旧蔵本『俳諧連歌』は、「ある人」と「兼載」の付合となる。

「兼載、いつよりも衣装など引つくろひ給ふ時、ある人
　あやしや御身誰にかりぎぬ
このこ袖人のかたよりくれは鳥　兼載」。

『新旧狂歌俳諧聞書』は、宗長と宗祇の問答。

「宗祇連歌の座敷へあやの小袖を着てゆきければ
　あやしやたれにかりぎぬの袖　宗長
　此小袖人のかたよりくれはとり　宗祇」。

『醒睡笑』（巻一・吝太郎）には連歌の応答はない。

「人ありて、「無心の申し事なれど、晴がましき処に出候条、貴所の綾の小袖を、そとの間、お貸しあれ」と文をやりたれば、返事に、「やすきほどの御用なれど、それへ小袖を貸したらば、人の聞きて、われをあやかしといはん。また貴所をも、あやかりとや申さんなれば、わざとまゐらせぬ」とこそ書きたりけれ。」

〔081-24〕
1 「巻第十六」（夏部）に「西八条の寺のいにしへ／蓮葉にのぼるや池のあまがへる」とある。ここでは「寺」に「蓮葉」を付けた。「蓮葉にのぼる」とは、仏になること。『睡醒記』と類想句である。

〔081-25〕
1 『菟玖波集』には、
「何とてか蓼湯のからくなかるらん　読み人しらず
といふ句に
　うめ水とてもすくもあらばや」と載る。『竹馬狂吟集』（第五・春部）にも同じ付合がある。
　なお穎原氏旧蔵『俳諧連歌』には、詞書して二句を載せる。
「昔の句に、何とてかたで湯のからくなかるらむ、といふ句に、
　むめみづとてもすくもあらばや」。
2 東京大学図書館蔵『新撰犬筑波集』（秋部）には「口なしにきばのあるこそ不思議なれ／きくの花とて耳もあらばや」とある。『月刈藻集』には藤原俊成と西行の連歌問答として見える。「人語云。西行、俊成ノモトヘ行ケルトキ。頃シモ秋ノスヘナリケルニ。庭前ノクチナシノ木ニ。葉紅葉スギテアルヲ西行トリテ
口ナシニキバノアルコソフシギナレ
ト申タリケルニ。俊成ナントナク座ヲ立テ。前栽ノ残菊ノ枝ヲヲリテ西行ガヒザニ置テ。
　キクノ花トテミヽモアラバヤ
西行シラケテニゲ出タリシトナン。カヽルコトモ其道ニ熟シタル即時歟云々」。

〔081-28〕
1 穎原氏旧蔵『俳諧連歌』には、「鶯の子のほとゝぎすとて／親の名の末一文字取りつらん」の付合がある。

〔081-30〕
1 『新撰犬筑波集』（雑部）は二句の付合のみ載せる。「さる児とみるよりやがて木に上り／犬のやうなる法師きたれば」。また松蘿館旧蔵本『俳諧連歌抄』は、西行と児の応答になる。
「小児の木にのぼるを見て西行、
　さるちごと見しよりはやく木にのぼる
と申侍れば、
　犬のやうなる法師きたれば」。
『醒睡笑』（巻十六・児の噂）は宗長と児の問答になる。「ある時宗長、笠寺に参られし。坊中に立ちよれば、児のありしが、ちらと木のそらに上るを見つけ、
　さる児と見るより早く木に登る
やがて児
　犬のやうなる法師きたれば」。

『昨日は今日の物語』も類話を載せる。「悪道なる児の木にのぼるを見て、

　さるちごとみるよりはやく木へのぼる

児、ことのほか腹をたて、つけられた、

　犬のやうなる法師きたれば

一段とよい作文ぢや。しかしながら、句作なをあるべき事也」。他にも『伊勢参宮名所図会』などの地誌にも見える。柳田国男はこの連歌話を取り上げて「よほど上手な連歌師の代作と見えます」（『女性と民間伝承』）と言っている。

〔081-31〕

1　叡山真如蔵旧蔵本『俳諧連歌』には、

「われよりもせいたか若衆こひ侘びて

大木に蟬の音をのみぞなく」とある。

2　児の「はこ」の話は『醒睡笑』（そでない合点・巻之四）に見える。「児のあそびに草合あり。一方より蘩蔞（はこべ）とて出さるる。侍従、わきから笑止なる顔にて、「いや、はこくさ」となほしたり。児のは聞きにくからず。侍従殿のはめづらしすぎた。

〔081-32〕

1　『新撰犬筑波集』（夏部）に、

「小町も尼になりてかたらへ

花の色はうつりにけりな梅法師」とある。

2　安楽庵策伝『百椿集』は、「梅法師」と題して一休仮託の詩を載せる。「一度江南没落ノ時　青同心ヲ発シテ法師トナル　疎影横斜スルコトノ古キヲ問ハント欲ス　備前ノ壷底ハ暗ク眉ヲ皺ム」。同じく『一休ばなし』（巻四）に「一休和尚之狂詩二十首」の中に「梅法師」の詩を載せている。「往昔江南没落ノ時　青道心ヲ起シテ法師トナル　横斜疏影ノ古ヲ問ハントスレバ　伊勢壷ノ底ニ暗ニ眉ヲ皺ム」。壷底に沈む「梅干」を「梅法師」に見立てた戯笑詩である。「梅法師」とは「疎影横斜」の愛梅の詩（「山園小梅詩」）を詠じた林和靖である。五山の詩僧は、この愛梅の詩人を慕って、多くの梅の詩を残した。

3　『新撰犬筑波集』（雑部）に「地をくゝりてぞ天へのぼれる／うぐろもち黒焼きになる夕煙」とある。

〔081-34〕

1　『新撰狂歌集』は、馬方と修行者の問答。「馬三疋引て通りければ、修行者行あひ「其馬に乗せてたべ」といへば、馬方聞て「歌よみたまへ。乗せん」といへば、三疋の馬の毛をよめる

　雨ふれば道は悪しげにみゆれども日影のさゝばやがてかはらげ」。

『醒睡笑』（推はちがうた・巻之六）は宗長と馬方のやりとり。「久我縄手を葦毛馬・鹿毛・河原毛の三匹に荷を負ほせて行くに、宗長、後や先とあゆまれし。馬追ふ者のいひけるは、「お坊主、何か知り給ひたる」。「歌道に心掛くる」由あれば、「その儀ならば、この馬三匹を、おもしろく歌によまれよかし」。

　雨ふれば道あしげなる久我縄手日影さらずは末はかはらけ」。

『かさぬ草紙』は最明寺時頼と馬主の応答となる。

「山城の国こがなわてを馬三疋ひきてとをる人あり。あとに僧一人かちにて下りけり。爰やかしこをみて歌をよみたまひけるを、馬主聞て、御僧此三疋の馬の毛に付きて歌をよみたまひ候はゞ、うまに乗せ申べしと申けり。その馬、あし毛かわら毛鹿毛なり。折節雨ふり道あしかりければよめり。

　雨ふれば道あしげなるこがなわて日のかげさゝばやがてかわらけ

とあそばされければ、馬主心ありて、馬に乗せ津の国あくた川まで送りけり。其僧は最明寺殿にて有しと也」。

『古今夷曲集』は修行者と馬方の問答。

「馬三疋引て通りければ、修行者行あひ、「其馬に乗せてたべ」といへば、馬方聞て「歌よみたまへ。乗せん」といへば、三疋の馬の毛をよめる

　雨ふれば道は悪しげにみゆれども日影のさゝばやがてかはらげ」。

〔081-36〕

1　『かさぬ草紙』は西行法師の往生譚となっている。「西行法師存命不定にありければ、人々をよせ、我ははやしやばのゐんうすくして、かくなるいとま申て、さらばとて、一しゆしきひに、

　皆人はしする〳〵といひけれど西行斗いき留りけり

とかやうに被仰て、あとよくとむらひてたべ候へといひて、ねむるごとく往生せられしとなり」。

『越後在府日記』は「暁月坊」の辞世とする。「暁月坊が辞世に、

皆人は死ぬる〳〵といひけれど暁月坊はいきとまりけり」。

〔082-01〕

1　この長歌形式の教訓に関する研究には、後藤丹治「若衆や女房を教訓とした宗祇の歌―若衆短歌と児教訓と「そうきのたん歌」と―」、池田廣司『中世近世道歌集』「解題」(『古典文庫』)、赤瀬信吾「草の名前」、中田徹「夢後記の教訓」、稲賀敬二「「宗祇短歌」と「少人をしへの詞―本文翻刻と略注―」などがある。『中世近世道歌集』が底本とするのは、南都興福寺光明院の住職だった実暁(一五一七～)が多年にわたる見聞を抄録した『実暁記』巻六に「当世若衆様之御ために短歌一首　宗祇」と題されて載る本文である。『実暁記』目次には「若衆短歌」とあり、『中世近世道歌集』もそれを掲げるものの、校合本とした三本は作品名を異にする。すなわち『草短歌』(慶長元和頃写、柳亭種彦自筆校合本)、「宗祇法師長うた」(『続群書類従』所収「仮名教訓」末尾付載)、『いぬつれ〳〵』(元和頃写、承応二年高田矢兵衛開版)である。稲賀は前掲論文で、架蔵本の影印とともに『月庵酔醒記』所収本文の校異を付した形での本文翻刻を行い、さらにその意訳も記す。本文に関しては〔補足〕として、「古典文庫所収の諸本に対して、架蔵本と月庵酔醒記所収本は、欠落がない。増補されたのではなく、室町期に流布していたかたちに近いと認めてよかろう」と、その素性の良さを指摘する。

　本教訓の作者を宗祇とすることについては、三条西実隆が室町将軍義尹の求めに応じて「若衆教訓之短歌宗祇作」を書写したとする『実隆公記』永正六年(一五〇九)二月一六日条「歳阿為室町殿御使来、若衆教訓之短歌宗祇作云々、可書進之由也、畏奉之

由申之」をはじめとして、同一七日・一八日・三月一日・二日・九月二〇日・二三日の各条および三月一一日裏書（阿野季綱書状）などの関連記事が、それを裏付けるものとして指摘されている。裏書に載る義尹の依頼を報じた阿野季綱の書状は、「彼宗祇作候歟、若衆短歌」と疑問が付されてはいるものの、宗祇作であったことはほぼ間違いないと思われる。ただし同書状には、「然者序をば被相除候てもよく候べき歟」ともあり、現存伝本には見られない序文を有する『若衆短歌』の存在を窺わせる。

『中世近世道歌集』が底本とする『実暁記』所収本文の末尾には、「元亀三年潤正月十八日先年写之本見失之条又片時之間写之」との識語が見られる。「先年」がいつをさすのかは不明だが、少なくとも元亀三年（一五七二）の時点でこの教訓は、宗祇の作と認識されていたことが確認できる。『月庵酔醒記』の場合は、作品名を「少人をしへの詞」とし、宗祇の名を冠してはいないが、続く「宗祇百ヶ条抜書」には照応する条もあり、宗祇と関連のあることが察せられる。

また、毛利の家臣であった玉木土佐守吉保が元和三年（一六一七）に著した自叙伝『身自鏡』にも、「宗祇の短歌の如く身を嗜み」の一節がある。頭注二二・二九に指摘したとおり、本教訓と『身自鏡』には相通じる言い回しが見られることからも、ここで吉保が「宗祇の短歌」と称したものがこの教訓もしくはそれに類似する内容であった可能性は高い。『身自鏡』には、天文二一年（一五五二）生まれの吉保が、学芸を修めるために一三歳で勝楽寺という真言寺に登山し、一六歳で下山するまでの間に学んだ書物の名が列記され、寺での日常の振る舞いも記されている。その中に「宗祇の短歌」の一節のあることは、『若衆短歌』が当時の武将の教養、立ち居振る舞いの指針のひとつと認識されていたことを示すものとも言えよう。

2　中田徹「夢後記の教訓」は、『月庵酔醒記』がここに収める「少人をしへの詞」「宗祇百ヶ条抜書」「山崎宗鑑」三つの教訓の成立を、連歌師の文化活動という点から捉え、応仁・文明の乱以降の文化状況の歴史性と特殊性について考察を加える。その手掛かりとして中田が取り上げたのが、文禄二年（一五九三）に西洞院時慶が嗣子時康のために記した庭訓、すなわち京都大学附属図書館松平文庫蔵『夢後記』である。『夢後記』に関しては、大谷俊太「『夢後記』―西洞院時慶卿庭訓―」が影印と共に翻刻紹介し、「当時の下級貴族の日常生活の心得が事細かに説かれており、日常生活の実際、あるいはその思想が窺え、武家家訓との関わり等、興味深い問題を孕む資料」とその内容を説く。中田はこの『夢後記』第九条を取り上げ、その表現が『若衆短歌』の一節をふまえたものであることを指摘するとともに、『月庵酔醒記』に『若衆短歌』が引かれたことに関して、「おそらくは古河公方の奏者として、近衛稙家・三条西実枝・冷泉明融・聖護院門跡道増など、錚錚たる京都の文化人と交渉した人物であればこそ得られた知識の断片のひとつと思はれる」と推測する。そして、「教訓長詞の作者とは、宗祇にしても宗鑑にしても連歌師であることに変はりはない。出自の貴賤に拘はらず、連歌師が公家と武家社会の振舞の指南役を果たしたことは、決して自明の事柄でない筈である。このことは、応仁・文明の乱以降の文化状況の歴史性と特殊性を考へる上で注目に値する」とする。また、歌連歌会席に列なる心得を示した『夢後記』第二五条と『宗祇百ヶ条抜書』とに相通じる点のあること、会席の空間を演出するために必要な心得が日常の心得として理解しても違和感のないものであることを指摘するとともに、以下の通り記す。

「一体、連歌論書に於いて会席の心得に言及することは、連歌会の運営の前提として不可欠である。ただしこのやうに日常の心得まで問題とするのは、応仁文明の乱以降から顕著である。・・・・（中略）・・・言ふまでもなく、応仁文明の乱以降に於ける連歌師宗祇の旺盛な言語活動は、東常縁・一条兼良・三条西実隆・吉田兼倶らとの伝受（授）関係を基軸として展開された。これらは単に古典の知識を継承したものではなく、文化の再編の時機を捉へて、同時代の言説と結び付きながら戦略的に産み出された可能性が高く、この点、十分に解明する必要がある。」

『月庵酔醒記』では、武家に向けての教訓、断片的な知識のひとつとして書き留められた。やがてそれらは、日常的な立ち居振る舞いに関する心得として一般的なものとなり、重宝記的世界へとつながっていくことを思えば、室町文化の継承と展開という過渡的な形として位置づけることができようか。

〔082-03〕

1　〔082―01〕の『少人をしへの詞』が、よき若衆のあるべき姿を記したものであるのに対して、この『児教訓』は望ましくない悪少年への教訓を長歌形式で記したものである。『いぬたんか』との別名をもつことから推測するに、本来は、『若衆短歌』（『少人をしへの詞』）と対の形であった可能性が考えられる。

2　異本のひとつで奈良絵本の東京大学国文研究室蔵『若衆物語』識語には、「此一帖ハ宗祇法師花鳥山桜殿と云若衆ニ近付、讃送り給しと也。并、西明寺殿百首和歌当代おさなき人達ニ身持心持知しめんかため披露畢」とあり、群書類従本『児教訓』にも「宗祇法師」とあり、宗祇作とされていたことが知られる。『月庵酔醒記』が宗祇ではなく山崎宗鑑とする理由は分からないが、おそらくは一色直朝がこの教訓を手にした時点では、宗祇作ということよりも、連歌師の手になるものという認識が先となり、宗鑑との混同が起こったのではなかったか。だとすれば、補注1にも記したとおり、教訓は連歌師たちの手を離れ、より広く一般的なものとして、関東の武家の日常にも浸透し始めていたと想像される。

〔083〕

1　『十烈集』は、合計一二条の標題ごとに、景物や世事を示す四字句を一〇句ずつ配列した随想的な漢文作品で、「天神」すなわち菅原道真に擬託されている。『酔醒記』「弘法大師戒語」は、この『十烈集』「第十・畠物十」・「第十一・慎物十」・「第十二・悪物十」の内容と概ね一致している。参考として、以下に『十烈集』全文を提示する。（底本、『続群書類従』第三三上「雑部」。但し、書陵部蔵『続群書類従』原本により一部翻字を改めた。）

「第一　景物十
春山花盛　秋山紅葉　寂夜澄月　重山込霞　波上厳船
秋暮嵐葉　美女笑顔　走船風縁　客前猿楽　有聞音曲
第二　在曲物十
競馬勝負　上手射手　御前相撲　上馬振舞　高名呪師

帝王行幸　花時鞠遊　殿上儀式　調半簺闋　僧綱法服
第三　哀物十
深夜琴音　花中笛声　慈家松風　浪上管絃　吹物詠声
霞下鶯音　山郭一声　秋夜鹿音　後夜鈴音　暁月要文
第四　貴物十
道人聖僧　深山行人　極楽迎接　美音読経　山中香煙
曼陀羅供　止寛(親)住僧　智者論義　道者説法　後夜念仏
第五　心細物十
遠国船路　幻(幼)稚孤子　深山独住　貧家月光　遠渡小舟
恋思人別　遠旅絶粮　独身遁世　無薬病人　老耄無便
第六　畏物十
渡海雷鳴　山宿狼犬　大疫発熱　夜計強盗　隣家追覆
師主物狂　天狗山寺　髻離刀突　合戦先陣　高人悪事
第七　楽物十
長者独子　富貴聟取　在家富貴　能治国司　上戸大酒
各(酩)酊心地　富貴無病　高家活計　諸道得仁　春野走馬
第八　悦物十
主君深思　所望得官　慮外代官　念子藝能　疎人有情
師祖心吉　恋人道連　願物忽得　得利買売　敵人降参
第九　惜物十
智者短命　美女若死　学匠無道　清僧落堕　一従者死
美人顔疵　吉物失亡　一子無能　吉馬馳死　草木花萎
第十　皛物十
深泥長袴　無氏仁立　人妻憑男　無音歌好　無力腕持
河立自讃　木登自嘆　朝高読経　食時口立　日暮遠路
第十一　慎物十
大事意見　愚者教化　不習医道　上下人短　下戸数盃
夜行多言　隔心推参　貴賤奇合　遠路財宝　無心所望
第十二　悪物十
女性公人(入)　貧者見物　出仕雑談　衆会大食　陣頭睡眠
酒狂物談　老者出仕　上﨟市立　武士臆病　法師腕立
以上
天神御作分也」

『十列集』の成立時期は、『群書解題』で漠然と近世初期に比定されるほか、作者・成立時期については未詳であるが、この『十列集』の成立背景を考察する上で看過できない作品として『十々烈集』が挙げられよう。『十々烈集』の作者・成立時期についても未詳であるが、毘沙門堂門跡伝来の志香須賀文庫本『十々烈集』巻末には「大乗院贈一品大王」すなわち尊円法親王（一二九八～一三五六）の手跡とする尊応法親王（一五一四入寂）の識語が認められることから、遅くとも一四世紀中葉（鎌倉後期～南北朝前期）には成立していたことが窺われよう。参考として志香須賀文庫本『十々烈集』の江戸中期頃の写本と想定される、宮内庁書陵部有栖川宮家蔵『十々烈集』本文を以下に提示する。

「　十々烈集
第一　殊勝物
厳重仏閣　山寺香煙　堂塔夜灯　曼荼羅供　山居持経
静室坐禅　引声念仏　暁天願声　霊地竜灯　広学法門
第二　可斟酌物
大事異見　愚者教化　酪酔物語　無心所望　出仕多言

下居数盃　老耄出仕　隔心推参　腰引行道　長座大食

第三　畾物

遠路長袴　見物大笠　上下人疑　法師腕立　不習医道

夜行声高　出仕長刀　不雇批判　無音助音　[全九句]

第四　危物

遠路財宝　僧坊美女　病者隋食　敵前大酒　城守油断

老者木登　中風河立　乗騂落人　主前緩怠　無相伝対

第五　不似物

御児平家　女人口入　貧者市立　出仕高咲　老人相僕

平人高官　出仕短尤　出家博奕　女人合戦　座頭武具

第六　景物

御前相撲　順風大船　吉馬場乗　神事田楽　遠山白滝

州崎落雁　十烈競馬　裏頭大衆　僧綱出仕　大衆児舞

第七　惜物

智者慳貪　独子無能　学匠閑世　猿楽無音　作善障碍

名人瑕瑾　利根無学　能藝慢心　名利善根　美女顔痣

第八　嬉物

忠節恩賞　高名褒美　本領安堵　出陣無事　祈禱霊夢

洗然雑餉　急路便船　恋人音信　沙汰潤色　愛子才知

第九　無益物

訥之詞尤　聾者雑談　老人恋業　悪筆掛字　聴聞睡眠

盲目名物　微力大食　推参共謹　百姓系図　学者非道

第十　恃物

徳人独子　独子藝能　道者説法　賢人主君　大力大剛

理運問答　遠路知人　明医看病　極心弟子　[全九句]

祖師大乗院贈一品大王高翰也。尤奇珍重　【花押・尊応】」

この『十々烈集』も、『十烈集』と同様に、各標題ごとに景物・世事を表す四字句を一〇句ずつ配列する体裁を採ることから（ただし、「畾物」・「恃物」は九句で、『十烈集』の標題は全一二条であるが、『十々烈集』の標題は全一〇条である）、『十々烈集』と同様に『十烈集』もまた、一四世紀中葉（鎌倉後期〜南北朝前期）頃に成立していた可能性が認められよう。

なお、『十烈集』・『十々烈集』が流布した時期が、一四世紀中葉頃と好いた場合、更に注目すべき作品としては、左記の『二中歴』「十列歴」が想起されよう。

「冷物

十二月々夜　十二月扇　十二月蓼水　老女仮借①或無興〈楽イ〉前楽

女酔　胡②瓜老抄無　老抄・法師酔舞　無レ酒神楽　勅使被打③囚競馬

崑④崙八仙画抄舞

① 「仮借」は「化粧」。注記は本来「無レ酒神楽」に付されたか。

② 『河海抄』『朝顔』などでは、「胡瓜」とする。

③ 未詳。あるいは「勅使被レ打二内競馬一」の誤記か。『江家次第』によれば競馬での合図に用いられる太鼓・鉦鼓を打つ役目は、少納言と大弁の職能とされたが、これらに代わり勅使が打つことか。

④ 『河海抄』等、「崑崙八仙舞之画」とする。

愚物

一切処好二上座一者　見レ女係レ心者　主不レ免弓曳者

無二従者一放レ馬者　不レ品成レ望者　去二己妻一憑二人妻一者

無レ才思二得失（見）一　常好二和歌一者　衆中沓被レ盗人
以二人酒一施レ酒者
不用物
内裏鳴客鳥　米雀吠大①　市門持牟古呂持②　取レ蛇人　老女好
色　無二家治一女　離女物妬　荷覆上喰レ蚊③　河中流木　鬧付
疵
①朱雀すなわち太陽に吠える犬。
②「市門持二鉾・弓一」などの誤記か。
③蚊帳の上から蚊に喰われるの意か。
危物
人妻婚者　波上舟　馬（奔イ）乗人
寺都々舞人　路頭霍乱人　岸辺立木
木登好人　深江渡者　下年子色好
常好二口舌一人
心細物
未レ得二解由一国司　遠国司老妻子　無レ父（母イ抄）孕孤女（母イ）（無レ父子、成抄為一条）
憑レ夫放レ家女　野宿夜雨　夜宿火滅
流舟海人　深山行人　深山鳴鹿
楽物
長者命長　長者聟　長者一子
良吏家子　上戸群飲　親王多二財物一
好女用二験者一　人妻合夜　春野父馬
興物
能治国司　秋夜和琴　智者論義
能化乞誓　諸儒誦持　上手和歌
春花時　高麗楽　秋野女郎
夫妻合始（好イ）夜
惜物
貴人短命　長者若死　愛子早死
貴女下夫　験者堕落　経レ年女付二他（外イ）夫一
貴財焼亡　乗馬被レ盗　吉従者逊出
好女会夜早朝
貴物
仏経造書　法華三昧　念仏三昧
万灯会　天台舎利会　智者説法
験者守護　父母孝子　修功徳人
悦物
不レ治国司得二解由一（本島一条）　私君恩願　不レ意氏爵　遠道得□①
年来遠行一（イ無）子②　久旅得レ粮　冬夜好宿　心叶従者　深河渡□③
闇夜得レ灯」
①四字目破損。「遠道得レ宿」・「遠道得レ馬」などとあるべきか。
②「年来遠行一子帰」などとあるべきか。
③四字目破損。「深河渡舟」などとあるべきか。
『二中歴』の現存本文は、尊経閣文庫本を祖本とする一系統のみであり、かつ尊経閣文庫本『二中歴』の「十列歴」の本文には、本文の破損や誤写もさることながら、同時期に異文が生じていた様子も窺われるため、「十列歴」の正確な本文を復元することは、ほぼ不可能である。

この「十列歴」は、かつて川口久雄により、『枕草子』のいわゆる「類聚章段」に影響を及ぼした蓋然性の高い作品として、晩唐の李商隠作と伝えられる『義山雑纂』とともに注目された作品でもある（川口久雄「枕草子における十列・雑纂の影」・「李商隠雑纂と清少納言枕草子について」・「唐代民間文学と枕草子の形成」）。もっとも川口の主張は、林和比古らの論駁により、ほぼ完全に否定された観が濃厚ではある（林和比古『枕草子の研究』「敦煌本雑抄と枕草子」・「枕草子『物尽し』と義山雑纂・十列歴」）。しかし、「十列歴」には、「未レ得二解由一国司」（心細物）・「不レ治国司得二解由一」（悦物）に見られるように、国司が解由状を得ることを素材とすることに注目するならば、「十列歴」の原態とでもいうべきものが、勘解由使の制度が正常に機能していた平安中期頃まで遡る可能性までは否定できないであろう。

ちなみに、この「十列歴」の「冷物」は、貞治年間（一三六二〜六八）頃に成立した『河海抄』をはじめとする『源氏物語』古注釈書で、「朝顔」帖の「すさまじきためし」という文言に対し、『枕草子』「すさまじきもの」とともに、常套的に引用されてきた箇所である。「十列歴」を収める『二中歴』は、建久末年（一一九九）頃の成立で、現存最古写本である尊経閣文庫本『二中歴』の書写年代は鎌倉末期頃とされ、現存本『二中歴』は明らかに数次の増補を経、かつ「十列歴」は、『二中歴』の最末部分に収められていることなどを勘案するならば、「十列歴」の流布を鎌倉後期から末期以降に比定することが可能であろう。このことは『河海抄』以前に成立した、鎌倉期成立の現存する『源氏物語』古注釈書に、「十列歴」が引用されないこととも符合しよう。

「十列歴」が現存形態として整備された時期は未詳ながら、内容的には平安中期に遡り得る箇所が認められ、かつ各字句の長短が未整理なことから、おそらく『十々烈集』・『十烈集』に先行するものと想定されよう。故に、『十々烈集』は、遅くとも南北朝期頃に、いわば当世風の「十列歴」として成立したものであり、中世後期の段階では、そのような「十列歴」の系譜を引く作品として、『十々烈集』・『十烈集』（両書の成立の前後関係は未勘）などの作品が存在したことが窺われよう。

また八条宮智忠親王のため斎藤徳元が草した仮名草子『尤之双紙』の序文には、『枕草子』と仮名草子『犬枕』に触発されて執筆した経緯が示されているが、『尤之双紙』にも『犬枕』にも『十々烈集』・『十烈集』との関連を想起される項目が散見される。野間光辰により『犬枕』は、近衛信尹や秦宗巴により成立したことが指摘されているが（野間光辰「仮名草子の作者に関する一考察」）、伝尊円法親王筆『十々烈集』を伝えてきたのが毘沙門堂門跡であったことをも考慮するならば、『十々烈集』が『犬枕』・『尤之双紙』の成立に何らかの影響を及ぼしたとすることが自然であろう。現在では、『十々烈集』・『十烈集』には、あまり関心が向けられないようであるが、中世末期から近世初期にかけては、いわば『枕草子』のいわゆる類聚章段を継承する作品として、あらたな創作の源泉のひとつと目されてきた様子が窺われよう。『十々烈集』・『十烈集』から『酔醒記』「弘法大師戒語」・「弘法大師十五無益（補注2参照）」成立した背景も、中世後期からの、このような思潮と軌を一にしたものと言えよう。

2　『酔醒記』「弘法大師戒語」と不可分の関連を持つものとして、「弘法大師十五無益」が挙げられよう。「弘法大師十五無益」は、永禄二年（一五五九）本『節用集』に確認されるほか、慶長六年（一六〇一）に成立した秦宗巴による『徒然草』注釈書、『徒然草寿命院抄』「百二十四　無益の事をなして（現行・第一二三段）」、万治三年（一六六〇）に完成した大蔵虎明の狂言伝書『わらんべ草』の第五巻、良恕法親王の随筆『叢塵集』（曼殊院蔵）などに収められ、中世末期から近世初期にかけて広範に享受された様子が窺われよう。また、この「弘法大師十五無益」は、柳原紀光《やなぎわらもとみつ》（一七四六～一八〇〇）の『砂巌』（編年史書『続史愚抄』編纂のため、関連資料を抄出した文献）第六巻にも「一、十五無益〈空海定レ之〉」として収められることから、近世には資料価値が認められていたことが窺われる。以下に、永禄二年本『節用集』以下の諸文献に収められた「弘法大師十五無益」を提示する。

①永禄二年〈一五五九〉本『節用集』所載「弘法大師十五無益」

　大事異見　愚者教化　不習医道　上下人短　夜行高言
行者大酒　酩酊物語　出仕雑談　老朦出仕　隔心推参
無心所望　遠路財宝　衆中大食　貧者見物　法師腕立

②秦宗巴『徒然草寿命院抄』所載「弘法大師十五ノ無益」

　大事異見　上下人短　酩酊物語　衆会大食　遠路財宝
不習医道　夜行悪言　下戸数盃　老耄出仕　出家腕立
愚者教化　出仕雑談　隔心推参　貧者見物　無心所望

③大蔵虎明『わらんべ草』五所載「弘法大師十五ノ無益」

　大事ノ異見　上下人ノ短《ソシリ》　酩酊ノ物語　衆会ノ大食　遠路ノ財宝
不レル習医道　夜行ノ悪口　下戸ノ数盃　老耄ノ出仕　出家ノ腕立
愚者ノ教化　出仕ノ雑談　隔心ノ持《推》参　貧者ノ見物　無心ノ所望

④良恕法親王『叢塵集』（曼殊院蔵）「弘法十五無益」［第五二丁表・第六六表裏、二カ所］

　大事異見　愚者教化　不習医道　下戸数盃　酩酊物語
夜行多言　出仕雑談　上下人短　老耄出仕　隔心推参
衆中大食　無心所望　遠路財宝　出家腕立　貧者見物

⑤柳原紀光『砂巌』六「一、十五無益〈空海定レ之〉」

　大事ノ意見《イケン》　愚者ノ教化《ケウケ》　不レル習医道　上下ノ人短《ヲチト》　夜行ノ多言
下戸ノ数杯　酩酊ノ物語　出仕ノ雑談　老耄ノ出仕　隔心ノ推参
衆中ノ大食　無心ノ所望　遠路ノ財宝　貧者ノ見物　出家ノ腕立

また、この「弘法大師十五無益」と極めて類似した内容の作品としては、以下に示す名古屋大学神宮皇學館文庫本『かさぬ草子』所収の「天神十五無益」が挙げられよう。

　初面ノ狂言　大事ノ異見　老耄ノ出仕　無心ノ所望　愚者ノ教化
末座ノ推参　公界ノ高声　下戸ノ数盃　不習医道　座敷ノ居眠
衆中ノ大食　法師ノ腕立　貧者ノ見物　遠路ノ財宝　夜行ノ多言」

　ここで参考として、『酔醒記』「弘法大師戒語」と「弘法大師十五無益」（五例）・「天神十五無益」（一例）との対応関係を次頁に表示する。一見したところ、『酔醒記』「弘法大師戒語」と「弘法大師十五無益」に対応する語句内容は基本的に一致していることが認められよう。また、各資料所見の「弘法大師十五無益」の語句も、配列や文字に若干の異同は認められるが、基本的に固定された内容であることが首肯されよう。

　越智美登子は、良恕法親王の『叢塵集』に「弘法大師十五無益」が収められることに、良恕法親王の「近世的俗臭」を見出している。つまり、「弘法大師十五無益」と同様に「某無益」とする例として、『浄土真宗玉林和歌集』所収の弘法大師擬託和歌「十首

酔醒記	節用集	寿命院抄	わらんべ草	叢塵集	砂巌	かさぬ草子
畾物						
深泥長袴						
無氏位立						
人妻憑男						
無力腕立						
河立自讃						
木登自讃						
朝高読経						
食時口立						
日暮遠路						
老者出仕	老朦出仕	老耄出仕	老耄出仕	老耄出仕	老耄出仕	老耄出仕
慎物						
大事異見	大事異見	大事異見	大事異見	大事異見	大事意見	大事異見
愚者教化	愚者教化	愚者教化	愚者教化	愚者教化	愚者教化	愚者教化
不習医道	不習医道	不習医道	不習医道	不習医道	不習医道	不習医道
上下人短	上下人短	上下人短	上下人短	上下人短	上下人短	
夜行多言	夜行高言	夜行悪言	夜行悪口	夜行多言	夜行多言	夜行多言
下戸数盃		下戸数盃	下戸数盃	下戸数盃	下戸数盃	下戸数盃
隔心推参	隔心推参	隔心推参	隔心推参	隔心推参	隔心推参	
高賤寄合						

酔醒記	節用集	寿命院抄	わらんべ草	叢塵集	砂巌	かさぬ草子
遠道財宝	遠路財宝	遠路財宝	遠路財宝	遠路財宝	遠路財宝	遠路財宝
無心所望	無心所望	無心所望	無心所望	無心所望	無心所望	無心所望
悪物						
上臈市立						
女性口人						
貧者見物	貧者見物	貧者見物	貧者見物	貧者見物	貧者見物	貧者見物
衆中物語						
出仕雑談	出仕雑談	出仕雑談	出仕雑談	出仕雑談	出仕雑談	
酒狂物語	酩酊物語	酩酊物語	酩酊物語	酩酊物語	酩酊物語	
陣頭睡眠						
衆会大食	衆中大食	衆会大食	衆会大食	衆中大食	衆中大食	衆中大食
武士臆病						
法師腕立	法師腕立	出家腕立	出家腕立	出家腕立	法師腕立	法師腕立
	行者大酒					初面狂言
						末座推参
						公界高声
						座敷居眠

無益和歌」や『一時随筆』所収の伝宗長詠「連歌十無益和歌」を挙げ、また近世初期の雑筆集である名古屋大学神宮皇學館文庫本『かさぬ草子』に「天神十五無益」が収められることにも言及し

ている。また、「弘法大師十五無益」の何項目かが、荒木田守武「世中百首」、近世初期成立の道歌集『見咲三百首和歌』などにも詠み込まれることからも、「弘法大師十五無益」の近世的な意識の萌芽を認めている。

しかし、権者や高僧の教訓に擬託して「某十無益」・「某十五無益」などと称する形式の教訓は、鎌倉後期成立の『十訓抄』一〇・七三に見られる「武備不備、心高無益」とする「布袋和尚の十無益」の佚文に認められ、また、高松宮本『類聚百首』上冊末尾所載の「布袋和尚十無益」（不覚、不レ知二独住一・懈怠、不レ信二行人一・不知、邪路庶行・不知、不レ合二共住一・放逸、無慚智者・不識、正道多聞・悪心、喧嘩法門・用心、蒙昧坐禅・内外、虚仮聖形・行覚、徒然僧形）にも認められること。また、『言継卿記』大永七年（一五二七）八月・一一月条に消息が見られる『金言和歌集』にも「十無益之狂歌」が収められることから、少なくとも鎌倉後期から近世初期に至るまで「某十無益」あるいは「某十五無益」と称する幾多の教訓が成立してきたことが窺われよう。

また、「弘法大師十五無益」と類似した内容の「某十五無益」としては、既出の『かさぬ草子』所収「天神十五無益」のほか『謡曲拾葉抄』「熊坂」所引「妙楽大師の十五無益」逸文「僧之腕立・夜行之声高・出仕之長刀」が挙げられるほか、『叢塵集』で、二箇所に掲出された「弘法十五無益」は、二箇所とも「孔子十五無益」とした標題を「見せ消し」により「弘法十五無益」に改められていることも留意されよう。つまり、中世後期から近世初期にかけて、「弘法大師十五無益」とほぼ同内容の「十五無益」が、菅原道真・妙楽大師・孔子などの権者・賢聖に擬託されながら、最終的には「弘法大師十五無益」のみが主流たり得るに至ったのである。

では、なぜ「弘法大師十五無益」は主流たり得たのであろうか。『酔醒記』「弘法大師戒語」および「弘法大師十五無益」との緊密な関連性が認められる「十烈集」が菅原道真に擬託され、また『かさぬ草子』に「弘法大師十五無益」の異本とも称すべき「天神十五無益」が収められることを勘案するならば、中世後期から近世初期において、「弘法大師十五無益」が成立し享受される過程において、あらゆる権者・賢聖のなかで、弘法大師と菅原道真の両者が強く意識されていたことが確認されよう。

もとより、弘法大師を菅原道真とを同体とする説は、長保四年（一〇〇二）成立とされる惟宗允亮の『政事要略』二二「年中行事八月上」に明記されるほか、藤原頼長の日記『台記』久安三年（一一四七）六月一二日条にも認められ、また『入木抄』などの入木道書でも、菅原道真を弘法大師の再誕とする能書家であったとする説が喧伝されていた。

またこれに加えて、中世において菅原道真は制戒の作者としても広く認識されていたことが知られて、たとえば、守覚法親王撰と伝えられる『右記』には以下のような記載が見られる。

「一、教童指帰抄云。彼抄者、菅三品之撰也。其条々者、
硯面不レ可レ書二文字一事。
書写之時、不レ可レ置二小刀於二書上一事。
以二飲残湯及水一不レ漱レ口事。
以二帷帳并幔幕一不レ拭レ手事。
不レ蹈二畳縁一事。

不レ蹈二筵裏一事、又不レ居事。

以レ箸不レ用二楊枝一事。

以二白水一不レ用二硯水一事。

以二諸箱一不レ用レ枕事。

内典外書并和漢抄物及手本等、直不レ可レ打二置畳上一事。

去月、菅儒太子賓客、為二亀若麻呂之読書一招□之、此事相尋之処、尤神妙御規式也。殊不レ可レ疎二全経《ママ》一之旨、答申了。

未日不レ切レ爪事。　一日中、手足爪一度不レ切之事。

以二衣裳一不レ拭二一切之物一事。

已上、聖廟御遺誓之中、有レ之。宜レ守二慎之一。侵レ之、蒙二無実罪一云々。但此事、不レ可レ限二童少一、為レ誰可レ悪哉。」


つまり、菅三品すなわち菅原文時（八九九〜九八一）が撰述した『教童指帰抄』には、「硯面不レ可レ書二文字一事」以下の一一条に及ぶ制戒が記されていた。守覚法親王が、侍童の「亀若麻呂」の指導にあたっていた、「菅儒太子賓客」とこのことを話題にしていると、道真の遺訓として「未日不レ切レ爪事」以下が伝えられ、これらを守らなければ無実の罪に陥るとされていりことを伝えている。

尾崎知光は、『右記』所引の『教童指帰抄』の制戒のうち、「硯面不レ可レ書二文字一事」と「以レ箸不レ用二楊枝一事」の二条が、『河海抄』「橋姫」帖に以下のように言及されることから、菅原文時の制戒が菅原道真の制戒として伝えられたことを指摘している。（尾崎知光『教童指帰抄』についての拙稿の過誤訂正―源氏物語の出典についても付言しつつ―）


「すゞりにはかきつけさなりとて硯は文殊の御眼也。このゆへに眼石といふ。此声を仮て硯石とは書也云々。仍此面に物はかゝざる也。菅家の御日記にも硯面不レ書とあり。

見るいしのおもてに物はかゝざりきふし（は）のやうじはつかはざらめや〈菅家〉」


他方、康暦二年（一三八〇）書写の筑波大学蔵『天満天神縁起』末尾には、醍醐寺の聖宝が北野社参籠中に天神の霊託により感得したと伝える全一五条の制戒が伝えられている。

「醍醐座主聖宝、参二籠北野宮一、蒙二示現一、中二天神ノ世間一在二忌諱之事一、我犯レ之故ニ、即蒙二無実之讒訴一也。所謂
一、硯面吹事　二、硯面物書事　三、硯水漿事
四、居二畳裏一事　五、置（畳）縁踏事　六、障子敷居踏事
七、遣戸敷居踏事　八、炉布（縁）知踏事　九、幕以手足巾事
十、以二帷帳一手巾事　十一、漿嗽レ口事　十二、呑残水（椀）嗽レ口事
十三、以二箸仕一楊枝一事　十四、履裏踏事　十五、無レ□沓着事
サレバ、此丈者、人ノスマジキ事也。」

権者としての菅原道真像を卑小化しかねない内容であるが、菅原道真は、これら一五条の制戒を破ったがため、讒奏に遭ったとしている。

この筑波大学蔵『天満天神縁起』所見の全一五条の制戒は、内容のみならず、時代的にも既述の『河海抄』「橋姫」帖の記載と一致するが、注目すべきことは、制戒が一五条に整備されていることであろう。『十列集』の作者が菅原道真に擬託され、また遅くとも中世後期には『十列集』から成立したと想定される「十五無益」の作者が、天神あるいは弘法大師に擬託され、最終的には弘

法大師とする所伝が主流となり得た背景には、菅原道真に擬託された十五条の制戒の存在と菅原道真を弘法大師の再誕とする言説との関連も視野に入れるべきであろう。

3 観智院本『類聚名義抄』・『字鏡集』諸本によれば、「皛」の字音は「カウ」あるいは「ハク」で、「アキラカナリ」「アラハス」「ウツ」「イチヂルシ」などと付訓する。田口和夫は、この「皛物」を「あきらかなる物」と訓み、「その場に合わないものの意」と解する。事実、本項では、まさに「(その場に合わないことが)あきらなるもの」が類聚されているが、やはり本項を「あきらかなる物」と総称することには、少なからず迂遠な印象が否めない。

一案として、大和言葉で愚者を意味する「白物(しれもの)」を、強調した言葉として「皛物」という漢語を造語した可能性を指摘したい。この「白物」という漢語は、たとえば源為憲(一〇一一没)による作詩・作文用の俚諺・成語を集成した幼学書『世俗諺文』〔寛弘四年(一〇〇七)八月一七日・自序〕に「借者白物〈倭之謂也〉。『朝野僉載』云。借他書、第一痴。道《(還)》他書、第二痴」とある。つまり、「他人に(書物)を貸す者は、愚か者である」という標題のもと、初唐の張鷟《ちょうさく》の文集『朝野僉載』から「他人に書物を貸す者が愚か者なら、(律儀に)返却する者もまた愚か者である」という文言を引用している(参照・蔵中進「失われた唐渡り書―張文成『朝野僉載』の周辺―」)。この「白物」という言葉を、「和製漢語」とする注記もさることながら、留意すべきことは、この「白物」が『世俗諺文』という漢学の幼学書に挙げられることであろう。『十々列烈集』・『十列烈集』・『酔醒記』「弘法大師戒語」・「弘法大師十五無益」が、いずれも和臭芬々たる漢詩文形式を採ることをも勘案するならば、「皛物」は「白物」を強調する言葉として、『万葉集』の「戯書」さながらに造語されたと解することが可能であろう。

また『二中歴』「十列歴・愚物」に収められる「去己妻憑人妻者」を『酔醒記』「弘法大師戒語・皛物」の「人妻憑男」と解し(補注4)、同じく『二中歴』「十列歴」の「愚物」に収められる「不品成望」を「身分不相応の望みをなす者」と解すれば、『酔醒記』「弘法大師戒語・皛物」の「無氏位立」に該当することとなろう。このように、『二中歴』「十列歴・愚者」と『酔醒記』「弘法大師戒語・皛物」との内容的な共通性に留意した場合にも、「皛物」は「甚だしく愚かなこと」の意とする意外には解しがたいのではないだろうか。

なお、参考として次頁に『酔醒記』「弘法大師戒語」・『十列烈集』・『十々列烈集』の「皛物」項の内容の共通関係を表示し、「弘法大師十五無益」と重複する条は『酔醒記』欄に太字にて示す。(「弘法大師十五無益」諸本間の文字異同については補注2参照。)

4 本項は、「人妻が男を憑む」とも、「人妻を憑む男」とも両方に訓み得るため、いずれを採るべきかは困難である。しかし、『二中歴』「十列歴・愚者」に「去㆓己妻㆒憑㆓人妻㆒者(己が妻を去りて、人妻を憑む者)」とあることを参考とするならば、「人妻を憑む男」と解するべきであろう。ちなみに、『酔醒記』中巻「宗祇百ケ条抜書」〔082-02〕にも「一、女にめ《目》をつけてみ送る事、しかも人のめ《女》などに」とする条が見られる。

5 『酔醒記』「世話」〔086-03〕では「木のぼり・川立、馬鹿がする」とあるように、無用な行動により、故意に生命を危険にさら

酔醒記	十列集	十々列集
深泥長袴	深泥長袴	遠路長袴
無氏位立	無氏仁立	
人妻憑男	人妻憑男	
無力腕立	無力腕持	
河立自讃	河立自讃	
木登自讃	木登自嘆	
朝高読経	朝高読経	
食事口立	食事口立	
日暮遠路	日暮遠路	
老者出仕	老者出仕	【可斟酌物】老耄出仕
【慎物】上下人短	【慎物】上下人短	上下人疑
【悪物】法師腕立	【悪物】法師腕持	法師腕立
【慎物】不習医道	【慎物】不習医道	不習医道
【慎物】夜行多言	【慎物】夜行多言	夜行声高
		見物大笠
		出仕長刀
		不雇批判
		無音助音

すことから、「河立」も「木登り」という行為そのものの評価は、決して芳しいものなかったことがうかがわれる。

なお『二中歴』「十列歴・危物」に「木登好人」・「深江渡者」、『十々列集』「第四・危物」に「老者木登」・「中風河立」が挙げられることから、「木登り」と「河立」は、危険を伴う行為として対比的に捉えられてきたことが窺われよう。

6 『酔醒記』「男女のうはさ」〔085-01〕にも「第六、高看経、口惜事に候べく候」とあるほか、天理図書館本『女訓抄』中巻にも「殊に、看経など、高く経読みたる、聞きにくきものにて候。かならず、看経《ママ》（注・「高看経」とあるべきか。）とて、人笑ふものなり」とあることから、声高に読経することは、当時の社会通念から逸脱した行為とされていたことが窺われよう。網野善彦は、日常社会で高音が忌まれた状況を前提として、寛弘四年（一〇〇七）七月三日「霊山院釈迦堂毎日作法」・元暦二年（一一八五）一月一九日「僧文覚起請文」などの記載から、中古・中世の僧侶集団内の読経・勤行でも高音が忌避された実例を挙げる（網野善彦「高音と微音」）。網野は、読経・勤行での音声を仏世界と俗世界との媒介と解し、高音は両世界の均衡を破壊する原因とされた可能性を示し、更に往生説話では、臨終正念で大音声の念仏・読経が必須とされることから、寺院社会のみならず世俗社会でも、声高の念仏・読経は死を連想される行為として敬遠された可能性にも言及している。

網野は極めて説得力をもつ見解を提示しているが、これに加えて以下の指摘も可能であろうか。総じて、寺院内で僧侶達が、我先に高音の読経をおこなうことは、自己の仏菩薩への帰依の篤さを他者と競合する行動にもつながり、僧侶集団での秩序を乱しかねない行為であるため、寺院内での高音の読経が厭われたとすることも可能であろう。また日常生活での「高看経」も、死の連想とともに、殊更に自らの信仰を誇示する行為として冷淡視されたのではないだろうか。

なお『酔醒記』が示すような、朝の時間帯での声高の読経を忌む例は、未勘である。しかし『尾籠集』には「仏神之前而高声経事」と「六巳前看経事」とする両条が収められることから、両条を合わせるならば、「六巳前」つまり現在の午前六時以前に声高な読経をすることを忌避する内容となり、本条の意図とも一致することとなろう。

7　宗祇作とされる『児教訓』には、不作法な若者の行動として、「茶の子いづれの用捨なく昆布一切をそのまゝに口へおしこみかみながら問はず語りをしいだして物いふ声は聞きにくし」とあり、『尾籠集』には、「於二人前一食巧《ママ》〔付〕食レ物之時、物云事」とする条を挙げる。また、『酔醒記』中巻「男女のうはさ」〔085-01〕が引用する道歌集『西明寺殿百首和歌』（『酔醒記』本文では『西明寺殿狂歌』とする）では、「寝る時と物食ふ時とちや《事本「ゆや」》ゝ風呂のうちにて物はいはぬ事なり」とする道歌が見られる。

8　参考として『酔醒記』「弘法大師戒語・慎物」・『十烈集』「第十一・慎物十」・『十々烈集』「第二・可二斟酌一物」項の内容の共通関係を下に表示し、「弘法大師十五無益」と重複する条は『酔醒記』欄に太字にて示す。（「弘法大師十五無益」諸本間の文字異同の詳細については補注2参照。）

9　単刀直入に、ものごとの根幹に関わる諫言や忠告を行うことで、上位者や同輩との人間関係が壊れることを危惧するか。越智美登子は、本条を詠み込む道歌として、大永五年（一五二五）九月四日の詠作とされる、荒木田守武『世中百首』の第八二番歌「第一に大事のいけん第二にはむしんの所望するな世中」と、道歌

酔醒記	十烈集	十々烈集
大事異見	大事異見	大事異見
愚者教化	愚者教化	愚者教化
不習医道	不習医道	【畠物】不習医道
無心所望	無心所望	無心所望
上下人短	上下人短	【畠物】上下人疑
夜行多言	夜行多言	出仕多言
下戸数盃	下戸数盃	下居数盃
隔心推参	隔心推参	隔心推参
高賤寄合	貴賤寄合	／
遠道財宝	遠路財宝	／
【悪物】酒狂物語	【悪物】酒狂物語	酩酔物語
【畠物】**老者出仕**	【悪物】老者出仕	老耄出仕
／	／	腰引行道
【悪物】**衆会大食**	【悪物】衆会大食	長座大食

集『見咲三百首和歌』第八六番歌「大事なるいけんにしなば有物をしたをかへり見思安じてきけ」の二首を挙げる。

10 狂言「宗論」では、浄土僧と法華僧との珍妙な「宗論」の果てに、「非学匠は論議に負けず」（天理図書館本『狂言六義』）ということで沙汰止みとなる場面が知られることから、本条の意味は、愚人に教え諭したとしても、屁理屈で抗弁するばかりで、結局は徒労に終わり不快な思いをするだけであるということであろう。また、愚人を敬遠する道歌としては、『慶長見聞集』所収の「愚息教歌百首」の第七九首目に「世間に鬼神よりも恐るべきものは道理を知らぬ人なり」が見られる。

11 越智美登子は、本条を詠み込む道歌として『見咲三百首和歌』第六六首「習なき医者の薬を飲むものはいのち飽きてや自害するらん」を挙げる。

12 「上下人短」の「短」については、『わらんべ草』五所載「弘法大師十五ノ無益」では「ソシリ」、『砂巌』六「一、十五無益〈空海定レ之〉」では「ヲチド」と付訓する。観智院本『類聚名義抄』・『字鏡集』諸本では、「短」の訓に「トガ・ソシル」を挙げることをも勘案し、「上下人短」は、相手構わず他人を批難する意と解した。なお、本条と類似する例は、『尾籠集』に「無二身分一而人ヲ嘲喚事」が挙げられよう。

ちなみに『十々烈集』「畾物」では、「上下人疑」とすることから「相手構わず他人を疑って掛かる」意となる。

13 『永禄本・節用集』では「夜行高言」、『徒然草寿命院抄』「弘法大師十五無益」では「夜行悪言」、『わらんべ草』「弘法大師十五無益」では「夜行悪口」、『謡曲拾葉抄』「熊坂」項所引「十連鈔」の「可レ嫌物事」にも「夜行之声高」とある。

なお「多言」とは、口数の多いことで、『天草版・金句集』「タゲンワ、ミヲガイス。ココロ・コトバ、ヲヲイモノワ、ソレヲモッテ、ワガミヲ、ホロボスゾ」などとあるほか、『酔醒記』「男女のうはさ」（085-01）の第七条にも「口はこれとがのかど、したは是わざはひのこんげんと申事、げにもとおもひ候」などとあることから、多言は舌禍を招く最大の原因とされ、「十列歴・危物」にも、「常好二口舌一人」が挙げられている。

また「夜行多言」とは、昼間とは異なり、夜中は静まりかえっているので、つい迂闊なことを口走ると、誰の耳に入るか分からず、その結果どのような災禍に及ぶか知れたものではないことを意味している。『永禄本・節用集』「弘法大師十五無益」の「夜行高言」では、夜中に声高に喋ること自体を戒めるが、これも舌禍を忌むゆえといえよう。越智美登子は、夜中の言談を戒める道歌として、『見咲三百首和歌』第五六番歌「夜の道物ばしいふなちやう《(張)》りやう《(良)》がそのいましめの法もこれなり」を挙げる。

14 「数杯（数盃）」は、『日葡辞書』・『易林本節用集』をはじめ中世後期以降に成立した古辞書類に立項される日常語であるが、たとえば『和漢朗詠集』に「一盞寒灯雲外夜　数盃温酎雪中春」（上・冬・冬夜・二七二）とあるように、情趣ある酒席をも示す詩語あるいは雅語とも解されていた（大蔵虎明本「連歌十徳」など）。ゆえに、この「下戸数杯」は、体質的に酒を受け付けない者が、興趣ある酒席に加わり、無理に数献を傾けたところ、結局醜態を晒してしまい、その場の雰囲気自体を台無しにするということを戒めたとするべきであろう。

15 貴人の面前での非礼を戒める教訓・道歌は、多数見受けられるが、貴人との同席そのものを制止する例としては、『尾籠集』所載の「与二高官之人一対座居事」・「上臈之座近寄事」の二条が挙げられよう。

16 たとえば、越智美登子は、大永五年（一五二五）九月四日の成立とされる、荒木田守武による道歌集「世中百首」の第八二首目に「第一に大事のいけん第二にはむしんの所望するな世中」とあることを指摘する。「無心所望」が、「大事異見」と同様に避けるべき基本的な社会規範として認識されていた様子が窺われよう。

なお、道歌集『見咲三百首和歌』、第九六首目には「無心かな見る物ごとに欲しがるは京も田舎も嫌ひこそすれ」とある。本道歌は、「無心所望」を詠み込み、目に付くものを手当たり次第に欲しがることをたしなめる内容であるが、これにつき思い起こされるのが、狂言「咲華（察化）」である。

狂言「咲華」では、登場人物「みごいのさつくわ」の名称の由来につき、では次のように語られている（天理本『狂言六義』「見乞咲華」）。

「あれは、都におゐて、みごいのさつくわと云て、大すつぱじや」と云、「みごいと云は、人の物を見て、乞うても取やうな者じやによつて、見乞いと云、さつくわと云は、盗人の意味じや」

狂言に登場する「すっぱ」は、詐欺師やいかさま師である場合が多いが、この『咲華』に登場する「みごいさつくわ」は、『見咲三百首和歌』第九六首歌をも勘案するならば、常日頃「無心所望」を行う人物であり、果ては「盗人」呼ばわりをされるている。無論、狂言に登場する人物像には誇張表現が多いが、いかに「無心

醉醒記	十列集	十々列集
上臈市立	上臈市立	貧者市立
女性口人	女性公人	女人口入
貧者見物	貧者見物	（貧者市立）
出仕雑談	出仕雑談	出仕高咲
衆中物語		
陣頭睡眠	陣頭睡眠	
酒狂物語	酒狂物談	【可斟酌物】酩酊物語
衆会大食	衆会大食	
武士臆病	武士臆病	
法師腕立	法師腕立	【皛物】法師腕立
	老者出仕	【可斟酌物】老耄出仕
		老人相撲
		平人高官
		出仕短尤
		出家博奕
		女人合戦
		座頭武具

所望」が忌避されたかが窺われよう。

17　参考として『酔醒記』「弘法大師戒語・悪物」・『十烈集』「第十二・悪物十」・『十々烈集』「第二・不レ似物」項の内容の共通関係を前頁に表示し、「弘法大師十五無益」と重複する条は『酔醒記』欄に太字にて示す。（「弘法大師十五無益」諸本間の文字異同の詳細については補注2参照。）

18　『酔醒記』「弘法大師戒語・悪物」では「女性口人」、『十烈集』「第十二・悪物十」では「女性公人」、『十々烈集』「第五・不レ似物」では「女人口入」とする。『酔醒記』の「口人」は、未詳、『十烈集』の「公人」は、本来、下級官吏の意であるが、「女性公人」なるものは制度的にも存在ない。おそらく、「十々烈集」「第五・不レ似物」に挙げる「女人口入」を採るべきであろう。「口入」は、政治や交渉への容喙の意で、女性の「口入」は、政治や人間関係に悪影響を及ぼすものとして、殊の外に忌避されてきた。例えば「建武式目」八条には「可レ被レ止二権門・女性・禅律僧口入一事」を挙げ、次条の公人の緩怠を戒める条文と共に、「此両条、為二代々制法一、更非二新儀一矣」とある。

19　『尾籠集』には「於二衆会座一二私物語スル事」とする条が認められることから、本条も参会の席上での談笑と解することが可能である。しかし、この義であれば次条「出仕雑談」と重複する印象が否みがたい。また「衆中」とは同輩や仲間内の寄り合い、「物語」は「雑談」と同じく談話の意であり、寄り合いの席での談話そのものを批難することも、不審であり一考を要しよう。

　ちなみに、「結城氏新法度」第六五条では、「物語・雑談」につき以下のように記載する。

「一　雑談は沢山にある物に候処、これのゐんにて、洞中又は他所、悪名批判、必々無用に候。殊に傍輩間之後言、是又更々不レ可レ叶候。又贔屓に候とて、つきなく褒め候はんも、こと〳〵しき事に候。唯、世上之弓馬・鷹・連歌、其外あるべき物語、可レ然候。於テ二後々一ニも、此の分、尤モニ候。」

つまり「結城氏新法度」では、誹謗や中傷や見え透いた世辞などのように、後に禍根を残し得るような「雑談・物語」が禁止され、武芸・鷹狩りや連歌などの教養に関する話題は、むしろ奨励されている印象すら見受けられる。ゆえに、「弘法大師戒語」で「悪物」とされる「衆中物語」とは、同輩や仲間の寄り合いなどで、他人に対する誹謗や中傷を話題とすることと解するのが穏当であろうか。ちなみに『尾籠集』にも「人寄合之時ニ人之上ヲ云事」が挙げられている。

20　『邦訳日葡辞書』「Gintŏ」に「コグチ。軍事的衝突、戦闘の折の最前線。また軍団や軍勢の先頭。また内裏の行幸などに随う公家などの行列の先頭」とある。ただし、『庭訓往来』「八月十三日状・単信」では、「若宮（石清水八幡宮か六条八幡宮）」へ参詣する足利将軍の行列の最前列と、これを迎える「若宮」側の行列の最前列を共に「陣頭」と称することから、隊伍を組んだ一団の最前列を「陣頭」と称したらしい。

　ただし本条に見られるように、「陣頭睡眠」とあれば、隊伍の先頭位置に立ちながら居眠りをするという奇妙な意味となる。あるいは、合戦の最前線での露営の折に、緊張感もなく惰眠を貪ること示すか。あるいは『庭訓往来抄』によれば、「陣頭ハ、人ノイカ程モ集マル所ヲ陣ト云ナリ」とあることから、集会での最前列に座りながら、居眠りをすることを意味するものか。この意に解するならば、『十々烈集』「第九・無益物」の「聴聞睡眠」と同義となる。

21 宴席や会食で自ら料理や菓子を取り分ける場合の心得については、「北条重時家訓」第八・九条に次のようにある。

「一（注・第八条）人にゐぐみたらん所にては、肴・菓ていのあらんをば、我もとるやうに振舞とも、とりはづしたる様にて、人に多くとらすべし。又それも人の見ゆるやうにはあるべあらず。
一（注・第九条）料理などする事あらば、人に参らするより、我に多くする事なかれ。さればとて、事の外に少くするもわろし。よき程にあるべし。」

いずれも、自らの取り分に対しては、わざとらしからぬ態度で控えめに振る舞うことが指示されている。

22『十々烈集』「畠物」に「法師腕立」を収め、「弘法大師十五無益」では、「出家腕立」（『寿命院抄』・『わらんべ草』・『叢塵集』）と「法師腕立」（『節用集』・『砂巌』・『かさぬ草子』「天神十五無益」）の両様が認められる。

田口和夫は、『十々烈集』・「弘法大師十五無益」に見られる、「法師腕立（出家腕立）」と謡曲「熊坂」の詞章との関連につき注目している。謡曲「熊坂」（幽霊熊坂）は、源義経に誅殺された盗賊、熊坂長範の亡霊をシテとする曲で、長範の亡霊が、生前の非道を悔いて、法体となりながらも武装姿で、旅人を盗賊から護る様子が描かれている。この謡曲「熊坂」のなかで、長範の亡霊が、自らの風体につき自嘲気味に語る左記の詞章が見られる。

「支証なき手柄、似合わぬ僧の腕立て、さこそおかしと思すらん、去ながら仏も、弥陀の利剣や愛染は、方便の弓に矢を矧げ、多聞は鉾を横たへて、悪魔を降伏し、災難を攘ひ給へり。」

田口は、『謡曲拾葉抄』「熊坂」条の「似合わぬ僧の腕立て」とする詞章に以下の記載が認められることから、『十々烈集』所収の項目と藝能との関連につき述べている。

「此語は妙楽大師（注・湛然）の十五無益の一也。十連鈔云、可ㇾ嫌物事、法師之腕立、夜行之声高、出仕之長刀〈文略〉。」

以上の『謡曲拾葉抄』に記載から、詳細は不明ながら、江戸時代初期には、妙楽大師つまり唐代の湛然に擬託された、「弘法大師十五無益」と類似した内容の「十五無益」が伝存し、かつ『十烈集』と同様の形式・内容を備えたと思われる『十連鈔』なる作品も存在したことが窺われる。

〔084〕

1『月庵酔醒記』が『無名抄』を受容したと思われる箇所を、いま日本古典文学大系本の『無名抄』の目次に通し番号を付し、その番号によって一覧すると、次のとおりである。

16 ますほの薄事
17 井手款冬蛙事
19 貫之家事
20 業平家事
21 周防内侍家事
22 あさも川明神事
23 関明神事
24 和琴起事

26　人丸墓事
37　猿丸大夫墓事
38　黒主成神事
39　喜撰住事
40　榎葉井事

これをみると、『酔醒記』は16から26まで（18関清水事と25中将垣内事とを欠く）と、37から40までの二つのブロックの記事を採っていることが知られる。そして、それらは次のように配置されている。

上巻
001-01　22あさも川明神事
001-28　23関明神事
001-31　38黒主成神事
021　24和琴起事

中巻
084-01　26人丸墓事
084-02　37猿丸大夫墓事
084-03　39喜撰住事
084-04　20業平家事
084-05　19貫之家事
084-06　21周防内侍家事

下巻
113　16ますほの薄事
119　17井手款冬蛙事・40榎葉井事

『酔醒記』の配列は『無名抄』のままにはなっていないが、これは『酔醒記』が『無名抄』の内容を十分に咀嚼した上で自らの記述にふさわしい形に類纂し直したためであろう。全体は「001神祇」（021「楽器」）、「084雑話（墓と住居跡）」、「113・119植物」から構成されており、38黒主成神事は37・38・39から切り離されて上巻001の中に移され、20業平家事・19貫之家事・21周防内侍家事は39喜撰住事に続ける形で住居跡の記述として纏められている。『酔醒記』が『無名抄』の順序を崩して喜撰・業平・貫之・周防内侍の順に記すのは、恐らく各人の生没年を意識した結果であろう。また、18関清水事と25中将垣内事を欠くのは内容的にこれらを必要としなかったからかと思われる。

　『酔醒記』の参観したテキストが今日見るような完全な形の『無名抄』であったか、抄出本や断片の類であったかは判然としないが、所与のテキストを意図的に再構成して利用したことだけは確かであり、なかには語句や表現の改変も含まれている。それらの具体的なありようについてはそれぞれの補注を参照されたい。

〔084-01〕

1　「人丸の墓は大和国に有り。初瀬へ参る道なり。人丸の墓といひて尋ぬるには、知れる人もなし。彼の所には歌塚とぞいふなる」（『無名抄』「人丸墓事」）。

2　人麻呂の墓が「歌塚」と呼ばれるようになったのは、藤原清輔が卒塔婆を建て、自歌を書き付けたことに由来するか。

　やまとの国いそのかみといふところに、かきのもと寺といふ所のまへに、人丸がはかありといふをききて、
そとばをたてけり。かきのもとの人まろ墓としるしつ

けて、かたはらにこの歌をなむかきつけける。

よをへてもあふべかりける契こそこけのしたにも朽ちせざりけれ

（『清輔朝臣集』四四四）

顕昭の『柿本朝臣人麿勘文』には「墓所事　考二万葉一人丸於二石見国一死去了。其間和歌等、度々前註了。而清輔語云、下二向大和国一之時、彼国古老民云、添上郡石上寺傍有レ杜。称二春道杜一。其杜中有レ寺。称二柿本寺一。是人丸之堂也。其前田中有二小塚一、称二人丸墓一。其塚霊所而常鳴云々。清輔聞レ之、祝以行向之処、春道杜者有二鳥居一。柿本寺者只有二礎計一。人丸墓者四尺計之小塚也。無レ木而薄生。仍為二後代一建二卒塔婆一、其銘書二柿本朝臣人丸墓一。其裏書二仏菩薩名号経教要文一。又書二予姓名一其下註二付和歌一。

世をへてもあふべかりける契こそ苔の下にも朽ちせざりけれ

帰洛之後、彼村夢感云、正二衣冠一之士三人出来、拝二此卒塔婆一而去云々。其夢風二聞南都一、知二人丸墓決定由一云々。

私按、人丸於二石州一雖二死亡一、移二其屍於和州一歟。其例惟多。彼惟仲帥者於二宰府一雖二薨逝一、移二其屍於花洛東白川辺一而葬レ之云々。」という記述が見える。

なお、佐々木孝浩に人麿塚墓参の歴史的展開について追究した「人麿展墓の伝統―人麿信仰の一展開―」（国文学研究資料館紀要、第一八号）がある。

〔084-02〕

1　「或人云、「田上の下に曾束と云ふ所あり。そこに猿丸大夫が墓あり。庄の境にて、そこの券に書き載せたれば、皆人知れり」（『無名抄』「猿丸大夫墓事」）。

猿丸大夫の墓については、『方丈記』にも「アユミワヅラヒナク、心トヲクイタルトキハ、コレヨリミネツヾキ、スミ山ヲコエ、カサドリヲスギテ、或ハ石間ニマウデ、或ハ石山ヲヲガム。若ハ又アハヅノハラヲワケツヽ、セミウタノヲキナガアトヲトブラヒ、タナカミ河ヲワタリテ、サルマロマウチギミガハカヲタヅヌ」と記されている。

『榻鴫暁筆』第三「猿丸大夫」には、「本朝の歌仙に猿丸太夫と申侍るを、或人いわく、弓削の法皇のなりしはての名なりといへり。いかゞ侍けん、しりがたし。近江国田上のしも、そづかといふ所にこそ、彼人のはかはあれ。庄のさかひにて、そこの券に書のせたれば、皆人しる所なり」とある。

〔084-03〕

1　「又、御室戸の奥に廿余町ばかり山中へ入りて、宇治山の喜撰が住みける跡あり。家はなけれど、堂の石ずへなど定かにあり。此等必ず尋ねて見るべき事也」（『無名抄』「喜撰住事」）。

長明は如上、足に任せて各地の名跡を尋ね歩いたようであり、喜撰の遺跡も実際に訪れた可能性が高い。しかし、その礎は月庵の時代には既に不確かになっていたものと思われる。

『榻鴫暁筆』第三「喜撰法師」にも、「宇治山喜撰と云は、或人陽成院の御法体の御名なりといへり。是もいか成事にか侍けん、都のたつみしかぞすむと詠るいほりの石ずへのいし今に彼所にあり。いかでか彼帝のかしこに住せ給ふべきや。又件の歌「世をうぢ山と人はいへども」とよむべかりしを、「世を宇治山と人はいふなり」とよめるにぞ。古今の序に、「喜撰が歌は言葉かすかにしてはじめをはりたゞしからず」とかけるとぞ。又定家自筆の古今序に喜撰と書てかたに喜撰异と細字にかゝれたる本侍り」とある。

2 『古今和歌集』仮名序に「宇治山の僧喜撰は、言葉微かにして、始め、終り、確かならず。言はば、秋の月を見るに、暁の雲に、遭へるがごとし。（わが庵は宮この辰巳しかぞ住む世を宇治山と人は言ふなり。）詠める歌、多く聞えねば、かれこれを通はして、良く知らず」と記されている。

〔084―04〕

1 「又、業平中将の家は、三条坊門よりは南、高倉面に近くまで侍き。柱なども常のにも似ず、ちまき柱といふ物にて侍けるを、いつ比の人の仕業にか、後に例の柱のやうに削りなしてなん侍し。長押も皆まろに角なく作りて、真に古代の所と見え侍りき。中比晴明が封じたりけるとて、火にも焼けずしてそのひさしさありけれど、世の末にはかひなくて、一年の火に焼けにけり」（『無名抄』「業平家事」）。

呉文炳氏旧蔵本・弘安七年本などは、末尾を「…ひとゝせの火に焼けにき」とする。

『酔醒記』は『無名抄』の傍線部を欠く（省筆する）が、同様の記述は『榻鴫暁筆』にも見られるところから、あるいは『酔醒記』と『榻鴫暁筆』のもとになったテキストが存したとも考えられようか。

「…又業平今の平安城にては、三条坊門より南、高倉の西に住れけるとなん。其家の柱つねにも似ず、ちまき柱といふものにて、みなまろに侍り。中比晴明が封せしによりけるとて、火にもやけず、其儘久しく有けれど、世の末になりて、かひなく一とせの火に焼にきと、鴨長明は書ける」（『榻鴫暁筆』第三「在原業平」）。

業平伝については、目崎徳衛『在原業平・小野小町』筑摩書房、一九八〇、参照。

〔084―05〕

1 「或人云、「貫之が年比住みける家の跡は、勘解由小路よりは北、富の小路よりは東の隅なり」」（『無名抄』「貫之家事」）。

貫之の家については、『拾芥抄』諸名所部、第二十、桜町の注に、「同（中御門北）、万里小路東、南庭多桜樹、故号桜町云々。歌仙貫之家」とあり、『中古京師内外地図』は春日小路北、万里小路東の一画を「尊躰寺、紀貫之、一仏陀寺」に宛てている。『無名抄』『拾芥抄』『中古京師内外地図』の示す所はそれぞれ極めて近いが、一致しない。

因みに、『土佐日記』には、任地の土佐からこの家に帰り着いた折のことが、「京に入りたちて嬉し。家に到りて、門に入るに、月明ければ、いとよく有様見ゆ。聞きしよりもまして、言ふかひなくぞ毀れ破れたる。家に預けたりつる人の心も、荒れたるなりけり。中垣こそあれ、一つ家のやうなれば、望みて預かれるなり。さるは、便りごとに物も絶へず得させたり。今宵、「かゝること」と、声高にものも言はせず。いとは辛く見ゆれど、志はせむとす。さて、池めいて窪まり、水漬ける所あり。ほとりに松もありき。五年六年のうちに、千年や過ぎけむ、かたへはなくなりにけり。今生ひたるぞ交れる。大方のみな荒れにたれば、「あはれ」とぞ人

〴〵言ふ。思ひ出でぬことなく、思ひ恋しきがうちに、この家にて生まれし女子の、もろともに帰らねば、いかゞは悲しき。船人もみな、子たかりてのゝしる」と記されている。

〔084-06〕

1 「又、周防内侍、「われさへ軒の忍草」とよめる家は、冷泉堀川の北と西との隅也」(『無名抄』「周防内侍家事」)。

周防内侍の家については、『今鏡』『今物語』『山家集』等に記述がある。

「堀河の帝の内侍にて、周防といひし人の、家を放ちて外に渡るとて、柱に書きつけたりける、

住みわびて我さへ軒のしのぶ草しのぶかた〴〵しげき宿かな

と書きたる、その家は残りて、その歌も侍るなり。見たる人の語り侍りし、いと哀れにゆかしく。その家は、かみわたりにや、いづことかや、冷泉院《ママ》堀河の西と北との隅なる所とぞ、人は申しゝ。おはしまして御覧ずべき事ぞかし、まだ失せぬ折に」(『今鏡』打聞第十)。

「昔の周防内侍が家の、あさましながら、建久のころまで、冷泉堀河の西と北とのすみに、朽ち残りてありけるを、行きて見ければ、

我さへ軒のしのぶ草

と、柱に昔の手にて、書き付けたりしがありける、いとあはれなりけり。これを見て、ある歌よみ書き付けける、

これやその昔の跡と思ふにもしのぶあはれのたえぬ宿かな」

(『今物語』三九)。

「周防内侍、「われさへのきの」と書きつけける古里にて、人々思ひを述べける、

いにしへはついゐし宿もあるものを何をか今日のしるしにはせん」(『山家集』中・雑・七九九)。

これらによれば、建久(一一九〇～一一九九)のころまで朽ち残っていたことが知られる。

2 『周防内侍集』三〇に

もろともにありしはは、はらからなどもみななくなりて、心ぼそくおぼえて、すみうきたびどころにわたりて、ほとけなどくやうするに、くさなどもしげくみえしかば、

すみわびてわれさへのきのしのぶぐさしのぶるかたのしげきやどかな

とある。この歌は『金葉和歌集』(九・雑部上・五九一)に、

家を人に放ちて立つとて柱に書き付け侍ける　周防内侍

住みわびて我さへ軒の忍ぶ草しのぶかたがたしげき宿かな

として入集している。

〔084-07〕

1 『毘沙門堂本古今集註』は、『古今和歌集』の序の一節に「ナニハヅノ歌ハミカドノオホムハジメナリ」とある部分に、「彼王仁ハ日本人ニハ非ズ。百済国ノ臣下也。日本ニ文道ヲ弘タメニ、応神天皇ヨビ給タル人ナリ。日本文道ノ初也。此人ハ漢高祖ノ後胤、王珣《ヨウ》ガ孫、王朗ガ子ナリ」と注している。『酔醒記』はこの種の古今注によったものと思われる。

『古今和歌集頓阿序注』には「…その時、王仁と云て、皇子に仕へ奉る人の、

　なにはづに咲やこの花冬ごもり今は春べと咲やこの花

と読たりければ、此歌の理にめでて、御くらゐにつかせ給ふ也。仁徳天皇、是也。かの王仁と云は、神功皇后しんら・かうらい・はくさい、三韓を打ちしたがへ、御帰朝の時、めしつれられし人なり。しんら王とて、かしこき人也」とある。

2　王仁の渡来については、記紀に次のように記されている。

「又百済国に、「若し賢しき人有らば貢上れ。」と科せ賜ひき。故、命を受けて貢上れる人、名は和邇吉師。即ち論語十巻、千字文一巻、并せて十一巻を是の人に付けて即ち貢進りき。(此の和邇吉師は文首等の祖)」(『古事記』中「応神天皇」)。

「…阿直岐、亦能く経典を読めり。即ち太子菟道稚郎子、師としたまふ。是に、天皇、阿直岐に問ひて曰はく、「如し汝に勝れる博士、亦有りや」とのたまふ。対へて曰さく、「王仁といふ者有り。是秀れたり」とまうす。時に上毛野君の祖、荒田別・巫別を百済に遣して、仍りて王仁を徴さしむ。其れ阿直岐は、阿直岐史の始祖なり。

　十六年の春二月に、王仁来り、則ち太子菟道稚郎子、師としたまふ。諸の典籍を王仁に習ひたまふ。通り達らずといふこと莫し。所謂王仁は、是書首等の始祖なり」(『日本書紀』一〇「応神天皇」)。

3　王仁の出自については、『続日本紀』延暦一〇年四月八日条の文忌寸最弟らの上言に「漢の高帝の後を鸞と曰ふ。鸞の後、王狗、転りて百済に至れり。百済の久素王の時、聖朝、使を遣して、文人を徴し召きたまへり。久素王、即ち狗が孫王仁を貢りき。是、文・武生らが祖なり」とあるのが参考になる。

4　仁徳天皇は王仁の「難波津に咲くやこの花冬籠り今は春べと咲くやこの花」という歌によって即位したという。『古今和歌集』序に、「難波津の歌は、帝の御初め也。〔大鷦鷯帝の、難波津にて、親王と聞えける時、東宮を、互ひに譲りて、位に即き給はで、三年に成りにければ、王仁と言ふ人の、訝り思て、詠みて、奉りける歌なり。この花は、梅の花を言ふなるべし〕」とある故事を踏まえる。

5　月庵（直朝）は王仁の「今は春べ」の故事を踏まえた歌を詠み、次のように自解をしている。

　ふるさとの難波わたりの梅がかに今もむかしの春風ぞ吹

　　難波の梅といへば、むかし王仁が、今は春辺と読みしことを思ひ出ぬ事のなければ、その古風を、今もむかしの春かぜとはいへる也。(『桂林集注』七)

〔084-08〕

1　『毘沙門堂本古今集註』は、『古今和歌集』序の「シカアルノミニアラズ、サヾレイシノニタトヘ、ツクバ山ニカケテキミヲネガヒ」という一節に、「一ニハ筑波山ト云。コレハ、日本記云、崇神天皇ノ御時、日本ニ金ノ山ヲツクベキ御願アリ。シカレドモ可叶ニモアラザレバ、是ヲ神ニ祈給ケルニ、唐土ノ五台山ハ金ノ山也。彼山ノヒツジサルノ方闕テ飛来テ、二ニ分テ、一ハ吉野山トナリ、一ハ常陸国ノツクバ山トナレリ。サレバ、モロコシノ吉野ノ山ト古今ニモヨミ、モロコシノ筑波ノ山ト拾遺ニモヨメリ」と注している。この種の古今注によるのであろう。

唐の五台山が欠けて飛んできて吉野山と筑波山になったとするこの説話は、他に『古今和歌集頓阿序注』『古今和歌集序聞書三流抄』にも見える。ただし、『三流抄』は「綏靖天皇ノ御時」とする。

「此山（常陸国筑波山）は、むかし、崇神天皇の御時、日本に金の山をつくるべき御願ましますに、此事、無左右かなふまじければ、神に祈り給ひしに、神のめぐみにやありけん、大唐の五台山は金山なりしが、此山のひつじ・さるの方、ゆりかけて日本へわたり、二つにわれて、一つは吉野山となる。一つはつくば山と成たり。されば、この山の、もろこしまでかくれなきごとく、君の御めぐみのかくれなきと云儀也。筑波山の説、多しといへども、先、是を用也。されば、古今には、もろこしの吉野の山とよみ、拾遺には、もろこしのつくば山ともよめり」（『古今和歌集頓阿序注』）。

「日本紀云、「綏靖天皇ノ御時、日本ニ金ノ山ヲ造ラント云事ヲチカヒマシマシテ、此事ヲ乙見ト云人ニ仰合セ給ニ、奏シテ云、『日本ハ小国也。此事難レ叶。然バ大国ノ金山ヲ宣旨ヲ以テ請ジ玉』ト奏ス。『其儀可レ然』トテ宣旨ヲ以テ大国ニ向テ金ノ山ヲ請ジ玉フ。仍、大唐ノ五台山ノ未申ノ方カケテ飛来ル。二ツニ破テ一ハ金峯山トナル、一ツハ常陸ノ筑波山トナル此時也。綏靖ノ御威徳ノ如ク今ノ帝モ御座セト願也。サレバ此集ニハ、

　唐ノ吉野ノ山ニ籠ルトモ後レジト思フ吾ナラナクニ

後撰集ノ雑歌ニ、

　唐ノ筑波ノ山ノ枝シゲミ君ガミカゲハシゲキカゲ哉

サレバ、是ラノ歌、皆、唐ノト云ハ、唐ヨリ飛来ル故也」（『古今和歌集序聞書三流抄』）。

なお、これと類似するものに吉野山（金峯山・大峯山）の由来譚があり、少しずつ形を変えて諸書に見える。

「貞崇禅師述、金峰山神区之古老相伝云、昔漢土有金峰山。金剛蔵王菩薩住也。而彼山飛移泛海面来是間。金峰山則是彼山也。…」（『吏部王記』承平二年二月一四日条）。

「彼峯（大峯）本非二日本国山一。即仏生国山也。従二空中一飛二来我朝一所二落留一也。垂跡神明仏生国鎮守也」（『私聚百因縁集』八「役行者事」）。

「此帝（宣化天皇）ノ三年ニ空ニ数万ノ声シテ菩薩来ト聞シカバ、大臣已下怪テ、天照大神ニ御祈請有キ。其後仏生国ノ東南、金剛崛ノ坤ノ山カケテ、雲ニ乗飛来、南山ニ留ル。今大峯是也。大日ノ嶽ニ持呪仍海摩尼高名等ノ五人ノ仏アリ。是五智如来トモ云ヘリ。去レバ、此山ヲ唐吉野ノ山トモ読リ。此故也」（『神明鏡』上）。

『吏部王記』の記事は、『古今著聞集』二「貞崇禅師金峰山神変に就いて述ぶる事」のほか、『和歌童蒙抄』『奥義抄』『袖中抄』等の歌学書に引かれている。もっとも、これらの歌学書では、『古今集』一〇四九番歌の解釈としては、「したふ心ざしのせめてふかきよしをいはん」ための修辞と解されている。いま『奥義抄』を引いておく。

「此歌ものしりたりとおぼしき人は、李部王の記に、吉野山は五台山のかたはしの雲に乗りて飛びきたるよし見えたり。されば もろこしの吉野の山といふ也など申せども、今案のごときこゆる。たゞ心ざしふかきよしをいはむとて、もろこしのよしのゝ山とは、今いひいでたることなり。もろこしへいなむには、都にあらむを

だに尋ねいたるべきにあらず。又此国なりともよしの山にいりなむ人をば、おぼろけの心ざしなくては尋ね行きがたし。いはんやもろこしにとりて、この国のよし野山のごとくにあとたえたる所にいりたりとも、われはおくれじとよめるとぞ見ゆる。もろこしによしの丶山をおけるに、誹諧の心はある歌とぞ見えたまふる。もとよりもろこしのよし野の山と云ふならばさせる心もなき歌にてこそはべらめ。」

　廣田哲通「唐土の吉野をさかのぼる―吉野・神仙・法華持者―」国語と国文学・五八―一二（『中世仏教説話の研究』所収）参照。

〔084-09〕

1　『毘沙門堂本古今集註』は、序の「ソノホカニチカキ世ニソノ名キコエタル人ハ、スナハチ僧正遍昭ハ、歌ノサマハエタレドモ、マコトスクナシ。タトヘバ、ヱニカケルヲウナヲミテ、イタヅラニ心ヲウゴカスガゴトシ」という箇所に、「註曰、遍昭者桓武天皇孫、安世大納言二男、俗名良少将宗貞也」と注している。

　『古今和歌集序聞書三流抄』には「僧正遍昭トハ、桓武天皇ノ孫、長岡大納言良峯安世ガ二男也。俗名ハ四位少将宗貞。仁明天皇崩御ノ時斉衡二年三月十三日、十七ニシテ出家。法名行覚。清和御時、遍昭寺ヲ作テ僧正ニ任ズ。仍テ遍昭僧正ト云。六十九ニテ卒ス」とある。

〔084-10〕

1　『毘沙門堂本古今集註』は、序の「宇治山ノ僧キセムハ、コトバカスカニシテ、ハジメヲハリタシカナラズ。…ヨメルウタモオホクキコヱネバ、カレコレヲカヨハシテヨクシラズ」という箇所に、「註曰、宇治山ノ喜撰ハ橘奈良丸ガ二男也。此人ノ歌一首ヨリ外ハキコエザル事ハ、トク遁世シテ宇治山ニコモリキルユヘニ、読ル歌ヲ人ニシラレヌ也」と注している。

　『古今和歌集序聞書三流抄』には「宇治山ノ僧喜撰ハ、諸兄大臣ノ彦奈良丸ノ孫、周防守良殖子也。醍醐法師。宇治山ニ遁世シテ住ケル也」とある。

〔084-11〕

1　『毘沙門堂本古今集註』は、序の「ヲノ丶コマチハ、イニシヘノソトホリヒメノナガレナリ。アハレナルヤウニテツヨカラズ。イハヾ、ヨキヲウナノナヤメル所アルニ丶タリ。ツヨカラヌハ、ヲウナノウタナレバナルベシ」という箇所に、「註曰、小野小町ハ桓武ノ後胤、出羽郡司小野常初ガムスメ也」と注している。

　小町のことは一二世紀前半に藤原仲実によって著された『古今和歌集目録』に、「出羽郡司女。或云、母衣通姫云々。号比古姫云々」と記されているのが最古であるが、父の名については常初とするもの（『毘沙門堂本古今集註』『古今和歌集序聞書三流抄』等。『三流抄』はその職を「出羽守」とする）と、良真（良実）とするもの（『尊卑分脈』『小野氏系図』『古今和歌集頓阿序注』『和歌知顕集』等）とがある。『酔醒記』は義実とする点で、『毘沙門堂本古今集註』とは完全には一致しない。

　「小野小町ハ古ノ衣通姫ノ流也トハ、ソトヲリヒメガ歌ノ流ヲ受テヨム也。氏ノ末ニハ非ズ。小町ハ中納言良実ノ孫、出羽守小野常初娘也」（『古今和歌集序聞書三流抄』）。

「篁―良真―女子〔小町〕」（『尊卑分脈』『小野氏系図』）。
「此人は出羽郡司小野良実が女也」（『古今和歌集頓阿序注』）。
「かの女は出羽郡司、小野のよしいゑが子、おなじ郡司よしざねがむすめなり」（『書陵部本和歌知顕集』）。
小野小町伝については、片桐洋一『小野小町追跡』（笠間書院、一九七五）、伊東玉美『小野小町―人と文学』（勉誠出版、二〇〇七）、等参照。

〔084―12〕

1　『毘沙門堂本古今集註』は、序の「大伴ノクロヌシハ、ソノサマイヤシ。イハゞタキゞオヘル山人ノ、花ノカゲニヤスメルガゴトシ」という箇所に、「註云、大伴黒主ハ于時従五位下。大伴旅人子也」と注している。
『古今和歌集序聞書三流抄』には「大伴黒主ハ宣化天皇ノ後胤、猿丸太夫ガ孫、大伴列子ガ子也」とある。

〔084―13〕

1　以下、084―16までの四条は、序に「…延喜五年四月一八日ニ、大内記紀友則、御書所アヅカリ紀貫之、前甲斐サウ官オフシカウチノミツネ、右衛門府生ミブノタゞミネラニオホセラレテ、万葉集ニイラヌフルキウタ、ミヅカラノヲモタテマツラシメタマヒテナム」とある、撰者に関する注である。
「友則、于時大内記也。少納言紀有朋ガ子也」（『毘沙門堂本古今集註』）。
『古今和歌集序聞書三流抄』には「大内記紀友則トハ、紀納言長谷雄ノ孫、大和守有朋ガ二男」とある。

〔084―14〕

1　「紀貫之、于時木工頭也。隠岐守文幹〈モト〉ガ二男也」（『毘沙門堂本古今集註』）。
『古今和歌集序聞書三流抄』には「御書所ノ預リ紀貫之トハ、紀文幹ガ子也。于時木工頭。御書所ノ預リトハ、延喜ノ御時、歌ノ御書ヲ預ケヲカル、ニヨリテ云。抑、此貫之ト云ハ、父文幹、長谷寺ニ参リテ有ケルニ、経ヲ玉ハリタルト夢ニ見テウメル処ノ子也。依テ童名ヲ内教房ト云。三十四ニテ勅ヲウクル。七十九歳ニテ卒ス」とある。
貫之伝については、目崎徳衛、人物叢書『紀貫之』（吉川弘文館、一九六一）、村瀬敏夫『紀貫之伝の研究』（桜楓社、一九八一）、参照。

〔084―15〕

1　「躬恒、于時甲斐目也。凡河内名次ガ子也」（『毘沙門堂本古今集註』）。
『古今和歌集序聞書三流抄』には「躬恒トハ、于時甲斐ノ小目、姓ハ凡河内也。是ハ行武ガ孫、湛利ガ子也」とある。

〔084―16〕

1　「忠峯、于時右衛門府生。此ハ和泉右大将藤原定国ノ随身也」（『毘沙門堂本古今集註』）。
『古今和歌集序聞書三流抄』には「忠岑トハ、于時右衛門府生。

是ハ和泉右大将藤原定国ガ随身。忠氏ガ孫、忠衡ガ子也」とある。

　忠岑が定国の随人であったことは『古今和歌集目録』にも「和泉大将定国随人」とあるとおりであり、そのことは次の『大和物語』一二五段の記述からも推測される。

「泉の大将、故左のおほいどのにまうでたまへり。ほかにて酒などまいり、酔ひて、夜いたく更けてゆくりもなく物したまへり。おとゞおどろき給ひて、「いづくに物したまへる便りにかあらむ」などきこえ給ひて、御格子あげさはぐに、壬生忠岑御供にあり。御階のもとに、まつともしながらひざまづきて、御消息申す。

　　「かさゝぎの渡せるはしの霜の上を夜半にふみわけことさら
　　　にこそ

となむ宣ふ」と申す。あるじの大臣いとあはれにおかしとおぼして、その夜夜一夜大御酒まいりあそび給て、大将も物かづき、忠岑も禄たまはりなどしけり。

　この忠岑がむすめありときゝて、ある人なむ「得む」といひけるを、「いとよきことなり」といひけり。男のもとより「かのたのめたまひしこと、このごろのほどにとなむおもふ」といへりける返り事に、

　　わがやどのひとむらすゝきうら若みむすび時にはまだしかり
　　けり

となむよみたりける。まことに又いと小きむすめになむありける。」

〔084−17〕

1　『毘沙門堂本古今集註』は、序の「ソレマクラコトバ、春ノ花ニホヒスクナクシテ、ムナシキ名ノミ、秋ノ夜ノナガキヲカコテレバ…」という箇所に、「註云、マクラコトバト者、臣等トカケリ。日本記ニハ臣等神奴〈マクラノカムヤツコ〉ト云リ。又毛詩ニモ臣等トカキテマクラトヨメリ」と注している。

2　「枕言とは臣等とかけり」という『毘沙門堂古今集註』及び『月庵酔醒記』の説は、『古今和歌集』仮名序が「それ、まくらことは、春の花匂ひ少なくして」とするところを、真名序が「臣等、詞少ニ春花之艶ニ」とするところから生じた解釈である。しかし、仮名序の「(それ)まくらことは」については、①「まくらことば(枕詞)」と解する説、②「まくら、ことば」と解する説、③「まくらごと(枕言)は」と解する説などがあって、必ずしも「枕詞」を指すものとは限らない。
　真名序との関係からいえば、「まくら」という語が「臣等」に対応しており、その訓みは『九条家本文選』が巻一九に「臣等区区」「臣等受面欺之罪」とあるところを「マクラ」と訓み、『温故知新書』が「臣等〈マクラ〉」と訓んでいることによっても裏付けられる。その点、「まくらといふは、臣等といふ也。真名序ニ云、臣等詞少春花之艶、名竊秋夜之長云々。臣等を、まくらといふ事、分明也」(『古今和歌集序聞書三流抄』)、「まくら、秘事也。その心ちは、夫、貫之等ト云。夫、臣等トモ、夫某等、常事也。但、重問、まくら何字哉。答、而字也。漢高祖称而、帝者称朕。如此事也。それ貫之等、詞の花ににほひすくなしト卑下シタル也」(『明疑抄』)、「まくら詞とは、臣等詞也。われらが詞と云がごとし。臣等〈マクラ〉」(『蓮心院殿説古今集註』)というのが首肯される。

　因みに、夙に賀茂真淵が『冠辞考』で、「枕詞てふ語は、延喜

・承平などの御時まではなくて、後にいひ出し也けり」とし、「今ある古今和歌集の序に、まくら詞と有を以ていふ人侍れど、是はそれまろらと有しを、後にまくらと書そこなひしもの也。真名序に夫臣等と書り。臣等はおみらともよむを、又くだりてまろらといふも古き語也。且こゝは夫まろらと転切て、詞は春の花の云々と唱ふべき文の法也。こを以てこゝの例にいふは、とらず」と説いている。

〔084-18〕

1　「夏ハ陽ヲ冬ニハ陰ヲ行」（『諺苑』）。「善事をいつもあるかと思ふなよ、夏あつければ冬のさむさよ」（『長者教』）といった諺が当時、流布していた。しかし、これらの句は、夢窓の和歌、語録、道歌集には管見の限り見当たらない。

〔084-19〕

1　肖柏が名を変え、出家したとされる文明五年頃、右大将と称された可能性のある人物には、久我通尚（文明一四年（一四八二）没）、近衛教基（寛正三年（一四六二）没）、今出川教季（文明一五年（一四八三）没）、三条公季（延徳元年（一四八九）没）などが挙げられる。その中で、久我通尚の名を頭注で挙げたのは、肖柏の出身である中院家と久我家は村上源氏としてつながりが深く、また、同じ久我家の嗣通（右中将どまり。）が文正元年に自殺している（『大乗院寺社雑事記』文正元年（一四六六）七月三十日条、『後法興院政家記』同年七月一九日条に関連記事あり）ことなどから、久我嗣通との混同が起こった可能性も考慮に入れた故である。右大将の確定については、不明な点が多く、今後、さらに検討の必要があろう。

2　宇治の名物の鰻（『物類称呼』によれば、鰻は宇治の物産故に宇治麻呂と呼ばれたとある。）と芋が連想的に結びつく理由として、「山の芋が鰻になる」（あらゆるものは変化する意。）という諺の流行が挙げられる。古浄瑠璃には都伝内の「山のいもうなぎの曲」がある。（小谷成子「『初期上方子供絵本集』について—「いも上るり」『軍舞』『どうけゐつくし』を中心に—」）

『醒睡笑』巻三・自堕落では、僧が鰻をさばくのを檀家に見られ、苦しまぎれに弁明する時にこの諺を用いている。当時、この諺が一般に広まっていたことをうかがわせる。お伽草子の『四生の歌合』にも「なまうなぎぬかりぼう」の歌として「山の芋淵瀬に変わる涙川うき身となりて名をながすらん」の判に同諺が書かれる。（小峯和明「山の芋が鰻になる」）

本歌はこのような背景をふまえて作歌されたものと考えられる。

〔085-01〕

1　類書は『西三条殿息女教訓』『今川了俊息女教訓文』『烏丸帖』などの書名によって流布する。そのため、三条西実隆や今川了俊、あるいは烏丸光広の手になるとの伝承があるものの、「二条」と称せられる存在については未詳である。ちなみに後のものではあるけれども、近世初期の比較的早い時期の写本『女教訓書』（元禄五年（一六九二）写）や後の『烏丸帖』が、『烏丸殿より三条殿御息女へ』との内題をもつことは、仮託された作者伝承の混同を示す一例と考えられる。

2 たとえば伊藤敬「「仮名教訓・宗祇短歌」ノート（一）」、『仮名教訓』考―室町時代女流文学にからめて―」は、尊経閣本「藤公者実隆也」の注記や、中川文庫本奥書「此一冊者西三条殿（実隆公法名号逍遥院堯空）御鍾愛之息女被送御消息云々」により、作者を三条西実隆とし、『実隆公記』明応四年（一四九五）八月二日条「今日始而予遣消息也」の記事をもって、本書は明応四年七月に九条尚経に嫁した長女への消息であると結論づける。だが、補注1にも記したとおり、本書がさまざまな書名をもって流布してきたこと、中川文庫本奥書が元禄八年（一六九五）と時代が下ること、そして何よりここでは「二条殿」が武家に嫁す縁者に送ったとすることから、「女君」を実隆長女と特定することはできない。ちなみに実隆の次女も正親町実胤に嫁しており（芳賀幸四郎『三条西実隆』）条件にあてはまらない。

3 公家から武家への輿入れを前提として明記する点、類書では珍しい。第四条の「鷹野」、第八条に挙げる「舞・平家・謡」といった座興の種目は、この前提に合う。たとえば御伽草子「乳母の草子」では、平家琵琶の腕前を自慢する乳母の教育方針を娘の父である左大臣が退けており、平家琵琶が公家の娘には不向きと認識されていたことを示す。客人をもてなす婚家の座敷で好まぬ芸を目にしても、不快の色を見せず「おもしろきさまにとりな」せという第八条の訓戒は、そうした室町期の時代状況を反映するものと考えられるのではないか。（榊原千鶴「武家に娘が嫁ぐとき―『月庵酔醒記』所収「御文十箇条」と『幻庵覚書』を手掛かりとして―」）。

4 類書の多くは、各条に先立つこの前文から始まる。ただし本書の前文は簡略である。以下参考までに、東洋文庫蔵『教訓和歌西明寺百首』（室町末期写）付載の教訓一〇条の前文を引く。

「ふとしてよそへこえ給ふへき事、しんしつにめてたうおほえ候。申まては候はねとも、身持やさしく、心おとなしやかに候て、さゞれ石の岩ほとなりて、苔のむすまてはんしやう候て、まこ・ひこ・われらか行するをもはこくみ給へかし、とねかひ候ほとに、筆にまかせて申まいらせ候。いつれも〳〵生としいけるもの、其ことはりをしらさるもの、あるへからす候。」

なお、同様の書き出しをもつ類書中最古の刊本『女手本かほよ草』（承応三年（一六五四）以前刊、塩村耕氏蔵書）は、『ある人むすめのかたへ教訓の文』という異称を冠し、次の手書きの奥書を有する。

「わがうとからぬ人、ひとりのむすめをもたり。まだきびはなるほどにて、難波津のはなちかきだに、たど〳〵しけれど、鍾愛のあまりに、かゝることつゞけて、かれが手本にもとて、此案をふところにしてきませり、みづからつたなき筆のすさひに、うつしつかはしぬ。児女のをしへとはいひなから、よの人なへてこのことはりに、過まじくなむとぞ、おぼえはべる。されば、かの桃夭の言葉をかりて、かほよ草と名つけ侍る物ならし。

承応三歳純陽中旬　　素証子謹書之

君をもふ心もはれぬ我をもひつれなや君はあはれとつかん」

公家から武家に嫁ぐ娘に向けて書かれた教訓が、やがて嫁ぎ行く女性一般向けの教訓書として広まり、さらには手習い書としての教育的効果をも期待されるに至った過程が垣間見られよう。

5 『教訓和歌西明寺百首』所収の二六首の『女子用教訓和歌』

にも「一七　女ばうのかたちは春のやなきにてこゝろは秋のみねの松なれ」とあり、柳腰と称されるようなしなやかさが女性のあるべき姿とされていた。

6　「貞女両夫にまみえず」という言に象徴される儒教思想を背景とした貞女像は、たとえば『平家物語』（九・小宰相身投）で、平通盛のあとを追って入水する小宰相への評言や、仮名本『曽我物語』（五・貞女がこと）に引く「鴛鴦の剣羽」説話で、夫を思慕し後を追う女性への評言にも見られる。また、室町期成立と思われる女訓書のひとつ『女訓抄』も、「五障三従の事」の章でこの「鴛鴦の剣羽」説話を引き、「貞女二夫にとつがずといふ、此ことはり也。かように、心ざしふかゝらん女をば、いかならん男か、おろかに思ふべきや。たとひ遠ざかる男なりとも、心ながくもみるべし、と覚ゆることあり」とし、安寧な家庭生活を維持する上での肝要な心得を説く例話としている。（榊原千鶴「穂久邇文庫本『女訓抄』解説」）。

7　『女子用教訓和歌』にも「二二　きやくしんのあらはことはをやはらかにかけてのゝちはみむくへからす」とあるように、客人への馴れ馴れしい態度は避けるよう注意を促すものである。

8　この歌に関しては『桂林集注』（二五（三〇））に次の通りある。

「　みよし野の吉のゝ川に淀はあれと花の浪には山かけもなし
よしのゝ川はすくれてはやき川也。それにもよとむせはあれとも、花はしはしのかけもなく、はやく散といふ心なり。
　　みよしのゝなつみの川の河淀に鴨そ鳴なる山かけにして
聖護院准后、あつまにくたらせ給ける時、花の下に立よらせ給て、
　　行人も道まかふかにうつもれぬけふはやとかせ花の下かけ
とのたまひかけしに、此花下は直朝か宿所ちかきあたり也。そこにてよませける也。
　　こんといふなるみちまかふかに
と云歌、本歌なるべし。　」

9　寛文一二年（一六七二）刊『後撰夷曲集』（一〇・一六〇五）は「夢窓国師」の詠として、「事たらぬ身をな恨みそかもの足短うてこそうかむせもあれ」を引く。ただし国師の家集『正覚国師御歌』『夢窓国師詠歌百首』に本歌は見えない。なおこの歌は、『荘子』「駢拇」の「長き者を余有りと為さず、短き者を足らずと為さず。是の故に鳧の脛は短しと雖も、之を続がば則ち憂へ、鶴の脛は長しと雖も、之を断たば即ち悲しむ。故に性の長きは断つ所にあらず、性の短きは続ぐ所にあらず。憂を去る所無ければなり」に説く、それぞれに応じた天分に安ずるべきという意を詠んだものと考えられる。

10　『伊勢物語』のこの河内通いの段にみる女性を紀有常の娘とし、そこに貞女像を認めるありかたは、『伊勢物語肖聞抄』はじめ『伊勢物語惟清抄』『伊勢物語闕疑抄』などに見られ、たとえば文禄五年（一五九六）成立とされる『伊勢物語闕疑抄』には、「此段を紀有常の女の事といふは貞女の所をあらはさんが為也」とある。ちなみに承応三年（一六五四）以前刊『女手本かほよ草』は、有常女を、第四条ではなく第一条の「貞女両夫にまみえず」に続けて記しており、有常女を貞女の象徴的存在とする認識が顕著である。

11　古典文庫『中世近世道歌集』所収の通称「西明寺殿百首」の

四本中、本歌を有するのは東洋文庫蔵本『教訓和歌西明寺百首』(室町末期写)のみである。また、同本付載の女子用教訓和歌には「二〇　うつくしきをんなのりんきふかきこそにしきのふくろふんつゝみめれ」と女性の嫉妬を戒める内容が見える。なお『後撰夷曲集』所収歌(七・恋・九四六)の歌句は『月庵』に一致する。

12　この箇所、『仮名教訓』では「しかれども、世になきあつかひ御渡候はゞ、事品によりこなたへも、そとつけしらさせ給へ」、『教訓和歌西明寺百首』付載の教訓一〇条では「されとも、世になきあつかひなと御わたり候はゝ、うらみもしゆつくわいもよそのきこえも、くるしからす候」となっている。

13　菅原道真の詠歌を、四季・羇旅・恋・雑・俳諧・神祇・釈教に分けて集め注釈を加えた『菅家金玉抄』の神祇部に配されている歌である。『菅家金玉抄』の成立時期については、文安五年(一四四八)六月一九日の奥書が手がかりとなるものの、これは注釈のもととなった歌集に付されたものとも考えられ、確定していない。蔵中スミ「『菅家金玉抄』部立考—勅撰集・私撰集・菅家歌集との関連において」によれば、菅家の歌集中『菅家金玉抄』がもととした本文は、「昨日まで雪げの空のいつのまに今朝は霞の立ちわたるらん」を巻頭歌とする一群である。その中で本歌と重なるのは、蔵中の分類による丙ア(宮内庁書陵部蔵『菅家御集』)・丙ウ(仁平道明蔵『菅家集』)であり、両者の成立は、丙ア奥書が長享三年(一四八九)、丙ウが奥書に延享二年(一七四五)とあるのが参考となろう。いずれにしても、室町期に道真の詠として受容されていた一首と言える。なお、仮名草子『杉楊枝』に「八一・薬師如来　こゝろだにまことの道に叶なばいのらずとても耳をまもらん」とある。

14　『仮名教訓』は「又からき物にはむせ、あまきものには虫さはり、しほばゆきはのどかはき、座敷をしげくたち、物さはがしきやうにて候」、『教訓和歌西明寺百首』の教訓は「またからき物はむせる事もあるへく候。しほはゆき物はのとのかわき、さしきもしけくたち、ものさわかしきやうに候」、『女教訓かほよ草』は「又あまき物はあたる、からきものはむせる事、もししはゆきものは、のとかはき、座しきをしけくたつ、ものさはがしきやうに候」とする。

15　古典文庫『中世近世道歌集』所収『小笠原山城守長頼長歌』は「寛文十年余ノ比、小笠原山城守長頼作之由」という見出しで武家の心得を詠んだ長歌であり、そこには「武の家に生るゝ人のたしなみは、弓を射ならひ馬をのり、鉄砲なとに兵法や、太刀打鑓に物を書、読物すくれ、理を極め、歌や連歌や詩を作り、乱舞も少知りて吉　鷹をつかふハ知行所の、地形をしらん為そかし、鹿狩するハ大勢の、人数くハりの心もち」とある。

16　この前後、『仮名教訓』は「人の、あしき言葉をつかひ、又歌連歌などしておかしげに詠じあげ、女のうへにて把針などつたなきを見候ても、打出しそしり笑事、有まじき事にて候」、『教訓和歌西明寺百首』の教訓は「人の言葉つかひ、またはうた連歌なとのおかしけにゑいしなしたるを、女の上にては、そうしてみくるしき事いひ出し、そしりわらひ候事、あるましき事にて候」、『女教訓かほよ草』は「人の、あしき言葉をつかひ、連歌うたなとおこがましく詠じ、女のうへにては把針、みめかたち、そうじて見ぐるしき事、うち出しわらふ事、有べからず候」とする。

〔085-02〕

1　本話および〔089-02〕所収の「九州多々羅の某」の詠歌については、井出幸男「「室町小歌の一基盤―『月庵酔醒記』所収の「巷歌」を中心にして―」が、作歌状況の解明さらには武家社会での室町小歌の意味に関する詳細な考察を行っている。本話については井出も指摘するとおり、寛文九年（一六六九）開版の教訓書『和論語』七「貴女部」に類話が見られる。

「貞子は九州大内左京大夫義隆の妻なり。或時義隆在京ありしが、同国に義隆おもひをふかくせし女房ありける。貞子よりいろ〳〵小袖やうの物をおくり、ふみこま〳〵敷かきて、久々の在京それにもまち久しからん事、いづかたもおなじなどかゝれて、おくに一首の歌をよみておくれり。

身をつみて人のいたさぞしられけり　こひしかりせば恋しかるらん

此文をみて、かの女房つねに貞子の許にまいりてつかへけるに、うやまひおもく、なみだをながし、たとへ義隆、御かへりありて、われに心をかよはし給ふとても、かゝる有がたき人のめうがにやあたりなん、とてあまにならんとせしを、貞子、それは中々にわがみのとがなり、とて、たゞにめしつかわれて、いたはり給ひしとなり。」

『酔醒記』では、筑紫の妻から「身をつみて」の歌を送られるのが「たたらのなにがし」が在京時に親しくなった「京なる女」であるのに対して、『和論語』では、妻のもとに仕える同国の女性となっており、歌の詞章にも小異があるものの、義隆をめぐる二人妻説話である点は同様である。井出は、『和論語』には見られない「みるたびに」の歌が、実は延慶本『平家物語』や能「清経」にあることから、本話に潤色の跡を窺うとともに、巷歌の内容にふさわしい象徴的人物の面影を、当時の人々が風流大名とでも称すべき義隆に見ていたと推測する。ちなみに、「みるたびに」の歌は、小異はあるものの延慶本のほか、『源平盛衰記』や八坂系に属する城方本『平家物語』などにも見られる。詞章が同じなのは能「清経」であるが、清経の髪を都落ちの折り形見とする『平家物語』や『酔醒記』と異なり、能「清経」は入水直前のもので家来が妻に届けたとする。なお、榊原千鶴「「りんき」のおさめどころ―『月庵酔醒記』中巻「男女のうはさ」にみる世俗性―」は、本話を含む「男女のうはさ」と題された六項の第一項〔085-01〕で、女性向けに記された教訓十箇条中、夫に対する妻の態度を説いた第四条をもとに、本話とつづく〔085-03〕ふたつの説話の意味するところを考察する。

2　北条重時の家訓として伝わる『極楽寺殿御消息』に、以下の一節を見る。

「一　すこしの科とて犯すべからず。わが身をすこしなりとも、切りも突きもして見るに、苦なき事あるべからず。女などのたとへに、身をつみて人のいたさを知ると申。本説ある事也。」

『極楽寺殿御消息』から推測するに、「身をつみて」の歌は広く人口に膾炙したものであり、同時にそれは、教訓の意を含んだ短句、いわばことわざ的な普遍性を備えたものであったと考えられる。「恋しかるらむ恋しかるべし」も、他の異なる上の句に容易に接続し、遊び歌を生み出しうるものであったと言えよう。

〔085-03〕
1　本説話に関わる堤邦彦の論考には、『因果物語』蛇道心説話をめぐって」、「蛇道心説話の基層・二妻狂図―絵解きと近世説話の交絡」、『女人蛇体―偏愛の江戸怪談史―』などがある。たとえば「蛇道心説話の基層・二妻狂図―絵解きと近世説話の交絡」で堤は、二妻に惑う男の蛇難というモチーフが説法法談の場でさまざまな類型を派生していったことは想像に難くないとし、これら同型の説話は特定の寺社縁起に結び付くか否かによってふたつに大別できるとする。すなわちひとつは、洛北大原の摂取院にあった浄往法師にまつわる発心譚で、天正（一五七三～九二）頃に上洛した浄土宗鎮西派の近誉上人の在京布教と摂取院中興に深く関わるいわば摂取院縁起ともいうべき話群であり、片仮名本『因果物語』をはじめとして『緇白往生伝』（元禄二年刊）、『七観音三十三身霊験鈔』（同八年刊）巻三の二二、『女人往生聞書鼓吹』（享保一六年刊）巻二の一二などの仏書や仮名草子、浮世草子の蛇道心説話にその類型を見出しうるとする。他方『念死念仏集』（天和四年刊）巻上の一のように特定の僧や一刹一寺に関わることなく、高野山の坂口で執着の蛇が失せるといった聖地霊場の奇特のみを主眼とする話群があり、こちらの方が寺院や教団が特定されないだけにより人口に膾炙したと推測する。そして双方の成立時期については、摂取院縁起が同寺の天正二年中興以後の編述とみなされるのに対して、高野の霊験譚は当該『月庵酔醒記』所収説話に素型を見ることで、天正年間には巷間に知られていたとする。同時に、女人結界の霊境高野山がそこに関わることは、伝承地域の類縁性という点で、熊野比丘尼の廻国ルートと微妙な重層を示すことを指摘している。

以下参考までに片仮名本『因果物語』と『念死念仏集』を引く。

「寛永年中、大原ニ如応ト云、道心者アリ。彼発心ノ所謂ヲ聞ニ、大工ニテ京ニ居ケル時、女房果テ後、本ノ女房ノ姪ヲ妻ト為ケリ。或時昼寝シテ居ケルニ、空ヨリ蛇サカリ、舌ヲ出シテアリ。是ヲ取捨ケレバ、亦来後、頸ニ巻付テ離ズ。為方無シテ発心シ、髪ヲ剃、托鉢シケレドモ、蛇更ニ去ズ。後ニ高野山へ登処ニ、不動坂ニテ蛇失ケリ。悦三年居テ下ルニ、本ノ坂ニテ蛇又頸ニ巻付アリ。人々怖ヲ作故ニ、手拽ヲ巻テ居ケリ。数年経テ後、上京相国寺ノ門前、報土寺権誉上人ヲ拝シ、一々懺悔シテ十念ヲ授テ、久シク念仏シケレバ、イツト無蛇失タリト也。」

（片仮名本『因果物語』上・五・二）

「愛着ふかき女の死して蛇となりて、夫の頸にまきつけるが、何としてもはなれざるを、有人語けるは、左様なる死霊は高野山に入ばはなるゝと云。此事を実と思ひ高野にのぼれば、坂口にてはなれけり。その後程をへて山より出ければ、又もとのごとくまきつくなり。かるがゆへに、其後は山に引籠出ざるごとくとなむ。」

（『念死念仏集』上・一）

〔085-05〕
1　『太平御覧』（九八二・香部二）には、「続漢書曰、大秦国、合諸香、煎其汁。謂之蘇合」とあり、種々の香を混ぜ合わせたものが蘇合であるとする。南北朝もしくは室町時代前期の医書である『有林福田方』は「諸気脾胃」の項で、「七気湯」などととも

に「蘇合香円」を挙げる。また、曲直瀬玄朔が記した医案集『医学天正記』（慶長一二年〔一六〇七〕成立）の冒頭「中風」の項には、天正一一年（一五八三）正月、正親町院が俄に中風を発し人事不省におちいった際、勅命を受けた玄朔は、種々の薬を調合した「蘇香丹」を生姜汁で溶いて進上したところ、回復されたとの記述が見える。

【085-06】

1　室町時代の天文暦数書『三宝吉日』に、「夫妻凶。男ヲ殺女二人アリ。甲寅壬子年女ナリ。是ヲ不婦。大凶也。又ハ女ヲ殺男二人アリ。丙午辛酉年男ナリ。是ヲ不夫。大凶也。」とある。琴堂文庫蔵『簠簋十三部』（貞享三年〔一六八六〕写）や重宝記の類には、小異があるものの、同様の記述がある。

「殺男在女〔甲子、壬子、甲午〕之年ノ人也。殺女在男〔丙午、辛酉、庚午〕之年之人也。一説ニハ両トモ反シテ有。」

（『簠簋十三部』下）

「男にたゝる女〔きのえとら、みづのえね、かのとさる〕、女にたゝる男〔つちのえい、ひのえむま、みづのとり〕」

（文政新刻『金神方位重宝記』）

「男たゝる女〔きのえとら、みづのえ子、かのえ申〕、女にたゝる男〔つちのえい、ひのえ午、みづのえのとり〕」

（弘化五年板『懐中重宝記』）

「男にたゝる女〔きのへとら、みづのへね、かのえさる〕、女にたゝる男〔つちのへい、ひのへ午、みづのへとり〕、右の生年は必よろしからず。つゝしみてよし。」

（慶応四年再刻板『懐中重宝記』）

【086-01】

1　『醒睡笑』（謂へば謂はるる物の由来・巻之一）に「いそがば廻れ」といふことば、物毎にあるべき遠慮なり。宗長が詠める。
武士のやばせの船ははやくともいそがば廻れ勢田の長橋」とある。

2　『醒睡笑』（貴人の行跡・巻之二）には「大田道灌つねにいへるやう、「勝って甲の緒をしめて候よ」とある。

3　『新古今集』（一一・恋歌一）では「謙徳公」（後の藤原伊尹）と「読人知らず」（女房）の応答となっている。

「冷泉院皇子の宮と申しける時さぶらひける女房を見交はして、いひわたり侍りける頃、手習ひしける所にまかりて、ものに書き付け侍りける　謙徳公
つらけれど恨みむとはた思ほえずなほゆく先を頼む心に
返し　読人知らず
雨こそは頼まば洩らめ頼まずは思はぬ人と見てをやみなむ」

4　『後撰和歌集』（一六・雑二）には、「いたく事好むよしを時の人言ふと聞きて」と詞書して、
「直き木に曲れる枝もある物を毛を吹き疵を言ふがわりなさ」と載る。

5　『韓非子』（大體篇）に「古之全大體者、不吹毛而小疵、不洗垢而察難知」と見える。

6　『童子教』に「語多者品少、老狗如吠友」とあり。

7　『発心集』（第一）に「或る経に出世の名聞は、たとへば血を

以て血を洗ふが如しと説けり」とある。また『雑阿含経』（四一）には「以血洗血、捨悪受悪」と見える。

8 『詠歌一体』に「歌には寄せあるがよき事、衣には、たつ、きる、舟には、さす、わたる、橋には、わたす、たゆ、かやうの事のありたきなり」とある。『宗長連歌自註』には「本説本文和漢に其の寄せ有ことをいひ出は、それにしたがふを連歌の寄合とやいふべからん」とある。

〔086-03〕

1 『醒睡笑』（謂へば謂はるる物の由来・巻之一）に「鵜のまねする鳥は大水をのむとは、何ぞ。

水に入る道をばしらで山がらす鵜のまねまなぶ浪の上かな」とある。

2 『可笑記』（巻一）には「何とやらん云人の、よめる歌也とて、ずしけるを聞、

中々によはきを〻のがちからにて柳の枝に雪折れはなし

げにも〳〵、松杉などのたぐひをみるに、をのが枝の強きによつて、雪ふりつめば、押されて折る〻事有、是をなん、雪折れの枝といふ」とある。

3 『醒睡笑』（謂へば謂はるる物の由来・巻之一）に「「痩法師の酢ごのみ」とは、八瀬の寺は昔より禁酒にて酒を入れず。僧の中に酒をこのみ、えこらへぬあり。常に土工李をもちて行き通ふ。もし人問ふ事あれば、「酢にて候」といふ。日を経ずかよひしげし。また問ふ時も同じ返事なるまま、諺にいひならはし、やせの法師はすごのみや」とある。

4 『倭訓栞』に「俗に上見ぬ鷲といへり。鷹は鳥を一口喰て、空を見見するは、鷲の来るかと疑ふ也。鷲はその用心なし。由てかくいへり」とある。

5 『通俗編』（一）に「雪上加レ霜、鮑照詩、君不レ見氷上霜、表裡陰且寒、伝燈録、伊禅謂二太陽和尚一、雪上更加レ霜、元人凍蘇秦、誶范叔玉壷春諸曲、倶云雪上加レ霜」と見える。

6 『後漢書』（四十八）に「楊震伝、為二東萊太守一、当レ之レ郡、道経二昌邑一、故所レ挙荊州茂才王密為二昌邑令一、謁見、至レ夜懐二金十斤一、以遺レ震、震曰、故人知レ君、君不レ知二故人一何也、蜜曰、暮夜無二知者一、震曰、天知神知我知子知、何謂レ無レ知、密愧而出」とある。

〔087〕

1 改めて『酔醒記』「二条殿御領井戸庄郡司左近左、仍二百姓一訴状目安」を提示し、『天正狂言本』「近衛殿の申状」・『かさぬ草紙』二四段の本文を対照を試みる。

（一）『酔醒記』「二条殿御領井戸庄郡司左近左、仍二百姓一訴状目安」

『井戸《(糸)》の庄みだり《(乱)》がはしくして、くる《(繰・来)》使、わく《(湧く・篭)》のごとし。

犬狗、ほえざれば、三更の夜半にいねず。

鶏鳴《(鳥)》、声たえて、五更の空をしらず。

牛馬、持たえて、耕に事たらず。

千草、種たえて、春のわかな《(若菜)》をつまず。

万木、枝かれて、秋の木のみ《(実)》をひろはず。

月に村雲、花に風、二条殿の左近佐。』

かくかきて、庭上に立置ける折ふし、雨こまかにうちそゝぎ、いつもながら庭の砂もしめやかにして、花の色もこ《(濃)》きかなりしに、立出給ふて、是を御覧じて、「いみじう申たり」とて、左近佐をば、人の国にぞ追やり給ひぬる。

(二)『天正狂言本』「近衛殿の申状」
「一、一人出て、目屋《(目安)》を以て、木のへ《(近衛)》殿へ参。そうじや《(奏者)》、此へ《(近衛)》殿に御めにかくる。木のへ《(近衛)》殿　こしかけにて見る。

『一、いと《(糸)》のしやう《(荘)》、さて又はた《(将・織)》又おり《(居り・織り)》がたし。

つかいの立事、わく《(湧く・箍)》のて《(手)》をくる《(繰)》がごとし。

人かずうせて、むらさびし。大家小かとなる。

けめ《(鶏鳴)》ひたえ《(絶)》て其あかつきをしらず。

千草、たねをつくして、春のわか草、もへ《(萌)》出ず。

世の中は月にむら雲花に風木のへ《(近衛)》殿にはさへもんのでう《(祭文の状・左衛門尉)》』

文を引さき、はら立て、さへもんのでうをたちにておひ入る。

とめ。

(三)『かさぬ草紙』二四段
「一、津の国いとの庄は、むかしこの衛どの《(近衛殿)》の御知行なり。代官を左近尉と申けり。百性のかひぬる庭鳥のたま《(卵)》子をとりてぶく《(服)》し、または大納言に過て日々に都へはこばせ、色々さまざま六ヶ敷事ばかり取申ければ、糸の庄の人、皆寄合、「目安をあげん」とてせんぎ《(僉議)》しけれ共、たみ《(民)》草のことなれば、口々にいひけるほどに、さらにもとをる事なし。
　爰に年のほど三十余りと見えたるおとこ、一人こつぜんと来り、此談合をききて、「是はやすきほどのことなり。紙壱まひにかきて上るとも、公事はやすやすとかちになるべし」といふければ、百性よろこび「是こそのぞむ所なり」とて、頼みて目易《(目安)》をつくらせけり。目安にいはく、
『抑申上いとの庄之事。
うへよりくる《(来・繰)》つかひ、わくのごとし。
みだ《(乱)》れがわしくして、をる《(居・織)》ことならず。
万そう《(草)》のね《(根)》を立《(絶)》て、春、若な《(菜)》をみず
けいてう《(鶏鳥)》の玉をとって、あかつきのごかう《(五更)》をしらず。
月にむら雲花に風、この衛どの《(近衛殿)》に左近尉
と如レ此、かきてあぐるならば、公事はかちになるべし』といひすてゝ、さらばといひて出たまひけり。
人々ふしぎにおもひて、あとをしたひて見れば、須磨のうらの天神のとり居の前にて
しまのうら《(「須磨の浦」か)》しばし宿かる松の葉に
みやこのことを夢にみんほど
とよみて、かきけすやうに、うせたまひけり。扨こそ天神とは、しりたまひけりとなり。
　其後、目安を上ければ、左近尉、めいわく《(迷惑)》におよぶと聞ゆ。それよりかはる代官よければ、民さかへぬると、きこへけり。

『かさぬ草紙』では、唐突に「大納言」なる人物への言及が見られるなど、細部に不明瞭さが見られるものの、概して首尾一貫した天神霊験譚として成立している。他方『酔醒記』・『天正狂言本』では、物語の筋書きへの関心は希薄で、訴状の文面と荘官の追放という、物語後半の内容のみに焦点が当てられている。各資料の本文によれば、この物語の眼目は、訴状の内容にあったことが窺

われるが、訴状の内容そのものは、文献による異同や精粗が顕著であり、橋本朝生が指摘するように、対句を効果的に用いているということでは『酔醒記』の本文がもっとも洗練されている。

　小山弘志は、「近衛殿の申状」の類話として、以下に示す『一休ばなし』一、第五段を指摘する。

「一休和尚、奈良の薪と云処に、折々はおはしましける。其辺の村々は近衛殿の御領地にて有けるが、左近尉と云家老、百姓をひたものせぶり取けるに、百姓共、是をなげきて、「いかゞせん」とひしめきあへり。其中の老人申けるは「いかに百姓の当りきつしとても、武家とははるかに違ふべし。御公家の長袖なれば、訴申て見ん」とて、訴状をたくみける所へ、折節、一休、鉢をひらきに出給ふ。百姓共、一休を請じ「此訴状、御書下されよ」と頼みければ、「やすき事也、いかなることぞや」とのたまへば、「しかじかのことにて侍る」と申ければ、「長々しき状までもいるべからず。是を持ちて近衛殿へ捧よ」とて、歌よみてやらせたまふ。

　　世の中は月にむら雲花に風近衛殿には左近なりけり

　と詠みて、これを遣はされければ、村々の百姓、「かかる事にては、免多く給はること思ひもよらず」と申ければ、一休「ひらさら此歌のみ捧よ」と仰られて帰り給へば、おのおの僉議しけれ共、本より土のつきたる男共なれば、一筆読み書く事ならざれば、是非なくかの歌をさゝげければ、近衛殿御覧じて「是はいかなる人のしける」と仰出されける。百姓申けるは、「薪の一休の御作にて候」と申せば、「その放者ならでは、かかる事いはん人は、今の世に覚えず」と興じ給ひて、多くの免を下されけるとなり。」

「薪（実際は山城）」には一休の酬恩庵が所在するが、古来より石清水八幡宮の所領であり、「近衛殿の御領地」であった史実はないが、この不整合につき橋本は、舞台が「薪」に改められたため、荘園の名称を読み込んだ訴状は削除されたが、領主を「近衛殿」とすることは、物語の内容に影響を及ぼさないため、そのまま残されたと想定する。なお、本話冒頭では、一休が「薪と云処に、折々はおはしましける」とありながら、後半に至り「薪の一休」とあるように、物語の設定の上の綻びが認められるが、これは本話が、本来、来訪者として示現した神仏の化身による霊験譚であった痕跡と解することが可能であろう。橋本が指摘するように、本条に見られる「井戸の荘」は、現在の兵庫県神戸市須磨区・長田区周辺に存在した「井門荘」であり、かつ本話は当地に所在する綱敷天満宮の霊験譚であった蓋然性が極めて高い。

　なお『天正狂言本』「近衛殿の申状」は、橋本朝生・服部幸雄・山本東次郎らを中心として復曲され、平成五年（一九九三）一二月の初演以来、四度の上演を経ているが（平成二〇年三月時点）、その復曲台本は『国立能楽堂』一二四号に掲載されている。

2　『酔醒記』が「二条殿」とするのに対し、『天正狂言本』「木のへ殿の申ぢやう」・『かさぬ草紙』二四段では、「近衛殿」とする。田口和夫・橋本朝生は、本来『酔醒記』に見られる「二条殿」であったものが、「井門荘」の「いと」が「近衛殿の糸桜」を連想させたことから、『天正狂言本』・『かさぬ草紙』に見られる「近衛殿」へ変化したものとされる。

　しかし、本話の原態で「二条殿」であったか「近衛殿」であったかを論じる以前に、本話の舞台である「井戸荘」が、本来、摂津の井門荘に所在した九条家の所領であったことに注目するべきであろう。もとより、本話の内容に何らかの史実を反映を認める必然性はないが、橋本は、本話を摂津国の井門荘の旧地に鎮座する綱敷天満宮の霊験説話として受容された蓋然性を指摘する。もっとも、綱敷天満宮側が、当時有名無実化していたとはいえ、本来の領主である九条家の権威を完全に否定するようにも受け取られる霊験譚を積極的に喧伝したとも考え難いが、少なくとも本話と綱敷天満宮との関連には留意すべきであろう。

本話を完結したひとつの説話とするならば、綱敷天満宮の霊験説話とする側面とともに、「井戸荘」の「糸」・「糸尽くし」の訴状・「糸桜」で名高い「近衛殿」という三者が不可分に結び付けられた趣向をも認めるべきであり、むしろ、この「糸」の連想による趣向が働かない限り、本話に狂言として芸能化されるほどの面白さは認められないであろう。やはり、『酔醒記』に見られる「二条殿」は、一色直朝による何らかの作為を経たものであり、本話の原態では、『天正狂言本』・『かさぬ草紙』と同様に「近衛殿」であったと解する方が、極めて穏当なのではないだろうか。

本話が成立した時期は未詳であるが、『天正狂言本』の奥書年次を信じるならば、本話は天正六年（一五七八）七月には成立していたこととなる。少なくとも『酔醒記』が成立した時期の二条・近衛両家の当主は、二条晴良（一五二六～七八）・近衛前久（一五三六～一六一二）に該当し、両者は関白に任ぜられている。なお二条晴良は、尹房息で母は九条尚経女、天文一七年（一五四八）に関白に就任し、同二二年に辞任したが、天正六年の義昭の入洛と共に関白に還任せられ、その翌年に致仕・薨去している。他方、近衛前久は、稙家息で母は久我通言の養女慶子、天文二三年に関白に至るが、入洛した足利義昭を対立し永禄一一年（一五六八）に出奔し、以降天正三年まで京を離れている。

『酔醒記』本文で「井戸庄」を「二条殿御領」とすることについての合理的な根拠を示すことは、極めて困難であるが、敢えて整合性を求めるとするならば、当該時期の関白ということで、原話の「近衛殿」を故意に「二条殿」に改変した可能性が残されよう。無論、本話を「近衛殿」から「二条殿」に改めることは、「近衛殿の糸桜」という本話に不可欠な要素を損なうわけであるが、二条晴良の母方の出自が「井門荘」の領主であった九条家であり、少なくとも久我家出自の母を持つ近衛前久よりは「井門荘」との関連は深いこととはなる。

3　田口和夫は、『荘園志料』による考証から、この「井戸荘」を摂津国に所在した「井門庄」（現・兵庫県神戸市須磨区・長田区周辺か）に依拠した可能性を指摘する。橋本朝生は、『かさぬ草紙』に「津の国いとの庄」とあり、また同書に見られる「須磨のうらの天神」が、現在の綱敷天満宮に比定可能なことから、田口説を敷衍している。現時点では『酔醒記』の「井戸庄」は、摂津に所在した「井門荘」ということで確定したものと想定される（参照・網野善彦他『講座日本荘園史』）。

なお、摂津国の「井門荘」の消息は必ずしも明らかではないが、延久三年（一〇七一）六月二四日付の太政官符（『図書寮叢刊・九条家文書二』〔二一―三三〇〕）により、後三条天皇の妹、正子内親王の家領として立券された「輪田荘」と消長を共にした様子が、今井林太郎の論考により窺われる（今井林太郎「摂津国輪田荘の一考察」）。ようである。輪田荘は近隣の荘園を併呑しつつ拡大し、詳細は不明ながら、いつしか九条家に利権が移行し世襲された。井門荘の成立時期は未詳ながら、建仁二年（一二〇二）二月一四日付の「輪田荘々官源能信等申状」（『図書寮叢刊・九条家文書二』[二―三三〇]）の記載が初見とされる。平氏政権期には、福原京や大輪田泊との近接地域であったことから、周辺の他の荘園と共に平氏の知行地とされたが、平氏滅亡後は各々の本所に返還され、井門荘も九条家へと還付されたことが九条道家の処分状から確認されている。ただし、南北朝期に至り輪田荘は赤松円心息の範資により横領され、文明六年（一四七四）頃には九条家領として再興された模様であるが、これ以降の消息は未詳である。たとえば、天正一三年（一五八五）五月一四日付けの「九条家当知行并不知行所々指出目録案（『図書寮叢刊・九条家文書一』[一―四〇]）」の「九条殿不知行分目録」の「摂津国」項に「井門庄」を挙げることから、室町後期以降には、実行支配は適わなくなったものの、名目的には九条家の領地とされたことが窺われよう。

4　『天正狂言本』「近衛殿の申状」に見られる「さいもんのでう(左衛門尉)」は、左衛門大尉（従六位下）あるいは左衛門少尉（正七位上）、『かさぬ草紙』・『一休ばなし』に見られる「左近尉」は、左近衛将監（従六位上）にそれぞれ該当する。なお「左近佐（左）」は『酔醒記』のみに見られるが、左右近衛府には制度上「佐（左）」は存在しないため、何らかの誤記であろう。ちなみに、左右衛門府・左右兵衛府の次官は「佐」と称されるが、位階は従五位上に相当することから、荘官の位階であるとされることはあり得ない。また律令官制では、概して次官を「スケ」と称するが、左右近衛府の次官は中将（従四位下）に該当し、荘官の位階としては尚更さらあり得ない。

つとに表章が指摘しているように、『天正狂言本』「近衛殿の申状」の「左衛門尉」は、「祭文の状」を掛けたものと想定されるため、『酔醒記』の「左近佐（左）」は、本来『かさぬ草紙』・『一休ばなし』と同様に「左近尉」であった蓋然性が高い。

5　橋本朝生が『沙汰未練書』から指摘するように、「目安」とは、南北朝期以降に流布した訴状の書式で、文頭を「目安」で起筆し、「目安言上如レ件」とする文言で文末を結ぶ体裁を採る書式である。故に、『酔醒記』本条の標題には、「訴状目安」とあるが、少なくとも現存本文は「目安」の書式を踏襲していないこととなるが、『かさぬ草紙』二四段にも同様のことが該当する。

これに対して、『天正狂言本』「近衛殿の申状」本文には、申状を「目安」とする文言は見られないが、申状の本文そのものに「一、いどのしやう」とする文言があり、箇条書きによる「目安」の書式であったことを窺わせる。『天正狂言本』「近衛殿の申状」と、『酔醒記』本条の成立時期の前後関係については未詳とせざるを得ないが、「目安」という書式を本文に反映しているという一点については、『天正狂言本』「近衛殿の申状」が『酔醒記』本条に先行する形態を残すものと想定されよう。

6　たとえば『源平盛衰記』一一「金剛力士兄弟」には、「定めなき浮世の習は風に散る花の例し、雲に隠るる月の理」とあり、風に散る花と雲隠れする月は世の無常に擬える常套表現とされる。また橋本朝生は、天文九年（一五四〇）成立の『守武千句』「竹何・第五」（第七一句）「花は風さるはうつぼの世中に」・（第七二句）「月に村雲庭とりにきつ」とあることを指摘する。『守武千句』に見られる「猿と靫」は、『天正狂言本』にも収められる狂言「靫猿」を、「庭とりにきつ」は『伊勢物語』第一四段の「夜も明けばきつにはめでなくだかけのまだきに鳴きてせなをやりつる」を、それぞれ想起させるが、花と風・月と叢雲と同様に、相容れぬもの同士として詠み込まれている。

なお「世中は月に叢雲花に風想ふに別れ想はぬに添ふ」という和歌は、慶長末年（一六一五）以前の成立とされ、後続の文芸に多大な影響を及ぼした仮名草子『薄雪物語』にも、男女の仲が思うに任せないことを詠じた古歌として引用されるなど、近世初期以降に親炙されてきたことが知られている。田口和夫は、明の万暦二〇年（文禄元年・一五九二）に成立した『全浙兵制考』に付録として再録された『日本風土記』所収「山歌十四首」に収められる「美女憶郎」と題する和歌が、本歌に該当することを指摘している。田口は、『酔醒記』・『かさぬ草紙』・『天正狂言本』のうち、『天正狂言本』のみが本歌を引歌とすることから、本歌を『天正狂言本』での付加と解し、他方、橋本は既述の『守武千句』の用例により、本歌の成立が同時期に遡る可能性を指摘している。事実、本歌は、興福寺大乗院の僧侶、実暁による天文三年（一五三三）から元亀三年（一五七二）に至る雑筆『習見聴諺集』（『実暁記』）六本に「一、或人、物端に書候」として、「世中は月にむら雲花に風おもふにわかれおもはぬにそふ」として筆録されている。『習見聴諺集』は、実暁自身による改編を経ているため、同歌が記録された正確な時期は未詳であるが、少なくとも『天正狂言本』奥書に記される天正六年（一五七八）以前には成立し流布を見たことが確認されよう。

〔089〕

1　現段階では、「巷歌」と称する他の用例は未勘であるが、『酔醒記』「巷歌」に収められる四首は、形式・内容によれば中世歌謡の一種である「小歌」に該当する。中世における「小歌」の評価については、桃源瑞仙の『史記抄』「周本紀四」では、礼楽に悖る「淫音」とされるほか、『體源抄』三上では「そぞろなる小歌や、あやしの乱拍子のうたひもの」とする極めて否定的な評価が目立つ。無論、『閑吟集』他に収められる「小歌」が、そこまで貶められるべきものであるかは、大いに疑問ではあるが、たとえば大蔵虎明本「萩大名」では、粗野な「田舎大名」が、太郎冠者に「歌」といわれて、和歌ではなく小歌であると早合点することから、「小歌」には、「巷間に流布した鄙俗な歌謡」とする印象が濃厚であったものと思われる。このように考えるならば、『酔醒記』の「巷歌」とは、巷間で歌われるという歌という、「小歌」のあり方に着目した名称であり、同時に「巷歌」を「かううた」と訓じることで、「小歌（こうた）」と近い音になることをも意図したものであろう。

〔089-01〕

1　足利義教の法名は、「普広院殿」であるが、「昔今詩歌物語」〔013-11〕にも見られるように『酔醒記』では、「普光院殿」と誤記する。もとより。『華厳経』では十方世界を照らす光明を「普光三昧」と称し・『法華文句』には虚空蔵菩薩の別称「普光菩薩」を挙げ、『勝鬘経』では勝鬘夫人が「普光如来」として成道したとあるように、基本的に「普光」という仏教用語が一般的であったことによると思われる。ちなみに、『多聞院日記』三六・天正一八年（一五九〇）六月一〇日条にも「普広院」を「普光院」と誤記した例が認められる。

2　東福寺の喝食・春把の艶麗さを、「長恨歌」の「梨花一枝、春雨を帯ぶ」という詩句と、海棠の花に擬えたものである。朝倉尚は、中世の禅僧が詩文の題材として海棠を用いた実例を挙げ、海棠が年少の僧侶の容姿や、楊貴妃の媚態を形容する常套的な修辞として頻用されたことを指摘している（朝倉尚「『海棠』詩」）。

五山僧が喝食に寄せた相聞詩や艶詩で、「長恨歌」が用いられた例としては、たとえば室町末期の成立とされる『滑稽詩文』に「一作二蓬萊不死仙一　願兼二妃子一伴二花前一　長生私語誓二君道一連二理地一兮比二翼天一」などとあるほか、枚挙に暇がないほどである。また、楊貴妃の容貌を海棠に喩える故実が、日本に受容されるうえでの主要な典拠としては、叢書「百川学海」が挙げられよう。「百川学海」は、永享初年（一四二九）の段階での請来が確認されるが（『臥雲日件録抜尤』宝徳元年（一四四九）九月一八日条）、同叢書に収められる宋代・陳思による『海棠譜』には、恵洪（一〇七一～一一三〇？）『冷斎夜話』からの以下の引用が認められる。

「太真外伝曰、上皇登二沈香亭一、召二太真貴妃一。于レ時卯酒未レ醒、令下力士使二侍児扶掖一而至上。妃子酔韻残粧、鬢乱釵横、不レ能二再拝一。上皇笑曰、豈妃子酔、是海棠睡未レ足耳。」

『太真外伝』には次のようにある。玄宗が沈香亭に登り楊貴妃を召したとき、いまだ楊貴妃は朝酒の酔いから醒めず、侍臣の高力士に命し、侍童に扶させて出仕した。楊貴妃は、酔いが残り化粧も整わず、髪も乱れ釵の向きも歪み、挨拶も叶わなかった。このような楊貴妃の姿を見て、玄宗が「お前の酔いの有様は、海棠の花が睡りに飽き足りていないようだ」と笑いながら言った。

また、『冷斎夜話』の享受も、一休宗純（一三九四～一四八一）の詩集『狂雲集』から確認されるため（七言絶句「読二冷斎夜話一、有二褒禅山石崖僧之一件事一、感而題レ之」）、海棠の花を楊貴妃に擬える修辞は、遅くとも一五世紀中葉までの時期には、五山の禅林を中心として受容されていたことが窺われよう。

なお、梨も海棠も春に咲くことから、「長恨歌」の「梨花一枝、春雨を帯ぶ」の「梨花」が「海棠」に改められても、内容的に違和感が生じるわけではないが、少なくとも唐土の用例で、この梨と海棠が明らかに混用される例は未確認である。しかし、これとは対照的に、我が朝の禅林五山では、楊貴妃を春雨に濡れた海棠に擬える修辞は極めて流布した様子が確認され、たとえば、永正年間（一五〇四～二〇）末に入寂した建仁寺僧・三益永因の艶詩集『三益艶詞』には、以下の七言絶句が収められている。

「　春雨油然、海棠紅湿、有レ憶二唐家温泉之旧一。
　乃折二一枝一、献二上——（ママ）尊君閣下一、以供二吟翫一云。
　　憶昔貴妃レ賜浴時　　温泉宮裡秘二清姿一
　　托レ花猶有レ余妍在　　紅湿海棠春雨枝」

また禅林から謡曲に目を転ずるならば、観世信光（一四五〇～一五三一）作とされる能「皇帝」が想起されよう。能「皇帝」は、「御悩《ごなう》楊貴妃」とも称され、楊貴妃を病悩させた邪鬼を鍾馗が調伏するという内容の能である。この能「皇帝」の詞章では、楊貴妃が病悩する様子を「翠翹金雀とりどりの、挿頭の花も移ろふや、枕破の斜紅の世に類ひなき姿かな。勝や春雨の風にしたがふ海棠の、ねぶれる花のごとくなり」（下掛・車屋本系本文）とする。楊貴妃のたゆげな艶姿を、「長恨歌」の「梨花一枝、春雨を帯ぶ」と、既述の『冷斎夜話』所引『太白外伝』に見られる「海棠の睡りの未だ足らざるのみ」により描くとともに、『酔醒記』「巷歌」〔089-01〕の「寝顔の色は雨を帯たる海棠花」とする表現とも極めて近いことが首肯されよう。

『酔醒記』「昔今詩歌物語」〔013-11〕にも見られるように、足利義教（一三九四～一四四一）と喝食・春把については、説話的な潤色が濃厚に認められることから、この「巷歌」も後人により足利義教に擬託された可能性は否定できない。しかし、この「巷歌」〔089-01〕に見られる、楊貴妃を海棠に擬える技法は、恐らく叢書「百川学海」の受容とも不可分であり、謡曲「皇帝」が成立する文化的な基盤とすれば、一応の整合性は認められよう。

〔089-02〕

1　井出幸男「「室町小歌」の一基盤―『月庵酔醒記』所収の「巷歌」を中心にして―」は本歌について、次のように記している。

「歌詞の内容理解については、妻と離れての〝在京〟のわび住いを余儀なくされた男の心境を歌ったものとして、問題はないであろう。当時も訴訟をはじめ様々な公務や事情により、同様の境遇におかれる男女は多く、一種の社会的背景を持った歌として好み歌われたものと思われる。この歌を聞いた筑紫の妻は、後半の「二人、一人寝をする」を「二人、一人寝もがな」とうたい替えたというが、夫の浮気を心配する妻の願望を込めて、「二人共に（特に夫は）独り寝を守り通してくれたらなあ」と歌ったものであろう。なお、この「巷歌」は相当に流布したものと見え、狂言・和泉流の台本（天理本『狂言抜書』「水汲新発意」、和泉家古本『六議』抜書も同文）には、「小歌」として、

　身は在京、妻もちながら二人ひとりねぞする

という形で取り込まれているほか、「隆達節小歌」（文禄二年九月江川甚左衛門尉宛百章本）にも

　憂《うき》は在京、妻もちながら独寝をする

とある。同じ狂言台本でも大蔵流・鷺流のものには見られず、また内容的にも本筋とは関係のない挿入歌で、和泉流の台本も江戸期に下るものであるので、おそらく狂言は世間に流布していた「巷歌」を取り込んだものと見ておいてよいであろう。」

〔085-02〕とともに、夫の在京により生じる夫婦の有り様を題材とする詠歌である。ただし、〔085-02〕がひとりの男性をめぐる女性ふたり、とくに妻の賢妻ぶりに焦点を当てているのに対して、本歌は夫婦の機微に焦点を当てており、そこに汎用性と面白みを覚えることで巷間に流布した可能性が想像される。

〔089-03〕

1　「平氏時」については、すでに井出幸男「「室町小歌」の一基盤―『月庵酔醒記』所収の「巷歌」を中心にして―」が指摘するとおり、伊勢宗瑞（北条早雲）の息である北条氏時があたると考えらる。歌の内容も、後掲『伊勢物語』第九段をふまえたものとして問題はないが、詠歌の時期を推測する上で、まずは井出の以

下の指摘に注目したい。

「歌の表現内容から考えてみると、『伊勢物語』第九段の有名な東下りの文章・和歌をふまえ、人口に膾炙したいわゆる常套的表現をとっていることは一目瞭然である。が、重視すべきは「巷歌」自身の持っている表現意図であろう。「浪まで治まる御代なりと都にも告げよ都鳥」と歌いおさめるその口吻からは、大きな戦いの山を越えた誇らしげな息づかいがすなおに伝わってくるが、そうしたいわゆる「戦勝記念」の歌であると共に、また将来ともにそうあってほしい、治まる御代であってほしいという「祈念・祈願の心」が込められていることを見逃してはならないであろう。」本歌に「戦勝記念」の意を読むことは妥当と考える。ただし、相当する戦についての井出の次の推測には補訂が必要である。

「冒頭の「巷歌」の詞書にいう「武蔵の国と下総の国との境に張陣」したという戦が、どの折りのものかは明らかではないが、「張陣」の場所から考えると、あるいは天文七年（一五三八）十月の足利義明・里見義堯連合軍との合戦、いわゆる第一次国府台合戦ではなかったかとも思われる。戦場となった国府台は江戸川東岸に位置する丘陵の要地であるが、おそらく氏時はこの戦に氏綱・氏康父子と共に参戦していたのではないだろうか。一色直朝が仕えていたであろう足利晴氏との関連でいうと、この時期はまだ協調関係にあり、国府台合戦の翌年の天文八年には氏綱の女が晴氏に嫁ぎ、北条家と古河公方晴氏は更に親密な関係となっている。」

井出がその詳しい事歴を見出せないとした氏時に関してはその後、有光友学「戦国期葛山氏の系譜と「氏時」」、佐脇栄智『後北条氏と領国経営』、黒田基樹『戦国北条一族』などによりいくつかの事実が明らかとなった。すなわち、氏時が初代城主を務めた玉縄城の城下にある二伝寺の位牌により、氏時の忌日は、「北条家過去帳」が記す天文一一年（一五四二）一〇月一八日ではなく、享禄四年（一五三一）八月一八日と考えられ、それは次代城主の為昌（氏綱息）が享禄五年から登場してくることからしてもまず間違いないこと、さらに、葛山氏を継承した宗瑞の息は、氏時ではなく同じ北条氏出身の氏広と考えられることなどである。つまり井出が想定した第一次国府台合戦時には、氏時はすでに没していたことになる。ならば本歌が対象とする戦勝とはいつのものをさすのか。歌意からするに、井出も指摘するとおり、この戦が氏時にとって大きな節目として意識されたことは疑いない。そこで、氏時も一員としてある後北条氏の動向、なかでも永正一五年（一五一八）父宗瑞から家督を継ぎ、翌年の宗瑞没後は一族を束ねる立場となった氏綱の動向に注目したい。氏時の兄氏綱はこの時期、父宗瑞の遺志を継ぐかたちで関東への勢力拡大を企図していた。黒田前掲書によれば、氏綱は大永三年（一五二三）に名字を「伊勢氏」から「北条氏」に改めるとともに、宗瑞を「相州故太守」、自らを「相州太守」と称するようになったという。北条氏とは言うまでもなく、鎌倉幕府執権北条氏に由来する名であり、同氏は代々相模守に任官され「相州太守」と称していた。伊勢氏は小田原への本拠移転にともなって伊豆国主から相模国主となったわけだが、相模には同国守護職を継承する扇谷上杉氏が正当な国主としてすでにあった。そこで、関東「副将軍」の名字である上杉に対抗するものとして、前代の相模の正当な支配者であり日本の

「副将軍」であった北条の名を自らに冠し、その正当性の確立を図ったという。こうした状況下にあって、次に目指されるのが、軍事力による扇谷上杉氏打倒、そして相模、ひいては関東の覇権獲得であったことは容易に想像できる。翌大永四年（一五二四）一月、氏綱は江戸侵攻を実行に移す。その際の戦が高縄原合戦だった。氏綱に敗れた上杉朝興は、いったん江戸城に逃げ込んだものの、すぐにそこも追われることとなる。

「江戸城は、関東の流通における主要幹線ともいうべき、隅田川（古利根川）・荒川（現元荒川）・入間川（現荒川）が江戸内海（東京湾）に注ぐ出口の一角に立地する要地であった。そのため同城の攻略は、内海支配につながる性格を有していた。この後、氏綱は同城を保持し、また同城を拠点として武蔵北部・下総への侵攻を進めていく。氏綱による同城攻略は、政治史的にも重要な転機をなすものであった」。

（黒田基樹『戦国北条一族』）

黒田の指摘を思えば、上杉氏を追い、江戸城を獲得したことが、北条氏にとっていかに重要な意味を持つものであったかが知られる。だとすればこの戦勝こそ、氏時詠歌が対象とするものであったとの推測も可能ではないか。さらにこの戦については、『北条九代後記』『北条記』などに記載があり、なかでも天文六年（一五三七）成立とされる『河越記』の記述は注目される。

「中にもむさしとかや、武の庫蔵にて昔より由緒いみしき戦国とそみな人申つたへ侍る。こゝに上杉修理大夫藤原朝興は、としころ武州の国主として江戸の館のあるしとす。北条左京大夫平氏綱は、今、豆・相の守護として、たかひに国務をあらそひ、闘諍鉾楯する事年久し。いぬる大永のころをひに、時極て江戸の館はせめほろほしぬる。こゝよりは辰巳にあたりては（八）十余里、是そ此しもつふさのさかひにて、隅田川といへるなん中になかれおちて、庵崎・待乳山、世にふりにたる名をのこし侍る。」

（『新編埼玉県史』資料編8『河越記』）

「武州の国主」であり「江戸の館のあるじ」であった朝興を伊豆相模の守護であった後北条氏が攻め滅ぼした戦で言及されるのが、武蔵から「辰巳」（南東）の方角に「十（八十）余里」にある下総との境、隅田川であるとの表現は、氏時の詠歌を彷彿とさせはしないか。かつて相模にあったときには遥かに遠い武蔵・下総であったが、いま、江戸城を手中にすることでそれは身近なものとなった。この戦勝を祝い、支配地の平定を願うなかで氏時は「浪までおさまる御代」と詠んだのではなかったか。そのとき、以下に引く『伊勢物語』第九段以降、武蔵と下総との境として認識されてきた隅田川の存在が、覇権を象徴するものとして詠み込まれたと推測される。

「なほゆきゆきて、武蔵の国と下つ総の国との中に、いと大きなる河あり。それをすみだ河といふ。その河のほとりに群れゐて思ひやれば、限りなく遠くも来にけるかなとわびあへるに、渡しもり、はや舟に乗れ、日も暮れぬ、と言ふに、乗りて渡らむとするに、みな人ものわびしくて、京に思ふ人なきにしもあらず。さるをりしも、白き鳥の嘴と脚と赤き、しぎの大きさなる、水の上に遊びつつ魚を食ふ。京には見えぬ鳥なれば、みな人見知らず。渡しもりに問ひければ、これなむ都鳥、と言ふを聞きて、

名にし負はばいざこと問はむ都鳥わが思ふ人はありやなしやと

」

とよめりければ、舟こぞりて泣きにけり。」

（『伊勢物語』第九段）

〔089-04〕

1　本歌は、擬託を含む現存する世阿弥の謡曲・謡物・伝書等に未勘であるが、井出幸男は、文禄・慶長期を中心とする七件の隆達節歌謡の伝本に「月夜の憂さよ月夜の憂さよ闇なるべくは曇らじを曇らしを」とする類似歌を七例挙げている（井出幸男「『室町小歌』の一基盤（『月庵酔醒記』所収の「巷歌」を中心にして）」）。当該の隆達節歌謡諸本には、本歌を世阿弥とする記載は見られないが、中世末期から近世初頭にかけて流布した歌謡であることは認められよう。

『酔醒記』所載の「巷歌」四首のうち、第一首目から三首目までが「詞書」に相当する成立背景の記載を伴うのに対し、第四首目の本歌のみが「観世々阿作」とする作者付けのみであることは、多少唐突で不自然な印象が否めない。あるいは、前三首の「巷歌」に謡曲の影響を認めることが可能であろうか。

第一首目の足利義教の作と伝える「巷歌」では、東福寺の喝食・春把の艶麗さを、雨を帯びた海棠の花に擬えているが、本「巷歌」の表現と観世信光（一四五〇～一五一六）作とされる能「皇帝（御悩楊貴妃）」との関連は、「巷歌」〔089-01〕補注1に指摘した通りである。

第二首目の「巷歌」は、在京中の「多々良の某」と本国の筑紫に留まるその妻によるものである。井出幸男は、この「多々良の某」を大内義隆に比定することで、江戸初期に及ぶ本「巷歌」の

影響につき考察している（井出幸男「『室町小歌』の一基盤（『月庵酔醒記』所収の「巷歌」を中心にして）」）。もとより、在京中の夫と筑紫に残された妻との応酬という趣向は、『尤之双紙』下「偽る物のしなじな」・『醒睡笑』五「誮心」などにも認められるが、本「巷歌」と謡曲との関連に着目するならば、筑紫の芦屋を舞台とした世阿弥作の能「砧」が第一に想起されよう。能「砧」は、閨怨を主題とした曲であり、かつ同曲の前場が、筑紫へ下向した在京中の夫の侍女・夕霧と、筑紫に留まる妻との応対により展開されることに注目するならば、本「巷歌」で、夫が「二人独り寝をする」とした部分を、妻が「二人独り寝もがな」と改めたとする注記との対応を指摘することも可能であろう。（なお、井出も指摘するように『酔醒記』所載の「多々良の某」と在国の連れ合いとの贈答歌〔085-02〕には、世阿弥作の能「清経」の影響が指摘が可能である。）

第三首目の「巷歌」は、あきらかに『伊勢物語』九段を意識したものであるが、同時に能「隅田川」の詞章とも対応している。本「巷歌」の「遠き武蔵や下総の境に今は隅田川」という文言は、能「隅田川」の左記の詞章にも認められる。

「もとよりも、契り仮なる一つ世の、契り仮なる一つ世の、其の内をだに添ひもせで、爰や、彼処に親と子の、四鳥の別れ是なれや。たづぬる心の果てやらん、武蔵の国と下総の中にある、隅田川にも着きにけり、隅田川にも着きにけり」

なお、いうまでもなく「都鳥」は、能「隅田川」で幾度ともなく繰り返される語句である。以上のように『酔醒記』が挙げる「巷歌」のうち第一首目から第三首目には、全て謡曲と不可分の連

想が働くことが明らかとなった。無論、これらの三首の「巷歌」が必ずしも謡曲に着想を得た作品であるとは断言できないが、『酔醒記』において、これら三首の「巷歌」の後、唐突に世阿弥作とする「巷歌」を挙げるのは、やはり一色直朝自身が、『酔醒記』「巷歌」を記すにあたり、これら三首に謡曲の連想を認めたことによるものであろう。既述のように、能「皇帝」は世阿弥作ではないが、能「砧」は明らかに世阿弥の作である。また能「隅田川」の作者は、現在では世阿弥息の元雅に確定しているが、「能作者註文」をはじめとする室町後期の所伝によれば、世阿弥に比定されている。つまり『酔醒記』「巷歌」では、第二首目と第三種目の「巷歌」を連想させる謡曲は、共に世阿弥の作であり、第四首目は他ならぬ世阿弥自身による「巷歌」が続くという配列が採られているのである。

さらにいえば、「巷歌」〔089〕・補注1で述べたように、『酔醒記』所載の「巷歌」は、形式や内容から明らかに中世歌謡の一種である「小歌」に該当するが、たとえば、代表的な「小歌」の撰集である『閑吟集』には、全三一一首の所収歌のうち、約五〇首に謡曲の詞章にとの直接の影響関係が指摘されていることから、「小歌」つまり「巷歌」と謡曲には本質的に緊密な関連性が存在するのである。

また、再び『酔醒記』の構成に目を向けるならば、この「巷歌」条に続く「猿楽、禁裡江不レ召事」では、観世の能の起源、能役者の参内が憚られる理由、そして世阿弥が能「山姥」を能作した背景が語られているのである。以上を勘案するならば、『酔醒記』「巷歌」条に収められた「巷歌」は、いずれも直朝自身が謡曲、特に世阿弥作とされた謡曲との関連を想起したものが収録され、かつ配列されたと解するべきであろう。

〔090-01〕

1 本条は、つとに岩崎雅彦が中世において猿楽と鬼とに不可分の認識が存在した好例として言及するが（岩崎雅彦「猿楽の説話と鬼」）、本話との関連が想定される資料として、承応二年（一六五三）成立の『四座役者目録』および宝暦一〇年（一七六〇）版行の『秦曲正名閟言』などが挙げられよう。以下に両書の該当箇所を提示する。

［一］『四座役者目録』「観世太夫代々之次第」

「観阿・世阿ヨリ色々ノ能ヲ作リ初ル也。名人、中々筆ニ尽シ難シ。具ニ系図ニ有リ。世阿ハ、一休和尚ニ参学シタル也。世阿ノ聟、禅竹ヲ我子ヨリ崇敬シ(ママ)ラル、ニヨリ、公方ノ御意ニ違、佐渡ノ国へ配流セラレ、被レ居ル中ニ、七番謡ヲ作ル。上方へウツシ来リ、世上ニ流布ス。忝モ帝王ノ御目ニ掛リ、七番ノ内、取分キ「定家カヅラ」ノ謡ノ作リ様、御感被レ成、「佐渡ニ有ルハ不便ナル」トテ、公方へ「急ギ呼返サレヨ」ト勅定ニヨリ、佐渡ヨリ帰リタル人也。

又、公方ノ御伽、被レ致候刻、「何ニテモ謡ニ作リ候へ」ト被レ仰ル時、勝手へ立、少シ案ジ、其侭「浮船」ヲ作ル。歌道・文道・神道・諸々道ヲ能ウカヾヒ、大方ナル人也。惣テ、今ニ世間ニモテハヤス好キ謡ハ、大形、世阿ノ作也。（中略）右、世阿弥陀仏ノ奇妙不思議ノ咄共、紙上ニ載ガタシ。少書置也。

［二］『秦曲正名閟言』上「諸家略図・上篇」

(長谷寺参詣の途中、僧侶から「観世」の氏を授けられたと同時に、僧侶の姿が忽然と消えたとする説のほか、)一説ニハ、此ノ党、自ラ謙シテ不レ行ナハ二氏族ヲ一、或ハ以テ其ノ小名ヲ行ヒ〈夾注略〉、或ハ以ス三人所ヲ二称目スル一〈夾注略〉。若ハ二夫ノ観世ノ一、則チ当テ二音阿弥ノ時ニ一、人目シテ曰二観世ト一。蓋シ取ルト二其祖父ノ観ノ字、義父ノ世ノ字ニ一。此ノ説ヲ為スレ近ト。初シテ二元清、愛シテ二壻氏信ヲ一、黜ク二子元雅ヲ一。元雅、恨ミ三父之偏ニ愛ナルヲ二壻ニ一、乃チ与二弟某一、倶ニ避ケテ居リ二和州越智ニ一。以テ二其ノ邑名ヲ一氏トス焉。人ノ或リ下託シテ二越智氏ノ事ニ一譖スル二元清ヲ一者上。以チテレ故ヲ、流サル、コト二于佐州ニ一数年矣。自ラ作ル二唱曲十首ヲ一〈一説ニ七首〉。請ヒテ二僧一休ニ一撰バシム焉。世号シテレ之ヲ曰フ二佐渡ノ十首ト一。一休、上ル二諸《これ》ヲ廷ニ一。帝、詔シテ以テ赦スレ之ヲ。

『四座役者目録』・『秦曲正名閟言』では、佐渡に配流された世阿弥が、佐渡で一〇あるいは七番の能を作り、この評判が天聴に達し赦免されたとするが、他方『酔醒記』では、能を「亡国の音」と解して世阿弥を配流し、その帰洛については言及しないという決定的な相違が認められる。両者のうち、いずれが先行する内容であるのかは未勘であるが、『四座役者目録』・『秦曲正名閟言』は、観世流関連の著作であるため、世阿弥に好意的な内容を伝えたものであろうか。

2　景徐周麟の別集『翰林葫蘆集』に収められる「観世小次郎画像讃」には、観世小次郎（信光）の出自につき以下のように言及する。

「信光、其先出レ自二服部氏一。乃伊賀州之甲族也。服部有二三好男一。春日大明神、託二其長男一告曰、事レ神掌レ楽。〈父不レ可而疾卒。次男亦爾。於レ是父母携二季子一、入二大和州一、礼二長谷寺観音一。路逢二一僧一、為二季子一求レ名、名曰二観世一。遂詣二春日之廟一、献二其季子一。報二神之託一也。因留二居和州一、更二姓氏一為二結崎氏一、以掌二神楽一矣。」

つまり観世信光の祖先、具体的には観阿弥の出自は、伊賀国の有力武士であった服部氏の三男とする。長兄と次男には、春日社での奏楽に従事する旨の託宣を下ったが、父が拒絶したことで各夭逝した。故に三男を連れて春日社に趣く途中、長谷寺に参詣した折、行き会った僧侶から三男に観世という名づけてもらった。春日社に致り託宣に従った後、大和に定住し、服部氏から結崎氏に改姓したと伝える。

観阿弥を伊賀の服部氏の出自とする説は、世阿弥自身も『申楽談儀』で以下のように言及している。

「一、大和申楽は、河勝より直に伝はる。近江は、紀の守とて有し人の末也。さて紀氏也。〈時代、能々尋ぬべし。〉

大和、竹田の座・出合の座・宝生の座と、うち入りうち入り有り。竹田は、〈河勝よりの〉根本の面など重代有り。出合の座は、先は山田申楽也。伊賀の国、〈平氏なり〉服部の杉の木と云ふ人の子息、おうたの中と申人、養子にして有しが、京にて落胤腹に子を儲く。其の子を、山田に美濃大夫と云人、養じて有しが、三人の子を儲く。宝生大夫〈嫡子〉・生市〈中〉・観世〈弟〉、三人此の人の流れ也。彼の山田の大夫は、早世せられし也。」

服部の杉の木の実子（おうたの中の養子）
＝京女
息（山田・美濃大夫の養子）
宝生大夫
生市
観世

また、室町末期から江戸初期に流布した幼学書『庭訓往来抄』では、左記のように観世と保昌（現在の宝生流）を兄弟と伝え、所謂「上掛」二座を能の正統と解し、「観世」すなはち観阿弥を伊賀の服部氏の出自と伝えている。

「観世・保昌と云ふは、児の名也。彼の人々は、伊賀国服部殿の子也。彼等兄弟、春日の御霊夢に、春日の神楽衆に参ぜしめ告ぐること有り。其の時奉る故に、名字をば服部と名乗る。観世の衆に結崎（異本・夕鷺）と云ふは、伊賀国に在名有る也。保昌をば土肥衆と云ふは、大和国の在名也。是を知行する也。観世・保昌の紋は、矢筈也。」

他方、天正年間後半の編纂とされる能伝書『八帖花伝書』では、以下のように服部と竹田の両氏を能の大成者と称し、室町期にもっとも活躍した、大和猿楽の二座つまり観世流と金春流の流祖にそれぞれを比定している。

「そ（注・能）の水上を尋るに、御門より秦川勝に仰せて、天下安全のため、又は万人快楽のために、面白き曲を作り候へと有りしかば、川勝承りて、其時三十三番の能を作り初むるなり。然れ共、今のやうなる能の心もなく、和歌をあげ、たゞ打ち囃して一曲一奏、一座の遊びまでにてありつるを、中比、天下に竹田・服部とて両人、曲の名人にてありつるが、此曲を再興し、其のとき、彼の両人、六十六番の能を作り、色々の曲をそへたるなり。今に春日の能と申すは是なり。竹田は今春大夫なり。服部は当家の源なり。」

いずれにせよ、観阿弥の出自を伊賀の服部氏の出自に比定することで一致している。

かつては『申楽談儀』の以下の記載により、観阿弥が結崎座を伊賀で結成したとする説が常識として通用していた。

「一、面のこと。翁は日光打。弥勒、打ち手也。此の座の翁は、弥勒打ち也。伊賀小波多にて、座を建て初められし時、伊賀にて尋ね出だしたてまつりし面也。」

香西精は、このように観阿弥による結崎座の結成を伊賀と伝える記載が『申楽談儀』の当該部分のみに見られること、および結崎座のみが、他の大和猿楽三座とは隔絶した伊賀で結成されたことを不審とし、当該部分の「伊賀の小波多」は、翁面を見出した伊賀の具体的な地点についての注記が、本文に混入した蓋然性が高いことを指摘した（香西精「伊賀小波多にて」）。『申楽談儀』が談話の筆録であり、他にも明らかに注記が本文に混入したと解される箇所が散見することから、香西の指摘は首肯されよう。現在では、観阿弥は多武峰に従属した猿楽座に所属した世襲の藝能者の出身とされ、世阿弥の活躍以降に、観世座の社会的地位が向上したことを受け、観阿弥の遠い血縁と想定される伊賀の服部氏を出自が語られ始めたとする説が有力である。

もっとも、観阿弥が世襲の猿楽役者の出自であったことは否定できないようであるが、室町中期までは、在地勢力として伊賀の服部氏そのものは健在であったらしく、このような状況下にあって、当時卑賤視されていた猿楽役者が、公然と伊賀の服部氏の出自と語ることが、果たして可能であったかという疑問は残る。また、二条良基の書翰には、文学的な潤色は認められるものの、一〇代の世阿弥が上層貴族の嗜好に適う蹴鞠や連歌についての基本的な教養を備えていたことは確実視されている。当時の猿楽役者が、猿楽の技量や容色で権力者に寵用される例は珍しくないが、世阿弥が本当に卑賤視されていた猿楽役者とすれば、このような教養を得る機会に恵まれ得るものであろうか。このように考えてみると、観阿弥の出自が、伊賀の服部氏の直系か否かはともかく、通常の猿楽役者とは一線を画した特殊なものであった可能性も、強ちには否定できないのではないだろうか。

なお、観阿弥の伊賀出自説については、昭和三七年に出現した所謂「上嶋文書」から、観世父子は楠木正成の係累とする説が語られ、その数奇さから時代小説などの格好の素材としても用いられたことから、その余波は現在にも及んでいる（久保文雄「観阿弥出生に関する一考察」・「楠木正成と観阿弥」・『観世福田系図』をめぐる諸問題―伊賀国浅宇田村上嶋家文書―」など）。もとより「上嶋文書」自体が江戸後期の文化年間（一八〇四～一七）頃の写本であり、記載内容が余りにも「出来過ぎている」ことや、江戸後期の国学による南朝正統観の影響も認められることから、少なくとも芸能史学界では完全な「偽書」と認定されている。

もっとも、世阿弥存命時期の楠木一族は、南朝（後南朝）勢の主体として室町幕府勢と熾烈な抗争を続けていたことが知られるが、もし世阿弥が伊賀出自で楠木氏の係累であるとすれば、室町幕府から庇護されている立場上、自らの出自に言及すること自体、極めて不自然かつ危険な行為と言えよう。このような点からも、観世父子と楠木氏との関連は、完全な虚構と解するのが穏当であろう。また『酔醒記』では、観阿弥の出自を「近江侍に福部式部少輔」とすが、既述のように、世阿弥伝書をはじめとする伝書類では、観阿弥の出自を伊賀とするため、『酔醒記』の「近江侍」とする所伝は特異である。恐らくは本条末尾の猿楽起源説話に対応さるための作為であろう（補注16）。なお『酔醒記』の「福部」は、「服部」を音読したことによる誤記と思われるが、「式部少輔」とする所伝については未勘である。

3　現在、日待・月待の起源の詳細については未勘とせざるを得ないが、京都および禁中での定着を知る上では三条西実隆（一四五五～一五三七）の『実隆公記』の記載が注目されよう。『実隆公記』は、文明六年（一四七四）正月を起筆とするが、『実隆公記』文明一五年（一四八三）一〇月一五日条に「及レ晩参内、入レ夜有二御祝一。祇候人々〈交名略〉今夜号二日待一、世俗以不レ寝事云々。仍近年、大略有二此事一。今夜有二和漢御会一。親王方御参。海住山大納言、大蔵卿〈執筆〉。予、在二数等一之外無レ人。及二天明一終レ功」とある。

実隆の口吻によれば、この「日待」が近年宮中に採り入れられた行事であることが知られよう。『実隆公記』には、文明一〇年（一四七八）から一四年（一四八二）に到る一〇月一五日条が伝存しないが、文明九年（一四七七）一〇月一五日条には「松本・柳原等、携二一提一入レ夜来話。世諺云、今夜不レ寝事云々。大略終夜雑談」とあり、少なくとも「日待」に該当する行事が、京都の上層階級に私的次元では浸透し始めていたことは確実であろう。

ちなみに文明九年（一四七七）正月条から現存する『お湯殿の上日記』によれば、文明一一年（一四七九）一〇月一五日条に「御阿茶、返まいり。御土産に御土器の物、御樽参る。伊予殿より御樽一箇、御真魚一色参る。御粥など申し沙汰あり。今宵は明くるまでいらせをはしますとて、もりとみ、いみじくうたゐてなど参りなど、御ひしくにてめでたしく。あわゐに御連歌もあり。伊予殿に御盃など賜びて、めでたがり参らるる」とあるほか、文明一二年（一四八〇）一〇月一五日条にも、前日の庚申待に続き「今宵も夜中と申して、御静まりなし」とある。『実隆公記』・『お湯殿の上日記』によれば、後に「日待」と称される行事は、文明一〇年（一四七八）代の極初頭には宮中行事として定着を見たようである。

一般的に「日待」は、非仏教的な民間信仰による年中行事に由来すると解されるようであるが、『実隆公記』延徳三年（一四九一）一〇月一五日条には「今夜終夜不レ眠。是俗称二日待一云々。自二亥下刻一、新古今和歌集〈上下〉校合〈予書写本。大内所望者也。〉到二半更之後一終レ功。其後、猶一身挑レ灯、看経等到二天明一了」とあり、少なくとも貴族層による「日待」の受容とほぼ同時に、仏教的な色彩を帯び始めたようである。

次に「月待」について考察する。『実隆公記』文明七年（一四七五）一一月二三日条に「丑刻計参二真乗寺宮一。彼宮今夜令レ待レ月給也。仍参入、有二小飲一。已及二天明一帰宅」とあるのが、「月待」の初出であるらしい。なお、『実隆公記』で「月待」という語が明記されるのは、文明一七（一四八五）七月二三日条に「入レ夜、向二上乗院旅所一。月待之間、人々象戯・囲碁等、有二其興一。傾二一盞一」とあるのが最初である。当該時期の『実隆公記』には亡佚部分が少なくないが、京都の貴族階層では、「日待」に先んじ遅くとも一四七〇年代には、「月待」の習俗が定着していたことが窺われよう。現存本『実隆公記』によれば、「月待」についての言及は、長享二年（一四八八）以降に頻出し、同年九月二三日条には宮中での「月待」が確認され、何月であれ二三日に張行されるようである。「月待」も「日待」と同様に、囲碁・将棋・連歌・和漢連句などの張行と不可分であり、娯楽遊興的な側面が過分に認められる行事ではあった。しかし、たとえば『実隆公記』延徳三年（一四九一）九月二三日条には、「今日当番。及レ晩参内。今夜、『夢浮橋』巻読二申之一。宇治十帖終功之条、公私大慶々々。又自二『桐壺』巻一可二読申一之由、勅定。此儀難治之由、粗申入了。今夜、月待看経、暁鐘之後、参二黒戸一就寝」とある。つまり、宮中での源氏物語四五帖の購読が終了し、直ちに再び「桐壺」から購読するようにとの勅定が下ったが、実隆はこれを固辞し「月待」の看経に勤しみ、暁鐘と共に就寝したとある。「月待」には、本来は私的な仏教儀礼とする性質が濃厚であったことが首肯されよう。

なお、『酔醒記』が伝えるように、「日待」・「月待」の折に、猿楽が張行された例は『お湯殿の上日記』明応四年（一四九五）一〇月一五日条に、宮中での日待に際し、手猿楽（専門の能役者として座に所属しない「素人」による能）が行われたことが見られる。このほか『実隆公記』永正三年（一五〇六）六月二三日条には、「今夜於二勧修寺一有二手猿楽一云々。青女可二行向一之由。支度之処、俄不レ向」とあり、勧修寺で手猿楽が興行されたことを伝えている。同日は月待が行われる日であり、かつ夜分の興行であることから、「月待」との関連の指摘が可能であろうか。また、室町物語「東勝寺鼠物語」では、美濃国に住した鼠の太郎穴元が、東勝寺での参禅を志し、一族で移住したところ、子鼠が寺中で狼藉の限りを尽くし、遂に「九月三夜の月待」の夜に族滅されたとするが、この月待に際し、眠気覚ましのため能を含む多様な芸能・遊戯がおこなわれたとする。もとより「東勝寺鼠物語」は「往来物」の「物尽くし」の趣向による作品であるため、必ずしも実生活と直結する内容とは言い難いが、この「物尽くし」に能の曲名が列挙されることは、月待の場で能や謡が興行されたことを反映したものと解することが可能であろう。

また、『酔醒記』の成立時期の同時代資料である、上井覚兼「伊勢守心書」には、「日待」・「月待」につき以下の言及が見られる。

「吉兆と凶兆も、信と不信とに有る事にて候間、神慮専らたるべく候。諸人信心□□候。我々も幼稚の時より、月日を待ち洛叉を繰り、忝なき愛宕・飯綱・鞍馬毘沙門、此の外、諸法を伝。不レ似ながら、朝夕、垢離・閼伽の水を掬ひ、香花を棚上に備へ、花皿をもてならし、法花を持経し般若勝軍品・金剛経・諸仏経を看読す」

戦国武将の日常の信仰を垣間見させる好資料であるが、当時、「日待」・「月待」が、単なる遊戯に止まらず、種々の信仰の一つとして重視されていた様子が知られよう。上井覚兼の日記の現存部分には、特に天正一三年（一五八五）以降の毎月二三日条に、「月待」への言及が認められるが、「日待」についての記載は見られない。「月待」の具体的な事例としては、例えば、天正一三年三月二三日条に「此夜、月待候間、終夜若衆中被レ来、種々遊覧共也」とあり、他日条にの「月待」の記載よれば、雑談・俳諧・茶湯などが行われたようである。

4　「手の舞ひ足の踏む所を知らず」は、以下に示す『毛詩』「大序」や『礼記』「楽書」の文言が転訛した成句とされる。

①『毛詩』「大序」

「詩者、志之所レ之ク也。在レルヲ心ニ為レシ志ト、発レスルヲ言ヲ為レス詩ト。情動二キテ於中一ニ、而形《あら》二ハル於言一ニ。言レフモ之ヲ不レ足ラ、故ニ嗟二歎ス之一ヲ。嗟二歎スルモ之一ヲ不レ足ラ、故ニ永二歌ス之一ヲ。永二歌スルモ之一ヲ不レシテ足ラ、不レル知二ラ手之舞レヒ之ヲ、足之蹈レムヲ之ヲ也。」

②『礼記』「楽書」（『史記』「楽書」にも所見。）

「故ニ歌之為レル言也、長ク言レフ之ヲ也。設《よろこ》レブ之ヲ故ニ言レフ之ヲ。言レフモ之ヲ不レズ足ラ、故ニ長ク言レフ之ヲ。長ク言レフモ之ヲ不レ足ラ、故ニ嗟二歎ス之一ヲ。嗟二歎スルモ之一ヲ不レ足ラ、故ニ不レル知二ラ手之舞レヒ之一ニ、足之蹈レムヲ之一ニ也。」

『毛詩』「大序」に即したところ、両者の概略は以下の通りである。「詩」とは「志」がおもむくところであり、心のなかに内在する状態を「志」といい、言葉に発せられたものを「詩」という。感情が心の中に働き、言葉として表現されるわけである。しかし言葉で表現させるだけでは不充分であり、そのため（喜怒哀楽の感情を）声に表して歌い上げる。しかし単に声に表して歌い上げるだけでは不充分であり、そのため長く声を引き延ばして吟詠する。また吟詠するばかりでは不充分であり、手を動かせ足で拍子を踏むことで舞踏に至るとする。

『日本国語大辞典』では、『台記』久安七年（一一五一）正月一日条の「感悦殊甚、不レ知二手舞足蹈所一」及び『金刀比羅本・保元物語』下「新院讃州に御遷幸の事」の「公卿殿上人、内裏へ馳せ参りて、手の舞足の踏所を知らず」などを用例とし、欣喜雀躍あるいは周章狼狽の形容語句とする。ただし、本例の場合は、「世上の風景を詞に作吟じて面白くうたひ」、「酔興のあまりに、手の（舞ひ）足の踏み所を知らず」とあるため、『毛詩』「大序」・『礼記』「楽書」に語られるように、詩歌・吟詠・舞踏という段階を示すものと解するべきであろう。

もとより『毛詩』「大序」は、『古今和歌集』両序に引用されたことから、中古以来歌学の基本理念として親炙されてきたこともあり、『音曲口伝』などの世阿弥の能伝書にも能楽理論の根幹として言及されているが、この「手の舞、足の蹈み所を知らず」という文言が、金春禅竹の能伝書で極めて重視されていたことに留意すべきであろう。伊藤正義は、金春禅竹の能伝書を、暫定的に「五音系伝書」・「六輪一露系伝書」・「円満井座関連伝書」・「その他伝書」という四系統に分類するが（伊藤正義『金春禅竹の研究』）、当該語句は、「五音系伝書」・「六輪一露系伝書」の両系統に確認される。

［一］五音系伝書

①『歌舞髄脳記』

「『心にあるを志といひ、詞に出るを詩といふ。其のことばやまずして、詠吟にあらはるゝを、手の舞、足のふみどころをしらず』といへり。」

②『五音十体』

「夫申楽の歌舞一心の道を知るべき事は、『心にあるを志といひ、詞に出づるを詩といふ。其詩やまずして、詩吟にうつるを、手の舞、足のふみ所を知ず』といへり。」

［二］六輪一露系伝書

・『六輪一露之記』

「夫レ申楽之家業之道者、体尽レクシ美ヲ、声成レシ文ヲ、是ヲ以テ、不ルレ知ラ二手之舞ヒ、足之所ヲレ踏ム也。」

これらの三書のうち、『歌舞髄脳記』と『六輪一露之記』は巷間に流布することはなかったようであるが、『五音十体』の金春禅鳳奥書には、山口の大内教弘の所望により執筆された事情が示されているように、同書は禅竹の能伝書のなかでは、もっとも広範に受容され、下間少進『叢伝抄』をはじめとする室町末期の能伝書諸本にも影響を与えたことが知られている。ゆえに、中世末期において「手の舞ひ足の踏み所を知らず」という文言を、能関連の記載に用いることは極めて自然であったと言えよう。

伊藤正義は、『五音十体』は、定家擬託の歌書『三五記』や定家の私家集『拾遺愚草』の影響が極めて濃厚であることを指摘し、また正徹の歌集一伝本である陽明文庫本『月草』所収歌や高松宮家本『西行上人談抄』奥書を論拠に、正徹と禅竹との親交を認め、禅竹の歌学の知識の集積に正徹の影響を示唆し、さらには『草根集』の記載から、禅竹の山口下向は、本来正徹と同道する予定であった蓋然性につき言及している。もとより、明融が『五音十体』あるいは同書の影響下に成立した能伝書を披見したか否かは未勘とせざるを得ない。しかし正徹が冷泉派歌壇の重鎮とされたことをも勘案するならば、冷泉明融と金春禅竹との距離は正徹を介することで、より接近することには留意すべきであろう。

5 世阿弥が若年時から和歌・連歌・蹴鞠などの諸芸能に堪能であったことについては、以下に示す二条良基の「自二二条殿一被レ遣二尊勝院一消息」に委曲が尽くされている。

「藤若、暇候はば、今一度、同道せられ候べく候。一日は麗しく、心空なる様になりて候ひし。和歌・芸能は中々申すに及ばず、鞠・連歌などさえ堪能には、ただ物にあらず候。何よりも又、顔立ち振り風情ほけ〳〵として、しかもけなりげに候。かゝる名童候ふべしとも覚えず候。源氏物語に紫の上のことを書きて候にも、眉の辺り煙りたると申したるは、ほけてゆふのある形にて候。同じ人を物に譬へ候に、春の曙の霞の間より、樺桜の咲きこぼれたると申したるも、ほけやかに、しかも花のあるかたちにて候。歌も連歌もよきと申すは、懸かり面白く、幽玄なるを上品にはして候なり。この児の舞の手遣ひ、足踏み袖返し候様、まことに二月ばかりの柳の風に靡きたるよりも、猶ほ手弱かに、秋の七草の花ばかり夕露に萎れたるにも優りてこそ候はめと見えては、昔、唐の玄宗の、沈にて家を造られて、二三里の中は匂ひ候ひけるとかや。これを沈香亭と号して、此の所にて楊貴妃の牡丹の花を翫びて、霓裳羽衣の曲と申し候ひて、玄宗の月の都へ入りて、玉の笛にて写されたる天人の舞を舞ひて、袖を返して、李白といふ詩作り、面白き歌どもを作りて歌はせ候ひけるも、今の心地して覚え候なり。光源氏の花の宴に、春の鶯囀といふ楽を花の影にて舞はれて候ひし夕映への程もかくこそと覚へ候ひし。将軍さま、賞翫せられ候も理とこそ覚へ候へ。得難きは時なりとて、かやうの物の上手も、折を得候ふこと難きことにて候ふに、合ひに合ひて候ふこと、不思議の覚へて候。天馬も伯楽に会はざれば、脚習ふなし。卞和玉、三代を経てこそ宝物にもなりて候ひし。しるべなき時は、正体なきことにて候。かゝる時に会ひ候ひしも、たゞ物ならず覚え候。相構々々、此の間に同道ふべく候。埋もれ木になり果て候ふ身の、何処にか心の花も残りてむと、我ながら覚えて候。この状、やがて火中に入れ候ふべく候なり。

卯月十七日

尊勝院へ」

（小川剛生の翻刻・校異を私見により漢字仮名交じりに改めた。）

小川剛生は、同消息に所謂「往来物」とも軌を一にする「艶書文学」とも形容すべき創作性を認め、また同消息の文辞が、『源氏物語』およびその注釈による文飾が濃厚であることをも提示し、同消息が伝える世阿弥像が必ずしも実情を反映してはいない可能性を指摘している。しかし、「自二二条殿一被レ遣二尊勝院一消息」を執筆した頃、二条良基が世阿弥を称賛していた様子を伝える資料として、東山文庫蔵『不知記』永和四年（一三七八）四月二五日条が挙げられよう。東山御文庫蔵『不知記』は、伊地知鐵男により崇光上皇宸記の零本と断定された文献であるが、同書同日条には、以下のように崇光上皇の御所であった伏見の大光明寺での崇格の談話が挙げられている。

「二十五日、法華経一部、読レ之。於レ寺、昨日崇格物語。先日猿楽観世[空白]乗(垂)髪、於二准后連歌当座一、構二美句一事、経有申出之処、此句ただ非二殊勝分一、真実法文心[空白]神妙之由、長老褒美、以外也。

いさをすつるはすてぬのちの世　　准后

罪をしる人はむくひのよもあら　　児

前句も当座感[空白]甚、付句、又准后、以外構二美讃一。此前句も連歌にはあたらしくきこゑたり、歌には同類多歟。すつる人をば、すてぬとはいへるも同心歟。

きく人ぞ心空なるほととぎす

しげるわか葉はただ松の色　　垂髪

風の声おとともせず、ただ風とばかり仕、堪能也云々。

此ほめ所は強不二甘用一哉。此脇句には贈答事ちとありし也。大事歟。

いつふるぞ卯の花かきの庭の雪

自二関東一上洛禅僧参仕云々。

松が枝のふぢのわか葉に千とせまで

かかれとてこそ名づけそめしか

此児云、給二五明一之時、被レ書二此歌一。此童、先年十三才ニテ参之時、被レ付二藤若名字一事云々。今年十六才歟。御句詞、此歌甘用歟。然而雀子、五《（ゑ）》の子などの心ちする詞也。此心ニテききよき詞可レ被二案付一哉。」

現存本文には、原本の虫損によると思われる空白や誤写のみならず、本文の錯脱も散見されるが、記主の崇光上皇の淡々とした感想と、二条良基（准后）らの世阿弥（児・垂髪・藤若）への絶賛との好対照が興味深い。「自二二条殿一被レ遣二尊勝院一消息」の世阿弥像には、幾分虚構が交えられているとしても、東山御文庫蔵『不知記』によれば、若年時の世阿弥が連歌をはじめとする諸芸能に熟達した垂髪として、二条良基の文化圏・交友圏において「寵児」とされた様子が窺われよう。

6　当該箇所については、『八帖花伝書』冒頭に提示する、以下の猿楽の起源説話が参考となろう。

「それ申楽延年の事態、その源を尋ぬるに、此の国に始まるところは、地神五代天照御神の御時に、天の岩戸の神遊びし給ひし時、八百万の神達、高天原に集まり給ひ、此の曲を作り御初めあつて、岩戸の前にて、神楽といふ事を奏し給ふ。其の神楽成就して、天照皇大神宮、岩戸を出で給ひ、日本、明らかになるより此の方、今に、この曲繁昌なり。されば、目出度き曲なればとて、其の風を伝へ学ぶと云へども、代隔たりぬれば、その風を学ぶこと、及び難し。神楽・管絃は、役者数多なれば、諸人、翫ぶことなり難し。近代、数多の役者を略し、鳴り物の唱歌を数へ、能といふことを作り初むるなり。」

つまり、猿楽の起源を、天照大神の天岩戸隠れの折に、天鈿女命が舞った神楽とし、極めて霊験あらたかで素晴らしいものであるが、時代が経つにつれ、その正式な伝承が廃れた。また神代の「神楽」や（仏事法会で催される）「管絃（舞楽）」は、大規模で多数の「役者」を必要とするため、「諸人（あらゆる身分の人々）」が執り行うのは困難であるため、「近代」に「多数の役者」を省き、楽器の「唱歌（音律を口で唱える。「翁」の詞章を意図するか。）」を歌うことで「能」を始めたと伝える。

7　観阿弥の登場以前の大和猿楽では「物まね」が基本とされたことにつき、『風姿花伝』では以下のように言及される。

「凡、此道（注・能）、和州・江州において風体変れり。江州には、幽玄の境を取り立てゝ、物まねを次にして、かゝりを本とす。和州には、先物まねを取り立てゝ、物数を尽くして、しかも幽玄の風体ならんと也。然れども、真実の上手は、いづれの風体なりとも、洩れたる所あるまじきなり。一向きの風体ばかりをせん物は、まこと得ぬ人の態なるべし。

されば、和州の風体、物まね・儀理を本として、あるひは長のあるよそほひ、あるひは怒れる振る舞い、かくのごとく物数を得たる所と人も心得、たしなみも是、専なれども、亡父（注・観阿弥）の名を得し盛り、静が舞の能、嵯峨の大念仏の女物狂の物まね、殊々得たりし風体なれば、天下の褒美・名望を得し事、世以て隠れなし。是、幽玄無上の風体なり。」

8 現在、世阿弥作の能としては、「忠度」・「松風」・「姨捨」などに代表される、古典を素材とした叙情的な傾向が濃厚で歌舞を眼目とした、所謂「複式夢幻能」が想起される。しかし『能作者註文』〔大永四年（一五二四）奥書〕をはじめとする「作者付」では、「忠信」・「檀風」・「満仲」など、今日では世阿弥の作風とは認め難い曲も含まれるため、本条後半に言及される宮中の僉議での「功者」の発言に、世阿弥の能を演ずることで「鬼神・竜神・人の霊魂等、則ち禁中に乱れ入りて、主上の御心をおどろかし奉らむは」とすることは、室町後期の世阿弥観と齟齬しないことが首肯されよう。

なお、従来の能楽史では、世阿弥・金春禅竹らを頂点とする「（複式）夢幻能」の流行と、派手な所作や凝った「作り物（舞台装置）」を駆使した「劇能」ともいうべき活動的な能の流行は、応仁の乱を画期とするものとされてきた。これに対し、山中玲子は、室町後期の演能番組の検討により、応仁の乱以降に「現在能」的な傾向の能の新作が目立つと同時に、従来の世阿弥・禅竹風の「夢幻能」の演能も決して衰退したわけではないことを指摘し、室町期を通じて「夢幻能」が受容されたことを証明している。（山中玲子『能の演出・その形成と変容』「室町末期の能と観客」）。また、極近年に発見された、「応永三十四年（一四二七）別当坊薪猿楽番組」に見られるように、室町後期の「劇能」の典型的な例とされてきた能「曽我虎（虎送）」・「酒天《ママ》童子（大江山）」・「忠信」・「猩《（々）》生」などの曲も、遅くとも応永年間（一三九四～一四二八）後半には成立したことが明らかとなり、従来の能楽史観は大きく訂正されている（表章『観世流史参究』「応永三十四年の演目をめぐって」）。

ちなみに、田代慶一郎は、「（複式）夢幻能」なる用語は、大正一五年（一九二六）一一月二八日に放送されたラジオ番組「国文学ラヂオ講座」で佐成謙太郎が創案した造語であることを指摘することから、室町期に成立した曲目を理解するため、「（複式）夢幻能」の概念に拘泥することには一考を要することも事実であろう（田代慶一郎『夢幻能』「夢幻能という言葉」）。

9 頭註に示した表面的な解釈のほか、『風姿花伝』三「問答条々」、演能の成功には陰陽の調和が必須であるとする以下の記載が認められる。

「秘儀に云はく、抑、一切は、陰陽の和する所の境を、成就とは知るべし。昼の気は陽の気なり。されば、いかにも静めて能をせんと思ふ工みは、陰気なり。陽の時分に陰機を生ずること、陰陽和する心なり。是、能のよく出で来る成就の始めなり。是、面白しと見る心なり。夜は又、陰なれば、いかにも浮き〳〵と、やがてよき能をして、人の心の花めくは、陽なり。是、夜の陰に陽気を和する成就なり。されば、陽の気に陽とし、陰の気に陰とせば、和する所あるまじければ、成就も有るまじ。成就なくば、何か面白からん。又、昼の内にても、時によりて、なにとやらん、座敷も湿りて寂しきやうならば、これ陰の時と心得て、沈まぬやうに心を入れてすべし。」

当該箇所は『八帖花伝書』六にも採り上げられることから、室町末期には流布した認識に比定されよう。『酔醒記』当該箇所の記載では、世阿弥の演能が見所からの関心を惹くため、昼に行うべき演目を夜に行う、あるいは秘せられるべきものを公然と行うなど、昼夜内外の秩序を観衆に迎合し意図的に乱したとする解釈も可能であるが、同時に演能の状況に応じ「陰陽」を和合させることで、人々の心を魅了したとする解釈も可能である。あるいは後者の解釈によるべきか。

10　足利将軍による世阿弥の演能を台覧としては、『申楽談儀』二一条に言及される、世阿弥一二歳時の足利義満台覧が想起されるが、この台覧能こそが観世座の繁栄の端緒となった出来事とされる。また表章は、この義満の台覧能の能楽史上の意義につき、「結崎座」の宿老が神事として舞う慣例とされてきた「翁」を、「結崎座」の人気役者に過ぎなかった観阿弥が代行して舞ったということに注目し、神事と密接に関わる「翁猿楽」と、純然たる芸能としての能との分離・決裂を決定付けた象徴的な出来事とする（表章『大和猿楽史参究』「観阿弥清次と結崎座」）。しかし、当該時期は公家日記をはじめとする文献資料に乏しいことから、義満の台覧能についての詳細は事実上不明とされる。

表章は、同じく『申楽談儀』に世阿弥一二歳の時のこととされる、春日若宮祭での喜阿弥の演能が永和元年（一三七五）に比定されることから、義満の台覧能も永和元年（一三七五）であることを指摘する（表章『大和猿楽史参究』「観阿弥清次と結崎座」）。他方、伊地知鐵男は、『申楽談儀』第二一条の記載と、東山御文庫蔵『不知記』に永和四年（一三七八）に世阿弥の年齢を「十六才歟」とあることと、永享四年（一四三二）成立の世阿弥の能伝書「夢跡一紙」に「いま、七秩（注・七十歳）にいたれり」とすることの三者から、義満の台覧能を応安七年（一三七四）に比定している（伊地知鐵男「世阿弥と二条良基と連歌と猿楽」）。なお表は、義満の台覧能を応安七年（一三七四）に比定するならば、『申楽談儀』の二箇所の記載が恣意的に操作されることを指摘する。もとより東山御文庫蔵『不知記』の本文には、「十六才歟」と曖昧に記載されるほか、「夢跡一紙」の場合も、年齢を記載するにあたり、六十歳代を七十歳と概算する慣例も認められることから、応安七年説も必ずしも確定的とは言い切れない。むしろ、表が主張するように、『申楽談儀』の記載と考証から永和元年説に比定する方が穏当であろうか。

また「今熊野の能」が演じられた具体的な場所についても未詳である。表章・天野文雄は、能勢朝次の『能楽源流考』では漠然と今熊野新日吉社の小五月会（旧暦五月九日）のこととされるが、少なくとも南北朝期に演能が行われたことは未確認であることを指摘し、他方『賢俊僧正日記』文和四年（一三五五）六月一七日条には、新熊野社での演能記事が認められることから、義満の台覧能を今熊野社での六月会でのことに比定可能性であることを指摘している（表章『大和猿楽史参究』「観阿弥清次と結崎座」・天野文雄『世阿弥がいた場所』「今熊野猿楽の実現」）。

なお、足利義満の世阿弥の寵愛については、三条公忠記『後愚昧記』永和四年（一三七八）六月七日条に以下の記載が知られる。

「大和猿楽児童〈夾注・称二観世之猿楽法師子一也。〉被レ召二加大樹桟敷一見二物之一。件児童、自二去比一大樹（義満）愛レ之、同レ席伝レ器。如レ此散楽者、乞食所行也。而賞翫近仕之条、世以傾二奇之一。連々賜二財産一、与二物於此児一之人、叶二大樹所存一。仍大名等競而賞二賜之一、

費及二巨万一云々。比興事也。依レ為レ次記レ之。」

祇園祭礼の鉾見物の桟敷に、当時「藤若」と称した世阿弥が、義満と同席したことについての公忠が所感を吐露した箇所で、義満同様に世阿弥に傾倒していた二条良基とは好対照に、藤若の「卑賤な」出自であることを批難するほか、義満自身はおろか、義満の歓心を得るため藤若に対し諸大名が莫大な金品を贈与する様子につき、如何にも苦り切った口吻で書き綴っている。『酔醒記』に言及されるような、公家や武家が世阿弥の能に狂奔した様子とも一脈通じるところが見られよう。

11　闕字は、平出・台頭・闕画・避諱とおなじく、文章を執筆するにあたり、おもに皇室・皇族への畏敬を示す表記規定である。闕字は、天皇・皇族を間接的に示すことばの上、一文字分を空白とする表記規定で、他方、平出は、主に天皇と天皇の尊属を直接的に示すことばを用いるにあたり、当該語句を文頭に据えるように改行する表記方法であり、闕字よりも平出が、より高い敬意を示す。闕字と平出は、ともに「公式令」の所謂「平出条」に以下のように具体例が提示されている。

「皇祖・皇祖妣・皇考・皇妣・先帝・天子・天皇・皇帝・陛下・至尊・太上天皇・天皇諡・太皇太后〔太皇太妃・太皇太夫人、同。〕・皇太后〔皇太妃・皇太夫人〕・皇后

　右、皆、平出。

大社・陵号・乗輿・車駕・詔書・勅旨・明詔・聖化・天恩・慈旨・中宮・御〔謂ハク斥二スト至尊一ヲ。〕闕庭・朝庭・東宮・皇太子・殿下

　右、如レキ此ノ類ハ、並ビニ闕字。」

この闕字・平出という表記規定は、律令制度が平安後期から鎌倉期においても、少なくとも公式文書の作成時には、厳格に遵守されたらしく、『二中歴』・『貴嶺問答』・『真俗雑記問答鈔』・『麒麟抄』にも言及されるが、基本的に「公式令・平出条」を継承している。また闕字・平出が臨機応変に用いられた一例としては、左記の藤原頼長の日記『台記』久寿二年（一一五五）五月三日条の例が挙げられよう。

「表中ノ『聖代』・『天慈』ハ闕字ニシテ、『聖皇』ハ平出タリ。其ノ『聖代』・『天慈』ハ、可二キ平出一タル歟。問二フ長光一ニ之処、申シテ云ハク、所二習ヒ伝フ一如レシト表ノ。余、忩ギ見ルニ『公式令』一ヲ、『天皇』・『皇帝』ハ平出ニシテ、『聖化』・『天恩』ハ闕字タリ。今案ズルニ、『聖皇』ハ可レク准二ズ『天皇』・『皇帝』等一ニ、『聖代』ハ可レク准二ズ『聖化』一ニ、『天慈』ハ可レシ准二ズ『天恩』一ニ。長光ノ所レ申ス、既ニシテ合二ヘリ令ノ意一ニ。」

藤原頼長が近衛天皇に左大臣の辞官と随身の停止を要請する上表を、藤原長光が起草した折、頼長は上表で「聖代」・「天慈」を闕字とし、「聖皇」を平出とすることにつき、長光に、真意を確認している。長光は、家伝の用例に従ったと答えたので、頼長が「公式令」を披見したところ、「聖代」・「天慈」は、闕字とされる「聖化」・「天恩」に、「聖皇」は、「天皇」・「皇帝」などに、それぞれ準拠したものと解し、長光の回答が「公式令」の真意に添った内容であったことを確認している。

ただし、少なくとも中世以降には、公文書以外で、平出が用いられることは極めて稀であったらしく、たとえば『貞丈雑記』九「書札之部」によれば、闕字は「貴人の御名など、また御書・御意などと云ふ」とあるように、天皇を直接示すことばの場合でも、

闕字が用いられるにとどまったようである。なお『酔醒記』本文には、歴代天皇の名称が散見されるが、闕字の対象とされたのは本条の「主上」のみである。天皇を示す言葉としての「主上」の用例は奈良時代に遡るが、「公式令」他に「主上」を平出・闕字の対象とする規定は見られないことから、『酔醒記』の記載は中世後期以降の俗用法によるものと思われる。

12 足利義満の将軍職の在職期間は、後小松天皇の御代に該当することから、応永一五年（一四〇八）三月八日から二八日にいたる、後小松天皇の北山第行幸での三度の演能を含意するか。ただし『教言卿記』によれば、北山第での天覧能では、近江猿楽の名手であった犬王道阿弥による二度の演能が確認されるばかりで、近年では世阿弥による演能はなかったものと解されている。なお、犬王道阿弥の「道阿弥」は、足利義満の法名である「道義」から「道」字を賜ったものであり、応永一〇年代（一四〇三～一二）には、能の第一人者と目されていた。

13 この「巧者」の発言には、以下に示す『八帖花伝書』一所見の能の功徳についての言及との対応関係が指摘可能であろうか。

「一日の能に、仏法・世法・神代の始まり、人間の始まり、冥途の有様まで、悉く表はし、耳近く言葉を和らげ、仕舞に現はす。是を見て、いかなる心なき賤しき民までも、能を見たらん人は、有為無常・因果報の有様、義理・仁義をよび、邪なることを去り、何とて善に傾かざらんや。然る時は、此の芸に心を掛くる人は、現世は後世に叶ひ、後世は仏果に至ること、疑ひなし。然れば、歌道にも昔今のこと、世間の有様、神祇・釈教・恋・無常、色々様々を尽くし、昔より読み置く歌の品々を、御門より紀貫之に仰せて撰ぜられ、古今集を作らせ給ふ。則ち古今とは、いにしへの今のと書いたり。是も神代よりこの方の有様、色々の世間の道理を現はし、人間に知らせん為なり。然れども、この道も、万民の耳に入ること、成り難し。たゞ謡に越したることはなし。先づ、面白き曲なれば、高きも卑しきも、是を用ひ給ふにより、さながら道に入ること早し。」

つまり一日の演能の中で、神祇・釈教・人倫などが演ぜられることで、解りやすい言葉で視覚的にも儒仏の本質を知らしめることが可能であること。また「世間の道理」は『古今和歌集』に代表される和歌に示されるが、和歌は誰にでも容易に理解できるものではない。しかし、このような和歌を理解する有効な手段となるのが「謡」に他ならないとする。『酔醒記』の「巧者」の意見は、あたかも『八帖花伝書』の所説を意図的に反転させたかの印象を受ける。

また『八帖花伝書』以外の例では、鴻山文庫蔵「細川十部伝書」に含まれる『申楽聞書』に、猿楽諸座には、神仏作製の能面が伝来し、この能面を用いての演能の折には天皇からの拝礼があるが、このような事態は君臣の秩序を乱すこととされ猿楽役者の側から参内を辞退する説が挙げられている。（補注16）。

14 住吉明神と玉津島明神は、中古以来、和歌の守護神として併称されるが、一例として『実隆公記』明応四年（一四九五）四月一九日条の宗祇の談話には以下のように言及される。

「抑玉津島者、住吉明神化現也。玉津島に垂跡事、何御代乎。御霊夢云、

立帰り又も此世に跡垂れん名もおもしろき若の浦波

詠二此歌一給。帝問二御之一答。衣通姫其所、何処哉。若浦と答給。其後紀州若の浦玉津島に鎮座也。和歌浦と書く事、後人書来之由、彼国人語レ之。住吉明神、一体分身神之由、所二称来也一。」

因みに世阿弥作の脇能「高砂」は『古今和歌集三流抄』との関連が深くかつ、同曲の後ジテは住吉明神であるほか、『申楽談儀』によれば、改作を経る前の、観阿弥原作「卒都婆小町」には、玉津嶋明神の「みさき」として鳥が登場したことが触れられている。少なくとも現行の「卒都婆小町」は、歌徳説話とは無関係であるが、『酔醒記』の記載には、あるいはこれら二曲による連想をも認めるべきか。

また、天正一九年（一五九一）一二月一六日に藤沢遊行寺三三代満悟から越後の称念寺其阿に相伝された古今伝授切紙を集成した、初雁文庫本『古今和歌集藤沢相伝』の劈頭を飾る「古今和歌集乾口伝之目録等条々略記之」によれば、「伝授灌頂道場」では「本尊、住吉并玉津嶋并和歌三十番神、人丸影可レ奉レ請レ之」とする（川平ひとし「冷泉為和相伝の切紙ならびに古今和歌集藤沢相伝について」）。この満悟に古今伝授を相伝したのが他ならぬ冷泉明融であることに留意するならば、本条が冷泉明融の談話であることと、和歌の守護神として住吉明神と玉津嶋明神が挙げられることとの関連もまた指摘可能であろうか。

15　従来、世阿弥の佐渡配流の原因は不明とされながら、能勢朝次以来、観世座内での世阿弥と甥の音阿弥との対立に、音阿弥を庇護した将軍義教が容喙したためと漠然と想定されてきた（能勢朝次「観世猿楽考」『能楽源流考』）。

このような「通説」に対し、本間寅雄は、将軍が大夫職の継承や伝授拒否などの猿楽座内部の問題に容喙することに疑問を呈し、世阿弥配流直前の政治状況に目を転じた（本間寅雄『世阿弥配流』「佐渡配流」）。つまり、永享六年（一四三四）二月、将軍義教に「若君（義勝）」が誕生した折、これを参賀する人々が生母日野重子の兄義資の邸にも訪れた。しかし当時、義資は謹慎中であったことから、義資邸を訪問した僧俗三〇人余りが処分を受けたという事件である。本間は、この参賀の一団に世阿弥が加わっていたことから、佐渡配流に処せられたという可能性に言及している。

さらに今谷明は、本間説を評価しつつも、鎌倉後期以降の佐渡配流の事例への検討により、佐渡配流に該当する罪科は、謀叛や殺人などの重罪に相等することに着目し、世阿弥の佐渡配流の原因を大和永享の乱の余波とする説を提示している（今谷明「世阿弥佐渡配流の背景について」）。大和永享の乱は、正長二年（一四二九）六月に端を発し、筒井・十市と越智・箸尾という大和の有力武士を二分した大抗争であるが、持明院統の後花園天皇が皇位継承したことによる、後南朝勢力による大和での不穏な動勢もからみ、幕府による大規模な軍事介入に及ぶ争乱に至った。今谷は、幕府軍と敵対した越智氏が南朝勢の中核として活動してきたことと、『四座役者目録』・『秦曲正名閟言』に見られる、世阿弥息の元雅が大和の越智に定住したとする所伝（補注1）、さらには、観世家を楠木氏の係累とする「上嶋文書」の記事（補注2）をも援用し以下のように主張する。つまり、従来南朝側で活躍してきた越智氏と楠木氏の係累であった元雅には、相互に密接な関係にあったことから、幕府が越智氏を追討するに及び、元雅は足利家の臣下により謀反人として殺害され、また息元雅に連座し父世阿弥も謀反人として佐渡へ配流されたとする。
しかし、現在では「上嶋文書」は偽書とする認識が大勢であり、観世家と楠木氏との血縁関係は事実上否定され、かつ『四座役者目録』・『奏曲正名閟言』の記載は、すでに能勢朝次が黙殺したように、内容自体に事実と認めがたい点が濃厚である（能勢朝次「観世猿楽考」）。表章は、室町期の資料をもとに、大和越智を活動の拠点とした「越智観世」は元雅の次世代に始まり、また「越智観世」が大和の越智氏の庇護下にあったことは認めつつも、初代「越智観世」が越智氏と特に縁故が深かった形跡が認められないことを指摘している（表章『観世流史参究』「『越智観世』をめぐって」）。ゆえに、大和永享の乱での幕府による越智氏処分に際し、元雅や世阿弥が謀反人として処罰される可能性は事実上、皆無に近く、今谷が指摘するように、世阿弥の佐渡配流の原因を大和永享の乱に帰することは、極めて説得性に欠けると言わざるをえない。

本間説、今谷説は、世阿弥が佐渡へ配流された原因につき、観世座内の対立に将軍義教が容喙したとする定説に一石を投じる極めて興味深い見解ではあるが、やはり現時点においても依然として、世阿弥の佐渡配流の真相は不明とせざるをせざるを得ないであろう。なお、佐渡配流後の世阿弥の消息は未詳であり帰洛についても不明である。ただ、世阿弥が佐渡在島中に草した『金島書』の奥書から、永享八年（一四三六）での佐渡在島が確認されるばかりである。但し、永享一三年（一四四一）に勃発した嘉吉の乱の結果、義教の勘気に触れ配流された人々は帰洛を許されたほか、佐渡島の口碑では、世阿弥の帰洛が伝えらている。また天野文雄は、『金島書』に収められる歌謡には、悲壮感が微塵も感じられず、むしろ躍雀とした印象や、当代への讃歎の意識が認められることに注目し、世阿弥帰洛の可能性を肯定している（天野文雄「世阿弥は佐渡から帰還できたか―『金島書』の成立事情の検討からみた帰還の蓋然性」）。

16 禁裏での演能については、『満済准后記』応永三四年（一四二七）正月一二日条に、称光天皇の在位中、禁裏での摂津の榎並座による天覧能が演ぜらることにつき、以下の記載が認められる。

「今夕、於二禁中清涼殿東御庭一、エナミ猿楽等ヲ被レ召、猿楽ヲサセラレ、舞台・楽屋以下、頗御自身御奉行御体也云々。以外事共也。自レ昔於二禁中一猿楽、其例更以不レ可レ在、無二勿体一云々。珍事々々。諸人嚬レ眉閉レ口計也。」

能勢朝次によれば、禁裏での演能そのものは、特異な事例ではなく、文明一三年（一四八一）以降には頻繁化するが、これらは、いずれも「手猿楽（猿楽を専業とする猿楽諸座に所属しない『素人』による猿楽の総称であるが、熟達した技量をもつ者も少なくなかったことが知られる。）」であることを指摘する。このように禁裏での演能に手猿楽が重用された理由につき、能勢は専業職の能役者が卑賤視されたという表向きの理由に加え、諸座の能役者に対する禄物よりも、手猿楽に与える禄物のほうが、軽微であったという内実にも言及する。また、能勢朝次は、『実隆公記』延徳元年（一四八九）一〇月九日条・同二年閏一一月一二日条の記載から、禁中での演能は、本来「三春（旧暦一月～三月）」のみに行われるのが規則であるが、現近では、これが無視されていることも指摘する。（能勢朝次『能楽源流考』「宮廷猿楽考」）。

このように、室町期の同時代資料によれば、禁裏での演能そのものは、殊更に特異な出来事ではなかったのであるが、『多聞院日記』文禄二年（一五九三）一〇月三日条には次のような興味深い記載が見られる。

「一、今日、於二テ内裏一、太閤、能を沙汰すと云々。先代未聞の事也。〈傍記・ウソ也。〉参内在レリト之云々。御能は五日六日と沙汰在レル之歟ト云々。」

言うまでもなく、豊臣秀吉の文禄二年禁裡御能に関連する記事であるが、『多聞院日記』の記主英俊は、禁裏での演能を「先代未聞」であると驚歎している。この英俊の驚歎が誤解によるものであることは、「ウソ也」とする傍記からも明らかであるが、あるいは、この「前代未聞」とする感歎は、禁裏での手猿楽ではなく、「太閤」が公的に猿楽諸座の役者により大々的に興行されるという事態に対するものであった可能性もある。『酔醒記』「猿楽禁裡江不レ入事」では、能自体を「亡国の音」と解することで、禁中での演能そのものが禁止されたとする。しかし、室町期の禁中では手猿楽による演能が盛んであったことや、『多聞院日記』文禄二年（一五九三）一〇月三日条の記載内容の混乱などを考慮したところ、『酔醒記』「猿楽禁裡江不レ入事」は、能を専業職とする猿楽諸座の役者が禁中で演能しないことを敷衍した内容と解するべきであろう。

なお、専門職の猿楽役者が禁裏での演能を禁ぜられた理由につき、猿楽役者側の言説としては、鴻山文庫蔵「細川十部伝書」に含まれる『申楽聞書』の以下の言及が挙げられよう。つまり、猿楽諸座には、神仏作製の能面が伝来し、この能面を用いての演能の折には天皇からの拝礼があるが、このような事態は君臣の秩序を乱すこととされ猿楽役者の側が憚り参内を断るとする説、および猿楽四座（観世・宝生・金春・金剛）の祖先は、日吉山王の猿と内裏の女房との間の子供であるため、参内が許されないとする説を伝えている（補注17）。

17　世阿弥の『風姿花伝』「第四神儀云」では、我が国の「申楽」の起源を、天照大神の天岩戸隠の折に天鈿女命が舞った「神楽」に求め、聖徳太子の時代に「末代のため、神楽なりしを『神』といふ文字の片(偏)を除けて、旁を残し給。是、日暦の『申』なるがゆへに『申楽』と名づく」とする。

表章は、世阿弥の伝書類では「申楽」という表記への拘泥が認めがたいこと、桃源瑞仙の『史記抄』「滑稽伝」に引用される「申楽」の表記についての世阿弥の言説と『風姿花伝』「第四神儀云」の内容とが一致しないこと、（具体的には、『史記抄』が伝える世阿弥の発言では「呼二我輩一為二猿楽一、不レ足レ言レ之。其変成二申楽一、猶レ無二憑拠一、況於レ猿哉。本是神楽也。人或従二省作一レ申、爾来転レ申成レ猿。豈不レ誤也耶」とする。つまり本来「神楽」であったものを、「神」が「申」と表記されたことから「申楽」とされ、これが更に「猿楽」と表記されるに至った。ゆえに「猿楽」・「申楽」とする表記は、全くの誤解によるものであるとする。）などを論拠として、『風姿花伝』「第四神儀云」所見の「申楽」用字説は世阿弥の独自の言説である蓋然性が低いことを指摘している。しかし、『風姿花伝』に採り上げられたことから、当該説の受容は大きく、金春禅竹の『明宿集』を始めとする伝書、『宗筠袖下』などの金春系統の伝書にも採り入れられている。

ただし、金春禅竹の伝書の場合、禅竹の六〇代以降に成立した伝書では、意図的に「猿楽」が用いられることが指摘されている。表章は、このような禅竹の志向の変化につき、一条兼良が禅竹に与えた「猿楽之由来之縁起」で、「猿楽」の表記を「猿女君」の祖先にあたる天鈿女命や猿田彦と関連付けて説かれたことによるとしている。このように、大和猿楽系統の世阿弥・禅竹周辺で説かれた「猿楽（申楽）」の起源説は、世代による推移も認められるが、少なくとも『酔醒記』に見られるような、「猿の物真似」とする言説は確認できないようである。

むしろ猿楽と猿との関連が積極的に語られたのは、日吉権現に勤仕した近江猿楽であったらしい。もとより近江猿楽の伝書類は伝存しないが、例えば『八帖花伝書』には、大和猿楽については「日読の申也。神楽と云字を象れり」と伝えるが、近江猿楽については、「近江さるがくをば、猿といふ字を書いたり。日吉の使者、猿なる故に、此を知らすとなり」あるいは「近江猿楽をば、猿楽と此の字を言ふ。其の子細は、日吉の使者たるによりて、比叡の山より猿楽と言ふ字を、かくのごとくに書きたり。近江猿楽は、日吉の神事を勤むるにより、かくのごときの義なり」と強調するほか、以下のような興味深い記載が認められる。

「国常立尊、小日枝の杉に栖み給へる初当、「婆母山や小日朶の杉の自在は嵐の寒し問ふ人もなし」と詠じおはせしに、天来下々雑々の能を奉らし慰め、是を曲舞と言ふなり。此、天人の書かせる能を、深山の獼見て、是を真似る。これ、日吉三座の申楽也。日吉とも云ふ一座、また栄（坂）田一座又山階一座、以上三座なり。」

牧野和夫は『八帖花伝書』の当該箇所が、『田楽法師由来事』に引用される、応永一三年（一四〇六）元奥書を具える『日吉雑記』に認められることを指摘している（牧野和夫『中世の説話と学問』「中世の太子伝を通して見た一、二の問題（2）」・「『孔子論』一巻〔附〕『台宗三大部外勘鈔』」）。この『八帖花伝書』の記載からは、日吉山王信仰の影響下、猿に起源を求めた近江猿楽系の伝承の片鱗が窺われよう。

『酔醒記』「猿楽禁裡江不レ入事」では、観阿弥に該当する「服部式部少輔」を「近江侍」とすることから、本来、大和猿楽の能役者であった観阿弥・世阿弥を、南北朝期に大和猿楽に比肩する勢力を誇った近江猿楽の能役者と解するようである。『申楽談儀』・『観世小次郎画像讃』をはじめ、観世家が一貫して、その出自を伊賀国と称してきたこと齟齬をきたすが、恐らくは「猿楽」の起源を、「猿」による物真似とすることから、猿を使者とする日吉権現が想起され、かつ日吉権現は近江に鎮座するという連想による、冷泉明融の作為と見るべきであろう。

ちなみに「猿楽」の起源を「猿の物真似」とする言説は、室町後期に至り異類婚姻譚としても語られたことが窺われる。一例として以下に『庭訓往来註』「四月五日状・往信」を示す。

「夫れ申楽と云は、本は春日の神楽衆とて、是を六十の楽の調子を司る伶人有り。今は天王寺に伺候して百二十の楽を司る也。何も宿神の一体也。神楽ある時、勅勘の身と成り、流され申す時、『神』の字の篇を剥り、旁ばかり書かる。『楽』の字を『楽』の音に成さる。故に今に至るまで『申楽』と書く也。又、『猿楽』と書く事は、日吉流也。『猿』の字を書くは、近江猿楽と心得べし。又、『猿楽』と書き付けたるは、色々の説有り。内裏又は、八乙女達に山王の使者の猿が通ひて、子を持たんがため也。能く彼の子、物の学《まね》を成す也。其れに依り、彼の者を『山王の手猿楽』と定めらるる也。」

このような『庭訓往来註』に見られる猿楽伝承につき、竹本幹生は一六世紀前半に成立した金春座系統の伝承が、『庭訓往来註』に採られ、更に再び猿楽役者に流布したという可能性に言及している（竹本幹生「『庭訓往来註』所引の申楽伝説」）。このように『庭訓往来註』系統の所伝が、能伝書に還流した一例として、以下に示す『申楽聞書』の記載が知られている。

「又、申楽禁中へ参り申さぬ義有り。今春には天より『あまの面』一面降り来たり、今春の守護面是なり。是を始として、いづれの家にも仏作か神作の面、一面づゝ有るなり。是を掛けて能をする時、御門の御一礼有り。天下におゐて御門より下として、天子の御礼を受けんこと、仏神三宝の御罰恐ろしとなり。然る間、猿楽は大内裏へ参らぬと云ふ義。

又或説に、日吉の山王の猿、大内女房と嫁して子を四人持ちたり。此の子共、生まれ落ちながら物真似を能くして、年闌けて工夫し出したるにより、一旦、畜類の種なればとて、禁中へは召し寄られぬと云ふ儀あり。」

「猿楽」と異類婚姻譚とを関連付ける説は、一般的な所伝としても流布したことが窺われ、『旅宿問答』では、幸若と能の大夫の由来につき以下のように言及する。

「玄問曰。於大夫、神職もあり。舞々・猿楽をも大夫と云。何にて渡り玉ふや。答曰。我等神職にて候。問曰。神職大夫と、舞々の大夫とは一つ位歟、各別歟。大夫、小嘆て、舞々大夫は近年の者にて候。神職大夫は神代よりの者にて、可レ例無類申す。玄問曰。さて舞々は何比の者にて候哉。夫答曰。承伝に今の舞々と申者、世間を往来する声聞士か。仏菩薩の因縁の唱て人を勧る学文、源平已後、両家取合を作て、是唱。人の心を唱へ、人の心を慰る。是今の舞々也。有説には、多武峰に源瑜僧正とて、宏才有智の貴僧御座す。此僧正、保元・平治、源の義賢と与二義平一一乱を作出し玉ふ。実に是聞事也。然るを勘解由の小路・烏丸久児若と曰、因縁舞の上手あり。此久児若は五条の橋辺雲若より捨子と云説もあり。又北野へ化生したる童と曰義も有レ之。如何様権化の者也。朝夕仏菩薩の因縁を舞て叡慮を慰。雲の上にして送二日月一。彼久児若、此由を聞及。登二多武峰一、源瑜僧正に彼双紙を申給はり、種々の曲節を付。先大納言藤原経実卿にて申レ之。経実、主上の内祖父也。経実卿、天奏す。二条院諱守仁、有二御叡感一、任二権大夫一申す。是も二条院の御宇に楽の前と云、内裏の女房あり。十二の依二楽老一ナルに得二其名一ヲ。宿習難レ遁、猿来て結契、男一人生。此子面猿、五体は人也。最上の利根にして、聞二一字一覚二十字一、受二一度一不レ聞二二度一。就中、物の学をする事を得たり。仍久児若、禁中にして舞を申時には、其等の理聞ては立て其体を学る。希代不思議者なれば、所詮それ〲の面を懸可レ踊る。面を被り、恒に朝廷躍、蒙二叡感一。されば父母の一字宛をかた取、其の名を猿楽と申。されば猿楽をば庭の者、舞々をば縁の者と申是也。」

18　「観世座」・「観世大夫」等の「観世」の名称は、観阿弥の芸名に由来するとされ、能伝書では世阿弥撰述の『三道』に「当流の先士観世」、同じく『五音』に「亡父観世」とあるほか、世阿弥の娘婿の金春禅竹撰述の『歌舞髄脳記』にも「観世入道世阿弥陀仏」・「大観世〈世阿が父〉」などとある。また世阿弥存命時期の同時代資料にも、崇光院宸記の零本『不知記』永和四年（一三七八）四月二五日条に、「藤若（世阿弥の幼名）」を「猿楽観世□乗《(垂)》髪」と認められることや、『後愚昧記』永和四年（一三七八）六月七日条に、後の世阿弥を「大和猿楽児童」として当該箇所に「称㆓観世之猿楽㆒法師子也」とする夾注が見られること、そのほか醍醐寺釈迦院の過去帳とされる『常楽記』至徳元年（一三八四）条に「同日同月《(五月十九日)》、大和猿楽観世大夫、於駿河死去」とあることなどが証左とされる。

「観世」の名称の由来を、「観阿弥」・「世阿弥」父子の第一文字を合わせ「観世」と称したとする説につき、表章は、宝暦一〇年（一七六〇）の序を具える『秦曲正名閟言』上「諸家略図・上篇」の「夫の観世のごときは、則ち音阿弥の時に当たりて、人目して『観世』と曰ふ。蓋し其の祖父の『観』の字、義父の『世』の字に取る」とする記載に注目し、また『秦曲正名閟言』の撰者、渤海茂兵衛は観世流ワキ方の福王流の門人であったことから、一八世紀中頃に成立した福王流系の所伝とする（表章「観阿弥の芸名『観世』をめぐって」『観世流史参究』）。しかし当該説が、天正年間（一五七三〜九二）成立の『醉醒記』に認められることから、遅くとも一六世紀後半には成立していた所伝であることが認められよう。

〔090-02〕

1 世阿弥による、佐渡島の謫所での創作については、『金島書』に収める合計八編の謡いもの（佐渡の風景を主題とする七篇と南都の薪能を主題とする一篇）が知られるが、作能については一切未詳である。江戸後期の在地の伝承としては、世阿弥の佐渡での配流先であった金井町泉の正法寺で、能「定家」を作ったとする説（『佐渡志』）、あるいは世阿弥ならぬ観阿弥が、能「檀風」を作ったとする説（『佐渡国寺社境内案内帳』）が記録されているに過ぎない。因みに、能「檀風」・「定家」の作者は、世阿弥以外であることで研究者の見解が一致している。

もっとも、『醉醒記』との関連は不明であるが、『四座役者目録』「観世太夫代々之次第」の世阿弥伝に、佐渡配流中に七番の謡を作り、これらが京に伝えられ、特に「定家カヅラの謡（定家）」が叡慮に適ったため、勅定により公方が世阿弥を帰洛させたと伝える説が注目されよう。同様の言及は『秦曲正名閟言』上「諸家略図・上篇」にも見られ、ここでは佐渡配流中に、世阿弥が「十首あるいは七首」の「唱曲（謡曲の意）」を作り、これが「佐渡の十首」として流布した結果、勅命により帰洛を許されたとする説を挙げる。『秦曲正名閟言』では「佐渡の十首」の曲名への言及がないが、『醉醒記』と同じく世阿弥の佐渡在島時に十曲の謡を作ったとすることでは一致している。

2 能「山姥」は、「山祖母」・「山婆」・「山伯母」とも表記されるが、「山優婆」とする表記は『東勝寺鼠物語』にも見られる。なお「優婆」は、たとえば『弘治二年本・節用集』「優婆」項に「平人之老女也」とする。まず、能「山姥」の梗概は以下の通り。都に、山姥の山廻りの曲舞で好評を博した、女曲舞の名手「ひゃくま山姥」なる人物がいた（以下「ひゃくま」と略称する）。この「ひゃくま」が善光寺参詣を思い立ち信濃路に赴いたところ、「ひゃくま」の一行は越後と越中の国境の川に到着した。一行が善光寺如来との結縁のための修行として、苦難を伴う「上路越」という山中の悪道を進んだところ、時ならず日が暮れ一行は進退に窮した。すると突如として一人の女性が現れ、一行に宿を貸すことを申し出てきた。一行が喜んで女性の厚意を受けたところ、女性は「山姥の曲舞を聞かせて戴きたい、そのためにわざと日を暮れさせたのである」と述べた。驚いて女性に事情を尋ねたところ、女性は自分こそが山姥であり、「ひゃくま」が山姥のことを歌いながら、本当の山姥のことを一顧だにしなかったことを詰り、自分の妄執を払うためにも是非とも「ひゃくま」の曲舞を聞かせるように申し出た。直ちに「ひゃくま」が舞い始めようとしたところ、山姥は月の出を待つなら、自分も正体を現すと言い残し、深山路に消え失せた（前場）。すると、松風の吹く月夜に、凄まじい形相の山姥が現れた。山姥は、善悪不二を体現した自らの境涯と心境を歌い上げ舞い遊び、「ひゃくま」一行に惜別を告げるともに、いずこへともなく深山に消え失せて行った（後場）。古来、禅の境地を余すところなく表現した作品として親炙されてきた名曲である。

世阿弥の能楽伝書などには、能「山姥」の作者への言及は見られないが、一曲としての構想や詞章の修辞に世阿弥の特徴が濃厚に認められることから、世阿弥作とする説が有力である（香西精「作者と本説・山姥」『能謡新考』・伊藤正義『謡曲集・下』「各曲解題・山姥」など）。能「山姥」が成立した正確な時期は未勘であるが、世阿弥の言談を収めた永享二年（一四三〇）成立の『申楽談儀』に、能「山姥」につき以下の言及がある。

「祝言（注・脇能）の外には『井筒』・『通盛』など、直なる能なり。『実盛』・『山姥』も、そばへ行きたる所あり。殊に、神の御前、晴の中楽に『通盛』したきなりと存ずれども、上の下知にて『実盛』・『山姥』を、当御前にてせられしなり。」

ゆえに能「山姥」は、世阿弥が佐渡に配流される永享六年（一四三四）以前には成立し、かつ極めて高い評価を得ていたこととなる。須田悦生は、寛正五年（一四六四）五月の糺河原勧進能の二日目の演目を初出とし、慶長七年に至るまで五九回の演能記録が確認されることから、確認可能な室町期の上演曲目のうち五番目に多いことを指摘する（須田悦生「作品研究『山姥』」）。

3　蒲原平野の西端に南北に延びる弥彦・角田山塊の主峰。『酔醒記』の記載どおり、山頂の西側から佐渡島を一望できる。古来、霊山として崇敬され、中腹には越後一宮と称される式内社・弥彦神社が鎮座し、近世に至るまで、同一山系の国上山に建立された国上寺とともに信仰・芸能での独自の文化圏を形成してきた。特に近世初期以来、弥彦山周辺では酒呑童子の誕生地とする伝説が喧伝され、多彩な昔話に採り上げられてきた。弥彦周辺の酒呑童子伝説については徳田和夫による概括的な紹介がある（徳田和夫「越後の酒呑童子」）。

4　民間伝承「弥三郎婆」は、佐渡島を含む新潟全域のみならず東北地方におよぶ広域に分布した伝承であり、現在に至るまで少なからざる異伝を生じながら伝承され続けている。弥彦神社の中世以前の縁起・社伝については不明確であるが、元禄元年（一六八八）に、橘三喜が鍛治を司る神格である「天香語山命」を祭神に比定している。もとより弥彦山周辺には産銅関連の遺構が確認されることから、弥彦神社と鍛治集団との関係は上古に遡るとされている。「弥三郎婆」の伝承のうち、弥彦山（弥彦神社）と直接関連する代表的な伝承は以下の通り。承暦三年（一〇七九）に弥彦社落慶の席次をめぐり大工匠と鍛冶匠が争い、鍛冶匠が次席となった。鍛冶匠の弥三郎の母は、この処遇に悲憤のあまり「鬼」と変じてしまった。ある時、息子の弥三郎が狩からの帰途に就いたところ、その獲物を奪をとして片腕を切り落とされてしまう。後に、五才になる孫の弥治郎を攫おうとしたが果たせず、黒雲に乗り悪事を尽くしていた。この後、保元元年（一一五六）に、杉の大木の許に眠っていたところ、典海僧正の教化を承け善神となり「妙多羅天女」として尊崇されるに至ったとする。なお「弥三郎」は、弥彦神社で鍛冶を司った旧社家の「黒津家」の祖先「黒津弥三郎」とする説も伝えられている。

5　昔話「山伏狐」は動物返報譚の一種で、その梗概は以下の通り。祈禱に赴いた山伏が、路次で昼寝をしている狐を見かけ、その耳許で法螺貝を吹いて驚かせる。暫くすると急に日が暮れてしまい、山伏が困惑していると、向こうから葬列がやってくる。仕方なく山伏が傍らの木に登って葬列をやり過ごそうとしたところ、葬列の一行は、山伏が登っている木の根本に土葬する。葬列の一行が立ち去ると、埋葬された場所から死者が現れ、山伏を目掛けて木をよじ登ってくる。山伏は気が動転し、梢まで登り詰めたところ地上に落下あるいは、死にもの狂いで法螺貝を吹き鳴らすが、ふと気づいてみると真昼であった。もとより『酔醒記』の内容では、悪意から動物をからかうという話の端緒が存在しないが、忽然と日が暮れ、埋葬あるいは荼毘に付された死体に「修行者」が襲撃されるという筋書きは「山伏狐」の内容とほぼ完全に一致している。昔話「山伏狐」は、ほぼ日本全国に分布するが、東北地方や新潟や中国地方での採集例が多いこと。また、その内容は基本的に滑稽譚である事例が多いが、福島・長野・香川・鳥取などの採集例では、追い詰められた山伏が刀で斬り付け、その後は「千匹狼」型の展開となる事例が報告されており、のみならず新潟・鳥取・岡山・広島の報告例では、暗闇に行き暮れた山伏が、路傍の木ならぬ辻堂や小屋で休息するというとある。ゆえに、『酔醒記』当該箇所の内容は、「修行者」・「少堂」での休息・時ならぬ日没・葬送・亡者の襲撃・宝剣での応戦にはじまる「千匹狼」型への展開を具えることとなり、昔話「山伏狐」の「異伝」に含まれる要素が複合的に認められよう。

6　俄に日が暮れるという趣向は、異界の存在が日常生活の場に闖入した場合の半ば常套的な表現であるが、能「山姥」でも「あら不思議や、いまだ暮れまじき日にて候が、俄に暮れて候はいかに」とあり、名白拍子「百ま山うば」一行が善光寺へ参詣する路次で、突如として日が暮れ山姥が登場する。なお、室町末期から江戸初期の能の演出を伝える『岡家本江戸初期能型付』二一「忠則」によれば、「忠度」・「山姥」を演じる際に、この時ならぬ日没という趣向に合わせた囃子が行われたとする。

7　昔話「千匹狼（鍛冶屋の婆）」の基本的な内容は以下の通り。山中で行き暮れた旅人が野宿していると、夜半に群狼に襲われ大木の樹上に避難する。群狼は肩梯子で旅人に迫るが、あと一匹分足りず、彼等の首領の「鍛冶屋の姥」を呼び出す。群狼に呼び出された「鍛冶屋の姥」が、旅人に攻撃するが返り討ちに遭わされ逃げ去る。夜が明けて、旅人が鍛冶屋を訪ねたところ、老女が不具合で臥せっていると伝えられる。旅人が鍛治屋で昨夜の顚末を語ったところ、老女が正体を現し退治される。さらに家を調べてみると、床下から殺害された本物の老女の朽骨が見つかる。なお群狼の首領であった「鍛治屋の姥」の正体は、霊性を帯びた老猫とする事例が多いとされる。

なお、『酔醒記』所収話と同様に、昔話「山伏狐」と昔話「千匹狼」とが不完全に混成した「弥三郎婆」の昔話は長野県小県郡での採集報告があり、以下にその梗概を示す。

山伏が峠で昼寝していた狐を法螺貝の音で驚かせたところ、俄に暗くなったかと思うと葬列に出会う。山伏が白膠木の木に登り一行を遣り過ごそうとしていると、まさにその木の下で葬式を行い荼毘に付しはじめた。すると荼毘の炎の中から、何者かが山伏を目掛け木をよじ登って来たので、山伏が刀を抜くと、会葬者が「弥彦峠の弥三郎婆を頼もうではないか」という。暫くすると駕籠が来て、丸顔の老婆がよじ登ってきたので、山伏が刀で斬り付けたところ、老婆が怪我をしたということで一同が退散する。ふと我に返った山伏は、まだ昼前であることに気付き、木から下りたところ、三毛猫の手が落ちていた。不審に思った山伏が、弥彦峠の「弥三郎婆」を訪ねたところ、老婆は病で臥せっている。祈禱を行うということで、無理に老婆に会ってみると、老婆の片手はなく、火吹き竹が縛ってある。事情を察したが山伏が、老婆を斬り殺すと、果たして三毛猫と変じた。そこで家屋の床下を改めたところ人骨が見つかり、本物の老婆は、三年前に姿を消した三毛猫に喰い殺されたのであろうということとなった（原話・小山真夫『小県郡民譚集』／池田弥三郎他『日本民俗誌大系　六　中部Ⅱ』再録）。

但し『酔醒記』所収話では、修行者が狐をからかうという発端がなく、修行者を襲うのが「一匹の鬼」であり、この「一匹の鬼」が修行者に片腕を斬り落とされ、「弥三郎が母」を呼びつつ消え失せるが、結局、この鬼自身が「弥三郎が母」であるということで、小県郡での報告例に比べ、未整理で整合性に欠ける印象が否みがたい。また『酔醒記』所収話は、まさに「渡辺綱の鬼退治譚」へと展開するが、小県郡での報告例では、化け猫が成敗されるという結末である。ちなみに「弥三郎婆」と猫との関連としては、佐渡に伝わる弥三郎婆伝承では、猫と共に夕涼みをしていた老婆が化け猫さながらの妖怪となり、挙げ句「猫多羅天女」として祀られるとする所伝が伝わっている（鳥翠台北茎『北国奇談巡杖記』「猫多羅天女の事」）。

8　「酒呑童子」は、香取本『大江山絵詞』や応永三四年（一四二七）年の南都大乗院での演能記録などから、一五世紀には定着した物語であることが確実視され、江戸時代を通じて文学・芸能・美術などの多方面にわたり享受されてきたが、一七世紀には酒呑童子を越後の出自とする所伝も成立していたことが指摘されている。もとより「酒呑童子」に代表される武将の鬼征伐譚は多岐にわたる異伝や類話を成立されてきたが、その一例として渡辺綱の羅城門の鬼征伐譚が挙げられよう。後代には、羅城門での鬼退治は大江山の鬼征伐の後日譚に位置付けられたようであるが、これと同時に羅城門の鬼には茨木童子とする説も付加された。越後の近世後期の伝承では、現在の栃尾市の酒呑童子の眷属であった、茨木童子の誕生地とされ、茨木姓の家が煙出しある茅葺き屋根を葺くと不良が出る、あるいは渡辺姓の家は酒呑童子の腕を取ったので、節分に豆まきを行わないなどの、伝承が報告されている。

　鬼の片腕を断ち切り、この片腕により鬼の正体が暴露される説話は、すでに『今昔物語集』二七に認められ、また渡辺綱が鬼の片手を断ち落とし、かつ鬼がその腕を取り返すとする話自体は、『太平記』三二「鬼丸鬼切の事」に見られ、これが謡曲・室町物語の「羅生門」へと継承されたことが知られる。谷川健一は、酒呑童子伝承を鍛冶集団の影響による伝承と位置付け、また酒呑童子から派生した茨木童子伝承にも、黒雲・悪風が表徴とされることから、多度の一目連と同様に鍛冶集団の影響をみとめ、暴風を操るとされる弥三郎婆の造形にも、この影響を敷衍している（谷川健一『鍛冶屋の母』）。もっとも、弥三郎婆の伝承は、多岐多彩な異伝が語られるため、その起源を鍛冶集団の伝承のみに収斂されることは困難なようではあるが、いずれにせよ弥三郎婆伝承の成立や伝播に、茨木童子伝承の影響を認めることは妥当であろう。

9　底本・古典文庫本、ともに「窓」に作る。渡辺綱説話の類型では、鬼神が「天窓」や「煙出し」から逃れたとあるため、『酔醒記』での「窓」を「天窓」や「煙出し」の意に解し、渡辺綱の鬼神説話の残滓とすることも可能である。ただし、本物語では「弥三郎が母」が「やぼね」を「けわけ《蹴分》て出」たとあることから、物語の視点は、すでに屋外へ移動しており、また、鬼神が飛び去る緊迫した状況で、わざわざ「窓」に言及することには、物語の展開の上でも極めて迂遠な印象を受ける。恐らく、原本に「忩（にはか）に」とあった箇所が、単なる文字の類似によるものか、渡辺綱説話からの連想によるものかは未詳であるが、「窓に」と誤記されたものであろう。本条では、鬼が正体を顕して出現する時と同様に、立ち去る時にも急激に辺りが暗くなるとする趣向が用いられたとするべきであろう。

10　能「山姥」では、山姥の心優しい側面として、薪を採る帰路で疲れた山人に肩を貸したり、機織りの女性の糸繰りや、砧で衣を打つことを手伝うなどということに言及される。能に限らず、昔話で語らえる山姥も、継子虐めで悲しんでいる子供を助けるなどとする慈愛に満ちた存在とされる事例も多い。また弥彦神社神宮寺の法灯を継ぐ宝光院に祀られる妙多羅天女は、百日咳を治すなどの子供の守護神として現在も崇敬され、また宝光院境内の杉の大木（婆々杉）には、弥三郎婆が見せしめとして悪人を吊したとする伝承が知られている。

11　「抑も山姥は、生所も知らず宿もなく、ただ雲水をたよりにて、至らぬ山の奥もなし。然れば、人間にあらずとて、隔つる雲の身をかへ、仮に自性を変化して、一念化生の鬼女となつて、目前に来れども、邪正一如と見る時は、色即是空そのまゝに、仏法あれば世法あり、煩悩あれば菩提あり、仏あれば衆生あり、衆生あれば山姥もあり。柳は緑、花は紅の色々。」

　さらに「柳は緑、花は紅」は、蘇軾の「柳緑花紅真面目」なる詩句に由来すると伝えられるが、現存する蘇軾の詩文には未勘である。しかし、この文言は諸法実相を道破した禅境を表象する至言として評され、『五灯会元』、『大応国師語録』〔応安五年（一三七二）刊行の南浦紹明の自撰語録〕をはじめとする和漢の禅語録はもとより、『句双紙』などの禅の初学書にも言及される。

　謡曲に目を転じれば、この「柳は緑、花は紅」という文言は、禅の教義を主題あるいは趣向とした謡曲の詞章に散見し、室町期に成立した謡曲のなかでは、世阿弥周辺での成立とされる「東岸居士」、世阿弥の娘婿の金春禅竹による「芭蕉」、そして作者未詳の「放下僧」などに見られる。また『申楽談儀』では、この詞章を舞うにあたり、「『柳はみどり、花はくれなゐ』の拍子、本は『花は』の時、ふたつ踏むべし、『みどり』の『り』の時、ひとつ踏み加うれば、面白きかゝりなり。是は、わうく（注・語義未詳）也」とする記載が認められる。この『申楽談儀』の記載が、どの曲目に対するものかは不詳であるが、世阿弥自身、この「柳は緑、花は紅」という詞章を意識していたことは首肯できよう。世阿弥の娘婿である金春禅竹の孫にあたる金春禅鳳（一四五四〜一五三二）もまた、『禅鳳雑談』において、能「芭蕉」の「されば柳は緑、花は紅」以下の詞章の謡い方につき言及することをも勘案するならば、この「柳は緑」以下の詞章は、世阿弥個人の志向を離れ、演能の眼目たり得る詞章とされた可能性が高い。『酔醒記』において、「柳は緑、花は紅」という詞章が、「山姥」の付け句として語られる背景には、本詞章が禅境を象徴する文言であるとともに、演能の場においても重要性を帯びた詞章と解されたことにも留意すべきであろう。

なお能「山姥」の当該詞章は、現行の大蔵流狂言「福部の神」および和泉流狂言「鉢叩き」にも認められる。狂言「福部の神」（「鉢叩き」）は、北野天満宮の末社「福部の神」の神前で、空也念仏の鉢叩きたちが、瓢箪を打ちながら法楽の歌謡を奉納していたところ、福部神が影向するという脇狂言であり、能「山姥」の当該詞章は、この鉢叩きたちが奉納する歌謡に用いられている。この狂言は、北野天満宮の経王堂の法験を素材とした観世長俊の風流能「輪蔵」の間狂言としても用いられ、現在でも著名な曲目の一つである。狂言「福部の神」（「鉢叩き」）は、『天正狂言本』所収の「八房（鉢坊か）」を始め、寛永一九年（一六四二）書写の大蔵流最古の狂言台本である虎明本「はちたゝき」にも確認できるが、これらの狂言台本では、鉢叩きが歌う法楽の歌謡は、現行曲とは完全に別の詞章であり、能「山姥」の当該箇所は見られない。井出幸男は、狂言諸台本のうち、鉢叩きの歌謡に能「山姥」の詞章が確認できるのは、大蔵流では文政一二年（一八二九）の文政松井本所収の「輪蔵」替間（特殊演出による間狂言）「鉢叩」、和泉流では文政年間（一八一六〜二九）書写の雲形本「瓢の神」を初出とすることから、江戸中期以降のこととする（井出幸男『中世歌謡の史的研究（室町小歌の時代）』「『鉢たゝき』の歌謡考」）。『酔醒記』では、観阿弥を「近江侍の福部」とすることから、この狂言「福部の神」（「鉢叩き」）との関連を想定したくなるところではある。しかし、江戸前期での狂言「福部の神」（「鉢叩き」）の詞章には、「花は紅」以下の本文が認められないことから、「近江侍の福部」と狂言「福部の神」（「鉢叩き」）は無関係とするべきであろう。

12　能「山姥」の「仏あれば衆生あり」以下の詞章を付け句とする説話が語れる事例として、田口和夫は、以下に示す寛文八年（一六六八）版行の『一休ばなし』二「九・山姥の謡を作りて叡山に上り給ふ事。〈付、山法師、一休に掛字を書かする事。〉」を挙げる。（田口和夫『能・狂言研究—中世文芸論考—』「一休宗純の詩・頌と能」）

「一休和尚、山姥の謡を作り給ひし時、比叡山に中よき人おはしければ、談合に上りてのたまふは、『仏あれば衆生あり、衆生あれば山姥もあり』といたしける。此つぎいかゞはせん、とのたまへば、彼人もさすがの人にて、『さだめて柳はみどり』となされつらんと有ければ、一休、さてもよく推し給ふものかな。『柳はみどり、花はくれなゐの色々、扨人間にあそぶ事』と仕候とのたまへば、さこそと言ひて興ぜられし。まことに同気あい求むなるこゝろざし、いと恥づかしく思はれける。（下略）」

また『一休ばなし』以外にも、『甲子夜話』には「山姥の謡は、世に一休和尚の作と云。蜷川氏の家伝は、曲の中、『仏あれば衆生あり、衆生あれば山姥もあり』と云までは、蜷川大和守親元の作にて、『柳は緑、花はくれなゐの色々』と云より切りまでが一休の作とぞ」とする説を収め、近世に至るまで同工の説話が再生産されてきたらしい。

このように能「山姥」の作者を一休として、「仏あれば衆生あり」以下を付け句とする所伝は、江戸前期から喧伝されていた様子が窺われるが、『酔醒記』に見られるように、能「山姥」の付句の当事者に世阿弥を比定する説は未確認である。ただし『四座役者目録』「観世太夫代々之次第」では、世阿弥が一休宗純に参禅したとする説を挙げるほか、『秦曲正名閟言』上「諸家略図・上篇」では、世阿弥の「佐渡の十首」につき、世阿弥が「僧一休に請ひて撰ばしめ」、「一休がこれを廷に上る」ことで赦免の勅許が得られたと伝えて、能「山姥」への言及はないが、世阿弥と一休との関連を指摘している。もとより一休宗純の誕生は、世阿弥の三〇代前半にあたり、両者の存命時期が重なることは事実ではあるが、少なくとも両人の師檀関係については同時代資料では未確認である。恐らく世阿弥が晩年に曹洞宗ではあるが禅宗に帰依したことと、世阿弥の娘婿の金春禅竹と一休宗純に親交があったことによる敷衍であろう。能「山姥」に関する一休説話は江戸期以降に確認されるが、『酔醒記』の記載から、これに先行する所伝が中世末期には胚胎していた様子が窺われよう。

13 井上宗雄は、冷泉明融の父、冷泉為和の私家集『為和集』一六五〇番歌・詞書によれば、「藤沢二十五代上人かたより、懇志之儀共申送、早々上洛之儀、待入候由、越前国より申被下候。返事にかく申遣しける〈愚息一男・等覚院、上人弟子也。〉」とあり、冷泉明融（愚息一男、等覚院）が藤沢の遊行寺の遊行上人仏天の弟子であり、越前へ赴いた事実を指摘している（井上宗雄『中世歌壇史の研究〈室町後期〉』「天文・弘治期の歌壇」）。

このほか、須田悦生は、明融の北陸下向につき、越後の有力な時衆道場であった称念寺との関連を示唆していたが、川平ひとしは、冷泉為和・冷泉明融・遊行寺三三代満悟・越後称念寺其阿と続く古今伝授の血脈を明示し、須田の指摘の蓋然性がより高くなったと言えよう。（須田悦生「作品研究『山姥』」・川平ひとし「冷泉為和相伝の切紙ならびに古今和歌集藤沢相伝について」）

なお、『酔醒記』に言及される佐渡と明融との関係に付言するならば、既に落合博志が指摘している『酔醒記』「昔今詩歌物語」所収の冷泉為兼詠（013-16）と『金島書』「時鳥」との関連が想起されよう。つまり『酔醒記』では冷泉明融の談話として、佐渡に配流された冷泉為兼が、「なけばきくきけば都の恋しさにこの里過よ山ほとゝぎす」と詠じたところ、同所では時鳥が啼かなくなったと伝えるが、当該歌は、世阿弥の『金島書』「時鳥」で以下のように詠み込まれている。（落合博志「世阿弥伝書考証二題（二）『金島書』における虚構の問題」）

「（前略）宮人申やう、これはいにしへ為兼の卿の御配処也。ある時、ほととぎすの鳴くを聞き給て、鳴けば聞く、聞けば都の恋しさに、この里過ぎよ山ほととぎすと詠ませ給しより、音を止めてさらに鳴く事なしと申。（後略）」

落合は、この為兼詠が『金島書』「時鳥」・『酔醒記』の他、宗砌の連歌論書『古今連談集』・室町物語『横座坊物語』にも採り上げられることを指摘している。これらのうち、『横座坊物語』では、『金島書』・『酔醒記』と同様に為兼詠の歌徳により、佐渡では時鳥が啼かなくなったとすることを提示しているため、この『酔醒記』所収の為兼詠が『金島書』と安易に結び付けることは憚られよう。ただし、中世後期の佐渡における能の様相と結びつけるならば、『酔醒記』と『金島書』との関連は、強ちに否定しきれないことにも留意されよう。

たとえば、文化一三年（一八一六）に成立した田中美清による佐渡の地方誌『佐渡志』には、天文一二年（一五四三）に、七世観世大夫元忠（一五〇九〜八三）が門弟と共に来島し、翁式三番をはじめとする七番を演じたとする記載が認められる。松岡心平は、表章の講演資料をもとに、この『佐渡志』の記載を考証し、この元忠の演能に際しては観世座との関連が深かった越前猿楽の関与を指摘することを指摘している（松岡心平「佐渡と能楽」）。もっとも、冷泉明融は、観世元忠が佐渡に来島する四年前の天文一八年（一五四九）に入寂しているため、明融の見聞と佐渡での元忠の演能とが直接関連するわけではない。しかし、遅くとも中世後期の佐渡での演能の定着を承けて、『酔醒記』所収の明融による佐渡の能関連の談話がもたらされたと解することは可能であろう。従来、佐渡での演能の盛行については、能役者出身の大久保長安が、慶長八年（一六〇三）から約一〇年間にわたり金山奉行に任ぜられたことが契機とされてきたが、本間寅雄が強調するように、世阿弥配流に由来する可能性も強ちには否定できないのではないだろうか（本間寅雄『世阿弥配流』「世阿弥残影」）。

〔091〕

1　『酔醒記』に記載されるこの「後鳥羽院御宇十二月番鍛冶次第」（以下「後鳥羽院番鍛冶次第」・「番鍛冶次第」）の内容は『永禄二年本節用集』（永禄八年〈一五六五〉頃成立か）末尾に付録として掲載される「後鳥羽院御宇鍛冶結番次第」に近い。たとえば二三月の鍛冶名や一〇月の鍛冶の住国などに大きな違いも見られるため、それを直接の典拠とみなすことはできない。なお、「後鳥羽院番鍛冶次第」については、正和五年（一三一六）頃成立とされる応永三〇年（一四二三）写『観智院本銘尽』（国会図書館蔵）に「後鳥羽院御宇被召抜鍛冶十二月結番次第」として見られるほか、現存するもので二番目に書写年代の古い享徳元年（一四五二）写天理図書館蔵『鍛冶名字考』に「後鳥羽院月並番奉行勤ル事」として、『続群書類従』雑部七九の『諸国鍛冶系図』（慶長一八年〈一六一三〉頃）に「後鳥羽院御宇鍛冶番之次第」として近い内容のものが見える。それらを奉行人名と鍛冶名に分けて比較したのが表1と表2である。

〈表1 「後鳥羽院御宇番鍛治次第」奉行人名比較表〉

月	月庵酔醒記 天正頃（一五七三～九二）	永禄本節用集（一五六五頃）	観智院本銘尽（一四二三奥書）	鍛治名字考（一四五二奥書）	諸国鍛治系図（一六一三）
1	右衛門尉俊当	大宮中納言俊當	右衛門尉**俊**□	大宮中納言**尚氏**・右兵衛督**俊尚**	大宮中納言俊當
2	大宮中納言二位僧都尊長	二位僧都尊長	大宮中納言二位僧都尊長	二位僧都尊長	二位僧都尊長
3	大政大臣二位宰相	太政大臣二位宰相	大政大臣二位宰相	大政大臣**當昌**・新中納言範義	大政大臣二位宰相
4	新中納言範義	新中納言範義	新中納言範義	**二位宰相祐尊**	**前**中納言範義
5	中納言康業	中納言康業**三位**	**入道康奈**	**二条**中納言康業	中納言康業
6	三位中将実康	中将実康	**二位**中将**宗康**	**二位宰相僧都守祐**	二位中将実康
7	新中納言重房	新中納言重房	新**大**納言重房	二条**高倉**中納言雅経	新中納言重房
8	光親朝臣	光親朝臣**国経**	光親**国経**	宰相中将次兼・**伊豆僧都覚祐**	光新朝臣**国綱**
9	二条中納言雅経朝臣	**二位**中納言雅経朝臣	**前大納言**雅経朝臣	**二条**新中納言重房	**二位**中納言雅経朝臣
10	宰相中将資兼	宰相中将資兼	宰相中将	**花山院**光親朝臣・**岩見僧都賢安**	宰相中将資兼
11	二条中納言有雅朝臣	二条中納言有雅朝臣	二条中納言有雅	**三条**中納言有雅	二條中納言有雅朝臣
12	大炊御門三位忠従	大炊御門三位	大炊御門**忠綱**	三位**中将忠継**	

※ゴシック体は『酔醒記』と異なる部分。波線部は場所が『酔醒記』と異なる部分。

〈表２「後鳥羽院御宇番鍛治次第」鍛冶名比較表〉

月	月庵酔醒記	永禄本節用集	観智院本銘尽	鍛冶名字考	諸国鍛冶系図
1	備前国住人号備前大夫	則宗　備前	則宗備前	備前則宗	則宗備前
2	備中国住人貞次	貞次　備中	貞次備中	備中貞次	貞次備中
3	備前中原権守信房	**延房**　備前	**延房**備前	備前信房	**延房**備前
4	粟田口藤三郎国安	国安　粟田口	国安粟田口藤三郎	粟田口藤三郎国安	国安粟田口
5	備中国住人恒次	恒次　備中	恒次備中	備中恒次	恒次備中
6	国友粟田口藤林	国友　粟田口	国友粟田口藤林	粟田口藤林国友	国友粟田口
7	宗吉　備前吉岡新太郎	宗吉　備前	宗吉備前	備前宗吉　次家	宗吉備前
8	次家　備中住人	次家　備中	次家備中	備中**次宗**	次家備中
9	助宗　備前	助宗　備前	助宗備前（備中トモ云）	備前助宗　**行国**	助宗備前
10	行国　河内住人	行国　**備前**	行国**備前**	**備前**	行国**備前**
11	助成　備前住人	助成　備前	助成備前	備前助成	助成備前
12	助延　同国	助延　備前	**助近**　同（備前）	備前助延	助延備前

※ゴシック体は『酔醒記』と異なる部分。波線部は一部異本に見られる記述。

なお、ここに挙げられる奉行には、後鳥羽院周辺の人物が選ばれているようであるが、以下の補注に示すように、人によっては官位が違っていたり、当時の資料に見出されず、その存在自体が疑われる人物名もあったりするため、信憑性の面で問題がある。この「後鳥羽院番鍛冶次第」は、歴史的事実を示す資料というよりは、むしろ琵琶法師の世界における『当道要集』のように、刀鍛冶の世界における伝承といった側面の強い資料といえよう。

興味深いのは、主に室町時代書写の刀剣書の類に見られたこの

「番鍛冶次第」が、戦国時代に入り、『酔醒記』や『永禄本節用集』などに掲載されるようになったという文化的現象である。本阿弥光悦を生んだ本阿弥家が、刀剣のとぎ・ぬぐい・めききの三業を家業としたことは知られているが、刀剣鑑定書としての銘尽（めいつくし）の一書として、足利義政に仕えた同朋衆能阿弥が書写したという『能阿弥本銘尽』（文明一五年〈一四八三〉奥書）が伝わる。後に触れるが、『酔醒記』の中で次に続く項目である「金物類」「彫物類」「硯石類」「土器類」の記事も、やはり足利義政の同朋衆相阿弥が集大成したといわれる『君台観左右帳記』によるもの（［092］補注1）であり、これらが並べられているところにも、『酔醒記』における当該記事が芸術品の鑑定に関わる情報としての意味づけをもって記載されていることと、将軍家周辺の阿弥衆の手許にあった鑑定資料が、戦国時代には関東の一武将のもとに流出していたことが看取されよう。『酔醒記』と共通する部分が他にも見られる『永禄本節用集』の享受の問題とも合わせて、典拠となった資料の流出経路や、それらが『酔醒記』や『節用集』に掲載されるようになっていく意味を今後明らかにしていくが必要があろう。

2　備前国住人号備前大夫は、頭注に示したように、則宗のこと。則宗は元暦頃の人。福岡一文字の祖と仰がれる。足利将軍家伝来の太刀で京都愛宕神社に伝わる「二つ銘則宗（笹丸）」（重要文化財）のほか、諸所に在銘作品が伝わる。「備前権守受領ヲ給」（『鍛冶名字考』）なお、一文字派は長船派とともに備前国の二代流派であるが、その名の起こりは、銘を「一」、あるいは「一」と個名を切ることによるという。

3　備中青江派は、備中国子位荘青江（岡山県倉敷市青江）を本拠とする刀工の一派。安次とその子守次を祖とする。青江派刀工の銘を持つ作品の中でも、鎌倉時代前期を下らぬものをとくに古青江と呼ぶ。「備中貞次、抜丸作、備中権守受領」（『鍛冶名字考』）

4　『観智院本銘尽』には「二位僧都尊長、領之給。鍛冶惣長ヲ給」とある。尊長は藤原北家頼宗流、権中納言一条能保の子。信能・実雅の兄弟。延暦寺の僧で、法印、法勝寺執行などを務める。承久の乱においては上皇側の中心人物として活躍した。乱後は各地に潜伏していたが、安貞元年（一二二七）六月、京において六波羅の武士に発見され自害した。（『吾妻鏡』）

5　右衛門尉俊当については、『鍛冶名字考』に「大宮中納言。尚氏右兵衛督俊尚」とする。俊当もしくは俊尚という人物については後鳥羽院当時の資料や『公卿補任』に見いだすことができない。

6　備前中原権守信房とあるが、1の比較表に見られるように、『観智院本銘尽』『永禄本節用集』『諸国鍛冶系図』には「延房備前」とする。ただし、『鍛冶名字考』には「備前信房、備前左近権大夫ト受領給」とする。なお、『鍛冶名字考』の「備前国住鍛冶等」の項には、「信房　後鳥羽院御宇番作者。権守ト号。日本鍛冶惣長承之。桜丸ト云釼作レリ。同銘一文字ヲ打モアリ。ナカコハヒカキヤスリ也」とし、「延房　信房子。日本カチ惣長父ヨリ上手。銘ニ一文字ウツ事アリ」と、信房と延房は親子であるとする。『酔醒記』にも「日本国中鍛冶長者給」とするため、少なくとも『酔醒記』が依拠した資料は『鍛冶名字考』と同じ立場を取っていることがわかる。

7　粟田口派は京都を代表する刀鍛冶。粟田口は京都から近江に通ずる街道で、この地には古い時代から多くの鍛冶者が住んでいた。大和国の住人であった国家が粟田口に住んだことから粟田口一流が始まる。とくに一門の藤四郎吉光は重要文化財に指定されている「岩切長束藤四郎」の作者として有名である。なお、藤三郎国安は国家の子で、『鍛冶名字考』にも「三四月　水尾釼作」とある。

8　『永禄本節用集』『諸国鍛冶系図』などに「太政大臣二位宰相」とし、『鍛冶名字考』に「大政大臣　當昌」とする。なお、『観智院本銘尽』には「太政大臣」「二位宰相」とする。『鍛冶名字考』に見られる「當昌」という人物は未詳だが、後鳥羽院の時代の「太政大臣二位宰相」といえば、建仁二年に正二位で太政大臣となった藤原頼実である。頼実は卿二位の後夫となり、後鳥羽上皇の後見となった人物であり、慈光寺本『承久記』では、後鳥羽院の北条義時追討の企てを危ぶんだ人物として描かれる。

9　『永禄本節用集』『諸国鍛冶系図』などにも「新中納言範義」とするが、『観智院本銘尽』では「新大納言」「範茂」とする。範茂は藤原南家貞嗣流、木工頭範季の二男。母は中納言平教盛の女、順徳天皇生母修明門院重子は姉。承久の乱では上皇方として戦った。慈光寺本『承久記』上に「高倉宰相中将範茂」とする。

10　『諸国鍛冶系図』によれば、恒次は備中国古青江守次の子、貞次の弟。また、『鍛冶名字考』によれば貞次は恒次の子である。「備中恒次　備中衛佐ニナサル。備前左衛門尉、備左衛門佐ニナサル。」（『鍛冶名字考』）、「恒次　守次子。同（後鳥羽院）御宇、番ノ作者也」（『鍛冶名字考』「備中国住鍛冶」）。

11　『諸国鍛冶系図』『永禄本節用集』等によれば、国友は国家の子、国友は国家の子、国友、久国、国清、有国、国安、国綱の六人兄弟の長男。藤林左衛門を名乗る。「国友　粟田口藤林□□（判読不能）作也」（『観智院本銘尽』）、「粟田口藤林　国友　山城左衛門大夫トナサル。」（『鍛冶名字考』）なお、『鍛冶名字考』に「五六月　釼乙丸作」とある。

12　中納言康業とあるが、『鍛冶名字考』に「二条中納言　康業」、『観智院本銘尽』には「中納言入道」「康奈」とする。「康業」「康奈」ともに後鳥羽院の時代に該当する人物を見出すことはできない。

13　三位中納言実康とあるが、『観智院本銘尽』には「二位中将」「宗康」『鍛冶名字考』には「二位宰相僧都　守祐」とする。ただし、いずれにせよ後鳥羽院の時代に該当する人物を見出すことはできない。

14　宗吉備前吉岡新太郎については、『鍛冶名字考』に「七八月　桜丸作」、『永禄本節用集』にも「宗吉〔桜丸／作者〕」とある。「宗吉　同（後鳥羽院）御宇ノカチ。桜丸ト云ツルキヲ作。刑部丞成官ヲヤ。安則子也。吉田新太郎ト号ス。」（『鍛冶名字考』）

15　『永禄本節用集』、『諸国鍛冶系図』、『観智院本銘尽』には七・八月の奉行を光親（光新）・国経（国綱）・重房とする。また、『鍛冶名字考』では、七・八月と九・十月の奉行が入れ替わっており、**「伊豆僧都覚祐」「岩見僧都賢安」**といった他本には見られない人名も加わっている。国経（綱）および重房は未詳。光親は藤原北家顕隆流、権中納言光雅の男。母は右大弁藤原重方の女。妻の藤原定経の女経子は順徳天皇の乳母。建暦元年（一二一一）権中納言。建保元年（一二一三）按察使を兼ねたため按察中納言と呼ばれた。慈光寺本『承久記』では、後鳥羽院の北条義時追討の企てに当初から関わった公卿として描かれる。乱後捕らえられ、鎌倉へ送られる途中、駿河国で斬られた。

16　助宗については、『諸国鍛冶系図』に「十六番之菊打作人也」とある。なお、『名字考』に「九十月　菊丸釼作」とある。

17　刀剣博物館所蔵の『元亀本刀剣目利書』所引「後鳥羽院御宇鍛冶結番次第不同」（元亀元年〈一五七〇〉奥書、佐藤寒山『後鳥羽院番鍛冶考』に一部翻刻）には、「行国　河内」とする。また、『諸国鍛冶寄』（慶長一九年〈一六一四〉）も「河内」とする。

18　二条中納言雅経朝臣については、後鳥羽院近臣の「雅経」といえば飛鳥井雅経が考えられるが、雅経が中納言であったという記録は見出せず。また他の「番鍛冶次第」には「二条」ではなく「二位」とするものもあるが、雅経は「従三位参議」で承久三年（一二二一）に没している。なお、飛鳥井雅経は鎌倉前期の歌人で院における歌壇で活躍。『新古今和歌集』撰者の一人。承久三年（一二二一）没。なお、『永禄本節用集』に九・一〇月の奉行を「二条中納言雅経　宰相中将資兼」、『諸国鍛冶系図』に「二位中納言雅経朝臣　宰相中将資兼」とし、『観智院本銘尽』には「前大納言」「雅経朝臣」・「宰相中将」「□□（判読不能）」とする。

19　後鳥羽院の時代に資兼なる人物は見出せず。後鳥羽院側近で「宰相中将」と呼ばれた人物といえば一〇の範茂か藤原信能である。信能は北家頼宗流、権中納言能保の次男。左中将・蔵人頭を経て承久二年（一二二〇）参議となる。後鳥羽院の倒幕計画に参加し、乱後は捕らえられ、鎌倉に護送中、美濃国遠山で斬られた。

20　『観智院本銘尽』には「助近　同（備前）」とする。

21　二条中納言有雅朝臣とは藤原有雅のことか。有雅は宇多源氏、参議雅賢の男。母は伊予守藤原信経の女。妻の藤原範光の女憲子は順徳天皇の乳母。承元元年（一二〇九）参議、建暦二年（一二一二）権中納言。慈光寺本『承久記』では、後鳥羽院の北条義時追討の企てに当初から関わった公卿として描かれ、「佐々木野中納言」と呼ばれる。乱後捕らえられ、鎌倉へ護送中、甲斐国で斬られた。有雅が後鳥羽院の側近として有名であったことが、この番鍛冶奉行の一人に加えられている所以であろう。

22　『永禄本節用集』に「御太刀磨　国弘　為貞　各従一人已上三人可相具之」とするのが分かりやすい。国弘・為貞は研磨師であろう。なお、『酔醒記』にはないが、『永禄本節用集』にはこの後に「右鍛冶等各守結番月可参勤之但乳母之名所課事鍛冶上洛浄衣一具惟可依于時在京食事鍛冶炭等下向之時直衣小袴可致其沙汰之状如件　承元二年正月日」という十二人の番鍛冶に年間を通じて参洛すべきことを命じた文が続く。『観智院本銘尽』・『鍛冶名字考』も異同はあるものの、ほぼ同じ文を載せるため、この「番鍛冶次第」は本来後鳥羽院による院宣（『鍛冶名字考』には「大政官符」とする）といった体裁のものとして伝えられてきたものと見られる。なお、三重大学教育学部日本史研究室所蔵の『諸国刀鍛冶系図』は、慶長八年（一六〇三）の奥書を持つ刀剣書であるが、最初の一紙が欠損しており、冒頭が「番鍛冶次第」の七月から始まっている。この三重大本『諸国刀鍛冶系図』にも、「御太刀磨」の記事の後に、同文が記載されるが、同書を翻刻紹介された藤田達生氏はこれを「偽文書」であるとされている。（藤田達生「刀剣書の成立―「諸国刀鍛冶系図写」を素材として―」）

23 『永禄二年本節用集』には「後鳥羽院御師徳参鍛冶」として、「久国　粟田口　信房　備前　日本国鍛冶惣廟給云々」とする。『酔醒記』に御師徳鍛冶として「次家」の名が出てくるのは、流布本『承久記』にその名が出てくるからか。流布本『承久記』では、京方の筑紫六郎左衛門尉が「御所焼ト聞ユル太刀」を帯びていることに触れ、以下のように説明する。

御所焼トハ次家正ニ作ラセテ、君御手ヅカラ焼セ給ケリ。公卿・殿上人、北面・西面ノ輩、御気色好程ノ者ハ、皆給テ帯ケリ。

（慶長古活字本『承久記』上）

ただし、御所焼の記事については、『承久記』の古態本と見られる慈光寺本にはないため、物語として発展していく過程の中で挿入されたエピソードの一つと見るのが穏当であろう。この記事をもって後鳥羽院が「御手ヅカラ」刀剣を焼いたことの証左とすることは難しい。

〔092〕

1 金物類

頭注に示したように、この〔092〕金物類から〔095〕土器類までは、順序は異なるものの、三徳庵2本『君台観左右帳記』（三徳庵蔵本、矢野環『君台観左右帳記の総合研究』に影印・翻刻あり）にほぼ同じ内容が載る。とくに硯石類は顕著で、「松陰」（松影）についての説明は、文体が丁寧体になっているところ以外、同じ説明となっている。『君台観左右帳記』は諸本によって内容がかなり異なり、とくに硯石や金物については、記載されていないか簡略にしか記されていないテキストが多い。その意味で、前後にある金物類・彫物類・土器類の名前もほとんど共通することから、『月庵酔醒記』が三徳庵2本『君台観左右帳記』そのものに依ったとはいえないものの、それに近い『君台観左右帳記』テキストに依った可能性は高いといえる。参考までに、以下に三徳庵2本の該当部分を翻刻して示す。（矢野氏『君台観左右帳記の総合研究』影印による。ゴシック体が『月庵』との共通もしくは類似部分）

一　硯之石名ノ事

石眼石　**端渓石《タンケイ》**　**涵星石《コクシヤウ》**　**瓦硯石**

枇杷色石《ヒハショク》　**金珍石《キンチン》**　**珠厚石《シユカウ》**　**青緑石《セイリヨク》**

紫石　**紅金石**　**緑金石**　**馬兼石《ハケン》**

松影《エイ》ト申硯モ石眼石《セキカン》ニテ候　**大ナル硯ニテ候**

古御物ニ七星ト申硯是モ石眼ニテ御座候

石眼ト申ハ石ノ上ニテ候。

曜変　建盞ノ内ニテ第一上々　日本ニ十計可有由承及候　代ハ万疋　上薬地黒五色ニ星アリ

油滴　曜変ノ次第ニ上々也　是ハ曜変ヨリハ数有可　上ハ代五千疋　地黒ク星白ク紫色ナリ

建盞　油滴ノ次一番也　是ハ世上ニ上中下多シ　上々ハ油滴ニモ不可劣　代三千疋餘可仕也

烏盞　土薬ハ建盞如クニテ　ナリハ湯盞ナリテ底ホソク　大小ニテ、世ニ多シ　代四五百疋ナリ

鼈盞　土白シ　薬アメ色ニテ星アル色々ノ文アリ　千疋計ノ物也

能皮盞　同前

饒州碗　ウツクシク白クウスクシテスキトヲル　ウチニコマカ
ニ色々紋アリ　饒々ト云也
浅黄ト紫トノ染付也　青キハ青碗　白キハ白碗ト云也
琯瑤　是ハ土紫色也　薬モチト紫色也　青キ茶碗ニモコマ
カニヒヽキタルアリ　青琯瑤ト云　又ハ定州ヒヽキトモ云平
面白キ物也

彫物之類

剔江《テキコウ》　色赤シ　本地ハキ漆　其上ニイカニモコマヤカニ水浪ワチカ
へ菱ナトホリテ　其上ニ屋体人形花鳥ナトホル也　剔紅ト云也
堆紅　色赤シ　花鳥クリ〳〵ナトホル　手深クシテ　ホリメ黒
キスチ　一有
堆朱　色赤シ　手ウスクシテ　ホリメニカサネノスチモ無シ　皆
赤シ
堆漆《シツ》　色赤シ　地ノキウルシナシ　ヌリアケテ地マテホリトヲ
サスシテ　上ノ色ヲ地ニノコシテヲクナリ　ホリメニ黒キカサ
ネスチアリ
堆鳥　色黒シ　是モ地マテホリトヲサスシテ上モ地ニ同色ニ黒シ
ホリメニ赤キスチアリ
金絲《キンシ》　色赤シ　ホリメフカクシテ　カサネノスチ　イカホトモ
多シ　花クリ〳〵イツレモ手フカシ
黒金絲《シ》　色黒シ　ホリメ同前
九蓮絲《シ》　色赤シ　金糸ノ今チト手アサナルヲ申也
紅花緑葉　花鳥ヲホリタルニ花ト鳥トヲハ赤クシテ　木ノ枝葉
ヲハ青漆ニスル也
桂漿《ヒウ》　色黒シ　地ウルシ　ホリメニハ赤キカサネノスチアリ

又地ヲ紅ニシテ　ホリタルモアリ　ヤカラ地紅桂漿トカヤ　只
圭《ヨウ》将ヨリ賞翫也
犀《セイ》**皮**　色黒　ホリメアサクシテ、キニアカク黒カサネアリ　ク
リ〳〵計有　花ヲホル事マレニシテ　セイヒト申也　又松皮ト
モ書也
存セイ　是色赤キモアリ　黒キモアリ　紋ヲノコシテ地ヲホリ
クロ地キンニ似タリ　マレナル物也
剔《テキ》江　香合　印籠　薬籠　篭食　籠盆ナドノ面計ニ　屋躰人形
花鳥上下ホリテ　ソウヲハ只花計ホリトソ　剔紅ト云盆ハ何レ
モヲトヲクリ〳〵ニスルヲ本トハ申　花ハ次ニス

彫物之作者（省略）

硯之名

石眼石　上々也　紫ノ石ニ眼ノ如クニ青ク黄ニ星アリ　是ヲ石
眼ト云　又チト青メナル石ニモ石眼アリ
端渓石　紫ト青ト筋ヲ引タル如クニ段々ニアリ　石ノ心好　是
モ上々也
涵星石　是ハ黒メナル石ニウツクシキ白ナンリヤウ沙金ノ如ク
チリテ見事ナル石ノ能キ心ナレドモ　カネノチリタル所ニテ
墨ヲスレハ　スミケツマツキテワロシ
瓦硯　唐ノ瓦也　銅雀台ノ瓦ト云伝テ　重宝也　東坡　山谷
ナト用タル硯也
枇杷色ナル**石**ト　是モ無子細候　又黒キ石ハ日本ノ高嶋石ニ似
タル石也　是無子細

胡銅ト申ハ　青胡銅ナリ
紫銅ハ　紫ノ薬色ニヤキツクル也
宣旨銅　胡銅ノ物ニ金ヲ所々入タル物アリ　是宣―ト申也
象眼　胡銅ノ物ニ金銀ニテ色々紋ヲ入候
七宝瑠璃　鍮鉐也
鉄之物ニ金銀ニテ紋ヲ色々ニサス象眼トハ不申　同
似タル物ナレトモ　是ヲハ焼付ト申

〔093〕

1　〔092〕補注1参照。

2　中国では剔紅・堆紅・堆朱・堆漆すべてひっくるめて剔紅と呼ぶが、日本では剔紅を先の四つに分けていた。剔紅は黄漆の下地の上に朱を塗り重ねて、これに屋台、人物などを彫り、その彫り目の横に他の色の条のないものを指したという。ただし、現在は明代以降のものは伝わっていないという。以下、補注13までの彫物類の説明は今泉雄作『茶道研究　茶器の見方』を参照した。

3　剔紅の中でも、下地の上に朱漆を塗り重ねてゆく途中に黒漆の層を何度か入れ、それに彫り目をつけて断面の朱漆の中に何本かの黒い筋が見えるようにしたものをとくに堆紅と呼んだ。

4　現在、堆朱は中国でいうところの剔紅と同じものとされているが、中世の日本においては、堆紅のように彫り目の横に黒い線もなく、剔紅よりも彫り方の手浅いものを、とくに堆朱と称したという。

5　黒金糸は、金糸（補注7）の一種で、上の塗りが黒漆であることから名づけられたものという。

6　堆鳥は頭注に示したとおり、堆黒の別名。黒漆を厚く塗り重ねて文様を彫り表したもの。中国の剔黒に当たる。

7　金糸は堆朱の一種。朱の塗り重ねの層が極めて薄く、層の重なるようすがあたかも絹糸を並べたように美しく見えるもの。

8　堆漆は今日の堆朱に多く見られるもので、地色がなく、ただ朱漆で、屋台、人物が彫り上げてあるばかりのものを指すという。

9　「堆葉」と読めるが、「堆葉」なる彫漆は未勘。「堆黄」の誤りか。ただし、『君台観左右帳記』諸本には「堆黄」の記載は見られず。

10　九蓮糸は金糸の一種。金糸を仮に十と定め、それよりも塗り重ねが少ないものを仮に九としたために付けられた名前という。

11　紅花緑葉は堆朱の一種で、朱漆と緑漆とを交互に塗り重ね、朱漆の層と緑漆の層を彫りだしたもの。

12　桂漿は桂璋とも書く。桂将水と書いたものもある。複色彫漆の一種。紅漆と黒漆を重ねる。

13　犀皮は文様が紅漆と黄漆との塗り重ねになっており、上塗りは黒漆か朱漆であるものをいう。

〔094〕

1　〔092〕補注1参照。

2　覚一本系『平家物語』では、平重衡が法然上人から戒文を受けた際に、布施代わりに贈ったのが「松蔭」という硯であるとする。

この硯は親父入道相国砂金を多く宋朝の御門へ奉り給ひた

りければ、返報とおぼしくて、日本和田の平大相国のもとへとて、おくられたりけるとかや。名をば松蔭とぞ申しける。

（巻十「戒文」）

ただし、平家諸本によっては「双紙鏡」（延慶本）であったり、「双紙箱」（盛衰記）であったりと、一定しない。なお、現在当麻寺奥の院の宝物館に「松影の硯」が蔵されているが、これはもと知恩院に伝わっていたものが、知恩院から当麻寺の住職に移った僧が移したものという。（『平家物語全注釈』による）

〔095〕

1 〔092〕補注1参照。

〔096〕

1 『酔醒記』の記事が何を典拠にしたものかは未詳といわざるを得ないが、現存するものでは『永禄本節用集』末尾の付録「人倫」および『尭空本節用集』の「唐人名」が『酔醒記』のこの部分と類似する。

伏犧	**造レ八卦**	**神農**	**造レ五穀**	黄帝	造レ衣冠	**化狄**	**造レ舟**
嵆仲	造兵	**奚仲**	**造レ車**	**容成**	**造暦**	**岐伯**	**造醫**
隷首	造数	五相	造屏風	皐陶	造獄	伯益	造井
蒙恬	**造筆**	蔡倫	造紙	**黄帝**	**造弓箭**	蒼頡	造字
杜康	**造酒**	女媧	造笙	太昊	造琴	黄帝	制鞠
子路	造硯	**那突**	**造墨**	馬融	造笛	**伏犧**	**制伎楽**
穆公	造鼓	尭王	制圍棊	子建	造双六	燧人	鑽火
漢明帝	**造宮寺**	蚩尤	造鎧	**梟氏**	**鋳鐘**	**羊琇**	**焼炭**

（『永禄本節用集』※ゴシック体が『酔醒記』との共通項目）

ただし、この二本の節用集のようなまとまった形態での掲載はないものの、『文明本節用集』にも造物始に関わる人名が散見し、しかも、〈表1〉に示すように、それらの人名は他二本以上に『酔醒記』に一致する。本条の各項目の配列は、時系列に沿うものでもないため、一貫した法則性は認めがたいが、容成・太橈・鬼臾区・岐伯・貨狄・奚仲・維文の連続する七名は黄帝の臣下であり、容成・太橈・鬼臾区の三名は、暦法関連の諸制度を制定した人物、貨狄・奚仲は乗物を発明した人物とされる。また、孫炎・沈約は音韻学関連の創始者、蒙恬・那突は文房具の発案者、魏武・素女は楽器の発明者として、それぞれ一対に記されることが注目されよう。

参考までに、『酔醒記』の「造物始」と本邦の資料に見られる事物起源説との共通部分を『酔醒記』とほぼ同時代の資料〈表1〉とそれ以前の資料〈表2〉とに分けて示した。

2 宋高承撰『事物紀原』によれば、尹寿は上古の人、堯の臣で、初めて鏡を作ったという。また、『太平御覧』（七一七・服用部一九・鏡）には「玄中記曰、尹寿作鏡」とする。なお、『唐鏡』、『濫觴抄』、『塵荊鈔』にも言及されるが、『濫觴抄』では尹寿を帝嚳の治世の人物とするなど異同が認められる。なお補注1の〈表1〉に見るように、『酔醒記』と比較的共通項の多い『文明本節用集』では、「加・器財門・鏡鑑」に「君寿始作」とするほか、「久・人名門・君寿」に「鋳鏡始也」とすることから、「尹寿」を、「君寿」として完全に誤解していることがわかる。

3 容成は黄帝の史官。黄帝に命じられ初めて暦を作ったという。

〈表1　同時代の資料との比較〉

酔醒記	文明本	塵荊鈔	永禄本	堯空本	女訓抄
尹寿・作境	○	○			
容成・作暦	○		○	○	
天橈・作甲子	○				
鬼史・作日					
岐伯・作医	○		○	○	
貨狄・作舟	○	（黄帝）	○	○	○
奚仲・作車	○		○	○	○
維文・作旧杵	○				○
風沙氏・焼塩	○				
鳧氏・鋳鏡	○	○	○	○	○
杜康・作酒	○		○	○	
半琇・焼炭	○		○	○	
伏犠・作楽并作八卦	△	△	○	○	△
孫火・作音		○			
沈約・撰韵		○			
蒙恬・作筆	○	○	○	○	○
那突・作墨	○	○	○	○	（田真）
霊運・作履					
葛僊・制斧					
明帝・作宮寺仏	△	△	△	△	△
疑武・造琵琶	○	（楽家）			
素女・作琴	△	△			
陸（羽）・作茶		○			
神農・作五穀	○	○	○	○	○
黄帝・作弓箭	○	○	○	○	○

※文明本＝『文明本節用集』、永禄本＝『永禄二年本節用集（永禄本節用集）』（人倫）、尭空本＝『尭空本節用集』（唐人名）、女訓抄＝穂久邇文庫本『女訓抄』九

〈表2　その他の資料との比較〉

酔醒記	和名抄	注好選	唐鏡	濫觴抄	問答鈔
尹寿・作境			○	○	
容成・作暦	（黄帝）		○		○
天橈・作甲子			○	○	
鬼史・作日			○		
岐伯・作医			○	（容成）	○
貨狄・作舟		○	（黄帝）	（黄帝）	○
奚仲・作車	（黄帝）	○	○	○	（嵇仲）
維文・作旧杵				（黄帝）	○
風沙氏・焼塩			○		
鳧氏・鋳鏡				（倕）	
杜康・作酒		○	○	（公儀狄）	
半琇・焼炭	（厳青）				
伏犠・作楽并作八卦			○	○	△
孫火・作音					
沈約・撰韵					
蒙恬・作筆	○	○	○		○
那突・作墨					
霊運・作履					
葛僊・制斧					
明帝・作宮寺仏			△		
疑武・造琵琶	○				
素女・作琴			（伏羲）	（伏羲）	
陸（羽）・作茶					
神農・作五穀			○	○	
黄帝・作弓箭			○	○	

※和名抄＝『和名類聚抄』、注好選＝『注好選』上、問答鈔＝『真俗雑記問答鈔』一七本・二七「法理而制事事」（真言宗全書）

（宋高承撰『事物紀原』）古くは『淮南子』「修務訓」に「蒼頡作書、容成作暦」とあるほか、『藝文類聚』（五・歳時下・暦）および『太平御覧』（一六・時序部一・暦）の冒頭に「世本曰、容成作暦」とあり、『太平御覧』では注記に「容成、黄帝之臣」とある。

4　『文明本節用集』では「太橈〔造甲子始ル者也〕」（タ・人名門）もしくは「十干十二支〔蔡邕月令章句云、昔大橈採五行之情、占斗機所□（判読不能）也。始作甲乙、以為日〕」（之・数量門）とする。つまり、『酔醒記』の「天橈」は「大撓（タイドウ）」の誤りと思われる。大撓は上古の人。黄帝の師となり初めて甲子を造り干支を配したという。（『事物紀原』）なお、資料によっては、「大撓」とするものと「大橈」とするものがある。「黄帝師大撓〔大撓作甲子〕」（『呂氏春秋』尊師）、「黄帝命大撓、作甲子」（『帝王世紀』）、「大撓作甲子、以名日、所之幹、子丑以名辰、謂之枝」（蔡邕『月令章句』）、「大橈作甲子」（『呂氏春秋』勿躬）、「大橈作甲子〔呂氏春秋曰、黄帝師大橈〕」（『後漢書』律暦志）

5　『酔醒記』が伝える「鬼史　作日」については未勘であるが、黄帝の臣下で、占星関連で活躍した人物に「鬼臾区」が知られる。藤原茂範（一二三六〜九六？）の著述とされる『唐鏡』（黄帝）には、「又、佐官七人アリキ。蒼頡ハ書字ヲ作リ、大橈ハ甲子ヲ造リ、隷首ハ算数ヲ作リ、容成ハ暦ヲ造リ、岐伯ハ医方ヲ作リ、鬼臾区ハ占候ヲ造リ、奚仲ハ車ヲ作レリ」とあり、蒼頡・大橈・隷首・容成・岐伯・鬼臾区・奚仲の七人を黄帝の佐官として挙げる。この七人のうち、『酔醒記』の「造物始」では、蒼頡・隷首に該当する人物は見られず、代わりに貨狄を挙げるが、他の所伝では臼杵を発明したとされる維文とともに、貨狄を黄帝の功臣とする。『酔醒記』の「造物始」には、一貫した配列方針を見出すことは困難であるが、最初の尹寿を除く、「容成・天橈・鬼史・岐伯・貨狄・奚仲・維文」の七人は、本来、黄帝の臣下を一括して列挙した可能性が高い。また、現存本『唐鏡』本文では、「鬼臾区」を「鬼史区」とすることをも勘案するならば、『酔醒記』にいう「鬼史」は、本来「鬼臾区」であり、同時に「作日」とする難解な記載も、『唐鏡』にあるように「占候（暦注の一種）ヲ造」る意とすることが妥当であろう。

6　岐伯は黄帝の臣。黄帝に医薬を任され、多くの病を治したという。（『事物紀原』）。また、『初学記』（二〇・政理部・医）に「説文曰、巫彭初作医。帝王世紀曰、黄帝使岐伯、嘗味草木、典医療疾、今経方本草之書、咸出焉」とあり、『帝王世紀』当該箇所は、『太平御覧』（七二一・方術部二・医）にも引用される。なお、黄帝と岐伯の問答を掲げた『黄帝素問（黄帝内経）』は医書の最古のものとして尊ばれる。

7　貨狄は黄帝の臣。後述するように、本邦においては、船の発明者は貨狄であるとする説が主流であったが、唐土においては必ずしもそうではなかったようである。たとえば、『藝文類聚』（七一・舟車部・舟）には「世本曰、共鼓・貨狄作舟。〔共鼓・貨狄、黄帝二臣下也〕」、「山海経曰、番禺始為舟。」、「墨子曰、棄作舟」などとする。また『初学記』（二五・器物部・舟）では「呂氏春秋曰、虞姁作舟。物理論曰、化狐作舟、墨子曰巧倕作舟。山海経曰、番禺始作舟。東晳発蒙記曰、伯益作舟。世本曰、共鼓・貨狄作舟、黄帝二臣也」などとある。ちなみに『太平御覧』（七六九・舟部二・叙舟中）では、『世本』と『呂氏春秋』を引用する。

一方、補注1の〈表1・2〉に示すように、本邦においては、貨狄を船の発明者とする説が主流を占めたが、『唐鏡』、『濫觴抄』、『塵荊鈔』では、船の発明者を黄帝に比定する。これはおそらく貨狄が黄帝の臣下であったことによると思われる。

また、謡曲「藤栄」や「自然居士」では、黄帝が蚩尤を誅伐する際に、貨狄が水面に落ちた木の葉に着想を得て「船」を発案したとするが、『注好選』によれば、各地域に分散した行政区間を円滑に統治するための交通手段として創案したと伝える。

8　奚仲は夏の人。禹の臣。『文選』（演連珠）の李善注に『世本』を引用し「奚仲作車」とするほか、『藝文類聚』（七一・舟車部・車）に「管子曰、奚仲之為車也」とする。なお『初学記』（二五・器物部・車）、『藝文類聚』（七一・舟車部・車）、『太平御覧』（七七三・車部二・叙車下）には、譙周の『古史考』による「黄帝作車、少昊時略加牛、禹時奚仲駕馬」という説が掲載されることから、奚仲は黄帝により発明された車を、夏王朝の禹の治世に改良した人物とされる。『釈名』によれば、黄帝が軒轅氏と称されるのは、車を発明した功績によると伝えられることの整合によるものであろうか。

なお、『吉日考秘伝』（造車乗車吉日第二七）では、「甲寅」の干支の日を奚仲の忌日として、車を造ることや車に乗ることを忌むと伝えている。

『酔醒記』の「造物始」では、「貨狄　作舟」と「奚仲　作車」とを併記する配列を採るが、同様の対比は、『仲文章』（二・学業篇）の「渡海之具、莫大於貨狄之謀、歩陸之備、莫過於奚仲之藝」とする対句、『注好選』上の「奚仲造車」（九三）と「貨狄彫船」（九四）の二話が続く構成にも認められる。ちなみに『藝文類聚』では「舟車部」があり、『初学記』の「器物部」では、「舟」項に「車」項が続くほか、『太平御覧』でも「舟部」・「車部」が並列することなどから、船と車を対比される配列は、唐土成立の類書の構成からの影響を受けた可能性が高い。

9　後述するように、「舂」あるいは「杵臼」の創始者は、本邦の資料では「維文」と伝えられることが多いが、唐土の資料では「雍父（ヨウホ）」である。『事物紀原』のほか、『太平御覧』（七六二・器物部七・杵臼）所引の『世本』などに「雍父、作舂杵臼」とあり、宋衷の注に「雍、黄帝臣也」とする。

一方、『文明本節用集』では「木・器財門・杵」に「維文始」とするほか、「宇・器財門・舂臼」にも「雍父作（臼）、又維文作（臼）。作旧誤也」とし、我が国では、臼杵の発明者として、雍父・維文の両説が語られたことが窺われ、穂久邇文庫本『女訓抄』にも「維文は臼を作る、杵を作る」とすることから、中世後期から近世初期にかけて、維文とする説が有力となったようである。また『真俗雑記問答鈔』には、「惟久、造臼杵〔黄帝臣也〕」とあるが、黄帝の臣下に「惟久」なる人物は知られないことから、「維文」を「惟久」と誤記したものであろう。もっとも、黄帝の臣下として「維文」の存在も伝えられないことから、「雍父」を「維文」と誤記したものが定着した可能性がある。ちなみに、『濫觴抄』では「杵臼」を黄帝の発明と伝える。恐らくは雍父あるいは維文が黄帝の臣下とされたことによるものであろう。

なお、頭注にも示したように、「旧」は「臼」の俗字と解されたようであるが、『文明本節用集』（宇・器財門・舂臼）に、「作旧誤也」とあるのは、当時、一般に「臼」を「旧」と書く傾向があったことを示唆するものであろう。

10 夙沙は現在の山東省に位置する地域。『事物紀原』によると、夙沙氏（または宿沙氏、「夙」と「宿」は同義）は齊霊公の臣で、初めて海水を煮て塩を作ったという。『太平御覧』（八六五・飲食部二三・鹽）所引の『世本』佚文にも、「宿沙、作煮鹽」とし、宋衷の注には「宿沙、衛斉霊公臣、斉濱海、故以為魚鹽之利」とする。他方、『唐鏡』（神農氏）には、「夙沙氏ト云人、海水ヲ煮テ、塩ヲ始メキ」とあり、『世本』佚文が伝える時期との相違が著しい。詳細は未勘ながら、『藝文類聚』（一一・帝王部一・神農氏）に「諸侯夙沙氏、叛不用命。箕文、諫而殺之。炎帝退而修徳、夙沙之民、自攻其君而帰炎帝」（炎帝は神農氏の別称。なお、当該記事は『太平御覧』七八・皇王部三・炎帝神農氏にも引用される。）とあることから、夙沙氏による製塩の創始を、炎帝神農氏の治世と解したか。なお『文明本節用集』では、「焼塩始也」（利・人名門・劉劓）とする説と「風沙氏、始焼之」（之・飲食門・塩鹽）とする説とを併載する。「劉劓」については未勘であるが、劓刑を受けた罪人の意とすれば、製塩業が卑賤視されたことを反映するか。一例として伊予河野氏の家伝『予章記』では、推古天皇の御代に「三韓」が襲来したところ、河野氏の先祖の益躬が苦戦の末に、これを誅伐し、敵兵の残党の足の筋を絶ち切ったうえで隷属化し、その子孫は「海士・宿海」として海辺で漁労に従事したと伝えられることも想起されよう。なお現存本『酔醒記』本文と『文明本節用集』（之・飲食門・塩鹽）とは、ともに「夙」を「風」と誤記することで一致する。

11 『初学記』（一六・楽部下・鐘五）に「世本曰、倕作鐘〔又出山海経曰、鼓延為鐘〕」とするほか、『太平御覧』（五七五・楽部一三・鐘）所引『山海経』にも、神農の玄孫にあたる鼓延が鐘を造ったとする。なお『周礼』（考工記）などによれば、梟氏は鐘を鋳造する工匠の一般名称であり、鐘を発明した特定の個人とする説は見られないようである。しかし、補注1の〈表1〉に挙げた資料がすべて「梟氏」とするように、本邦では遅くとも室町中期頃には、梟氏が鐘の発明者と解されたらしいことがわかる。

12 酒造の起源を杜康とする説は、『尚書正義』（酒誥）所引の『世本』佚文に「杜康作酒」とあるほか、『文選』所収の曹操「短歌行」の李善注に張華『博物誌』佚文に言及されるほか、頭注に示した『蒙求』（杜康造酒）にも認められ、本邦では『注好選』、『唐鏡』をはじめ、文明本、堯空本、永禄本『節用集』に記載される。杜康の存命時期は未詳であるが、『世本』佚文には夏の禹帝の治世とし、『唐鏡』（黄帝）に、「杜康、初テ酒ヲ造ル」とする。また『注好選』（上・杜康造酒・九六）では、杜康と女性とし、夫の不在中に炊いだ飯を木の洞に蓄えたものが発酵して酒となったと伝える。同話は『河海抄』（桐壺）にも引用されるようだが、『旅宿問答』にも、黄帝の治世に蜀の下若と称する林里に住む康嘉・千杲夫妻の娘・杜康が、継母の千杲から与えられた粗悪な飯を岩間に捨て続けたところ酒となったとする。この『旅宿問答』所収話は、『注好選』所収話と筋書きは異なるが、杜康を女性と設定することは共通し、杜康を女性とする説が少なくとも近世初期まで継承されていたことを窺わせる。なお、『旅宿問答』に同じく、唐土での酒の起源を継子虐め譚に帰する説は、寛文八年刊行の仮名草子『枯杭集』にも見られるが、時代は堯帝治世とされ杜康の名は言及されない。

また『文明本節用集』では、杜康による造酒起源説は、「末・人名門・摩訶須理夫人」項に「天竺人也。造酒始也。杜康雖造酒始、伝平（摩訶須理夫人）也」とあり、天竺で発明された造酒法が、唐土の杜康へと伝えられたと解するようである。現在では摩訶須理夫人は耳遠い人名であるが、『旅宿問答』でも、天竺の小転輪王の治世に、摩利須理夫人が初めて造酒を行ったと伝えるほか、『枯杭集』（酒）にも天竺での酒の創始者として摩訶娑理夫人を挙げることから、中世後期から近世初期においては、酒造の創始者として著名な人物であったようである。

なお、酒の発明者としては、夏の禹の治下の人物とされる儀狄が知られ、『呂氏春秋』をはじめ、『尚書正義』（酒誥）や『初学記』（二六・酒）に所引される『世本』佚文、『藝文類聚』（七二・酒）所引『古史考』佚文などに杜康と共に言及されるほか、『濫觴抄』では酒造の起源を儀狄に比定している。

ちなみに『吉日考秘伝』（会客吉日第四二）では、杜康の忌日に、酒の醸造を忌む記載が認められる。

13　『酔醒記』にいう「半琇」は羊琇の誤りであろう。羊琇は、東晋の人物で、字は稚舒。武帝に仕えたという。『蒙求』（羊祜識環）で著名な羊祜の従弟にあたる。本邦では、『文明本節用集』（寸・器財門・炭）に「羊琇始焼之」とあるほか、『庭訓往来注』（四月状返・小野炭）の注に「羊琇焼炭始也」とある。なお、東晋に漸く炭焼きが始まったとする説は、極めて不審ではあるが、たとえば『太平御覧』（八七一・火部四・炭）所引の裴啓『語林』によると、「洛下少林、木炭止、如粟状。羊琇驕豪、乃擣小炭、為屑、以物和之、作獣形。後何召之徒共集、乃以温酒火熱、猛獣皆開口、向人赫赫。然諸豪相矜皆服而效之」とある。また獣炭は、『和漢朗詠集』（下・炉火）所収の菅原輔昭（道真の曽孫）の摘句に詠まれるが、『和漢朗詠集仮名注』の当該句の注には、羊琇が獣炭の発明者であることが明記されている。つまり、羊琇は、炭焼きの発案者ではなく、木炭の粉を練り合わせて「獣炭（動物の姿をした炭）」を発案した人物なのである。獣炭は連歌にも詠み込まれることが散見され、『新撰菟玖波集』（一五・雑連歌三・二九四八）のほか、獣炭を想起させる連歌としては、『竹林抄』（八・雑連歌上・一二一二）が挙げられるが、連歌論『老いのすさみ』では、同詠を獣炭の意に確定し、『神仙伝』に見られる劉安の故事との関連をも認めている。なお、『実隆公記』（明応五年〈一四九六〉一二月二一日条）には、宗祇から実隆に獣炭が贈られたとする記載があり、獣炭は単なる文飾に留まらず、室町後期でも実用されていたことが確認される。

ちなみに、『和名類聚抄』が炭の発明者とする厳青は、葛洪撰と伝えられる『神仙伝』に見られる厳青と想定される。『神仙伝』によれば、厳青は会稽の人物で、山中で炭を焼いていたところ、化人から仙相を見込まれ、仙書を授けられたと伝える。

14　伏羲が八卦を考案したとする説は、『藝文類聚』（一一・帝王部一・太昊庖犧氏）に『周易』による伏羲の八卦の創作を伝えるほか、『藝文類聚』（七五・方術部・卜筮）には『史記』を引用した「伏羲作八卦、為三百八十四爻而天下治」を載せる。伏羲による八卦創出説は、本邦でも古来定着していたらしく、補注1〈表

1・2〉の諸書や『桂川地蔵記』下に認められる。

また、「楽」は、儒教的理念に裏付けられた「礼楽」・「雅楽」（日本に継承される宮廷音楽の「雅楽」とは本質的に異なる）の意である。『藝文類聚』（四一・楽部一・論楽）では、「夔始作楽、以賞諸侯」とする『礼記』の引用を挙げるほか、『初学記』（一五・楽部上・雅楽）では、「左伝曰、天子省風、以作楽〔世本曰、夔作楽。又礼記曰、夔始制楽、以賞諸侯〕」とある。いずれにせよ、伏羲を礼楽の始祖とする説は認められないようである。ただし『初学記』（一六・楽部下・琴）では、『琴操』の「伏羲作琴、以修身理性、反其天真也」という説を掲載するほか、『藝文類聚』（一一・帝王部一・太昊庖犠氏）所引の『帝王世紀』佚文などにも、瑟を伏羲の発明と伝え、琴・瑟を伏羲の発明に帰する説が流布し、本邦でも『唐鏡』や『濫觴抄』では四五絃の瑟、『塵荊鈔』では琴と瑟（現存本文では「琴」に作る）をそれぞれ発明し、『永禄本節用集』（人倫）では「伎楽を制し」、穂久邇文庫本『女訓抄』では琵琶を創案したなどと伝える。ただし、『女訓抄』にいう琵琶を伏羲の創意とする説は他見を得ないことから、「琴瑟」の誤記である可能性が高い。ゆえに『酔醒記』の「伏羲　作楽」は、本来「琴」あるいは「瑟」という楽器を意図したものと思われるが、『酔醒記』には「素女　作琴」などとあることから、一色直朝は「楽」を広義の「楽曲」あるいは「音楽理論」と解した可能性が高い。『酔醒記』の「造物始」に見られるこのような傾向は、たとえば『堯空本節用集』の「唐人名」の項に、「伏羲　制伎楽」、「太昊　造琴」とあることにも共通する。なお、伏羲と太昊は同一人物であるが、『永禄本節用集』の「人倫」では別人物と解するようである。（→補注22）

15　孫炎（二六〇没）は、後漢末・魏の人物で、陳寿『三国志』三〇に立伝されるが、彼を反切の創案者とする文献は、顔之推『顔氏家訓』（音辞一八）が初見とされ、隋・唐代の陸徳明『経典釈文』（序録）、唐代の張守節『史記正義』（論例）など、中古・中世において本邦で広く受容された漢籍に言及されている。

16　沈約は梁の武康の人で、字は休文。『四声譜』、『晋書』、『宋書』などを著した。（『梁書』一三ほか）『事物紀原』に「音韻之学、自沈約為四声」とする。

ちなみに「韻」とは、いわゆる「平声・上声・去声・入声」という四種類の声調の意である。空海『文鏡秘府論』（四声論）に佚文が残る隋の劉善経『四声指帰』によれば、四声の分類そのものは、南斉の周顒《ぎょう》（四八五没）に始まると伝える。この周顒による四声分類の内容の詳細や消長については未詳ながら、四声の音律理論を確立した人物が沈約とされる。

なお『酔醒記』の記載が、いかなる出典によるものかは未勘であるが、興味深いことに『塵荊鈔』（四・漢字呉漢両音之事）に「孫炎、音ヲ作、沈約、韻ヲ撰」とあり、『酔醒記』の記載と配列・表記が一致する例が認められる。

17　蒙恬は始皇帝に仕えた将軍で、対匈奴戦で軍功を挙げたことで著名な人物であるが、古来、毛筆の創案者に帰せられてきた。正史に見られないが、『藝文類聚』（五八・雑文部四・筆）、『初学記』（二一・文部・筆）、『太平御覧』（六〇五・文部二一・筆）に張華『博物誌』（蒙恬造筆）が引用されるほか、頭注で指摘したように、『蒙求』（蒙恬制筆）があることから、本邦においても古来親炙されてきたことがわかる。珍しいものでは、『注好選』（上・蒙恬作筆・九五）に、蒙恬を秦の「大臣」とし、江南に棲息した紫の兎の毛で筆を改良したとする説を伝える。

蒙恬については、筆のほかに、『唐鏡』に「伝国璽」の作成者とする説や、『文机談』に琵琶の考案者とする説、『初学記』（一六・楽部下・箏）では、「風俗通曰、箏秦聲也。或曰、蒙恬所造五絃筑身并涼二州箏、形如瑟」とし、蒙恬を「箏」と称される弦楽器の発明者とする説が見られる。同説は我が国の『教訓抄』にも採り上げられるが、蒙恬については、正史を離れた多様な所伝が語られたことが窺われよう。

18　墨の発明者については、『初学記』（二一・文部・墨）、『太平御覧』（六〇五・文部二一・墨）などにも言及がなく、那突なる人物の存命時期や詳細は未勘である。ただし、『文明本節用集』の「那突」（ナ・人名門）の注に「造墨始也」とするほか、「墨」（寸・器財門）の注にも「混天云、那突造墨」とする。『混天』なる文献についても未勘であるが、那突が墨の創始者であるとする説は、〈表1〉に示したように、『文明本節用集』のほか『堯空本節用集』と『永禄本節用集』に見られるのみであり、今のところ本邦のごく限られた書物に限定された説といえる。ちなみに穂久邇文庫本『女訓抄』では、「田真は墨を作る」と伝え、『塵荊鈔』（一〇・紙墨硯筆始事）には「墨者、田真造始。又ハ那突ヨリ始ル、又ハ十夢ヨリ始トモ云ヘリ」とあるが、田真・十夢も那突と同じく未勘である。

19　謝霊運は南朝宋、陽夏の人。博覧にして書画、文章に巧みであった。「霊運　作履」という説は未勘だが、霊運が山行に用いた下駄「霊雲屐」（レイウンノゲキ）が詩に詠まれたことを踏まえた説か。

20　後漢明帝が天竺より摩騰と竺法蘭を招き、洛陽の城門外に白馬寺を建てたことは、中国における寺院の濫觴として有名。『事物紀原』には僧寺、仏像ともに明帝を濫觴とする説を載せる。しかし、『酔醒記』のように、それらに「宮」を加える事例は珍しい。ちなみに、後漢の明帝を「宮」「寺」の創始者とする説は、『永禄本節用集』および『堯空本節用集』に「漢明帝　造宮寺」とあるほか、穂久邇文庫本『女訓抄』九に「漢の明帝は寺宮を作る」とし、『酔醒記』に近い時期の資料に共通して見られるものである。「宮」を直接仏寺に関連する建築物と解することには違和感がもたれるところだが、『文明本節用集』の「タ・家屋門・堂」に「後漢ノ明帝、始造之也。」とあることから、『酔醒記』以下に見られる「宮」という文字は、本来「堂」であった可能性がある。

21　『藝文類聚』（四四・楽部四・琵琶）および『初学記』（一六・楽部下・琵琶）に、『風俗通義』による由来未詳とする説を挙げるほか、『太平御覧』（五八二・楽部二一・琵琶）では、『風俗通義』の所説に加え、典拠は提示しないものの烏孫公主に求める説とを挙げる。

一方、『和名類聚抄』では『兼名苑』を引用し、「琵琶、本出於胡也。馬上鼓之。一云、魏武造也。今之所用是」とする。どこまでを『兼名苑』佚文に比定するかは困難であるが、『和名類聚抄』では、琵琶の発明者を魏武に比定する説を有力視していたことが窺われよう。もちろん中世に至っても、琵琶の起源については、諸説が行われていたらしいが、『教訓抄』、『続教訓抄』、『體源抄』

などの主要な楽書にも、魏武の創作とする説が採り上げられている。また『文明本節用集』では「(魏)武〔作琵琶始〕」(木・人名門)とする(ただし、同書「ヒ・器財門」には「琵琶〔風俗通曰、琵琶、近氏楽家所作。不知所起〕」という他書と同じ説も載せる)ことから、『酔醒記』に見られる「疑武」は、「魏武」であった蓋然性が高い。なお「魏武」は、魏の曹操の別称でもあるが、先に挙げた『文明本節用集』の「木・人名門」においては、「魏曹操」と「(魏)武」は別の人物として列挙されており、少なくともここには曹操と琵琶の創始者とされる「魏武」とを同一人物とする意識は見られない。また、琵琶は前漢の王昭君が匈奴へ赴く折に、馬上に手にしたとする説が古来流布し、唐土でも画題とされたほか、本邦においても「昭君弾琵琶図」(『翰林五鳳集』五九・支那人名部)、「昭君出塞図」(狩野一渓『後素集』美人)などの画題や『桂川地蔵記』上に風流「昭君之馬上弾一面之琵琶」が描かれることなどから考えると、『酔醒記』の時代に、王昭君より後の時代の曹操を琵琶の創始者とする認識があった可能性は薄いであろう。

22 素女が琴を作ったとする説は未勘。『初学記』(一六・楽部下・琴)、『藝文類聚』(四四・楽部四・琴)、『太平御覧』(五七七・楽部一五・琴上)などでは、琴の発明者を、伏羲・神農・堯などに比定する説を挙げている。本邦の『和名類聚抄』(六・楽器具八五・琴)でも、神農・伏羲説が採り上げられている。

琴の発明者を神農とする説は、『唐鏡』(神農氏)や『濫觴抄』にも見られ、他方、『文明本節用集』(タ・人名門)に「太昊」を琴の創案者とする。「太昊」は「伏羲氏」の別称であるが、補注14に見たように、『永禄本節用集』や『堯空本節用集』では「伏羲」項とは別に「太昊　造琴」を立項することから、『節用集』諸本では、伏羲と太昊を別人物と解した可能性がある。

また『文明本節用集』(之・人名門・子賤)に「造琴也」とするほか、同じ『文明本節用集』(コ・態藝門・弾琴)にも「子賤始弾琴也」とし、「子賤」を琴の創案者とする説を挙げる。「子賤」と称した人物としては、孔子の弟子である魯の宓不斉や、秦火に湮滅した『尚書』を誦憶し、いわゆる『今文尚書』の内容を伝えたとされる前漢の伏勝などが著名である。特に宓不斉は、『蒙求』(宓賤弾琴)にも採り上げられるように、政に携わることなく、琴を弾くことにより善政を施いたとあることから、宓不斉が琴の創始者とする誤伝が生じたものであろう。いずれにせよ『酔醒記』に見られるように、「素女」を琴の創始者とする説は認められない。

なお素女は、『淮南子』他によれば、黄帝時代の仙女とされ、音曲に秀でていたことが伝えられるが、例えば『史記』(孝武本紀・孝武封禅書)によれば、「泰帝使素女鼓五十絃瑟、悲、帝禁不止、故破其瑟、為二十五絃」と伝える。「琴瑟相和す」という俚諺に見られるように、瑟は琴に類似した形態の弦楽器で、琴と合奏されたことが知られるが、少なくとも我が国には定着を見なかったようで、『教訓抄』をはじめとする中世成立の楽書に言及されない例が多い。ただし、『文明本節用集』(之・器財門)には「瑟」が立項され、「事林云。世本云、庖犧作瑟五十絃。漢書黄帝使素女鼓瑟、哀不勝故、破五十絃。世紀曰、伏羲作瑟三十六絃」とあることから、瑟と素女との関連についての知識は受容されていたことが窺われる。なお、『塵荊鈔』(一〇・楽器等之事)では、

「琴」の項目に続き、再び「琴」を採り上げ、「琴ト者、伏羲造始給フ。山海経ニハ晏龍造リ始ト云ヘリ。黄帝、命素女、五十絃ヲ鼓セシム。帝、悲ニ断ヘ、是ヲ破テ二十五絃トス」と伝えることから、『酔醒記』の「素女　作琴」とする記載は、恐らく「素女　作瑟」の誤記と想定される。しかし『太平御覧』（五七七・楽部一五・琴上）が引用する『史記』（孝武本紀・孝武封禅書）本文では、「瑟」とあるべきところが「琴」となっており、「琴」と「瑟」とは唐土においても混同されていたことが窺われる。いずれにせよ、『酔醒記』に見られるように、素女を琴の発明者とする説は正統的な所伝とは言いがたいが、素女が携わったのが「琴」であるか「瑟」であるかは、必ずしも単純な誤記・誤写とはいえないようである。

23 陸羽は唐、竟陵の人。字は鴻漸。茶を嗜み、『茶経』三篇を著したことでも有名。陸羽の『茶経』が我が国に伝来した正確な時期は未詳であるが、栄西の『喫茶養生記』に引用が認められるほか、叢書『百川学海』にも収められることから、室町中期には広範に流布していたことが窺われる。『塵荊鈔』（一〇・茶香蹴鞠囲碁双六将棋博奕相撲等事）には、「桑苧翁竜陵子（陸羽）ハ、茶ヲ嗜而茶経三篇ヲ著シ、聿ニ茶神ト成ヌ」とある。

なお、茶の起源説話としては、同じ『塵荊鈔』に以下の言及が認められる。

其茶ノ由来ヲ尋ニ、西域耆婆大臣、遠行ノ間ニ、生年二十歳ニ成ケル息女、逝去セリ。数日ヲ経而大臣帰国シ、其刻良薬ヲ与ヘザル事ヲ悔恨テ感歎ノ余リ、良薬ヲ彼墳墓ニ濺　グ。其後、彼ノ墳ヨリ生ニ此木ヲ一故ニ、文字ニ廿ノ人ノ木ト書ト云ヘリ。雖然、源ハ仙家ヨリ事起テ人間ニ流伝スト見ヘタリ。又、震旦秦人、扁鵲、医骨ノ一術ヲ秘シ、聿ニ子孫ニダモ授ケズ。後、是ヲ悔テ彼ノ墓ヨリ此木ヲ出生シテ世上ノ良薬トスト云ヘリ。

（一〇・茶香蹴鞠囲碁双六将棋博奕相撲等事）

類似した説は、『旅宿問答』、『庭訓往来抄』（三月七日状・往信）、仮名草子『枯杭集』（六・茶）にも認められ、茶毘所より生えた木であることから、「茶毘」の「茶」の字に因み「茶」と称したと伝える（『庭訓往来抄』では、耆婆の塚とする）。

24 神農は中国古代の帝王。三皇の一人。初めて民に耒耜を教え農業を興した。また、草を嘗める肖像が有名であるように、百草を嘗め製薬の法を創ったともいう。（『事物紀原』）。

なお、『藝文類聚』（一一・帝王部・神農氏）に、「周書曰、神農之時、天雨粟、神農耕而種之。作陶冶斤斧、為耜鉏耨、以墾草莽、然後、五穀興、以助菓蓏実」とあるほか、神農を農耕の始祖とする例は極めて多い。本邦の『唐鏡』（神農氏）でも、「耒耜ヲ作テ、天下ニ教テ、五穀ヲ播種シメ給。故ニ、神農氏トハ申ス也」とするほか、補注1の〈表〉に挙げた諸書にも神農氏を農耕の始祖と伝える。なお、「五穀」の内容については諸説が行われてきたが、『文明本節用集』（コ・数量門・五穀）では、「神農始作。一粟黍類、二稲糯類、三豆類、四麻、五麦、是也」とする。

25 黄帝は中国古代の帝王。五帝の最初ともいう。黄帝が弓を作ったという説は『事物紀原』にも見られるが、『初学記』（二二・弓第四）には「按世本、揮始作弓〔宋衷注曰、揮黄帝臣。又孫卿子曰羿作弓、墨子曰羿作弓、三説不同〕」とし、弓の発明者を、黄帝の臣下であった揮（『世本』と宋衷による注）・倕（『孫卿子』つまり『荀子』）・羿（『墨子』）とする三説を併記する。また同じく『初学記』（二二・箭第五）には、「按世本、牟夷作矢〔牟夷、黄帝臣名〕。孫卿子曰、浮游作矢」とし、黄帝の臣下であった牟夷（『世本』）・浮游（『荀子』）とする。他方、『藝文類聚』（六〇・弓）では「山海経曰、少皞生般、是始弓矢〔世本云、牟夷作矢、揮作弓、弓矢一器、作者両人、於義有疑。此言般作之是也。〕。世本曰、揮作弓〔揮黄帝臣〕」と伝え、弓箭が一対で機能する武器であるのに、弓・箭が揮・牟夷という個別の人物による発明とする『世本』の記載を不審とし、『山海経』により弓箭を少皞生般の発明とする説を挙げている。このように『藝文類聚』、『初学記』に見られる諸説は、『太平御覧』（三四七・兵部七八・弓）および三四八・兵部八〇・箭上）にも収められる。

　本邦では、『唐鏡』（黄帝）に、黄帝が「弧矢ヲ作リ給ヘリ」とするほか、『濫觴抄』にも「弧矢。同（黄帝作之）」などとある。もっとも『庭訓往来抄』（四月五日状・往信）に「和氏ガ弓、垂ガ竹ノ矢、何モ黄帝之時ノ人也」とするように、弓箭を黄帝の臣下の発明とする説も称えられたことは知られるが、黄帝の発明とする説が優勢であったと想定される。例えば『文明本節用集』（久・人名門・黄帝）にも、「鞠・弓箭・兵具・冠・舟車、使牛馬。懸木弦作弓、剡竹為矢」とあり、『堯空本節用集』、『堯空本節用集』、『塵荊鈔』（九・刀剣、甲冑并弓矢等之事）、穂久邇文庫本『女訓抄』八にも認められる。なお『文明本節用集』（由・器財門・弓）には「逢蒙始作」とする記載も認められるが、逢蒙は夏王朝時代に射術を始めた人物とされる（『藝文類聚』七四所引『世本』佚文ほか）。

〔097-01〕

　本図の意図の詳細は未勘であるが、各算木の相関関係を次頁のように解することが可能である。

　本図は「一徳」を中心として、左下から「正月→二月→三月・土用」の春季、「四月→五月→六月・土用」の夏季、「七月→八月→九月・土用」の秋季、「一〇月→一一月→一二月・土用」の冬季という具合に時計回りに一巡し、かつ四季の各三ヶ月もまた、それぞれ時計回りに配置されている。

　ちなみに、各月に宛てられる算木の本数の増減は、四季別に左記のように分類可能である。

春季・4本（正月）→8〔＝4＋4〕本（二月）→9〔＝8＋1〕本（三月）

夏季・9本（四月）→5〔＝9－4〕本（五月）→5本（六月）

秋季・7本（七月）→3〔＝7－4〕本（八月）→3本（九月）

冬季・2本（一〇月）→6〔＝2＋4〕本（一一月）→7〔＝6＋1〕本（一二月）

つまり、春冬二季の二ヶ月目の算木の本数は一ヶ月目の本数より四本増加し、続く三ヶ月目では更に一本加算され、他方、夏秋季の二ヶ月目の算木の本数は一ヶ月目の本数より四本減少し、続く三ヶ月目では増減されないということである。このように、本図の算木の本数の増減には明らかに法則性が認め

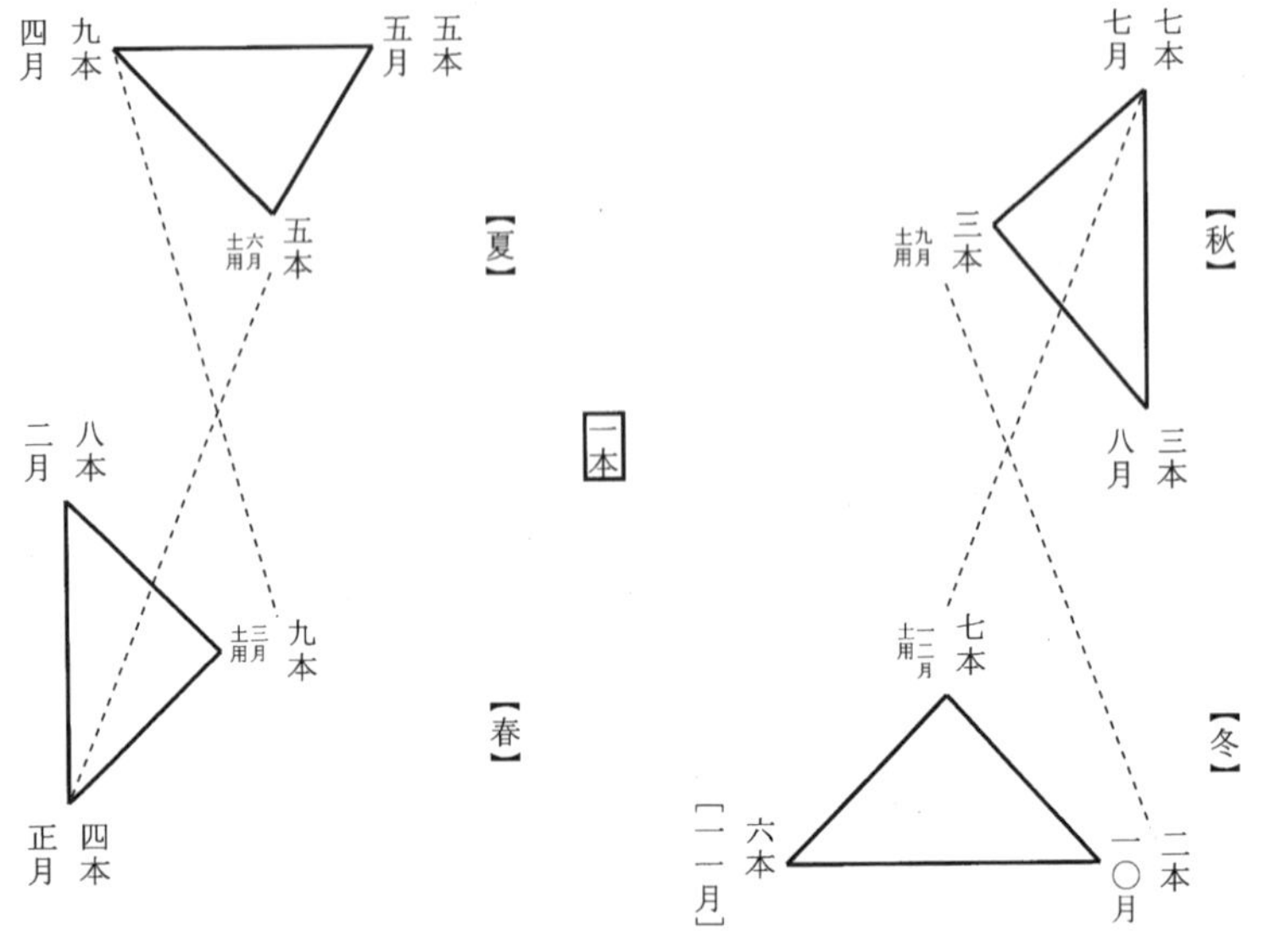

られることから、本図が算置の所伝を忠実に伝えている可能性は高い。しかし、それらの象徴的な意味や実践的な用途については現段階では未勘である。

なお本図には、正月と六月・三月と四月・七月と一二月・九月と一〇月を結ぶ四本の線が認められる。つまり、三月と四月とを結ぶことで春季から夏季へと移行し、六月と一月とを結ぶことで夏季から春季へと遡上する構図をとり、他方、九月と一〇月とを結ぶことで秋季から冬季へと移行し、七月と一二月とを結ぶことで冬季から秋季へと遡上する構図をとっている。その結果、本図では「一徳」を境として一年が春夏二季と秋冬二季が二分割されるという構図が成立している。

〔097-02〕

1　『簠簋内伝』二によれば、上古の盤牛大王が五人の寵姫に、一人ずつ竜王を産み、四番目の寵姫、癸采女が黒帝黒竜王を産んだと伝える。この黒帝黒竜王は、一年のうち冬季七二日を支配し、上吉女を寵愛し、九人の王子が生まれたとし、この九人の王子が「九図」の期限となったと伝えている。その「九図」とは左記のとおりである。

「一徳天上水𝍠・二義虚空火𝍡・三生造作木𝍢・四殺剣鉄金𝍣・五鬼欲界土𝍤・六害江河水𝍥・七陽国土火𝍦・八難森林木𝍧・九厄土中金𝍨」

「天理図書館本・鼠の草子」にも見られる算置きの場面が戯画化された一例としては、所謂『天正狂言本』にも収められる「井杭」が挙げられよう。つまり、良家に徒食する「ゐぐい」という者が、主人が戯れに頭を打つことに難渋し清水寺に祈願した。すると、「ゐぐい」は、被ると姿が見えなくなるという霊妙な頭巾を賜り、主人の前で姿を消す悪戯をする。主人は「ゐぐい」の身を案じて陰陽師の許へ行き占わせるが、「ゐぐい」は姿が見えないことを幸いに主人と陰陽師をからかいうが、最後に姿を現し追い込み留めとなる。以下に本文が最も整っている『狂言記』所収本文により、『酔醒記』に見られる「一徳ノ水」などを言及する箇所を提示する。

「なふ〳〵、是は変つた算でおりやる。是は、天狗の投算と申て、他の家にはござらぬ算でござる。追付て算を置出しませふ。一段よかろ。一徳六害の水、右《（二儀）》七陽の火、三生八難之金《（木）》、四殺九厄の木《（金）》、御《（五鬼十か）》祈禱の土、〳〵。知れました。是はこなたの左の方に有とござる」

近世以降の陰陽道には、吉田神道の影響が濃厚となるが、本条に収める和歌九首には極めて仏教色が濃厚である。佐竹昭広は、『天正狂言本』所収の「ゐぐい」・「梟」では、山伏が算を置く設定にあることから、室町後期には本山派や当山派に属さない「里修験」が陰陽師的な性格を備えていたことに言及している（佐竹昭広「有世の面影」）。

2 「イチ《（一）》人」を特定の仏菩薩の因位に比定することも可能ではあるが、類例に極めて乏しい。例えば九冊本『宝物集』四では、観世音菩薩の誓願の偈文として左記の七言四句を引用している。

「若我誓願大悲中　一人不レ成二二世願一　我随二虚妄罪過中一　不レ還二本覚一捨二大悲一」

本偈文は、『撰集抄』をはじめ多くの聖教類や仏像の胎内銘文にも用いられ、中世期には広範に流布したことが指摘されている（撰集抄研究会編著『撰集抄全注釈・下』「巻八―第三五話・補注2」）。これらの資料の中で、特に『撰集抄』八・三五や「六代御前物語」では、本偈文の第一句を略し第二句目の「一人不レ成二二世願一」以下から引用されること、そもそも「大悲」は観世音菩薩に付言される語句であるなどを考慮するならば、「イチ人ノ大悲ノ誓」とは、「一人」という文言を含む観世音菩薩の衆生済度の誓願の偈文と解するべきであろう。

3 帝釈天と阿修羅との闘諍の理由や経過については、古来より幾多の言説が行われ定説が見られないが、いずれも帝釈天の勝利ということで終結している。たとえば台密の事相書『阿娑縛抄』「摩利支天」に引用される安然『摩利支要記』の言説では、この闘諍の経緯につき以下のように伝える。帝釈天が阿修羅王の娘である舎脂を居城の喜見城に誘拐したため、舎脂の父である毘摩質多羅阿修羅王と、舎脂の許嫁であった羅睺阿修羅王が、阿修羅の軍勢を率いて喜見城へと侵攻してきた。一時は阿修羅勢が優位に出たが、帝釈天に与する日月両天子が光芒を強めたため、阿修羅勢は眸子が眩惑され劣勢となった。羅睺阿修羅王が日月両天子に摑み掛かろうとしたところ、摩利支菩薩が「隠身の術」を用い日月両天子を隠したと伝えられる。なお、この『摩利支要記』の内容は、『榻鴫暁筆』四「相論上」の「月妃」にも言及されることから、中世後期にも受容されたことが窺われる。

4 康平三年（一〇六〇）に成立した成尊の『真言付法纂要抄』によれば、摩利支菩薩（摩利支天）の化身が天照大神に比定されることから、「二義の火」の頌詞が帝釈天と阿修羅との闘諍を含意するならば、本歌に詠まれた「二宮」で伊勢神宮の内外両宮を示すことに一応の整合性が得られよう。

なお本条所掲の一〇首が、いわゆる歌占として機能したとするならば、観世元雅作の謡曲「歌占」の存在も想起されよう。この謡曲「歌占」は、伊勢国二見浦の神職の度会家次が死後三日間にして蘇生し、諸白髪となり男巫女として諸国を放浪し加賀国の白山の麓で生き別れの息子と再会するという奇怪な曲目であり、家次は、小弓に和歌を書いた短冊を結びつけ、相手がどの和歌を引くかで吉凶を占ったとしている。本曲の室町期での演能記録は一件に留まるが、本曲の存在そのものが中世の伊勢に歌占を連想させるものがあったことは首肯されよう。ちなみに寛政九年（一七九七）刊行の『伊勢参宮名所図絵』によれば、三津（旧・三重県度会郡）には度会家次の子孫と伝える北村某という旧家があり、謡曲「歌占」の素材とされた歌占の小弓が伝存していたことが記される。

以上、状況証拠による推測を重ねたに過ぎない観が否めないが、伊勢と歌占との連想を敷衍するならば、本歌に詠まれた「二宮」が伊勢神宮の内外両宮を含意する可能性だけは認められよう。

5　本歌は、本条の全九首のうち唯一の勅撰集歌である。

「長楽寺に住み侍りける頃、人の何事かといひて侍りければつかはしける　　　上東門院中将
　思ひやれ問ふ人もなき山里のかけひの水のこゝろぼそさを」

上東門院中将（生没年未詳）は、『後拾遺集』に五首入集した女性歌人で、左京大夫藤原道雅の娘。東山の長楽寺に住したことから「長楽寺中将」とも称された。

6　現在、算木を用いた当時の占術方法は未詳とされているが、以下に示す室町物語「天理図書館本・鼠の草子」には、挿図とともに算木占いの状況が描写されている。

鼠の「権守」は、清水寺で人間の連れ合いを探し、自身を人間と詐ることで運良く良家の子女と婚姻する。しかし、妻はやがて権守の正体を知り、驚き逃げ出してしまう。権守は妻への未練が断ちがたく、自邸に陰陽師の「やすもと」を招き、妻との再会の如何につき占わせる場面である。

「権守、座敷へ出で、やすもとに会い、様子、懇ろに語り、二三返まで占はせけり。やすもと申しけるは、『いよいよ占い申すに、会ふまじき人を尋ね給ふと見へたり。はや再び御対面あるまじく候。八卦の面は艮上連におちて、絶命にあたり申し候。絶命とは、命絶ゆると申す文字にて候。艮上連は、山などの土、壊れて再び峯へ返らずといふこころなり。ことさら、し《（死か）》の位にあたり候まゝ、この世の御対面なり難く候。たゞ思し召し切り給へ。算の面、五鬼にあたり申し候。五鬼てんでんして、な《（ほ）》んどを去らずと申すまゝ、いつもの御身のうへにて御暮らしあるべく候。御出家は、なをなを良く候。　さなく候はゞ、またやがて御大事あるべし』と言ひて帰りけり。」

陰陽師「やすもと」のことばには、陰陽道の専門用語が多く極めて難解であるが、正規の占術に際しては、『酔醒記』に収められる算木占いに先立ち、筮竹と算木を用いる八卦による占術が行われ、また極めて興味深いことに、傍線部分には『酔醒記』当該箇所の引用が認められる。『酔醒記』「算ノ面木之次第〈同〉頌の詞歌」［097］は、一色直朝の存命時期には実践的な知識とされてい

たことが確認されよう。

7 『運歩色葉集』では、梅・柳・桃・桑・杉あるいは合歓木という五種類の木をもって「五木」とするが、他方『延寿撮要』「沐浴」では、「正月一日、五木に湯て浴すべし。髪黒く又疾を去。五木とは桃・柳・桑・槐・楮也。一説には青木香を五木と云と」あり、「五木」の比定には異説・異伝も見られたらしい。「五木」は、『看聞御記』永享一〇年（一四三八）一〇月二一日条などに見られるように、いわゆる薬湯《くすりゆ》用の入浴剤として用いられるほか、煎じものとして服用されることもあったらしい。

ただし、本歌の文言として「五木」を据えた場合、日月の光明を「アマタニ照ス」という脈絡から「五木ノ光」に続くことは、歌意のうえから極めて不審である。たとえば『酔醒記』上冊「武篇・弓秘密大事」〔005-01〕では「玉木ノ端ナキガ如シ」とあり、「環」を「玉木」と表記する。この「環」を水晶や瑠璃などで造られた腕輪の意とすれば、日月の光明を「アマタニ照ス」という本歌の文言とも一応の整合性が認められよう。ゆえに本歌の「五木」は「玉木」の誤写とすることも可能ではある。

8 『今昔物語集』三一「愛宕寺ノ鐘ノ語・第十九」の内容は以下の通り。小野篁（八〇二～五二）が愛宕寺（珍皇寺）を創建した折に梵鐘を鋳物師に鋳させたところ、鋳物師は「この梵鐘を土中に埋めてから三年間を経た翌日に掘り起こせば、この鐘を撞くことなく一刻ごとに自然と鐘声が響くが、その期日を違えれば普通の鐘と変わらなくなる」と言い残した。しかし当時の愛宕寺別当が、あまりのもどかしさのために三年目の期日が明けないうちに掘り起こしてしまい、結局凡庸な梵鐘となったとある。

他方『古事談』五「神社仏寺・珍皇寺鐘事」では、珍皇寺別当の某による以下の言談を伝えている。愛宕寺の別当であった慶俊僧都が梵鐘を鋳造してから土中に埋め、三年後に掘り返すように言い残してから入唐した。しかし寺僧達は、この梵鐘を一年半ほど後に掘り返し、その鐘声が唐土にいた慶俊に聞こえた。慶俊はこの鐘声を耳にして、三年の期日を待ち掘り返したならば、この梵鐘を人が撞くことなく二刻ごとに自然と鐘声を響かせることが出来たのにと悔しがったとあり、また慶俊が空海の師匠であったとする説を付記している。

愛宕寺の正確な創建時期は未詳であるが、中世期には慶俊の創建と解されていたらしい〔『元亨釈書』一四「檀興・釈慶俊」・『僧綱補任』天平勝宝八年（七五六）条ほか〕。また『十巻本・伊呂波字類抄』「於・諸寺・珍皇寺《オタギデラ》（愛宕寺）」によれば、愛宕寺を小野篁の建立とするほか、「土俗」の説として当寺が山城の国分寺で、住侶あった慶順に幼少時の空海が師事していたことを伝えている。慶俊が入唐したとする所伝の典拠は未勘であり、また『元亨釈書』によれば、慶俊が道慈の許で空宗（唯識）を学び、大安寺に住したとある。恐らく、慶俊の師とされる道慈が入唐僧であったこと、慶俊の略歴が古来空海の師匠とされてきた勤操の略歴と一致することから、道慈・勤操の僧伝と錯綜し『十巻本・伊呂波字類抄』に見られる慶俊伝が形成されたものと思われる。

『今昔物語集』・『古事談』に見られる両梵鐘説話で注目すべきことは、『今昔物語集』では、梵鐘が自然と鐘声を響かせる異能者を鋳物師と伝え、また『古事談』でも慶俊僧都自身が梵鐘を鋳造したと解されることであり、ともに異能者として畏敬されてきた古代の鋳物師集団の片鱗が窺われることである。

　現在『今昔物語集』の具体的な享受については、興福寺大乗院門跡の経覚（一三九五～一四七三）の日記『経覚私要鈔』の宝徳元年（一四四九）七月四日条に、南都での享受が確認されている。故に、天正年間に成立した『酔醒記』が『今昔物語集』所載説話に依拠した蓋然性に矛盾が生じないこととなる。無論『酔醒記』本条の記事が、『今昔物語集』・『古事談』のいずれかに依拠したと即断することは極めて困難である。しかし、興福寺大乗院門跡と陰陽道を家業とした地下官人ということに注目するならば、一五世紀に興福寺大乗院門跡との主従関係により、京の陰陽寮を凌駕した幸徳井家の存在が注目されよう。本条の記載に、室町後期における南都での陰陽道の動向と関連付けることも、あるいは可能かもしれない。

〔098-01〕

1　「急（喼）急如律令」は、後漢末期に遡る著名なまじないの定型句のひとつである。我が国への渡来時期は未詳であるが、静岡県浜松市出土の所謂「伊場木簡」の出土例から、奈良時代には受容されていたとする見解がある（柴田文雄「百怪呪符」）。『江家次第』一「四方拝」所収の祭文の末尾が「急急如律令」で結ばれることから、中古には宮中儀礼にも定着していた様子が窺われよう。

　この「急（喼）急如律令」の語義については唐土においても多様に論ぜられていたようであるが、一例として唐代の李匡乂の随筆『資暇集』「急急如律令」条には以下のように記載される。

「符祝之類末句、急々如律令者、人以為如レ飲二酒之一、律令遠去不レ得レ滞也。一説、漢朝毎レ行二下文書一、皆云レ如二律令一。言非レ律非レ令之文書、行下当三亦如二律令一。故符祝有二如律令之言一。按律令之令、宜二平声読為一レ零。律令是雷辺捷鬼、此鬼善走与レ雷相疾速。故云如二此鬼之疾走一也。」

　『資暇集』の当該箇所は、宋代成立の『類説』・『事文類聚』などの類書に引用され、基本的な見解と解されたようである。我が国では、京都府総合資料館蔵・若杉家本『文肝抄』（室町時代書写の陰陽道書）の裏書の「急々釈」条に、「円満院仰」として、「急々〔万物物名〕如〔三世如来物名〕律〔一切并惣名〕令〔悪鬼惣名〕」とする記載に続け、『事文類聚』を典拠として既述の『資暇集』の引用を併載する。このほか古辞書類では、『文明本節用集』「木・神祇門・急々如律令」項では左記のような記載が認められる。

「神符ノ上ニ所レ書文也。言《イツパ》。一切ノ悪鬼・魔事ハ、皆行フ二邪道一ヲ者也、教《ヲシヘ》二誡《イマシメテ》之ヲ曰ヒ二――――（急急如律令）一ト、可レキ帰ス二正道一ニ也。律令ハ法度也。又、事文類聚ニ曰ハク、律令ハ雷辺ノ捷鬼也ト云々。愚□事文類聚ノ言、言一切ノ悪事、不レルコト留メ二蹤跡一ヲ、可レト如二律令鬼ノ疾ク去一ルト云々。」

類似の記載は以下に示す『壒嚢鈔』八「七・急々如律令云事」にも認められることから、中世後期における「急急如律令」の理解には、『事文類聚』を介した『資暇集』の影響が濃厚であったことが窺われよう。

「屋固《ヤカタメ》ナンド、諸外典ノ府（符）ニ、『急々如律令』ト書クハ何ゾ」。私ニ曰フ。「或ハ云ハク、『律』ハ可レキ行フ二定置一コトヲ也、『令』ハ律ノ法ニ任セテ沙汰ヲ至ス也、大器遅成リテ、『急々』ト説レク之ヲ頌文歟ト。是ハ誠ニ不レ得二其意ヲ一。道ノ人ニ可レキ尋ヌ哉。但、或記ニ曰ハク、喩ヘバ一切ノ悪鬼・邪神ハ皆邪道ヲ行スル也。是ヲ教ヘ誡メテ、急々ニ如二ク律令ノ一可レシト帰二スル正道ニ一云フ也。律令トハ法度也ト云々。然ルニ又、事文類聚ニ曰ハク、律令トハ雷辺ノ棲（捷）鬼也ト云々。然レバ、事文類聚ノ意ハ一切ノ悪事・凶事、蹤迹ヲ不レル留メ事、彼ノ律令鬼ノ如二ク疾ク去ルガ一、速疾ニ退ケト曰フ意歟。」

2　通常、「ケ（褻）」は「日常」の意で、「非日常」を意味する「晴れ」に対立する概念であり、「ケガレ（穢れ）」は「ケ（褻）」が「枯れた」状態を示すことばとされる。ゆえに本来「ケ（褻）」そのものを「穢れ」の意と解することは困難であり、「産後の褻」ということばそのものが成り立ち得ない。あるいは、「ケ（褻）」と「ケガレ（穢れ）」を同義とする解釈も存在したとすべきか。また「ケ」を「気」の意に解した場合、「産後の気」は「生気」の意と解することも可能である。「生気」の語義は多岐に及ぶが、例えば『沙石集』一「太神宮の御事」には、伊勢神宮での禁忌として「死気」と「生気」が挙げられている。但し、『沙石集』で禁忌とされる「生気」は、生命の誕生を新たな輪廻の始まりと解する、仏教的な生命観に依拠したものであり、日常生活での「穢れ」と同次元に論ずることには躊躇せざる得ない。このように「サンゴノケカカル」という状況が、どのような状況であるのかは必ずしも明らかではないが、いずれにせよ出産自体を穢れとする俗習を反映することは明らかである。

3　本呪符と同じく瘧落としの呪符で、意匠が類似する例は、左記の『邪凶呪禁法則』［貞享元年（一六八四）刊］「瘧病落ス符」に認められる。

△瘧病落ス符

唵急如律令

加持ニハ九条錫杖一巻心経一巻観音経一巻阿弥陀経一巻薬師ノ咒千遍可満又自我偈一巻光明真言数遍

「蘭」と「唵急如律令」については、『酔醒記』所収の呪符の意匠と共通するが、『酔醒記』所収の呪符では不動明王の種字（哏《カーン》）一字が「蘭」の上に配されるのに対して、『邪凶呪禁法則』所収の呪符では梵字（阿）・梵字（鑁）・梵字（吽）・梵字（ギグマン）が「蘭」の四方を囲む意匠である。また『邪凶呪禁法則』では、呪符に併用される経典類を、『九条錫杖（本来は、四箇法要の四番目「錫杖」で、錫杖を振りながら唱える九段構成の偈頌であるが、修験道の祈禱などでも用いられる。）』・『般若心経』・『観音経』（『法華経』「観世音菩薩普門品」）・『阿弥陀経』・「薬師呪」あるいは「自我偈」（『法華経』「寿量品」の偈）・「光明真言」が指示されている。『酔醒記』当該箇所には同趣旨の記載は見られないが、本条〔098-01〕末尾に「右諸符、『心経』・『観音経』・「不動慈救呪」、符ニ随而可ニ祈念ご」とあることとの対応が注目されよう。

なお、「蘭」と「唵急如律令」を配するということで、本呪符と類似した意匠の呪符は、『邪凶呪禁法則』「吐逆ニ呑」・『呪咀調法記』［元禄一二年（一六九九）刊］（『増補呪咀調法大全』［安永一〇年（一七八一））「百十・吐逆に呑む符」に見られる。参考として、『邪凶呪禁法則』所掲の呪符を以下に示す。

△吐逆呑　蘭噫急如律令　心経一息ニ可誦也

蘭が瘧病や吐逆を癒す薬効については、各種本草書に言及がなく、両呪符の意匠に「蘭」という文字が用いられる意味は未詳である。おそらく、「蘭湯」の習俗に知られるように、もとより「蘭」には、辟邪の効能が期待されてきたため、疾病治癒の呪符に用いられたものであろうか。

4 『源氏物語』「若紫」の冒頭「わらは病にわづらひ給て、よろづにまじなひ、加持などまいらせ給へど」につき、『花鳥余情』では「わらは病」・「まじなひ」・「加持」につき以下のように言及する。

「・わらわやみ
　瘴瘧也。寒熱あり。毎日に病むは、日おこりといふ。日ませは、隔日瘧といふなり。
・まじなひ、かぢなど
　まじなひは、厭術也。さまぐの事どもあり。杜子美詩の手提髑髏血といふ句を誦しても瘧はおつるといへり。加持は、真言教の陀羅尼のちからなり。」

『花鳥余情』が「わらは病」を治すまじないとして挙げる「杜子美詩の手提髑髏血といふ句」は、杜甫の七言古詩「戯作花卿歌」の「子璋髑髏血模糊　手提擲還崔大夫」という一聯によるものである。さらに、中院通勝の『岷江入楚』では、この『花鳥余情』での言説を三条西公条の所説により次のように敷衍している。

「此句（注・手提擲還崔大夫）、古今瘧のおつるといふもの也。又、師説云、ある人、此句をもて瘧をまじなふにおちず。杜子美、夢に告て云、花卿が歌は温句也、寒瘧を治すべし。いまの瘧は熱也、寒句をもてこれを治すべし。其句に云、夜深経戦場　寒月照白骨（注・五言古詩「北征」一聯）、この句にて則おつと云々。」

わらわやみのまじないの多様性にとどまらず、室町中後期での杜詩の受容を考えるうえでの極めて興味深い例であるといえよう。

5 『邪凶呪禁法則』「瘧病落ス病」では、呪符を茶で服用することは指示されていないが、『酔醒記』の記載によれば、「吉茶」での服用が指示された呪符は、本呪符と「疫病ノアセタリノ呪符」のみであり、ともに顕著な異常発汗が持続する症状に対処する呪符である。例えば『喫茶養生記』に、「茶」には「五味」のうち「苦」を含み、「苦」は「五蔵之君子」である「心」を養うとすることから、「心」を養うことで、異常発汗を抑える機能を期待したものとすべきか。ちなみに、『邪凶呪禁法則』では、「疫病醒薬之事」で、恐らく熱冷ましのための所定の丸薬を「吉茶」で服用することを指示している。

6 『酔醒記』所収の呪符とは異なるが、『邪凶呪禁法則』「女ノ髪ノ垢落ル大事」には、呪符とその用途につき以下のように指示する。

呪符の意匠は、「王」三文字を山型に書き四角で囲んだ記号の下に、梵字の阿・鑁・吽三文字を記し、その下に慈童説話で著名な『法華経』四要品八句のうち「普門品」二句に含まれる「慈眼視衆生」を配するとある。この呪符を、東方に伸びた桃樹の枝で作

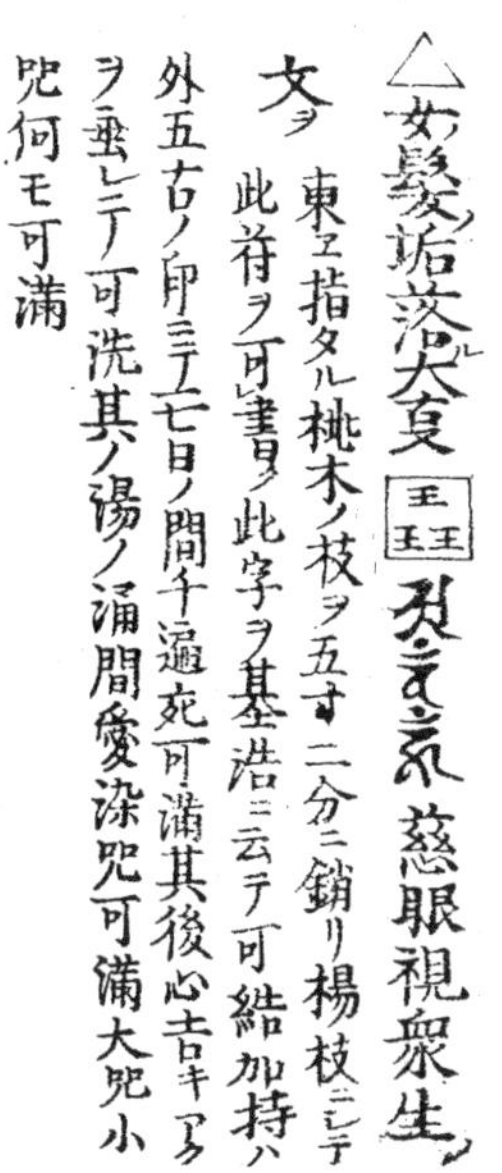

△女髪ノ垢落スル大事
慈眼視衆生ノ文ヲ
東ヱ指タル桃木ノ枝ヲ五寸二分ニ鎖リ楊枝ニシテ
此符ヲ可書ヲ此字ヲ基浩ニ云テ可結加持ハ
外五古ノ印ニテ七日ノ間千遍充可満其後心吉キアラ
ヲ垂レテ可洗其ノ湯ノ涌間愛染咒可満大咒小
咒何モ可満

った、五寸二分の「楊枝」つまり房楊枝を筆記具として書き、髪の元結に結び付ける。なお、「外古印」つまり内縛五股印を一日に千度結ぶことを七日間続け、その後、「心吉キ」灰汁を垂らした湯で洗髪するように指示する。また、この時に用いる湯を沸かせるにあたり、愛染明王の真言を大呪・小呪によらず唱えることも指示している。『酔醒記』では、ただ呪符を元結いに結ぶことを注記するのみであるが、本来はこのような複雑な工程を要した可能性が認められよう。

7 『平家物語』諸本の平清盛の薨伝にあたる章段で、清盛を白河院の御落胤と伝える記事で触れられる和歌による。参考として、以下に覚一本『平家物語』六「祇園女御」から当該箇所を挙げる。

「ある時、白河院、熊野へ御幸なりけるが、紀伊国糸鹿坂といふ所に御輿舁き据ゑさせ、暫く御休息有けり。藪に零余子の幾らも有けるを、忠盛、袖に盛り入れて、御前へ参り、

いもが子は這う程にこそなりにけれ

と申たりければ、院やがて御心得あて

ただもりとりて養ひにせよ

とぞ付けさせましくける。それよりしてこそ、我子とはもてなしにけれ。この若君、あまりに夜泣きをし給ひければ、院、聞し召されて、一首の御詠を遊ばして下されけり。

夜泣きすとたゞもりたてよ末の代に清く盛《さか》ふることもこそあれ

さてこそ、清盛とは名乗られけれ。十二の歳、兵衛佐になる。十八の年、四品して四位の兵衛佐と申しを、子細存知せぬ人は、花族の人こそかふは、と申せば、鳥羽院、知ろしめされて、清盛が花族は、人に劣らじ」とぞ仰せける。」

『酔醒記』所載の呪歌は、基本的に覚一本の所収歌と一致する。『平家物語』主要諸本では、いずれも清盛の夜泣きが尋常ではなかったとし本和歌に言及し、延慶本・長門本『平家物語』では清盛の母・女御が夢告により、『源平盛衰記』では父・忠盛が熊野の証誠殿が霊託により蒙った詠歌と伝え、この詠歌を得て以降は清盛の夜泣きが止んだとする。他方、覚一本では、本歌を白川院が御製とするばかりで、夜泣きが治まった否かには言及がない。故に、本歌を夜泣きを抑える呪歌とするには、覚一本系以外の『平家物語』によるべきなのであるが、呪歌そのものは覚一本系『平家物語』の本文によるという捻れが生じている。

また本歌は、『酔醒記』では「事もあるべし」とするが、『平家物語』諸本によれば、末句を「事もこそあれ」とする「係り結び」が用いられている。「係り結び」の成立と機能については、未解明な部分も多いが、遅くとも近世には、係助詞の「も」と「こそ」が複合したものが、体言あるいは連用形に付くことで、将来への

危惧を意味する用法と解されることが多い。ゆえに『平家物語』所収歌の「清く盛ふることもこそあれ」とする文言は、「清く盛ふることもあるべし」と改められたものと思われる。なお本歌は、『邪凶呪禁法則』・『呪咀調法大全』(『増補呪咀調法大全』)をはじめとする、まじない関連の重宝記類にも掲載されるが、管見に依れば、いずれも末句を『酔醒記』に同じく「事もあるべし」とする。

最後に、まじない書や重宝記類に見られる本呪歌の受容につき略述する。本呪歌は『邪凶呪禁法則』「生子夜鳴ノ符」・『呪咀調法記』(『増補呪咀調法大全』)「九十二・生子夜泣きの事」に見とれらるが、これら三書の記事は大略同文である。以下に『邪凶呪禁法則』の記事を提示する。

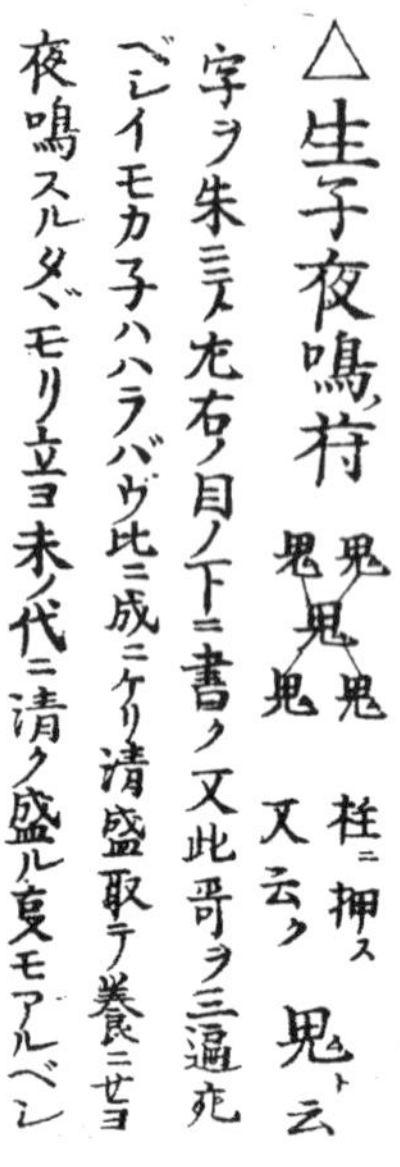

△生子夜鳴符
鬼 鬼 鬼 鬼 鬼
柱ニ押ス
又云ク 鬼ト云
字ヲ朱ニテ左右ノ目ノ下ニ書ク又此哥ヲ三遍呪
ベシイモカ子ハハラバヴ比ニ成ニケリ清盛取テ養ニセヨ
夜鳴スルタヾモリ立ヨ末ノ代ニ清ク盛ル事モアルベシ

都合二首の呪歌が収められるが、後者の「夜鳴きする」の呪歌と同じく、前者の「いもが子は」の呪歌も『平家物語』「祇園女御」によるものである。もっとも、前者の下の句には「清盛取て養にせよ」とあるが、ここは言うまでもなく「忠盛取て養にせよ」とあるべき箇所である。本歌もまた、『平家物語』本文の脈絡から離れ、独立した呪歌として受容されてきたことにより、本説からの捻れが生じ定着したものと思われる。

8　本呪符と意匠および効能が近似する例は、左記の『邪凶呪禁法則』「白血符」に認められる。

△白血符
急如律令

9　また、本条の所作と共通する鼻血を止めるまじないの例は、以下に挙げる『耳嚢』四「鼻血を止める妙法の事」に見られる。

「鼻血出る人、左より出れば己の左りの睾丸を握り、右なれば右の睾丸を握り、両様なれば両睾を握れば、感通して立所に止まるよし。まじなふ人、女なれば乳を握りてまじなふに妙なるよし。」

『耳嚢』の記事は『酔醒記』に比べてより詳細ではある反面、呪歌を伴わないという顕著な相違も認められるが、基本的に両者は同根より生じたまじないと見られよう。

『耳嚢』は、根岸鎮衛(一七三七~一八一五)が文化一一年(一八一四)に至るまで巷談・俗説を書き継いだ随筆であるが、他に『酔醒記』所収記事との関連を思わせる俗信やまじないは認められない。

10　本呪歌は、『良恕聞書』五に「血留」と題し次ぎのように記載される。

「　血留

[夫]下一ノ

一東二角三南四角五西六角七北八角

血の道は父と母とのちのみちよちのみちとめよちのみちの神

又血とめ
　紙を一枚、九つにおりてきずにあつる也。」
『良恕聞書』の記事には要領を得ないものがあるが、後続の記載から恐らく傷による出血に対処したものと思われる。
　しかし、遅くとも江戸中期以降では、本呪歌は「月水延ばす」呪歌として受容されたことが知られ、たとえば『邪凶呪禁法則』「月水延符」には以下のように示されている。

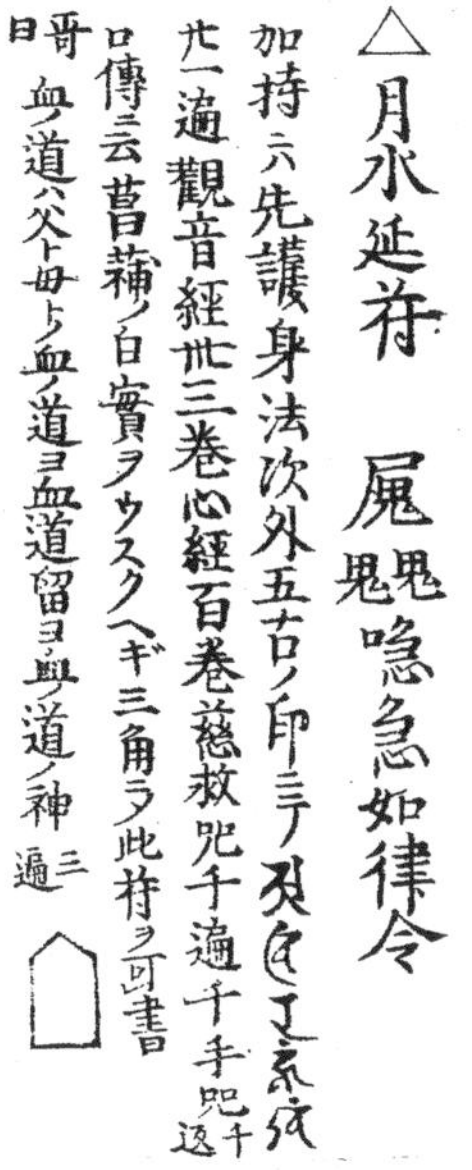
△月水延符　屍鬼鬼　喼急如律令
加持ハ先護身法次外五古ノ印ニテ
廿一遍観音経卅三巻心経百巻慈救呪千遍千手呪千返
口傳ニ云菖蒲ノ白實ヲウスクヘギ三角ヲ此符ヲ可書
哥曰　血ノ道ハ父ト母トノ血ノ道ヨ血道留ヨ血ノ道ノ神　三遍

同様の記載は、多少の異同や簡略化を伴いながらも『呪咀調法記』（『増補呪咀調法大全』）第一三九条「月水延ばする符」・中野達慧『修験深秘行法符呪集』（『日本大蔵経』四七「修験道章疏二」）九・三一九「月水延之符」などにも認められる。（ただし『修験深秘行法符呪集』の例では、本呪歌を三度唱える所作は見られない。）

　本来「血の道」は、「血管」の意であったが、後に女性特有の血行不順からおこる疾患を指す意味に転じたことや、「父と母との血の道」という文言にも、『沙石集』六・『童子教』などで流布した赤白二渧説を想起させるものがあることなどの要因が重なり、本呪歌の効能は鼻血や傷による血止めから「月水延ばする」ものへと移行したものと想定されよう。

　ちなみに鼻血を止める呪歌としては、『邪凶呪禁法則』「鼻血止文」に以下の記事が見られる。

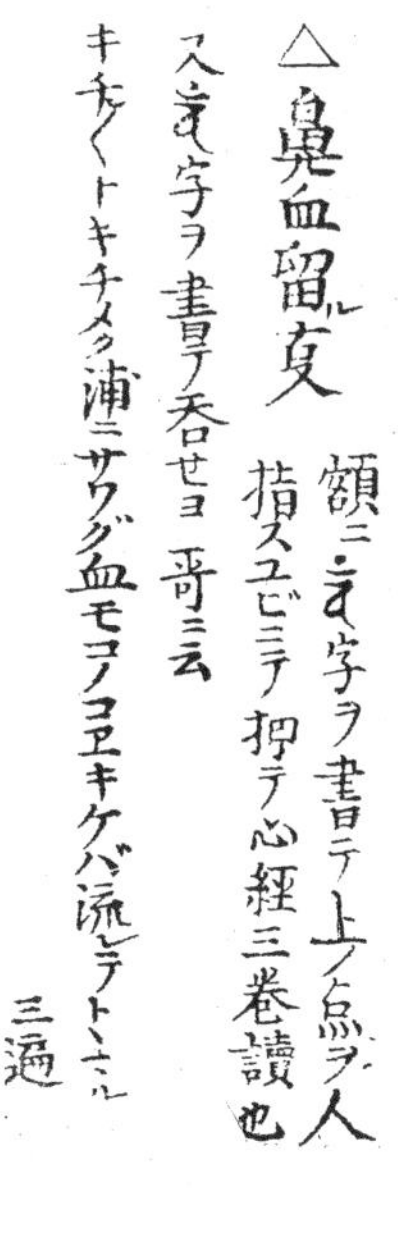
△鼻血留ル文　額ニ字ヲ書テ上ノ点ヲ人指スユビニテ押テ心経三巻讀也
又字ヲ書テ呑セヨ　哥ニ云
キチくトキチメク浦ニサワグ血モコノコヱキケバ流レテトヽマル　三遍

この『邪凶呪禁法則』「鼻血止文」とほぼ同じ記事は、『呪咀調法記』（『増補呪咀調法大全』）第二一三条「鼻血止るまじなひ」にも見られ広範に流布していた様子が窺われる。
　また室町物語に目を転じれば、遅くとも江戸初期には成立していたと推定される「大黒舞」に、鼻血を留めるまじないが認められる。具体的には、主人公・大悦の助が、清水寺からの帰途、梨売りが鼻血で難渋しているのを見かねて、清水観音から授かった藁しべを梨売りの小指に結ぶまじないをする場面である。もっとも「大黒舞」では、呪歌への言及は見られないが、徳田和夫は、この大悦の助の所作につき、寛延三年（一七五〇）頃に成立した随筆『嘉良喜随筆』に以下の記載が見られることを挙げている。
「鼻血の留らぬに、
　尾張なる熱田の森の木隠れにかざしをして色ある女とまらざりけり

此の歌を唱へ、平元結を紙にて畳みて、此の紙に此の歌を一返唱へ、息をしかけ、如此三度して、其の紙にて左の穴より出れば、左の手の小指を結び、右なれば右の手の指を結ぶ、立所に止む。」

〔『室町物語集・下』（新古典文学大系）「大黒舞・脚注」〕

11　ちなみに『陰陽師調法記（続呪咀調法記）』〔元禄一四年（一七〇一）刊〕には、左記の「四十二・おなじく（注・めいぼのまじなひ）秘事」とする記事が収められている。

「め(目)いぼ(疣)出来たる方の手の大指の爪に、いろは三字を書き、其上に『無』と云字を一字書く也。さて、内薬にはしゝ(鹿)の角をさめ(鮫)にて(下)おろし、水にてこね(握)呑する也。」

『酔醒記』の記載との直接の関連は認められないが、「めいぼ」つまり目の腫れ物が出た方の大指の爪に呪文あるいは呪符を書くということが共通している。

12　瘧の一種で、発症する日と発症しない日が交互となるため、「日交」と称する。『酔醒記』の呪符の記載順序では、「日瘧」と離れた位置に「日交」・「二日隔（二日間隔の発症）」の呪符が載せられるが、通常の場合、瘧は、「日瘧」・「日交」・「二日隔」の順に発症する間隔が長くなることにより段階的に治癒するものである。例えば『酔醒記』の同時代資料として、『多聞院日記』永禄八年（一五六五）八月八日条に、瘧を治す呪歌として左記の記載が見られる。

「一　瘧病をとす歌。

弘法大師、般若寺三角の石塔に五筆にて書付けて在レ之。

つゆ落て松のはかろくなりぬれば雲のをこりをはらう秋風

此の歌を南向て瘧者に三返唱させよ。速にをつる也。現勝利ありと彼寺の妙光院口伝也。」

神宮文庫蔵『かさぬ草紙』には、この呪歌を用いた祈禱連歌が以下のように収められている。

「御門、をこりを御ふるひ被レ成、いかなる事にても、をちかねたるとき、御祈禱に連歌をなされけり。

露落て松の葉かろきあした哉　宗祇

雲のをこりをはらふ秋風　宗長

有明も日まぜなればかげもなし　宗順」

もし、この祈禱連歌が事実であったとすれば、「御門」は、宗祇（一四二一～一五〇二）の生没年時により、後花園天皇（位・一四二八～六四）・後土御門天皇（位・一四六四～一五〇〇）、後柏原天皇（一五〇〇～二六）のいずれかに比定されるが（宗順の事績・生没年時は未詳）、この祈禱連歌でも、発症の間隔が長くなることで瘧が快方することが詠み込まれている。

なお、この連歌は、寛永六年以降の寛永年間（一六二九～四四）の版行とされる『新撰狂歌集』（秋・四三～五）に、「瘧をわづらふ人の祈禱に」とする題で、作者名を付けず収められるが（本文に小異あり）、元禄一二年（一六九九）版行『呪咀調法記』の巻末近くに「二百三十・おこりおとすまじない」として、左記のように挙げられる。

「　雲のおこりをはらふ秋風

又

有明のひませに成てかげもなし

右、盃の中へ字しやう見へぬやうに書くべし。早朝の水にて字を洗ひ飲むべし。惣じて御符の飲みやう、この如くにて用ゆる也。」
呪歌による連歌が、再び呪歌として使用された例としても興味深い。

13　例えば『日本三代実録』仁和三年（八八七）八月四日条には、達智門の上空に無数の羽蟻が群飛したことが特筆され、陰陽寮の占文により「大風・洪水・失火等之災」の予兆とされたことが知られる。総じて、中古・中世では宮中・石清水八幡宮・春日大社などで羽蟻の大群が発生した折には、凶兆として軒廊御卜や勘文が奉られた事例が数多知られている。

　このような宮中や有力寺社のみならず、個人宅での羽蟻の発生も凶兆として忌避されたことが知られ、以下に挙げる『師守記』康永四年（一三四五）四月三日条は、その好例と思われる。

「今日、禅尼（師守母）ノ御坐ス北面ノ対屋ニテ丑寅ノ方ノ朽チ柱ヨリ羽蟻出来ス〔未剋〕、則チ被ルルレ相ニ尋ネ陰陽師ニ之処、重キ慎ミ也、可キレ有ル二祈禱一之由、答フレ之ヲ。驚キ存ジタル者也。口舌之由、申スレ之ヲ。可シレ慎ム々々。有ラバ二祈禱一者、返リテ可キレ有ル二吉事一之由、申シ候ヒ了。」

師守邸で師守の母が住む北面の対屋の丑寅の方角の柱から羽蟻が発生したので、陰陽師に尋ねたところ「口舌」（風説や讒言による被害を被ることか）の禍に遭う予兆と断ぜられたとある。もっとも、本例で羽蟻の出現が殊の外に取り沙汰されたのは、羽蟻の出現が丑寅すなわち鬼門であったことも一因とは思われるが、少なくとも当時の概念では、基本的に羽蟻の発生そのものが忌まれたと見るべきであろう。

　なお、義堂周信の日記の抄出本『空華日用工夫略集』応安五年（一三七二）六月七日条にも、羽蟻の出現が忌まれた習俗を示す、左記の記事が認められる。

「管領家臣紀吾至リ、話ス二俗ノ所レ謂フ羽蟻変之事ヲ一。余曰ハク、凡ソ世間ノ妖怪ハ、只ダ在リ二人ノ一念ノ中ニ一。一念不レ生ゼ、前後際断スレバ、何ゾ吉凶之有ラン。如ク是ノ観ズル時、吉ハ従リ二他ノ吉ニ一、凶ハ従リ二他ノ凶ニ一、摠ジテ不レ干サレ我ヲ。但、一念頓忘シタレバ、是則チ安楽ノ境界也ト。不シテレ幾モ、紀吾来リテ告グ。我向ニ帰スル家ニ時一、羽蟻尚ホ多シ。我即チ如ク是ノ観ジタレバ、羽蟻稍々而散去スト。」

14　本呪符と類似する呪符として、『邪凶呪禁法則』にも「イタチノ道切ノ符形也」として左記の呪符が挙げられることから、『酔醒記』所載の呪符との親近性が認められよう。

この『邪凶呪禁法則』所載の呪符は、『呪咀調法記』（『増補呪咀調法大全』）「十七・鼬の道きる時の符」にも継承されているほか、『陰陽師調法記』に「四十・夜中によそへ行時の守り」として挙げられている。

なお『邪凶呪禁法則』には以下に示す「夜ノ内ニ余所ヱ行ニ掛ヨ」・「道切」とする呪符にも同様の意匠が認められることから、本呪符には基本的に路次での凶事を避ける効能が期待されたことが窺われよう。

15 現在での「鼬の道切り」についての通常の解釈では、鼬は常に一定の道順を辿るが、この道順が何らかの事情で遮断されると再びその道順を採ることはないと伝えられることから、相手との往来や音信が途絶えることの慣用表現とされるほか、鼬に何らかの霊性を認め、目的地に向かう途中に、鼬に行く手を横切られると、先方が不在であるなどの意に沿わないことが起こるとする解釈が見られる。

しかし、近世以前では、『陰陽師調法記』で本呪符を「四十・夜中によそへ行時の守り」とするほか、昭和四年（一九二九）に刊行された長閑斎霊岳編『神霊まじない秘法伝』に至っても、「鼬に道切らるるは凶事の前兆として忌む」とあることから、いずれにせよ「鼬の道切り」は、現在よりは忌まれたことが窺われよう。なお、千葉徳爾は、栃木県上都賀郡や大分県南海部郡の狩猟伝承で、狩猟の前に鼬に道を切られることを、不猟の予兆とする事例を報告している（千葉徳爾『狩猟伝承研究』／『続狩猟伝承研究』）。

16 『邪凶呪禁法則』「女乳腫符」および『呪咀調法記』（『増補呪咀調法大全』）「八十五・同（注・女）乳腫たる時の符」などに挙げられる左記の呪符と類似した意匠を持つ。ただし、『酔醒記』所載の呪符では、「鬼」字の上が「隹真」を横三列に並べるが、『邪凶呪禁法則』ほかでは、「集魚」を横三列に並べることが異なる。ちなみに昭和四年（一九二九）刊行の長閑斎霊岳編『神霊まじない秘法伝』「乳の腫物を治す秘呪」では、『邪凶呪禁法則』などと同じ呪符を示し、「右の如く乳の腫れたる部分に記し、その上部に九字を切る時は、治すこと不思議なり」とする。

17 腫物治癒の呪符で、本呪符に類似する例として、以下に示す『邪凶呪禁法則』「同腫物呪事」が挙げられよう。

なお、「日出東方乍赤乍黄」とする呪文は、唐の道綽（六四五年寂）により撰述された『安楽集』上に言及される呪文である。以下に当該箇所を示す。

「又問《ヒテ》曰《フ》。若《シ》人《ノ》但《ダ》能《ク》称《ヘ》二仏《ノ》名号《ヲ》一、能《ク》除《クト》二諸《ノ》障《ヲ》一者、若《レ》爾《クンバ》ノ、譬《バ》如《ク》下有《リテ》人以《テ》レ指《ヲ》指《スニ》レ月《ヲ》、此《ノ》指《ノ》応《ニ》能《ク》破《ル》闇《ヲ》也《ト》。答《ヘテ》曰《フ》。諸法《ニ》万差《アレバ》、不《レ》可《カラ》二一概《ス》一。何《トナレ》者、自《ラ》有《レバ》二名《ノ》即《スモ》法《ニ》、自《ラ》有《リ》二名《ノ》異《レ》法《ニ》。有《リ》二名《ノ》即《スル》法《ニ》者、如《キ》二諸仏菩薩《ノ》名号、禁呪《ノ》音辞、修多羅《ノ》章句等《ノ》一是《レ》也。如《シ》下禁呪《ノ》辞《ニ》曰《ハンニ》二日出《デテ》東方乍《チ》赤《ク》乍《チ》黄《ナリト》一、仮令《ヒ》酉亥《ニ》行《フモ》レ禁《ヲ》、患《ヘル》者《ノ》亦癒《ユルガ》上。」

つまり、疾病の治癒を祈り「日出でて東方乍《たちまち》赤く乍黄なり」という「禁呪の辞（呪文）」を唱える場合、たとえそれが日の出ならぬ「酉亥（午後五時頃～一一時頃）」であっても効果は変わらないとする。なお『安楽集』当該箇所は、源信の『往生要集』下にも引用され、「日出東方乍赤乍黄」という呪文は、我が国でも広範に受容されたことが窺われよう。なお『安楽集』の本文では、「日出東方乍赤乍黄」を「禁呪の辞」とするばかりで、腫物を治す呪文とは規定しないが、北魏の曇鸞（四七六～五四二？）の晩年の著述とされる『無量寿経優婆提舎願生偈註』には、以下に示すように「日出東方乍赤乍黄」を腫物を治す呪文と明記している。

「諸仏菩薩《ノ》名号、般若波羅蜜、及《ビ》陀羅尼章句、禁呪音辞等是也。如《キハ》三禁腫辞《ニ》云《フガ》二日出東方乍赤乍黄等句《ヲ》一、仮使《ヒ》酉亥《ニ》行《フモ》レ禁《ヲ》、不《シテ》レ関《セ》二日《ノ》出《ズルニ》一而腫《ノ》得レ差《ユルヲ》。」

『往生要集』はもとより、『無量寿経優婆提舎願生偈註』・『安楽集』は、我が朝の浄土教に甚大な影響を及ぼしたことから、この「日出東方乍赤乍黄」の呪文も定着に至ったのであろう。

18　腫物の治癒を効能とする、類似の意匠の呪符としては『邪凶呪禁法則』「腫物呪事」・『陰陽師調法記』「十四・同（注・腫物）なをすまじなひ」として左記を挙げる。

『邪凶呪禁法則』の呪符の意匠では、「鬼」の左の払いを起筆として小さく一回転し、さらに「鬼」字の周囲を三周し、起筆点に筆を帰すという意匠である。なお呪符の右上には「男順」、左上には「女逆」とあるが、ここに図示した呪符は男性用の呪符であり、女性用の呪符では、「鬼」字の右の払いを起筆として、男性用の呪符と左右対称の意匠を描くとする指示であろう。なお、呪符の左下に梵字「〓（薬師如来の種字）」、右下に「鬼十二」を記すとある。薬師如来からの連想から、「鬼十二」は「十二神将」を含

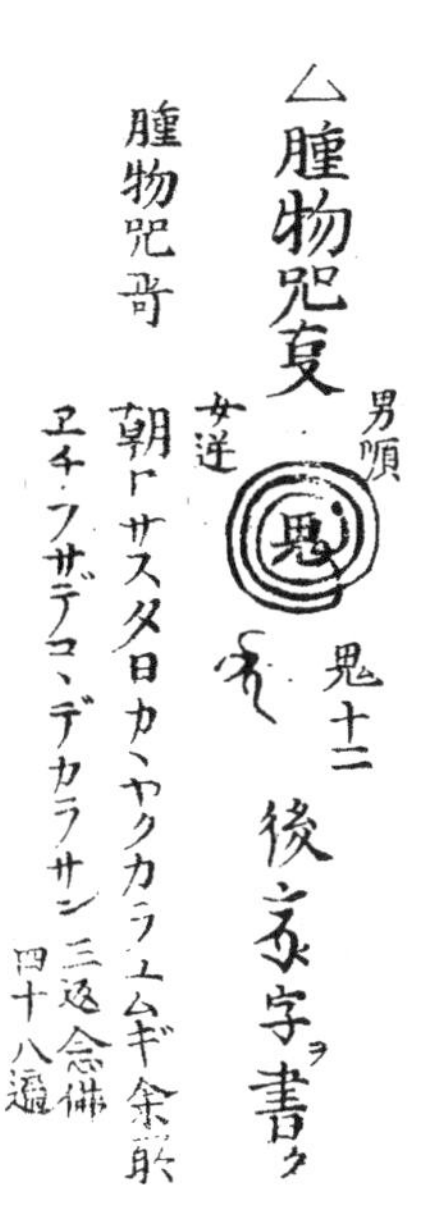

意したものであろう。更に、呪符の背面には、梵字「〓（金輪仏頂尊の種字）」を書くとする。

これに対して、『酔醒記』の呪符の意匠では、「鬼火」の二字を三重の同心円で囲み、その下に「喼急如律令」書くばかりで、梵字「〓」・「鬼十二」、及び背面の梵字「〓」への言及はなく、『邪凶呪禁法則』の呪符の濃厚な仏教的色彩とは好対照に、いわば道教的色彩の強い呪符となっている。また、「鬼火」の二文字は、あるいは『邪凶呪禁法則』の呪符の「鬼」字による意匠の「写し崩れ」である可能性も捨て難く、『酔醒記』の呪符が「女の腫れ物」の呪符として、使用者の性別を注記することも勘案するならば、少なくとも「鬼火」の意匠の部分に関しては、『邪凶呪禁法則』に示される呪符の女性用の呪符の「鬼」の意匠の部分との何らかの関連性を想定するべきであろう。

なお、現存本『酔醒記』の記載位置によれば、「アサヒサス」の呪歌が併用されたと想定されるが、『邪凶呪禁法則』所載の呪符の場合には、呪歌を併用べきことが明示されている。このような呪符と呪歌の併用という側面からも、『酔醒記』所載の本呪歌と

△同腫物兕文　小刀ヲ筆ヲ哥ニ曰
朝日指スカウカノ山ノサチカヅラ根ヲサレキレハ枝モカレケリ　又云ク
大バクヤバクヤガ作リシ釼ナレバ腫ルヽ物ハ腫モアカラス
ヲイルモノハヲエモアガラズ汝ハ是レキラウ丸ゾカシトク〳〵
マカリカエリテ本ノハダエト成ルベシ哥ヲ読ミナガラ
[illegible]書テ四竪五横ヲ切ルベシ

『邪凶呪禁法則』「腫物呪事」との関連性の指摘が可能であろう。

19　現時点では『酔醒記』所収歌と一致する例は未検であるが、同じく『邪凶呪禁法則』「同腫物呪事」に挙げられる左記の呪歌との関連が想起されよう。

まじない自体は、小刀を用いるとあるように、古代の名剣「莫耶」の威力を讃え、胎蔵大日如来の真言「阿毘羅吽欠」と「四竪五横」つまり「九字」を併用することにより、腫物の治癒を祈る内容であり、『酔醒記』のまじないとは完全に異質である。しかし、呪歌に注目するならば、「朝日さす」を枕詞として「春日の山（原文「かうかの山」）」を導きだし、「春日山」の別称「三笠山」の「笠」と腫物の「瘡」を掛け、更に植物の「実葛」の「さね」と腫物の中心部の「核」、および「実葛《さねかづら》」の「根」と腫物の基底部の「根」を掛けるという構成となる。『酔醒記』所収の呪歌の文言とは少なからず異なるものの、修辞法の基本的な構成は重複することから、『酔醒記』所収の呪歌との何らかの関連が想定可能であろう。

同じく『酔醒記』所収の呪歌との関連を想定させる呪歌としては、以下に示す『邪凶呪禁法則』「乳ノメ呪事」の第二首目の呪歌が挙げられよう。

△乳ノメ兕事　我ハ地傳ト観念シテ哥ニ云
乳ヲミキル哥ヲヨム山ハ三ツ石ハ九ツコレヤ此鬼ノ栖ヌル岩屋ナリケリ
思ギヤ朝サ日ニハルヽ腫物ハ子モハモカレテ跡絶ニケリ

この『邪凶呪禁法則』所載のまじないは、『呪咀調法記』（『増補呪咀調法大全』）「二百十一・乳のまする《ママ》まじなひ」にも記載されるが、後者では、「地伝」が「北伝」とあるほか、二首目の呪歌の末句が「跡は絶へ」とあるという小異が認められる。もっとも、『邪凶呪禁法則』の標題では「乳ノメ呪事」とあり、他方『呪咀調法記』（『増補呪咀調法大全』）では「乳のまするまじなひ」とあり、いずれも乳児に母乳を飲ませる呪歌を思わせるが、呪歌そのものは明らかに腫物治癒を祈念するものであり、違和感が禁じえない。但し、昭和四年（一九二九）刊行の『神霊まじない秘伝法』では、「乳首を痛めたる時の呪咀」とする条目に、「乳児に余りに強く吸はれたる為、乳の芽を出し、痛み甚しき時には、次の歌を白紙に記して、局部に貼れば全治す」として、「山は三つ」・「思ひきや」の呪歌二首を挙げる。もとより『神霊まじない秘伝法』のまじないは、江戸期の重宝記によるものが多く、明らかな誤記・転訛も散見するが、少なくとも本条の記載については、一応の整合性は認められよう。

なお補注18に示した『邪凶呪禁法則』「腫物呪事」（『陰陽師調法記』「十四・同（注・腫物）なをすまじなひ」）所載の呪歌「朝日さす夕日輝くからゆむぎ《（烏麦）（か）》余所へ散らさでここで枯らさん」の場合は、「朝日さす」とする初句と腫物が「枯れる」という文言では、『酔醒記』所収の呪歌と一致するが、「朝日さす」が枕詞として機能せず、「烏麦（原文「からゆむぎ」）」に見立てた「腫物」が、ほかの場所に「散る」ことなく、文字通りその場で「からす（枯らす）」ことを祈り、末句の「枯らさん」と掛ける構成で、『酔醒記』所収の呪歌の構成とは異質であり、『酔醒記』所収呪歌のように「朝日さす」が枕詞として機能した呪歌の影響下に成立した可能性が高い。

20　本呪歌も、『酔醒記』所収歌と一致する例は未検であるが、補注19に示した『邪凶呪禁法則』「乳ノメ呪事」・『呪咀調法記』（『増補呪咀調法大全』）「二百十一・乳のまする《（ママ）》まじなひ」の第一首目の呪歌「山は三つ石は九つこれやこの鬼の栖ぬる岩屋なりけり」との類似が注目されよう。また『邪凶呪禁法則』「乳ノメ呪事」所収呪歌と、『酔醒記』所収の呪符・呪歌とを勘案したところ、『酔醒記』所収の呪符に見られる、「山」三文字・「石」九文字・「鬼」一文字が、『邪凶呪禁法則』「乳ノメ呪事」所収呪歌に詠み込まれた「山は三つ」・「石九つ」・「この鬼」に対応することが窺われることから、『酔醒記』所収呪歌の初句「山水に」は、本来「山三つに」とあることで、呪符と併用されたことが想定されよう。

21　例えば『沙石集』八・五によれば、遅くとも鎌倉後期の南都に虫歯の抜歯を職能とする唐人がいたことが窺われることから、直朝の存命時期には抜歯による虫歯治療が普及していたものと思われるため、『酔醒記』に語られる虫歯のまじないは、軽度の虫歯あるいは何らかの理由で処置が出来ない場合での、一時的な対処法であろう。以下に『酔醒記』が示す虫歯のまじないの手順につき略述し、その類似した対処法との比較を試みる。

　はじめに自分の歯の個数を正確に数え、これを口の略図に描き入れる。次ぎに、房楊枝で虫歯の患部をつつき、その房楊枝で、歯を描き込んだ口の略図の虫歯に相当する歯を刺し貫く。さらに、その房楊枝で刺し貫いた口の略図を、聞神の方位に向けて垣根に挿して、（現存本文では脱落している）呪歌を三度唱えよとある。いわゆる類感呪術の一種であるが、この『酔醒記』の記載と極めて類似した例は、『邪凶呪禁法則』「同歯呪大事」に求められよう。まじないに用いる「楊枝」の用材として「東ゑ指たる桑の木」を指定するところは、『酔醒記』の記載と一致する。ただし、その「楊枝」の作成方法につき、男女別で長さを区別し、かつ「皮を助て三刀に削」る、恐らくは枝の三方向の表皮を削り、残る一方向の表皮を残すとすることが、『酔醒記』の所伝と異なっている。また「口に歯を書て、幾つと数ゑて、喰歯に移し」とする箇所は、意味が明瞭とは言い難いが、恐らく『酔醒記』と同じ所作と推測されよう。しかし、このまじないに用いられた、歯を描き込んだ

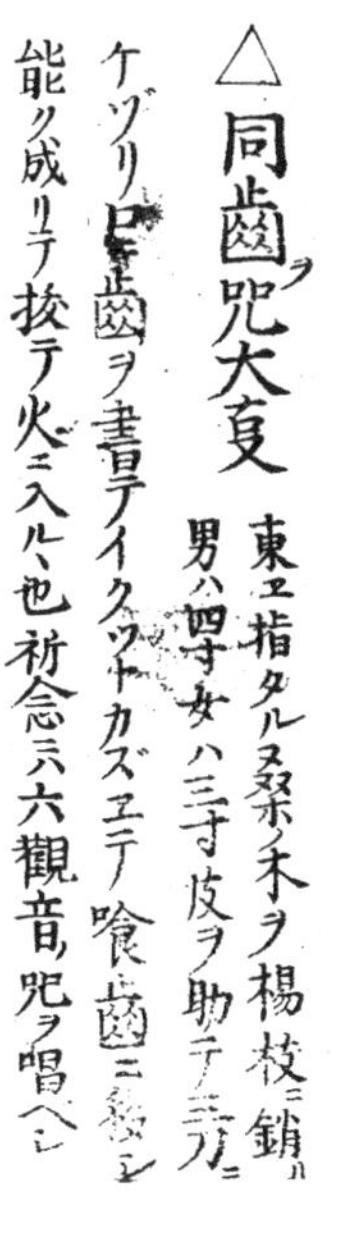
△同歯ヲ呪大事　東ヱ指タル桑ノ木ヲ楊枝ニ削ル
男ハ四寸女ハ三寸皮ヲ助テ三刀ニ
ケヅリ口ニ歯ヲ書テイクツトカズヱテ喰歯ニ移シ
能ク成リテ抜テ火ニ入ル也祈念ニハ六観音ノ呪ヲ唱ヘシ

口と歯の略図を、最終的には焼却するということでは、『酔醒記』の記載と大きく相違している。

この『邪凶呪禁法則』「同歯呪大事」に関連する虫歯のまじないは、『陰陽師調法記』にも二例認められ、そのひとつが以下に示す、第一八条「虫喰い歯の事」である。

基本的に『邪凶呪禁法則』「同歯呪大事」と同内容であるが、「口に歯と云字をかきて」とあることから、このまじないの趣旨が、虫歯の治療に、自らの口と歯を描いた形代を用いる類感呪術であることが忘れ去られ、結果としてまじないとしての意味に混乱が生じている。二番目が、以下に示す第一九条「同（注・虫喰い歯）まじなひ」である。

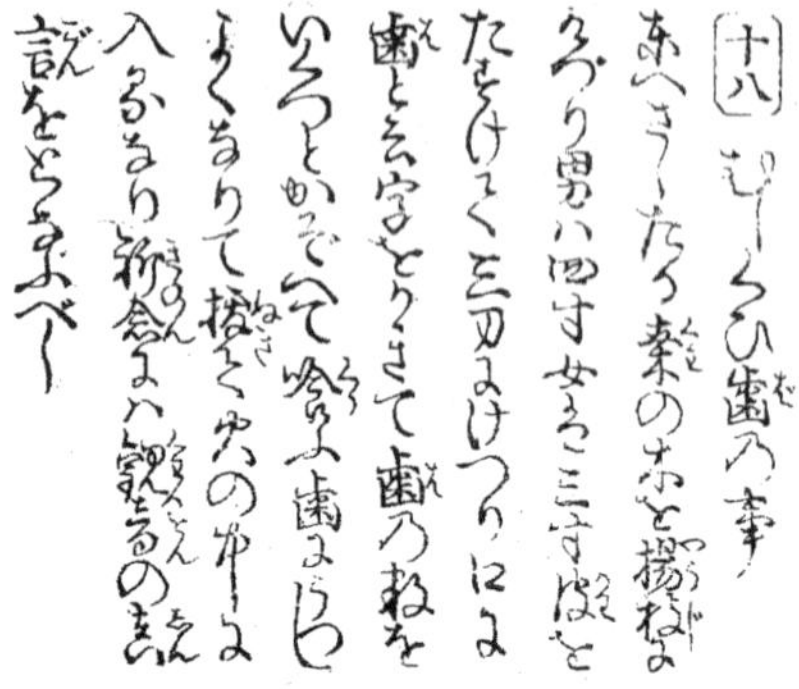

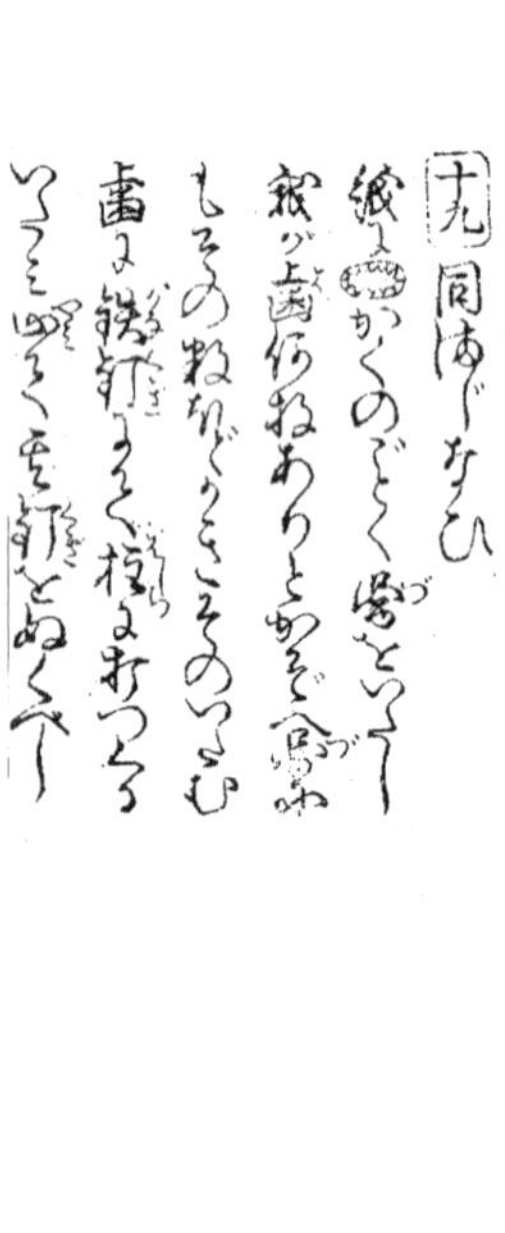

鉄釘にやどる鍛鉄の癖邪の効能に期待した類感呪術と思われるが、本例も『酔醒記』・『邪凶呪禁法則』および『陰陽師調法記』第一八条「虫喰い歯の事」に見られるまじないと同工である。以上のことから、『酔醒記』所載の虫歯のまじないは、遅くとも室町末期から江戸初期にかけて幾多の異伝を生じつつ広範に流布していた様子が窺われよう。

22　「虫歯」の病因を「虫」に比定する説は、既に巣元方の『諸病源候論』二九「牙歯病諸候・牙歯痛候」に以下の言及が見られる。

「牙歯痛者、是牙歯ノ相ヒ引キテ痛ムナリ。牙歯ハ是骨之所レ終ハル、髄之所レ養フ。手ノ陽明之支脈、入ル二於歯一ニ、若シ髄気不レバ足ラ、陽明ノ脈ハ虚ニシテ、不レ能ハ栄ス二於牙歯一ヲ、為リ風冷ノ所ロト傷フ、故ニ疼痛スル也。又有レバ虫ノ食ムコト二於牙歯一ヲ、則チ歯ノ根ニ有リテレ孔、虫ハ居リ二其ノ間一ニ、又伝ヘ二受シ余ノ歯一ニ、亦皆疼ニ痛レバ此ニ、則チ針灸ハ不レ差ヤサ、伝ヘレ薬ヲ虫ヲ死スニ、乃チ痛ミ止ム。」

歯痛は、手の「陽明」から分岐した「気脈」から歯へと行き渡る

「気」が枯渇し、そのため外界の邪気が歯を侵蝕することで、痛覚が生じるのである。この場合の歯痛は、鍼灸により「気」を活性化することで平癒する。これとは別に、歯を蝕む「虫」が原因で歯痛が発生する場合がある。その「虫」は、歯の基底部に巣くい、他の健康な歯にも悪影響を及ぼす。この場合には、鍼灸は功を奏さず、「虫」を薬殺することで快復するとある。

23 房楊枝は歯木《しぼく》とも称され、柳科柳属の小枝の先端部分を房状に噛み砕き歯を磨く道具であり、仏教と共に唐土・本朝へと伝播した。『塵添壒嚢鈔』一六・二二「用ヰル楊枝ヲ功能ノ事」では、『諸経要集』所引の『十誦律』により、「不苦ラ・除ク風ヲ・令ム口ヲ滋味タラ・除ク熱病ヲ・徐ク痰癊ヲ」などの効能を挙げ、さらに『四分律』所引の『五分律』により、「嚼ミ畢ヘテ、応ニ洗ヒ棄ス之ヲ。以テノ恐ルルヲ虫ヲ食ミ死サンコトヲ故也」とし、房楊枝を用いたあと、歯に巣くっていた虫を噛み殺し、殺生戒を犯さぬよう直ちに口を漱ぐように規定している。このように、房楊枝を用いることで、歯牙の健康が維持できることは、和漢の医方でも注目され、例えば、丹波康頼により撰述された『医心方』(九八四年成立)二七「大体養性部・養形第三」に引用される、初唐の楊上善による『大素経』の古注(七世紀中葉頃の成立)の佚文には「歯ハ為リ骨ノ余リ、以テ楊枝ノ若キ物ヲ資クレバ歯ヲ、則チ歯ヲ鮮好タラシム也」とあり、歯牙を健康に保つことに房楊枝を用いることの有効性が言及されている。

他方、密教において、歯木には極めて濃厚な宗教的な意義付けが行われたことも留意されよう。例えば『真俗雑記問答鈔』二六・一五「嚼ム楊枝ヲ時ノ言ノ事」には「又云ハク、別欲ル嚼マント若 楊枝ヲ時、応ベシ下先ズ誦スコト一切如来金剛微咲ノ密語ヲ、七遍上タル。已ニシテ嚼ムニ之ヲ、此ニ能ク破ル一切煩悩及ビ随煩ヲ。密語ニ曰ハク、『唵波折羅賀娑訶』ト」とある。歯木には、口腔の衛生管理に留まらず、密教的な解釈が施されたため、虫歯治癒のまじないの道具として重視されたものと想定されよう。歯木と密教との関連連については後にも触れる(補注25)。

24 陰陽道の方位神の一種で、「利神」・「菊神」とも記され、中世以前に遡る記載としては、永禄三年(一五六〇)の元奥書を持つ賀茂家栄(一〇六六～一一三六)の陰陽道書『陰陽雑書』に「玉女方九、聞神方三、自リ今日計ル之ヲ、蓋シ方ハ玉女ノ後也」とあるほか、『多聞院日記』四三「『夢幻記』[永禄六年(一五六三)一一月から天正三年三月中旬頃までの見聞を筆録]「三聞神に九玉女とて、その日必むかいてあり」とあることが知られる。ただし、「聞神」についての言及は、近世以降に増加することから、おそらく中世末期頃から注目された神格とすべきであろう。また、千葉徳爾が紹介する近世狩猟伝書では、「聞神(菊神)」と「玉女」に言及される事例が多く、例えば、鹿児島県大口市に伝世した狩猟伝書『山法』[寛永二年(一六二五)二月元奥書・宝永一三年(一七〇六)一一月二五日書写識語]の「津のり祭之事」には、謹而さひはひ(再拝)さひはひ(再拝)うやまって申す。今日のきく神の方に向て、山御神の御ぶるい(部類)けんそく(眷属)みさき(御先)みさき(御先)を申おとろけ(ママ)奉る」とあるほか、同様の記載が宮崎県東臼杵郡椎原村に伝世した『御当家狩評定巻』[寛政六年(一七九四)奥書]「筒口方の事」、愛知県北設楽郡豊根村三沢字粟代に伝世した『山神祭文』(江戸後期書写)にも認められる。近世狩猟伝書で「聞神」が重視された背景は未詳であるが、九州地方から中部地方におよぶ広範囲に普及していたことは確認されよう。

「聞神」は、単独の神格であるのか、十二方向の干支ごとに位置する神格が、適宜交代するものであるのかは未勘であるが、「聞神」が位置する方位は、『陰陽雑書』・『多聞院日記』・『京極大草紙』・近世の狩猟伝書などによれば、当日の干支から三つ先の干支に位置し、かつ当日の干支から九つ先の干支に位置する「玉女」と向かい合う位置にあると伝える。他方『大諸礼集』の所伝では「玉女・聞神、くり様、何時なり共、其の時より三つめを聞神と云、九つ目を玉女といふなり」とあり、「聞神」と「玉女」が向かい合う配置とはするが、両神格の位置は、儀式を行う刻限に基づき計算すると解するようである。

「聞神」の性格は必ずしも明らかではないが、『京極大草紙』に「聞神」の方位に引目を向けるとするほか、小笠原流の武家礼法書『大諸礼集』の「万秘伝」に、陣幕や旗印を設置する際に祀るとすること、また近世狩猟伝書では、「聞神」に狩猟の成果を謝する法楽を捧げるとすることなどを勘案するならば、弓箭を標的に的中させる武神の側面を認めるべきであろう。『酔醒記』の虫歯を治癒するまじないで、口に歯を描き込んだ略図のなかで、虫歯に該当する歯に刺し貫いた房楊枝を、「聞神」の方向に向けるのは、歯を蝕む虫を確実に仕留めることを祈念した所作と解されよう。

25　医学的な知識として隋代の巣元方の『諸病源候論』によれば、歯牙の疾患には、有害な「冷気」が体内への侵入することと、「虫」が侵蝕ということ二つの原因が挙げられている。『医心方』五「頭面部」では、『諸病源候論』を論拠として、前者つまり「冷気」に起因する場合の処方として、桑樹と桃樹に薬効を認めている。

具体的には、「治《スル》歯《ノ》黄黒《ヲ》方」第六二には『新録方』からの「取《リ》桑《ノ》黄皮《ヲ》、醋《ニ》漬《クルコト》一宿《ニシテ》、洗《フコト》七遍。一《ハ》云《ハク》、黄白《ノ》皮《ナリ》ト。此《ノ》方、正月亦及《ビ》五月五日《ニ》用《ユ》」とする引用が見られる。「治《スル》牙歯《ノ》痛《ムヲ》方」第六六には、「皂莢〈一梃、肥厚《ナル》者《ノ》剝去《ス》皮《ヲ》〉。右以《ヲ》験（酸）醋半升《ヲ》、煎《ジテ》令《メ》極調《セ》、以《テ》桃枝《ノ》如《クナル》箸《ノ》一枚《ヲ》、以《テ》綿《ヲ》裏《ミ》頭《ヲ》、承《ケテ》葯《ヲ》沾《ホシ》之《ヲ》、当《テ》牙《ノ》疼痛《セル》処《ニ》。灼《シ》之《ヲ》冷《シテ》更沾《ホスコト》熱《シタル》葯《ヲ》、日《ニ》七六度《ニシテ》験方《タリ》」とする『拯要方』からの引用が認められる。

また、歯牙の疾患への対処療法ではないが、桑樹の効能により口腔の衛生を保つことについては、以下に示す『喫茶養生記』下「含桑木法」にも興味深い言及が認められる。

「如《クニ》歯木《ノ》削《リ》之《ヲ》、常《ニ》含《メバ》之《ヲ》、口舌歯并《ニ》無《シ》疾。口常《ニ》香《ク》、諸天神愛楽《シ》音声《ヲ》、魔不敢《ヘテ》附近《セ》。末代《ノ》医術、何事《カ》如《カン》之《ニ》哉。以《テ》土《ノ》下三尺《ヲ》、入《ル》根《ニ》弥好《シ》。土《ノ》上《ニハ》頗《ル》有《リ》毒。若《キハ》口喎・目喎《ノ》皆治《ル》矣。世人皆所知《ル》也。土《ノ》際《ニ》有《ル》毒故、皆用《ュ》枝《ヲ》也。」

なお、『酔醒記』の記載で注目すべきことは、この虫歯のまじないで房楊枝とする用材につき、「東へサシタル桑歟桃ノ枝歟」とすることである。たとえば、『医心方』一四「治卒死并傷寒部」の「避傷寒病方」第二五には、「温病《ノ》時行《ルニ》、令《ム》不《ラ》相染《セ》方。（中略）常《ニ》以《テ》月《ノ》望日《ヲ》、細剉《シテ》東行《セル》桃枝《ヲ》、煮《シテ》湯《ニ》浴《ブ》之《ヲ》。」とする『千金方』から引用が認められるが、当該箇所は、『酔醒記』とも関連の深い養生書『延寿類要』の「行壮製禁篇」に、同じく『千金方』を出典として記載される。ここでは、満月を過ぎてから東に伸びた桃の枝を取り、これを細かく刻み煮出した湯を浴びるならば、諸病の原因となる「邪気」を避けることが出来るとする。

さらに『医心方』では、『集験方』を挙げ「断温方」つまり、温病を予防する方法として、「二月《ノ》旦《ニ》、取《リテ》二東行《セル》桑《ノ》根《ノ》大《キサ》如《クナルヲ》レ指《ノ》、懸《ク》二門戸《ノ》上《ニ》一、又《ハ》人々帯《ス》レ之《ヲ》」ことを挙げ、東に伸びた桑樹の枝ならぬ根を利用する方法を挙げている。『医心方』が挙げる「温病」は、現在の流行性感冒に比定が可能な症状であるが、これらの症状も厳冬の「冷気」が胎内に侵入することで罹患するものと認識されていた。ゆえに、「温病」と「歯痛」の罹患を回避する原理は共通することとなる。

もとより『酔醒記』の虫歯治癒のまじないは、歯を蝕む「虫」を殺すことを目的とするため、体内への「冷気」の侵入に対処する、桑樹と桃樹を用いる処方とは齟齬することとなるが、桑樹と桃樹には、本来辟邪の効能が認められていたことに留意すべきであろう。まず桑の木については、先秦時代の成立とされる『山海経』を始め、唐土の東方に存在すると想定された「扶桑樹」が、鬼神が地上に通う通路と解されたこと、あるいは『打聞集』一四「道丈法師事」をはじめ、多数の昔話において落雷と桑の木が不可分に語られるように、桑樹木そのものが、鬼神と下界とを結ぶ霊木として認識されていた。また、桃樹もまた桑樹と同様に霊木とされたことは、上巳の節句の習俗を始め、左記の『拾芥抄』上「物忌部」一八の記載からも明らかである。

「迦毘羅衛国《ノ》中《ニ》有《リ》二桃林一。其《ノ》下《ニ》有《リ》三一丈《ノ》鬼王《ノ》号《ス》二物忌一《ト》。其《ノ》鬼王《ノ》辺《リニ》、他《ノ》鬼神《ハ》不《レ》寄《ラ》。爰《ニ》大鬼神王、誓《ヒ》二願《シ》利益六趣有情一《ヲ》、実《ニ》吾《ガ》名号者、若《シ》人宅《ニ》物怪屢《バ》現《ハレ》、悪夢頻《リニ》示《シ》、可《キ》レ蒙《ル》二諸《ノ》凶害一《ヲ》之時、臨《ミテ》二其《ノ》日一《ニ》、書《キテ》二吾《ガ》名一《ヲ》立《テヨ》レ門《ニ》。其《ノ》故《ニ》、他《ノ》鬼神《ヲ》不レ令《メ》二来《リ》入一《ラ》。書《キテ》二吾《ガ》名一《ヲ》、令《ムレバ》レ持《タ》二人々一《ニ》、如《クニ》レ影《ノ》可《シ》二守護一《ス》。〔儀軌〕」

『拾芥抄』と同様の記載は、『神道雑々集』・『旅宿問答』・『明文抄』・『塵添壒嚢鈔』などの室町期以降に成立した諸文献にも散見されることから、『酔醒記』が成立した天正年間頃には、桑の木と桃の木には、強力な辟邪の効能が期待されたことが首肯されよう。

このように中世において、桑樹・桃樹についてのこのような認識は、なかば常識的であったと想定されるが、この両種類の樹木の東方に伸びた枝に、特別な霊性が認められていたことは留意すべきであろう。例えば、『吉日考秘伝』「禳鎮法篇」には、三月の上卯に東方に伸びた桃樹の枝を戸の上に懸けると辟邪の効能があると伝えるほか、称名寺二世長老であった劔阿の門弟にあたる熙允の書写による「頓成悉地口伝集」〔『称名寺聖教目録』配架番号三三七函・通号一〇一〕には・枳尼天の修法を行うに際して、東方へ伸びた桃樹の枝の使用法につき以下の言及が認められる。

「又、モ、ノ木ノ東へ指タル枝ヲ取テ、二筋ヲズハヘニシテケヅリテ、行ハム壇ノ辺、若ハ外ニ密テ置テ、行ヒ始テ七日乃至二七日・三七日マデ悉地不《バ》レ成、其枝ヲ取テ、迎テ行フ方ノ本尊共打也。若悪打損テ余天ヲ打レバ、返テ行者ノ為ニ悪シ。至テ彼ヲセムル也。申事ト(捨仮名)、ヲソシ、、、云テ打也。近カ来者、不レ打云々。

若壇所カヘナドシテ、番ナドハタラカサント思バ、彼ノ枝ニテ、マワシハタラカスベキ也。手ニテハセズト云々。

又悉地ヲソケレバ、彼ノズハヘヲ以テ、サカサマニカヘス也。但迎タツル本尊ヲ、ヤガテ迎カヘス也。ソハサマヘカヘスベキ也。ヲソシ、、、トセムルナリ。彼ハ枝ハ吉カラスヘキ也。此鬼等ノヲツルナリ。其桃木ニハユ、シク恐也。故、以彼ヲ、ヲトスナリ。」

つまり、吒枳尼天の修法を行うに際し、その修法の成就が遅延した場合、修法者が本尊として祈請した尊像を、東方に伸びた桃樹の枝で作った鞭で打つとする。

また、東方へ伸びた桑樹の枝については、治承三年（一一七九）四月一二日、醍醐寺座主勝賢が、仁和寺僧の寛昭に三宝院流の伝法灌頂を授けた折の記録で、勝賢自身による著述とされる『治承記（三宝院伝法灌頂私記）』（大正蔵七八）に以下の記載が見られる。

「一、削枝木事
桑木、東へ指タル枝ノ節ナキヲキリテ、長八寸四分削之。二支也。一枝、以花荘之也。一枝、不荘之。以白糸、自頭エビスガケニヒキマワシクダス。本ニヨセテシキミヒトフサヲ結付也。本サマヘエビスガケニシトドムル也。本末ヲバフトキカタニス。木根ヲホソク削也。瞿醯経并本式儀軌ニハ、皆嚼小頭云々。嚼ニハフトキ頭ヲ噛ム。立ルニハ細キ先ヲ立ル也。木根可立故也。」

つまり、伝法灌頂の三摩耶戒を授けられるに際して、授戒される者は、桑樹の東方に伸びた枝を削った「歯木《しぼく》（房楊枝）」を右側の歯で噛み、その歯型により受法に適した人材であるかを占うとされる。もとより、この「歯木」の用材は、桑樹のみならず柳樹・穀樹などでの代用も認められるようであるが、桑樹の東方に伸びた枝でつくった「歯木」を用いるということには、『酔醒記』の虫歯治癒のまじないとの関連をも想起させるものがある。

もっとも、東方に伸びた桃樹・桑樹の枝を呪具とするまじないは、『邪凶呪禁法則』「女ノ髪ノ垢落ル大事」（補注6）に見られるように、虫歯治癒のまじないに限定されないのではあるが、特に虫歯治癒のまじないに用いる房楊枝に、東へ伸びた桑あるいは桃の枝を指定することには、医術・密教・陰陽道による知識が錯綜し、強力な呪力が期待されたものと想定されよう。

26　未詳。あるいは、呪歌を脱落することによる何らかの本文の乱れがあるか。但し、東晋に竺曇無蘭により訳出とする「仏説呪歯経」には、北天竺の「訶衍山」に棲む「羞休無得」なる虫の王に使者を遣わし、歯を蝕む虫を退去させることが示される。この「仏説呪歯経」は、雑密経典『陀羅尼雑経』五をはじめ『法苑珠林』六〇「呪術篇・雑呪部」にも収められることから、さほど耳遠い経典ではなかったとも思われる。「ビヤヤラン」は、このような知識の訛伝に由来するものか。

なお『陰陽師調法記』第六五条「虫喰ひ歯のまじなひ」では、『天竺の天野川原で葉を喰ふ虫の供養』と三返よみて、さて次に、梅の木の楊枝を痛む歯にくわへさせ、其楊枝の先に灸を三火すべし」とある。「天竺の」云々の文言は、伝承・書承の過程で、呪歌の下の句に脱落が生じたものとも解されるが、少なくとも現存本文は和歌の形式ではないため、安易に現存本『酔醒記』が佚する呪歌に比定することは憚られるが、歯を蝕む虫が死ぬと虫歯も癒えるとする点では共通するため、あるいは、何らかの関連を想定すべきか。

27　不動明王の代表的な真言（小呪）のひとつで、『覚禅抄』「不動明王法・末」によれば「曩謨《ナマク》三曼陀《サマンダ》縛曰羅《バサラ》赧《サン》、戦拏《センダ》摩訶《マカ》路《ロ》灑儜《シャダ》、娑破吒也《ソハタヤ》吽《ウン》怛囉《タラ》吒《タ》憾《カン》𤚥《マン》」とあり、その効能につき「威勢、能ク除ク二一切有情ノ種々ノ障難一ヲ、乃至二仏ノ道樹一、以二テ此ノ真言力一ヲ。故ニ一切魔軍、無レシ不二トイフコト散懐一。何ゾ況ヤ世間所有ノ諸障ヲヤ」とし、また「慈救偈」と称される理由を「以レテ慈ヲ抜レキ苦ヲ与レフ楽ヲ、故ニ云二フ慈悲苦ノ言一ト」と伝える。なお、本真言は、信仰やまじないにとどまらず、能「葵上」・「道成寺」などの四番目物での調伏場面の常套的な詞章としても親炙している。

28 『酔醒記』の記載によれば、これらの経典・陀羅尼類は、まじないを行う当人が誦するものと思われる。ただし、『邪凶呪禁法則』「瘧病落ス符」（補注2）では、『般若心経』を一息に誦することを指示するが、『呪咀調法記』（『増補呪咀調法大全』）に見られる同まじないによれば、「病人読みてもよし」とする文言を付け加えている。故に、本来、呪符を作成し、経典・陀羅尼類を読誦するのは、専門知識を有した施術者であった可能性が高い。

また、現代人にとっては、まじないに際して、これらの経典・陀羅尼類を併用することは、多少なりとも大仰な印象が否みがたい。しかし、中世社会では、これらの経典類を一時に読誦することは、極めて日常的な所作であったらしい。例えば、天理本『女訓抄』上には、在家女性が起床後に行う「看経（読経の意）」につき、藤原道長からの上東門院への訓示と称する女房の所伝が記載されている。

「さのみ長看経、人の嫌ふ事。又、貧相なりと申つたへ候。総じて御看経には、観音経一巻・心経三巻・消災呪五遍には、過ぎ候まじきと、上東門院へ御堂殿の御申候を女房の伝へ候しなり。」

日常的な読経には、『妙法蓮華経』「観世音菩薩普門品・第二十五」一回・『般若心経』三回・「仏説熾盛光大威徳消災吉祥陀羅尼」五回に留めるのが理想的であるとする。

〔098-03〕

『酔醒記』によれば、足の親指により、六字名号を書くとするが、どこにどのように書くのか、所作としても多少不自然ではある。類例としては貞享元年（一六八四）版行の『邪凶呪禁法則』「焼ハダマヂナイ事」に「六字、七遍書、百遍ニ可レ唱、已上畢」とあるほか、元禄一二年（一六九九）版行の『呪咀調法記』、および同書の増補版である安永一〇年（一七八一）版行の『増補呪咀調法大全』の第二一二条にも同内容のまじないが認められる。

〔098-04〕

1 いわゆる深沙大将のこと。深沙は真蛇・神社・神蛇などとも記され、大将は大聖あるいは大王・神将などとも称される。通説によると玄奘三蔵の入竺途上、大砂漠地帯（莫賀延磧・流沙）に出現した神将に比定され、また『西遊記』に代表される玄奘三蔵取経譚に登場する沙悟浄の原型と解されている。深沙大将は、承和六年（八三九）に帰朝した入唐僧・常暁（八六六没）により我が国に請来された尊格とされが、中野玄三は、京都府鶴舞市に所在する金剛院蔵の深沙大将立像（快慶作）の祖形が天平期の塑像に求められ得るとするほか、三宅久雄は、正倉院御物の漆金銀絵仏龕扉に描かれる鬼神像が図像学的な見解から深沙大将に比定可能であることを主張することから、深沙大将の我が朝への請来は、天平期に遡る可能性が指摘されている。

深沙大将の像容については図像集・事相書類に多様な記載が知

られるが、中野によれば、鬼神像型と神将像型の二種類に大別されるらしい。鬼神像型とする言説としては、例えば成蓮房兼意（一〇七二～?）は「頭為二火焔一、口為二血河一、以二髑髏一為二首瓔珞一、以二畜皮一為レ衣、以二象皮面一為二袴膝一、以二小児一為二腹臍一、足踏二蓮華一」（仏種房心覚編『別尊雑記』「深沙大将」）と伝え、このような所伝に近似する造像例として、岐阜県横蔵寺像（平安期）・高野山金剛峯寺像（鎌倉期）などが挙げられよう。

　他方、神将像型とする言説としては、『大唐大慈恩寺三蔵法師伝』には、「深沙大将」なる尊名への言及がなく、また『玄奘三蔵絵』に図像化された「神将」は、甲冑姿に戟を持つという典型的な神将像で表現ほか、『別尊雑記』等に言及される尊容として両手で白米を盛った鉢、あるいは戟を持つとされ、恵什の『十巻抄』では、この「鉢」を「戟」の誤記と解することで、『大唐大慈恩寺三蔵法師伝』の所伝との類似性を指摘し、このような所伝に近似する造像例として、福井県明通寺像（平安期）が挙げられよう。

　深沙大将は、現在では余り著名な尊格とは言い難いようである。しかし、『梁塵秘抄』二―「仏歌」一二首に「釈迦の御法は天竺に玄奘三蔵弘むとも深沙大王渡さずはこの世に仏法なからまし」とする今様が挙げられるほか、鎌倉期以降には、大般若経転読に際し掲げられる大般若十六善神の図像に、玄奘三蔵と深沙大将が左右一対に描くことが普及したこともあり、院政期以降には深沙大将への信仰が、広範に浸透していたことが窺われる。

　室町後期での深沙大将の流布を示す事例としては、『碧山日録』寛正元年（一四六〇）五月一四日条に般若会で掲げられた十六善神図に関して「神蛇帝王ハ、乃チ普賢之応化也。故ニ以テ二普賢之面一ヲ、書キ二其ノ腹臍一ニ、且ハ著スニ以テス二象王ノ袴一ヲ。」とあるほか、『実隆公記』文亀三年（一五〇三）九月二〇日条以下では、深沙大将の図像を納めた蒔絵の箱に宸筆を要請されたことなどが挙げられよう。

　もっとも、図像集・事相書類によれば、唐土での深沙大将への信仰は、必ずしも玄奘三蔵の入竺取経譚との関係で受容されたわけでもないことが認められる。深沙大将が水難からの守護神とされたことは、『阿娑縛抄』一六四「深沙大将」に見られる「大聖深《成菩》沙《提》神記」所引の唐代の沙門玄通撰『深沙大将伝』の以下の記載が注目されよう。

「太和三年（八二九）有下一女商、於テレ蜀ニ、画キテ得二形影一ヲ、船中ニ供養上ス。其ノ船、欲ルモレ到ラントニ江陵一ニ、六月十六日、忽ニ遭ヒ二悪風一ニ、其ノ船欲レ沈マント。女商、怕急ソテ、念ジ二大聖深沙神王一ヲ、兼ネテ啓告発願ス、乃チ於レ水ニ見ルニ二此ノ神一ヲ、以テレ手ヲ拓ストレ船ヲ、直ニ到ルレ岸ニ。女商、到リ二江陵・開覚寺一ニ、塑形ヲ供養ス。人競ヒテ瞻敬ス。」

　本来は砂漠地帯である「流沙」を「大河」と解する説は、鎌倉後期から南北朝期に成立した『東大寺縁起絵詞』で、聖武天皇の前世を「流沙」の渡し守、良弁の前世を渡船した入竺僧に比定することにも認められるが、これに加えて、深沙大将が蛇体を身に纏うとされたこともあり、我が国では、深沙大将を河川の神とする所伝が定着したものと想定されよう。たとえば『看聞御記』永享四年（一四三二）三月一四日条に大光明寺地蔵院客殿での演能が確認される能「三蔵法師」（「大般若」）では、「流沙」を深さも測り得ないような激流がたぎる大河とし、「流沙」の神であった深沙大将が玄奘三蔵に『大般若経』六〇〇巻を授けたとする。もっとも、能「大般若」の内容によれば、玄奘三蔵は入竺しなかったこととなり、矛盾が生じるのではあるが、深沙大将が「流沙」の「水面」を、「瑠璃の面を走るがごとく、さら〳〵と向かひに」渡ったとすることから、ここには深沙大将を激流を意のままにする尊格とする意識の反映が認められよう。

　同様の記載は、以下に示す宗砌（一四五五没）の『古今連談集』に更に興味深く描写されている。

「玄奘三蔵、ありがたき心にて、大唐仏法を弘め給ふ。彼深沙大王は、悪神なれども、此人の心を見んとて、其長、三十余丈の大蛇と成りて、流沙川にて彼人を摑んで、水上に投げ入れ共、波にも沈まず、水上を走り廻り給ふを見て、汝、本願満足せる也、さらば自が計らひに、此渡りを越べしと、大般若経を程なく向へ渡して、昔の事を語りけり。」

もっとも『古今連談集』では、玄奘三蔵は深沙大将に河に投げ込まれたが、「本願満足」であったため、無事渡水できたとあるに過ぎず、深沙大将を水難守護の尊格とする言説と直接結び付くわけではない。ただし、「波にも沈まず、水上を走り廻り給ふ」という玄奘三蔵の姿は極めて印象的であり、『酔醒記』のまじないで、深沙大将に渡水の守護を祈ることとの何らかの関連性を認めることが可能であろう。

　また視点を一色直朝が活躍した東国に移すならば、『神道集』「蟻通明神」では、紀貫之の歌徳説話で著名な蟻通明神の本地を「秦耆大王」に比定し、欽明天皇の御代、大般若経とともに天探女により奪われていた八坂瓊勾玉を我が国にもたらしたとする説が語られている。この『神道集』の言説は、八坂瓊勾玉の由来譚のひとつとして中世神道の主要な言説のひとつとされたほか、『四部合戦状本平家物語』の「裏書」とされる『平家族伝抄』にも採り上げられるなど、宗教・文学と問わず広範な流布の痕跡が認められている。更に一色直朝と直接関連する地域性と時代性に注目するならば、室町期から現在に至るまで、関東での深沙大将信仰の中心地として称揚されてきた深大寺は、戦国期には後北条氏からの手篤い庇護を受けていたことも、あるいは視野に入れるべきであろうか。

2　深沙大将の真言である。常暁（八六六寂）が請来した『深沙神記并念誦法』一巻は伝存せず、深沙大将の真言の具体的内容は不詳である。ただし、淳祐（八九〇～九五三）により撰述された事相書『要尊道場観』の下冊「深沙大将次第」には、深沙大将の真言として「阿怖留阿怖留娑羅娑羅娑婆賀」を挙げる。この真言は、多少の文字表記の異同が認められるが、一二世紀中葉頃に成立した恵什の『図像抄（十巻抄）』・仏種房心覚『別尊雑記』をはじめ、『覚禅抄』「深沙大将法」、『薄双紙二重』八「深砂大将次第」、『白宝抄』「深沙神雑集」など平安後期から鎌倉後期にかけて陸続と撰述された図像集や事相書に認められる。

　なお各図像集・事相書では、この深沙大将の真言に特定の効験を明示する例は少ないが、『薄双紙二重』所引の兼意『成蓮抄』および『白宝抄』所引の「本軌」では、「誦《スルコト》満《ツレバ》㆓十万遍《ニ》㆒、得㆓富貴《ヲ》㆒成就円満《ス》」とし、『酔醒記』に見られるように渡船時の守護を特筆する所説は見られないようである。

〔098-05〕

1　宋代原撰の類書『新編群書類要事林広記』（以下、『事林広記』

と略称する。）には、鳥の啼き声に対する除災のまじないとして、左記の二箇所に言及する。

（一）『事林広記』五・壬集「讖候玄門・占鴉鳴経」

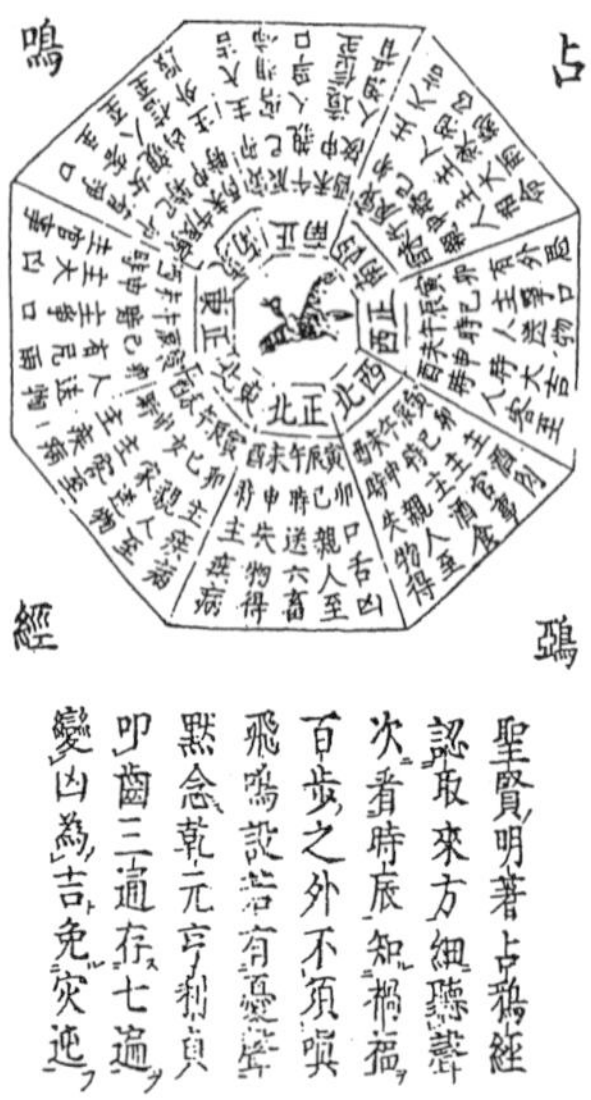

「聖賢ノ明著ノ占鴉経。認ニ取シ来ル方ヲ一細ニ聴クレ声ヲ。次ニ看テ二時辰ヲ一知ル二禍福ヲ一。百歩之外、不レ須ヒレ嗔ルヲ。飛鳴スル二、設若有ラバ二憂フル声一、黙シテ念ジ二乾元亨利貞ト一、叩歯三遍、存スルコト七遍ニシテ、変ジレ凶ヲ為シレ吉ト、免レン二災迍ヲ一。（下略）」

過去の賢聖の著述である「占鴉経」に次のようにある。鴉がやってきた方角を知り、注意深く啼き声を聴く。そして鴉が啼いた時刻をみて禍福を知る。遠方で啼いている声に怒るような気配がなく、飛びながら啼く声に憂うような雰囲気が感じられるなら、黙して「乾元亨利貞」と祈念して、叩歯（上下の歯を咬み合わせる道教のまじない。補注2参照。）を三度行う。これを七度繰り返せば、凶事は吉事へと変わり、災厄から逃れられる。

（二）『事林広記』一〇・己集「禳鎮門・禳フ二鴉鳴ヲ一法」

「毎レ聞ク二鴉声ヲ一、黙シテ念ス二乾元亨利貞ヲ一七遍、能ク変ジテレ凶ヲ為レス吉ト。一ニ云ハク、以テ二鴉觜ヲ一作ラバ二筶杯《ホエ》ヲ一、大ニ験アリ。」

鴉の啼き声を聞くたびに、黙して「乾元亨利貞」と七度祈念すれば、凶事と吉事に変えることができる。あるいは、鴉の嘴で筶《ホ》杯をつくるならば、非常に霊験がある。（注・筶杯《ホエ》＝「杯珓」とも。二個一対の呪具で、双方を同時に投じ、表・裏いずれを向くかにより吉凶を断じた。漢族は道観・寺廟などで、現在でもこれを用いる。）

この『事林広記』「讖候玄門」・「禳鎮門」両条に見られるまじないは、共に「乾元亨利貞」の五文字を七回唱えるということでは一致する。しかし「讖候玄門」・「禳鎮門」両者の記載を比較したところ、「讖候玄門」では、まじないに際し、鳥の啼き声の吉凶を判断するという前提と、叩歯を三度行うという所作が伴うのに対して、「禳鎮門」では、鳥の啼き声を一律凶兆とし、叩歯を行わないということが顕著な相違点である。

本稿では詳細は省略するが、『事林広記』は、足利義政の台命により長禄二年（一四五八）に賀茂在盛（一四一二〜七九）が撰述したと伝える陰陽道書『吉日考秘伝』の主要な出典とされ、『事林広記』五・壬集「讖候玄門・占鴉鳴経」も以下に示す『吉日考秘伝』「禳鎮門・百怪吉凶」第六七所載の「鴉鳴禳厭」に引用されている。

「飛鳴ノ、説（ママ）若シ有ラバ二憂フル声一、黙シテ念ジ二乾元亨利貞ト一、叩歯三遍、存セヨ二七文（ママ）ヲ一、変ジレ凶ヲ為シレ吉ト、免レレ災ヲ遁レン。」

唐土において、鳥の啼き声を聞くと叩歯を行う習俗の一例として、小川陽一は、以下に示す明代四大小説のひとつ『水滸伝』（明・崇禎一四年（一六四一）序『第五才子書施耐庵水滸伝』）第六回の事例を挙げる（小川陽一「烏鵲南に飛ぶ三国志演義の鴉鳴信仰」）。

「正在那里喧鬨、只聴得門外老鴉哇哇的叫。衆人、有叩歯的斉道『赤口上天白下入地』。智深道「你們、做甚麼烏乱」。衆人道「老鴉叫、怕有口舌」。

開封の相国寺の菜園で番人を務めていた魯智深が、以前に一騒動を起こした無頼漢たちと酒宴を開いたとき、門外で烏の啼き声がした。すると、無頼漢たちは一斉に、「赤口上天、白舌入地」と称え、叩歯を始めた。魯智深が、彼等の行動を不審に思い、その理由を尋ねると、無頼漢たちは、烏の啼き声は「口舌（誹謗中傷の禍に遭うこと）」の予兆だから、厄除けとしてこのように呪文を唱え叩歯を行うのだと答えたとある。

　このように、唐土では、烏の啼き声を不吉とするまじないそのものには、幾種類かが存在したと思われるが、同じく小川が指摘するように、明・清代に成立した『玉匣記』に代表される「通書（毎年刊行される暦書に雑知識やまじないを併載した種類と、我が国の「大雑書」のように雑知識やまじないをまとめた事典のような種類のものに大別される。『玉甲記』は後者に属する道教系の書物。）」には、「占鴉経」が記載されることが多い。また、永尾龍造『支那民俗誌』一によれば「支那では、平素でも一般に早朝に烏の声を聞いて、其の声に依つて運命を占ふ風習があるのであるが、元日の朝には特に烏の声を他の鳥よりも先に聞くことを不祥の予兆として忌む風がある。若し此の声を聞いた時には、直ぐに『乾元享《(亨)》利貞』の五文字を七遍繰り返して唱へると、其の不祥を解消することができるといふ」とある。この永尾の報告で注目すべきことは、叩歯を行うという要素は欠落するものの、烏の啼き声そのものを不吉とする『事林広記』「禳鎮門」・『水滸伝』の視点とは異なり、飽くまで吉凶を判断してからまじなうという「占鴉経」の観点が継承されているということである。『事林広記』には、烏の啼き声についてのまじないが、「讖候玄門」・「禳鎮門」の二条に記載されながら、『吉日考秘伝』が「讖候玄門」を採り上げた背景には、唐土において「讖候玄門」に収められた「占鴉経」が流布していたことを反映したものとも解せられよう。

　ただし『酔醒記』の記載では、天鼓（補注2）つまり叩歯を三度行い「乾元亨利貞」と唱えるとするばかりで、『事林広記』および『吉日考秘伝』が伝える所作とは異同が顕著である。このような『酔醒記』と同様の事例としては、『山科家礼記』寛正六年（一四六五）三月一二日条所載の「烏鳴事」とする左記の一条が挙げられよう。

「一、からす《(烏)》なき《(鳴)》わろき《(悪)》とき《(時)》の文、これはゑき《(易)》より出候。しりん《(事林)》かうき《(広記)》にあり。『乾元亨利貞《ケンゲンクワウリテイ》』三反トナヘ《(唱)》テ、ハ《(歯)》ヲ七度ナラス《(鳴)》、タンシ《(弾指)》三度なり。」

この『山科家礼記』の記載では、『事林広記』とする出典書名を明記されるが、「乾元亨利貞」の文言を三度唱え、「叩歯」七度と「弾指」三度を行うとある。なお「弾指」は、本来仏教のまじないであったが、例えば無住『雑談集』九「観念利益事」では、陰陽師が「弾指」を行ったとあり、中世には陰陽道の所作とされたようである。いずれにせよ『酔醒記』・『山科家礼記』の記事は、

『事林広記』あるいは『吉日考秘伝』を直接参照したとは考えがたく、何らかの言談の備忘として記載されたものと想定されよう。

2 通常「天鼓」は、雷鳴の雅称か、あるいは「てんく」と読み、忉利天の善法堂にある打つことなく妙音を発する打楽器の意と解される（『妙法蓮華経』「序品」他）。ただし本条での用例は、補注1に提示した『事林広記』および『吉日考秘伝』本文と対比したところ、「叩歯」に該当する。叩歯の成立・意味および本朝での受容については、西岡弘の論考に詳述されている（西岡弘『中国古典の民俗と文学』「叩歯考」）。

西岡は葛洪（二八四～三六三）の『抱朴子』外篇「雑応篇」一五から、叩歯は元来、歯牙の強化をはかる養生法であったことを指摘し、梁の陶弘景（四五二?～五三六）の『真誥』では、悪夢による災禍を防ぐ効果（同書九「協昌期・一」）、「邪気」を避ける延命長寿の効果（同書一〇「協昌期・二」等）などが期待されたことに言及している。

このような「叩歯」についての言説は、『抱朴子』のみならず隋の巣元方による『諸病源候論』にも認められ、かつ両書はともに、『日本国見在書目録』に著録されることから「叩歯」についての知識は本朝へも夙に渡来していたこと知られる。なお西岡は、丹波康頼（九一二～九九五）による『医心方』の二七「大体養性部・養形第三」では、歯牙の強壮と癖邪という叩歯の二つの効能につき、左記に示すように『顔氏家訓』・『延寿赤書』の引用が見られることに言及している。

「『顔氏家訓』ニ云フ。吾レ嘗テ患ヒレ歯ヲ、動揺シテ欲シレ落ントレ、飲シレ熱ヲ食スニレ冷ヲ、皆苦シニ疼痛一スルコト。見ルニ二抱朴子一ヲ云ハク、牢ムルレ歯ヲ之法トハ、旦朝ニ建ルコトレ歯ヲ三百下ナルヲ為シトレ良、行フコトレ之ヲ数日ニシテ、即チ便平愈ス。至ルモレ今ニ恒ニ将テスレ之ヲ、此ノ輩ノ小術ハ、無ケレバレ損フ二于事一ヲ、亦可シレ修スレ之ヲ。『延寿赤書』ニ云フ。酆都記ニ曰ハク、夜行スルニ当ベシト下マサニ鳴ジ二天鼓一ヲ、無カラシム上至ニ限スルコト数一ヲ也、辟ク二百鬼邪一ヲ。凡ソ鬼ハ畏ル二啄クレ歯ヲ之声一ヲ、是レ故ニ不ルナリレ得レ犯スヲレ人ヲ。今按ズルニ、大清経ニ云ハク、天鼓トハ謂フレ歯ヲ也ト。」

西岡は、本朝の中世以降での叩歯の享受については詳述しないが、竹田昭慶による養生書『延寿類要』（一四五六成立）の「行壮修用篇」に「常ニ用テ二夜半已後一ヲ、扣クコト歯ヲ三十六遍ニシテ、夜行之時、亦可シ下去リ二邪気一ヲ兼ネテ堅カラシム上レ歯ヲ」とあることを指摘している。

これ以外にも永享初年（一四二九）頃から本朝に請求されはじめた、叢書「百川学海」に収められる北宋の撰者未詳の随筆『道山清話』には、以下に示すように、本来、叩歯は胎内神の働きを促し、癖邪の効能を求める道教の修行法であるのだが、道教の神廟に参詣する作法と誤解されていた事例が採り上げられている。

「人之叩歯スルハ、将ニ下以テレ収二召シ神観一ヲ、辟二除カント外邪上ヲ、其ノ説ハ出ルレ於二道家ノ者ノ流一ヨリ。故ニ修養之人、多キモ二叩歯一ヨルコト、不レ聞二以レ是為二恭敬一也。今人ノ往往ニシテ、入リテ二神廟ノ中一ニ、叩歯セルハ、非礼也。」

以上を総括するならば、中古から中世後期にいたるまで、叩歯は日本人の習慣やまじないとして実践されたか否かはともかく、養生法の知識としては継承されていたことがうかがわれよう。しかし「叩歯」という言辞は、『節用集』諸本をはじめとする古辞書類には、管見の限り立項が認められないことから、あまり日常的な言辞ではなかったことが窺われよう。

また『酔醒記』に見られるように、「叩歯」を「天鼓」と称した背景についても必ずしも明瞭ではない。既述の『医心方』本文の傍線部分には、『大清経』により「天鼓とは歯《（ママ）》を謂ふなり」とする記載が認められるが、六朝期に成立した道教経典『真誥』には「叩キレ歯ヲ、鳴二打ス天鼓ヲ一」とあることを勘案すれば、この『医心方』の『大清経』引用本文は、本来、叩歯に天鼓という別称があることを伝えたものと想定されよう。

「叩歯」は道教教義の展開と整備につれ、咬み合わせる歯の位置により三種類に分類されたことが知られる。西岡は、晩唐の段成式の随筆『酉陽雑俎』の巻一一「広知篇」および北宋初期に成立した道教教義の百科全書『雲笈七籤』の巻四五「秘要訣法・叩歯訣第十三」を挙げ、左の歯牙を同士を咬み合わせる叩歯を「天鐘」、右の歯牙同士を咬み合わせる叩歯を「天磬」、中央にある四本の前歯同士を咬み合わせる叩歯を「天鼓」に分類されたことに言及している。我が国での「叩歯」の別所としての「天鼓」の消息は未詳であるが、興味深い例が重要文化財「称名寺聖教」に含まれる弘安四年（一二八一）一一月八日奥書、源阿書写「聖天式法口伝」（『称名寺聖教目録』配架番号三九九函・通号〇四二二）の左記の部分に認められる（『陰陽道×密教』神奈川県立金沢文庫・二〇〇七）。

「二　天鼓・地鼓ノ事
金剛智ガ次第ニ云ハク、天コ《（鼓）》・地コ《（鼓）》〈各三五々九反〉ト。
問フ。何ナル義乎。
答フ。此ニ驚二カス天神・地祇ヲ一也ト云々。
問フ。彼ノ時ニ結二ブ何ナル印ヲ一乎。
答フ。乗々房ハ、拳印ヲ置二ク左右ノ腰一ニ。
天鼓呪　唵須能广尼フ尼〈左ヲ向ク〉
地鼓呪　唵須隠羅呪　〈右ヲ向ク〉
『如察経』ニ云フ。
天鼓呪　唵度都盧々々々〈三反〉
地鼓呪　唵呬底々々吽発吒〈三反〉
金剛智ガ次第ニ云フ。
一ニハ、左目ヲ瞬カシムルヲ為二シ天コ《（鼓）》一ト、二足ヲ履ミ動カスヲ為二ス地コ《（鼓）》一ト。
二ニハ、二目ヲ瞬カシムルヲ為二シ天コ《（鼓）》一ト、歯ヲ上下シテ鳴ラシムヲ為二ス地コ《（鼓）》一ト。
此ノ二説ヲ、随一トシテ可シレ用ユレ之ヲ。
大勝房云フ。
以二テ左ノ平一ヲ打二ツハ左ノ頬一ヲ〈三反〉天鼓也。
以二テ右ノ平一ヲ打二ツハ右ノ原一ヲ〈三反〉地鼓也。
乗々房云フ。
上下ノ歯ヲ鳴ラシムヲ、云二フ天鼓一ト。
〈又、鼻ヲ鳴ラシムルヲ云二ヒ天鼓一ト、
以二テ歯ヲ上下一シテ鳴ラシムルヲ云二フ地鼓一ト也。〉
微音ニ拍掌スルヲ、云二フ地鼓一ト也。」

「聖天式法口伝」は、聖天を主尊とした修法の事相書であるが、「天鼓・地鼓」なる所作が言及される。もっとも同書が伝える「天鼓・地鼓」の所伝は、甲論乙駁という状況で極めて錯綜しているものの、傍線部分の乗々房が伝える「天鼓」の所伝が、いわゆる「叩歯」と一致している。無論、「聖天式法口伝」に見られる「天鼓」は、飽くまでを聖天を主尊とした修法の一部であり、『酔醒記』が伝える道教的な辟邪のまじないである「天鼓」と短絡的に結び付けることは憚られる。いずれにせよ、現段階では一色直朝が、いかにして「叩歯」の同義語としての「天鼓」を知り得たかは未勘であるが、同時代の唐土からの新来の書物による知識を直接あるいは間接的に摂取した可能性と、鎌倉期以降、密教僧の間で伝えられてきた知識を寓目した可能性も想定されよう。（補足：源為憲の『口遊』「時節門」に「鼓二天鼓一三通」とする文言が認められた。あるいは『酔醒記』の記載との何らかの関連を認めるべきか。）

3　『易』で、「天」と「始原」を意味するの「乾」の卦と、その「乾」の卦が意味する四つの徳目である「元・亨・利・貞」のこと。この「元・亨・利・貞」の語義は、『易』の解説である「文言伝」によれば以下の通り。

「元者、善之長也。亨者、嘉之会也。利者、義之和也。貞者、事之幹也。君子ハ体シテレ仁ヲ、足ル二以テ長タルニレ人ノ。嘉会シテ、足ル二以テ合スルニレ礼ニ。利シテレ物ヲ、足ル二以テ和スルニレ義ヲ。貞固ニシテ、足ル二以テ幹タルニレ事ニ。君子ハ行ヘ二此ノ四徳ヲ一者、故ニ曰フ二元・亨・利・貞ト一。」

当該箇所の疏には次のように説かれている。

「元ハ是レ物ノ始マリニシテ、於テハレ時ニ配スレ春ニ。春ハ為シ二発生ヲ一、故ニ下ニ二云フレ体ストレ仁一ヲ。仁タレバ則チ春也。亨ハ是レ通二暢シ万物一ニ、於テハレ時ニ配スレ夏ニ。故ニ下ニ二云フレ合ストレ礼ニ。礼タレバ則チ夏也。利ハ為シ二和義一ヲ、於テハレ時ニ配スレ秋ニ、秋ハ既ニシテ物成シ、各合ス二其ノ宜キ一ニ。貞ハ為シ二事幹一ヲ、於テハレ時ニ配スレ冬ニ、冬ハ既ニシテ収蔵シ、事皆ナ幹了セル也。」

つまり「元・亨・利・貞」には、天人相関説の観点から、君子に備わるべき四つの徳目と四季の健全なあり方とが一致した、天下静謐の義が込められているのである。ゆえに、烏のただならぬ啼き声のように、凶兆を察した時には、「乾・元・亨・利・貞」と称えることで、「世界が始原の状態へと回帰し、安穏な世界を再構築する」ことを想起することにより、凶兆を回避し平穏を祈念したものと思われる。ちなみに、世阿弥の芸能論に基づく金春禅竹の能伝書『六輪一露之記』では、芸能の成就を六階梯に区分して理論付けが試みられているが、同書に付された一条兼良の注によれば、この「六輪」の各々を乾・元・亨・利・貞と太極に位置付けることで、世界の形成と芸能の成就とが相関するものと説いている。

『易』は言うまでもなく五経の筆頭に挙げられる儒教経典であるが、六朝時代には『老子』・『荘子』と並び「三玄の学」と称されたように、古来より道家思想・道教との関連が濃厚であり、「乾元亨利貞」が道教の呪文として享受される素地が存在していた。この「乾元亨利貞」が呪文とされた正確な時期は未詳であるが、万暦二〇年（一五九二）に金陵（現・南京）で版行された、世徳堂本『新刻出像官板大字西遊記』の第六五回に、「唵嚂静法界、乾元亨利貞」という呪文が唱えられている。西孝二郎が主張するように、『西遊記』全一〇〇回には構成・内容にわたり易の六四卦の象徴性に満たされているため、第六五回が六四卦の第二周目にあたるため、六四卦の最初である乾卦が用いられたのではあるが、やはり同時代に「乾元亨利貞」が呪文として流布していた背景との関連にも注目すべきであろう。（西孝二郎『「西遊記」の構造』）。

我が国で、「乾元亨利貞」が呪文として用いられはじめた時期は未詳であるが、寛正二年（一四六二）奥書の『小反閇作法並護身法』によれば、陰陽師が反閇を行うにあたり「元亨」・「利貞」の文言が唱えられたことが知られた例が知られ、この『小反閇作法並護身法』の巻末注記には、「元・亨・利・貞」の字義につき、『易』「文言伝」本文を抄出し、「見二或書也一。文言曰。元者、善之長。亨者、嘉之会也。利者、義之和也。貞者、事之幹也」とする。また、朝鮮江原道原州の男覡、李世栄が所持した巫経『鎮邪大全』に収める「神道太乙経」・「逐邪経」にも、「元亨利貞」の四文字認められている（赤松智城・秋葉隆共編『朝鮮巫俗の研究・下』）。

4 現存本『酔醒記』本文によれば、「王皇大天尊」・「元窮高上帝」とする二神格と解されるが、おそらくは道教の尊格「玉皇大天尊玄穹高上帝」の訛転ないし誤記とすべきであろう。

道教での最高尊格は、五世紀には「太上老君」すなわち老子であったが、六世紀からは形而上的な宇宙の根元を神格化した「元始天尊」へと移行する。その「元始天尊」が、天界の統治者として更なる化身を遂げた姿が「玉皇大帝」と尊称される。ゆえに、道教教義の原理的には、道教の最高尊格は「元始天尊」であるが、特に北宋の真宗（位・九九七〜一〇二二）をはじめ、歴代皇帝が「玉皇大帝」を尊崇したことにより、道教の実質上の最高神格とされるに至った。「玉皇大天尊玄穹高上帝」とする尊称は、この「玉皇大帝」に献ぜられた尊称のひとつであるが、この尊称が成立した時期は未詳とされ、従来では明末版行の『西遊記』に言及されることが注目されてきた。我が国で、「玉皇大帝」に対する正確な知識が流布していたかは甚だ疑問であるが、『事林広記』己・六「聖真降会」つまり道教の神格が下生・昇天などを遂げたとされる「縁日」についての一覧のなかで、「三月聖降日」項に「初二。玉皇大天尊玄穹高上帝、誕聖日」とある。故に、少なくとも室町後期の日本人が「玉皇大天尊玄穹高上帝」など尊名に接する機会があったことだけは首肯されよう。

少なくとも『酔醒記』現存本文で見る限りでは、一色直朝が道教の尊格である「玉皇大天尊玄穹高上帝（天帝）」を理解していたとは想定しがたいが、烏の啼き声に怪異を感じた際に、玉皇大帝の尊称を称える理由については未勘である。小南一郎は、唐土での七夕伝承で、織女が天帝の娘とされる伝承や、特に広東省陸安の七夕伝承では、烏が天帝の眷属とされる事例が報告されていることに言及している（小南一郎『西王母と七夕伝承』）。無論、これらの伝承が果たして、どれほど遡るかという問題は残るが、あるいは、このような七夕伝承が、何らかの影響を及ぼした結果と見るべきであろうか。

5 『酔醒記』と同時代での類歌は未検であるが、正徳五年（一七一五）の跋文を備える、寺島良安撰述の類書『和漢三才図会』四三「林禽類・慈烏（注・烏の雅称）」には、目的や用途についての記載は見られないものの、左記の呪歌を挙げる。

「烏なく万の神の誓ひかや阿字ほんふしやうかじは不可得」

また中野達慧編集による『修験深秘行法符呪集』十巻（『増補改訂・日本大蔵経』九四「宗典部・修験道章疏三」所収）の巻七・第二五九「烏鳴之大事」として左記の呪歌を収める。

「先護身法。次金剛合掌ニテ、歌曰

烏鳴く万つの神のちかいかや𑖀字本不生𑖎字は不可得」

ただし、同書は平安期から江戸期にいたる呪符・呪歌類を博捜したとあるが、具体的な典拠記載を書くため、本呪歌がいかなる出典によるものかは未勘である。なお、『修験深秘行法符呪集』所収歌については、小田和弘により民俗事例を中心とした考証が試みられている（小田和弘「鴉声の呪歌—鴉の民俗と呪的心性をめぐって—」）。

本呪歌と同様に、烏が啼くことによる凶兆を、密教的な世界観により無意味化する呪歌としては、『呪咀調法記』「九十・烏啼くまじないの事」に以下の記載が見られる。（本記載は、『邪凶呪禁法則』「烏鳴呪大事」をはじめ『呪咀調法記』の増補版として版行された『増補呪咀調法大全』・『新撰呪咀調法大全』等にも見られる。）

「金剛合掌して〈手を合わせ拝む事也。〉此歌を三遍唱ふべし。

ちはやぶる神代の鳥つげをしていつしかすらん本の阿鑁吽

七難即滅七福即生寿命長遠唸急如律令　是を唱べし」

本来、「阿」と「吽」は、森羅万象の最初と終末、「鑁」は森羅万象が存在する根本原理の表象とされるが、『簠簋内伝』三「三鏡之方事」では、左記のような錯綜あるいは雑駁とも言い得る解釈が付与されていた様子が窺われる。

「此三鏡者、日月星三光、天地人三才、法報応三身、阿鑁吽三字、仏部蓮華部金剛部三部・理智事三点・弥陀釈迦薬師三尊・吒枳尼聖天弁財天三天也」

なお『呪咀調法記』では本呪歌に続き「七難即滅七福即生」とする呪文を挙げるが、この文言は奇しくも『酔醒記』所載の第二首目の呪歌の言辞と一致することから、両者に共通する精神性を認めることも可能であろう。

6　たとえば、空海撰『声字実相義』には、唐の善無畏（六三七～七三五）訳『大日経』の「入秘密曼荼羅位品」を抄出した以下の記載が認められる。

「爾《ノ》時、大日世尊、入《リ》於等至三昧《ニ》、即時《ニ》諸仏《ノ》国土《ハ》、地《ノ》平《ラカナルコト》如《シ》掌《ノ》。五宝《ハ》間錯《シ》、八功徳水《ハ》、芬馥《トシテ》盈満《ス》。無量《ノ》衆鳥、鴛鴦・鵞鵠《ハ》、出《デテ》和《シ》雅音《ヲ》、時華・雑樹《ハ》、敷栄《シ》間列《ス》。無量《ノ》楽器《ハ》、自然《ニ》諧《シ》韻《ヲ》、其《ノ》声《ハ》微妙《ニシテ》、人《ノ》所《ナリ》楽《フ》聞《クヲ》。無量《ノ》菩薩《ハ》、随《ヒテ》福《ニ》所《ニシテ》感《ズル》、宮室・殿堂、意生之座《アリ》。如来信解願力《ノ》所《ノ》生《ズル》、法界《ノ》幖幟、大蓮華王出現《シ》、如来法界性身、安住《ス》其《ノ》中《ニ》。」

ここでは、全宇宙の根本原理と称すべき真理が、大日如来本体と大日如来が教主である仏国土として現出した様子が描写されている。そして、このような仏国土は、「衆鳥」の優雅な囀りや、種々の楽器の「微妙な」音声で荘厳されているとある。

この『声字実相義』本文には「衆鳥」のなかに「烏」は挙げられていないが、「仏国土」が全宇宙の真理とするならば、当然「烏」もまた「衆鳥」を構成するわけである。また、『大日経』「入秘密曼荼羅位品」・『声字実相義』の抄出箇所によれば、正確には「微妙な」音声を奏でているのは、衆鳥の囀りではなく、楽器であるのだが、いずれにせよ衆鳥の囀りも、「仏国土」を荘厳する機能を果たしていること明らかなのである。ゆえに、我々が日常生活において、烏の啼き声に不吉さを感じたとしても、その啼き声自体は本質的に「仏国土」を荘厳する「微妙な」音声に他ならないのである。ゆえに、本呪歌の「よくきけば烏の声は微妙也」とする上の句では、密教的世界観により烏の啼き声を凶兆とする概念自体を否定しているのである。

7　我が国では、中世以前に烏の啼き声を「ア」と擬音化した事例は未勘であるが、「烏」と同義としても用いられる「鴉」の字音が「ア」であることから、梵字「阿」と関連づけられたものと思われる。もとより、密教において梵字「阿」は、全宇宙の根本的原理の表象とされるが、たとえば、空海撰『吽字義』によれば、「阿」は以下のように意義付けられている。

人間が常住不変であると固執している「現象世界」は、梵字「（吽・hūṃ）」により表象されるが、このhūṃという字音は、h（賀あるいは訶）・a（阿）・ū（汙）・m（麼）の四つの表音文字に分解され、これら四表音文字の意味するところは次の如くである。「訶」とは、「吽」字の根本原理であり、梵語hetu（原因）の第一文字で「因」という字義を備える。「阿」とは、五十音の最初で、あらゆる文字の根源であり、あらゆる音声の本質であり、実相の根本原理であるゆえに、本質的に「無・空」である。「?」とは、梵語ūna（損減・欠如）の第一文字で、無常・空・苦・無我を知覚させる機能をもつ。「麼」とは、梵語mana（我が）あるいは梵語ātman（我）を表象し、人間に「自性」という認識主体が存在するという眩惑を意味する。つまり「阿」とは、森羅万象の根本原理であるがため、生滅という次元を超越した屹立たる理法として存在し（不生）、「阿」により紡ぎ出される現象世界は、因果の相関に依拠するため本質的には空虚である（空）、しかし事実、人間の知覚により認識が可能な存在でもある（有）。ゆえに、この「阿」字を観想することにより、森羅万象は普遍的な理法としての「阿」の「不生」とする本質に帰着すると悟り得ること（阿字門一切諸法本不生）が、全宇宙の本質を智慧（一切智々）に他ならないとすることである。「阿字本不生」は、このような梵字「阿」の密教的な字義を強調した文言であり、『徒然草』第一四四段にも言及されるように通俗的も親炙した言辞でもあった。

8　三冊本・前田本系の『枕草子』「あさましきもの」では、烏の啼き声を「かか」あるいは「かう」と表記するほか、永万元年（一一六五）頃に成立した藤原清輔の私撰集『続詞花和歌集』にも、「あふことはかたをどりするやまがらす今はかうとぞねはなかれける」（戯笑・九六六・大僧正覚忠・題知らず）とあり、烏の啼き声を「かう」と擬音化する例が見られる。ともに『酔醒記』よりもかなり遡る用例ではあるが、烏の啼き声を「か」と擬音化することが、我が国でほぼ定着していたことが窺われよう。

補注7で述べたように、空海撰『吽字義』によれば、「現象世界」を意味する梵字「吽（・hūṃ）」は、h（賀あるいは訶）・a（阿）・ū（汙）・m（麼）の四つの表音文字に分解されるとあり、梵字「訶」はこの最初に挙げられている。梵字「訶」は、梵字「吽」を構成する根本原理であり、梵語hetu（原因）の第一文字で「因」という字義を備えるが、密教の観方において、「訶」は以下のように観想される。つまり森羅万象は、存在するありのままの様子が真実の姿（実相）であるが、その森羅万象には主体性を備えた根本原理として機能する「原因」は存在しない。つまり、森羅万象が存在する根本的「原因」というものは、人間が追求を試みたところで、体得することはできないのである（「一切諸法、因不ㇾ可ㇾ得」）。

以上を前提として本呪歌の下の句「ア《阿》字本不生カ《訶》字不可得」は以下のように解されよう。文字と音声の根源的存在である「阿」は生滅を超越した絶対的な理法として恒常不変に存在することで、人間が知覚し得る現象世界を現出する。また、これを換言するならば、人間が知覚し得る物質世界には自立性を備えた根本原理が存在しないので、万物の発生原因とされる原理・原動力も存在し得ないのである。故に、人間が日常生活の中で烏の啼き声に凶兆を感じたとしても、所詮この現象世界は「阿」により現出されたひとつの姿であり、凶兆や吉兆という人間の認識により現象世界のあり方を推し量ることは、無意味であると説いているのである。

9　現時点では、本呪歌は他の資料に未勘であるが、類歌として は左記の名古屋大学附属図書館・神宮皇學館文庫本『かさぬ草子』所載の呪歌が挙げられよう。

「烏啼きの悪しき時の歌

　七福を即生ならば告げからす七難ならばをのが即滅」

当該箇所の前後の元号の記載から、本呪歌は『酔醒記』の成立から約三〇年ほど後れる元和五年（一六一九）の筆記と推定される。

　また、中野達慧編纂の『修験深秘行法符呪集』巻七の二四九条では「狐鳴之大事」として以下の呪印と呪歌を挙げる。

「先護身法。

　次外獅子印。

　　チキニミヤウワウタラタカンマン

　次金剛合掌ニテ歌云。

　　七福即生と鳴哉狐の其の声が七難成らば己れ即滅」

烏ならぬ狐の鳴き声を耳にしたときの呪歌であるが、『酔醒記』・『かさぬ草子』所掲の呪歌との類似が認められる。

10　『仁王般若経』には、姚秦の鳩摩羅什（三四四?～四一三?）訳と伝えられる『仁王般若波羅蜜経』二巻と唐の不空（七〇五～七七四）訳と伝えられる『仁王護国般若波羅蜜多経』二巻の二種類の訳本が伝存するが、通常では羅什訳『仁王般若波羅蜜経』を示し、不空訳『仁王護国般若波羅蜜多経』は、真言密教特有の経典とさてきた。

　たとえば、藤原明衡『雲州往消息』第四九通の「権律師」が「山階上人」に宛てた書状には、「敬白。日来、怪異頻示、夢想不レ閑。夫妖不レ勝レ徳、仁能却レ邪。殊択二吉日一、可レ修二仁王講一」とあるように、仁王経を講じることで、招福除災を祈ることは、公私の別なく流布していたことが知られていた。また、梵舜本『沙石集』五本・七「学生、世間事、無沙汰事」では、学僧が馬糞による施肥の替わりに『仁王経』の読誦を勧める笑話が見られる。新編古典全集本『沙石集』頭註に言及されるように「仁王」を肥料の「臭《にお》う」に掛けたものであろうが、いずれにせよ『仁王経』が日常生活に密接な経典であったことが窺われよう。このほか、『三国伝記』三「第十二・灌頂卒塔婆功徳事」では、攘災の民間習俗である「灌縄釣」との関連も指摘されている（池上旬一『三国伝記・上』補注）。

　本呪文に見られる「七難即滅、七福即生」は、羅什訳『仁王般若波羅蜜経』「受持品」の「七難即滅、七福即生、万姓安楽、帝王歓喜」に依拠する文言であるが、中世以降には、いわば除災招福の常套文句として広範に流布し、日蓮撰『立正安国論』ほか、『源平盛衰記』四「山王垂跡」、流布本『曽我物語』二「泰山府君の事」、『文明本節用集』「之・態芸門」などにも言及される。

　なお、『法華経』をはじめとして、「七難」に言及する経典は少なからず見られるが、『仁王般若波羅蜜経』の所説によれば、日

月失度難（昼夜の別がなく、日月が色を変じたり、日月蝕が起こる）・星宿失度難（星辰の出現や運行に異変が生じる）・災火難（猛火が発生する）・雨水難（極端な異常気象が発生し、四季の区分が失われ、大水害が発生する）・悪風難（大暴風が起こる）・亢陽難（大規模な旱魃が発生する）・悪賊難（異国からの侵逼や内乱が勃発する）の七項目を「七難」として挙げている。

また、この「七難」に対応する「七福」具体的な内容については、少なくとも『仁王般若波羅蜜経』には明記されないが、「七難即滅、七福即生」という文言が民衆習俗にも普及した結果、幾多の解釈が称えられ、江戸初期には「七福神」の原拠としても享受されことが指摘されている。

〔098-06〕

1　現存文献での「魂結びの呪歌」の初出は、以下に示す藤原清輔『袋草紙』上「誦文歌」の記載とされる。

「見ニ人魂一歌

たまはみつぬしはたれともしらねども
むすびとゞめつしたがひのつま

三反誦レ之、男左・女右の褄を結びて、三日を経て解レ之云々。」

この『袋草紙』所収歌は、『簾中抄』「略頌〈付歌〉」・『二中歴』「呪術歴」・『拾芥抄』上「諸頌部」第一九などの中世に成立した主要な類書に、微細な文字の異同を見せながらも収められるほか、花部英雄は、本呪歌がかなりの異文を生じながら、幕末の秋田藩士・人見焦雨の随筆『蠅糞録』や近現代の阿蘇地方の口承伝承に認められることを指摘している（花部英雄「呪術と呪歌の論理」『和歌をひらく・四・和歌とウタの出合い』）。また、和歌の形式からは逸れるが（敢えてあてはめるならば、仏足石歌体というべきか）、室町後期成立の『実暁記（習見聴諺集）』六本に見られる以下の呪歌も、本歌の受容の一例として興味深い。

「一　人玉の飛の時の歌

玉はとびぬしは誰ともしらま弓したがへのつまにむすひとゞむぞしたがへのつま」

この「魂結びの呪歌」は、『袋草紙』ほか『簾中抄』以下の類書において、悪夢を吉夢と転じる呪歌・夕占（夕方に行う辻占の一種）での呪歌・百鬼夜行に遭遇した際の呪歌・鵺の啼き声を耳にした時の呪歌などの一連の呪歌と共に挙げられるが、『酔醒記』にはこれらの呪歌のうち、「魂結びの呪歌」のみが単独で収められている。故に、『酔醒記』で本呪歌が採り上げられるにあたり、『袋草紙』あるいは『簾中抄』以下の類書が直接の出典とされたかに

酔醒記	衣の下のつまを結ながら三返唱て
袋草紙	三反誦レ之、男左女右の褄を結びて、三日を経て解レ之云々
簾中抄	このうたをとなへて、きたるきぬのつまをむすふべし
二中歴	誦ニ此歌一結ニ所レ着衣端ニ云々
拾芥抄	誦ニ此歌一結ニ所レ著衣ノ妻ニ云々〈男は左のしたがひのつま、女は同右のつまを結ニ云々。〉

ついては疑問が残る。更に「魂結びの呪歌」に伴う所作が、左表に示すように『酔醒記』と『袋草紙』以下の文献の記載との相違が顕著であることをも考慮するならば、『酔醒記』が『袋草紙』などの先行文献に直接依拠した可能性については、極めて低いとせざるを得ない。

　なお、この「魂結びの呪歌」の享受につき注目すべきことは、本呪歌が単に実用的な呪歌として普及していたばかりではなく、『伊勢物語』一一〇段及び『源氏物語』「葵」の古註釈で証歌とされてきたことである。まず『伊勢物語』一一〇段本文は以下の通り。

「むかし、おとこ、みそかに通ふ女ありけり。それがもとより、こよひ夢になん見えたまひつるといへりければ、おとこ
　　思ひ余り出でにし魂のあるならん　夜深く見えば魂むすびせよ」

鎌倉後期に成立した『伊勢物語』古註釈書『和歌知顕集』には、一一〇段への言及は認められないが、一例として南北朝・室町期初期に流布した『冷泉家流伊勢物語抄』には、以下のように記載される。

「みそかに通ふ女ありとは、二条后也。○歌心は、思あまり出にし玉のあるならんとは、我おもふ心の深ければ、其魂の出て行にてぞあるらん。もし夜ふかく見へば玉祭せよ、とよめるなり。○たまむすびといふ事は、陰陽家の招魂祭に有。此人魂の出るに、暁に成ぬれば祭も叶はず。宵夜中などに出るは、祭れば帰るものなり。されば夜ふかく見へば祭れといふ。此祭のやうは、魂の出るを見て魂の方に向て衣のしたがひのつまを左に結びて歌て云、魂はみつぬしは誰とも知ねどもむすびとゞめつ下がいのつま、と三返頌て、彼魂の落たる所の土を取て、よき陰陽師に我が家に埋ませて、三日有て、彼陰陽師に褄を解かする也。此心を結びとゞむるべし。かく《ママ》の褄とよむなり。」

　もっとも、『伊勢物語』一一〇段の内容は、女を慕う男が、女の夢枕に立つという趣向にあり、『冷泉家流伊勢物語抄』に言及されるように、男の生霊が「人魂」として女の許に出現したわけではない。むしろ『冷泉家流伊勢物語抄』の見解は、「魂結び」という詞章を『袋草紙』等に見られる「魂結びの歌」に附会した解釈である。しかし、このような『冷泉家流伊勢物語抄』の解釈は、一条兼良の『伊勢物語愚見抄』に始まる、いわゆる『伊勢物語』旧註に、以下のような整合性が加えられ継承されている。

「是は、人魂の飛ぶを見ては、玉は見つ主は誰とも知らねども結びぞとむるしたがへのつまと、此の歌を三度誦して、衣のしたがへのつまを結ぶことゝ、昔より云ひつったへたる事有。その事を思ひて、夜更、そなたの目に見えん玉は、我にてぞあるらん、つまに結びとめてたべと、せめての事によみてやれる也。詞には、今夜、夢になん見しとかけり。夢といふ物も、たましいが歩きて見ゆれば、おなじ事なるべし。」

つまり、人魂として飛ぶことも夢枕に立つことも、本人の魂が浮遊することにということでは同じであると説き、この『伊勢物語賢愚抄』の見解は、牡丹花肖柏の『伊勢物語』註釈や細川幽斎の『伊勢物語闕疑抄』にも相承されている。

　また『源氏物語』「葵」では、六条御息所の生霊が、葵の上に憑依し、源氏に「なけきわひ空にみたるゝ我玉をむすびとゞめよ

下かひのつま」と詠じる場面が知られるが、本例の場合にも、『伊勢物語』一一〇段の場合と同じく、『源氏物語』古註釈では「魂結びの呪歌」との関連が言及されている。一例として、四辻善成の『河海抄』では、以下のようにある。

「なげきわび空にみだるゝ我玉をむすびとゞめよ下がひのつま
　歎わび出にし玉のあるならん夜ふかくみえは玉むすびせよ
　玉はみつ主はたれともしらねども
　　むすひとゞめつ《よィ》したがひのつま〈吉備大臣〉」

本歌を「吉備大臣」つまり吉備真備の詠とする説は、『河海抄』以前には未検であるが、『河海抄』の影響下に成立した『孟津抄』・『明星抄』・『岷江入楚』等の後続の『源氏物語』古註釈書に継承されている。おそらくは『袋草紙』・『拾芥抄』には本歌と共に、吉備真備所伝とする「夢違え」の呪歌が挙げられることから、何らかの混乱が生じた可能性が想定されよう。なお、九条稙通の『孟津抄』では、「魂結びの呪歌」と吉備真備との関連につき、以下の解釈により整合性を施している。

「なげきわび空にみだるゝ我玉を結びとゞめよしたがひのつま
　なげきわび出にし玉のあるならむ
　　夜ふかくみえば玉むすびせよ
　玉の出ぬるをむすびとゞむる事は、吉備公伝にて陰陽道にする也。その歌は、
　玉はみつぬしはたれともしらねども
　　むすびぞとむるしたがへのつま
三度誦て下がへのつまを結と云々。むすびとゞめよとは、心を本心にかへし給へとかこつ心にや。」

『酔醒記』	衣の下のつまを結ながら三返唱て
『愚見抄』	此の歌を三度誦して、衣のしたがへのつまを結ぶこと
『孟津抄』	三度誦て下かへのつまを結と云々

ここで改めて、「魂結びの呪歌」に伴う所作につき、『酔醒記』・『伊勢物語賢愚抄』第一一〇段・『孟津抄』「葵」の記載を左表に示す。

一見して『酔醒記』の所伝は、『伊勢物語愚見抄』第一一〇段・『孟津抄』「葵」の記載に近いことが明らかである。（なお、一条兼良は『伊勢物語愚見抄』第一一〇段では「魂結びの呪歌」を証歌とするが、『花鳥余情』「葵」ではこれを採り上げない。）

総じて「魂結びの呪歌」は、近現代に至るまで広範に流布していたことが明らかであるため、一色直朝がいかなる経路により、これを知り得たかについては未詳とする他はない。しかし、『孟津抄』を著した九条稙通と一色直朝に親交があったこと、また『孟津抄』に示される所作が『酔醒記』の記事と近似することを考慮するならば、飽くまで状況証拠ではあるが、一色直朝が、九条稙通を介して得た『源氏物語』註釈の知識の片鱗と解することも可能ではあろう。

2　本朝で人魂を文学の素材とする例は、『万葉集』一六「怕物歌」三首の第三首目（三八八九）に、歌の本文および歌意の詳細は不明ながら、幾分諧謔的に詠まれた例が著名である。特に、近世以降の人魂には、死霊あるいは亡霊の化身や表象とする意識が濃厚

であるが、中世以前の用例によれば、生霊が出現するときの形態とされたようである。このように、生霊が人魂として現れることを詠じたものとしては、以下に示す和泉式部の『後拾遺和歌集』入集歌（神祇・一一六二）が想起されよう。

「　男に忘られて侍ける頃、貴布祢に参りて、御手洗川に蛍の飛び侍けるを見てよめる　　　和泉式部
　もの思へば沢の蛍も我が身より
　　　あくがれ出づるたまかとぞ見る」

この詠歌は、『袋草紙』・『俊頼髄脳』などの歌論書から、『沙石集』・『三国伝記』などの仏教説話集にいたるまで広範に流布し享受されてきたことが知られるが、ここに詠まれた人魂とは、『伊勢物語』第一一〇段や『源氏物語』「葵」にみられる生霊と同様に、異性への執心のあまりに我が身から抜け出でた生霊のことである。

また、同じ人魂ではありながら、このような執心によるものとは対照的に、本人の意識とは無関係に抜け出るものも想定されていた。このような人魂の例は、『更級日記』で作者の夫が逝去する前年に現れたとするほか、中世では『とはずがたり』や『平家物語』に、より具体的かつ詳細に言及されている。

例えば『とはずがたり』一に言及される、文永七年（一二七〇）九月、姈子内親王（遊義門院・一三〇七薨）の御七夜の丑の刻頃に起こった人魂騒動は次のように記載されている。人魂の形状については、「頭は、かいふ（未詳）といふもののせいにて、しだいに盃ほど、陶器ほどなるものの、青めに白きが、つづきて十ばかりして、尾は細長にて、おびたたしく光りて、飛び上がり飛び上がりする」もの、あるいは「大柳の下に、布海苔といふものを溶きて、うち散らしたるやうなるもの」とある。御卜の結果、この人魂は存命中の後嵯峨法皇（一二二〇～七二）の御魂と判断され、当日の夜から泰山府君などを祭る招魂祭が行われたが、その甲斐もなく翌年二月に崩ぜられたとある。また『平家物語』諸本に見られる、平重盛の熊野参詣の章段には、平重盛が父清盛の「悪逆無道」の素行への懸念から熊野へ参詣し、本宮証誠殿に祈念したところ「灯籠の火のやうなる物の、おとどの御身より出でて、ばッと消ゆるがごとくして失せにけり」という奇異な現象が起こり、重盛はその約二ヶ月後に薨じたとある。この重盛の事例は、現代人が想像する「人魂」とは、多少印象が異なるが、『とはずがたり』での事例を参考とするならば、人魂の一種であると解せられよう。

このほか『真俗雑記問答鈔』（頼瑜周辺での言談集）九・一〇七「招魂本説事」によれば、「世間ニ『出魂』トテ、ヒカリ星ナルガ如クゾ。去出ハ一期寿命、既ニ将サニ尽キントノ時、日来更用五穀ノ精ノ出デ飛ブ也」とあり、人魂は、寿命が尽きるときに、主食としてきた五穀の精が出現する現象とも解されたようである。『真俗雑記問答鈔』当該箇所によれば、密教による招魂の修法は、醍醐寺三宝院流独自の相伝とされ、『徒然草』二一〇段に見られる、招魂の法につき述べたとする「或る真言書」との関連も想定され極めて興味深い。なお『真俗雑記問答鈔』一一・一「招魂法事」によれば、「北院御室御弟子ノ御室（道法法親王か）」が、後鳥羽院から招魂のための修法についての御下問を賜ったところ、醍醐寺の成賢が継承している旨を奏聞し、これを承けて成賢が一四日間勤仕したと伝える。このほかにも成賢は、後鳥羽院の愛妾、亀菊の部屋から人魂が出たこと、「仙（宣）陽門院（覲子内親王）」の女房

であった「則清入道（西行）」の娘の大輔が、就寝中に「鳥」が飛び去ったということで、各々七日間の修法を行い、亀菊も大輔もことなきを得たと伝えている。また『真俗雑記問答鈔』一一・一六「魂門魄戸事」によれば、左大指（親指）の爪の本と爪の肉の間を「魂門」、右大指の同様の部位を「魄戸」と称し、それぞれ魂魄の出入り口とし、「怖畏の事」には左右の親指を他の指を揃えて押さえ隠すように指示している。

〔098-07〕

1　唐土の所伝によれば、疫病や災厄を忌避するために称える四海神の名称は、少なくとも二系統が存在したらしい。

第一系統は『諸病源候論』の所伝であり、本稿では便宜上『諸病源候論』系統と称する。『諸病源候論』は、六一〇年に巣元方（五五〇～六三〇）により撰述された医書で、唐代から医学理論の権威と目されてきた。我が国では『日本国見在書目録』「三十七・医法家」に著録されるほか、『医心方』でも随所に引用されている。『諸病源候論』一〇「温諸病・温病候」に見られる『諸病源候論』系統の本文は以下のとおりである。

「養生方導引法ニ云フ。常ニ以テ二鶏鳴ノ時ヲ一、存心シテ念ズルコト二四海神ノ名ヲ一三遍ニシテ、辟ケ二百邪ヲ一止メレ鬼ヲ、令ム二人ヲシテ不ラレ病マ。

東海神ノ名ハ阿明・南海神ノ名ハ祝融

西海神ノ名ハ巨乗・北海神ノ名ハ禺強

又云フ。存下念シテ心ノ気ハ赤・肝ノ気ハ青・肺ノ気ハ白・脾ノ気ハ黄・腎ノ気ハ黒ニシテ、出デ二周ク其ノ身ヨリ一、又兼ネテ辟ケ二邪鬼ヲ一、欲スト上レ辟二却セント邪百鬼ヲ一、常ニ存三心シタレバ為ルト二炎火ノ如クニシテレ斗ノ煌煌ト光明一、則チ百邪ハ不二敢ヘテ干サレ之ヲ。可シト三以テ入ル二温疫之中ニ一。」

第二系統は『雲笈七籤』の所伝であり、本稿では便宜上『雲笈七籤』系統と称する。『雲笈七籤』は、一一世紀初頭に北宋の真宗（位・九九七～一〇二二）の命により道士・張君房が編纂した道教教義の百科全書であるが、同書巻一四に見られる記載は以下のとおりである。

「若シ有ルニ二県官一ニ、或ハ有リ二殃害之気一、軍ニ陣ス険難之処一ニ、及ビ入ルモ二他国一ニ未ダ習ハザレ二水土一ニ、或ハ遇フニハ二疫病ノ辰日一ニ、数々ニ存二念セヨ之一ヲ。或ハ入リテ二孝家一ニ臨ミレ戸ニ見ルニモレ喪ヲ亦タ、入ルコトレ門ニ一歩ニシテ、誦スルコト一遍、叩歯ヲ三タビ下シテ、当ニ誦スベシトレ二三遍一。此レ我ガ法也、来日ニ平ラカニ覚エ、便チ念ゼヨ二四海ノ神ノ名ヲ一。

東海神ノ名ハ阿明・西海神ノ名ハ祝良

南海神ノ名ハ巨乗・北海神ノ名ハ禺強。

四海大神、辟ケ二百鬼ヲ一、蕩《はら》フコト二凶災ヲ一、急急如律令。」

不吉な気配が漂う場合、嶮岨な土地に布陣する場合、他国に赴いた日が浅く、その風土に順応出来ていない場合、疫病が流行している時期、服喪中の家に赴いた場合などには、癖邪・攘災のため四海神の神名を称えよとある。

両系統の本文を対比したところ、『酔醒記』の本文は第一系統すなわち『諸病源候論』系統の所伝に属している。『酔醒記』本文が依拠した典拠については、未詳とせざるをえないが、管見によれば、我が国では両系統のうち『諸病源候論』系統の所伝が流布していたことが窺われる。もとより現存本『医心方』には、『諸病源候論』の当該箇所の引用は認められないものの、宋末元初（一三世紀）に原型が成立し、我が国でも享受された日常類書『事林広記』、および長禄二年（一四五八）に賀茂在盛（一四一二〜七九）が足利義政の命により撰述したと伝える陰陽道書『吉日考秘伝』には、小異は見られるが『諸病源候論』系統の本文が採り上げられている。以下に『事林広記』・『吉日考秘伝』両書に見られる、『諸病源候論』系統の本文を提示する。

（一）『新編群書類要事林広記』己集・巻一〇「禳鎮門・辟《クル》二百鬼一《ヲ》法」

「常《ニ》以《テ》二鶏鳴《ノ》時一《ヲ》、心《ニ》念《ズルコト》二四海《ノ》神名一《ヲ》三七遍。可《ク》レ辟《ク》二百邪悪鬼一《ヲ》、令《ム》三人《ヲシテ》不《ラ》レ病《マ》二瘟疫一《ヲ》。如《キニハ》レ入《ルガ》二病人《ノ》室一《ニ》、心《ニ》念《ズルガ》二三遍一尤《モ》好《シ》。

呪《ニ》曰《ク》、東海神阿明、南海神祝融、西海神巨乗、北海神禺強《ト》。」

（二）『吉日考秘伝』「禳鎮門・辟《クル》二百鬼一《ヲ》法」

「常《ニ》以《テ》二鶏鳴《ノ》時一《ヲ》、心《ニ》念《ズルコト》二四海《ノ》神名一《ヲ》三七遍。可《ク》レ辟《ク》二百邪悪鬼一《ヲ》、令《ム》三人《ヲシテ》不《ラ》レ病《マ》二瘟疫一《ヲ》。如入《ルガ》二病人《ノ》室一《ニ》、心《ニ》念《ズルガ》二三遍一最《モ》好《シ》。」

呪《ニ》曰《ク》、東海神河（阿）明、南海神祝融、西海神巨乗、北海神禺強《ト》。

又云《ハク》、凡《ソ》入《ルニハ》二疫家一《ニ》、以《テ》レ水《ヲ》調《ヘ》二雄黄末一《ヲ》、塗《レト》二其《ノ》鼻一《ニ》。

又云《ハク》、問《フニハ》二病《ヲ》於疫家一《ニ》、以《テ》二右手《ノ》指一《ヲ》、書《キテ》二坎《ノ》字一《ヲ》、握《ルコト》固《カレト》。」

なお、『吉日考秘伝』の傍線部分以外の部分については、左記に示す『事林広記』「禳鎮門・禳二瘟疫一法」の波線部分と一致している。

人家染《ムレバ》二時疫一《ニ》、即《チ》以《テ》二初病人《ノ》衣服一《ヲ》浣洗《シ》、令《ムレバ》二静飯甑中《ニ》蒸《セ》レ之《ヲ》、即《チ》無《シ》二伝染之患一。又云《ハク》、凡《ソ》入《ルニ》二疫病《ノ》家一《ニ》、以《テ》レ水《ヲ》調《ヘ》二雄黄末一《ヲ》、塗《レト》二其《ノ》鼻一《ニ》。又云《ハク》、問《フニ》二病《ヲ》於疫家一《ニ》、以《テ》二右手《ノ》中指一《ヲ》、書《キテ》二坎《ノ》字一《ヲ》、握《ルコト》固《カレト》。」

以上の緊密な近似性から、『吉日考秘伝』には明らかに『事林広記』が利用された痕跡が窺われ、室町中期以降では、『事林広記』を介して『諸病源候論』系統の所伝が流布していた蓋然性が高い。しかし、『吉日考秘伝』・『事林広記』両書の本文と『酔醒記』本文とを対比したところ、『酔醒記』がいずれかの本文を直接引用した可能性は極めて低く、恐らく何らかの言談の場での備忘に由来するものと思われる。

なお、この『諸病源候論』系統の四海神は、後代の天社神道でも援用されている。天社神道は、土御門神道とも称され、安倍家の後裔にあたる土御門泰福（一六五五〜一七一七）が創始した神道の一派で、陰陽道に垂加神道の教義を採り入れた神道である。

	東海神	西海神	南海神	北海神
酔醒記	阿明	巨ニホ(京)	祝融	禺強
諸病源候論	阿明	巨乗	祝融	禺強
事林広記	阿明	巨乗	祝融	禺強
吉日考秘伝	河明	巨乗	祝融	禺強
雲笈七籤一四	阿明	祝良	巨乗	禺強
北堂書鈔	句芒	蓐収	祝融	玄冥
雲笈七籤一八	句芒子 文始洪崖先生	蓐収子 夏里黄公	祝融子 赤精成子	禺強子 玄冥子昌

京都府立総合資料館蔵・若杉家本『祭文部類』に付加された天社神道による「当病加持式」では、「四海竜神」として「東海阿明神」以下の四海神が列挙される。

　この四海神の神格については、先秦時代の神話を伝える『山海経』以来、諸説が存在したことが知られる。たとえば、『隋書』「経籍志」に著録されることから、六朝期に成立したとされる『太公金匱』佚文には、東海神を句芒、西海神を蓐収、南海神を祝融、北海神を玄冥に比定している。この『太公金匱』佚文の所伝は、『雲笈七籤』一八の記載（東海君＝句芒子［号・文始洪崖先生］・西海君＝蓐収子［号・夏里黄公］・南海君＝祝融子［号・赤精成子］・北海君＝禺強子［号・玄冥子昌］）に概ね一致し、唐代以降の四海神の所説では、『太公金匱』の系統の言説が主流を占めたことが首肯されよう。

　ただし、この『太公金匱』の系統の所伝は、少なくとも辟邪を目的として四海神の神名を称える場合には、東海神と西海神に異同が認められ、事実上別系統の神格が立てられていた思われる。『雲笈七籤』一四所載の四海神の神名が、同書一八の記載と不整合を示すのは、このような両系統による神格が混乱したためであろう。なお『諸病源候論』系統の四海神の所見そのものは、朝鮮江原道原州の男覡、李世栄が所持した近世の巫経『鑠邪大全』に収める疾病の治癒を祈願する「染疾経」に諸神を羅列する中に「東海神阿明・南海神祝融・西海神巨乗・北海神、雄強）」とあるほか、「大神将篇」・「自動神将篇」・「自動経典上篇」にも認められる（赤松智城・秋葉隆編『朝鮮巫俗の研究・下』）。『諸病源候論』系統の四海神が東アジア全体で享受された様子が窺われよう。以下に、参考として『酔醒記』と主要な文献に認められる四海神の名称を表示する。

2　具体的には、『事林広記』では「百邪悪鬼を避け、人をして瘟疫を病まざらしむ」とある。唐土の古典医学によれば、「邪」は「胎内に入り込む悪気」、「鬼」は「体外から肉体を侵蝕するもの」、「瘟疫」は「流行病」を意味する。

　『諸病源候論』によれば、この四海神の名を称える呪法は、本来は「温病」の予防を意図したことが窺われる。ちなみに、『諸病源候論』では、「温病」の症状は以下のように言及される。

「有レ病ムコト温ヲ者、汗出デテ輙チ復タ熱シ而脈ハ躁《はや》ク、病ミテ不レ為二汗ハ衰一ント、狂言シテ不レ能ハ食スルコト、病ヲ名ケテ為レス何ト也。曰ハク、病ヲ名ケテ曰二フ陰陽ノ交一ト。陰陽ノ交ル者死ス。人ノ所二以ハ汗ヲ出ダス者一、皆生ジ二于谷一ヨリ、谷ハ生ズルモノニシテ二于精一ヨリ、今、邪気ト交モ争ヒ二于骨肉之間一ニ、而得タレ汗者、是レ邪ハ却キ而シテ精ノ勝リタレバ、則チ当ニベシ三食シテ而不ル二復タ熱一セ。熱者、邪気也。汗者、精気也。今、汗出デテ而輙チ復タ熱シタル者、是レ邪ノ勝ル也。汗出デテ而脈尚ホ躁キコト盛ンナレ者、死ス。今、脈ノ不レバ二与レ汗相ヒ応一ゼ、此レ不ルレ称サ二其ノ病一トハ也。其ノ死、明ラカナレバナリ矣。狂言者、是レ失フナリレ志ヲ。失ヘレ志ヲ者、死去ス。今、見ルモ二三死一ヲ、不レバ見二一生一ヲ、雖モレ愈ユト必ズ死ス。

　凡ソ皮膚ノ熱キコト甚シク、脈ノ盛ンナレレ躁キコト者、其ノ脈ハ盛ンニシテ而滑ラカナレ者、汗カキテ且ツ出ル也。凡ソ温病ノ人ハ、二・三日ハ、身軀ハ熱ク、腹満チ、頭痛シ、食飲ハ如クナルモレ故ノ、脈ハ直疾シ、八日ニ死ス。四・五日ハ、頭痛シ、腹痛シテ而吐キ、脈ノ来ルコト細ク、十二日ニ死シテ、此ノ病ハ不レ治セ。八・九日ハ、頭ハ不レ疼カ、身ハ不レ痛マ、目不レ赤カラ、色不ルモレ変ゼ、而反利ス。脈ノ来ルコト牒牒トシテ、按《おさ》フモ不レ弾《はず》マレ手ニ、時ニ大キニ心ノ下ニ硬シ、十七日ニ死ス。病ムコト三・四日以下ニシテ、不レ得レ汗ヲ、脈ノ大キニ疾ケレ者、生ク。脈ノ細小ニシテ難レキ得者、死シテ不レル治ラ也。下リ利（痢）、腹中ノ痛ムコト甚シケレ者、死シテ不レ治ラ。」

「温病」は、邪気が胎内に侵入することで、胎内の陰陽の気の調和が錯乱することであり、致死する病である。そもそも人間の発汗作用は、穀物を介して摂取した天地の精による作用である。天地の精は汗として表れ、邪気は熱として表れる。ゆえに、体内で邪気と天地の精とが反発し合い、天地の精が勝てば、食が進み発熱はしない。他方、発汗と発熱が生じるのは、邪気が勝ったためであり、脈拍が激しくなり、確実に死亡する。また、心神が耗弱してうわごとや訳の分からないことを口にする症状が出るのは、自らの意志を喪失したためであり、これも致死する。このように、「温病」は不治の病であり、快方に向かったとしても助かる見込みはない。個人差が認められるが、発熱・膨満感・頭痛・吐瀉・腹痛・脈拍の微弱化などが二・三日間ないし八・九日間続く場合は、八日から一七日のうちに致死する。但し、三・四日間の発病で、発汗することなく脈拍が力強い場合は、快復するが、下痢や腹痛が著しい場合は助からないとある。

また、引用箇所以外の部分には、「温病」の特徴として、「錦文」状の斑文が発症することにも言及がある。ゆえに、極度の発汗、高熱、発疹を伴う致死性の高い消化器系の疾患であることから、いわゆる「腸チフス」に比定される場合が多い。しかし、「温病」の根本原因は、「邪気」が胎内を侵蝕することに求められるため、広義の「流行性感冒」すなわち「風邪」に比定するべきであろう。

なお、『諸病源候論』では『傷寒論』（現行本『傷寒論』本文とは異同あり）により「温病」が発症する病理を以下のように解説している。

「経（注・傷寒論）ニ言フ。春気ハ温和、夏気ハ暑熱、秋気ハ清涼、冬気ハ氷寒ナリ。此レ四時ノ正気之序也。冬時ノ厳寒ニハ、万類ハ深ク蔵《かく》レ、君子ハ固ヨリ密ナレバ、則チ不レ傷ナハレ二于寒一ニ。触レ冒セル之者ハ、乃チ為ル二傷寒一ト耳。其ノ傷ハルレバ二于四時之気一ニ、皆能ク為ルモレ病ト、而以テ二傷寒一ヲ為スレ毒ト者、以テナリ三其ノ最モ為ルヲ二殺厲之気一焉。即シタレ病ニ者、為リ二傷寒一ト、不レ即サレ病ニ者、為三寒毒ノ蔵セ二于肌骨中一ニ、至リレ春ニ変ジテ為ル二温病一ト。是ヲ以テ辛苦之人ハ、春夏ニ必ズ有リ二温病一、皆由ル二其ノ冬時ニ触レ冒セル之所ニ一レ致ス也。凡ソ病ミテ二傷寒一ヲ而成ルレ温ト者、先ダチタレ二夏至ノ日一ニ者、為リ二病温一ト、后ルレ二夏至ノ日一ニ者、為ル二病暑一ト。其ノ冬夏ニ有ラバ二非節之暖一、名ケテ為シ二冬温之毒一ト、与ハ二傷寒一大キニ異ル也ト。」

四季の気温は「温和・暑熱・清涼・氷寒」と移りゆく。四季の「気」は、みな生命に危害を加えるものであるが、特に冬季（新暦の一一月上旬から翌年の二月上旬ころ）の厳寒の「気」には、生命に関わるほど激烈な危害を加えた。このような厳冬の「気」による疾病が、冬季のうちに発症するものを「傷寒」と称する。これに対し、冬季には潜伏し春季や夏季など温和な気候にいたり発症するものを「温病」と称し、夏至の前後のいずれに発症するか、季節によらず温暖であるかにより症状が異なるとある。

以上のように『諸病源候論』によれば、「温病」の根本原因を、厳冬に起因する「邪気」が体内を侵蝕することに帰している。つまり体内を侵蝕した、厳寒期の「邪気」が胎内での陰陽の調和を撹乱した結果、身体が蝕まれるということである。故に、このような厳冬の「邪気」が体内に侵蝕しないように、「四海」すなわち四方に存在して、四季の調和を司る「四海の海神」の名を称えることにより、厳冬による「邪気」の猛威を緩和して身体を防御することを意図しているのである。

〔098―08〕

1　五臓と五官とは、万物を五行理論によって分類し、人体の五臓に帰納させたものである。人間と同様に、牛馬の治療にも五行理論は重要な意味を持っていた。五臓（腎、肝、脾、肺、心）と五官（耳、目、口（唇）、鼻、舌）は密接な関係にあった。馬医は、馬のそれぞれの五官に表れた病状の違いによって、対応する五臓の病が「寒」「熱」のいずれからくるかものであるかを見極め、治療法を立てていた。天正七年（一五七九）本の写しとされる、宝永七年（一七一〇）本『安西流馬医巻物』（信州大学農学部蔵）は、寛正五年（一四六四）本『安西流馬医伝書』（三井高孟蔵）とほぼ内容が一致することが指摘されており、次のようにある。

たゞし、かんねつの二病をとくどうしてりやうちすへし。病のみなもとおさ《ママ》とれ者、生死の二道をしるへし。そうして、病のこんほんおふしといへとも、かんねつの二病にすくへからす。阿吽出入の二き、是すなわちかんねつなり。こゝをもつて生死の二道を心ゑへし。

寒熱の二病をよく心得て、病馬の治療にあたること、それにより、馬の生死の分かれ道をもわかるようになること、病気の根源は全て寒熱の二病に大別されることを説明している。『酔醒記』でも、五臓病については、中近世の他の馬医書と同様、五行理論に基づき、寒熱による症状、治療の違いについて述べている。『酔醒記』の五臓病の症状、治療法に関する記述及び、「馬庇薬」「爪あしきに、うらかたむる薬」「馬の身に矢たちて、ぬけずして煩時の符」の記述及び、「馬疵薬」「爪あしきに、うらかたむる薬」「馬の身に矢たちて、ぬけずして煩時の符」の記述は、室町期写とされる内閣文庫蔵『馬伝秘抄』の第六・七冊「馬書白岩シウ金伝書」の記述と一致する点が多く確認できる。『馬伝秘抄』（写本一七冊）は「安驥最要抄」「仲国秘伝集」など、室町期に流布した馬医書を収載する書物である。中でも『醒酔記』の記述と類似する点が多い「馬書白岩シウ金伝書」は、病馬の針灸による治療、薬の処方を記すほか、呪符や呪歌などの呪術的な治療法についても記す。この書の位置づけについては、未解明な点が多く、本注での言及は避ける。管見の限り、『酔醒記』の記述は「馬書白岩シウ金伝書」（以下『馬伝秘抄』とする）との一致度が高く、ここでは、『馬伝秘抄』との比較を中心に検討する。

2　『馬伝秘抄』と概ね一致する。『馬伝秘抄』には「第一、キノエキノトノヤマヒハ、カンノサウヨリヲコル。マナコクロクシテモノヲミル。サレハ、ヲトロキヤスクシテ、アシタヽス。サケニヨヒタルイヌノコトシ。サレハ、カンノサウニ風アレハ、マナコノイロアヲクヒカル。又、ネツナレハ、マナコノイロアカクシテ、アセヲカキテミユルナリ。ネツナレハ、カンミヤクヲトルベシ。又、カンナレハ、アハラホネヲカスエテ四ツメヲ、セヨリ五寸サゲテヤクヘシ」とある。

3　多和文庫蔵『医馬秘抄』には、「熱、眼濁リ、光無シ。漂ヒテ物ヲ見ザルノ姿ナリ。又、身ヲ廻ラカスコト定ナラズ」とあり、『万病馬療鍼灸撮要』には、肝熱の症状として「眼の内はつねのごとくきらりとして、物を見ざるもあり」とある。眼を黒くするとは、黒目の部分が大きくなり、目が濁って光を失った状態をいうか。

4　『馬伝秘抄』も同表現（→補注2）。このほか、元亀二年（一五七一）の写本のうつしである乾々齋文庫蔵『百種弁解集』にも「△肝のざふねつ、此わつらいは、伝、をどろきはしることあり。すがたはをなじく、きゆうぢすべし。よろぼいて、さけによいたるいぬのごとく、をそづのごとし也」とある。

5　『馬伝秘抄』は『酔醒記』同様「カンノサウニ風アレハ」とあり、寒の症状と明確には記さない（→補注2）。しかし、『医馬秘抄』下に、眼が青くなるのは肝寒の症状であると記されており、「肝寒、心静カニ振ウテ眼青シ。又、蹬《アシロリ》静カナル様ニシテ、又惓《ツマ》カナリ。肝ノ兪ニ火鍼シ〔又、此兪ヲ大陽ノ穴ト名ヅクハ、肝即チ大陽ナルノ故也〕温薬ヲ飼エ。五味子〔温無毒〕、醋〔温無毒〕、流黄〔温無毒〕」とある。

6　『馬伝秘抄』にも「マナコノイロアカクシテ」とある（→補注2）。寛文五年（一六六五）刊『要馬秘極集』巻三「嗜用の巻第一」には「肝熱は目あかく、しふりあきかたく、目にかさ出てまけてさしきる」とある。『医馬秘抄』には、肝熱のときの眼の色については記されていない。

7　宝暦九年（一七五九）刊『良薬馬療弁解』によると、眼脈は「耳の根より弦たる血筋」で「針を刺事二分血二号半を長とす。一切の眼病を治す」とある。『安西流馬医巻物』（信州大学農学部蔵）によれば、「眼脈の鍼」は「二分」刺し、瀉血するという。『医馬秘抄』には「眼脈ノ左ヨリ血ヲ出セ」とあり、具体的な瀉血法が記されている。

8　『医馬秘抄』に、肝寒の時は「肝ノ兪」を灸することが記されている（→補注5）。

9　『馬伝秘抄』と概ね一致する。『馬伝秘抄』には「一、第二ヒノエヒノトノヤマイハ、シンノザウヲヤムヘシ。ツネニワツライテ、エリフタツカ間ヲカムベシ。コレハカンノカタ。大ムナホネヲヤクベシ。又ネツナレハ、ムネヲネフリテ物ヲクハス。コレニハ、キウタウヨリチヲイタスベシ。ニガキ薬ヲ飼ベシ」とある。

10　杏雨書屋蔵『馬医書』（天正四年（一五七六）写）に「えり二か間」を噛む馬の姿が描かれている（【挿絵①】）。

【挿絵①】

11『医馬秘抄』に、心寒の時は「心兪ヲ灸シ、温薬ヲ飼へ」とあることから、経穴は心兪を指すと考えられる。『良薬馬療弁解』の馬の図には、馬の胸部に心兪が示されており、『馬医書』（京都大学附属図書館富士川文庫蔵、江戸前期頃写、ハ-88）の馬図にも、胸骨の間に心兪が示されている。宝暦一〇年（一七六〇）刊『万病馬療鍼灸撮要』や明和九年（一七七二年）刊『馬療治調法記』「針灸穴法図」には、胸部に二カ所の心兪が示されている。

12『馬伝秘抄』は「ムネヲネフリテ」とあり（→補注9）、『酔醒記』とは異なる。しかし、『医馬秘抄』下は、心熱の症状として「頭ヲ低クシテ呵欠ス。又、嗄《ノント》胸腫ル。又、眠ルガ如ニシテ驚クコト有リ。又、胸ノ前ニ汗有リ」とあり、症状について、常に眠気が生じるという点で『酔醒記』と共通する。

13『馬伝秘抄』には「キウタウ」とあり「九道」を指すか。『良薬馬療弁解』に「〇九道ハ胸の下前肢の上に在。針を刺事三分血五号を長とす。心の熱甚大なるを治す」とある。また、『安西流馬医巻物』（信州大学農学部蔵）にも、「九道の鍼」は「三分」刺して瀉血するとある。しかし、「胸堂」を指す可能性も考えられる。『医馬秘抄』に、心熱の治療法として「胸堂ヨリ血ヲ出セ。冷薬ヲ飼へ」とある。これに拠るならば、『酔醒記』の「脇だう」は「胸堂」とも考えられるか。『馬医書』（京都大学附属図書館富士川文庫蔵、江戸前期頃写、ハ-89）に記された馬の図によれば、胸堂は胸骨の両側に位置し、五臓の積熱、胸の痛みに効くとある。

14『馬伝秘抄』と概ね一致する。『馬伝秘抄』には「ヒノサウノヤマヒハ、ヲホネヲスリテ、リヤウハウノアシニ、ソツ〳〵トフミヲトシアルベシ。是ハカンノカタチ。ハラホネヲカスヘテ、ウシロヨリ二ハンメヲ五寸サケテヤクベシ。又、ネツナレバ、キハタイロノユハリヲスヘシ。コレニハ、ヒホンノチヲトルベシ。薬ニハ、カンサウヲ三銭、ニコリサケニテ飼ベシ。又ネツナラハ、三ツニテ飼べシ」とある。

15『馬医書』（京都大学附属図書館富士川文庫蔵、ハ-89）に記された馬の図によれば、尾の上部を指し、尾股骨とある。『百種弁解集』に尾骨をする馬の姿が描かれている（【挿絵②】）。

16『医馬秘抄』に、脾寒の時は「脾兪ヲ灸シ、温薬ヲ飼へ」と

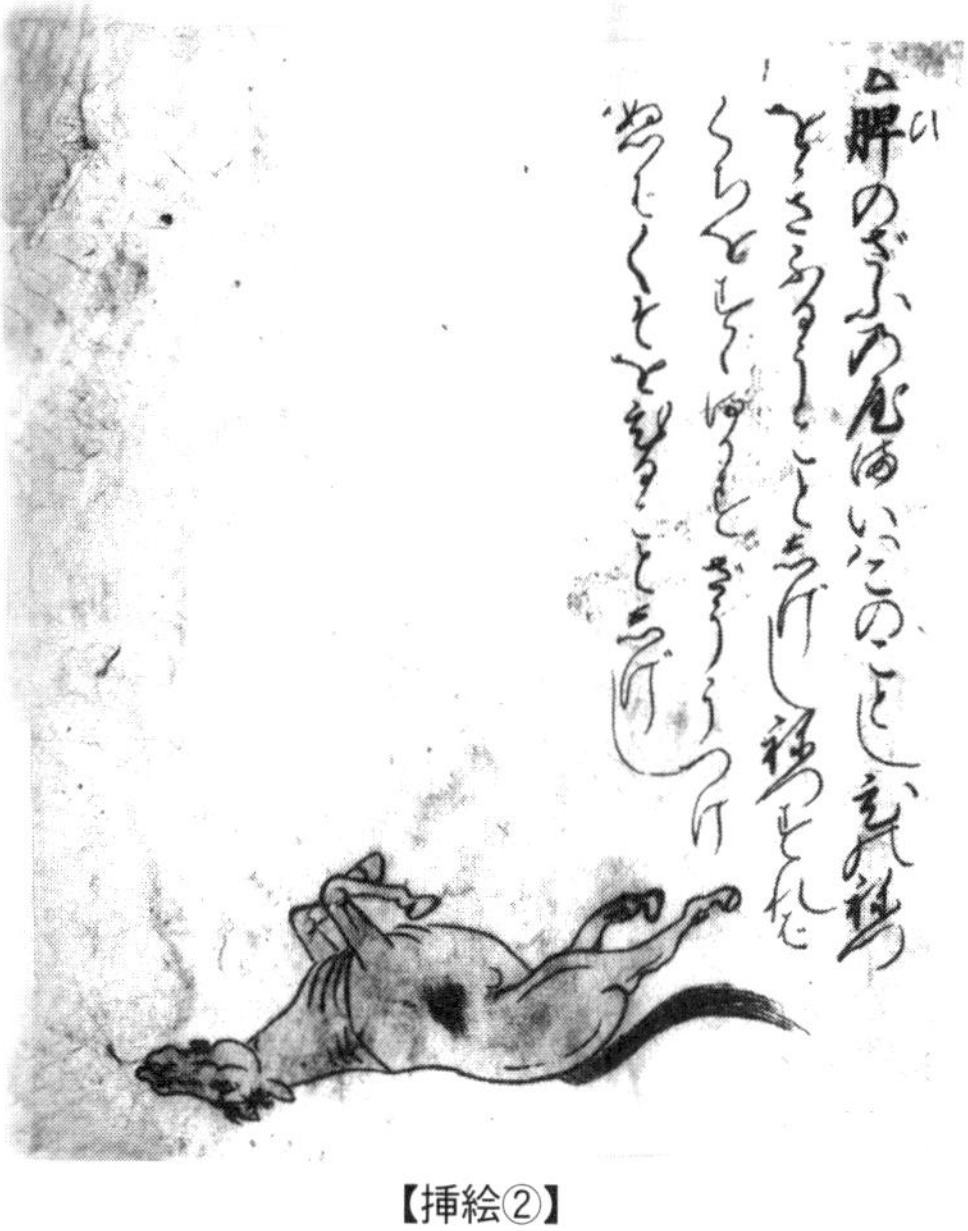

【挿絵②】

あることから、経穴は脾兪を指すと考えられる。『良薬馬療弁解』の馬の図によると、馬の前足近くに脾兪がある。また、『馬医書』（京都大学附属図書館富士川文庫蔵、ハ-88）に記された馬の図によれば、右の折骨近く、馬の後方に脾兪がある。

17『良薬馬療弁解』「同針之考弁」に「尾本ハ、尾の本脇にある血筋也。針を刺事三分血五合を長とす。脾胃膀胱腎の悪熱を治す」とある。

18『馬伝秘抄』と概ね一致する。『馬伝秘抄』には「一、月ヲシル事十三日ヨリ十八日マテ、ソノウチノヤマイ、ハイノサウトシルベシ。ハイノサウノナカサ二シヤウ二シヤク。ハイノサウノヤマイハ、ハナフキヲシゲクシテ、コウシテハ、ナイライツル。コレハカンノカタチ。又ネツナレハヒルシハフキヲシテ、ハナヨリ黄ナルウミシル出べシ。カンナレハ、ハラホネヲカズエテ八九メヲ一シヤク五寸サケテヤクベシ。クスリニハ、コセウ三セン、アカマツノカハ三セン、アハセテ、ミソ、シホ、スリ合テサケニテ飼べシ。ネツナレハ、ハリハカリニテナヲルナリ」とある。

19『良薬馬療弁解』「内羅」に「肺の風邪也。ゆへに肺の虚を補ひ痰を治するを吉とす」とある。

20 室町末期頃写とされる『秘伝集』第廾一「内らの事」には、「常にから吹ニふかは、八九を灸し、同肺門を灸すべし。はなふさかり息くるしなるを、八九、肺のゆ、はいもん、三所ヲ可灸。則くつろくへき也」とあり、「八九」「肺のゆ（兪）」「はいもん（肺門）」の三所を灸するようにとある。それぞれの位置は『良薬馬療弁解』に示されており、『酔醒記』が示す位置は「八九」に該当すると考えられる。

21『医馬秘抄』に、肺熱の時は「帯脈ノ右ヨリ血ヲ出セ」とある。

22『馬伝秘抄』と概ね一致する。『馬伝秘抄』には「シンノサウノヤマヒハ、ミ、ヲナヤミテシロクキウヲイダシテ、フクリハレテカタシ。是ハ、ジンノサウノカンノカタチ。コレニシテ、シンノサウノキウシヨヲイタシテ、シホハヤキクスリヲ飼べシ。又、熱ナレバ、サヤヲシケクイタシテコシヲフル。コレニハジンタウヨリチヲイタスベシ。コレハカリニテモナヲルベシ。薬ニハ、ヤキシホ三銭ヌルユニテ飼べシ」とある。

23『名語記』（巻六）に「小便ノユハリヲ、キフトイヘル如何」とある。

24『医馬秘抄』には、腎寒の時は、百会と腎兪に灸するとある。よって、『酔醒記』の「腎の左右」は、百会と腎兪を指すか。百会は背の後方の高い部分。腎兪は『良薬馬療弁解』の馬の図に経穴が示されている。

25『医馬秘抄』は、内服薬として「温薬ヲ飼へ。食塩〔鹹温無毒〕、烏賊骨〔鹹微温無毒〕、栗子〔鹹温無毒〕」を挙げる。

26『良薬馬療弁解』「同針之考弁」には「腎道ハ内股に竪に有血筋也。針を刺事三分血三合を長とす。腎の病四足痛を治す」とある。

27『馬伝秘抄』は「恋をする馬」の治療法（薬の処方）については記すが、『酔醒記』に見られるような馬の症状に関する記述は見られない。『馬伝秘抄』には「恋をする馬」の治療法として次の三点を記す。「一、コヒノ薬、イモリ、ウナキ、カツホ、クルミ、コイ、タイ、是ラヲ合テ飼べシ」「一、馬ノ恋スル病ノ事、女ノ髪ノヲチノ黒焼、ケスムラサキノ黒ヤキ、女ノキヤフヲアラヒテ飼ベシ。是ニトクタミヲ加エテ飼ベシ」「一、馬ノ恋ヲスルニカフ薬、茶ヲコク煎テタ馬ノユバリヲ取テ三合、茶ノセンジ物五合入テカウベシ」。また、近世のもので『酔醒記』の記述とは一致しないが、『馬医調法記』（元禄四年（一六九一）写）は「恋をする馬」の治療法について。「百七　恋をするむまは／一　定てしつかにして、おとろきたやうに、いさゝかの御事はふすにいたるなり。薬には南天ちく、せんして飼へし。秘やくなり」と記す。管見の限り、『酔醒記』や『馬伝秘抄』、『馬医調法記』のように「恋をする馬」の症状について記した馬医書は多くない。『酔醒記』は「恋をする馬をみるやう」「馬の眼のうはめぶちに」などの記述から窺えるように、医学的な治療というよりも、民間伝承や巷談に近いレベルの伝承をも記している点に特徴がみられる。

28　『馬伝秘抄』と概ね一致する。『馬伝秘抄』には「一、馬ノキス薬ノ事、ヒヤクフクヘヲクロヤキニシテ、カミノ油ニテツケベシ」（第七冊一八オ）とある。また、『馬医調法記』にも「卅五　馬きす薬の事／一　馬のきす薬の事、ひしやくふくへをくろやきにして、かうみの油にて可付。同さ□□すのくろやきをかみの油にて可付。」（□は判読不可）とあり、『酔醒記』の記述と一部類似する。馬の疵薬については、諸々の馬医書に記されるが、治療法は多様である。

29　『良薬馬療弁解』に「馬の爪を大切にする事、わが爪のごとくすと古人云伝り」とあるように、人々の生活のなかで大切な役割を担ってきた馬の爪に、人々は大変気を配っていたようだ。そのことは多くの馬医書が、馬の爪の症状と治療法を記していることからも窺える。爪を痛めた時に、爪の裏を硬くする薬として、田螺、猪油がよく用いられていた。特に、猪油は軟膏基剤として広く使用されてきたようである。『馬伝秘抄』には「一、ウラワレクスリノ事、タニシヲタ、キヒシキテ、イノ油ヲアハセテ、ソコヘヲシコミテ、ヌルカネヲアテベシ」とあり、『酔醒記』の記述と類似する。また、同書の「一、爪ノカケヲツル薬ノ事」には「松葉、マキノ葉」などのほか「キワタ」を煎じることが記されており、爪を傷めた時に黄蘗が用いられていたことも確認できる。黄蘗は、ミカン科の落葉高木で、キハダの樹皮を用いた生薬である。消炎、健胃、収斂、殺菌効果があることで知られる。小出文庫蔵『馬医秘伝』には「一、爪ノウラ虫ノ薬／草ノ王、猪油、ミソ、ウルシ、キワタ等、分ニ合爪ノウラヲヨク等ニ虫クワヲ落テ、酢ニテ洗布ニテノコヒテ此薬ヲ付、ウラニヌルメカネヲアテ作也」とあることから、おそらく黄蘗は爪の傷口の殺菌効果に用いられたと思われる。このほか『秘伝集』「うら高薬之事」には「一、松脂、一、猪油、是ヲわかして、一、にしから黒、一、田にしから黒、一、うるかの黒、一、鹿角ノ黒焼、是ヲ合薬ニシテ水へ可入、有口伝」とある。また、寛永元年（一六六一）刊の『似我蜂物語』「馬うら、かうやくの事」（五―一〇）には、「鼡糞くろやき三匁／草王三匁／万種酒三匁／いせおしろひ壱匁五分／松やにを鍋に入、しるくなる程に、ごまの油を入。右の薬みな入て。常のかうやくのことく程に。あふらをさし、ねりかため用也。馬のすそがうの内へ、血落うら、あさく、がうわれなど、したる馬に、先、すその湯にて、よく〳〵あらひ。此かうやく、うちへはり、かねを、あかめて当けれぱ、かうやくとけ、うらに、よく付もの也。さて其上に、沓をはかせて、をきぬれば。かうやく、はなるゝ事もなく。うらのいたみ、やがて、なをるもの也。一日二日に一度づゝ付かへて吉」とある。治療薬については、『酔醒記』と一致しないが、膏薬をつけ、爪の傷口に金を当てる点は一致する。このほか『似我蜂物語』には、「馬のすそへ、血おちけるに薬」（六―二四）等の馬医術に関する記述がある。『似我蜂物語』は、説話や随想のほか、弓馬、兵法等についても記した雑書的性格を持つ仮名草子であるが、『酔醒記』と『似我蜂物語』に直接的な影響関係は認められない。しかし、『似我蜂物語』の著者については、もと武士で禅宗の僧侶と考えられており（野田寿雄『日本近世小説史』）、室町期の類書的性格を持つ『酔醒記』に通じる一面が認められる。

30　『要馬秘極集』巻一〇上「馬曲疵押　第十四」には「下目ふちの下にしゝなく、いかにも薄くこけて、上目ふちも薄く、上目うちに角立たるは、人を喰曲」とあり、図示されている。

31　乾々齋文庫蔵『癘瘢千金宝』には、「丑の日の病馬は、丑の方の神祟なり。桃の木を一尺八寸に切て、弓にして、上下へはたを付て、彼馬の上を三度なでゝ川へ流すへし。此日病はひたなかといふ（後略）」とある。『酔醒記』と一致するわけではないが、桃の木（『酔醒記』は「桃の枝」）で馬の上（『酔醒記』は「ひゃくゑ（百会）」）をなでる（『酔醒記』は「打」）行為は共通する。桃の木や葉を動物の治療（清めるための呪術的な行為か）として用いる例は、『和漢三才図会』巻三七「畜類（狗）」に「治猫犬生癩、用桃樹葉搗爛、遍擦其皮毛。隔少時洗去之」とある。このほか『馬医調法記』では、馬の血みちの薬に「桃の花」が用いられていたり、瘡の薬として「山桃のかわ」「もゝの木のあまはだ」が用いられていたりと、馬医術でも、桃は様々な薬効があることで知られていた。『醒酔記』や『癘瘢千金宝』において、呪術的な行為と結びついて桃の木や葉などが用いられたのは、桃が西方の木で五行の精、仙木であり、邪気を厭伏せ、百鬼を制圧すると考えられてきたことによるのだろう。『酔醒記』には、この次にも「ちりをよこに置て、三返引こすなり。三度ながらちりをおきなをす」という呪術的な治療法が記されている。呪歌を三返唱えるなど、三度の繰り返しは、他の馬医書でも呪術的な治療を行う上で、約束事となっていたようである。例えば、『百馬表之書』（現所蔵先未詳）には「病馬によるとき此文を三返唱へてよるべし、歌に曰く、西東北や南も十文字いつくてやむとあひらうんげん」（参考『日本獣医学史』九四頁）とある。また、『馬医調法記』「仏とかめに病事（仏の咎めに病む馬の事）」「神とかめに病事（神の咎めに病む馬の事）」「腹やむをましのふ様（腹を病む馬を呪う様）」等にも三度の繰り返しが確認できる。このような呪歌による呪術的な治療法の早い例として、『安西流馬医巻物』（信州大学農学部蔵）が挙げられる。鍼治療の際には、「こんはくのはり二寸、さしながらまり四てんの音をとなへへし」とあり、また、「ちくくとちしめのうくにさわくちも、我かこゑきかばやかてとゝまれ」という血どめに関する呪歌を記すなど、針灸による治療法のほか、呪歌を用いた呪術的な治療法がなされていたことがうかがえる。『酔醒記』が記す馬医術の特徴の一つに、呪歌や呪符による治療法が挙げられる。このような特徴は、馬医学が秘伝書として相伝された中世以降（特に室町期に隆盛）の馬医書に共通する点である。呪歌については、花部英雄氏（『呪歌と説話』『昔話と呪歌』）の研究に詳しい。

32　百会は諸病に効く経穴として知られる。『良薬馬療弁解』には「百会の針一寸諸病に用ゆ」とある。また、百会は、寒熱問わない経穴としても知られている。『万病馬療針灸撮要』に「惣じて馬の諸病に寒熱のわきまへなく、針灸を用ひてよろしき所あり」とあり、その一つの経穴に百会を挙げ、「四季を弁ぜず、寒熱を論ぜず用ひてよろし」とする。

33　『馬伝秘抄』『馬医調法記』と概ね一致する。『馬伝秘抄』には「馬ノ身ニ矢タチテヌケズシテワツラフ事アリ。（【挿絵③】）。其後馬ノマホリニ吉。エノアフラニテ飼ベシ。ヤカテヌケベシ。其後ノ養生ニハ、アシ毛馬ノキモヲヌルユニテ飼ベシ」とある。また、『馬医調法記』には、「三十四　馬の身、やの立てぬけすして煩に有也／一（【挿絵④】）／是は馬のまふりにも吉。江の油にて可飼也。頓而ぬけへし。其後のようじやうは、あしけ馬のきもを、ぬか油にて可飼なり」とある。武士にとって、戦傷を負った馬の治療は、不可欠な能力であり、馬医術に長けた者は重宝された。例えば、『吾妻鏡』承久三年（一二二一）六月一八日条には、宇治で矢に中った武蔵太郎の秘蔵馬を友野右馬允遠久が治療した記事

【挿絵③】

【挿絵④】

があり、彼の治療は評判となったようだ。

○十八日辛未。武蔵太郎秘蔵馬一両疋、於宇治中矢。其鏃入身中、于今不出之。愁雖不斃、太辛苦。雖訪諸人、称無所于治術之由。生虜西面中有友野右馬允遠久者。飼馬之芸可謂古伯楽。聞此事、可治之由云々。武州頻入興。則引送彼馬之処、抜鏃療養。忽得愈也。珍事由、世以謳謌云々。（後略）

馬に矢が中って抜けない場合の治療に用いる呪符や、矢が抜けた後の養生法など、『酔醒記』が戦傷に関する治療法を記している点は注目できる。『馬療治調法記』序に「農家は是を以て耕作の助となし、武門は是を以て戦伐の具となす」とあり、また、『万病馬療鍼灸撮要』の冒頭にも「農家必用、武門須知」とあるように、近世になると、馬医書は武士ばかりではなく、農民へ、その利用者を拡大していった。このことは、村井秀夫氏（「解題（万病馬療鍼灸撮要）」『日本農書全集六〇　畜産獣医』所収）が指摘されるように、宝暦一〇年（一七六〇）成立『万病馬療鍼灸撮要』が、文禄三年（一五九四）成立『桑島流馬医書』と概ね一致する内容を記していながら、『桑島流馬医書』に確認される戦傷に関する七項目を立項していないという事実とも相通ずることであろう。『酔醒記』が「馬の身に矢たちて」という戦傷の治療法を記述している点は、『酔醒記』成立時の時代性、馬医書の時代的趨勢を考えるうえで注目できるのではなかろうか。

〔098-09〕

1　『酔醒記』の呪符は、『馬医調法記』「一馬の諸の病により死せん時に符を書てかけよ」の呪符（【挿絵⑤】）と一致する。

【挿絵⑤】

【099-01】

修験道の山にはどこにも八天狗社があるが、八天狗の内容はまちまちで、天狗の名称を失ってしまっているところもある。天狗を八と数えるのは、大峯八大金剛童子がもとといわれる。それは、大峯の七十五靡に七十五金剛童子を設定し、その中で主要な行場を八個所選んで八大金剛童子とし、不動明王の八大童子にもあてたものであった。後世の所謂八天狗は、一般的な名声のある大天狗をあげたもので、「愛宕栄術太郎、鞍馬僧正坊、比良次郎坊、飯縄三郎、大山伯耆坊、彦山豊前坊、大峰普鬼坊、白峰相模坊」（『合類節用集』）のようなものである。ここの八つの天狗と一致する八天狗を挙げるものは見出し得ないが、所謂八天狗ではない天狗名を挙げるものに、次のようなものがある。「八天狗神　／天に在ては　八雷神／地に在ては　八竜王神／中有に在ては　八天狗神／高倫房、火乱房、風涼房、大郎房、聞是房、是界房、先達房、闘諍房／父王…／母王…／十眷属／…」（『祓八ケ大事』文明十年講釈内容の聞書本の裏書。吉田兼倶創作の秘伝の切紙）、「山城愛宕山ニ八天狗之祠有リ。其ノ縁起ニ云ク、智羅天、仁命天、火乱天、風源天、兵革天、天縛天、道足天之ヲ八天狗ト云フ」（『八天狗神鎮坐縁起』唐泉山八天神社文書）、「帰命高林房頂礼風現房　南無太郎坊頂礼智羅天　南無火乱坊南無金比羅房　南無八天狗十二天見四十八天　見九億四万三千之大小之天　見嶽々峯々御部類眷属」（鶏足寺文書五九『智羅天法』）など。なお、高林坊は、高野山に弘法大師の開山以前から住んでいる地主神として知られる。太郎坊は愛宕山の大天狗。山城の紀氏弾正大弼御園の子、真済が染殿后に想いを懸け、妖魅となって悩ましたものと言われる。金比良坊は、四国象頭山に君臨する座主あがりの金剛坊の副将格で、黒眷属金毘羅坊と呼ばれる天狗か。朱徳院は、『保元物語』（下）に「御ぐしもめされず、御爪をもはやさせ給はず、生ながら天狗の姿にならせ給ぞ浅ましき」などと描写される崇徳院か。普厳坊は、隠岐ノ島の都度沖普賢坊か。

【099-02】

ここでは、一種の天狗名寄せが鎮火除災の呪とされるが、わが国の地鎮・宅鎮の歴史は、奈良時代、安宅・土側関係経典がもたらされ、鎮祭にその読経を行うとともに、陰陽道的地鎮を行ったところから始まったとされる。平安朝に密教が全盛を極めると、不動明王を本尊とする安鎮法が宮廷を中心に始まる。その行法は円珍の著した『陳宅息災護摩法』が骨子となったものらしく、修法は天台高僧を導師として行われ、そこで用いられる不動曼陀羅には、中央二臂不動尊に八方四臂不動尊・八方護世八天がめぐらされ、八方天の幡が曼陀羅の左右に立てられた。また、大壇を設けるほか、初期には七十天供が修されたが、一一世紀中頃からは代わって護摩壇が、ついで十二天壇・息災壇・聖天壇が設けられるようになった。真言宗では天台宗ほど安鎮法は大規模ではないが、四臂青不動を中尊とし、十二天がこれを取り巻く図様の不動曼陀羅に、大壇・護摩壇・十二天壇の三壇が設けられ、開白・結願日は八陽経あるいは安宅経が読まれる。また簡易な修法として不動略鎮があり、楊柳板五枚に梵字で不動鎮宅真言、不動加護住処真言を書いて色帛でこれを包み、七カ日修法後、鎮宅真言を宅の中央柱上と東方棟上及び北方柱上に、加護真言を南方中柱上に打ち付け、各々慈救呪を誦する。これら地鎮・宅鎮の作法は平安中期、天徳の内裏火災の頃から宮廷で盛んになってきたが、一方、賀茂・安陪両氏の進出に伴って陰陽道側からの鎮祭も活発化したため、この密教的安鎮法の興隆は陰陽道の刺激によるところが大きく、その影響が随所に見られる。具体的な陰陽道の鎮祭の記録は見いだせないが、鎮物を埋めたり、呪物を天井に置いたりしたようである。「七十二星西嶽真人」の呪符といったものが見られる。院政期以降、地鎮・宅鎮の呪法はいよいよ盛んとなり、『吾妻鏡』には宅鎮・地鎮関係の記事が十一種四十六例見える。陰陽道の地鎮宅鎮作法は吉田神道にも影響を与えており、天理図書館蔵「吉田文庫神道書」中の『地鎮次第』と称する口決などは、陰陽道・密教・神道の作法を合成しながらも陰陽道的構想が主となっている。このような、朝廷や貴族が高僧や陰陽博士に命じて行ったような地鎮・宅鎮・除災の修法が、中世にはより中下層の宗教者を通して、より呪い的なものに姿を変えつつ、一般にまで流布していったものと思われる。この名寄せは、根本中堂から始まっている点など、鶏足寺文書六二の『山渡祭文』(「…先日本国ニオイテハ　ヒヱイ山根本中トカタケヲ始トシ　シカモ僧正カタケ　アタゴ　タカヲカ　ヒラ山　吉野　ヒラノニ　カンノクラ　フ士ノチトウ　アサマカタケ　ハグロ山　サドノ石山　北山　白山　ミカミ山　ホウキノ大山　釈迦カタケ　吉ノ平ノニ　カンノクラ　アシズリ　モロズリ　大峰　カツラキ　ツクシニツタハリ　ヒコ山　カムリダケ　ホウ万ダケ　□バイシンカタケ　高良山　アソ山　ウン泉　クロソン　キリシマ　向カ島　ケンニ森山　イ王カシマ　国ヲツクシテハイ会ス　キ命高林坊頂礼風天坊　南無太郎坊　キ命栄坊頂礼智羅天坊　南無火乱　キ命珠徳院　ナム金比羅坊　其同前祈修ノ願文具衆生ニ見セシメ玉へ…」)と比較的一致する点が多く、これと同様、天台系のものと思われる。ちなみに、謡曲中(『鞍馬天狗』『花月』『松山天狗』『檍天狗』『車僧』など)に天狗が山伏姿でしばしば登場し、詞章中に「これは。鞍馬の奥僧正が谷に。年経て住める。大天狗なり。まづ御供の天狗は。誰々ぞ筑紫には。彦山の豊前坊。四州には。白峰の。相模坊。大山の伯耆坊。飯縄の三郎富士太郎。大峯の前鬼が一党葛城高間。よそまでもあるまじ。辺土においては。比良。横川。如意が嶽。我慢高尾の峯に住んで。人の為には愛宕山。霞とたなびき雲となつて。月は鞍馬の僧正が谷に満ち〳〵…(『鞍馬天狗』)」や「まづ筑紫には彦の山。深き思を四天王寺。讃岐には松山降り積む雪の白峯。さて伯耆には大山〳〵。丹後丹波の境なる鬼が城と。聞きしは天狗よりもおそろしや。さて京近き山々〳〵。愛宕の山の太郎坊。比良の峯の次郎坊。名高き比叡の大嶽に。少しこゝろのすみしこそ。月の横川の流なれ。日頃はよそにのみ。見てや止みなんと眺めしに。葛城や。高間の山。山上大峰釈迦の嶽。富士の高嶺にあがりつつ。雲に起き臥す時もあり…(『花月』)」の如き簡略な天狗名寄せ的なものも見られることが知られているが、かくの如き祭文類によったものと思われる。御伽草子『天狗の内裏』にも天狗名が幾つか挙げられているが、御伽草子『愛宕地蔵之物語』

は、最末部に「祭文にいわく」として、次のようなものを挙げている「抑敬白、啓白仕奉る《けいはくしたてまつる》　愛宕山大ごんげん、太良坊、十二八天狗之、ほんぢは。くわんせおんぼさつ。どうたいいは。やくしによらい。かたちは。ふげんぼさつと、現じたまふ。せけん、しゆじやうに。見せんそのため。人王四十四代之帝、元正天皇之御代。養老元年、きのとのいのとし。六月廿四日、いのときと申に、てんぢく。りやうかい山《さん》より。あまくたらせ給ふ。されば、その日の装束には。いつに勝《すぐれ》て。はなやかなり。はだには。しやかうと申。ひたゝれをめし。御身に、ごとくのよろひを、ちやくし。かみには。かうとうと申。ひのかぶとをめし。あしには、こかね九万りやうかいの。くつをめし、左の御手には。しんもんと申。こたかの印の、むすんで。肩にかけ。右の御手には。しやくぢやうを杖につき。三万六千。十万之八天狗を。めしつれて。日本、山〱だけ〱、住家は。おゝしと、いへども。とりわけ、山城国愛宕《おたぎ》のかうり。愛宕山《あたごさん》之。ふもとに、石木、たうく〱として。次に五行のれい、しやくぢやう。おとたへず。すぎにふきくるあらし。だいつら。だつた。あるまやてんく。すまんぎそわか。そのなかにいたるともがらに。我をしんするともがらには。ふくとくを。あたゑべきとの。御せひくわんなり。愛宕山のふもとに。こりふげん。てんつき。くわらん坊。いさいは。さんみつ房。大原住吉。つるぎの坊。北に、れんせう。ななかん坊。てんつきいなつま坊。けこん坊。あこん坊。ほうとうはんにや坊。ちとく坊。ひゑいい山には。次郎坊。くらま山には。僧正坊。さかひのうらには。みうらん坊。天満天神。さゝみつ坊。ならに、たきもと。杉坂坊。よしのに。かいずり。こざくら坊。ひこさんに。ぐうぜん坊。ゑちちう。かゞには。とわたり坊。白山《しらやま》さん。立山《たてやま》さん、はぐろやま。ゆどのさんには。さんこ坊。いぶきがだき。平野《(たて山カ)》かだき。高野山には。かうりん坊。いせのはまには。水神坊。たと山には。いちもくれん。みかわの国には。七やうてんぐ。遠江ノ国には。あきばさんじやく坊。富士。あさまには。こいのてんぐ。しの《(しなのカ)》ゝくにゝは。せうてんく。あさまだきには。いつなのてんぐ。はこねがたき。駿河かたき。いさや帰ん。ひゑいさんに。白石《しろいし》あい〱。いわやさん。かひりて。大峯、初而、善鬼坊。ほうき大山《せん》地蔵権現。ならに。だき。ほうきがだき。ぐんぜがだき　いさやかゑらん。てんくのめしつれ。大海に。ふねをいたし。山土に、くわゑんをいだし。大雨大風《たいうたいふう》つち風。風はふくとも。さわりなく。　われをしんする、ともがらには。数万騎の中にいたる共。むかひくる、おんてきども。他方千里か外に、追払、守るべきとの。御誓願　南無愛宕山大権現。うんか。あかび。さんまん。ゑい。そわかと。敬　白《うやまってもうす》　終」。これは怨敵退散の形を取るが、例えば南部イタコの巫俗が伝承する祓いの中に見られる「天狗」も類似の叙述構成を持つ一種の天狗祭文で、それでは「悪魔の難　盗賊の難　かれらしん難ふう難　口舌の難」の除難となっており、鎮火に限らず様々な除災の効能が期待されるようになっていることがわかる。こうした天狗祭文は、修験道の修法では天狗経に先だって唱えられるものという。所謂天狗経(「南無大天狗小天狗十二天狗有摩那（うまな）天狗数万騎天狗、先づ大天狗には、愛宕山太郎坊、妙義山日光坊、比良山次郎坊、常陸筑波法印、鞍馬山僧正坊、彦山豊前坊、比叡山法性坊、大原住吉剣坊、横川覚海坊、越中立山縄乗坊、富士山陀羅尼坊、天岩船檀特坊、日光山東光坊、奈良大久杉坂坊、羽黒山金光坊、熊野大峰菊丈坊、吉野皆杉小桜坊、天満山三尺坊、那智滝本前鬼坊、厳島三鬼坊、高野山高林坊、白髪山高積坊、新田山佐徳坊、秋葉山三尺坊、鬼界ヶ島伽藍坊、高雄内供奉、板遠山頓鈍坊、飯綱三郎、宰府高桓高森坊、上野妙義坊、長門普明鬼宿坊、肥後阿闍梨、都度沖普賢坊、葛城高天坊、黒眷属金比羅坊、白峰相模坊、日向尾股新蔵坊、高良山筑後坊、医王島光徳坊、象頭山金剛坊、紫尾山利久坊、笠置山大僧正、伯耆大山清光坊、妙高山足立坊、石鎚山法起坊、御嶽山六石坊、如意ヶ岳薬師坊、浅間ヶ岳金平坊、総じて十二万五千五百、所々の天狗来臨影向、悪魔退散諸願成就、悉地円満随念擁護、怨敵降伏一切成就の加持、をんあろまや、てんぐすまんきそわか、をんひらひらけん、ひらけんのうそわか」は、江戸期以降のものしか知られていないが、その原型は、このように少なくとも中世には遡り得るものであり、この月庵が書き留めたものは、記録されたものとしては最も古い例と言える。

〔100−01〕

1 「聖主天中天　迦陵頻伽声　哀愍衆生者　我等今敬礼　世尊甚希有　久遠乃一現　一百八十劫　空過無有仏　三悪道充満　諸天衆減少　今仏出於世　為衆生作眼　世間所帰趣　救護於一切　為衆生之父　哀愍饒益者　我等宿福慶　今得値世尊」（『法華経』巻三・第七品・化城喩品）

2 「一、迦陵頻伽声事、迦陵梵語、此翻妙声也。在卵中、声勝衆鳥也。（中略）一、此文常火伏書用之。諸堂塔神社塔廟等棟札書之、此心也。天竺祇園精舎、七度炎上也。後、書此文門柙（「押」の誤か）不焼申也。（後略）」（『法華経鷲林拾葉鈔』巻一一・化城喩品・一〇迦陵頻伽声事」）

〔100−02〕

1 「白沢《はくたく》白沢〔弥陀疏鈔曰、有神獣、名白沢。能人言、弁万物之情。諸邪望影而避。山海経曰、東望山有沢獣者、一名白沢。伝燈録元安禅師伝、師曰、家有白沢図、必無如是妖怪〕」（『節用集大全』）

「白沢〔避怪獣也。能言黄帝時出也。人面四足、背上有両角也〕」（『弘治二年本節用集』、『永禄二年本節用集』、『尭空本節用集』、『両足院本節用集』）

「白沢〔避怪獣也。能言黄帝時出也。人面四足、背上有両角也〕」（『運歩色葉集』）

白沢の枕は、「魅」を避けるという説があった。

「逆韋之妹、媽太和之妻、号七姨、信邪見。豹頭枕以辟邪、白沢枕以去魅、作伏熊枕以為宜男。太和死、嗣虢王娶之。韋之敗也。虢王斬七姨頭、送朝堂。則知辟邪枕無効矣。」（『朝野僉載』巻五、同文は『説郛』にも引用される）

「唐逆韋之妹、媽太和之妻、号七姨、信邪見。豹頭枕以辟邪、白沢枕以去魅、作伏熊枕以為宜男。太和死、嗣虢王娶之。韋之敗也。虢王斫七姨頭、送朝堂。即知辟邪之枕無効矣。〔出朝野僉載〕」（『太平広記』巻二八八）

「韋庶人妹七姨、嫁将軍馮太和、権傾人主。嘗為豹頭枕以辟邪、白沢枕以辟魅、伏熊枕以宜男。太和死、再嫁嗣虢王。及玄宗誅韋后、虢王斬七姨、首以献。」（『旧唐書』巻三七・志一七・五行）

　また、日本に於いては「白沢」を貘と同一視する記述も見られる。
「貘（中略）今俗是を白沢といふ。此を見れば邪気を避るものと見えたれば、枕屏風に此図を書て自然と悪気を避る理に叶へり」（『塩尻』巻一四）
なお、清涼殿鬼の間には、白沢王が鬼を切る絵が描かれていた。
「又鬼間の壁に、白沢王をかゝれたる事は、昔、彼間に鬼のすみけるを鎮られける故に、かゝれたる事は申つたへたれども、たしかなる説をしらず。」（『古今著聞集』巻一一）
「鬼間　二間格子也。南壁白沢王切鬼絵」（『禁秘抄』）
この他、白沢は医術に関わる神獣としても崇められることがあった。
2 『景徳伝燈録』巻二六、元安禅師の条に、「師曰、家有白沢之図、必無如是妖怪〔保福別云、家無白沢之図、亦無如是之恠〕」とあるが、家に「白沢之図」があるが、こんな妖怪はこの世にいない、の意（割注は、保福（禅僧の名）は別の時に、家に白沢之図はないし、こんな妖怪もいない、と言った、の意）である。『景徳伝灯録』は、中国北宋の成立で、日本でも寛永一七年（一六四〇）に和刻本が出版されている。

【100-03】
1 「鳳凰羽族之霊者、其雄為鳳其雌為凰。来儀者来舞而有容儀也」（『書経集伝』巻一）
「此鳥南方之鳥。雄曰鳳雌曰凰。」（『注好選』鳳凰有仁智第四十一）

【100-04】
1 「金鶏　人間本無金鶏之名、以應天上金鶏星故也。天上金鶏鳴、則人間亦鳴。見『記室新書』」（『祖庭事苑』所収『懐禅師前録』、（『祖庭事苑』は大観二年（一一〇八）睦庵善卿の撰。『記室新書』は唐の李途撰、逸書）
参考
「易是類謀曰、五星合狼弧張。昼視無日光、虹霓煌々。太山失金鶏、西岳亡玉羊。太山失金鶏者、箕星亡也。箕者風也。風動、鶏鳴。今箕候亡故、雞亦亡也。西岳亡玉羊者、星在未為羊鶏。失羊、亡群臣。縦恣人愁不祥」（『太平御覧』巻五）
「三国典要曰、斉長広王湛即皇帝位於南宮、大赦改元。其日、将赦庫令於殿門外建金雞。宋孝王不識其義、問於光禄大夫司馬膺之、赦建金雞其義何也。膺之曰、案海中日占曰、天雞星動当有赦由、是帝王以雞為候」（『太平御覧』巻九一八）
2 扶桑の木に朝日が昇ることは『節用集』類に見える。
「扶桑〔（中略）扶桑者日本惣名、朝暾必昇於若木――梢、故呼日本。（後略）〕」（『文明本節用集』）
「扶桑国〔日本捴名也。朝日必昇若木之梢〕」（『運歩色葉集』）

【100-05】
1 「　　梅花見にこそきつれ鶯のひとく〳〵といとひしもする
ひとく〳〵とは、鶯はなきはてにけり《ママ》こゑに、まことにはやくなく事有。それは人く〳〵となくやうにきこゆればかくよめり。古物語にもかくぞみえたる。そのこゑをばきり〳〵きりて、てう〳〵となくと申人もあり。」（『顕注密勘』）
「九十八　梅花見にこそきつれうぐひすの人く〳〵といとひしも

をる
　鶯はなきはてに、きり声になくことあり。それはひとく〱となくやうにきこゆればかくよめる、或物にもかくぞ見えたる。」（『奥義抄』）
2　冷泉家時雨亭文庫所蔵　嘉禄二年本、同貞応二年本をはじめとする多くの古今集諸本は第五句「いとひしもをる」。志香須賀本、基俊本、雅俗山庄本、永治本は「いとひしもする」、前田本は「する」を見せ消ちにして「をる」と訂正、後鳥羽院本は「する」とし「を本」と傍書。（久曾神昇『古今和歌集成立論　資料編』）

〔100-06〕
1　「いくばくの田をつくればか郭公しでの田をさをあさな〱よぶ（『古今集』一〇一三番歌）
　しでのたをさとは、郭公の一の名也と、ふるき物にしるせり。郭公はしでの山より来りて農をすゝむるゆゑに、しでの田をさとといへり。其詞云、過時不熟となくが、郭公ときこゆる也と申。時すぎばみのらじと鳴と云々。但しでの田をさをあさな〱よぶと云は、しでのたをさとは別の物のごときこゆ。如何か自の名をよぶべき。教長卿は、しでの山にては男にてあり。童蒙抄にはわらはにてこゆといへり。共難知事なれば不及沙汰。抑郭公は、もずと云鳥の本の名といへる事有。彼のもず、昔沓ぬひにてありける、郭公のくつでをとりて、いま四五月のほどにたてまつらんとて、すかしてかくれにければ、それをたづぬとよびありくによりて、郭公の名をえたる也。此よびありく郭公は本のもず也。かのかくれありくもずは、本の郭公也。太后百番歌合云、
　郭公鳴つる夏の山辺にはくつでいださぬ人や有らん
此心をよめり。此歌はくつでの事をば知ながら、後の名に付て郭公とは、此よびありく鳥をよみ、沓手いださぬ人とは、かくれてあはぬ沓ぬひを読る也。もず丸は秋は木ずゑにてほこりなけど、四五月にはやぶにかくれて、こと〱しくと、しのびになくとぞ申。もずのはやにへとて、もろ〱の小鳥、かへるなどを取て、うばらの枝などにさして置たるは、郭公についしようせんとも申めり。」（『顕注密勘』）
「いくばくの田をつくればか（傍書　幾ノオ、キ田ヲツクレバアサナ〱多ノ郭公ヲヨブゾトモイヘリ）、シデノ田ヲサトハホトヽギスノ一ノ名也。郭公ハ、シデノ山ヨリ来テ農ヲスヽムルユヘニ、シデノ田オサト云トイヘリ。但、シデノタオサヲアサナ〱ヨブトイヘリ。自ノ名ヲバヨブトハイヒガタキ歟。ホトヽギスハ、モズト云鳥ノ本名也ト云事アリ。彼モズ、昔沓ヌイニテアリケルガ、郭公ノクツノレウヲトリテ、イマ四五月ノホドニタテマツラント、スカシテカクレニケレバ、ソレヲ尋テヨビアリクニヨリテ、ホトヽギスノ名ヲエタル也。ヨビアリク郭公ハ本ノモズ也。カクレアリクモズハ、本ノホトヽギス也。」（『六巻抄』）
「郭公、シデノ山ヨリ来テ農ヲスヽム。鳴詞云、過時不熟トナク声ノ、ホトヽギストキコユル也ト云リ。故ニシデノ田オサト云ト云々。教長卿ハ、シデノ山ニテハオトコニテアリ云々。童蒙抄ニハ、ワラハニテコユト云ヘリ。共ニ難知事ナレバ不及沙汰。沓ヌイノ事、顕昭清輔同云云々。又云、大后ノ百番歌合云
　郭公鳴ツル夏ノ山べニハクツデイダサヌ人ヤアルラン
此心ヲヨメリ。此歌ハ、沓手ノ事ヲシリナガラ後ノ名ニツキテ郭

公トヨビアリク鳥ヲヨミ、クツデイダサヌ人トハカクレテアハヌ沓ヌヒヲヨメリ。モズ丸ハ秋ハコズヱニホコリナケド、四五月ニハ、ヤブニ隠テコトく\シクト、シノビニナクトゾ申。モズノハヤニヱトテ、モロく\ノ小鳥・カヘルナドヲ取テ、ウバラノ枝ナドニサシテヲキタルハ、郭公ニツイセムセムトモ申メリ。此等ノ義、中納言入道定被同早。」（『六巻抄』）

「　ほとゝぎすなきつるなつのやまべにはくつでいださぬ人や
　　わぶらむ

寛平御時后宮の歌合也。まことにはもずを郭公と云べき也。昔くつぬひにて有ける時、くつれうを、いま四五月計に奉らむといひちぎりてうせにけり。其後みえざりければ、くつをこそえさせざらめ、くつでをたまふべし、とらむとて、とらせむとたのめたる四五月にきて、郭公とよびありく。もずまろ、その比は秋のやうに木の末にゐて声高にもなかで、かきねをつたひてしのびやかにことく\しくつぶやきてなくなり。此事たしかなる本文見えず。そらごとならむに、むかしの人、歌合の歌にはよまじとぞおぼえ侍る。」（『和歌童蒙抄』）

「一、くつで
ほとゝぎす鳴きつる夏の山辺にはくつでいださぬひとやすむらん
祐云、ほとゝぎすは、もずといふとりの名なりといふ事あり。かのとり、むかし、くつぬひにてありけるが、郭公のくつでをとりて、四五月のほどにたてまつらむとて、すかしてかくれにければ、それをたづぬとて四五月になれば、ほとゝぎすく\とよびありくによりて名をえたり。さてこそもずは声たかくて木のすゑにのぼる鳥の、四五月には、やぶのなかにかくれて、ことく\しくとつぶやくなり。」（『色葉和難抄』）

「いくばくのたをつくればか郭公しでのたをさを朝なく\よぶ
たをさは、郭公異名。田長と書り。ほとゝぎすは、もずと云鳥のもとの名也。此鳥、昔、沓ぬひにてありけるが、郭公の沓のれうをとりて、今や五月のほどにたてまつらんとて、すかしてかくれければ、それをたづねんとて、よびありくによりて、この名をえたる也。されば、大治《ママ》百番のうたあはせに、
ほとゝぎすなきつるなつの山辺にはくつていださぬ人かあるらん」（『宮内庁本古今集抄』）

「五に、「沓手鳥」。此鳥先生に沓を作てうりけるを、もずといふ鳥、沓をきのりて、そのあたひをなさずして、鳥になり、もずに沓典をこうゆへに、「くつで鳥」といふ。此鳥の来る時は、かくれてみえず。此も万葉云、
　郭公鳴つる夏の山辺にはくつでいださぬ人はあらじな」（『古今和歌集灌頂口伝』）

「　身のわざの卑しきのみか心さへかだましかりし沓手ぬす人
鷸の陰陽頭殿へ、山雀の藤五」と書ひて祇園林の前に立たり。鷸是を見て大に怒って、「今度の合戦には自余には目を懸くまじ。山雀に渡りあひて小首つかんで、一しめ締めて憂き目をみせん」とぞのゝしりける。ある者鷸に「さもあれ沓手盗人の御悪名、いかなるいはれにて候やらん」、「さん候、面目なく申事なれども、我らが先祖にて候者、沓を縫うて売りける程に、郭公の沓の料を取て無沙汰せしめて、兎角するまゝ互ひに死せり。郭公、今も昔を思出て請い候間、郭公の鳴候自分は我等は隠れ候なり。此ゆへに、郭公（寛永古活字版では「鷸」）を沓手鳥共申侍るなり」と

ぞ語りける。」（『鴉鷺物語』下）

2　ホトトギスが「過時不熟」と鳴くこと、『顕注密勘』、『六巻抄』（前項参照）ほか、諸書に見える。

「　いくばくの田をつくればかほとゝぎすしでのたをさをあさなく〱よぶ

顕昭云、しでのたをさとはしづのたをさと云也。ほとゝぎすは勧農の鳥とて、過時不熟と鳴とは、ときすぎばみのらじと云義也。それが郭公と鳴とは聞ゆると云り。たをさとは田を作る者也。しづとはしづのを也。」（『袖中抄』）

3　『顕注密勘』『六巻抄』では「こと〱しくとしのびに」。『和歌童蒙抄』では「しのびやかにこと〱しくつぶやきてなくなり」、『色葉和難集』では「こと〱しくとつぶやくなり」

4　『六巻抄』は『酔醒記』と同じく「ツイセム」、『顕注密勘』は「ついしようせん」。

〔100-07〕

1　頭注に示した誤写案に従って、試みに訓読を示す。

「淡妝雨ヲ帯ブ一枝ノ春。鴝鵒飛来シテ百様ニ鳴ク。東風ニ嘱付ス長ク主ト作（な）ランコトヲ。百舌ニ教フルヲ休（や）メヨ無声ヲ俟タンコトヲ。」

2　銭選について記述のある日本の書物について列挙する。

「上　銭選　字舜挙、号玉潭　霅川人、善人物・山水・花鳥・禽獣」（『君台観左右帳記』東北大学附属図書館狩野文庫本、「元朝」の画人を列挙した箇所）

「銭舜挙　山水人物花鳥墨絵色取。号王澤」（『君台観左右帳記』群書類従本、「絵之筆者上中下」の「上」を列挙した箇所）

「連歌過ば、三献まいらせよ。磨付の座敷を飾り、天神の名号に三具足とりそへ、硯、文台は去年、浅井所より来り候梨子地の文台（中略）、絵は舜挙の花鳥、上下は金地の小紋の金襴、中は赤地の鳥襷、風帯、一文字まで結構を尽くせり。」（『猿の草子』）

「一　舜挙筆　堺油屋常悦に在　芙蓉赤色、絹ニ書候」（『山上宗二記』表千家本）

「一、　舜挙筆　龍眼子、昔大内所持、周防山口ニ在、
一、　舜挙筆　枇杷ノ絵、昔大内所持、周防山口ニ在、
右、龍眼子枇杷二幅一対也」（『山上宗二記』武田家甲本）

銭選は南宋末、元初の人。生没年不詳。晩年を元初に生きたが、元朝に仕えることはなかった。その画業および伝記については、内藤湖南『支那絵画史』、陳舜臣『中国画人伝』、鈴木敬『中国絵画史』などに記載がある。

〔100-08〕

1　「暁ノシギノハネガキト云者、日本記云、大國ニ、鴫王ト云人アリ。彼孫ニ、鴫ノ大臣ト云人ノ子、応仁天皇ノ時、日本ニ来レリ。カノ家ニハ、鴫ヲ氏神トシケリ。スヱザマニハ、シギノ羽ヲ守トシテ持ケリ。彼鴫ノ大臣ノマゴニ、鴫姫ト云人アリ。光仁天皇ノ皇子カヨヒ給ケルニ、百夜ヲ契テ通給ケルガ、百夜ニ満シケル夜、来リ給ハズ。彼姫、シギノ羽ヲ以テカズヲカキテ、

暁ノシギノハネガキモヽハガキ君ガコヌ夜ハワレゾカズカク

コレヨリ、契ノカハル事ニ云也。」（『毘沙門堂本　古今集注』）

「暁のしぎの羽がきをかぞへ

暁の鴫の羽がきもゝはがききみがこぬ夜は我ぞかずかく

鴫と云とりは、暁毎に羽がきを度々する也。是を百羽がきと云へり。恋によせてよむ也。日本記に云、むかし、もろこしに、しぎ王といふ御門おはします。その末孫に、しぎ大臣といふ人の子、応仁天皇の御時、我朝へ渡り侍るなり。その子孫に、しぎひめと云ひて、天下にならびなき美人あり。光仁天皇、かの姫に心をつくし給ふに、しぎひめの云、「誠に我に御心ざしあらば、百夜通ひたまへ。然らば逢ひ奉る」と御返事あれば、御門、その夜を初として通ひ給ひけるが、百夜満ずる夜、大やけの事にさへられさせ給て御渡りなかりしかば、此歌をよみ給ひしより、契のたがふ事には此例証を引といへり。」(『古今和歌集頓阿序注』)

参考

「暁ノ鴫ノ羽垣ト云ハ、種々ノ義有ト云ヘドモ家ニ伝ル所ハ二ナリ。

古撰云　唐ノ鴫ノ羽垣イク夜シテ恋シキ人ノ来マサザルラム

又当集云　暁ノ鴫ノ羽垣百羽ガキ君ガ来ヌ夜ハ我ゾ数カク

先、上ノ歌ノ心ハ、唐ノ鴫ノ羽垣トハ、漢ノ武帝ノ王子ニ、鴫公ト云人有。彼人ハ左右ノ肩ニ翅アリ。是鴫ノ羽也。此人、此羽ヲ以テ、数里ヲ飛ブ徳アリ。此君死スル時、我ガ左右ノ翅ヲ切テ子ノ鴫丞相ニ与フ。此羽ヲ家ノ守トス。鴫多ク此家ニアリ。異国ノ王ノ姫君来テ丞相ノ妻ト成テ余所ヨリ来リ通ヒケルガ、或時ノ暁ニ来リケルガ、鴫ノ羽ヲ連テ、垣ノ如クニシテ立ヌレバ、得入ズシテ帰リヌ。ソレヲ引テ鴫ノ羽垣ト云也。アハデ帰リシヲ云。

又日本紀ニ、鴫ノ羽垣ノ事アリ。注ニ万葉ニ云、光仁ノ御時紫藤ノ中納言ト云人アリ。内裏ニ仕ウマツリツル女ヲ思テ通ケルガ、如何成事ニヤ有ケン、不逢成ニケレバ、行テ恨ミケル。箱ノカケゴニ入タル鴫ノ羽ヲ取テ男ニ与ヘテ云ク、「是ヲ持テ暁毎ニ来テ我家ノ庭ニ数ヲカケ、百ニ満ナン時、逢ン」ト云。則チ明日百ニ満ゼントテノ日、此羽ヲ失ヒヌ。百ニ満ゼン其夜、ヲトコカキタル由ヲ云テ、逢ント云。女「サラバ其羽ヲタベ」ト云。「失テ無」ト答ケレバ、「サレバ、我ヲ大切ニ思ヒ玉ハネバコソ、其羽ヲバ失ヒ御座セ。定テコト物ニテゾ書玉フラン」ト云テ終ニ不逢。夫ヨリ不逢事ニハ鴫ノ羽垣ト云。」(『古今和歌集序聞書三流抄』)

【100-10】

1　元は叢書集成本『神仙伝』巻四か。『太平広記』巻八・神仙八・劉安にも引用される。『事文類聚』は略文ながら『酔醒記』に載る要素は載せている。

「・・・時人伝八公安臨去之時、余薬器置在中庭、雞犬舐啄之、尽得昇天、故雞鳴天上犬吠雲中也」(『神仙伝』巻四、四庫全書本にはこの句なし。『太平広記』巻八・神仙八・劉安にも引用される。)

「　雞犬舐鼎

淮南王安望仙去、余薬在鼎中、雞犬舐之、並得飛昇。故雞鳴雲中犬吠天上也。」(『事文類聚』前集巻三十四)

「是をおもへば　けだものゝ　雲にほえけむ　心ちして　ちゞのなさけも　おもほえず　ひとつ心ぞ　ほこらしき

　獣の雲にほえけむ心ちしてとは、淮南王は仙薬を服して仙に成てのぼれる也。其仙薬の残りの、うつは物につきたるをくひたりし犬鶏などの、仙に成てそらにのぼれりしが、雲の上にてほえ、雲の上にてなきたりし事也。」(『顕注密勘』)

「　けぶりぞのぼる奥の炭がま
　けだもののかける雲ゐは遠き代に　賢盛
これは、炭に獣の形を焼くこと侍り。それをたよりとして付くるなり。一句は、仙薬を鶏犬のなめて雲にのぼりしことをいふなり。付くる心は、獣のぼりし雲井は遠き代にて、炭のけぶりのみのぼるといへるなり。」（『老のすさみ』）

2　「　ふるうたにくはへてたてまつれるながうた　　壬生忠岑
くれ竹の　世世のふること　なかりせば　いかほのぬまの　いかにして　思ふ心を　のばへまし　あはれむかしべ　ありきてふ人まろこそは　うれしけれ　身はしもながら　ことのはを　あまつそらまで　きこえあげ　すゑのよまでの　あととなし　今もおほせの　くだれるは　ちりにつげとや　ちりの身に　つもれる事を　とはるらむ　これをおもへば　けだものの　くもにほえけむ心地して　ちぢのなさけも　おもほえず　ひとつ心ぞ　ほこらしき　かくはあれども　てるひかり　ちかきまもりの　身なりしを　たれかは秋の　くる方に　あざむきいでて　みかきより　とのへもる身の　みかきもり　をさをさしくも　おもほえず　ここのかさねの　なかにては　あらしの風も　きかざりき　今はの山し　ちかければ　春は霞に　たなびかれ　夏はうつせみ　なきくらし　秋は時雨に　袖をかし　冬はしもにぞ　せめらるる　かかるわびしき　身ながらに　つもれるとしを　しるせれば　いつつのむつに　なりにけり　これにそはれる　わたくしの　おいのかずさへ　やよければ　身はいやしくて　年たかき　ことのくるしさ　かくしつつ　ながらのはしの　ながらへて　なにはのうらにたつ浪の　浪のしわにや　おぼほれむ　さすがにいのち　をしければ　こしのくになる　しら山の　かしらはしろく　なりぬとも　おとはのたきの　おとにきく　おいずしなずの　くすりがも
　君がやちよを　わかえつつ見む」（『古今和歌集』巻十九・雑体・短歌）
（古今集諸本は「雲にほえけむ」の本文を取るが、永暦本、雅経本は「そら」との傍書がある。）

〔100―11〕

1　「張揖曰、雄曰麒、雌曰麟、其状麋身牛尾、狼題一角、角端似牛、其角可以為弓。郭璞云、麒似麟而無角、角端似豬、角在鼻上、中作弓。師古曰、麒麟角端、郭説是也。」（『漢書　顔師古注』）
　その他の『酔醒記』と重なる記述を持つ書物を列挙する。
「　麒麟声和呂律第四十五
書云仁獣。牡曰某、牝曰粦。具三百六十某粦。鹿身羊頭牛尾。首有一角。本狭末広。狼頭馬蹄。身有五采。腹下黄白。質黒高一丈二尺音中律呂。歩中規矩。択土而践。不群居。不践生虫不折生草。牡鳴遊聖牝鳴婦和。動静則有義。怒闘則日月蝕也。（『注好選』下）
（一致度はあるが直接の出典とはいいがたい。出典が共通するか？）
「爾雅曰、麟麕身牛尾一角。説文曰麒麟仁獣也。・・・徴祥記、麒麟者毛虫之長、仁獣也。牡曰麒牝曰麟。」（『初学記』）（「牡曰麒牝曰麟」「一角」はあるが他は一致せず。）
「麒麟　仁獣也。聖人之時出現。不践生草。頭有一角、端有肉。蓋為不害物也。格物論曰麒麟麕身馬足牛尾黄色円蹄一角、々端有肉、高一丈二尺、含仁抱義。行歩中規、折旋中矩、音中鐘呂游、必沢土翔、而後処不組生虫。不折生草、不群居、不旅行、不犯陥穽、不羅細置中用。有聖人則来麟鳳五霊、王者之嘉瑞、而麟為之首、牝曰麟牡曰麒、異名仁獣霊獣一角五蹄又云」（『文明本　節用集』気形門）

「麒麟〔牡曰麒牝曰麟〕」（『色葉字類抄』前田本）

2　京房は前漢、紀元前一世紀の人、『易経』に基づく占に長じた。現存する著書は『京氏易伝』三巻のみだが、『京氏易伝』にこの字句は見られない。『京房易妖占』など、現存しない著書あり。『酔醒記』と同文の記述は、『天中記』に「京房」として引用がある。

「麟（中略）禽獣之瑞。麟有五采、腹黄、高丈二、金獣之瑞〔京房〕」（『天中記』・巻六〇）

〔100-12〕

1　信施を貪った僧侶が牛に生まれ変わる話は、『今昔物語集』巻二〇・二一話「武蔵国大伴赤麿依悪業受牛身語」などがある。

〔100-13〕

1　「鳥跡之狼藉〔トリノアトノラウセキ〕」

鳥のあとは手跡なり。むかし蒼頡〔サウケツ〕といふもの、鳥、真砂をふみたるあとをみて文字を作りたるより云り。和歌に千鳥のあとゝよめる、蒼頡がちどりのあとをみて作りたるにあらず。古人、鳥の跡なれば、折にふれてちどりをよみたるなり。それよりうき世にいたつて、ちどりのあとゝよみなせるなり。文字を千どりのあとゝいふにはあらず。」（『桂林集注』）

『酔醒記』の記述は、たとえば「鳥ノアトヽ云事ハ、此歌ノ文字ノ世ニナガラヘン事ヲ云フ。文字ヲ鳥ノ跡ト云事ハ、蒼頡ガ千鳥ノ跡ヲ見テ文字ヲ造シ義也。」（『古今和歌集序聞書三流抄』）のように、蒼頡が「千鳥」の足跡を見て文字を発明したとの誤解が存在しており、それに注意を促したものと思われる。

2　『新釈漢文大系58　蒙求上』（早川光三郎校注）を引用する。

「　蒼頡制字では古注蒙求に

　　史記、蒼頡黄帝時人。観鳥跡作文字也。

とあり、ここに引く『史記』は俗書の『史記』で司馬遷のそれではない。従って、『源氏物語』の古注『河海抄』などに、文字の箇所で引いている『史記』は古注蒙求に拠っていること明白である。」

「あやしきとりのあとのやうにて

　　蒼頡観鳥跡作文字　史記」（『河海抄』柏木巻の注）

〔100-14〕

1　「梟逢鳩。鳩曰、子将安之。梟曰、我将東徙。鳩曰、何故。梟曰、郷人皆悪我鳴、以故東徙。鳩曰、子能更鳴可矣、不能更鳴東徙猶悪子之声。」（『説苑』巻一六「説叢」）

この文章は、『太平御覧』『芸文類聚』などにも『説苑』との出典が示された上で引用されている。『酔醒記』では南方にあった梟が西方へ移り住もうとしているが、『説苑』では、梟がもと住んでいる地域の方角は特に示されず、東方に移り住もうとすることになっている。

〔100-15〕
以下に使用する鷹書は次のとおり。
『小倉問答』（続群書類従第一九輯中）
『鷹之書』（宮内庁書陵部蔵、長禄二年（一四五八））
『鷹経弁疑論』（続群書類従第一九輯中、文亀三年（一五〇三））
『宇都宮社頭納鷹文抜書秘伝』（立命館大学図書館西園寺文庫蔵、文禄四年（一五九五））
『放鷹記』（宮内庁書陵部蔵、文亀三年（一五〇三））
『養鷹記』（群書類従第一九輯、大永四年（一五二四）頃か）
『鷹之書啓蒙集秘傳一』（宮内庁書陵部蔵）
『才覺之巻』（宮内庁書陵部蔵）
『故竹流乾・坤』（宮内庁書陵部蔵、享禄三年（一五三〇））
『政頼流鷹方事』（立命館大学図書館西園寺文庫蔵）
『鷹聞書』（続群書類従第一九輯中）
『鷹書　西園寺家　完』（宮内庁書陵部蔵、安永三年（一七七四））
『鷹秘抄』（続群書類従第一九輯中、嘉暦三年（一三二八）か）
『鷹秘伝書』（立命館大学図書館西園寺文庫蔵）
『龍山公鷹百首』（続群書類従第一九輯中、天正一七年（一五八九））
『蒙求臂鷹往来』（続群書類従第一三輯下、一六世紀半ば頃）

1　諸書に見える鷹の伝来説話は、それぞれモチーフや叙述に異同が見られる。たとえば、鷹を本朝に伝えた渡来人の名前については、『小倉問答』では「朱光（しゅこう）」と記されており、『鷹之書』や『鷹経弁疑論』では「勾陳（くちん、こうちん）」と見える。『宇都宮社頭納鷹文抜書秘伝』ではあざなは「こうちん」で実名が「しゆくはふ」とする。『小倉問答』は藤原定家と二条為家父子の問答に仮託された鷹の伝書で、『鷹之書』は京都・洛西に居した西岡衆の石原弾正右衛門の著作とされ、『鷹経弁疑論』は持明院基春の手になる持明院流の鷹術の代表的なテキストである。いずれも京都において流布した鷹書で、『宇都宮社頭納鷹文抜書秘伝』はそのような京都・公家流の鷹書を目指したものである（二本松泰子「宇都宮流鷹書の実相―立命館大学図書館西園寺文庫蔵『宇都宮社頭納鷹文抜書秘伝』をめぐって―」）。一方、『放鷹記』、『養鷹記』、『鷹之書啓蒙集秘傳一』、『才覺之巻』には「兼光（かねみつ）」と叙述され、『故竹流乾・坤』、『政頼流鷹方事』では「米光（よねみつ）」とされている。『放鷹記』は、宇都宮と諏訪の鷹術伝承を記載したとされる鷹書で、奥書に文亀三年一〇月二三日の書写年月日と「秋山近江守泰忠」の署名が見える。『養鷹記』は越前の武将・朝倉教景のために連歌師の宗長が月舟寿桂に依頼して制作したもの（〔100-24〕補注2参照）、『鷹之書啓蒙集秘傳一』は諏訪・大宮流の伝書、『才覺之巻』は諏訪・禰津流のテキストである。さらに、『故竹流乾・坤』も『政頼流鷹方事』も、共に諏訪流の流れを汲む伝書とされるものである。なお、『故竹流乾・坤』では仲哀天皇の時代にも一度鷹が伝来していたといい、その折に同行した渡来人の名前については「九珍」と伝える（「米満」が渡来したのは仁徳天皇の時代とする）。また、鷹の名前については『小倉問答』、『鷹之書』、『鷹経弁疑論』、『宇都宮社頭納鷹文抜書秘伝』などの京都流の鷹書がいずれも「駿（俊）王鳥」と称するのに対して諏訪流のテキストでは鷹の名前を特に明記しない傾向にある。以上のようなモチーフの特性によって、各テキストの属性や伝播・流布した階層などを類推することができる（二本松泰子右掲論文）。本条は渡来人の名前も鷹の名前も記されていない上、ほかの類話と比較して異質な叙述や特異なモチーフがあり（補注〔100－15〕2、4参照）、属性を離れた伝承上の錯綜が予想される。

参考までに、京都・公家流の鷹書に記載されている類話を以下に挙げておく（諏訪流の鷹書に記載されているものについては〔100－19〕の補注1参照）。

①『鷹之書』第一項

「それ鷹《たか》は仁徳《とく》天王六拾六年百済《さい》国より始《はじめ》て渡《わた》す。名《な》をは駿《しゆん》王鳥《おうちやう》といふ。鷹かいの名《な》をは勾陳《くちん》といふ者《もの》也。ゐちせんの國つるか津に付る事の由をそうす。□公卿、せんきあつて、かの駿王《しゆんおう》鳥《ちやう》を取へき器用《きよう》をゑらまれけり。其時に蔵人《くちんと》源《みなもとの》政頼《まさより》其人にあたる。政頼《まさより》ちよくせんを取てかの津に行《ゆき》むかいて、駿王鳥《しゆんおうちやう》、ほんしよ共にうけとるへきよし申。」

②『小倉問答』

「一　鷹は日本に渡る事いつの御代にや。

答云。人王十七代仁徳天皇の御宇に始て渡りしなり。是鷹本地也。

一　始而渡りし鷹の名は俊鷹と申也。大國にてあまたの中よりすぐれたる鷹也。紀州那智山にはなさるゝ。是西南の鷹の根本也。

一　唐より鷹持渡之人はシュンクワウと云し也。和國三年住けるに鷹道不相傳。然時コチクと云美人を對してとはせし時。歸朝の時鷹書一巻コチクにあたへしなり。

（中略）

一　ひとよの水と申事如何。

答云。竹の本の一節にたまりたる水也。鷹の諸病の薬也。しゆ光こちくに是をつたふ也。こちくてふの歌も是なり。てふの字秘傳あり。」

③『鷹経弁疑論』

「世云、仁徳天皇十六年ニ摩訶陀國ヨリ越前國敦賀ノ津ニ着。其名ヲ駿王鳥ト號ス。鳥飼勾陣〔又名呆毛〕ト云。姿ハ僧ノ如〆、大霰ノ紋付タル赤キモノヲ着テ、下ニモ黒キサシヌキヲ着タリ。帽子ヲス。時ニ、公卿僉議アリテ其人ヲ選ミ、蔵人政頼勅ヲ奉テ彼津へ行向、トアルモノハ不二相應一歟。」

ところで、『鷹書　西園寺家　完』（宮内庁書陵部蔵）は、奥書によると、「西園寺家御本」を安永三年二月に「大和守大伴積興」が書写したとされる公家流（西園寺流）の鷹書である。当該本には、以下のような鷹の伝来説話が掲載されている。

④『鷹書　西園寺家　完』

「そもく鷹といふ事、我朝のものにあらす。大唐の人、文書をあひそへてわたす物也。（中略）然に此土へ鷹の渡る事、仁徳天皇の御時也。御年八十七年をたもたせ給ふ。四十六さいの御年、はくさい国より日記をあひそへ、鷹をたてまつる。そのつかひのすかた、そうに似たるほうしをする。御鷹の名はきうりこかふといふ。又、書をあひそへて、たてまつるといへとも、此書をよむ人なし。その、ち、おいり（ママ）んの御ていにつたへ給ふといへとも、くてん、なを、くはしからさるに、しかるに、たうの鷹かひ、にほんにわたる。越前国つるかの津につく。唐人名はへいかくといふ也。我朝の鷹飼、まさより、彼書、さうてんのために、たうしんにあひて、ふん書をひらいて十八のひし、卅六のくてんをならひとらむ。まさより、かのよろこひに、こちくといふ女、同なかもち二かうあひそへて、たう人に給ふ。たまはりて地にふして、よろこひて鷹飼しやうそく、犬かひしやうそく、鈴、餌袋、うちかいふくろ、たてまつる。まさより、その、ち、こちく方へ文をつかはす。そのつかい、さふらひのまさよなり。

　こ竹てふことかたらはゝ笛竹の一夜のふしを人にしらすな」

これによると、本朝に鷹飼が渡来したのは二度にわたるという。一回目は百済国からの鷹飼で、名前は明記されていないが、鷹の名前は「きうりこかふ」とされる。二回目は唐からの渡来人、名前は「へいかく」という。ここに見える鷹飼と鷹の名称は他に用例が見当たらず、『酔醒記』の当該説話同様、伝承上の屈折をうかがわせる一種の異伝といえよう。

　ちなみに、『鷹聞書』は、成立年代や作者が不明で属性未詳の鷹書であるが、冒頭に以下のような鷹の伝来説話が掲載されている。

⑤『鷹聞書』

「ソレタカハ、仁徳天皇ノ御時、百済国ヨリ始テ渡ル。仁徳天皇八十七年タモタセ給、四十六年ノ御年渡ル。タカノ名クリテウト云。十二巻文書ヲ相ソヘテ奉トイヘドモ、ヨム人カタシ。使ノアリサマ、僧ニテ□□カタリホウシヲス。其後、仁徳ノ御門ニ傳マイラストイヘドモ、口傳猶クラシ。政頼ガ時、カラノ鷹飼ツルガノ津ニワタル。セイライ、彼人ニアヒテ、十二巻ノ書ヲヒラキテ、十八ノ秘事卅六巻ヲナライ、政頼カノヨロコビニ、コチクト云ハシタモノニ、長モチ二カラ相ソヘテタブ。請取テ悦テ鷹生ノ装束、鈴、餌袋、カリ杖、ウチカイブクロマデ奉ル。政頼ノボル時ニ、サブライ政世ヲツカキニテコチクガ許へ捻タルフミヲツカハス。

　コチクテフコトカタラハゞ笛竹ノ一ヨノフシヲ人ニ知スナ

ト云ナリ。此歌夜ルトル沢ノ水ト云薬ノ心云々。」

渡来人の名前は明記されていないが、『鷹秘抄』（〔100―19〕補注1参照）掲載の類話と叙述が近似している。

2　鷹の伝来説話で渡来人が「和泉国」に滞在したとする叙述は管見において見当たらない。ちなみに『酔醒記』〔100―19〕をはじめ、『塵荊抄』や『鷹経弁疑論』上、『鷹書　西園寺家　完』、『鷹聞書』、『放鷹記』、『養鷹記』、『政頼流鷹方事』などにおいて渡来人が到着・逗留したとされるのは「越前国敦賀」。また、『故竹流乾・坤』では最初の渡来人である九珍が「九州筑前国れんせいの津」に到着したと伝える。〔100―19〕注三参照。

3　「故竹」「古竹」「胡竹」「呉竹」とも。他の類話では「政頼（斉頼・せいらい）」所縁の人物とされることがある。たとえば、『塵荊抄』や『鷹之書』、『故竹流乾・坤』、『政頼流鷹方事』、『宇都宮社頭納鷹文抜書秘伝』、『鷹秘抄』、『鷹聞書』などによると「政頼」の端女とされ、『才覺之巻』では「政頼」の姑と伝えられている。

　ところで、本話を始めとして、いずれの類話においても小竹は渡来人と契りを結んで鷹術を伝授され、本朝における鷹術伝来に貢献した女性として描かれている。このような特殊技術の伝来譚に女性が活躍するというモチーフは、小竹説話以外にも見られるものであり、たとえば、種子島の鉄砲伝来（天文一二年（一五四三））の際に、国産火縄銃第一号を制作した島の刀鍛冶・八板金兵衛清定について、八板春吉氏所蔵『八板氏清定一流系図』（「鉄砲伝来についての二・三の考察―とくに八板氏清定一流系図について―」『黎明館調査研究報告』第一〇集）には以下のような注記が見える。
「清定
金兵衛尉
濃州関之鍛冶善刀剣為産業而来
天文十二年癸卯八月、南蛮船漂来于西之村洋。時携来鉄炮而献二挺〔故郷脇差〕於島主〔恵時時尭〕公。公得於異邦之珍甚愛焉。故使於鍛冶清定約師弟学其製也。清定以謂、外夷之賊雖告信敢不容。寧遣娘女於船長〔牟良叔舎〕以不如結一朝之交而嫁之。概得聞其製方。千慮不通所以塞其底之術也。隔数月蛮船開港携嫡女去、臨別蛮人贈遣之品物許多也」
　これによると、天文一二年に南蛮船が種子島に漂着したとき、島主の種子島恵時・時尭親子に「鉄炮」二挺が献上された。親子はそれを珍重し、島の刀鍛冶である清定に模作を命じたところ、清定は娘を南蛮人に差し出してその製造方法を聞きだしたという。このようなモチーフを持つ女性像については、秘伝書の世界における一種の話型として捉えるべきであろう。
4　『鷹之書啓蒙集秘傳一』や『才覺之巻』によると、小竹と渡来人（兼光と称す）との間に生まれた子供は女子で「朱光」（『鷹之書啓蒙集秘傳一』）または「よねみつ」（『才覺之巻』）という（『才覺之巻』の該当記事については〔100-19〕補注1参照）。さらに両書は、その娘の婿に政頼を迎え、兼光は諏訪流の鷹術をすべて政頼に伝授したと伝える他、娘（「朱光」「よねみつ」）の活躍譚としてミサゴ腹の鷹説話が記載されている。なお、『才覺之巻』は「よねみつ」が諏訪流の鷹術における一派の始祖となったことも伝える。このような諏訪の鷹書以外に、小竹の子供について詳しく叙述している鷹術書は見当たらず、『酔醒記』に「此子のおしへに鷹のみちをかたり給へかし」と見える件は、このような諏訪流の鷹書に通じた叙述か。
5　『塵荊抄』では「古知久天宇古登加多良和伴不恵多計乃比登与乃不志毛比登爾志良須奈」、『鷹書　西園寺家　完』では「こ竹てふことかたらはゝ笛竹の一夜のふしを人にしらすな」、『才覚之巻』では「小ちくてふことをかたらはふえ竹のひとよのふしを人にかたるな」、『故竹流乾・坤』では「小竹てふことかたらわは笛竹の一夜のふしと人もしらすな」、『政頼流鷹方事』では「こ竹てう事かたらわは笛竹の一夜の節を人にしらすな」、『鷹聞書』では「コチクテフコトカタラハヾ笛竹ノ一ヨノフシヲ人ニ知スナ」、『鷹秘抄』では「こちくてふことかたらはゞふへたけの一夜のふしも人にしらすれ」、『鷹秘伝書』では「小竹てふことをかたらひふえ竹の一夜のくちを人にしらすな」とそれぞれ見える。なお、『宇都宮社頭納鷹文抜書秘伝』には「くれはとりかさねしよはのあしたよりふしそまされる小竹殿とよね」とあり、異同が見られる。
6　たとえば、『龍山公鷹百首』には
「昔、せいらいとて、鷹の名人此餌飼を分別せり。あしたよりしゝよく、暮まで同じ肉心にして、鷹病もなく鳥を取事也。こちくと云女、夫婦の中に秘して不洩。四日の餌飼、付、七日の餌飼、みつ餌、かへるし、、順逆の餌かひ、中餌、つめ餌、ひらく餌など大事に云事をも、彼女を心やすく思ひ、是をかくさず、殊に薬

飼、灸所、鷹諸病の療治をも女に鷹をうけさせ、朝夕とりあつかひしに哥を書てやる。

　こちくてふ事かたからば笛竹の一夜のふしも人にかたるな

　こちくてふ又ことかたにちぎるとも一夜のふしも人にかたらじ

是を鷹の秘哥と云也。」

と見える。また、『蒙求臂鷹往来』にも、種々の鷹の薬の一つとして「呉竹一夜節」が挙げられている。

〔100―16〕

1　類話については、『石清水文書』「田中家文書」とそれを引用した『宮寺縁事抄』、『八幡愚童訓（甲類本）』下、『塵荊抄』巻一一などに見えるほか、『西園寺家鷹口伝』（立命館大学図書館西園寺文庫蔵）第三八条、『西園寺家鷹秘傳』（立命館大学図書館西園寺文庫蔵）第一条、『鷹経弁疑論』上巻、『定家問答』、『政頼流鷹方事』、『故竹流乾・坤』、『放鷹記』上巻、『鷹大方抄』（立命館大学図書館西園寺文庫蔵）などの鷹術書にも所載されている。また、和歌説話としても伝播していたらしく（黒木祥子「平賀の鷹」）、『藻塩草』巻一〇に類話が確認できるのをはじめ、有注本『後京極殿鷹三百首（「たつはるの」類）』「冬部」（宮内庁書陵部蔵）、有注本『西園寺相国鷹百首（「たかやまに」類）』（立命館大学図書館西園寺文庫蔵）、有注本『詠鷹百首和歌（「たかやまに」類）』（立命館大学図書館西園寺文庫蔵）、有注本『定家卿鷹三百首和歌（「あらたまの」類）』「冬部」「雑部」（宮内庁書陵部蔵）などの鷹百首類の注釈書や、有注本『後普光院殿鷹百韻連歌』（立命館大学図書館西園寺文庫蔵）などの鷹連歌集の注釈書にも類話が散見する。本条が何に拠ったものであるかは未勘。参考までに文献上の初見である『石清水文書』「田中家文書」（建久三年（一一九二）～嘉禎三年（一二三七））の類話を以下に挙げる。

「預御尋両条

一　鳩屋鈴事　〔件鈴者保延焼失神宝内尓被載注文、如建久実検状者、雖焼更不損之由載之、〕

旧記云、村上天皇御時有名鷹、其名称鳩屋、件鷹自陸奥国所貢進也、而陸奥奉国解曰、鳩屋所生巣有府庁前、鳩屋母鷹為鷲被嚙畢、職事奏聞此解状之時、鳩屋被繋清涼殿広庇之間、傾耳聞之、其後不食餌不居鞲、雖無病似有病気、御鷹飼等見之、更以無治方、奏可被放之由、依茲被放南殿桜樹、于時鳩屋刷羽毛、指東方飛去、御鷹飼以餌呼之、敢不帰来、天皇太驚、殊有御悕惜之御気色、依之解件鈴献石清水宮、可帰来之由有御祈請云々、其後第七日来着陸奥旧巣云々、在庁官人等見之、鳩屋本巣上仮構新巣、仰臥三箇日、于時鷲鳥就青雲廻翔良久、落逢鳩屋欲割飡、其時鳩屋自新巣落入旧巣、鷲鳥空拳朽木不得其身、鳩屋自底取鷲鳥二目、飡割其喉、鷲鳥忽悶絶、遂落樹下、在庁等見之、以餌呼鳩屋、々々飛来、仍相副国解、重以貢進之、則大サ御加被歟云々、」

ところで、この平賀の鷹の名前について右掲話では「鳩屋《はとや》」と称している。この「鳩屋（廿鳥屋、八十鳥、百鳥屋とも）」の称号は、その他の類話にも見える（『八幡愚童訓（甲類本）』下、『塵荊抄』巻一一、『西園寺家鷹口伝』第三八条、『西園寺家鷹秘傳』第一条、『鷹経弁疑論』、『政頼流鷹方事』、『藻塩草』巻一〇、有注本『定家卿鷹三百首和歌（「あらたまの」類）』、有注本『後普光院殿鷹百韻連歌』、有注本『梵燈庵鷹詞百韻連歌』、有注本『鷹四十二ヶ条』『放鷹記』上巻など)。また、「鳩屋」と並行して「紅の鷹」(有注本『定家卿鷹三百首和歌(「あらたまの」類)』、有注本『後普光院殿鷹百韻連歌』、有注本『西園寺相国鷹百首(「たかやまに」類)』『定家問答』『西園寺家鷹秘傳』『故竹流乾・坤』など)、「紅文」(『鷹経弁疑論』上巻など)、「紅の符」(『鷹古文書六巻在中』(立命館大学図書館西園寺文庫蔵)など)と称する類話もある。

さらに、『石清水文書』「田中家文書」では、親の敵を討つ鷹の出自は「出羽国」ではなく「陸奥国」となっている。この鷹の産地についても種々の異伝があったようである。

2　諏訪流の流れを及む鷹書の『政頼流鷹方事』には以下のような類話が叙述されている。

「一　鳩屋の鷹と云口傳有。縦ば、母鷹を鷲にとられ、其思に一夜の間に鷹、後の腰の上の毛、紅のごとく赤か《(くカ)》成に依て、鷹の腰の上に有毛を錦毛と云。父鷹、鳩とつがいける。此鷹心高上にして、母鷹の敵を取。鷲を随かへり、頓而錦の毛、本のごとくに成。如此の子細に依、錦毛と云。人知ぬ《(ママ)》子細也」

さらに、諏訪流の鷹術の影響が強く窺える『故竹流乾・坤』では以下のような類話が見える。

「爰に一条院の御宇に、出羽の国ひらがの鷹とて、御貢にそなへ奉りしが都にて、鷹一夜の間に紅の色となれり。帝きとくのおもひをなし給ふ。則、足緒を切て放し給。此鷹、八幡山にまいり、鈴をくいとき、神前に捧ぐ。扨、一七日の有りしが、如何々《ヒヒ》、はかたら《タラ》いけん、鳩をつれて本国に飛《トヒ》帰り、父鷹の鷲にとられし所に鳩《ヒヒ》を置、鷹は森《シゲリ》たる木かげにかくれゐたり。件の鷲来《ハシキタリテ》て、鳩を取らんとするを、□時、鷹木かげより飛出て鷲を取ころし、扨又、鳩もろ《ロ》共に八幡山へ帰りし也。此旨、本国より奏申せば、若も鷹は八幡山に有らんと、勅使をたて見せ給ふに、此鷹有りと申せば、御鷹飼を被遣、居上。奏礼事二度、帝の御鷹となれり。御じあひ限《カギリ》なし。されば此鷹の名をば、くれない鷹と号せり。帝の御哥に、

＼むべしこそ紅鷹と名付たれ　ちゝをおもひの色しなりしば《せ》

後の世人よめり、

＼みちのくの鳩屋の鷹の立帰り　おやのためには鷲をとりつゝ

＼鳩となり鷹と成にしいにしへの　神代よりもや鈴をさすらん

其後、雪の朝《アシタ》雨の日をもわかず、もろあそび給、ふしとなり」

また、応長二年(一三一二)の奥書を持つ『西園寺家鷹口伝』と明徳元年(一三九〇)の奥書を持つ『西園寺家鷹秘傳』は西園寺家の鷹書であるが、諏訪の鷹術文化を積極的に取り込んでいるテキストである(二本松泰子「中世公家社会における鷹術伝承の成立—立命館大学図書館西園寺文庫蔵『西園寺家鷹口傳』所載の鷹説話群の検討から—」)。その『西園寺家鷹口伝』第三八条には、

「一　一條院の御時、はとやと云所よりいでたり。からまきと云鷹、逸物也。一説、こひ丸とも云也。」

とあり、『西園寺家鷹秘傳』「雑々通用之詞」第一条には

「一条院の御宇に鳩屋と云鷹あり。

紅の鷹と云事あり。はとやに同。此鷹は出羽国平賀と云所より出たり。此鷹、親を鷲にとられて、其歎きに一夜の内に紅になる。

其後、かたきを取て本の色になる。是鳩屋の鷹也。鏡雲集には、鳩に似たる間、はとやの鷹と云と云々。一説には一日《(百カ)》とやをかいたるをはとやの鷹と云と也。

＼出羽なるひらがのみかり立かへり　おやの為には鷲を取也」

と見える。いずれも『酔醒記』の鷹の仇討ち説話との直接的な関連については未勘である。むしろ、これらの諏訪の流れを汲むテキストに「諏訪明神」を主張する記述が見えない点や、諏訪流の基幹的テキストである『鷹之書啓蒙集秘傳一』『才覺之巻』に同話が採用されていない点が注意されよう。その他にも同じく、諏訪の鷹術伝承を採りこんだ形跡がうかがえる『放鷹記』上巻には、以下のような類話が見える。

「一　問。はとやの鷹とは如何。答。是は一条院の御宇に、出羽の国平賀の郷より献せし鷹也。早皦のほにかけることく、奇代の鷹なるへし。おやをわしにくわれて、思ひのつきすして白鷹と成けるを、国主とりて都へ上せり。古郷とをさかりけれは、いとゝしくて思ひかくや成けん。くれないとなる。武帝あやしみ思召て、はなさせ給へは、八幡山にとひ行て、鷹をかたらひて本国に帰り、荊棘のしたに置、ひよ〳〵となかせけれは、くたんのわし、とひ来りて、おとろの上にゐて、下をまほりつめてゐけるを、かの鷹ねらひ寄て、わしのくひをとり、つゐにころしけるとなん。哥に

出羽の国平賀の御鷹のたちかへり
をやのためにそわしをとりける」

ちなみに、成立年代・作者不明で属性未詳の鷹書である『鷹大方抄』（立命館大学図書館西園寺文庫蔵）には以下のような異伝が見える。

「若鷹　これも赤毛鷹《あかげのたか》といふなるへし。別の子細也。こを、わしにとられて、その思ひに、けある《か》くなり《る》。のちに、かたきのわしをとりころして、又、け、のちには、なをりて、もとのけになるよし、申つたへたり」

これによると、「親の仇討ち」ではなく「子の仇討ち」説話となっている。同様に、成立年代・作者不明で属性未詳の『鷹古文書六巻在中』には以下のような類話が見える。

「冬鷹の詞

一　一条院の御時、鳩屋と申鷹あり。此鷹は、出羽国平鹿より出したり。紅の符と申は、此鷹事也。おやを鷲にとられて其歎に一夜に紅の符となり《(るカ)》也。かたきの鷲をとりて後、本の符となる也。

本哥万葉云　出羽なる平かの御鷹□□かへりおやのかたきの鷲もとるなり

又そふの毛のあかきもくれないの符と云也

今案云、此事不審万葉は奈良の御門の御宇也。一条院は数代後の事也。誤考哉。」

これによると、件の和歌の典拠を『万葉集』とする異説を紹介している。当話が鷹書の世界でさまざまに伝承され、変容していったことが予想されよう。

3　益田勝美氏は石清水文書に見える鳩屋関連の記事を検討して、当話は本来、山城国石清水八幡宮が所蔵していた鳩屋の鈴という神宝の物語として伝承されたことを説明する（〔100-16〕頭注一〇掲載論文）。しかしながら、本話では鷹の鈴は「信濃の八幡宮」に奉納されたとして石清水八幡宮から乖離した叙述を見せる。

4　『西園寺家鷹口傳』第五三条に

「一　鈴の名にて峯《（七カ）》と云鈴有。此在所は奥州忍に有。七峯は口傳多し。鳩屋の鷹の鈴。鳩屋とはひらがの御鷹同者也。」

とあり、この鷹の鈴は「七峯」と称したという（『西園寺家鷹秘傳』第二五条、『定家問答』、有注本『定家卿鷹三百首和歌（「あらたまの」類）』などにも「七峯」の類似記事有り）。この「七峯」の称は鷹歌にも散見する。たとえば、有注本『定家卿鷹三百首和歌（「あらたまの」類）』「春」では、

「雪をうすみ若菜つむ野に懸け落し　草取る鷹の七嶺の鈴

諏訪の御狩に待鷹とて七嶺に待合て七もと合する事となり。」

と見える。この歌の詞書きによると、諏訪の御狩では「七嶺」という場所で七羽の鷹を待鷹（鳥が赴く山で待ち伏せ、鳥が疲れて弱ったところを狩らせる鷹）としたという。「七嶺の鈴」を詠みこむ和歌に諏訪を関連させる説明が注意される。

5　『夫木和歌抄』『和歌集心体抄抽肝要』などにも葉室光俊の和歌として掲載されている。類話においては、『塵荊抄』巻一一『藻塩草』巻一〇や『西園寺家鷹秘傳』第一条、有注本『詠鷹百首和歌（「たかやまに」類）』にほぼ同文の和歌が記載されているが詠者の名前は明記されていない。

〔100-17〕

1　『養鷹記』には本条の出典と考えられる以下のような叙述が見える。

「豈非二聖人中孚之象一哉。凡鷹之用二於中華一。権二輿于少昊金天氏一。金天氏以レ鳥名レ官。以二爽鳩氏一為二司寇一。爽鳩亦為レ鷹。見二於礼記月令篇一。自レ爾楚文王。唐太宗。玄宗等諸王。養以玩レ之。但不レ作二会荒一而已。人臣之愛。不レ可二勝計一。吾日本国王。万機之暇。維鷹維愛。過二於中華一。仁徳天皇四十六年。百済国発二使者一曰。献二鷹犬於吾国一。海船到二越州敦賀津一。養レ鷹者曰二米光一。養レ犬者曰二袖光一。其犬黒駮也。政頼奉レ勅赴二敦賀一。迎二使者一。時吾国尚未レ精二于指呼之術一。政頼就二米光一学而習焉。既而臂レ鷹牽レ犬。以飯二帝都一。天皇賞レ之。以賜二采邑一。至レ今以二指呼一為レ業者。皆傳レ自二政頼一。然政頼之孫不レ聞二于世一。為レ可レ惜焉。厥後桓武天皇専愛レ鷹。於二南殿帳中一身親臂レ之。嵯峨天皇弘仁二年以二新修鷹経一施二行海内一。伝二于寛平一。盛二于延喜天暦一。勃二興一条白河院一。此及所二以畋猟之不一レ可レ廃也。今吾教景知二敦賀一。而特得二此鷹一。米光乎。政頼乎。儻有二太史一。而書二殺青一。則孝景與二彼二子一。載レ名同伝也耶。昔吾仏説二木叉痛斤調鷹方法一。白蓮與二咸師一曰。在家不レ制。出家悉断。雖レ然鐘山宝公産二鷹巣中一。手足皆鳥爪也。異日宝公劈二破面門一。則現二十二首白蓮大士一。鷹與二大士一。豈有二二身一。吾朝行基亦孩時人得二之於鷹巣一。天下不二名呼一曰二菩薩一。建レ寺刻レ仏。削二平嶮路一。其功不レ在二宝公下一。又投子青乃青鷹也。会聖岩前。飛入二浮□夢一作二洞曹鸞膠一。由レ是観レ之。居学仏徒談二調鸞法一。未レ為二破戒一乎。柴屋長公曾為二教景座客一。而熟二於此鷹一。故為二教景一需レ記二其顚末一。予不レ辞而書。観者図レ之。」

2　『白鷹記』（群書類従第一九輯所収）に「爰に信濃国禰津の神平奉る所の白鷹、その相、鷹経《國イ》にかなへるのみならず、その毛、雪じろと云べし。まことに楚王の鵬をおとせる良鷹にことならず」と見えるほか、『鷹経弁疑論』上巻に「幽明録ニ云。楚王ノ

鷹ハ頭ヲ軒眼ヲ澄テ遠ク雲際ノ鵬ノ雛ヲ下スト云リ。是ハ眼ノ光ノタヾシキヲ云ガ為也」とある。

〔100―18〕

1　『伊勢物語』第八二段に見える惟喬親王と在原業平の交野の狩の説話は本朝における鷹狩りの故事来歴として鷹書でよく引用される。同書の当該話は以下のとおり。

「昔、惟喬の親王と申す親王おはしましけり。山崎のあなたに、水無瀬といふ所に宮ありけり。年ごとの桜の花ざかりには、その宮へなむおはしましける。その時、右の馬の頭なりける人を常にゐておはしましけり。時世経て久しくなりにければ、その人の名忘れにけり。狩はねむごろにもせで、酒をのみ飲みつつ、やまと歌にかかれりけり。いま狩する交野の渚の家、その院の桜ことにおもしろし。その木のもとにおりゐて、枝を折りてかざしにさして、上中下みな歌よみけり。馬の頭なりける人のよめる、

　世中にたえて桜のなかりせば春の心はのどけからまし

となむよみたりける。又人の歌、

　散ればこそいとど桜はめでたけれうき世になにか久しかるべき

とて、その木のもとはたちてかへるに、日ぐれになりぬ。御供なる人、酒をもたせて野より出で来たり。この酒を飲みてむとてよき所を求めゆくに、天の河といふ所にいたりぬ。親王に馬の頭大御酒まゐる。親王ののたまひける。「交野を狩りて、天の河のほとりに至るを題にて歌よみてさかづきはさせ」とのたまうければ、かの馬の頭よみて奉りける、

　狩り暮らしたなばたつめに宿からむ天の河原に我は来にけり

親王、歌をかへすがへす誦したまうて、返しえし給はず。紀の有経御供につかうまつれり。それが返し、

　一年に一度来ます君まてば宿かす人もあらじとぞ思ふ

帰りて宮に入らせ給ひぬ。夜ふくるまで酒飲み物語して、あるじの親王、酔ひて入り給ひなむとす。十一日の月もかくれなむとすれば、かの馬の頭のよめる、

　あかなくにまだきも月のかくるるか山の端にげて入れずもあらなむ

親王にかはりたてまつりて、紀の有常、

　をしなべて峰もたひらになりななむ山の端なくは月も入らじを」

〔100―19〕

1　鷹書における鷹の伝来説話のうち、渡来人の名前を「米光(満)」とするのは一般に諏訪流の伝えであることが多い（二本松泰子「宇都宮流鷹書の実相―立命館大学図書館西園寺文庫蔵『宇都宮社頭納鷹文抜書秘伝』をめぐって―」）。また、『蒙求臂鷹往来』に「米光像一幅〔円忠賛。〕」と見えるが、この円忠とは諏訪大祝家一門の小坂円忠のことである。米光伝承が諏訪と深く関わることを示す一例といえよう。

『養鷹記』『酔醒記』に米光説話が見えるのは、武家のたしなむ鷹術が諏訪流であることによるものか。

米光説話を記載する諏訪流の鷹書の叙述を以下の①～⑤に挙げる。

①『故竹流乾・坤』

「抑吾朝へ鷹の渡ル事、人王十四代の帝仲哀天皇《テウアイテン》の御時、百済国より九珍と云人、鷹を居、九州筑前国れんぜいの津に爲着船。帝、此由、聞召、天照太神へ奏し給ふ。則、政願《頼》に被仰付。彼政形《頼》ハ過去七佛文殊普げんの化身、今、諏訪御神是《ヒ》なり。鳥類《ヒ》畜類を服して仏化に入しめんがため(なカ)されば、畜生道の守護《シユゴ》神なり。政形《頼》《ヒ》れんぜいの津に下り、九珍にあひて、鷹を請取給ふ。さて、鷹の本精は委《コトヾク》相傳ス。九珍は、勅使なればとゞまるべきにあらずとて、百済国に帰朝すべし、と云。さて、鷹は一ツ二ツと云べしや。租用元年に、始は一元といへり、とて九珍は帰朝す。仍、彼一巻の書、信州諏訪明神の寶殿に在之云々。政形《頼》、淡魔《タンマ》《ヒ》、王宮よりの印に、四句の文に曰、業盡有性雖放不生故宿人天同證佛果《コウジンウセイスイホウフセウコシユクジンテントウシヨウツツ》、此かへりを唱ば、鳥類畜類佛果を得て、其人の罪ならは《ず》。但、無用にするならば、此かへりを唱て、たちどころにおゐて《ヒ》、其罪、謝しがたし。能〳〵分別あるべき哉。爰に駿河國富士の山は三國無双の名山也。彼山に鷹をはなし給はんと、宣儀有ば、日本の鷹たるべきとて、大歳丙午、正月丙午日、鷹を富士の山に放し給、其尾上を近《今》の世まで、入鷹の尾といふ。同年の五月丁未の日、子を生事四十八也。悉そだてゝ、同年の九月の比、鷹八は天に飛上る。八は東、八は南、八は西、八は北、八は日本に残て、五穀をあらする(ママ)鳥類をしたがゑんとの方便也。爰、仁徳天皇四十三年乙卯歳、百済國より倶智租と云鷹をわたし、鷹を倶智租と云事、本朝にて、倶といひし人の智恵にて仕始し、倶智租と号す。鷹懐に口飼とは此故也。唐崎の大納言、政頼、仰を蒙《カウムツ》て、鷹を請取、帝に擎、百済國の鷹飼の名は未《ヒ》*満といへり。彼の未《ヒ》*満に政頼相て云、此土へ鷹の渡る事、神代に一ケ度、仁王始て一ケ度也。すでに二百余年に余りて仕《シ》せつによつて、古へまなび伝る人もなかりき。其名、身に借たる斗にて不レ分明。今、文書を披《ヒラキ》き、猶、口傳し給へとあれ共、イサヽカ不レ相傳。其時、政頼、小竹と云平者《ハンタモノ》に長櫃二合相副《ソヘ》、夜共に彼未(米カ)満が宿所へ遣しければ、未(米カ)満、小竹に心をそみて、三ケ年まで逗留す。さる程に、十八の秘事、三十六の口傳、悉、小竹に相傳す。され共、未(米カ)満帰朝するときに、一首は

小竹てふことかたらわば笛竹の

　一夜のふしと人もしらすな

哥　小竹てふことかたらはゞ笛竹の　ひとよのふしも人にしらすな

とよみて、鷹の文書を渡して未《ヒ》*満、帰朝す、此由、奏し申せば、帝曰、夫、天地始て、伊弉冉伊弉諾の神巡幸《シュンコウ》し給ふに、雲上下をわ□《カツ》といへ共、更、智恵《チヘ》なきを自《みづから》鷹の道を相傳し、智恵を得、真白の《ヒ》鷹を居て供奉せしより、天を翔《ハシル》つばさまでも君に戀し奉らずと云事なし。」

②『政頼流鷹方事』冒頭部

「昔従唐国、米光鷹を居へ、由光犬疋渡船す時、三條西殿御先祖源政頼公、為勅使、鷹并犬請取。則一巻相傳云々。鷹方以今専用当流来候。鷹之文字鷹之云。三條殿を用云。方□御内書大形当家御文ニ云ニ□相調候歟。」

③『政頼流鷹方事』「正頼ヨリ鷹ノ次第」

「一　此土に鷹を渡事、仁徳天皇之御時之文書を相添たるをたてまつる。其使之有やう、そうに、ゝたり。其後、清和天皇之御門に伝といへども文書を讀人かたし。清和之御時に、よねみつと

云唐人、敦賀《ツルガ》之津へ渡る。彼唐人に正頼《セイライ》の二位奉り、文書披て十八之秘事、卅六之口傳、習とらんとせいし、彼よろこびに、こくち《(ちくカ)》といふはした物に、長装束二合相添、唐人に給ふ。た《(たうカ)》　人よろこびをなして唐之鷹装束たまき、餌袋、狩杖、打かへ袋、奉る。其時之哥に曰

　　こ竹てう書かたらわば笛竹の
　　一夜の節を人にしらすな」

また、『才覺之巻』には、以下のような「よねみつ」なる人物が登場する。

④『才覺之巻』

「一　鷹のまかだ國よりつたわる事、そふよう元年八月三日に太國へつたはり候。日本へ渡る事は、仁徳天皇の八十七年をたち給ふ、四十六年と申時、鷹に彼文書を相添て、日本へ渡さるれども、彼文書をよみひらく人もなし。其頃、大わう、鷹かひ兼光と云者を、日本へ渡し、彼鷹をかわせられて、愛し思召之處に、彼兼光、鷹をつかひ、御門の御目にかけ、扨、其後、しきりに暇を申けり。御門、おしみ給ひて、とゞめさせ給へ共、唯かへらんと申。有公家の中より申さるゝには、人を留るには女にしくはなし、と有ければ、御門げにもと思召。美人千人が中にすぐれたる、こちくと云女を下さるゝ。彼女房に付て、唐人帰る事を忘れ、年月を送る程に、ほどなくむすめ一人もうくる。彼息女、十五になりし時、せひらひの卿を兼光がむこになし、十八の秘事、三十六の口傳、をしへけり。せひらひの卿の方より、唐人の方へ、種々のちやうろくを送らるゝ。唐人の方より返報とおぼしくて、狩しやう束を鷹の道具、相そへて送るとて、かくなん、

　　小ちくてふことをかたらばふえ竹の
　　ひとよのふしを人にかたるな

彼小ちくがむすめの名をば、よねみつと申。彼よねみつ清水ぶつけいの時、有者、鷹を一つ持けるが、惣而鳥を取事なし。鷹主、五條の橋の本に、ほこをゆひ、彼鷹をつなぎ、上下の人のひはんを聞。彼よねみつ申には、鷹の鳥をとらぬも道理也。母は鷹なれども、父《(こカ)》はみさごに有間、魚をとらでは、鳥を取べからず、と申。其せうとには、鷹のほこよりとび落るが、此鷹はみさごに羽をつかふ程に、みさごの子也、と見申也。水をあびせて御覧ぜば、ぬれべからず、と申。水をあびせてみれば、あんのごとくぬれず。扨、彼鷹をいかやうにと申。よねみつ、こたへて申やう、さらば川をぞにとつぎて、持たる犬を御尋候而、池へ入、鯉をとらせられ候へと申。二首かくなん、

　　此浦にみさごにとつぐ鷹あらば
　　をぞの子はらむ犬を尋ねて

扨、をぞの子はらむ犬は、いかやうなるぞ、ととひければ、よねみつこたへて申やう、をぞの子の犬、四まなこと云。さらばとて四まなこの犬を尋ねて、しんぜむゐんと云池へ入て、鯉をさがさせて、彼鷹を合てみれば、相違なく鯉を取也。口餌には、

　　はし鷹のますかきの羽を飛ときは
　　波まの鯉もあらわれにけり

其後、鳫、鷹なき間、鳫に口ゑなし、鯉に口餌有とは、彼ひみつあり。女房はせひらひが家主なり。」

これによると、渡来人の名前は「兼光」であるが、渡来人と小竹の間に生まれた娘の名前が「よねみつ」となっている。

⑤『放鷹記』上巻
「一　諏訪明神、甲賀三郎にて鷹を仕給ふ。然とも仁は狩申さりしに、仁徳天皇の御宇に百済国より、相副文書奉鷹を、其鷹の名をくちんと云。此書続□。其後、唐土に鷹飼米光、越前敦賀の津に渡る。従都、政頼卿下給ひて、彼米光に種々の珍宝を与。猶も、心をやはらけ胡竹と云美女を出して、米光をたんして鷹の秘事を悉傳也。政頼卿に胡竹申事を、御門へ奏聞仕に、てに鷹賞□とありて、代々に傳なり。」

ところで、『鷹秘抄』は、奥書によると美濃国守護を務めた土岐頼忠から相伝された鷹書（ちなみに、最奥には永正一三年（一五一六）六月一九日付で最終書写者である持明院基春の花押が見える）で、その冒頭には以下のような鷹の伝来説話が記載されている。
⑥『鷹秘抄』
「鷹文　十二巻秘事
此土鷹越初事。

仁徳天皇御時、仁徳天皇八十七年保世給。四十六年の御歳、百済国より日記をあひそへて鷹を奉。其使の有様僧ニ似帽子をす。鷹名はくりてうと云。文書をあい副て奉といへども、文書読人かたし。其後せひりんの御門につたへらるゝといへども口傳なをくらし。正頼が時、唐土の鷹飼つるがの津に渡る。唐人名は米光と云也。正頼、彼人に合て文書を開て、十八の秘事、三十六の口傳を習とゞむ。正頼、かの悦にこちくと云はした物に長持相具て唐人にたぶ。給て地に臥して悦て、鷹飼の装束、犬飼の装束、鈴、ゐぶくろ、狩杖、うちかいぶくろ奉。正頼のぼる時、侍正世《ママ》を使として、こちくがもとい、ひねりたる文をつかはす。

　こちくてふことかたらはゞふへたけの　一夜のふしも人にしらすれ」

これによると、渡来人の名前は「米光」となっており、やはり武家の鷹書の特性を示唆する叙述といえよう。

ちなみに、『鷹秘伝書』は、西園寺実晴（慶長六年（一六〇一）～寛文一三年（一六七三））の名前が記載されていることから、近世以降の成立と考えられるが、作者は不明で属性未詳の鷹書である。当該書にも以下のような米光・小竹説話が確認できる。
⑦『鷹秘伝書』
「一　米光、百済国帰時、小竹方へよみて、にしきの袋をそへて奉けり。哥に
　小竹てふことをかたらひふえ竹の一夜のくちを人にしらすな」
右掲の①～⑦と『酔醒記』の米光説話との直接的な関連については未勘。
2　本条に限らず、鷹の伝来説話では、本朝に鷹が伝えられた時期を仁徳天皇の時代とする伝えが多い。いずれも以下に挙げる『日本書紀』仁徳天皇四三年（三五五）九月条の記事を踏まえたものと判じられる。
「四十三年の秋九月の庚子の朔に、依網屯倉の阿弭古、異しき鳥を捕りて、天皇に献りて曰さく、「臣、毎に網を張りて鳥を捕るに、未だ曾て是の鳥の類を得ず。故、奇びて献る」とまうす。天皇、酒君を召して、鳥を示せて曰はく、「是、何鳥ぞ」とのたまふ。酒君、対へて言さく、「此の鳥の類、多に百済に在り。馴し得てば能

く人に従ふ。亦捷く飛びて諸の鳥を掠る。百済の俗、此の鳥を号けて倶知と曰ふ」とまうす。是、今時の鷹なり。乃ち酒君に授けて養馴む。幾時もあらずして馴くること得たり。酒君、則ち韋の緡を以て其の足に著け、小鈴を以て其の尾に著けて、腕の上に居ゑて、天皇に献る。是の日に、百舌鳥野に幸して遊猟したまふ。時に雌雉、多に起つ。乃ち鷹を放ちて捕らしむ。忽に数十の雉を獲つ。是の月に、甫めて鷹甘部を定む。故、時人、其の鷹養ふ処を号けて、鷹甘邑と曰ふ也。」

3 『幻雲北征文集』「賛辞」には、『養鷹記』の作者である月舟寿桂による米光像に関する以下のような記述が見える。本条に米光が登場する意義については、〔100-19〕補注1参照。

「米光像
世養鷹之芸。誰伝扶桑。始于神代。盛于人王。人王何代。仁徳天皇。百済使者。遠度大洋。大哉其使。名曰米光。到越敦賀。事聞洛陽。奇鷹俊犬。欲献君傍。政頼奉勅。館伴対床。云鷹云犬。得畜養方。朝廷賜郡。恩顧非常。後来畋猟。是為濫觴。我開此像。儀刑堂々。視今於古。越人所蔵。遠山未雪。平野既霜。嗟乎楽矣。驅狐兎場。憶昔上蔡。臂蒼牽黄。彼何人哉。繋国興亡。此則無事。異域梯航。我有一語。公亦何忘。雖精此芸。勿作禽荒。越人某申。持百済国人米光像。需賛其上。予録養鷹之家所伝之実。以述其一二云。」

4 『仁徳紀』を始めとする正史には犬と犬飼の伝来を伝える記録はない。鷹書の世界では、『鷹経弁疑論』中巻に「犬飼ノ作法次第アリヤ」という「問」に対する「答」の中に「爰ニ犬ノ吾朝へ渡リシハ。神光ト云人黒駮ナル犬ヲ牽テ敦賀ノ津ニツキタリ。〔名ハトマホコト云ナリ〕」という叙述が見えるほか、『政頼流鷹方事』冒頭部の鷹の伝来説話に鷹・米光とともに犬飼と犬が渡来した由が見える。ただし、同書の犬飼の名前は「由光」。〔100-19〕補注1の②参照。

5 『鷹経弁疑論』中巻によると「黒犬ノ前足白キハヨシ。黒犬ノムネノ白キハ大ニ善。黒犬ノカシラ白キハヨシ。黒犬ノ面白キハ大ニ善。黒犬ノ尾ノ白キハ善。黒犬ノ四足黄ナルハアシヽ。黒犬ノ四足白ハ善。(中略)クロ犬ノ胸ノ黄ハヨシ。クロ犬ノ四足白キハ大キニヨシ。クロ犬ノ後足白キハ悪。」とあり、黒犬の吉相・凶相についての説明が見える。また、幸若舞曲「みやこ入り」では、建久元年(一一九〇)の源頼朝の都入りの際に、先陣を勤めた畠山重忠が狩装束の行列を率いて上洛する場面がある。その行列について「次に犬を通されたり。黒犬揃えて六十四、虎毛揃へて六十四、虎毛の犬の舎人には、巻の直垂に白磨きに磨いたる鉄の手棒を腰に挿し、銅の大鈴を三つ続けて通されたり。黒き犬の舎人には、褐の直垂に黄金を以て延へ付けたる金の手棒を腰に挿し、銀の大鈴を三つ続け通されたり」という叙述が見え、黒犬と虎毛の犬がそれぞれ正装した犬飼と共に参列した次第が描かれている。黒犬や駁《まだら》の犬は吉相として狩猟儀式等の場において好まれた種類のようである。

6 「源斉頼」は『尊卑文脈』によれば清和源氏善積流、満仲の弟・満政の孫で忠隆男。前九年の役において源頼義とともに出陣し、出羽守に任じられている(『百錬抄』康平元年(一〇五八)四月二五日条、『扶桑略記』天喜五年(一〇五七)一二月二五日条)。『古事談』巻第四ノ一三に鷹匠としての卓越した資質を斉頼が有していた説話が見えるほか、狂言「せいらい」などがあり、伝説の鷹匠とされる人物である。鷹書の世界でも、属性を問わずさまざまなテキストにおいて頻繁に登場する。そのほとんどが史実にそぐわない逸話となっている。鷹の伝来説話においては、主に渡来人と接触して鷹術の秘伝を受け、わが国において始めて鷹術を使った人物として叙述されることが多い。

〔100－20〕

1　『寛平御遺誡』によると、

「延暦帝主。毎日御南殿帳中。政務之後。解脱衣冠臥起飲食。又喚鷹司御鷹。於庭前令呼餌。或時御手作觜爪等可好。」

とあり、桓武天皇が鷹を熱心に世話した逸話が叙述されている。

また、『嵯峨野物語』（群書類従第一九輯所収）には、

「其後ことさら桓武《五十代》天皇嵯峨《五十二代》天皇など、上古には御このみあり。今新修鷹経も弘仁に鷹所に出されたる文也。又寛平延喜天暦一条《六十六代》白河《七十二代》に至るまで、野行幸たび〳〵ありて、此道をもてあそばせ給ひし也。

（中略）

一　いにしへ代々の御門、此道をこのましめ給き。桓武天皇は毎日政をきこしめしはてゝ、南殿の御帳の中にて、鷹所をめして、御椅子のうへにて、われとすへさせ給て、爪をきり、はしをなをさせ給けり。寛平の御記にのせられたり。又、嵯峨天皇ことにこのませ給けるとて、弘仁二年に新修鷹経を鷹所へ出さる。別当親王大臣連署して、是を天下に弘行せらる。寛平法皇は王侍従と申し比より、殊に鷹をつかはせ給。賀茂臨時祭の事、勧修寺のむすめ御契を結ばれし事など、みな鷹のゆへなり。延喜御門は、又、ことに御興行ありし也。鳥の曹司の鷹も、此時、数十連つなぎをかる。野行幸、延喜延長数度ありき。寛平法皇の院にならせ給ひて、みやたきの御鷹狩、天神も右大将にて供奉せさせ給ふ。かの御記分明なることにや。其後は、野行幸などたえたりしに、白河聖主、承保二年十月、嵯峨野の行幸あり。其日、又、大井河の逍遥也。昼は鷹をつかはせられ、夜は鵜舟を御覧ぜし也。其式左にしるし侍る也。持統《四十一代》文武以前の御鷹狩は、みな天皇御騎馬にて有し也。神輿にめさるゝ事はなし。雄略《廿一代》天皇など狩せさせ給ひし事、日本記に委しるせり。なか比は、みな鳳車にめされて御鷹狩ありし也。延喜の白兄鷹などいふ御鷹、一条院の鳩やなど、くせ鷹どもおほく侍るとかや。」

とある。〔100－20〕と〔100－21〕は、右掲の記述を抄出した内容といえよう。

〔100－22〕

1　『釈氏稽古略』巻二には、次のような宝公に関する記事が見える。

「宝公大士　諱宝誌。世称宝公。尊之也。手足鷹爪。初建康東陽民朱氏之婦。聞児啼鷹巣中。梯樹得之。挙以為子。七歳依鍾山僧倹出家。専修禅観。至是顕跡。以剪尺払扇掛杖頭。負之行聚落。嘗遇食鱠者。従而求食。啗者遺而薄之。誌即吐水中皆成活魚。今江中回魚是也。居多神異。至梁武帝天監十三年十二月六日入滅。寿九十三歳。梁武皇帝以金二十万易建康鍾山之独龍岡葬之。」

【100―23】

1 『日本往生極楽記』第四、『法華験記』上巻などによると、行基は胞衣に包まれて誕生したため、父母に忌まれて樹の俣に上げ置かれたと伝えられる。また、『行基菩薩伝』、『行基大菩薩行状記』、『行基菩薩縁起図絵詞』、『沙石集』巻第五末「行基菩薩御歌事」などでは、行基の誕生の様が「心太」のようなものであった（『行基菩薩伝』のみ「即産出形見无生物也」とする）ため、榎木の俣に置かれたと見える。このように、異常出生した行基が樹上に置かれたとする逸話については諸書に散見するものの、「鷹巣」に触れたものについては未見。

【100―24】

1 天文一八年（一五四九）四月三日付「足利義晴書状」（『古河市史　資料　中世編』所収）によると、

「近衛殿　　義晴
左兵衛督昇進事、則令申沙汰候、次太刀一腰・馬一疋・大鷹一本〔号冬木〕、到来候、自愛無他候、仍太刀一振并鞍橋一口〔丁子唐草蝶梨地〕、宜御演説可為本意候也、恐惶謹言、
卯月三日　　義晴（花押）
近衛殿」

とある。これは、足利義晴から近衛稙家に宛てた書状で、ここに見える「左兵衛督昇進事」とは、古河公方晴氏についてのことである。晴氏は近衛稙家を介して義晴に官位昇進の取次ぎを依頼していた。当書状には、その件にかかわって、晴氏から義晴に届けられた種々の献上品について記されている。その献上品の中に「大鷹一本〔号冬木〕」と見え、本条の「号二「冬木」一鷹ヲ参せらる」という記述に対応する。

また、同じく天文一八年四月三日付の「近衛稙家書状」（『古河市史　資料　中世編』所収）には、

「貴札之趣拝閲、尤本望之至候、抑御昇進之事、御所望之旨申入候処、有御執奏勅許之段、無相違候、珍重存候、宣旨・位記等令進献候、仍、大鷹一居・御太刀・御馬被進候、一段之御祝著候、巨細尚御内書可相見候条、令省略候也、恐々謹言、
四月三日　　稙家
古河殿」

と見える。これは、稙家から晴氏に宛てた書状で、先の義晴の書状と連動するものである。稙家はこの書状で、正式に晴氏が昇進したことを知らせており、その「宣旨・位記等」について進献された品々の中に「大鷹一居」と見え、本条の「其返書ニハ大鷹ト書リ」という記事に該当する事項が確認できる。なお、中田徹の調査によると、直朝は、晴氏の昇進が決定した四日後の天文一八年四月七日付で、稙家の弟に当たる聖護院門跡道増の従者・森坊増隆から晴氏昇進の祝辞を記す書状（『古河市史資料　中世編』所収）を送られている（「『養鷹記』の遠近」）。

さらに中田は、以上のような晴氏の左衛門督昇進と直朝をめぐる状況と本条に見える鷹の贈答記事との関わりについて注目し、本条が京都に対する直朝独自の志向性に支えられた記述であることを考察している（中田徹「『養鷹記』の遠近」）。

2 月舟寿桂は臨済宗の僧。建仁寺第二四六世住持。寛正元年（一四六〇）近江国生まれ。自著である『幻雲稿』「仙雲巣住弘祥

同門」の序によると、永正六年（一五〇九）六月二三日から数年の間、朝倉氏の庇護を受けて越前国の弘祥寺・善応寺に滞在したという。後に建仁寺に移り、同寺妙喜庵に一華軒を開いた。没年は天文二年（一五三三）。著作に『幻雲稿』『月舟和尚語録』『幻雲詩稿』『幻雲文集』などがある。本条の『月舟鷹ノ記』は『養鷹記』のことである。本書は、その跋文によると、連歌師・柴屋軒宗長が月舟寿桂に作文を依頼し、朝倉教景（宗滴）に贈ったものという。『宗長手記』大永四年（一五二四）の条にも

「朝倉太郎左衛門教景宿所の庭に、鷹の巣を四とせ五とせかけさせて、去年はしめて巣立せ、大小二ツ、誠にふしきの事なるへし。これにつきて、鷹の記建仁東堂一花、又詩歌なともとりとり侍りしに、

　また聞ずとがへる山の峯ならで　巣だゝせそむる庭の松がえ」

という記事が見える。「鷹の記」とは『養鷹記』のことであり、「建仁東堂一花」は月舟寿桂を指す。ちなみに宗長が教景に『養鷹記』を贈呈したのは、宗長が勧進した大徳寺山門再建の費用を教景が援助した謝礼とみる指摘がある（鶴崎裕雄「宗長と越前朝倉氏—戦国文化に関する一考察—」中田徹「『養鷹記』の遠近」）。

〔100—25〕

1　義晴が天文一八年六月二七日に京都を逃れて近江国を目指したことは、『鹿苑日録』、『足利季世記』巻四、『細川両家記』、『続応仁後記』巻五、『天文日記』、『細川家記』などに見えるが、いずれも近江国東坂本（あるいは同地の常在寺）に逃れたとする。ちなみに、義晴は享禄元年（一五二八）九月に朽木稙綱を頼って近江国の朽木谷に逃れている。

　ところで、『舟岡山軍記』、『万松院殿穴太記』、『続応仁後記』巻五によると、東坂本に逗留していた義晴に、伊勢国の住人（『舟岡山軍記』、『万松院殿穴太記』では「加太」、『続応仁後記』では「多賀氏」）が、「逸物の大鷹」を献上したという。その大鷹を喜んだ義晴は、同年一二月四日、志賀の山にて鷹狩りを行った（『足利季世記』巻四、『続応仁後記』巻五、『万松院殿穴太記』）。その後、義晴は病み臥せり、翌年正月一一日の鷹狩り始めの行事には参加できなかった（『続応仁後記』巻五、『万松院殿穴太記』）。その日は獲物が一切獲れず、不吉であった（同書）。同年三月七日、義晴は穴太に在所を移し、五月四日に逝去した（『言継卿記』、『南行雑録』、『足利季世記』巻四、『続応仁後記』巻五、『舟岡山軍記』、『万松院殿穴太記』、『公卿補任』など）。

　なお、『万松院殿穴太記』は、伊勢国の住人から献上された大鷹の良相について詳述しているが、八幡の文字の符についてては触れていない。さらに、その八幡符の鷹を八幡山で放ったとされる件と義晴が近江に落ち延びた因果を伝える逸話についても未見。

〔100—26〕

1　「赤鷹」「しぼ」の解釈は諸説ある。『酔醒記』の記述に近い説としては、たとえば『龍山公鷹百首』に見える「赤鷹はの符のあかき鷹也。大鷹にある也。あかけの時に云也。赤符とはいふまじきと也。惣別大鷹に赤符黒符の事当流に不用之。他流には申ならはすとみえたり」「鵠のあかきをば、しほといへり。字には紫鷹

とも紫鷂共書たるがよきと云也」という記事が挙げられる。大鷹の全長は雄が約五〇cm、雌が約六〇cm。鷂はオオタカ属に分類されるものの、その全長は雄が約三二cm、雌が約三九cmと大鷹に比べて一回り小さい。「大なるを赤鷹」「小なるをしぼ」とする『酔醒記』の記述は、『龍山公鷹百首』が主張する説と適合するものであろう。

2　たとえば『責鷹似鳩拙抄』（続群書類従第一九輯中所収）に「しほ赤鷹は同物也。〔私考。赤鷹しほ同物にや。此抄にカリ爪二替事アリ。口傳也。是等大事也。別ニ注。〕」と記載されているように、「赤鷹」＝「しぼ」という解釈についてもやはり諸説があるという。『禰津松鷂軒記』（群書類従第一九輯所収）にも「しほあか鷹には有べからず」と見える。但し、『鷹秘伝書』に「一　紫鷹あか鷹同物也」と記されており、「赤鷹」＝「しぼ」という説もよく使われていたことが確認できる。

3　『龍山公鷹百首』によると「紫鷂又は紫鷹何れをもしぼと讀也。他流之説多之。当流に用来る趣凡如此歟」とあり、「しぼ」の当て字にも流派等によって諸説ある。ちなみに、『荒井流鷹書』（続群書類従第一九輯中所収）にも「紫鷹府毛しほとよむ也」と見える。

〔100–27〕

1　『後京極殿鷹三百首』（群書類従第一九輯所収）「冬部五〇首」に「常盤なる梢に降るうす雪の色を移すや鷹の青しろ」とあり、『鷹詞類寄』（宮内庁書陵部蔵）にも類歌が所収されている。「青白」の羽のコントラストを常盤の松の枝に積もった雪になぞらえる。

〔100–28〕

1　『禰津松鷂軒記』（群書類従第一九輯所収）に「一　たゞ鷹のふに藤ふと云はむねのふ。藤の花の咲たるに似たり」と見える。

2　地域差や個体差もあるが、一般的にオオタカやハイタカは春から夏にかけて換羽が始まり、秋に換羽が終了する。しかし、例えば『貞丈雑記』第一五に「鳥屋とは夏の末より羽ぬけ落て、冬に至りて生へととのふを云」と見えるように、飼鷹は夏の終わりから冬にかけて換羽期を迎える。この換羽期のことを「鳥屋」といった。かつては抜け落ちた羽も季節はずれの藤の花に見立てたように期待していた若鷹が、何年経っても鳥を獲ることを覚えず、いまは抜羽も平凡な羽になってしまった、と詠む。

3　『鷹詞類寄』（宮内庁書陵部蔵）に「春ならぬ花の藤ふのはつこ鳥とやへかへりしてたゞ毛なりけり」と見える。

〔100–30〕

1　〔100–30〕〜〔100–32〕は鷹を繋ぐ緒（＝紐）の寸尺について記す。緒の長さを記す鷹書は多数見られるが、その実寸は諸書によって異同が激しく、一定していない。

2　菖蒲皮を使用した鷹用具については、たとえば『鷹聞書』に「本式ノ装束ノ事ハ大タカノコトナリ」として「シヤウブカハ、ゴメンカハヲカサネテ、三ハリサシニ縫ベシ。ナガサ鷹ノ尾ノヒシヤク花ニトヾクホド也」と見える例が挙げられる。

〔100–33〕

1　架についても実寸を記す鷹書は多いが、これもやはりテキストごとに異なった長さを記す。

〔100―34〕

1　鷹の薬の種類や処方については、鷹の病状と併せて、種々の鷹書に莫大な情報が記載されている。しかし、その内容は諸書によってまちまちで、一定しない。

2　「鷹の惣薬」という薬種については種々の鷹書に多数散見する。しかし、その調合法や処方内容については多種多様で、テキストごとに異同が激しい。

〔100―35〕

1　「儀方」は、五月五日の端午の節句に邪気を防ぐため呪符に書く言葉。中国に端を発する風習で、たとえば、一二七四年に呉自牧が著した『夢粱録』に「端午為天中節（中略）書「儀方」二字、倒貼於楹、以辟蛇虺」と見える他、馮應京が万暦年間（一五七三～一六二〇）に著した『月令廣義』に「午日午時硃書「儀方」二字、倒貼柱脚上、辟蚊蛾諸蟲」と確認できる（詳しくは『端午禮俗史』（黄石撰、鼎文書局、一九七九年五月）参照）。

この行事は日本でもよく知られており、「儀方を書く」は夏の季語とされている（『季寄註解改正月令博物筌』や『俳諧歳時記栞草』「夏之部」の五月の条など）。ただし、鷹や諸飼鳥の鳥屋に「儀方」の呪符を貼る例については未見。

〔100―36〕

1　本話については徳田和夫「民間説話と古文献―『月庵酔醒記』の「猫と茶釜の蓋」「くらげ骨なし」を紹介しつつ―」に考察がなされている。徳田は『酔醒記』の記事を昔話「千匹狼」と比較して次のように言っている。

「鍛冶屋の姥にあたるものこそ登場しないが、山中で狼に囲まれ、何とかその危難を脱出するという展開は「千匹狼」と極似している。末尾の山佑が家に帰って事の次第を語っている所に、「おほかみ、常のごとく来にけるを」とあり、魔性のけだものと再会し、これを「谷そこにて射ころしける」とあるように、最後には退治したことになっており、「千匹狼」での末尾の鍛冶屋の姥の正体を知って、これを討ち取るくだりと隔絶してはいないだろう。／そして、山佑が愛育していた狼の裏切りが何よりも「猫と茶釜の蓋」のモティーフと一致する。」

さらに徳田は徳島県池田町の伝説を紹介し、『月庵酔醒記』所載話ともっとも近似しているのがこれであり、両話は四、五百年の時空をスライドしあったかの錯覚をもたせる。」と評している。

こうした類話は西日本各地に見られ、松谷みよ子『現代民話考10』（第一章　狼・山犬　話例・7　狼の仔を猟犬にして）は奈良県榛原町、和歌山県東牟婁郡、愛媛県上浮穴郡美川村の話を紹介している。後の二つは、狼の子を猟犬にして狩をしていたが、千匹の獲物を取ったところ（あるいは千匹目か）で人間が襲われる、としている。東日本の例は管見に入らなかったが、柳田國男『遠野物語』四二には、狼の子を育てようとして母狼に襲われる話がある。また千葉徳爾は『狩猟伝承』（ものと人間の文化史14）において、「全国的に知られる」話として同型の話を紹介し、「山犬の血を引く猟犬はよく働くが、＊千頭目には主人をとり殺そうとする」と猟師仲間では言われ、自分の唯一の味方である猟犬すら疑いたくなる山中での孤立感を共通に持った経験に基くものとした。『酔醒記』の本話は野州のものであり、東国にも西日本と同じ話が、しかも十六世紀末に伝承されていたことがわかり、貴重な例と言える。（＊この点は本話に「さる事のあらんとさとり」とある箇所にひびいているであろう。）

2　野州は一般的には下野（現在の栃木県）であるが、ここでは上野（群馬県）のことか。栃木県足尾町仁田元は、渡良瀬川源流付近の支流仁田元川沿岸にあり、足尾製錬所の煙害により明治三一年に集落が消滅した。上野の仁田山郷は群馬県桐生市にあった。渡良瀬川が大間々町から桐生市にかけて湾曲して流れる内側左岸の地域という。（以上『角川日本地名大辞典』に基づく）

3　徳田前掲書では、「主人公山佑とはいかなる人物であったか知るよしもない。実在の人物であったかもしれないが、阿波池田の瀬戸佐久のごとき、室町末期の上州仁田山あたりで、話の世界の人気者であったのかとも想像したくなるのである」と述べている。また、柳田國男『山島民譚集（一）』（羅城門）には、越中婦負郡桜谷村駒見の「ユウユウ」という老尼、夜は犬となりさまざまの妖怪となったという伝説、また同村の「ヨウユウ」なる者の家の召使い姥は狼の化けたものだという犬梯子型の伝説が紹介してある。これらの犬・狼の妖怪譚にかかわる人物の名に共通する「ユウ」とも関係があるのであろうか。

〔100-37〕

1　本話も徳田和夫「民間説話と古文献―『月庵酔醒記』の「猫と茶釜の蓋」「くらげ骨なし」を紹介しつつ―」に考察がなされている。徳田が指摘するように、「猿の生き肝」譚は古くから見られるが、これにクラゲの形状の由来を説くモチーフが加わり、というよりもむしろこちらの方が話の中心になっている「くらげ骨なし」譚は、江戸時代に入ってから風流山人（平賀源内）『根南志具佐』五（一七六三年序）、滝沢馬琴『燕石雑志』四（一八〇九年序）にみられ、赤本の「猿のいきぎも」はまさにその物語であった。（赤本の問題については内ヶ﨑有里子「黄表紙『猿茂延命亀万歳』について―赤本『猿のいきぎも』とのかかわり―」（『江戸期昔話絵本の研究と資料』所収）が有益である。）『酔醒記』の本話は、この「くらげ骨なし」譚の文献上もっとも古い例とされるものである。

「猿の生き肝」譚の原型は仏典に求められる。『六度集経』（四・三六）、『生経』（一・仏説鼈獼猴経事第十）、『仏本行集経』（三一）、『経律異相』（二三・暴志前生為亀婦十三）などに、仏の前生譚として記されている。説話集では、『注好選』（下・猿は退きて海底の菓を嘲る）、『今昔物語集』（五・二五　亀為猿被謀語）、『沙石集』（五本九・学生なる蟻と蟎との問答の事、ここでは猿と虯《みずら》）などがある。これらにはクラゲは登場しない。

2　鼈の妻の疾（『六度集経』）、鼈の妻の佯病（『生経』）、海中の虯の妻の懐妊（『仏本行集経』）、海中の亀の妻の懐妊（『注好選』『今昔物語集』）、海中の虯の妻の懐妊（『沙石集』）などに対して、「くらげ骨なし」譚の方は、（竜宮の）乙姫の病気（『根南志具佐』）、竜王の女《をとめ》の病（『燕石雑志』）、八大龍王の娘乙女の病（赤本『猿のいきぎも』）などとある。竜宮の乙姫の病気を発端とする「くらげ骨なし」譚が登場するのは、浦島が亀の背中に乗って竜宮の乙姫の所へ行くという話に変わってゆくことと関係するか。

〔100—38〕

1　小学館版『太平記4』の頭注に指摘されているように、『太平記』諸本には、獅子の子を遠流に処し、正税・官物百年分を海中に沈めたとするものと、獅子の子の処分には直接触れず、正税・官物百年分（梵舜本は「六十年」とあり「百イ」と傍書する）を施行に引いたとするものとがある。前者は、徴古館本・玄玖本・西源院本・天正本であり、後者は永和本・梵舜本・流布本である。『酔醒記』の本話は「たぶべき一国の官物、百年が間の分をはからひて、海底に沈め、獅子の子をば遠流せられけるとぞ」とあり、頭注五とともに、『酔醒記』引用の資料が依拠した『太平記』は前者のものであると考える根拠となるであろう。

2　「獅子国」の名について。『太平記』諸本や『酔醒記』は、〈獅子国の国王が他国より后を迎え、その輿入れの時に山中で獅子の群れに襲われ、后は獅子の王の妻となり、やがて男の子を生む。生まれた子は成人して、母を連れて山中を脱出し、獅子国へ行き、后は獅子国の王の后となる。妻と子を探して荒れ狂う獅子の王を、獅子の子が親子の情愛を利用して毒の矢で殺す〉という展開になっている。これらの典拠となった『大唐西域記』やそれの翻案である『今昔物語集』（五・二　国王狩鹿入山娘被取師子語）では、〈南印度の国王の娘が隣国に嫁し、途中山中で獅子に襲われ、獅子の妻となり男女の二人の子を生む。成人した男子は母と妹を連れて母の祖国に脱出する。妻と子を探して荒れ狂う獅子の王を、男子は親子の情愛を利用して刀で殺す。国王（男子の祖父）は父親を殺した子を許さず、兄妹を宝物を積んだ船に乗せて追放する。兄の船は島に流れ着き、その子孫が国を建てた。それが獅子国である。妹は波刺斯西に着いた〉（『今昔物語集』は小異があるがほぼ同じ）となっている。

すなわち原典では「獅子国」は結果として出てくるのであって、物語の最初からそういう名の国があったのではない。というよりも、これは「獅子国」の由来を説くものであった。しかし『太平記』では、最初に「獅子国」があり、それとは別に「獅子の王」がいたとされている。この山中の「獅子の王」の王国は、「苔深き岩は反じて玉楼金殿と作り、虎狼野干は化して卿相雲客と成り、獅子は化けて万乗の君と成つて、玉扆の座に粧ひを堆うし、袞竜の御衣に薫香を散ぜしかば」というありさまで、ために后は「うかりし御思ひも失せはてて、今は連理の枝の上に心の花の移ろはん色を烈しと思し召す」と、心が獅子王に移ってしまう。このような山中の別世界のすばらしさを述べる条は『西域記』や『今昔物語集』にはない。こうした「美女と野獣」のモチーフを持ち込んだ『太平記』型の話は、「獅子国」と山中の獅子の王国とが反転した像になっていることは明らかである。それをさらに「許されない父親殺しの罪」の話として読むよりも、恋の思いの強さが身体から遊離して、しばらくの間、別世界に遊ぶという、野獣と人間との恋と性の饗宴の話として読もうとするのが「ある説」なのであろう。そこには中国小説の影響があったのかも知れず、もう少し時代がたてば『伽婢子』の世界につながってゆく。

補説

1 「昔今詩歌物語　詩九首、歌十九首」〔013-16〕（上巻一一三頁）
「猿楽、禁裡江不レ召事」〔090-02〕補注13参照。

2 「香之出所付東大寺宝蔵仁被二籠置一蘭奢待の事」〔017〕
（上巻一二二～三頁）

〔017〕
「蘭奢待」は、沈香の一種「黄熟香」の巨大な香木で、正倉院御物を代表する逸品の一つ。明の李時珍は、沈香のうち水に浮かぶ性質をもつものを「黄熟香」とする。なお沈香は、インドおよび東南アジア・中国南部の熱帯諸地域に自生するジンチョゲ科の数種類の植物が、部分的に朽損あるいは病理的な変異を起こした際に分泌する樹脂が凝固したものに由来する。

〔017-01〕

『酔醒記』「香之出所」に類似した記載は、『塵荊鈔』一〇「香之事」に「凡海岸、海南、真臘、古城《ママ》、蓬萊等より出づ」とあるほか『文明本節用集』「加・草木門・香」にも「海南・海岸・南海・興《ママ》臘・占城・激泥《ママ》〈以上六者、香ノ出処〉」とある。

「海岸」については、たとえば一四世紀後半の成立とされる「異制庭訓往来」に左記の記載が見られる。

「夫雪山之北、有二大香酔山一。此山群木有二枯而落折而散一者、即泛二渓水一而流二入阿耨達池一。久染二八功徳水之波一、愈増二其薫香一、仍従二四獣之口一流溢、而沿二四河之流一、漾二海岸一寄二河濱一、人採レ之為レ宝也。故流二布五天竺一、旁施二四夷一也。其余波綿連而伝至二東夏一。前漢以前者、沈水之名無二得而聞レ之也。晋魏以来汎二濫天下一也。本朝天平年中、従二百済国一始貢二献之一。自レ厥已降、代々御門翫レ之、家々豪奢賞レ之」

この「異制庭訓往来」の記載は、『倶舎論』一一に示される世界観に由来するが、ほぼ同内容の記述は『榻鴫暁筆』二二「和国香名」にも引用され、中世後期には親炙した説であったらしい。もっとも、当該箇所によれば、人間が香木を入手する場所は、正確には「海岸」ではなく「河濱」とある。しかし、『日本書紀』推古天皇三年（五九五）四月条に、淡路島に「沈水（沈香）」の巨木が漂着したとあるのを始め、日本が島嶼国家であるためか、香木を得る場を「河濱」より「海岸」とすることに整合性を感じたのであろう。

また「海岸」と香木を関連づけるにあたり、『法華経』「薬王菩薩本事品」に「海此岸栴檀香」が挙げられるほか、『法華経鷲林拾葉抄』一二「五百品」八でも、天竺の摩黎山（詳細未詳）に自生する栴檀が大海に漂流し海辺に打ち上げられたものを「海岸香」と称している。

次に「南海」につき検討する。『塵荊鈔』では「海南」とあり、いずれを採るべきかは未勘である。「南海」と解した場合、平安期の『聖徳太子伝暦』をはじめ中世に陸続と成立した聖徳太子伝諸本の聖徳太子二四歳条（推古天皇三年）では、既述の『日本書紀』推古天皇三年四月条に香木漂着譚につき、南天竺の「南海の岸」に自生した「赤栴檀」が長期間に渡り海水に浸かることで「沈香」

と変じ、当初は轟音を発する光物として土佐の「南海」に漂流したとする説を加える。ゆえに、沈香の産地を「南海」とすることにも整合性は認められよう。

他方、明の李時珍の『本草綱目』「沈香」が引用する蔡絛の説によれば、沈香の産地としては、万安黎母山（摩黎山）に産出するものを極上品とし、以下「海南（海南島）」の黎族の集落、真臘、占城のものが続くとあり、これに従えば、沈香の産地として「南海」を挙げることも首肯されよう。ゆえに『酔醒記』の「南海」は、あるいは『塵荊鈔』に見られる「海南」の誤記あるいは誤写である可能性も残されている。

「占城・真臘・渤沈」の三者は、順に現在のベトナム南端部・カンボジア・ボルネオに比定されている。「占城・真臘」は、既述の蔡絛の説に言及されるほか、同じく『本草綱目』「沈香」に引用される葉廷珪（一二世紀）の説に、渤沈・占城・真臘で産出する沈香は「番沈・舶沈・薬沈」と称され、専ら薬種されるが三者のうち真臘産を上級品とすると伝える。

〔017-02〕

「ばらもん尊者」は、菩提僊那（七〇四～六〇）のことで、バラモン階層にあったインド人の出自であることに因み、婆羅門僧正と称された。五台山の文殊菩薩を拝するため入唐したが、天平八年（七三六）に日本からの留学僧・理鏡らの要請により、唐僧・道璿、林邑（ベトナム）僧・仏哲らと共に来朝し大安寺に止住した。天平勝宝三年（七五一）僧正に叙せられ、翌年の東大寺大仏開眼に際し、開眼導師として大仏の瞳を点じた。

ただし「蘭奢待」あるいはこれに該当する黄熟香の記載は、『東大寺献納宝物帳』・『種々薬帳』などの奈良時代の記録および平安時代の点検帳に認められず、建久四年（一一九三）八月二五日の『東大寺封蔵開検目録』を初出とすることから、近年では、「蘭奢待」が正倉院に納入された時期を、平安時代後期に比定する説も有力である。

ちなみに自筆本『実隆公記』延徳二年（一四九〇）二月四日条から七日条の紙背文書の東大寺僧・公恵僧正書状には、「蘭奢待」を聖武天皇の遺愛品とする説を記載する。

一色直朝と同時代での蘭奢待截香の事例は、『山上宗二記』「十之香并ニ追加之六種」に、「『東大寺（注・蘭奢待）』。木は加羅（注・伽羅。沈香の極上品）、天下無双の名香也。公方様御一代ニ一度、春日へ御参在リテ、一寸四方切セラル、ナリ。信長公ノ時、我モ参申候。蘭奢待也」とあるほか、同書には、医師の曲直瀬道三（一五〇七～九四）が、「公方」から蘭奢待を下賜されたと伝える。足利将軍の南都下向は、足利義満の至徳二年（一三八五）、足利義教の永享元年（一四二九）、足利義政の寛正六年（一四六五）の三度であるが、和田軍一は三度とも「蘭奢待」の截香が行われたとする（和田軍一「らんじゃたい」『日本史研究』三三五）。足利将軍以外で「蘭奢待」を截香した人物としては、織田信長や明治天皇が著名であるが、たとえば『実隆公記』延徳二年（一四九〇）一月二九日条には、後土御門天皇の勅命により東大寺の公恵僧正が「蘭奢待」を献じたとする記載が認められ、存外頻繁に截香されたことがうかがわれる。なお、近年の米山該典の調査によれば、「蘭奢待」には切断時期は不明ながら、三八カ所に及ぶ截香の痕跡が確認されている（「朝日新聞」平成一六年一月一五日・朝刊）。

『東大寺三倉開封勘例』には、寛正六年九月の足利義政の宝物御覧につき以下のように記す。

「一　同（注・後花園院）、寛正六年乙酉九月二十四日、御開封、勅使此年九月、室町殿将軍義政、春日社参詣。於二当寺（注・東大寺）一宝物御覧、御香被二召上一。
〔記曰、截二香法一寸四方宛二箇一、其一献二禁裡一、其一献二将軍一。又截二五分四方一箇一、献二別当一云々。両種御香同然。〕」

『酔醒記』では、一寸四方に一個截香し、その半分を天皇に献上し、残り半分を将軍が得たとあるが、実際には『東大寺三倉開封勘例』に見られるように、一寸四方に二個截香し、一個を天皇に献じ、一個を将軍の得分としたのであろう。天正二年の信長の截香時にも、一寸四方に二個切り出し、一個を天皇に奉献し、一個を拝領したとする（『天正二年截香記』）。なお、室町中期から戦国期までの天皇・公家・有力武家の蘭奢待の流通については本間洋子の論考に詳しい（本間洋子「蘭奢待の贈答経路」）。

「相公」は、参議を極官とした小野篁が「野相公」と称せられるように、『職原抄』・『拾芥抄』によれば、参議の唐名である。しかし、本条の「相公」は「将軍」以外の意には解し難く、また五山の禅僧による詩文にも「将軍」を「相公」とする例が多数認められる。通常、足利将軍は追贈を含め左大臣に叙せらたことから、俗に大臣の唐名とされた「相国」あるいは「相府」の意から「相公」と記載したと思われる。なお『酔醒記』「梅山聞本和尚御影避世事〈付筑紫商人に一銭乞玉フ事〉」〔168〕では、将軍を「将公」と表記する。

「蘭奢待」を「東大寺」の隠名とする説は、自筆本『実隆公記』紙背の公恵僧正書状に以下のように言及される。

「裏紙よごれ候間、二三重二調候て上申候。可レ然様二御計候て、御進上可二目出一候。此沈の元来は聖武天皇の御ぢんにて候。『東大寺』と可レ申にて候へども、たき候物にて候間、不レ可レ然候とて、『東大寺』という文字を籠られ候て『蘭奢待』と申にて候。已前、公方様（傍注・東山殿）御下向之時、子細を直に御尋候程に、於二御前一此儀を申入候。『尤』と其時始而御覚語（悟）候由、被レ仰候つる。暮々よき次第にて候余、御迷惑候。不レ苦儀候者、今一二年といふ事、可レ有二御申一候、無レ由存候。大概、上意も其分と存候。（以下欠）」

東大寺正倉院に襲蔵される黄熟香が、『蘭奢待』と称された時期は不明であるが、公恵の書状を信じるならば、寛正六年（一四六五）ごろには東大寺内で称されていたこととなる。また一条兼良の作と伝えられる『尺素往来』には、「名香之品々」を列挙するなかに「蘭麝袋」が挙げられることから、室町時代中期頃に「蘭麝袋」という特定の香の名をもとに、正倉院の黄熟香の名称として「東大寺」の隠名を込めた、「蘭奢待」の文字が宛てられたのであろうか。なお「蘭奢待」に隠名が見られることに注目するならば、香に造詣が深く、三条西実隆に師事した豊原統秋が、自著『體源抄』の書名に「豊原」の隠名を籠めたこととの関連も、あるいは想定が可能であろうか。

なお、『山上宗二記』「十炷之香并ニ追加之六種」には、合計一六種の名香を収めるが、このうち劈頭を飾るのは法隆寺伝来の

「太子」で「蘭奢待（東大寺）」は二番目とされる。但し三番目の「逍遙」は蘭奢待の川目（皮目か）、四番目の「三吉野」は蘭奢待の「白み」とする説を伝えるほか、「紅塵」（以上が十炷之香のうち。）・「園城寺」・「似《にたり》」・「面影」（以上が追加の六種のうち。）は蘭奢待を髣髴させる名香と伝える。戦国期に蘭奢待が最上級の名香の基準とされた様子が窺われよう。

3「香炉の出所　付たどんの粉」〔018-01〜06〕

（上巻一二三〜四頁）

〔018-01〕

香炉の異称ないし雅称は、『事林広記』「器用門」に「博山・金鴨」が挙げられるほか、『文明本節用集』「加・器財門・香炉」に「（香炉の）異名、博山・金鴨・鵲尾・睡鳧・金鳧・金猊・金博・金炉・黄炉・宝薫・宝鵆・睡鴨・鵲毛・仁風・火舎」とあり、『類集文字抄』には「香炉之異名」として「博山・金鴨・鵲毛」を挙げる。これらに『酔醒記』が挙げる五例のうち「王鴨」を除く四例が含まれている。

「博山」は、本来「博山炉」の義。博山炉は漢代以降に用いられた有蓋の高坏型の香炉で、蓋の上部に山岳状の装飾を備える。「金博」は未勘であるが、おそらく青銅製あるいは鍍金を施した「博山炉」の美称によるものであろう。また、叢書『百川学海』に収められる宋の洪芻の編と伝える『香譜』（叢書「百川学海」所収）「水浮香」条には「香獣以㆓塗金㆒為㆓狻猊麒麟鳧鴨之状㆒、空中以然㆑香、使㆓煙自㆑口出㆒、以為㆓玩好㆒。復有㆓彫木埏土為㆑之者㆒」とあり、「香獣」と称される中空にした狻猊（獅子）・麒麟・鴨鳧（鴨の種類）型の香炉にちなみ、香炉の異称として「金鴨」という言葉が使われたようである。なお『室町殿行幸記』によれば、鴨香炉が引出物や室礼に用いられたとあるが、たとえば三徳庵2『君台観左右帳記』には、「鴨香炉」の挿図を提示して、「鴨香炉、胡銅。〈鍮鉐ニモ御座候、ヨキ香炉マレナル物ニテ候。ヨキハ尤ホンソウノ物候」と解説を付している。同書によれば、「鴨香炉」は「生類香炉」と総称され、鴨以外にも鳳凰・鶏・鴛鴦を象った香炉があり、日本でも数多く生産されたらしいが、唐物以外は余り珍重されなかった様子である。ちなみに『酔醒記』が挙げる五例のうち「金鴨」に類似する「王鴨」の用例のみが未勘であるが、一例として『佩文韻府』には唐の蘇魴の「夜坐詩」を典拠として、香炉の雅称として「宝鴨」が立項されている。あるいは『酔醒記』の「王鴨」は「宝鴨」の誤写とするべきか。ちなみに豊原統秋（一四五〇〜一五二四）の『體源抄』一〇ノ下「一、香炉口伝事、当時人不㆑知㆑之、少々載㆑之。」には、「新造には鴨の香炉を用㆑之、尤深甚之義なり。頭のむけ様有㆓口伝㆒事也」とあり、室町後期には鴨の形をした香炉を用いるにあたり故実も存在したらしい。最後に「鵲尾」は、カササギの尾のような長い柄をもつ「柄香炉」に由来する香炉の別称である。「柄香炉」は、僧侶が仏事法会や行道に用いる携帯用の香炉であり、既述の『香譜』の「鵲尾香炉」条には、この鵲尾香炉に関して梁の大同初年（五三五）の隠士・宋玉賢の遁世譚を記載している。

〔018-02〜06〕

当該箇所は、『君台観左右帳記』からの抄出部分であるが、現存本『酔醒記』が筆写されるにあたり、本文が混乱したようである。なお現存本『君台観左右帳記』の本文系統については、村井康彦が、諸本の本奥書により能阿弥（一三九七〜一四七一）系統の本文と相阿弥（一五二五没）の本文の二系統に大別している（村井康彦『日本思想大系・古代中世芸術論』「『君台観左右帳記』解題」）。これに対し、矢野環は、『君台観左右帳記』諸伝本の根本的な本文検討により能阿弥・相阿弥両系統の現存本文は複雑な行程を経て成立し、かつ両系統による分類は必ずしも有効ではないことを提示している（矢野環『君台観左右帳記の総合研究〔茶華香の原点・江戸初期柳営御物の決定〕』「概説」）。つまり、能阿弥系『君台観左右帳記』は、唐土の画家を三等級に分類した「絵之筆者・上中下」の部分については、相阿弥系『君台観左右帳記』に先行する様相を窺わせるが、当該箇所以外の記載は、明らかに相阿弥系『君台観左右帳記』本文と同文であるということである。矢野は、相阿弥系『君台観左右帳記』本文を記載内容や主要伝本の奥書により都合四系統に分別している。つまり永正八年（一五一一）前後の本文と目される「初期系統本」、永正一六年（一五一九）頃の本文と目される「中期系統本」、おおよそ大永年間（一五二一〜八）頃の本文と目される「後期系統」と順序などから他の三系統とは異なる「宗珠所伝本」の四系統である。矢野は、これら四系統の相阿弥系『君台観左右帳記』のうち、能阿弥系『君台観左右帳記』の「絵之筆者・上中下」以外の内容は、事実上「中期系統本」の本文によることを指摘する。『君台観左右帳記』の受容上、極めて興味深いが、『酔醒記』「香炉之出所〔付　タドンノ粉〕」〔018〕も相阿弥系『君台観左右帳記』の「中期系統本」の影響を受けていることが指摘されよう。以下に、『酔醒記』「香炉之出所〔付　タドンノ粉〕」〔018〕本文と、相阿弥系『君台観左右帳記』「中期系統本」の一例として「三徳庵本2」と仮称される伝本の当該箇所を挙げ、両者の共通あるいは関連する部分に傍線を付す。

①『酔醒記』「香炉之出所〔付　タドンノ粉〕」〔018〕

香炉之出所　付たどんの粉

博山　金博　金鴨　鵲尾　王鴨

号《ネ》レ曙、灰ノ押様如レ斯。香炉によつて灰の押様替と云。

せいがい、如レ此広をほんとす。せいか、うつくしきを本とす。

此香炉、上之物と云なり。

一　たどんの粉は、山卯月木を燃て粉にして、紙につゝみ持なり。灰の底に少しづめ、火を付ぬれば、よく火を持なり。是は前の聖門准后より相伝申也。

道増聖護院殿より月庵相伝。是はせがいせまくて不レ可レ然。如何に好香炉なり共、せがいせまくあるをば、中せがいと申てほめず。

又如レ此、座の引こうだるを本とす。

②松浦本『君台観左右帳記』

〔永正一五年（一五一八）二月時正日（真相花押）〕

一、聞香炉　青磁

せかい如レ此ひろきを本とす。せかい、うつくしきを上々とす。

せかい如レ此せまきをば、中せかいと申ておもはしからず候。

いかによき香炉なりとも、中せがいはおとるべし。

③三徳庵本2『君台観左右帳記』

ハ、中セカイト申候テホメズ候。
ソコノ入タルハヲトリトス。

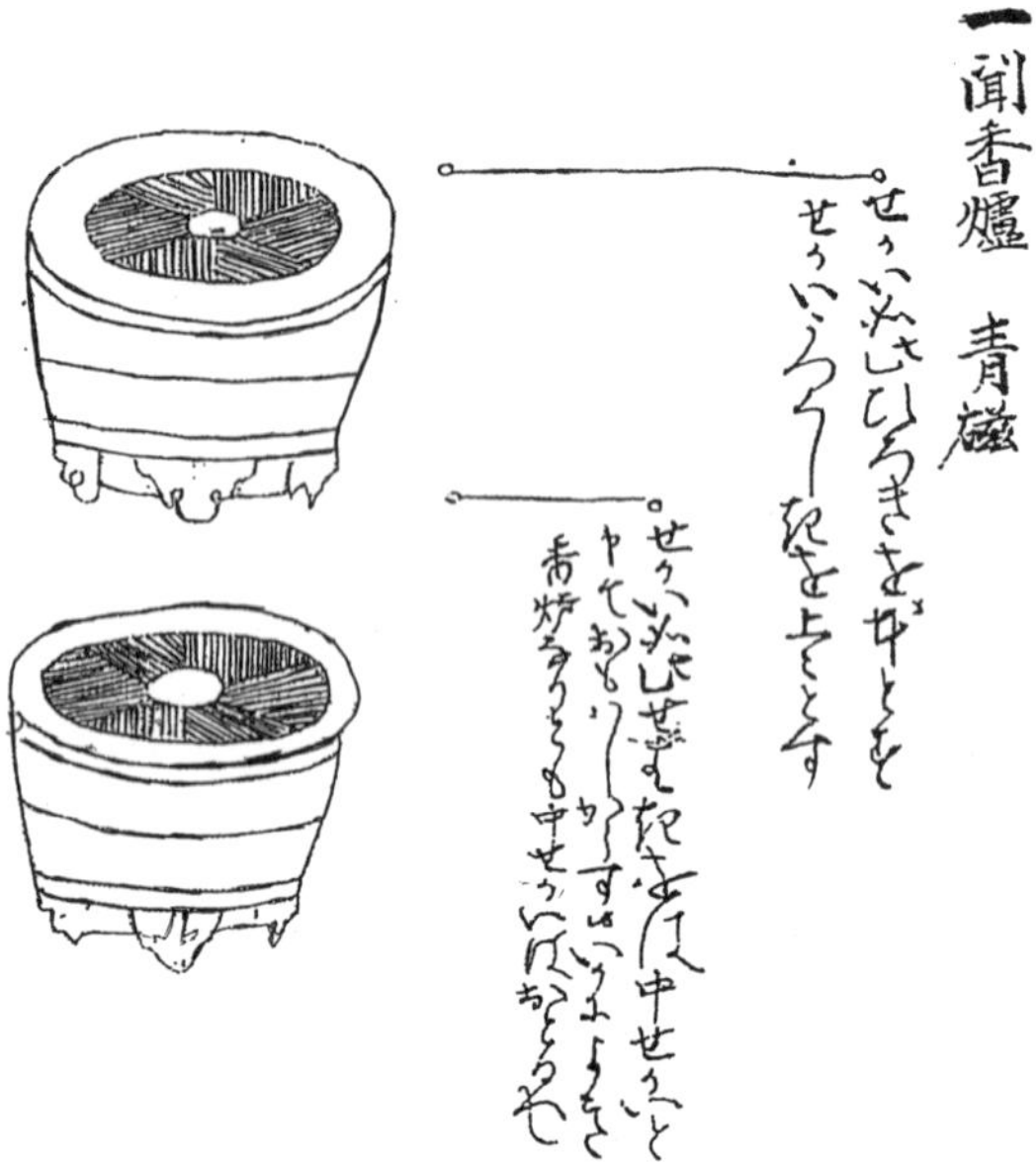

聞《カギ》香炉　青磁
セカイ如レ此ヒロキヲ本トス。此香炉上々ノナリニテ御座カ。
如レ此カウロソコノ出タルヲ本トス。
アケボノト号ス御物也。
灰ノヲシ様、如レ此。コノ外、香炉ニヨリテ、ヲシ様御座可レ有候。
是又、セカイセバク候テ、ヲモワシカラズ。
イカニヨキ香炉ニテモ候へ、セカイセバキ

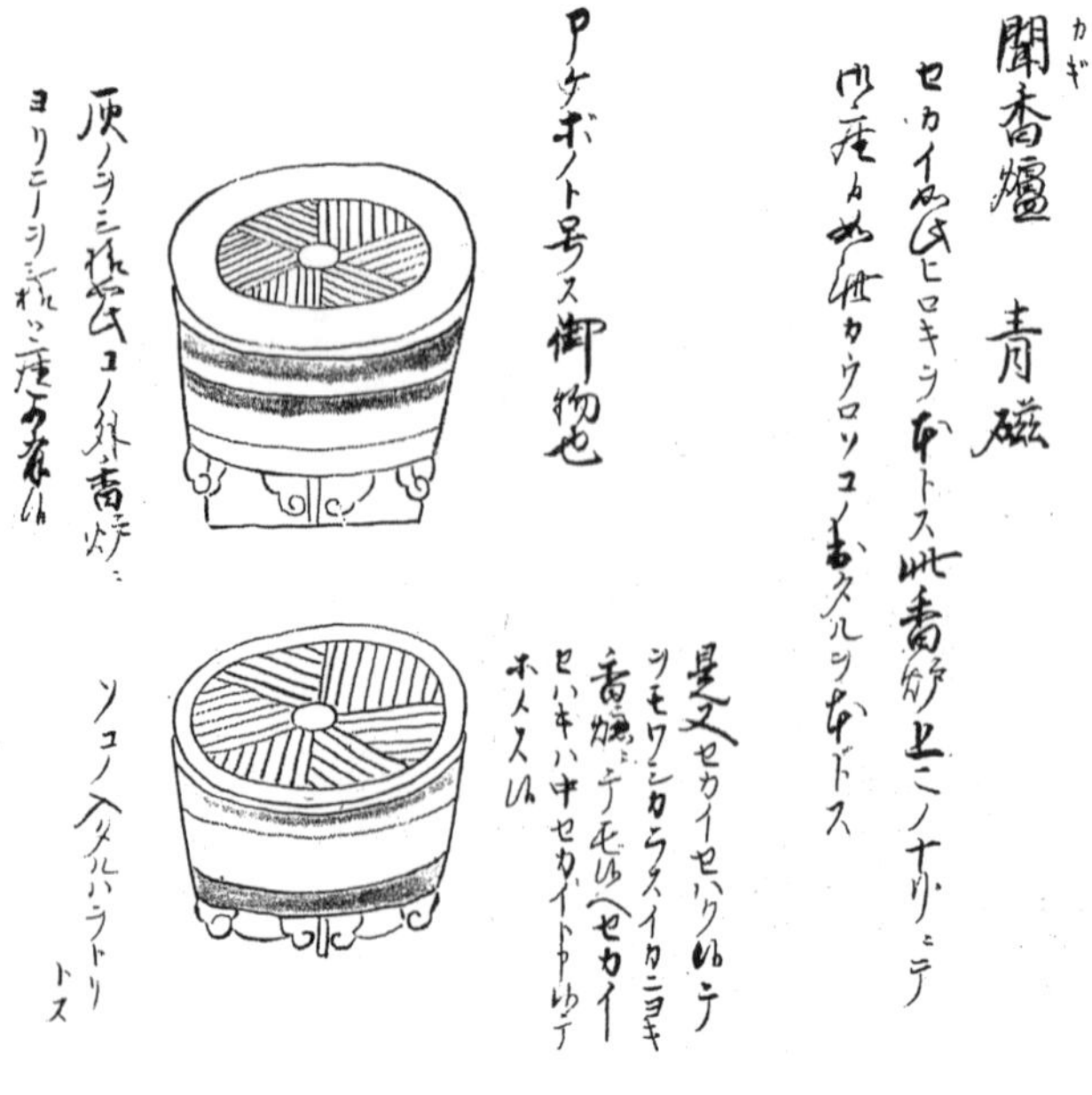

④東北大学附属図書館狩野文庫本『君台観左右帳記』
（所持識語「村松所持」）

一、聞香炉　青磁

セイカイ如レ是広キヲ、本トス。セイカイ、ウツクシキ上々。

灰ヲシヤウ如レ是ナリ。

セイカイ如レ是セハキハ、中セイカイト云、思ハシカラズ。

イカニヨキ香炉ナリトモ、中セイカイハ、ヲトルベシナリ。

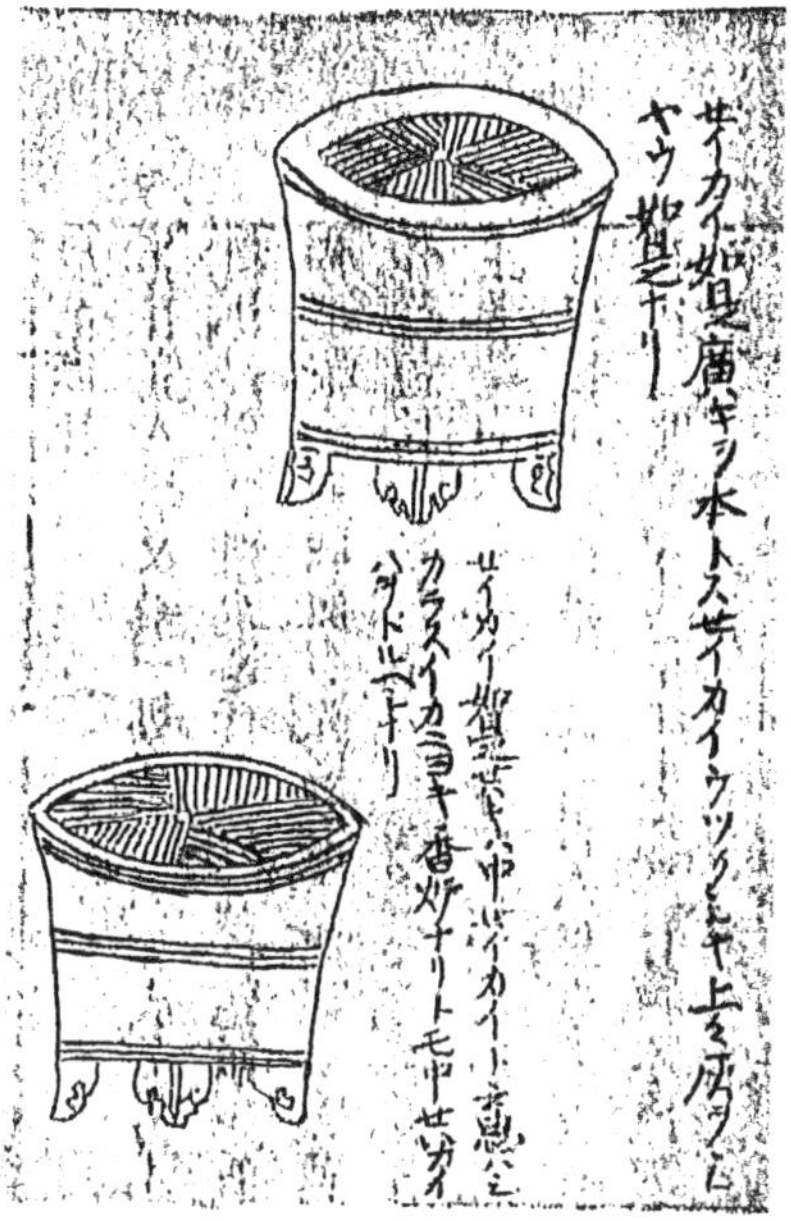

もとより今回提示した『君台観左右帳記』諸本と『酔醒記』とは直接の影響関係は想定不可能であるが、現存本『酔醒記』の本文の混乱は明白である。つまり、現存本『酔醒記』では、『君台観左右帳記』からの抄出箇所の間に、極めて不自然な形で、炭団の粉の記事（「一、たどんの粉は」から「月庵相伝」）が挿入されている。恐らく、原本で挿図二面のそれぞれに付された注記が混乱し、さらに「前の聖門准后より相伝申也」への注記であった「道増聖護院殿より月庵相伝」が本文紛れ込んだものと想定されよう。

なお、『酔醒記』本文と『君台観左右帳記』諸本との異同は波線部分と破線部分とで示すように、相互に微妙な異同が認められる。具体的には、松浦本の記載は「せがい（せいがい）」の広さと聞香炉の評価との関連のみに言及する。他方、三徳庵本では、「あけぼの」を「御物」とすることが注目されよう。三徳本についての矢野の略解題では、「御物」の聞香炉「あけぼの」についての本書の記載を特筆することから、同系統の他本には見られない箇所と想定されるが、現存本『酔醒記』の本文では、「曙」を「御物」ならぬ、聞香炉の灰の押し模様の名称と解するようであるが、両書が共に「あけぼの」という名称に言及することは注目されよう。また現存本『酔醒記』では、「座の引こうだる」聞香炉、つまり基底部ではなく脚部で本体を支える形式の聞香炉を理想とするようであるが、三徳庵本によれば基底部で支える聞香炉を優品とし、脚部で支える聞香炉を貶めていることから、『酔醒記』の記載とは正反対である。しかし、基底部で本体を支える聞香炉は「千鳥の香炉」と称される形式であり、『酔醒記』次項〔018-07〕では「千鳥の香炉」の由来譚が語れることから、現存本『酔醒記』の「座の引こうだるを本とす」という本文にも、混乱を認めるべきであろう。

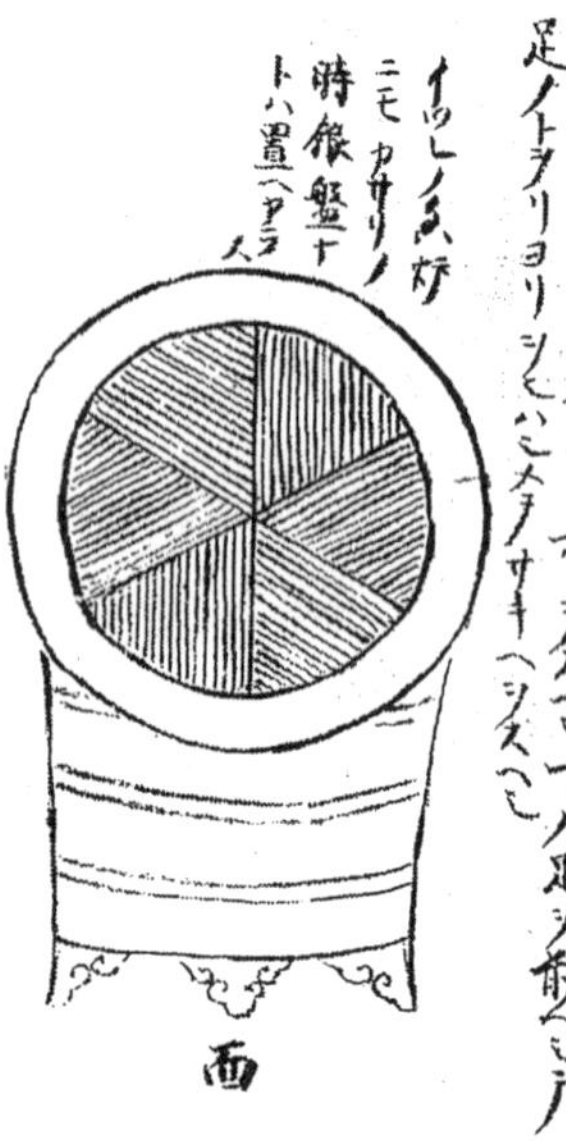

また現存本『酔醒記』・『君台観左右帳記』三本の挿図では、聞香炉の灰に六個の押し模様を付すが、六個の押し文様の合計六本の境目うち、前方の三本が聞香炉の三本の脚部の方向に一致していることが注目されよう。矢野環により『君台観左右帳記』の広義の異本に比定された『御飾書』には、聞香炉のこのような灰の押し文様につき、以下の記載が認められる。

「聞香炉、灰メ、カクノゴトシ。六ニヲスベシ。一ツノ足ヲ前ヘシテ、足ノトヲリヨリ、ヲシハジメテ、サキヘヲスベシ。イヅレノ香炉ニモ、カザリノ時、銀盤ナドハ置ベカラズ。」⑤

つまり、聞香炉の灰の押し模様は六個で、香炉の三足のうちひとつを前に向け、その足の方向から順に押し始めよとあり、また、聞香炉を飾りとして用いる場合には、聞香時とは違うためか、銀盤を置かないよう指示している。現存本『酔醒記』本条の挿図には、稚拙な印象が否み難いが相阿弥系『君台観左右帳記』「中期系統本」・『御飾書』の挿図に込められた、灰の押し模様と香炉の三足との位置関係を忠実に伝えていることが注目されよう。

なお、聞香炉の灰の押し文様については『君台観左右帳記』による作法のほかにも、多様な言説が行われていたらしく、たとえば『體源抄』一〇ノ下には、香炉の灰の押し模様（「櫛形」と称している）につき左記の記載が見られる。

「一、櫛形いくつ押すと侍る、これも至りて昔は沙汰もなけれども、香炉あまねく世に被レ用侍るより、故実に申侍歟。大方、小香炉ならば、数三よく侍る。常のならば、五可レ然歟。仏前香炉は、数六に可レ押歟。故治秋朝臣、口伝ありし事也。

〈朱筆・普門院殿様御持仏堂本尊御前御香炉事。此櫛形の押様被二仰下一、数六たるべき由申上。仍常に不二同押一、毎々上意難レ叶間、木に彫り被レ付、型にせられて被レ用侍由、承及侍。数六は六道の御廻向之義歟。数口伝なり。此事、六角堂中坊と云し人、物語せられし同前なり。此人、香数寄なれば如レ此まで耳にとめられ侍歟。ありがたきことなり。仍載レ之。〉」

『體源抄』では、豊原統秋の亡父・治秋の言葉として、香炉の灰の櫛形は通常五個であるが、仏前では六個とするべきことに言及し、これに続く朱筆部分では足利義教の持仏堂の香炉の灰の櫛形も六個が厳守されたとする中坊某の談話を記載し、統秋はこの六個の櫛形を六道輪廻に因む特殊な文様と解するが、他方『君台観左右帳記』では、聞香炉の灰の押し模様を六個とすることを自明とするところが興味深い。

また『酔醒記』の同時代の資料としては、『山上宗二記』「香炉之灰之事」に以下の記載が認められる。

「一　灰之押様之事、筋目《ハシメ》九ツ六角手きわ可レ押。是は御家とて三条殿流也。筋目《ハシメ》香炉の足毎《アシゴト》に在。猶口伝在レ之。

一　珠光がゝり篠殿の流は、筋目十一、五角に押すなり。是は面之筋目一ツ香炉の面の足に立つるなり。猶以在二口伝之一。

一　灰之押様、両家之普法度数有之由、風説候。但し茶湯には不レ用レ之。并富士なりの灰、是は貴人・児・若衆之時、曲に押すなり。」

つまり、聞香炉の灰の文様として、「三条殿（三条西家）」では、六個の押し模様を付け、各模様には九本の筋目を刻み、他方村田珠光の流儀を伝える「篠殿（後の志野流）」では、五個の押し模様を付け、各模様には一一本の筋目を刻むとする。三条西実隆から香を学んだ豊原統秋が、六個の灰の押し模様を耳遠いこととして記録したことの相違が注目されるところであろう。

このほか、蜂谷宗悟（一五八四没）編の『香道規範』に収められる天正三年（一五七五）の建部隆勝の所説でも、香炉の灰の模様は五個を基本とすることから、『酔醒記』および相阿弥系『君台観左右帳記』「中期系統本」・『御飾書』の挿図に見られる六個の押し模様は、「香道」として整備される以前の室町末期頃の聞香の多様な所作を反映と解すべきであろうか。

なお聞香炉に用いる炭団については、前掲『體源抄』一〇ノ下に左記の記載が認められる。

「一、『たどむ』といひて用意する物あり。人色々申侍れども、萩の木・茄子の木か、当家には接骨木《にわとこ》の木を黒焼にして、粥の粘りにて是を丸す無上なり。」

『酔醒記』所載の聖護院道増からの相伝では、「山卯月木《ゆまうつぎ》」とするが、「やまうつぎ」には、クマツヅラ科のクサギあるいはスイカズラ科のハコネウツギとする二説が認められ、いずれかに比定することが困難である。ただし『體源抄』が伝える「ニワトコ」は明らかにスイカズラ科であることから、『酔醒記』に見られる「山卯月木《やまうつぎ》」が、スイカズラ科のハコネウツギである可能性が高い。

ちなみに『體源抄』では、香炉で用いる灰の素材や産地についても言及する。『酔醒記』の記載とは直接関連しないが、参考として示す。

「一、灰の事。杉の灰、常に用レ之。当家に用は、昔より『きわた（注・黄蘗《きわだ》か）』の灰なり。備中国より出たるは、色白く美しけれど、火消え移り香有て侘びしきなり。応仁の乱中に出だしたる『しほのまつ』といふ灰あり。よく炒りて調じたるは優れたる物なり。土にて侍る。今は又払底のよし申伝なり。」

訂正

三九頁　本文2行　異こと也↓こと《異》也
四一頁　頭注**四**　録↓禄
六二頁　本文12行　被二仰下一↓被二仰下一
九六頁　本文7〜8行　無二申計一候↓無二申計一候
一一二頁　頭注**九**　氏景↓貞景
一一五頁　頭注**三**　補注5↓補注1
二五〇頁　補注〔013-13〕**7**　氏景↓貞景

参考文献

『中世近世道歌集』（古典文庫第一八〇冊）古典文庫、一九六二年
『保元物語　平治物語　承久記』（新日本古典文学大系）岩波書店、一九九二年
『小田原市史　史料編中世3』一九九三年
『古道集』（天理図書館善本叢書七二）矢木書店、一九八六年
『景徳傳燈録』禅文化研究所、一九九〇年
網野善彦他『講座日本荘園史　七　近畿地方の荘園』吉川弘文館、一九九五年
池上洵一『三国伝記（上）』（中世の文学）三弥井書店、一九七六年
池田弥三郎他『日本民俗誌大系　六　中部Ⅱ』角川書店、一九七五年
伊藤正義『金春禅竹の研究』赤尾照文堂、一九七〇年
伊藤正義『謡曲集・中』（新潮日本古典集成）新潮社、一九八六年
岩崎佳枝・網野善彦他『七十一番職人歌合・新撰狂歌集・古今夷曲集』（新日本古典文学大系）岩波書店、一九九三年
川村晃生他『金葉和歌集・詞花和歌集』（新日本古典文学大系）岩波書店、一九八九年
木村三四吾・井口壽校注『竹馬狂吟集・新撰犬筑波集』（新潮日本古典集成）新潮社、一九八八年
小島孝之『沙石集』（新編日本古典文学全集）小学館、二〇〇一年
小松茂美編『続日本絵巻大成九「玄奘三蔵絵」（下）』中央公論社、一九八四年
小町谷照彦『拾遺和歌集』（新日本古典文学大系）岩波書店、一九九〇年
小松和彦編『怪異の民俗学⑤　天狗と山姥』河出書房新社、二〇〇〇年
（馬場あき子「天狗への憧れと期待」、小峯和明「相応和尚と愛宕山の太郎坊―説話の歴史―」、森正人「天狗と仏法」、村山修一「愛宕山と天狗」、原田正俊「『天狗草紙を読む』―天狗跳梁の時代―」、谷川健一「崇徳上皇」、五来重「天狗と庶民信仰」、宮本袈裟雄「天狗伝承とその背景」、宮本袈裟雄「天狗の図像学」、五来重「天狗と庶民信仰」、岡見正雄「天狗説話展望―天狗草紙の周辺―」、アンヌ・マリ　ブッシイ「愛宕山の山岳信仰」、「土蜘蛛草紙」「天狗草紙」「大江山絵詞」―異類・異形の物語」、「高野山の山岳伝承」）
佐々木信綱・久曾神昇編『日本歌学大系』風間書房、一九六四～一九八六年
関敬吾『日本昔話大成　七　本格昔話』角川書店、一九七九年
撰集抄研究会編『撰集抄全注釈下』笠間書院、二〇〇三年
展覧会図録『陰陽道×密教』神奈川県立金沢文庫、二〇〇七年
徳田和夫他『室町物語集　下』（新日本古典文学大系）岩波書店、一九九二年
永井義憲解題『法華経鷲林拾葉鈔』臨川書店、一九九一年
長友千代治『重宝記資料集成一六「俗信・年暦一」』臨川書店、二〇〇六年

新美寛編・鈴木隆一補『本邦残存典籍による輯佚資料集成　続』京都大学人文科学研究所、一九六八年
錦仁他『金葉和歌集・詞花和歌集』（和歌文学大系三四）明治書院、二〇〇六年
野田千平『重宝記集一』（近世文学資料類従）勉誠社、一九七九年
橋本不美男他『歌論集』（新編日本古典文学全集）小学館、二〇〇二年
早川光三郎『新釈漢文体系58蒙求上』明治書院、一九八五年
林家辰三郎『古代中世芸術論』（日本思想大系）岩波書店、一九七三年
増田繁夫『拾遺和歌集』（和歌文学大系三二）明治書院、二〇〇三年
宗政五十緒編『たとへづくし』同朋舎、一九七七年
山岸徳平『八代集抄下巻』（八代集全註）有精堂出版、一九六〇年
『桂林集注』（京都大学国語国文資料叢書三二）臨川書店、一九八二年
赤松智城・秋葉隆編『朝鮮巫俗の研究　下』大阪屋書店、一九三八年
天野文雄『世阿弥がいた場所（能大成期の能と能役者をめぐる環境）』ぺりかん社、二〇〇七年
井出幸男『中世歌謡の史的研究（室町小歌の時代）』三弥井書店、一九九五年
伊東玉美『小野小町―人と文学』勉誠出版、二〇〇七年
井上宗雄『中世歌壇史の研究〈室町後期〉』明治書院、一九七二年
今泉雄作『茶道研究　茶器の見方』慧文社、二〇〇七年
潁原退蔵「校本犬筑波集」（『潁原退蔵著作集　第二巻』）中央公論社、一九七九年
越智美登子『叢塵集（曼殊院蔵）』臨川書店、一九七八年
小川剛生『二条良基研究』笠間書院、二〇〇五年
表章『観世流史参究』檜書店、二〇〇八年
表章『大和猿楽史参究』岩波書店、二〇〇五年
片桐洋一『小野小町追跡』笠間書院、一九七五年
片桐洋一『中世古今集注釈書解題』赤尾照文堂、一九八一～一九八六年
片桐洋一『毘沙門堂本　古今集注』八木書店、一九九八年
川口久雄『平安朝日本漢文史の研究下』明治書院、一九六一年
木藤才蔵『連歌史論考　上　増補改訂版』明治書院、一九九三
熊倉功夫『山上宗二記』岩波文庫、二〇〇六年
久曾神昇『古今和歌集成立論　資料編』風間書房、一九六〇年
蔵野嗣久『室町末期馬医書『秘伝集』の国語学的研究』渓水社、一九九三年
黒田基樹『戦国北条一族』新人物往来社、二〇〇五年
香西精『能謡新考』檜書店、一九七二年
小南一郎『西王母と七夕伝承』平凡社、一九九一年
佐藤寒山『後鳥羽院番鍛冶考』後鳥羽院番鍛冶顕彰委員会、一九七四年
沢井耐三『守武千句考証』汲古書院、一九九八年
佐脇栄智『後北条氏と領国経営』吉川弘文館、一九九七年
志村有弘編『神霊まじない秘法伝』勉誠出版、二〇〇三年

白井恒三郎『日本獣医学史』文永堂書店、一九四四年
鈴木敬『中国絵画史』吉川広弘文館、一九八一〜一九九五年
鈴木棠三『故事ことわざ辞典』東京堂出版、一九五六年
鈴木棠三『続故事ことわざ辞典』東京堂出版、一九五七年
鈴木棠三『ことば遊び辞典』東京堂、一九五九年
鈴木棠三『中世なぞなぞ集』（岩波文庫）岩波書店、一九八五年
鈴木棠三『なぞの研究』（講談社学術文庫）講談社、一九八一年
鈴木棠三『犬つくば集』（角川文庫）角川書店、一九六五年
鈴木棠三『醒睡笑　上・下』（角川文庫）角川書店、一九六四年
田口和夫『能・狂言研究―中世文芸論考』三弥井書店、一九九七年
田口和夫『狂言論考―説話からの形成とその展開』三弥井書店、一九七七年
田代慶一郎『夢幻能』朝日新聞社、一九九四年
谷川健一『谷川健一著作集　五　鍛冶屋の母』三一書房、一九八五年
知切光蔵『天狗の研究』大陸書房、一九七五年
千葉徳爾『狩猟伝承』（ものと人間の文化史14）法政大学出版局、一九七五年
陳舜臣『中国画人伝』新潮社、一九八四年
堤邦彦『女人蛇体―偏愛の江戸怪談史―』角川書店、二〇〇六年
帝国競馬協会編『日本馬政史』帝国競馬協会、一九二三年
内藤湖南『支那絵画史』（『内藤湖南全集』第一三巻）、一九七三年
長友千代治『重宝記資料集成第二九巻「農業・工業二」』臨川書店、二〇〇七年
中村七三『馬醫版本の研究』稱德館、一九九八年
西孝二郎『「西遊記」の構造』新風舎、一九九七年
西岡弘『中国古典の民俗と文学』角川書店、一九八六年
能勢朝次『能楽源流考』岩波書店、一九三八年
野間光辰『近世作家伝攷』中央公論社、一九八五年
芳賀幸四郎『三条西実隆』吉川弘文館、一九六〇年
橋本朝生『狂言の形成と展開』みづき書房、一九九六年
長谷川　端『太平記4』（新編日本古典文学全集）小学館、一九九八年
林和比古『枕草子の研究』右文書院、一九六四年
林　淳『近世陰陽道の研究』吉川弘文館、二〇〇六年
福田俊昭『朝野僉載の本文研究』大東文化大学東洋研究所、二〇〇一年
藤井乙男『諺語大辞典　全』有朋堂、一九一〇年
藤岡道子編『岡家本江戸初期能型付』和泉書院、二〇〇七年
本間寅雄（磯部欣三）『世阿弥配流』恒文社、一九九二年
牧野和夫『中世の説話と学問』和泉書院、一九九一年
松尾信一ほか『日本農書全集　六〇　畜産・獣医』農山漁村文化協会、一九九六年
松谷みよ子『現代民話考10　狼・山犬　猫』立風書房、一九九四年
水野智之『室町時代公武関係の研究』吉川弘文館、二〇〇五年
宮家準『大峰修験道の研究』佼成出版社、一九八八年
宮本袈裟雄『天狗と修験者―山岳信仰とその周辺』人文書院、一

九八九年
村瀬敏夫『紀貫之伝の研究』桜楓社、一九八一年
村山修一『修験・陰陽道と社寺史料』法蔵館、一九九七年
目崎徳衛『在原業平・小野小町』筑摩書房、一九八〇年
目崎徳衛『紀貫之』（人物叢書）吉川弘文館、一九六一年
柳田國男『女性と民間伝承』（ちくま文庫『柳田國男全集10』）筑摩書房、一九九〇年
柳田國男『山島民譚集（一）』（ちくま文庫『柳田國男全集5』）筑摩書房、一九八九年
矢野環『君台観左右帳記の総合研究』勉誠出版、一九九九年
山中玲子『能の演出(その形成と変容)』若草書房、一九九八年
赤瀬信吾「草の名前」（『徳川黎明会叢書　月報』一〇、一九九〇年）
朝倉尚「『海棠』詩」（『禅林の文学（中国文学受容の様相）』清文堂出版、一九八五年）
天野文雄「世阿弥は佐渡から帰還できたか―『金島書』の成立事情の検討からみた帰還の蓋然性」（『能と狂言』一、二〇〇三年）
網野善彦「高音と微音」（『ことばの文化史[中世1]』平凡社、一九八八年）
有光友学「戦国期葛山氏の系譜と「氏時」」（『戦国史研究』一一、一九八六年）
池田廣司「解題」（『中世近世道歌集』古典文庫、一九六二年）
石川透「室町物語と幸若舞曲―『かわちかよひ』と『伏見常盤』―」（『室町物語と古注釈』三弥井書店、二〇〇二年）
伊地知鐵男「世阿弥と二条良基と連歌と猿楽」（『伊地知鐵男著作集Ⅱ』汲古書院、一九九六年）
伊藤敬「「仮名教訓・宗祇短歌」ノート（一）」（『和歌史研究会会報』三八、一九七〇年）
伊藤敬「『仮名教訓』考―室町時代女流文学にからめて―」（『中世文学』一六、一九七一年）
稲賀敬二「「宗祇短歌」と「少人をしへの詞」―本文翻刻と略注―」（『王朝細流抄』四、一九七一年）
井上宗雄「道増誹諧百首と由己狂歌百首」（『和歌史研究会会報』四五、一九七二年）
今井源衛「了悟『光源氏物語本事』について」（『今井源衛著作集四　源氏物語文献考』笠間書院、二〇〇三年）
今井湊「宿曜地震占考」（『天文・暦・陰陽道〈年代学論集1〉』岩田書院、一九九五年）
今井林太郎「摂津国輪田荘の一考察」（『大手前女子大学論集』一六、一九八二年）
今谷明「世阿弥佐渡配流の背景について」（『芸能史研究』一四一、一九九八年）
岩崎雅彦「猿楽の説話と鬼」（『能楽研究』二六、二〇〇二年）
内ヶ崎有里子「黄表紙『猿茂延命亀万歳』について―赤本『猿のいきぎも』とのかかわり―」（『江戸期昔話絵本の研究と資料』三弥井書店、一九九九年）
大谷俊太「『夢後記』―西洞院時慶卿庭訓―」（『南山国文論集』一三、一九八九年）

大谷節子「『張良一巻書』伝授譚考―謡曲「鞍馬天狗」の背景―」（徳江元正編『室町藝文論考』三弥井書店、一九九一年）
小川陽一「鳥鵲南に飛ぶ―三国志演義の鴉鳴信仰―」（秋月観暎編『道教と宗教文化』平河出版社、一九八七年）
落合博志「世阿弥伝書考証二題（二）『金島書』における虚構の問題」（『能・研究と評論』一七、一九八九年）
表章「世阿弥の『サルガク=申楽』説をめぐって―『風姿花伝第四神儀』の成立年代、その他―」（『能楽研究』一八、一九九四年）
折坂金弘「研究ノート　伯楽・馬医の治療道具について」（『馬の科学』三八―六（通号四〇六）、二〇〇一年）
小和田哲男「戦国の家訓と男女の実情」（『歴史評論』五一七、一九九三年）
川平ひとし「冷泉為和相伝の切紙ならびに古今和歌集藤沢相伝について」（『跡見学園女子大学紀要』二四、一九九一年）
久保文雄「観阿弥出生に関する一考察」（『国語国文』二七九、一九五七年）
久保文雄「楠木正成と観阿弥」（『日本史研究』三八、一九五八年）
久保文雄「『観世福田系図』をめぐる諸問題―伊賀国浅宇田村上嶋家文書」（『国語と国文学』三七・五、一九六〇年）
蔵中スミ「『菅家金玉抄』部立考―勅撰集・私撰集・菅家歌集との関連において―（付・翻刻『菅家金玉抄巻第八』）」（『親和女子大学研究論叢』二二、一九八九年）
黒木祥子「平賀の鷹」（『伝承文学研究』三五、一九八八年）
小池淳一「東方朔溯源」（弘前大学人文学部『文経論叢』二八・三、一九九三年）
小池淳一「弘法の置文―解題と翻刻―」（『青森県史研究』四、青森県、二〇〇〇年）
小谷成子「『どうけゐつくし』と演劇」（『論集近世文学』一、一九九一年）
小谷成子「『初期上方子供絵本集』について―「いも上るり」『軍舞』『どうけゐつくし』を中心に―」（『説林』愛知県立大学三三、一九八五年）
後藤丹治「若衆や女房を教訓した宗祇の歌　―若衆短歌と兒教訓と「そうきのたん歌」と―」（『国語国文の研究』三六、一九二九年）
小峯和明「古代・中世のことわざ探訪18　山の芋が鰻になる」（『言語』二五・六、一九九六年）
榊原千鶴「武家に娘が嫁ぐとき―『月庵酔醒記』所収「御文十箇条」と『幻庵覚書』を手掛かりとして―」（『名古屋大学文学部研究論集』五二、二〇〇六年）
榊原千鶴「「りんき」のおさめどころ―『月庵酔醒記』中巻「男女のうはさ」にみる世俗性―」（『名古屋大学文学部研究論集』五三、二〇〇七年）
佐々木孝浩「人麿展墓の伝統―人麿信仰の一展開―」（『国文学研究資料館紀要』一八、一九九二年）
佐竹昭広「狂言の陰陽師―有世の面影―」（『陰陽道叢書　2　中世』名著出版、一九九三年）
佐藤博信「戦国期における東国国家論の一視点―古河公方足利氏

と後北条氏を中心として」(『歴史学研究』一〇別冊、一九七九年)
芝田文雄「百怪呪符」(『伊場木簡の研究』東京堂出版、一九八一年)
新間水緒「住吉神説話について」(『説話論集(第十六集)説話の中の善悪諸神』清文堂、二〇〇七年)
須田悦生「作品研究『山姥』」(『観世』六四・九、一九九七年)
竹本幹夫「『庭訓往来註』所引の申楽伝説」(『銕仙』二九五、一九八二年)
辻本直男「『鍛冶名字考』について」(『ビブリア』七、一九五六年)
堤邦彦「『因果物語』蛇道心説話をめぐって」(『近世仏教説話の研究　唱導と文芸』翰林書房、一九九六年)
堤邦彦「蛇道心説話の基層・二妻狂図—絵解きと近世説話の交絡」(『近世仏教説話の研究　唱導と文芸』翰林書房、一九九六年)
鶴崎裕雄「宗長と越前朝倉氏—戦国文化に関する一考察—」(『てりあ』一七、一九六九年)
徳田和夫「越後の酒呑童子—『実録伝記』の紹介—〈表紙解説に付して〉」(『伝承文学研究』五一号、二〇〇一年)
徳田和夫「民間説話と古文献—『月庵酔醒記』の「猫と茶釜の蓋」「くらげ骨なし」を紹介しつつ—」(大林太良編『民間説話の研究—日本と世界』同朋社出版、一九八七年)
中島恵子「女の暮らしとまじないの歌」(『女性と経験』五、女性民俗学研究会、一九八〇年)
中田徹「夢後記の教訓」(『むろまち』一、一九九二年)
中田徹「「養鷹記」の遠近」(『むろまち』二、一九九三年)
二本松泰子「宇都宮流鷹書の実相—立命館大学図書館西園寺文庫蔵『宇都宮社頭納鷹文抜書秘伝』をめぐって—」(『伝承文学研究』五六、二〇〇七年)
二本松泰子「中世公家社会における鷹術伝承の成立—立命館大学西園寺文庫蔵『西園寺家鷹口傳』所載の鷹説話群の検討から—」(『説話・伝承学』一五、二〇〇七年)
橋本朝生「中世史劇の復活—復曲〈近衛殿の申状〉—」(『国立能楽堂』一二四、一九九三年)
橋本政宣「肖柏と中院家」(『日本歴史』三〇二、一九七三年)
花部英雄「呪術と呪歌の論理」(『和歌をひらく　四　和歌とウタの出会い』岩波書店、二〇〇六年)
廣田哲通「唐土の吉野をさかのぼる—吉野・神仙・法華持者—」(『中世仏教説話の研究』勉誠社、一九八七年)
藤田達生「刀剣書の成立—「諸国刀鍛冶系図写」を素材として—」(三重大学教育学部研究紀要五一(人文・社会科学)、二〇〇〇年)
古川元也「唐物の請来と価値の創出」(『開館四十周年記念特別展「宋元仏画」』神奈川県立歴史博物館、二〇〇七年)
本間洋子「蘭奢待の贈答経路」(『服飾文化学会誌』一・一、二〇〇一年)
益田勝実「鳩屋の鈴—ひとつの伝説の滅びかた—」(『論纂説話と説話文学』、一九七九年)
松尾信一「日本馬病史—古代より幕末・維新前後まで—」(『日本

獣医史学雑誌』四二、二〇〇五年）
松岡心平「佐渡と能楽」（『国文学・解釈と鑑賞』八一九、一九九九年）
三木雅博「『口遊』所引の中国の占雨諺句と大江匡衡の賀雨詩序の「東方朔之前言」―〈平安貴族の生活と中国文化〉素描・その一―」（『梅花女子大学文学部紀要』三四（比較文化編4）、二〇〇〇年）
美濃部重克「テキスト・祭り　そして女訓―御伽草子の論―」（『国語と国文学』六九・五、一九九二年）
三宅久雄「正倉院宝物漆金銀絵仏龕扉の復元的考察」（『正倉院年報』二〇、一九九八年）
村田熙「薩摩盲僧資料序説」（『鹿児島民俗』一一〇、鹿児島民俗学会、一九九六年）
山田英雄「『孔氏六帖』所引の『朝野僉載』について」（『高知大国文』一七、一九八六年）
渡邊妙子「後鳥羽院番鍛冶について」（『華やかな日本刀　備前一文字』財団法人佐野美術館ほか、二〇〇七年）
八板春吉氏所蔵『八板氏清定一流系図』（「鉄砲伝来についての二・三の考察―とくに八板氏清定一流系図について―」『黎明館調査研究報告』第一〇集、一九九六年）
「正倉院『蘭奢待』切り取り、信長らだけでなかった」（「朝日新聞」二〇〇四年一月一五日・朝刊）

執筆者紹介および担当箇所

（氏名　生年／現職／主要業績／本巻の注釈担当箇所）

小池　淳一（こいけ　じゅんいち）
一九六三年生／国立歴史民俗博物館准教授／『陰陽道の講義』（共編、嵯峨野書院、二〇〇二年）、『伝承歳時記』（飯塚書店、二〇〇六年）／075～080

小助川　元太（こすけがわ　がんた）
一九六六年生／呉工業高等専門学校准教授／『行誉編『壒嚢鈔』の研究』（三弥井書店、二〇〇六年）、「醍醐寺所蔵『僧某年譜』考」（『国語国文』七七巻二号、二〇〇八年）／091～096

小林　幸夫（こばやし　ゆきお）
一九五〇年生／東海学園大学教授／『咄・雑談の伝承世界』（三弥井書店、一九九六年）、『しげる言の葉』（三弥井書店、二〇〇一年）／081-21～36、086-01～03

榊原　千鶴（さかきばら　ちづる）
一九六一年生／名古屋大学大学院助教／『平家物語　創造と享受』（三弥井書店、一九九八年）、『女訓抄』（三弥井書店、二〇〇三年）／082-01～03、085-01～06、089-02・03

佐々木　雷太（ささき　らいた）
一九六八年生／名古屋大学大学院文学研究科博士後期課程／「応安元年の延暦寺強訴と『神道雑々集』」（『唱導文学研究』第五集、二〇〇七年）／072～074、083、087、089-01・04、090、096、097、098-01～07、補説013-16、017、018-01～06

辻本　裕成（つじもと　ひろしげ）
一九六五年生／南山大学准教授／「同時代文学の中の『とはずがたり』」（『国語国文』五八巻一号、一九八九年）、「『源氏大鏡』成立試論」（『調査研究報告』一八号、一九九七年）／100-01～14

徳竹　由明（とくたけ　よしあき）
一九七一年生／中京大学准教授／「朝夷名三郎義秀高麗渡航伝承と「朝夷名社」信仰の変容―逃亡者／海神から高麗征服の英雄／武神へ―」（『国語国文』七七巻一号、二〇〇八年）／081-01～20

中根　千絵（なかね　ちえ）
一九六七年生／愛知県立大学准教授／『今昔物語集の表現と背景』（三弥井書店、二〇〇〇年）、「『今昔物語集』巻十六第三二話小考―槌を持つ鬼と牛飼い童―」（『神話・象徴・文化』Ⅲ、楽瑯書院、二〇〇七年）／084-18～21

二本松　泰子（にほんまつ　やすこ）
一九六八年生／立命館大学非常勤講師／「宇都宮流鷹書の実相」（『伝承文学研究』五六号、二〇〇七年）、「下毛野氏の鷹術伝承」（『立命館文学』六〇七号、二〇〇八年）／100-15～35

服部　幸造（はっとり　こうぞう）
一九四二年生／なし／『語り物文学叢説』（三弥井書店、二〇〇一年）、「幸若家の伝承」（『中世文学』四八号、二〇〇三年）／100-36～38

日沖　敦子（ひおき　あつこ）
一九七八年生／日本学術振興会特別研究員／「王朝憧憬―『鉢かづき』、他をめぐって―」（『お伽草子百花繚乱』笠間書院、二〇〇八年）／098-08・09

藤井　奈都子（ふじい　なつこ）
一九六三年生／愛知淑徳大学大学院他非常勤講師／「舞曲歌謡について―歌謡集諸本を通して―」（『伝承文学研究』五二号、二〇〇二年）／099-01・02

美濃部　重克（みのべ　しげかつ）
一九四三年生／南山大学教授／『中世伝承文学の諸相』（和泉書院、一九八八年）、中世の文学『源平盛衰記四・六』（三弥井書店、一九九四・二〇〇一年）／088-01～63

弓削　繁（ゆげ　しげる）
一九四六年生／岐阜大学教授／中世の文学『六代勝事記・五代帝王物語』（三弥井書店、二〇〇〇年）、『六代勝事記の成立と展開』（風間書房、二〇〇三年）／084-01～17

月庵酔醒記(中)　中世の文学
第一回三十二回配本
定価は函に表示してあります。

平成二十年九月二十二日　初版第一刷発行

©編　者　服部幸造
美濃部重克
弓削繁

発行者　吉田榮治
製版者　ぷりんてぃあ第二

発行所　〒一〇八—〇〇七三
東京都港区三田三—二—三九
株式会社　三弥井書店
電話　(〇三)三四五二—八〇六九
振替口座　〇〇一九〇—八—二一一二五番

ISBN978-4-8382-1031-2　C3391

シナノ印刷